物性诗学导论

The Poetics of Thingness: An Introduction

张　进　著

人民出版社

国家社科基金后期资助项目
出版说明

后期资助项目是国家社科基金项目主要类别之一，旨在鼓励广大人文社会科学工作者潜心治学，扎实研究，多出优秀成果，进一步发挥国家社科基金在繁荣发展哲学社会科学中的示范引导作用。后期资助项目主要资助已基本完成且尚未出版的人文社会科学基础研究的优秀学术成果，以资助学术专著为主，也资助少量学术价值较高的资料汇编和学术含量较高的工具书。为扩大后期资助项目的学术影响，促进成果转化，全国哲学社会科学规划办公室按照"统一设计、统一标识、统一版式、形成系列"的总体要求，组织出版国家社科基金后期资助项目成果。

全国哲学社会科学规划办公室

2014 年 7 月

目　　录

绪　论　物性诗学：通达物性

一、女仆和福柯为何而发笑

"物"和"物性"的问题，是一个严肃而略显沉重的话题。然而，对于这个问题的探索，却是由两种著名的"笑声"伴随着，记录并转述在先哲们的著作中，为我们提供了轻松愉快的思想出发点。

"女仆的嘲笑"记录在柏拉图的对话《泰阿泰德篇》中。"相传泰勒斯在仰望星辰时不慎落入井中，受到一位机智伶俐的色雷斯女仆的嘲笑，说他渴望知道天上的事，但却看不到脚下的东西。任何人献身于哲学就得准备接受这样的嘲笑。他确实不知道他的邻居在干什么，甚至也不知道那位邻居是不是人；而对什么是人、什么力量和能力使人与其他生灵相区别这样一类问题，他会竭尽全力去弄懂。"① 在《物的追问》中，海德格尔转述了这个有名的故事："人们这样讲述关于泰勒斯的故事，他在仰望上苍、研究天穹时掉进了井里，对此，一个诙谐幽默的色雷斯女仆嘲笑他说，当他想要把所有的热情都用于对天空中的物的探究的时候，摆在眼前和脚下的东西就已经对他隐藏起来了。"在海德格尔的转述中，柏拉图对"女仆的嘲笑"这件事的看法是："同样的讥笑也适用于所有那些进入到哲学中的人。"② 也就是说，按照柏拉图的理解，哲学研究就是要摆脱具体之物（眼前之物和脚下之物）的纠缠，这样才能对人或"物"本身作出哲学的、形而上的解释说明。因此，泰勒斯的做法或许是不可避免的，而女仆则显得浅薄无知，不解哲人的心智，不会"形而上地"思考。但是，海德格尔却认为，女仆的嘲笑肯定事出有因，"我们确实会偶然想起来，我们或许曾经就在我们的思考过程中掉进井里，好长时间都没有对此追根究底"③。那么，这原因又是什么呢？虽然这个故事广为流传，但其寓意却暧昧不明：一方面，这个故事似乎证明了一种

---

① ［古希腊］柏拉图：《柏拉图全集》第2卷，王晓朝译，北京：人民出版社2003年版，第697页。
② ［德］海德格尔：《物的追问：康德关于先验原理的学说》，赵卫国译，上海：上海译文出版社2010年版，第3页。
③ ［德］海德格尔：《物的追问：康德关于先验原理的学说》，赵卫国译，上海：上海译文出版社2010年版，第3页。

观点，即在古希腊哲人看来，本体界与现象界是隔离的，重在本体界的哲学思维"看不起物质世界"，而女仆却不懂这个道理。因此，这个故事适可证明女仆的愚昧无知。另一方面，这个故事也反映出泰勒斯的迂阔，因为，他错误地将"物"的世界一分为二，为了追求本体界的"物"而忽视了现象界的"物"。如果说柏拉图赞同前一方面的看法的话，那么，海德格尔则或许会认同"后一方面"的观点。然而，不管怎么说，关于如何对待"物"的问题，"女仆的嘲笑"却成了一道躲不开的尴尬，尽管这"笑声"多少有些使人轻松解颐的味道。

　　福柯在《词与物：人文科学考古学》一书中，转述了博尔赫斯著作中的有趣片段，引得自己长笑不止。在该书的"前言"中，福柯坦诚地说："博尔赫斯（Borges）作品的一段落，是本书的诞生地。本书诞生于阅读这个段落时发出的笑声，这种笑声动摇了我的思想（我们的思想）所有熟悉的东西，这种思想具有我们的时代和我们的地理的特征。这种笑声动摇了我们习惯于用来控制种种事物的所有的秩序井然的表面和所有的平面，并且将长时间地动摇并让我们担忧我们关于同与异的上千年的说法。"根据福柯的记述，"这个段落引用了'中国某部百科全书'，这部百科全书写道：'动物可以划分为：1）属皇帝所有，2）有芬芳的香味，3）驯顺的，4）乳猪，5）鳗螈，6）传说中的，7）自由走动的狗，8）包括在目前分类中的，9）发疯似的烦躁不安的，10）数不清的，11）浑身有十分精致的骆驼毛刷的毛，12）等等，13）刚刚打破水罐的，14）远看像苍蝇的。'在这个令人惊奇的分类中，我们突然间理解的东西，通过寓言向我们表明为另一种思想具有的异乎寻常魅力的东西，就是我们自己的思想的限度，即我们完全不可能那样思考。"①是的，这个分类不仅让作为西方人的福柯觉得"惊奇"，也可能会让惯于援用西方生物学来划分动物种类的当代中国人感到震惊，因为，那种对"物"的分类方式既没有"种属纲目科"等层次，也没有"哺乳类"或"鸟类"之间的"科学"划分。福柯在"笑声"和"惊奇"之余，试图对中国式百科全书的分类依据作出冷静的分析，"那么，不可能思考的东西是什么呢？我们在这里涉及的是哪种不可能性呢？……讽刺诗和寓言又回到了它们的圣地"②。福柯试图将这十四种动物理性地、逻辑地"分离开来"，却发现中国式分类"逻

---

① [法]米歇尔·福柯：《词与物：人文科学考古学》，莫伟民译，上海：上海三联书店2002年版，第1—2页。

② [法]米歇尔·福柯：《词与物：人文科学考古学》，莫伟民译，上海：上海三联书店2002年版，第2页。

辑"恰恰有似于处在西方"理性逻辑"之外的"讽刺诗"和"寓言"。说到底，福柯这里所引证的所谓中国式百科全书的分类方式，是一个超越于西方式"理性逻辑"和"认识型"的分类方式，其中存在着令西方思想既着迷又困惑的"异质性"。仔细观察如上十四种动物，人们唯一可以发现的"同"，即是它们似乎都属于"动"物，同属于相互关联、彼此连通的"物"。但是，这部传说中的中国的百科全书所采用的"引譬连类"的分类方式，其分类依据却并不是西方思想传统所推崇的"理性"和"逻辑"，而毋宁是"诗性的"①。"诗性逻辑"往往处在"理性逻辑"之外，是悖论式、反讽式和寓言式的。

　　事实上，这种大异于西方理性逻辑的"类物"与"类应"态度，反映在中国人对任何物的分类上面，也反映在中国的"天学"领域。正因为如此，西方天文学自明末传入以来，对中国人所熟悉的宇宙秩序形成了巨大的冲击，让中国士人感到仿如"天崩地裂"②。因为，这种源自西方的"天文学"，对宇宙万物进行了不合中国传统的诗性分类的、完全异样的"分类"。从这个角度看，福柯面对中国传统对于物的分类模式，意识到西方思想分类模式的"界限"而产生"自嘲"，这种"笑声"也就不难理解了。

　　这两种"笑"是如此有名，以至它们总是在先哲们的著述中幽灵般徘徊，引发人们的严肃思考。事实上，"女仆的笑"涉及"物"在最高层面的分类以及相关的探究方法问题，即西方哲学的本体与现象的"二分法"和主客对立的"对象性"探究方式；"福柯的笑"则关乎具体之"物"的分类以及分类的原则依据问题，针对的是西方思想的"科学的"分类和"理性的"逻辑依据的局限性问题。有趣的是，女仆是因为看到了哲学家的迂阔而"嘲笑"，福柯则是突然意识到自己所处身的西方文化的局限性而"自嘲"。但这两种笑所形成的思想冲击力，却共同会聚于物的存在、人—物关系、关于物的探究方式、分类方法及其深层依据这类重大问题。无论是"嘲笑"还是"自嘲"，它们都向思想家提出了严肃的课题：在有关物和物性的问题上，如何看待古希腊以来的物观念以及探究物的方式方法？如何才能达到对西方正统的"区分—隔离式"思维方式的超越？在这个维度上，已经形成了哪些有价值的思想成果呢？

　　特就我们的题旨来说，我们需要进一步追问：诗学与那些当前正在生

---

① 杨子怡：《引譬连类与诗性思维——从先秦用诗看中国文化诗性特征之形成》，《首都师范大学学报》2006年第2期。

② 葛兆光：《天崩地裂——中国古代宇宙秩序的建立与坍塌》，《葛兆光自选集》，桂林：广西师范大学出版社1997年版，第111—113页。

成中的物(性)观念之间具有怎样的关系呢？在超越西方正统有关物的思想的局限性方面,诗学又发挥着怎样的作用呢？这种与新的物性思想联袂而行的诗学与传统的诗学观念之间又具有怎样的区别和联系呢？

二、物性诗学问题缘何而来

自古以来,"物"就是文学的参照系,文学观念的变革总是通过物观念以及物性与人性之间关系的变化而彰显出来。现代性以及对现代性的不满皆源于"世界的祛魅"①,与之联袂而行的是物性的遮蔽、人—物关系的异化、人类社会的分化以及学术学科领域的普遍分裂和块垒化。现代思想设定主体创造了物质世界并将人类历史变成了整体,而物只有作为"主体异化的、被诅咒的部分"才可以理解;②现代科学对物的"区分—隔离式"研究,强化了这种物观念,加剧了物性祛魅的进程。③

20世纪60年代以来,物质实践领域生物工程、人工智能、交通运输和数字通信技术的飞速发展,突出了物对人的"入侵"和人的"赛博格化",使人"陷身于"物的世界而不得不与物"亲密纠缠"。这一新的物质现实引发了人们对"物"的重新思考,应运而生的"过程论""事件论""混沌论""物质文化论"以及"行动者网络理论"等新型物质观念,凸显出物作为文化、过

---

① 现代性及对现代性的不满皆来源于马克斯·韦伯所称的"世界的祛魅"(the disen-chantment of the world)。这种祛魅的世界观既是现代科学的依据,又是现代科学产生的先决条件,并几乎被一致认为是科学本身的结果和前提。而古代社会则是一个"附魅"(Enchantment)的世界。美国后现代主义神学家大卫·格里芬在韦伯的基础上进而提出"复魅"(Re-enchantment)概念,认为"鉴于现代科学导致了世界的祛魅和科学本身的祛魅,今天,一些因素正在聚集起来,形成一种后现代的有机论;在这种有机论中,科学和世界都开始返魅"。科学的机械论范式应由生态学范式所代替,在后者之中,人与世界的关系是一种"内在关系"。(参见[美]大卫·格里芬:《后现代科学——科学魅力的再现》,马季方译,北京:中央编译出版社2004年版,第1页。)
② 孟悦、罗钢主编:《物质文化读本》,北京:北京大学出版社2008年版,第19页。
③ 张法:《新世纪西方美学新潮对西方美学冲击和对中国美学的影响》,《文艺争鸣》2013年第3期。文章认为:"西方形成学科的美学与中国(以及各非西方)没有形成学科的美学之间的最大差异就是:西方美学是由区分和划界原则所建立起来的,中国(以及各非西方)美学是由(不同于区分原则的)交汇原则和(不同于划界原则的)关联原则建立起来的。自西方文化向全球扩张把全球都带进以西方为主导的现代性道路以来,作为西方现代性组成部分之一的美学也传遍全球,进入中国。中国自进入世界现代化进程以来,其美学的演进就一直在与世界主流文化的互动中。"本书代之以"区分—隔离"和"关联—结合"术语。

程、事件和关联网络的属性特征，展现出物的生动性、延展性、生产性和能动性，促生出一种生态范式的物性观念，重构了人与物、物与物、物与非物、人性与物性之间的关系图景，彰显出人与物之间的平等的"同志式"关联，物的世界也开始"复魅"或"返魅"。

从诗学的角度看，物性复魅的建设性后现代思想与中国传统"物化""物与""与物为春"和"以物观物"的诗学观念之间策应互动，共同将文学语言能指和符号文本的物性、文学环境条件和社会机制的物性、文学感知主体和身体经验的物性、文学表征对象和经验客体的物性以及这些物质维度之间的"物性关联"问题推到了理论前台，促生了新世纪文学文化研究领域的"物性批评转向"，引发了文学文化研究热点从"文本间性"向"事物间性"(inter-objectivity) 的转移①，以及文学观念从"人性之表征"向"物性之体现"的过渡。这一转向使"称物"和"求物之妙"成为新世纪文学的重要议题，使"物质性"和"事物间性"成为文学理论批评的关注焦点，也为文艺美学和比较诗学的研究开拓了新的研究领域、批评契机和反思空间。② 同时，缘自不同语言文化传统和理论批评谱系的物观念和"物话语"纷然杂呈、相互龃龉，"喧议竞起，准的无依"(钟嵘语)，成为一个问题丛生的"奥吉亚斯的牛厩"和不断衍生播撒新问题的"潘多拉的盒子"，亟待反思批判和审理廓清。

近二十多年来，"物性"问题受到了哲学、历史学、社会学、人类学、考古学、文艺美学和文化研究的密切关注，相关研究纷纷聚焦于物(thing；matter；material；object)、物性(thingness)、物质性(materiality)、物质文化(material culture)、物质媒介(material media)、新唯物论(New Materialism) 和后人文主义(Posthumanism) 问题，其中一种被称之为"推知实在论"的理论学说，更是将"物"(material/object/nature) 标举为其新学说的流派称谓，英语维基百科从推知实在论四大组成上总结其特点，即推知唯物论(Speculative Materialism)、朝向客体哲学(Object-oriented philosophy)、超越唯物论或新生机论(Transcendental Materialism/Neo-Vitalism)，③ 产出了一大批重要的批评成果。

国外已有的相关研究主要集中在如下四个方面：一是对"物"(thing)

---

① Bruno Latour, *Reassembling the Social: An Introduction to Actor-Network-Theory*, Oxford University Press, 2005, p.203.

② 参见张进、王垚：《新世纪文论：从文本间性到事物间性》，《兰州大学学报》2017 年第 3 期。

③ http://en.wikipedia.org/wiki/Speculative_realism.

的本质属性的认识论研究,主要有怀特海《过程与实在》①、海德格尔《物的追问》②、格里芬《后现代精神》③、拉图尔"行动者网络理论"④、普雷斯顿"物质文化哲学研究"⑤,等等。这些研究反对近代以来将物作为实体而进行"区分—隔离式研究"的传统,主张将物作为过程性、连通性和事件性的"网络"来认识和把握,提倡对物作"关联—结合式研究",突出了物的"事物间性"(inter-thingness)特征。⑥ 二是将"物作为文化"(material as culture)和将"文化作为物"(culture as material)来对待的"物质文化研究",其重点是考察消费社会物品的文化意义以及文化的物质属性,主要有丹尼尔·米勒《物质文化与大众消费》⑦、伍德沃德《物质文化手册》(Understanding Material Culture)⑧、蒂 利(Handbook of Material Culture)等⑨,着力强调物品的"质料"(material)所包含的文化信息,以及物品的物质性(materiality)与其文化意义之间的相互阐发关系。三是将"物"作为主要立足点而力图破除人文主义传统中人—物关系等级制的各种"新式的"人文主义研究,其中"超人文主义"(Transhumanism)和部分新唯物论强调物的能动性和生产性,试图通过提升"物"而使之与人类平等相视,主要有 Nick Bostrom(A History of Transhumanist Thought,2005)、Diana Coole and Samantha Frost(New Materialisms:Ontology, Agency, and Politics,2010);而后人主义则主张通过人的"纡尊降贵"而达到"人—物"平等相处,并强调这种同志式关系的始源性和基础性,主要有 Cary Wolfe(What Is Posthumanism? 2010)、Pramod Nayar(Posthumanism,2014)。四是受索绪尔、萨皮尔和奥斯汀语言学观念以及麦克卢汉媒介理论影响的"物质/符

---

① [美]怀特海:《过程与实在》,杨富斌译,北京:中国城市出版社 2003 年版。

② [德]海德格尔:《物的追问:康德关于先验原理的学说》,赵卫国译,上海:上海译文出版社 2010 年版。

③ [美]大卫·格里芬主编:《后现代精神》,王成兵译,北京:中央编译出版社 1998 年版。

④ Bruno Latour, Reassembling the Social:An Introduction to Actor-Network-Theory, Oxford University Press,2005.

⑤ Beth Preston, A Philosophy of Material Culture:Action, Function, and Mind, New York: Routledge,2013.

⑥ 张法:《西方哲学中 thing(事物)概念:起源,内蕴,演变》,《社会科学战线》2013 年第 3 期。

⑦ [英]丹尼尔·米勒:《物质文化与大众消费》,费文明、朱晓宁译,南京:江苏美术出版社 2012 年版。

⑧ Ian Woodward, Understanding Material Culture, SAGE Publications Ltd,2007. 参见伊恩·伍德沃德:《理解物质文化》,张进、张同德译,兰州:甘肃教育出版社 2018 年版。

⑨ Christopher Tilley, Webb Keane, Susanne Küchler, Patricia Spyer and Michael Rowlands, eds, Handbook of Material Culture, SAGE Publications Ltd,2006.

号／媒介"研究,着力将语言能指、符号文本和文化媒介"物质化"为实际的历史过程和"物质事件",探索作为"物"的文学文化文本在社会历史和文化世界构型过程中的"施事性"(performativity)、"表演性"(performance)和"事件性"(eventualization),主要有伊格尔顿(*The Event of Literature*,2012)、Tom Cohen(*Material Events：Paul De Man and the Afterlife of Theory*,2001)、Graham Allen and Carrie Griffin(*Readings on Audience and Textual Materiality*,2011)。

国内当前的相关研究,主要以对国外相关成果尤其是"物质文化研究"著述的译介和引申阐发为主,主要有孟悦、罗钢(《物质文化读本》,2008)、包晓光《物性之维:人文精神视阈下的中国当代文艺》,2012①、张进(《活态文化与物性的诗学》,2014)、陈珏(台湾《清华学报》2011年第1期"物质文化研究专号")②;同时,汉语语境中的研究也出现了一些重在发掘中国传统诗学物性观念的著述,如刘成纪《物象美学:自然的再发现》③、郑毓瑜《引譬连类:文学研究的关键词》(台湾:2012)④,等等,但成规模的系统性、融通性研究成果尚不多见。

尽管目前的研究已经取得了巨大的进展,形成的研究著述也有着不容忽视的学术成就。然而,从总体研究现状看,已有研究存在着四个方面的缺憾:一是中外物性思想资源的语际会通和比较阐发不够,那些追求"神与物游""以物观物"的中国文学和以"感物""称物""求物之妙"为主旨的中国传统诗学智慧,尚未得到系统发掘和梳理,也未能汇入相关问题的全球性言说空间;二是物性批评成果的科际整合和通化融会不足,尽管国外已出现了不少有价值的研究著述,但这些研究多受制于研究者各自的学科"口径"和问题视野,仅限于对物性问题的单一维度的关注,成果之间互不连属,无法应对当前文艺现实提出的新问题。三是对文学物性批评的理论批判和方法反思不够,多数研究并未深入考辨物性问题研究所引发的"物"观念和"文"观念的深层变革,尤其是"文"观念从"人性的表征"向"物性的体现"的转变,部分研究分支,如多数"物质文化研究"成果,依然主要在主客二分的对

---

① 参见包晓光:《物性之维:人文精神视阈下的中国当代文艺》,北京:文物出版社2012年版。

② 陈珏主编:《清华学报》(物质文化研究专号),台北:台湾"国立"清华大学出版社2011年版。

③ 刘成纪:《物象美学:自然的再发现》,郑州:郑州大学出版社2002年版。

④ 郑毓瑜:《引譬连类:文学研究的关键词》,台北:台湾联经出版事业股份有限公司2012年版。该书"在现代语境下,重新活化与诠释这个在天人、身心与言物之间不断越界与引生的人文传统"。

象性思维方式中展开，有贬低人的能动性而陷入机械论物观念窠臼的倾向。四是对物性批评的话语分析、谱系会通和体系建构不够，大多满足于做具体物的"传记"，零敲碎打，不成系统，"各照隅隙，鲜观衢路"，而文学物性的深层问题并未得到系统全面的揭示和阐发。

针对如上研究现状和缺憾，我们试图在全球化语境下，综合运用语际会通与科际整合相统一、话语谱系梳理与方法路径反思相结合、批评个案研究与理论体系建构相补充的方法，在中西学、文史哲和教科文统观互证的基础上，考察辨析物观念的演变历程及其与文观念之间的互动关联，挖掘整理古今中外文学和诗学中沉淀的物性思想资源，梳理会通文学物性的学术脉络和话语谱系，建构阐发"与物为春"的文学物性思想体系和理论批评方法，纠正现代以来机械论的物观念以及与之联袂而行的文观念的某些偏颇，进而为新世纪文学实践的发展、文艺学学科建构、比较文学研究领域的拓展和文学物性批评方法体系的擘画建设提出有益参照。

这一研究具有重要的学术价值和应用价值：其一，会通中外文学物性思想资源，梳理物话语的脉络谱系和范式演变，建构文学物性批评的理论方法体系，具有重要的学科建设价值和理论建构意义。其二，强化对文学物性问题和物性批评的科际整合和语际会通研究，克服当今相关研究中的块垒分治和"语际"分裂，具有独特的现实批判和方法论反思意义。其三，挖掘清理文学物性批评的内涵维度，审理剖析其中的思想方法问题，谋划构建与物为春的人—物关系新图景，追求人性与物性的平衡互动，纠正机械论物观念和文观念及相关理论批评的某些偏颇，进而为文艺创作、理论批评和生态文明的擘画建设提供参照，这在当代具有比较重要的实践意义和应用价值。

显然，我们所要研究的问题具有综合性，因而呼唤一种系统化、融通性的研究，即我们称之为"物性诗学"（Poetics of Thingness）的体系化研究，需要本体论、认识论、价值论和方法论相结合的系统研究。因此，"物性诗学"这一术语包含着丰富的内容和研究者的多重考虑，尽管"物性"这一术语在人文社会科学研究领域的使用并不广泛，"物性诗学"亦并不多见。① 具体来说，有如下四个层面：

在第一个层面上，"物性诗学"与哲学领域内可称之为"物性本体论"的当代趋势联袂而行。从 20 世纪 40 年代末 50 年代初开始，"后期"海德格尔从现象学转向"物"的研究，阐发了一种可称之为"物性存在论"的本体

---

① 张进：《论物质性诗学》，《文艺理论研究》2013 年第 4 期。

论意义上的"物性"学说。① 在科技哲学研究领域,20世纪70年代以来,方兴未艾的科学论向认识论范式发起了冲击,从而逐步进入了科学论的"存在论"阶段,拉图尔有关物和物性的著述最具代表性。在本体论视野下,诗学必须作出其"本体论承诺",即诗学也因之而必须对"物性"问题的解答有所承诺,并以如何通达物性为其最高的价值追求,因而物性诗学即是一种"通达物性的诗学"。事实上,诗学作为一种具有哲学气质的学问,归根结底要受其本体论的制约;同时,诗学也总会以这样那样的方式参与本体论问题的解答。从大视野来审视,可以笼统地说,西方的哲学本体论大致经历了四大阶段:

在第一个层面上,实体本体论、意识 / 认识本体论、语言本体论和物性本体论;与之相对应的诗学,则分别以实体、意识 / 认识、语言和物性为其终极问题视野;与此同时,实体论的机械论、"认识论转向"的有机论、"语言论转向"的语言学和"物性论转向"的事物间性理论,也在一定程度上成为诗学定位自身和认识自我的基本参照系。近二十多年来,为了克服认识论转向及其范式的局限,并与主体 / 客体、自然 / 社会二元论划清界限,拉图尔号召发起一场"哥白尼式的反革命"或"反哥白尼式革命"(Copernican counter-revolution)。② 这种"反哥白尼式革命",并不是要从"认识论"回归到"实体论",而是试图将包括"语言论"在内的多种本体论思想成果会聚于"物",并从本体论的高度去把握"物性"。因此,"物性本体论"与"实体本体论"大异其趣,当然也与消费主义时代的"物质主义"价值观背道而驰。从根本上说,当下的所谓"物质主义"价值观,正是建立在"实体本体论"基础之上的"唯物质主义"的价值观,其根本的错误即在于将"物"实体化,对物质与精神作机械地二元划分,将二者对立起来。而物性本体论则旨在克服这种实体论和对象化的思维方式,它更倾向于所谓"后物质主义"③。"物性诗学"的意蕴,即建立在这种物性本体论之上,它对"唯物质主义"持一种批判态度,并具有一个因应和反思当下新技术现实的批判精神。因此,物性诗学的本体论承诺,是诗学在当代的一种终极价值承诺,也是它区别于其他类型的诗学的最重要的品质和特性。④

① Graham Harman, *Heidegger Explained:From Phenomenon to Thing*, Carus Publishing Company, 2007.

② Bruno Latour, *We Have Never Been Modern*, Harvester, 1993, pp.76-79.

③ 胡连生:《从物质主义到后物质主义——现代西方社会价值理念的转向》,《当代世界与社会主义》2006年第2期。

④ 参见张进、李日容:《物性存在论:海德格尔与拉图尔》,《世界哲学》2018年第4期。

在第二个层面上，"物性诗学"在认识论上关注世界范围内的诗学观念的潜在转型。近代以来，西方的各种"人文主义""人本主义"和"人道主义"的诗学，将文学总体上视为"人性的表征"(representation of huamanity)，视文学即"人性之学"，并以其有关人性的各种假定为文学和诗学的立足点、出发点、研究重点和最终归宿。在这种视阈下，人文主义的诗学话语成为近现代诗学的主导话语，这种话语不断将人大写化、中心化、主体化、精神化、超历史化和非物质化，导致了诗学将文学的一切对象都视为主体的"投射"和"外化"，遮蔽了研究内容的更为丰富的维度。这种局面不仅招致了20世纪以来各种"科学主义"诗学的批判，[①] 也遭到了后现代以来各种"反人文主义"和"后人文主义"从人文主义传统内部发起的有力反拨。这种反动和反拨，其焦点在于对"人类中心主义"的反叛，在于对"二元对立"思维方式的超越，[②] 在于对"人性"高于"物性"的等级制的反拨。这种带有"哥白尼式反革命"或"反哥白尼式革命"倾向的思潮运动，在新世纪终于会聚到"物性诗学"的"问题域"中，推动文学从"人性的表征"向"物性的体现"(embodiment of thingness) 转型。这个转型声势浩大，至今方兴未艾。然而，值得特别强调的是，这次转型并不是在"人—物"二元对立的基础上展开的，而是在超越"人—物"对立的视野中进行的。诚如海德格尔在《物的追问》中指出的："'物是什么？'的问题就是'人是谁？'的问题。""人被理解为那种总已经越向了物的东西，以至于这种跳越只有通过与物照面的方式才得以可能，而物恰恰通过它们回送到我们本身或我们外部的方式而保持着自身。在康德追问物的过程中展开了介于物和人之间的一个维度，它越向物并返回到人。"[③]

众所周知，尽管文学观念在现代以来处在持续不断的转型进程之中，仅就20世纪的情形而言，始而有"语言论转向"，继而有"历史转向"和"文化转向"，等等，但其文学观念的终极价值依据一直是"人性"。而且通常是不依赖于"物性"而独立自足地存在的"人性"。也就是说，"人""主体"和"人性"是现代以来文学价值的最终依据和终极参照系，它设定人性是"自足的""内在的""独立的""超历史的"，不受具体历史情境和物性因素的约束。同时，它也设定"人性"高于"物性"的等级关系，后者只是前者的点缀

---

① 朱立元主编：《当代西方文艺理论》，上海：华东师范大学出版社1997年版，"绪论"。

② 朱立元：《超越二元对立的思维模式——关于新世纪文艺学、美学研究突破之途的思考》，《文艺理论研究》2002年第2期。

③ [德]海德格尔：《物的追问：康德关于先验原理的学说》，赵卫国译，上海：上海译文出版社2010年版，第216页。

或补充,甚至是前者的"投射"。这是一个现代物性观念的大前提和大设定,世间万物和人的活动本身都需要从这个大前提来进行解释。以西方的"模仿说"与中国的"物感说"为例来阐发这种转型的话,前者认为人通过"模仿"世界而生存于世界,但这"模仿"的立足点是"人";后者则强调人的一切感觉、认知和经验都是"感物而动"的,"物"是出发点和立足点。在中国古典诗学中,"物论"于文论而言具有奠基的意义。《易·系辞》云:"昔包牺氏之王天下也,仰则观象于天,俯则观法于地,观鸟兽之文与地之宜,近取诸身,远取诸物,于是始作八卦,以通神明之德,以类万物之情。"有研究者指出:"从美学角度看这种'观物取象'之论,物明显构成了审美形象诞生的坚实背景。"① 同时,就艺术而言,人们一般认为,艺术表达是艺术家主观情志的抒发,但在中国古典美学中,"物性的根基"却依然构成了"艺术作品最直接的现实"。② 在古典诗歌中,"言志"总是以"托物"为前提,达情总是以写景为基础。由此,在物、象、情三者之间,对物性的理解而不是对人性的体认,就成为中国古典美学的基本问题。

与中国传统的物性观念遥相呼应的当代西方物性观念,也强调"经验的发生,缘于某物或物的表征产生的刺激,而其历史根基又在于更为广阔的社会历史情境"③。因此,"物性"的视角,不再是从主体的抽象人性或纯粹精神意识的角度强调经验的重要性,而是从被经验之物及其所处的物质环境来审视经验,将缘之而生成的文学看成是"物性的体现",也不只是抽象人性的"表征"。这种观念转型是"范式论"意义上的。也就是说,它引动了文学观念、原则、方法和价值准则的系统转换。物性认知是一种"具身认知",是"元身体学"意义上的认知,是人作为"物"并在物所构成的语境中的"参与式"认知和体察身受。④

在第三个层面上,"物性诗学"在方法论上重视世界范围内的"诗学"研究焦点和立足点在长时段大视野下的转换。众所周知,20 世纪以来,世界范围内诗学关注的焦点经历了从主体间性(intersubjectivity)向文本间性(intertextuality)的转移;然而,由于"文本间性"过分倚重语言文本,其局限性在于难以将语言文本之外的、范围广大的物和意象(imagery)纳入视野,因而,近二三十年来,文学文化研究的重心又逐渐转向"事物间性"

---

① 刘成纪:《中国古典美学中的物、光、风》,《求是学刊》2008 年第 5 期。

② [德] 海德格尔:《林中路》,孙周兴译,上海:上海译文出版社 1997 年版,第 21 页。

③ Paul Gilmore, *Aesthetic Materialism*:*Electricity and American Romanticism*, Stanford University Press, 2009, p.10.

④ 参见张进、聂成军:《论元身体学及其方法论意义》,《甘肃社会科学》2013 年第 3 期。

(interobjectivity;interthingness)。后者才真正将"物性"问题推到了理论前台,从而使"物性"问题成为文学研究的方法依据和根本归宿。① 如果说,主体间性的方法论是"有机论",文本间性的方法论是"语言论",那么,"事物间性"的方法论则是"物性论"。因此,"物性论"也是作为一种方法论体系而突显出来的。尽管说,这些方法都强调了"间性",其间有大量的交叠互渗领域,但只有"物性论"才真正达到了对"人类中心主义"某种祛除;这种向物性本体论的转型,才使东西方文化的比较研究真正处在了同一个言说平台上,因而也为文化比较研究开拓了新的空间。"物性诗学"的意旨,就像人们所使用的"DNA 的诗学"(the poetics of DNA)一样。"DNA 数字事实上是一种提喻,以部分来代表生命整体。""DNA 传输的不仅仅是遗传信息或生命编码。它也不只是世间生命发展的进化记录。在 21 世纪,它已经变成了认识论的、意识形态的和观念的变化的象征武库。"② 这并不是说 DNA 是"伪科学"(Pseudoscience),而只是说明,DNA 科学不仅改变人们对宇宙和生命/生活的叙述和喻说方式,同时,这种科学的形成过程也已经渗透了人类的情感的、想象的和诗性的内容。在此认识基础上,当 DNA 变成人类喻说和叙事的主要参照系时,这个参照系就与"有机论"和"语言论"的参照系之间有了范式上的不同,它更侧重于从"物"的角度来思考宇宙人生,更强调"以物观物"的审美生存方式。

在第四个层面上,"物性诗学"包含着两个彼此交融、相互构成的内涵向度,即"物性"与"诗学"之间内在的、本质的构成性关系。③ 它强调的并不是"物性"与"诗学"作为一般意义上的两个"既成"领域之间的"外在关系"和关联问题,而是强调这种"内在关系"一定程度上也对"物性"和"诗学"发挥着双向的构成作用,即诗学和物性是什么的问题,一定程度上正是由这种关系(relationship)所"构成的",这就突显出"关系"的重要性。在这种"物性—诗学"的关系语境中,"物性诗学"一方面重在从"物性"角度

① 参见张进、张丹旸:《从文本到事件——兼论世界文学的事件性》,《文化与诗学》总第 24卷,转载于《中国社会科学文摘》2018 年第 9 期。
② Judith Roof, *The Poetics of DNA*, University of Minnesota Press, 2007, p.2.
③ [美]大卫·格里芬主编:《后现代精神》,王成兵译,北京:中央编译出版社 1998 年版,第21—22 页。(格里芬认为,依据现代观点,人与他人,人与他物的关系是外在的、偶然的、派生的。与此相反,后现代作家把这些关系描述为内在的、本质的和构成性的(constitutive)。"个体与其躯体的关系、他与较广阔的自然环境的关系、与其家庭的关系、与文化的关系等等,都是个人身份的构成性的东西"。本书也从"构成性"角度理解"物性"与"文学"之间的"内在关系"。)

理解和解释文学文化，彰显文学文化的久被忽视的物质性、物质内容和物质属性，从而突出了物质性对于文学文化的构成性作用；另一方面重在从文化／历史的角度来理解和解释物和物质性问题，彰显了物的诗性内涵、文化属性和历史内容，从而突显了文学／文化／历史对于物质和物性观念的构成性作用。两个方面交织渗透、双向互动，从而使物性诗学研究彰显了"物质作为文化"和"文化作为物质"的一币两面，强化了物质的文化性和文化的物质性。因此，"物性诗学""拨用"了"诗学"（poetic）的原初含义（"生产"和"技艺"），强调"物性"与"文学"之间的相互"生产"关系，突出了"物性"的诗性品质和诗学的物性内涵。因此，就像在"文化诗学"中一样，"文化"和"诗学"这两个术语的含义"被扩大了"，"文化不限于艺术领域或传统所理解的文化。文化的'诗学'不仅包括其文学文本，而且是通过实践、仪式、事件和结构的意义创造。在这种新的理解方式下，文本不是以作品联系于历史背景的方式联系于文化。文本生产文化。……文化不是用来将文本联系于世界的，因为文化已然是文本、人物、实践和仪式"①。同样，在"物性诗学"中，"物性"也是一个通过实践活动的意义创造过程，文学文化不仅构成着这个创造过程，而且已然就是这种意义创造的实践活动。

三、物性诗学体系如何存在

鉴于物性问题的复杂性和综合性，我们不仅需要从某些要素环节上强调物性与诗学之间的连通性，而且需要将物性诗学建构为一种体系，对其作本体论、认识论、方法论与价值论相结合的论证阐发，对其范式转换、内涵维度、话语谱系和未来走向等做出系统的论述剖析。我们主要以中外文学物性思想资源的梳理会通、文学物性批评理论方法的反思批判和当代文学物性批评思想脉络即物性诗学体系的建构为主要研究对象，包括"绪论""结语"和第一至七章内容，具体如下：

绪论"物性诗学：通达物性"，主要是对物性诗学研究的必要性、重要性、可能性，以及物性诗学的研究内容和价值功能的总体说明。物性诗学是一种通达物性的诗学，它实现了诗学基本立足点的转换——不是立足于人的意识／理性／精神来定位，也不是立足于物的自然／物理属性来定位，而是在超越并包容了意识和自然的"物性"立场上来定位诗学。这是一种诗

---

① Claire Colebrook, *New Literary Histories*, Manchester University Press, 1997, pp.67-68.

学范式的转换。

第一章"物性诗学的物性本体论",主要从本体论层面考察梳理世界范围内物观念的演变历程,集中阐发 20 世纪中期以来"过程论""事件论""混沌论""物质文化论"以及"行动者网络理论"等新型物质观念的崛起所突显出的"物性本体论"以及"事物间性"思想;强调指出,物性本体论重视并重思"物质文化",在此氛围之中,对本体论问题有所承诺的诗学,必然随着本体论的转变而重新定义自身,从而引发了物性诗学的兴起,并进而导致了文学观念从"人性之表征"向"物性之体现"的过渡,以及文学研究重心从"文本间性"向"事物间性"的转换。"物性作为能动性"的观念是当前物质文化研究中的核心命题之一,重在克服人 / 物、主体 / 客体、能动性 / 受动性等一系列二元对立,强调物性亦具有主动性和能动性,万物都有其社会生命 / 生活,物也像"传主"那样能拥有其"文化传记"。物的世界不只是被动地为人所涉入,物的世界也主动地向人延伸和"入侵",这种情形在当代新技术和全媒介环境下已然成为"新常态";在此过程中,"物性思维"和"具身认知"成为诗学认知的新的方法参照,而中国传统"听之以气"的思想,对于贯通人的各个感官之间的界限具有十分重要的参照意义。

第二章"物性诗学观念方法论",重点探讨在物性本体论视野下,人们对待具体之物时的观念方法,尤其在打破物质与文化之间的二元对立之后,人们观念方法的新变;集中剖析"物质作为文化""文化作为物质""物品作为礼物",以及"文本作为物质事件"等一系列观念方法的认识论和方法论特征。其中,"物质作为文化"与"文化作为物质"的观念双向互进,共同彰显物质的文化属性和文化的物质性内涵,以及物质与文化之间人为界限的虚假性;"物品作为礼物"的观念,旨在与"物品作为商品"的观念拉开距离,抑制后者将物品单维度化和数量化(通过社会必要劳动时间而对其价值进行计量)的倾向,重新开放物品的丰富维度和多种可能性;"文本作为物质事件"的观念,重在克服意识 / 存在、精神 / 物质、文本 / 事件等一系列二项对立,在这种二项对立中,人们强调的是作品文本表现人的意识和精神的抽象价值,却忽视了其亦作为物质事件而存在的实际价值;事实上,文本作为物质事件不仅是"反映"历史背景的"前景",它本身即是历史进程的组成部分。

第三章"物性诗学内涵维度论",聚焦于诗学研究传统的、常规的内容即文学活动本身,探讨物性诗学的基本内涵,即从以人为出发点的文学研究转向以物为立足点的文学研究;以及缘之而表现出的研究方法从思想观念研究转向质料媒介研究、研究对象从静态作品研究转向行动事件研究、研究重点从"文本间性"转向"事物间性"的学理进程，[①] 系统剖析不同批评传统从不同维度聚焦文学物性问题而彰显的文学物性的诸关联维度：即文学语言和能指符号的物性、文学体制和社会条件的物性、文学感知主体和身体的物性、文学表征对象和内容的物性；在此基础上，深入探讨如上维度之间的策应互动和物性关联。众所周知，尽管我们从分析的意义上指出了如上诸多维度各自的物性，但问题的关键显然并不在于对文学活动某个维度上的物性的认定和强调，而在于诸物性维度之间的物质关联。当前，哲学认识论领域的"具身认知"理论方法和全媒体时代的新媒介理论，一定程度上将如上诸多维度在"关联—结合"起来，为物性诗学对文学活动物性维度及其间连通关系的阐发提出了理论参照，其中所包含的理论洞见也逐步渗透到文学研究领域。

第四章"物性诗学话语谱系论"，旨在对世界范围内有关物性问题的理论批评话语及其谱系进行分类梳理，择其大端，展开深度阐发；主要讨论代表西方现代有关物的观念方法脉络的"物化—异化"话语谱系、体现中国传统文学物性批评核心内涵的"物物—物与"话语谱系以及表现日本物质文化精神的"物哀—物语"话语谱系；强调指出"物化—异化"话语重在强调人性与物性的二元对立，以及前者对后者的操纵和控制，在其发展中突出了"物化"对人类生活的"否定性价值"和"负效应"；"物哀—物语"话语则重在强调物对人的情感的触发和表现作用，突出人与物之间的情感交流对人类生活的"肯定性价值"和"正效应"（但轻视物的伦理维度）；"物物—物与"话语（包括"物感""物应""物象""物境""听之以气""神与物游""求物之妙""以物观物"等一系列诗学话语）重在强调物性与人性的平等相待和共生共荣，彰显了物性对人性的存在论价值和综合效应；社会文化语境的不同和中外文翻译转换等复杂过程的影响，导致了物性批评话语在汉语语境中内涵的损益、变异和换位情形，从而使相关的理论问题更为复杂；值得重视的是，当前，物性诗学的诸多话语谱系之间出现了化域会通和融合再生的趋势。

第五章"物性诗学人文取向论"，重点探讨人文主义的"物"观念矩阵、人文主义的"人—物"关系图景，以及后人文主义与中国传统物观念之间的会通问题；[②] 指出"人—物"关系在人文主义传统中是一个重要问题，新人文

---

①　张进、王垚：《新世纪文论：从文本间性到事物间性》，《兰州大学学报》2017年第3期；参见人大复印资料《文艺理论》2017年第10期。

②　张进：《通向一种物性诗学》，《兰州学刊》2016年第5期；参见人大复印资料《文艺理论》2016年第8期。

主义、反人文主义和超人文主义,都无不通过"人—物"关系的杠杆,在人与物之间抑扬褒贬,因此并未解决人性与物性之间的平衡问题;后人文主义对"人—物"同源同构性和平等平衡问题的新探索,构成了物性诗学的重要内容,也适应了人类新的物质生存现实:由于生物工程、互联网和数字通讯技术的迅猛发展,物(尤其是人造物)与人之间的亲密纠缠已经不止于外部关联,而是无孔不入地渗透到人的身体本身,使每个个体都在一定意义上变成了"赛博格"(Cyborg, Cybernetic Organism)和"忒修斯之船"(The Ship of Theseus),① 而建构"人—物"关系新图景直接变成了人的身份认同问题,而且成为物性批评的时代课题。

　　第六章"物性诗学范式转换论",集中从韦伯和格里芬等人的社会学理论中关于"附魅/祛魅/返魅"入手,考察物性的附魅、祛魅和返魅在前现代、现代和后现代社会进程中所导致的诗学范式转换过程,强调指出,"附魅/祛魅/返魅"这组概念,其核心思想在于对待物性之根本特性即"事物间性"和"连通性"(connectivity)的基本观念态度问题。其中,"附魅"是对物与物(亦包括人)之间混沌未分的事物间性和连通性状态的"未区分—隔离"过程;"祛魅"是对物与物之间的事物间性和连通性"区分—隔离式"处理过程;"返魅"则是以"关联—结合原则"对物与物之间的事物间性和连通性的强调和追求。② 从更深刻的意义上说,这三种原则方法以及其间转换的运动过程,也是诗学范式的转换过程,缘之引发物性附魅的诗学、物性祛魅的诗学和物性返魅的诗学之间的范式转换过程。韦伯所说的"世界的祛魅"即是最宽泛意义上的物性祛魅,而格里芬所追求的"科学魅力的再现",则将"返魅"的社会过程"狭义化"了。事实上,即便是在"世界祛魅"的过程,"科学"对于物性的"区分—隔离"原则受到了推崇,科学似乎成了唯一拥有"魅惑力"的"例外"。因此,在今天来说,物性返魅的诗学,并不是以现代科学为蓝本而再造自身,而要将"区分—隔离"的方法包容在物性诗学的"关联—结合"原则之内,重建一个物性附魅的世界。

---

① 忒修斯之船(The Ship of Theseus),最为古老的思想实验之一。最早出自普鲁塔克的记载。它描述的是一艘可以在海上航行几百年的船,归功于不间断的维修和替换部件。只要一块木板腐烂了,它就会被替换掉,以此类推,直到所有的功能部件都不是最开始的那些了。问题是,最终产生的这艘船是否还是原来的那艘忒修斯之船,还是一艘完全不同的船? 如果不是原来的船,那么在什么时候它不再是原来的船了? 哲学家 Thomas Hobbes 后来对此进来了延伸,如果用忒修斯之船上取下来的老部件来重新建造一艘新的船,那么两艘船中哪艘才是真正的忒修斯之船?

② 张进、王晓婷:《后现代科学视域中"物的返魅"》,《跨文化研究》2018 年第 1 期。

　　第七章"物性诗学价值效应论"，重点阐发物性诗学的"元文化"价值、解域化会通价值和生态存在论价值问题。在其"元文化"价值方面，物性诗学破除文化存在／文化表述、物质／文化的二元对立模式，追求二元之间的统一性，并在这一"后设"(meta-)的基础上，强调物性诗学作为元文化和诗学的反思性、建构性和阐连性；在其解域化会通价值方面，物性诗学不仅重视科际、语际和国际文化之间的跨界整合，而且强调"后学科"时代的解疆化域倾向，突出"后学科"基础上的会通为比较研究所生成的新契机；在生态存在论价值方面，物性诗学着力克服自然／文化、自然物／技术品、科学／人文二元对立的思维方式，强调指出从生态存在论高度来看，人类不仅与自然物之间而且与技术品之间建立"与物为春"的平等对话关系的重要性。①诚然，技术领域不断出现的新产品并不总是与人构成一种和谐关系，但它却不可避免地与人形成一种内在关联，因而是人性的构成性因素。物性诗学在元文化、后学科和生态存在论意义上，不仅是对象反思，也是一种自我反思。

　　结语"物性批评：与物为春"，主要探讨熔铸新知、"与物为春"的物性批评的未来和前景，同时，分析剖判作为思潮的当前"物质文化研究"对思想的力量和主体的能动性重视不足，对传统的物性思想智慧强调不够，对文艺中物性与人性的平衡互动把握不准等局限性。

　　总之，物性诗学所涉及的文艺领域，是本体论、认识论、方法论和价值论相统一意义上的问题域。它不仅彰显其中单个要素、维度、层面、环节等的物性，而且强调这个领域在整体上、系统上和内在关系上的物性。因此，物性诗学从本体论、观念论、方法论和价值论等层面对文艺审美问题进行了根本性的转换。文艺审美不再仅仅是"人性的表征"，而毋宁是"物性的体现"；文艺审美活动是一个由往复回馈的整体圆环构成的物质性关联体系。物性诗学将生态美学所关注的"自然"细化到具体的物质层面，跨学科跨文化地寻求人类"与物为春"和"具身思维"的新的生态图景。

----

① 张进：《通向一种物性诗学》(笔谈)，《兰州学刊》2016年第5期。

第一章　物性诗学的物性本体论

"物性诗学的物性本体论"，主要从本体论层面考察梳理世界范围内"物"观念的演变历程，集中阐发20世纪中期以来"过程论""事件论""混沌论""物质文化论"以及"行动者网络理论"等新型物质观念的崛起所突显出的"物性本体论"以及"事物间性"思想；强调指出，物性本体论重视并重思"物质文化"，在此氛围之中，对本体论问题有所承诺的诗学，必然随着本体论的转变而重新定义自身，从而引发了物性诗学的崛起，并进而导致了文学观念从"人性之表征"向"物性之体现"的过渡，以及文学研究重心从"文本间性"向"事物间性"的转换。"物性作为能动性"的观念是当前物质文化研究中的核心命题之一，重在克服人／物、主体／客体、能动性／受动性等一系列二元对立，强调物性亦具有主动性和能动性，万物都有其社会生命／生活，物也像"传主"那样能拥有其"文化传记"，物的世界不只是被动地为人所涉入，物的世界也主动地向人延伸和"入侵"，这种情形在当今新技术和全媒介环境下已然成为"新常态"；在此过程中，"具身认知"成为了诗学认知的新的方法参照，而中国传统"听之以气"的思想，对于贯通人的各个感官之间的界限具有十分重要的积极作用。

第一节　物性本体与物性诗学

"物"是文学活动不可或缺的参照系。然而，就是这个"物"，对于文学理论批评来说，却是"让我欢喜让我忧"，"为我平添几多愁"。在文学理论批评中，如何"待物"，如何处理文学与物、文学性与物性的关系问题，成了一个历久弥新的问题，"斩不断，理还乱"。甚至可以毫不夸张地说，文学事业最终必须"言之有物"①，也可能由于"言之无物"或不能正确"待物"而走上歧途。而"物"观念的历史变迁和重点转换，一定程度上成为了文学如何"待物"的底色和风向标。

---

① 《周易·家人》云："君子以言有物而行有恒。"被理解为说话或写文章内容具体，但这种对于"言"的"及物性"的总体要求，却往往被视为"比喻"，人们并未认真对待"言"所及之"物"的具体情形。

古希腊人的"物"观念,长期以来即是西方人的"物"观念的基础。方东美先生认为,"希腊如实慧演为契理文化,要在援理证真。"然而,希腊文化虽然通过"契理"而求"如实",但其基本的价值取向,却始终不是"实感"的取向,而是"观念的"文化取向,注重的是精神价值的追求。他认为,在这方面,希腊文化和中国文化一样,要拿很高的智慧、高超的理想来指导生活,注重价值理想的追求和人格精神的提升,向往真善美的"绝对价值",这种追求精神价值的文化取向坚定不移。正因为这样,希腊的"契理"文化虽然以科学精神为根基,但在哲学和艺术方面却也都有着高度发展,创造了体大思精的希腊哲学和灿烂辉煌的希腊艺术。我们甚至可以说希腊文化是"以哲学与艺术为其主要枢纽"。希腊文化这种"观念的"而非"实感的"价值取向,被方东美视为正确的文化价值取向。但他认为希腊文化有其缺陷,这主要表现在:其一,"希腊全部文化之创造都以物格化的思想为其模范"①。希腊民族的"如实慧",导致"希腊人之世界观只摹仿那种密迩的、极有限的、自满自足的物体"②。希腊人的文化创造,正是建立在这样的世界观之上。"希腊思想家(德谟克利塔斯除外)所谓物只是此时此地所习见的具体东西。它们有形态可以识别,有量积可以抚摸,有空间可以转移,有轻重可以升降,有方位可以局限。人类五官所能接遇者多半是具体的,有限的东西。假使物的存在样法亦即是宇宙本身的存在样法,那么,宇宙自不能不是具体的,有限的了。"③这种受"物的存在样法"局限的宇宙观,就是"物格化的宇宙观"。它是希腊文化思想的一个缺陷。其二,也是更为严重的缺陷,就是希腊人过于注重求"真"的思维方式导致了"本体"界超绝于"现象"界,"形上"界超绝于"形下"界,真善美的价值理想超绝于现实生活。这种思维方法,使希腊文化发展到后期看不起物质世界,认为它是罪恶的渊薮,在精神上逃避它。因此,希腊文化尽管追求"真",并由求"真"而及于求"善"、求"美",但却使得真善美的价值理想难以在现实世界实现。希腊文化的最大缺陷,便是理想与现实隔绝,"遗弃现实"方能"邻于理想","灭绝身体"方能"迫近神灵"。这种理念最终导致了对于现实人生的虚无主义态度,视此生此世为"幻妄",认为"生不如死",人在死后才能在精神上达到真善美的理想境界。方东美说,这种悲观主义的人生态度,表明了希腊文化所含藏的"恶性的二分法",也就是将本体与表象、形上与形下、理想与现实打成两橛的思想方法,"希

---

① 方东美:《科学哲学与人生》,台北:台湾黎明文化事业公司 1980 年版,第 55 页。

② 方东美:《科学哲学与人生》,台北:台湾黎明文化事业公司 1980 年版,第 55 页。

③ 方东美:《科学哲学与人生》,台北:台湾黎明文化事业公司 1980 年版,第 55 页。

腊人深通二分法,遂断言'存有'高居超越界,不与表象世界相涉"①。将"存有"界(指本体界、形上界、理想境界)与表象世界相隔绝,不仅是希腊文化的主要缺陷,而且对于后来欧洲文化的演变、发展,也产生了消极的影响。②

古希腊人的这种"超越"方式即张世英先生所说的"纵向超越",就是"从感性中个别的东西上升到理性的普遍的东西的'纵深路线'",即黑格尔式的对现象和本质的区分,对深度模式的追求。③ 其实,国外也有学者论述指出:"从柏拉图的理式到笛卡尔的我思,超越意味着存在一个王国或实体,它在某物之外或超出某物。这个'之外'被构想为静止的、抽象的和绝对的。"④

事实上,方东美先生指出了希腊文化"物"观念的基本特点:精神/物质二分法、心/物等级制和隔离式实体化的"物"观念;而更为重要的是,这些物观念之间又相互联系相辅相成,共同构成了一个"物"观念的体系。很明显,这种物观念在今天看来是有问题的。但解决问题的途径,却并不是沿用其"二分对立法"并将立足点转换到物的对立面如"精神"或"心灵"方面,而是要超越这种二元对立结构。如何达到超越呢? 这要从质疑这种二元对立的基础开始。

从历时向度上看,物的问题一直是西方思想的重要问题。由于物的物性极难言说,这一问题的探讨就格外重要。20世纪中期以来,海德格尔从现象学转向了"物"的研究。⑤ 他的这种转向,既与超越古希腊以来的二分法对象化思维方式的诉求有关,也与他试图摆脱康德以来直到现象学的主体论物观念的努力相关。在他看来,自从康德的"哥白尼式革命"以来,现代的主体对万物的宰制性表象,把世界把握成为一个图像。人将万物推到了一个对立面,并不断地对它进行表象,不断地为它勾画形象。换言之,人成为主体,与世界被把握、被表象为一个图像是同一个现代过程。"对世界作为被征服的世界的支配越是广泛和深入,客体之显现越是客观,则主体也就越主观地,亦即越迫切地凸显出来,世界观和世界学说也就越无保留地变成一种关于人的学说,变成人类学。"⑥ 哲学研究的兴趣也就因之转向了主体。

---

① 方东美:《生生之德》,台北:台湾黎明文化事业公司1980年版,第338页。

② 余秉颐:《评方东美的比较文化学》,《学术界》2003年第4期。

③ 参见张世英:《哲学导论》,北京:北京大学出版社2004年版,第26—29页。

④ Eske Møllgaard, *An Introduction to Daoist Thought Action*, *language*, *and ethics in Zhuangzi*, Routledge Taylor & Francis Group, 2007, p.25.

⑤ Graham Harman, *Heidegger Explained:From Phenomenon to Thing*, Carus Publishing Company, 2007.

⑥ [德]海德格尔:《世界图像的时代》,孙周兴选编:《海德格尔选集》,上海:上海三联书店1996年版,第902页。

人和客体的距离越来越大,越来越对立,人的优越地位越来越强,结果造成哲学解释就是"从人出发并且以人为归趋来说明和评估存在者整体"①。在这个意义上,客体或者"物"就遭到了贬抑,作为图像的世界遭到了征服。只要人的主体地位越来越专横,客体和世界的地位就会越来越被动。于是,"人施行其对一切事物的计算、计划和培育的无限制的暴力"②。而科学和技术深化了这一暴力,是这一暴力征服最不可缺少的、最迅猛的决定形式。人神气活现地成为地球的主人,物和大地因此惨遭厄运。反过来,这也是主体的厄运——因为人过于自信,以至于它将周围的一切都看作是自己的制作品。"仿佛人所到之处,所照面的还是自身而已……但实际上,今天人类恰恰无论在哪里都不再碰到自身,亦即他的本质。"③ 在这种境况下,我们该如何追问物呢?

海德格尔关于物的追问与他对整个存在问题的追问紧密关联。物就是存在者,但海德格尔有别于形而上学追问存在的方式:他追问的不是存在者,也不是存在者的存在,而是存在自身,亦即作为存在的存在。这使海德格尔追问物的时候既不是关注某一特别的物或者一般的物,也不是物的物性,而是物性自身。此处的物性就是事物本身,也就是存在本身。④

西方思想在本性上乃是形而上学的历史。"超越的"形而上学使得物及物性难以显现,物被遮蔽在关于物的各种流俗观点之中。由此而导致的最终命运是存在的遗忘,物由此而"消失"。针对这一问题,海德格尔基于存在论现象学视野,批判了西方关于物的传统思想,展开了对物的深入探讨。在他看来,物性去蔽本身就是对存在的追问与敞开。对于海德格尔来说,走向物性自身,即是走向事情自身,就是走向存在自身,只有让物作为物,才能通达物性自身,进而实现诗意地栖居。⑤

在海德格尔看来,物之物性的解释贯穿了西方思想史的全过程,物早已成为不言而喻的东西。他发现,整个西方思想史对物的解释可归结为三

---

① [德]海德格尔:《世界图像的时代》,孙周兴选编:《海德格尔选集》,上海:上海三联书店1996年版,第902页。

② [德]海德格尔:《世界图像的时代》,孙周兴选编:《海德格尔选集》,上海:上海三联书店1996年版,第904页。

③ [德]海德格尔:《物》,孙周兴选编:《海德格尔选集》,上海:上海三联书店1996年版,第1169页。

④ 彭富春:《什么是物的意义?——庄子、海德格尔与我们的对话》,《哲学研究》2002年第3期。

⑤ 张贤根:《如何通达物性自身——论海德格尔关于物的思想》,《武汉科技学院学报》2006年第1期。

种：一是物是其属性的实体和承担者；二是物是感知多样性的统一；三是物是赋形的质料等。① 这些说法已成定论，从未受到质疑。不过，这三种解释却只是对存在者及其性质和用途的探讨；而形而上学则是一种超出存在者之外的追问，以求回过头来获得对存在者之为存在者以及存在者整体的理解。

就第一种解释而言，亚里士多德在把物与实体相关联的基础上展开对物的探讨。实体是事物原初的肌质，它不依赖于任何主体而独立存在。这种"实体论"即规定物作为实体承载了许多属性，物即是若干属性特征的集合。由此而形成了关于主体、实体和属性及其相关联的思想，物被规定为具体诸属性的实体。简单陈述句（主语与谓语的联结）与物的结构（实体与属性的统一）具有同构关系，前者反映后者；或线性翻转过来，可以推导出，陈述的主谓结构规定了物的实体即属性结构，进而规定了物之物性。但这两种结构以及它们之间的同构只是表象，并不是本源性的，而作为物自身的本源却被遗忘了。古罗马卢克莱修在《物性论》中进一步阐发了伊壁鸠鲁的原子论，但作为实体的原子并不能使物得以敞开。

就第二种解释而言，物是感知多样性的统一，这种观点受到人们日常生活经验与常识的支持，人们通过视、听、触、味、嗅诸觉去感知物作为实体的属性，如色彩、声响、硬度、味道、气味等而产生各种感觉，进而凭借各种感觉及其综合来达到对物的把握。但这种基于感觉的把握受制于主体及其经验认识，是一种"主体论"意义上的结果。这种观点尽管是"可证实的"，但却不能使我们切近物之物性，因为，物本身要比所有感觉更切近我们。

就第三种解释而言，把物看成是赋形的质料的观点，强调的是保持在自持中的物自身中的空间性，物因素成了与形式相对应的质料，作为存在者的规定性，质料和形式就寓身于器具的本性之中。问题是，质料与形式范畴只能用于描述器具，而器具又受实用性的规定。质料和形式受制于实用的器具本性，因而无法通达物本身，因此，赋形的质料也不能揭示物之物性。

各种流行的关于物的概念和观点，都基于一种实体论和二元对立的思维方式，因而都是对物自身的歪曲。当然，如果仅仅是将这种实体论的二元对立线性"翻转"过来，基于人和主体（而不是物）来思考物的问题，那它就又陷入了理论家所批评的"人类中心主义"的泥淖，而无法达到对于这种思维方式的"超越"。

---

① ［美］赫伯特·施皮格伯格：《现象学运动》，王炳文、张金言译，北京：商务印书馆1995年版，第490页。

正因为如此,海德格尔意欲破除自苏格拉底以来的二元化对象性思维模式,将注意力亦落在了"物"观念的改造上。在《物的追问》中,海德格尔转述了柏拉图著作中记述的"女仆的嘲笑"①。柏拉图认为,这个故事适用于从事哲学的每一个人。按照柏拉图的解释,哲学家的研究就是要摆脱具体之物、眼前之物和脚下之物的"纠缠"。但海德格尔认为,"女仆的嘲笑"必然事出有因,那么这原因又是什么呢?虽然这个故事广为流传,但其寓意却是暧昧的:一方面,这个故事似乎证成了方东美先生的观点,即在希腊人看来,本体界与现象界是隔离的,重在本体界的哲学思维"看不起物质世界",这个故事适可证明女仆的愚蠢无知。另一方面,这个故事也证明了泰勒斯的迂阔,因为,他愚蠢地将"物"的世界一分为二,并为了追求本体界的物而忽视了现象界的物。旨在超越西方二元论和对象化思维方式的海德格尔,似乎是站在"女仆"一边的。因此,为了使自己的物观念有别于西方哲学传统中的"物"观念,海德格尔将注意力更多地投向了"物性"(thingness),而这个术语的核心思想,旨在对二分法、等级制和隔离式实体化的西方传统物观念的克服和超越。②但尽管如此,海德格尔却不是要放弃从"物"出发来思考宇宙人生,也不是唯心主义式地从心灵、精神或意识出发而将物视为人的精神或心灵的对象化,而是仍然坚持从物出发来思考和追问,他断定,"物性"即是"让物成为物",也是物自身的澄明自化,即"the thing things"。在这样解说"物"和"物性"时,其观念,就已经远离了古希腊以来二分法的实体论"物"观念。

在海德格尔看来,物的源始意义正是"聚集",即天地人神四重整体的汇聚。为了说明这一点,海德格尔以黑森林的农家院落作为例证。这个两百多年前由农民筑造的院子坐落"在大地上",它的木石结构取自大地,且终将返归大地。院落位于避风的山坡上,屋顶承载着冬日的积雪。"风雪"透露出它在"天空下"。公用桌子后面的圣坛、死亡之树是终有一死者的归宿,暗示院内人的终极命运,院落在"护送终有一死者"。圣坛上的十字架则让诸神在场,这是对神圣性的期待。作为天地人神之聚集的院落,不是房地产市场上的商品,而是承载着天地人神的在场,并囊括了多重存在论意义。但是,现代科学技术的解蔽方式拆散了这种聚集,把院落还原为可供享用的物质资料。在海德格尔看来,栖居于作为物的院落中,人才真正找到了家园。"'我

---

① [德]海德格尔:《物的追问:康德关于先验原理的学说》,赵卫国译,上海:上海译文出版社2010年版,第3页。

② 参见张进、李日容:《物性存在论:海德格尔与拉图尔》,《世界哲学》2018年第4期。

在'的根本意义是'我居住'。存在等于栖居,栖居意味着筑造家园。家园的功能在于保护自由,而自由则在于保持住四重整体。只有置身于四重整体之中,人才是有家的。作为天地人神之聚集的物的世界,是人的源始家园。但现代技术消解了物的世界,使人始终处于无家可归状态。"① 海德格尔是从本体论层面思考"物性"问题的。尽管如此,在像拉图尔那样的更为激进的理论家看来,海德格尔依然设定了"对象"/"事物"的分立(见后文)。

在海德格尔看来,通达物性之路,不能仅仅停留于物,而必须对物(存在者)进行去蔽。在其思想的早期,海德格尔强调通过"此在"而通达物性;在中期,他强调通过艺术作品而通达物性;到了晚期,他既不强调此在,也不强调艺术作品,而是强调"世界",强调天地人神四元的聚集。在本性上,此四元相处一体,不可分离,并且没有任何一元成为中心,也没有任何一元成为主宰,四元之间发生的是镜子般的游戏。世界让万物存在,世界给予万物其本性,物是从世界之镜子般游戏的环化中生成的,万物和世界相互统一。海德格尔追问物的时候,关心的是"物性自身。此处的物性就是事物本身,就是存在本身"②。只有倾听语言,让天地人神、让万物自由嬉戏在世界之中,才是通达物性自身的最终道路。海德格尔对物性的追问,"清算了从前追问'物是什么'的非历史性道路,最关键的是他寻找到了超越从前自然的朴素论的自然科学和日常经验思维特有的哲学追问方式,从而开辟了一条重新追问'物之物性'的历史性生存论道路"③。在海德格尔那里,历史性并非是一般时间观念中的"过去",也不是过去事件的堆集,相反,历史性总是与此在在存在中的领会相关联。在朴素的经验科学和日常经验中,对于"物是什么"的问题所采取的是"自然的态度",但是在海德格尔式的哲学追问就不能再是"自然的",而是历史性的了,即"不自然的"历史性生存论领会。

在传统的旧唯物主义观念中,诸多种类的直观中的"物"构成着世界即全部的存在界,这是一种实体主义的世界观。马克思《关于费尔巴哈的提纲》的第一条,即在批判这种将外部世界仅仅作为感性直观对象的物象图景。广松涉对此指出:"根据这一世界观的统觉,首先可以直认存在着独立自在的存在体(实体),这些实体具备着诸种性质,并且相互地关系着。此处形成这种描像,具有性质的实体初始性地存在,实体间第二性地结成关

---

① 孟强:《海德格尔与拉图尔论"物"》,《科学技术哲学》2010年第6期。

② 彭富春:《什么是物的意义?——庄子、海德格尔与我们的对话》,《哲学研究》2002年第3期。

③ 于浍湜:《追问"物之物性"的历史性道路——海德格尔〈物的追问〉中"形而上学基本问题"的切入点》,《社会科学战线》2012年第6期。

系。——实体观历来有许多种类,质料—实体论、形相—实体论、原子—实体论等。"① 此外,还有一元论和多元论。广松涉正是要否定这种实体主义的物象观,而确立一种新的关系主义的"事的世界观"。张一兵对此分析指出:"其实,这个'事'是从海德格尔那里来的。关系性的事,即海德格尔所说的此在去在,在一定时间内的世界中存在的样态,它否定传统的实体性的物相(现成'在手'的存在者),存在问题关系性的'事件'和'事情'(以此在的上手为中心的建构过程)。广松涉认为,海德格尔是在哲学层面上说白了马克思的实践关系存在论。"②"上手"是全部哲学的起点,即哲学本体论的基始,"上手"就是关系,所以广松涉直接说自己的哲学"本体论"就是"关系主义存在论",即事的世界观。

关于"事的世界观",广松涉认为,所谓"事"并非指现象或事象,而是存在本身在"物象化后所现生的时空间的事情(event)",并且,如同通过这种结构性契机的物象化"物"(广义的"物")显现那样,关系性的事情才是基始性的存在机制。这就是一种关系主义的存在论:凡是被认定为"实体"的物,实际上都不过是关系规定的"纽结",关系规定态恰恰是初始性的存在。③ 这是一种"内在的、本质的和构成性的"关系。④ 也就是说,如果从关系主义存在论角度去理解"实体",我们就将"实体"放置到一个连通性(connectivity)基始之上,在这个意义上,作为实体的"物",就有了新的含义,就更像是与其他物会通共生、勾连引生的"事件"。连通性不是其第二性的属性,而成为其第一性的本体论意义上的性质。这样的"物",与其说是孤立的"物",毋宁说是连通性的"事";与其说是完全被动的"事情",还不如说是具有自身生成性和渗透性的"事件"。

"事件"不是静态和被动存在的,而是具有"创造性"。在格里芬看来,事件的创造性有两个方面,一方面是"事件从原有的前提中创造了自身。这个自我创造的侧面又有两个环节。第一个环节是,事件要接受、吸收来自过去的影响,并重建过去。这是事件的物理极。事件创造的第二个环节是它对

---

① [日]广松涉:《存在与意义》(第一卷),彭曦、何鉴译,南京:南京大学出版社2002年版,"序言"第1页。

② 张一兵:《广松涉:关系存在论与事的世界观(代译序)》,[日]广松涉:《事的世界观的前哨》,赵仲明、李斌译,南京:南京大学出版社2003年版,第15页。

③ 张一兵:《广松涉:关系存在论与事的世界观(代译序)》,[日]广松涉:《事的世界观的前哨》,赵仲明、李斌译,南京:南京大学出版社2003年版,第15页。

④ [美]大卫·格里芬主编:《后现代精神》,王成兵译,北京:中央编译出版社1998年版,第21—22页。

可能性的回应。事件因而是从潜在性和现实性中创造了自身的。事件的这一侧面可称之为心理极,因为它是对理想性的回应,而不是对物理性的回应。由于这是对理想的可能性的回应,因而事件完全不是由它的过去决定的,虽说过去是其重要的条件"①。事件创造性的另一方面"是它对未来的创造性的影响。一旦事件完成了它的自我创造行为,它对后继事件施加影响的历程就开始了。正如它把先前的事件作为自己的养料一样,现在它自己成了后继事件的养料"②。"事件"总有其具体的时空方位,并向各个施加和接受影响。这样,事件就像一种行为,对于文学来说,事件就是言语行为,这种行为不仅将文学作品创造为一个事件,它还可以"施为"并对后继的事件产生影响。

　　20 世纪 70 年代开始,方兴未艾的科学论也开始向认识论范式发起冲击,从而逐步进入了科学论的"存在论"阶段。对于科学论的存在论取向,拉图尔的表述最具代表性。为了克服近代以来认识论范式的弊病,并与主体/客体、自然/社会二元论划清界限,他号召发起一场"哥白尼式的反革命"或"反哥白尼式的革命"(Copernican counter-revolution)。③ 众所周知,康德哲学自称为"哥白尼式的革命",其本质是参照系的转换:主体取代客体成为哲学的中心。④ "反哥白尼式的革命"一方面是康德主义的反动,反对将主体视为哲学的中心;另一方面"它意味着哲学参照系的再次转移——转移到主体与客体的居间地带即经验杂多的现象世界。拉图尔将这个世界称做'集体'(collective),所谓集体就是'人与非人(nonhuman)在一个整体中的属性交换'。它是一个后二元论的存在论范畴,拉图尔也称之为

----

① [美]大卫·格里芬:《后现代宗教》,孙慕天译,北京:中国城市出版社 2003 年版,第 66 页。
② [美]大卫·格里芬:《后现代宗教》,孙慕天译,北京:中国城市出版社 2003 年版,第 67 页。
③ Latour B. *We Have Never Been Modern*, New York: Harvester, 1993, pp.76-79.
④ 康德的"哥白尼式革命",其要旨是:我们关于先天地认识到的,只是我们自己放进它里面去的东西,只是我们的直观能力的投射。相对于传统的唯物论而言,这是一种主客体关系的颠倒。主体的认知结构具有一种强大的自主力量。它有一个先验的形式,来给自然和物立法,在此,认知的力量来自于主体。也就是说,物的现象,是主体的认知产物。具体地说,感性和知性结合在一起,形成了主体一个强而有力的独特的认知结构,它们内在于主体自身,并且先于一切经验。经验对象必须符合这些先验的知性规则。现在,不是让主体去适应对象,而是让对象来适应主体,让物围绕着主体来转动。这就是康德所谓的哥白尼式的革命。尽管主体和客体之间颠倒了原有的秩序,但是,它和客体之间的对立关系并没有消除,只是物的知识的奠定开始转移到主体身上来。也就是说,对物的认知,必须遵照主体的规则。自此,物被夺取了自主权,成为主体的受动对象。自此,物总是在主体的参照下来书写自己的命运。(参见汪民安:《物的转向》,《马克思主义与现实》2015 年第 3 期。)

行动者(actant)、混合物(hybrids)或准客体(quasi-objects)。① 这场'反革命'本质上是反认识论的,因为作为认识论可能性条件的主客体二元性被视为集体的生成结果。另一方面,它又是存在论或形而上学的。拉图尔坚持生成(becoming)决定存在(being),当科学论把现象世界的生成过程描述出来时,便回答了何谓存在。这样,通过'哥白尼式的反革命',他便为科学论克服认识论并踏上存在论道路奠定了学理基础。应该说,这条路线代表了90年代之后科学论的主要方向……"②

尽管海德格尔和拉图尔在存在论取向上是一致的,但对于科学技术的存在论本质有迥然不同的看法。被海德格尔当做克服现代性的"物"的聚集性,在拉图尔那里成为一切事物的本质,包括科学对象。这造成二人持有不同的科学技术批判观念。面对危险的现代文明,海德格尔敦促我们转向"物",转向天地人神的聚集。在他眼中,技术文明的虚无主义无可救药,必须从整体上悬置起来,只有置身于四重整体的聚集之中,人才是本真的、自由的。这无疑设定了物/对象、本真/非本真的等级结构。拉图尔认为,所有事物都有聚集性,包括科学技术对象在内。我们总是已经内在于集体之中,总是已经卷入经验世界的运动之中,被聚集在科学技术周围,这是不可回避的现实。因此,拉图尔认为,科学技术批判只有作为参与性批判才是可能的,问题不在于如何构造本真存在的存在理想,而在于如何改变当前的聚集方式。与海德格尔略带伤感的浪漫主义不同,拉图尔的批判方案更具现实意义。

从海德格尔到拉图尔对"物"和"物性"问题的阐释,构成一条大致的线索,即他们都试图从本体论意义上来论述"物",也都坚持了"物"的一元论。只不过,像海德格尔这样的形而上学气质的哲学家特别强调了"事物"的理想的、本真意义上的"物性"维度;像广松涉这样的受马克思主义思想影响的哲学家特别强调了"事物"的带有实践意义的"事"(事情、事件)的维度;像拉图尔这样的科学哲学家则强调了"事物"作为"行动者—网络"的全部复杂维度。在海德格尔那里,还隐约遗留着"物/对象""本真/非本真"的等级制的痕迹,这让他难以将现代科技及其产物视为本真意义上的

① "准客体"(quasi-objects)这一概念,与现象学—解释学所强调的"准主体"(quasi-subjects)概念之间有着深刻的联系与区别,其共同点是二者都强调了处在传统意义上的主体与客体相交涉区域事物,都带有破除主客二分对立的哲学观念的倾向;其主要不同在于"准主体"的总体取向依然是"人类中心主义"的,其立足点是主体或人;而"准客体"则是"去人类中心主义"的,其立足点是客体或物。

② 孟强:《海德格尔与拉图尔论"物"》,《科学技术哲学》2010年第6期。

"物性"之"物",因而,也就留下了一个自然之物/科技之物的二元对立和等级制。当我们今天深陷在自然之物与科技之物难解难分的物的世界之时,对物的世界很难做出这样的"区分—隔离式"对待,而新的现实问题恰恰就在这里。当然,从另一方面,我们看到,无论是广松涉还是拉图尔,他们都深受海德格尔的物性本体论的沾溉,也都没有否定物性本体论,因此,其间的共同性大于差异性。

更值得注意的是,在科学论研究领域新近出现的"science matters"理论①,这一理论认为,人类所有的知识探求都是为了理解自然,而自然包含了人类和非人类系统,它们都是科学研究的对象。因此,宽泛一点说,所有这些探求都处于科学研究领域之内。所用的方法和工具可以不同,比如,文人(literary people)主要运用其身体感官和大脑作为信息处理器,自然科学可能还使用测量仪器和电脑。然而,所有的活动都可以在一个整一视角下观照:它们都是科学的不同成长阶段,因而有诸多相互学习之处。自亚里士多德以来,自然中的一切事物都是科学的组成部分。然而,直到最近,随着现代科学以及复杂多元系统论(complex systems)等学科的出现,人们才明白那些与人相关的学科(the human-related disciplines)如何能够被"科学地"研究。Science Matters(SciMat or scimat)是一个新学科,它将所有与人相关的事物(all human-related matters)都作为科学的一部分来对待。SciMat即是有关所有依赖于人的知识(human-dependent knowledge),在其中,人类(智人的物质系统)在多元复杂系统的观念下得以"科学地"研究。②尽管该书作者认为有不依赖于人的知识(human-independent knowledge)即"自然科学"和依赖于人的知识即人文/社会科学(humanities/social sciences-human-dependent knowledge)之分,但是,两种科学之间却

---

① **Scimat**(Science Matters)is a new term coined by Lui Lam in 2007/2008. Conceptually, Scimat treats all human-dependent matters as part of science, wherein, humans (the material system of Homo sapiens) are studied scientifically from the perspective of complex systems. Disciplinarily, Scimat represents the collection of research disciplines that deal with humans. That "everything in Nature is part of science" was well recognized by Aristotle and da Vinci and many others. Yet, it is only recently, with the advent of modern science and experiences gathered in the study of evolutionary and cognitive sciences, neuroscience, statistical physics, complex systems and other disciplines, that we know how the human-related disciplines can be studied scientifically. Scimat covers all topics in humanities and social sciences, with emphasis on the humanities.

② Maria Burguete and Lui Lam, eds. *Science Matters:Humanities as Complex Systems*, World Scientific Publishing Co. Pte. Ltd. 2004, p.2.

不存在"内在的鸿沟"(intrinsic gap)。① 这一理论事实上与科学论相通,也强调了通过物性研究,打通自然科学与人文社会科学之间传统界限的重要性。

进而言之,物性本体论与传统的唯物主义世界观之间也并非决然无关或完全不相容,其间也并非完全排斥的,至少二者都认同"太初有物"这一本体论学说。其间的区别,主要在于如何对待"二元论"的问题。在这一点上,传统唯物主义通常认可"物质/精神""存在/意识"的二元对立。举例来说,传统的唯物主义会将一部文学作品的内容分为物质和精神等两个可以相互分离的部分,前者是物质承载者,后者是精神性的思想和内容,后者才可以成为不受前者限制并超越于作品物质载体的、恒久性的精神存在。然而,在物性本体论看来,一部作品的所有方面都是"物性"的,正如乌力波对"潜在文学作品"的定义:"一部潜在的作品就是一部不局限于其表面内容的作品,它包含着丰富的隐秘物质,会自然而然地引领自身进行探索。"②即是说,这种"引领自身进行探索"的东西,却并不完全是虚无飘渺的"精神",而只是一种尚处于人们的认识视野之外的"隐秘物质"。这事实上是从文学作品的物性方面来理解作品的意义的。③

毋庸置疑,这种观点听起来是"极端"唯物主义的,因为它将向来被理解为"精神"的内容也理解为"物质"。它不仅在方法论和观念论上将文学作品理解成"物质的",更重要的是,它从本体论上将文学作品理解为物质的。研究者在"本体论的唯物主义"(Ontological materialism)与"方法论的唯物主义"(Methodological materialism)和"观念论的唯物主义"(Conceptual materialism)之间进行了区分和说明。这一研究发现,"本体论的唯物主义"认为宇宙中只存在物质实体、物质状态和物质进程,心理能力因而必须联系物质的实体、状态和进程加以描述和说明,其要点即是"物质领域被定义为实体、属性和过程等范畴,而后者在有机物和无机物中都是通用的"④。"方法论的唯物主义"则在人类的思想、情感、知觉、行为与人作为有机体的物质状态之间寻求彻底的平行和对应,认为思想情感尽管并非物质的,但却是

① Maria Burguete and Lui Lam, eds. *Science Matters:Humanities as Complex Systems*, World Scientific Publishing Co. Pte. Ltd. 2004, p.1.
② [法]雷蒙·格诺等:《乌力波2》,戴潍娜、王立秋等译,北京:新世界出版社2014年版,第2页。
③ 参见张进:《论物质性诗学》,《文艺理论研究》2013年第4期。
④ Rom Harré, *Cognitive Science:A Philosophical Introduction*, SAGE Publications Ltd, 2002, p.81.

由人类机体的物质状态在完美的同步性中引起的。① 它认为,在精神状态
及其历史发展状况与身体的特定状况及其作为物质进程的进化状态之间,
存在着完美的或近乎完美的同步性。② "观念论的唯物主义"则断言心理学
需要运用物质概念来描述和解释心理现象的整体性。采用这观念论唯物主
义也可能会最终一举导致本体论的和方法论的唯物主义。③ 因此,在终极
的意义上,各种形式的唯物主义,最终都会遭遇"本体论的唯物主义"。正因
为如此,如果不满足于一般性地强调人类"认知活动的具身性"(Embodied
Cognitive),那么,人们在终极的意义上,最终必然会走到"激进具身认知"
的阶段。④

　　其实,"太初有物"也是旧唯物主义认同的本体论观念。但其关键却在
于,如何界定和理解其中的"物"?将其解释为"实体",还是基于关系主义
立场将其解释"事物间性"?如果说古希腊的"物"本体范式是"实体"本体
论,那么,当代的"物"本体论范式则更多地是复杂混沌的"关系"本体范式。
在今天,就像物性观念的崛起一样,"混沌理论和复杂性理论就我们关于现
实本质的某些坚定信念提出了质疑。前者认为,自然系统(例如天气)受着
被称为'奇异吸引子'(strange attractors)的神秘力量的控制,因此,这样的
系统同时既是随意的又是先定的。这一结论威胁了我们的话语所一向赖以
依靠的逻辑法则"。科学理论的新发展如新物理学理论"要求我们对现有的
世界观做出的改变将有多大"⑤。

　　然而,"复杂性理论比混沌理论更进了一步,它认为,各种系统都具有
较高水平的自我组构;它还认为,当一个系统发展到某一点时,自我组构
自动出现,使该系统进入一个更为高级的阶段。当系统——包括文明和物
种——处于'混沌边缘'时,就更有可能发生这样的跳跃。甚至有人作出
理论推论,认为宇宙本身就是这样一个系统,不断处于自我组构的过程中
('强大的人类原则')。人类意识作为宇宙的成分之一,也受同样的规律支

---

① Rom Harré, *Cognitive Science:A Philosophical Introduction*, SAGE Publications Ltd, 2002,
　　p.83.

② Rom Harré, *Cognitive Science:A Philosophical Introduction*, SAGE Publications Ltd, 2002,
　　p.85.

③ Rom Harré, *Cognitive Science:A Philosophical Introduction*, SAGE Publications Ltd, 2002,
　　p.85.

④ Anthony Chemero, *Radical Embodied Cognitive Science*, Massachusetts Institute of
　　Technology, 2009, p.17.

⑤ [英] 朱利安·沃尔弗雷斯编著:《21 世纪批评述介》,张冲、张琼译,南京:南京大学出版社
　　2009 年版,第 119 页。

配,尽管这样一来也会再次引发那个让人为难的问题,即在个人层面上拥有或缺失控制力的问题。引起争议的焦点是,我们到底是独立的作用因素还是仅仅是作用渠道。我们是否控制着自己的意识,还是仅仅服从于一种更为强大的力量的控制,而其目的我们根本无从得知?"①混沌理论和复杂性理论的特点(奇异吸引、蝴蝶效应、自我组构、波函数、人类原则、混沌边缘等等),带有重要的哲学和文化含义,"这两个理论威胁着我们的标准世界观。当有人声称物质世界是按'先定的混沌'原则建构起来时,我们就会明白,标准世界观及其关于世界整一性的推断已受到极大威胁了。我们也许有理由预料,我们在一生的某些时刻将不得不与两者中的一个现象打交道,但不会同时与两个现象打交道,对于这种似是而非的情况我们无法作出合乎逻辑的反应,这使我们作为个体感到无能为力。《项狄传》也好,《良好的对称》也好,这两个叙事都有意识地从当时的科学理论角度探究身份问题……由此,我们可以发现,混沌理论和复杂性理论对叙事和批评实践都有帮助"②。事实上,如上从科学理论角度探究身份、叙事和批评实践问题的做法产生了跨学科的影响,引发了文学批评理论方法的更新。③

其实,"有帮助"之说,只是一个保守的说法。《21世纪批评述介》的编者,并不是只从"有帮助"的角度,而是从新世纪批评范式转换的角度来对待混沌理论和复杂性理论的。如果"人类意识作为宇宙的成分之一,也受同样的(混沌理论和复杂性理论)规律支配",那么,我们长期以来围绕人类意识中心所形成的文学观念也就需要整个颠倒过来。文学就不便再称为"人性之学",而适可称为"物性之学"了。当然,这种物性,与旧唯物主义的"物质"已经拉开了距离。

在人类思想史上,西方哲学所关注的问题,一是物质与精神(包括存在与意识、身体与心灵、自然与文化、物与心)何者为第一性的问题,在这个问题上,可以区分出唯物主义与唯心主义;二是物质与精神能否统一的问题,在这个问题上,可以区分出可知论与不可知论。然而,事情往往会比这种哲学划分更为复杂。且不说这种"心物二分"的思想方式是否能够涵盖中国传统哲学思想,就西方哲学传统来看,仅"心物二分"中的"物"就已然众说纷纭,莫衷一是。

---

① [英]朱利安·沃尔弗雷斯编著:《21世纪批评述介》,张冲、张琼译,南京:南京大学出版社2009年版,第120页。

② [英]朱利安·沃尔弗雷斯编著:《21世纪批评述介》,张冲、张琼译,南京:南京大学出版社2009年版,第121页。

③ 参见张进:《论文学物性批评的关联向度》,《文艺理论研究》2015年第3期。

　　当然,如果说物性在基始处包容涵摄了一切,"太初有物"即"有物混成,先天地生,寂兮寥兮,独立不改,周行而不殆,可以为天下母"①。那么,物和物性就是第一性的,天地神人就是从这种太初的物性中分化出来的,因而是第二性的。易言之,从认识论的层面上讲,如果我们从物性的角度来认识世界,那么,我们就有必要认识天地神人在根柢上与物性之间的"连通性"(connectivity)以及这些要素之间的连通性。从这一本体论出发,人们在认识物性之时,就需要重新定位"天地神人时"之间的关系,它们在物性本体的视野下,构成了一个"整体圆环"。诚如海德格尔所说,"物是一个事件,聚集着天地神人四方,其中的每一方都映照着其他三方。物是四方的统一体,这个统一体又可以被称为'世界'。'世界世界着'……四方……共属于一个围拢的圆环,或一场舞会"②。这显然是从物性本体论的立场上,试图克服"二元论"和"对象化"思维的一种努力。

　　事实上,自笛卡尔以来,哲学家们一直困惑于二元论问题:精神和物质是两种绝对不同的实体,客观(物质的)事物如何在神经活动的最后阶段突然从客观领域跃升到一个完全不同性质的领域,即主观的意识领域中? 客观的事物怎么能影响主观的事物? 在当今哲学文献中占据了很大分量的心智哲学也沉浸于对这个问题的讨论。当代脑科学的研究证明:意识并不是主观的,它是客观/物质的。它是我们大脑的属性之一,和其他"客观事物的属性"一样客观。大量有效的证据表明,思维的过程其实就是大脑的工作过程,笛卡尔的"难题"或许不再成立。如果是这样,那么,建立在身/心、物质/意识和机器/人类二元对立基础上的一系列彼此呼应的人文主义的"理论假定",也就都是可疑的了。像海德格尔这样在人文学术领域对二元论的超越诉求,也得到了自然科学新发展和新发现的支持和印证。研究发现,"神经科学的发展已经形成了关于人文学某些经典问题的重新思考或认识。当前的神经科学发现显示:我们的大脑和意识都是物质性的,意识的身心二元论是不能成立的,应该回归于大脑一元论。大脑很重要的一部分工作是无意识的,但却能很好地完成许多在常人看来需要意识去完成的工作,这种无意识的大脑运作过程也是大脑的一种客观属性。另外,常识心理学中所谓自由意志的存在是很可疑的,大脑在意识到自己作出决定之前已经作了决定,无意识的意志根据环境中发生的情况而作出瞬间的决定,其过程主要由

---

① 楼宇烈校释:《老子道德经注校释》,北京:中华书局2008年版,第63页。
② Graham Harman, *Heidegger Explained:From Phenomenon to Thing*, Carus Publishing Company, 2007, p.131.

大脑在发育期间所形成的工作方式以及由之后我们所学到的知识（记忆）决定。当然，自由意志是否存在这个重要问题的最终答案还应该来自于未来更多的科学实验"①。

如果说大脑神经细胞活动即意识是一种"共性"，那么个体因具有独特的大脑而具有的独特意识就是"个性"。② 对于人格、性格等所谓"主观"现象，目前神经科学也可以提供较好的解释。物种、遗传背景、大脑早期发育环境的差异与后来的成长环境或经历共同作用，使每个人的大脑都是独一无二的。在这个意义上，甚至有研究者提出"我即我脑"③。这个可以转换成"我脑即我在"命题，是对"我思故我在"的断言的一种彻底颠覆，也是对笛卡尔式的精神／物质二分法的否定。④

对二元对立的质疑和批判，也是当代文学"理论"研究的焦点所在。文学理论家卡勒指出，"理论"的功能，就是对我们借以定义我们自己的种种二元对立、尤其是人与自然的二元对立进行质疑。卡勒分析指出，人类／动物、人类／自然的对立往往导致了一种人本主义的建构，因此对这种对立的批判是对人类中心主义的批判；同样地，对人类／机器二元对立的批判，"它驳斥了将人类主体看作是自主性的、理性的、自我意识的、拥有自由意志的那种传统模式。……因此，对自主性人类主体的批评就不能导向一种'机器的解放'，而是导向在探索某些理论家所称的'后人类'过程中的一种对人与机器对立的质疑"⑤。如果说，笛卡尔以来的西方思想，在试图走出"实体物质"观念的过程中，在人与物二元对立结构中，将重心放在了"人（类）"之上，最终演变为一种"人类中心主义"；那么，在另一个向度上，"后人类主义"（Posthumanism，或译为"后人文主义"）则试图将重心从"人类"自身移开，再次确立从"物"的立场来思考宇宙人生的"世界观"，只是，这一次，"物"的观念自身已经发生了重大变化，摆脱了古希腊时期的"实体本体论"的物观念，而走向了"物性本体论"的物观念。

---

① 包爱民、罗建红、[荷兰] 迪克·斯瓦伯：《从脑科学的新发展看人文学问题》，《浙江大学学报》（人文社会科学版）2012 年第 4 期。

② 张进、王垚：《技术的嵌入性、杂合性、药性与物质文化研究》，《西北大学学报》2017 年第 1 期；参见人大复印资料《文艺理论》2017 年第 6 期。

③ [荷兰] 迪克·斯瓦伯：《我即我脑》，陈琰璟、王奕瑶、包爱民译，北京：中国人民大学出版社 2011 年版。

④ 斯瓦伯的著名论断，也可以仿照笛卡尔的断言译为"我脑即我在"。这种研究尽管也有将"脑"这一特定之物实体化的倾向，但它试图基于"物性"而否定笛卡尔式的抽象的人性设定。

⑤ [美] 乔纳森·卡勒：《当今的文学理论》，《外国文学评论》2012 年第 4 期。

　　值得特别指出的是,西方的这种物性本体论观念,与中国传统的物观念之间具有广阔的通约性。海德格尔有关物性的论说,如果我们结合他所处的时代及其学说体系与中国传统的相关思想来理解,也许并不那么"玄"。

　　首先,在他所处的科技理性和工具理性骎骎日进的时代,自然科学的"物性表"方式成为解释物之物性的"唯一正确"方式。① 这种方式看似完全客观的,但事实上也难免"人"将他物(数据、参数)加于此物之上,进而又本末倒置地将数据推定为物性的全部本质,从而遮蔽了物性的其他维度和丰富内涵。在批判"物性表式的"物观念的问题上,海德格尔强调"The thing things"和"The world worlds",大约与庄子"物物而不物于物"的观念中所强调的"物物"观旨趣相同,重视的是主客未分基础上人与物的同时去蔽。从物性本体的源头上说,如果人作为物的去蔽是"人人化"(人作为能动者)的话,那么物的去蔽就是"物物化"(物亦作为能动者)。人与物的去蔽活动,同属于"世界世界着"的整一过程。而人在科学活动过程中通过对物的(科学实验)"单向涉入"而加于物的一系列参数和数据,尽管也非常重要,但若与基始性的去蔽相比,仅仅是呈现了物性之某些方面,有时候甚至是物性之"末"而已。

　　其次,如果说物性即是"物物化",那么,物性就不是静态的和被动的,而总是存在于动态的"化"的过程,物性也就适可描述为过程性和事件性的,因而也是历史的、具体的,故而"求物之妙,如系风捕影"(苏轼语),人们只能在物(以及人)的运动变化的历史性进程中把握物与物、物与人之间的动态关联。一旦人们认识到物性的历史性和事件性,也就必然要重新审视自然科学所认定的物的量化参数,它就必定是历史的和"可变的";而且并不一定只有在人类干预下才改变。比如,我们可以以量化形式来标示珠穆朗玛峰的高度,但是在 2015 年尼泊尔地震发生之后,它却"矮"了几公分。②

---

　　①　源自西方现代自然科学领域的"物性表",在汉语译名中也用到"物性"二字,但主要指的是事物的"物理性质"(physical nature),即物质不需要发生化学变化就呈现出来的性质,如颜色、状态、熔点、沸点、密度等。而这种物理性质是可以量化为一系列参数和数据的。其方法与中国传统意义上对"物性"的体察默会的描摹方式已大相径庭。同时,汉语境中,也将古罗马哲学家卢克莱修(Lucretius)的著作 On the Nature of Things 翻译为"物性论"。这部著作将物的本原追溯到"原子",更像是后来西方自然科学的"物性表"的先声。

　　②　据人民网消息,科学家确认,尼泊尔地震后,世界最高峰高度下降 1 英寸(2.5 厘米)。其证据来自欧洲航天局 Sentinel-1A 卫星 4 月 29 日在珠穆朗玛峰上放采集到的数据。美国《赫芬顿邮报》援引 UNAVCO 科学家的话称:"地震引起的印度板块和欧亚板块移动后造成了地壳松动。这导致珠峰高度稍稍下降。"

在非人力作用下，有的山"走"了，有的山"长"。"高岸为谷，深谷为陵。"① 那么这座山与其他山之间的空间距离就需要重新量化，而以前的数据就变得不足为凭了。物"不以人的意志为转移"的变化过程，与一般唯物主义世界观之间具有相通性；其间的区别主要在于"物性"观念是从物我未分的本体论意义上言说的。

再次，如果说物性包容人性并最终必然是与人性相关联的话，那么，它就不只与人类的"理性"关联，而且与人的整个感性系统关联，与人的躯体甚至"内脏"关联，② 与人的整个"存在"相关联。因此，物性并不仅仅是"物之理"，也关乎"物之妙"，后者恰恰是物性中久被忽略的部分，因为物之"理"似可以量化，而物之"妙"却断然无法量化为若干数据，因此，无法作为一般知识来"授受"，苏轼因之而感喟："求物之妙，如系风捕影，能使是物了然於心者，盖千万人不一遇也。"③ 原因即在于，"物之妙"超越于"精粗"，是"数之所不能分也"，"数之所不能穷也"④。因此，"物之妙"并不是一个"玄学"概念，它其实是指事物的本性中，那些无法被"数"所量化的部分，即是庄子所说的"不期精粗"部分。

《庄子·秋水》云："夫精粗者，期于有形者也；无形者，数之所不能分也；不可围者，数之所不能穷也。可以言论者，物之粗也；可以意致者，物之精也；言之所不能论，意之所不能致者，不期精粗也焉。"⑤ 在这里，庄子对"物"创造性地作出了三重划分。前两个层面，仅是在认识论意义上的，是可以对象化和量化的；而"不期精粗"者则是在本体论意义上的，既不可以量化，也不可以对象化。而恰恰是这个层面，犹如"第三空间"一样，才是始源性的。⑥ 事实上，这是将对于物的把握从认识论上升到本体论层面。结合苏轼对于"物之妙"的论述，庄子对于物的三重划分，适可改写为："物之粗""物之精"和"物之妙"。"物之妙"通常是"不在场"之物，但它与在场之物"不尽同而可相通"。

这种情形不仅能从海德格尔那里得到印证，也可以由科学论的研究领

---

① 《诗经·小雅·十月之交》："烨烨震电，不宁不令。百川沸腾，山冢崒崩。高岸为谷，深谷为陵。哀今之人，胡憯莫惩。"这段文字似乎是对某次地震或类似的自然灾害的记载。

② Josephine Machon, (Syn) aesthetics: Redefining Visceral Performance, Palgrave Macmillan, 2009, p.14.

③ 《苏轼全集》，上海：上海古籍出版社 2000 年版，第 1692 页。

④ 郭庆藩撰：《庄子集释》（第三册），北京：中华书局 1961 年版，第 572 页。

⑤ 郭庆藩撰：《庄子集释》（第三册），北京：中华书局 1961 年版，第 572 页。

⑥ 张进：《论"活态文化"与"第三空间"》，《中南民族大学学报》2014 年第 2 期。

域得到佐证。但物的意义如何显现出来？物就其自己本身而言是自在的，遮蔽的。只是当物与一个特别的物相遇时，物的意义才可能自行呈现出来或者被揭示。这个特别的物就是人，就是人的生活、意识和语言。于是物的意义的呈现过程，实际上就置于物与人的关系或者人与物的关系之中。对于庄子而言，人与物已经在世界中相遇了，因此所谓物的意义的显示同时可能就是遮蔽。这样，问题只是：人是如何对待物的，由此人又是如何对待人自身的。在此范围内，人对物的态度决定了物的意义是否被揭示，以及它在何种程度上被揭示。① 那么，人该如何待物呢？庄子提出了其著名的"与物为春"说，强调在春意盎然的和谐氛围中，人与物的平等相待和宛转"推移"。章炳麟依据《说文》对"春"的解释，即"春，推也"，将"春"理解为"推移"，强调人的行为方式，将"与物为春"解释为"与物相推移"。② 因此，"通达物性"即是"求物之妙"，而通达物性的方式，即是"物物""物物化"或"与物为春"。

在当代，汉语语境中的"物性"约略对应着英语"thingness"或者"materiality"。其中，"thingness"主要见于海德格尔有关"物"的论述及其英文翻译，他认为，自然科学似乎回答了"物是什么？"的问题，但它依然不知道"物之所是"，即"物性"（thingness）。"这种使物成为物的物性，本身不再可能是一个物，即不再是一个有条件的东西，物性必然是某种非—有条件的东西。借助'物是什么？'我们追问无条件的东西。我们追问环绕在我们周围的明确的东西，而同时也使自己远离最切近的诸物……到达不再是物的东西那里，它形成某种根据或基础。"③ 在讨论物性问题时，海德格尔用到了"The thing things"这一新颖的表述。在《诗·语言·思》讨论"物"的过程中，海德格尔三次使用"The thing things"，十多次使用"The thinging of the things"，其中的"things"和"thinging"，都是将"物"（thing）用作动词。"The thing things"这一表述，参照《庄子》一书中"物物而不物于物"的说法，就会发现其间具有发人深思的关联。且不说海德格尔在采用这一表述时是否真的受到了庄子的启发，汉译者将这一表述译为"物化"，又明确地将"The thing things"联系于庄子的"物化"说。④ 如此看来，海德格尔所讲的物性，

---

① 彭富春：《什么是物的意义？——庄子、海德格尔与我们的对话》，《哲学研究》2002 年第3 期。

② 陈鼓应：《庄子今注今释》，北京：中华书局 1983 年版，第 160 页。

③ ［德］海德格尔：《物的追问：康德关于先验原理的学说》，赵卫国译，上海：上海译文出版社 2010 年版，第 8 页。

④ ［德］海德格尔：《诗·语言·思》，北京：文化艺术出版社 1988 年版，第 157—158 页。

就有似庄子所讲的"无待"状态的物,"浮游乎万物之祖,物物而不物于物"。如果"万物之祖"依然是某种特殊的"物",那么,按照庄子的理解,它就是"不期精粗"的物。而正是这个形而上的物(性),使物成为物,让物性去蔽敞开。海德格尔指出"物如何成其本质呢? 物物化。物化聚集"。"物物化"德语为:Das Ding dingt,英语为:The thing things,海德格尔的这种名词动词化的用法试图表现的是其独特的哲思,"物是一个事件,聚集着天地神人四方,其中的每一方都映照着其他三方。物是四方的统一体,这个统一体又可以被称为'世界'。'世界世界着'……四方……共属于一个围拢的圆环,或一场舞会"①。

通过如上勾勒,我们可以看出,"物性本体论"是从本体论层面来讨论物的问题,强调了"物一元论",突出了物(与他物之间)的"连通性"(connectivity)。理论家从谈论孤立的实体之"物",走向了对联系的、连通性的"物性"的强调,而"物性"概念的核心意旨即是突显其"事物间性"② 以及物性的能动性。

不难看出,这种对"物性"概念的阐释,事实上将"物性"从认识论层面提升到了本体论层面来展开论述。从本体论层面来看,物性即是"物物化","物物化"即是"世界世界化",而后者又是一个将天地神人涵摄起来的整体浑一的圆环,一场天地神人的"舞会"。从物性本体论的层面看,天地神人的属性不仅需要参照物性而得到解释,而且也可以从物性的统一性中引申出来。物性成为了唯一的和最终的解释范式,一切所谓人性、神性、天性或自然性,都可以以物性为参照而得到说明。由此推演,人性的依据不是人类自身,而是物性;文艺的本质不是源于人性,而是源于物性;在终极意义上,文艺不是人性的表达,而是臻达物性的中介,是物性的体现,物性才是文艺审美活动最终的和绝对的参照系。

在由实体、意识、语言和物性所构成的四重结构中,从古希腊到 17 世纪的西方哲学大致都重视实体或"物质",从而构筑了影响深远的"实体本体论",而"实体之物"恰恰是这种本体论世界观的参照,基于这种本体论之上的诗学,无论其形态如何多样,大抵都属于"实体论诗学"。"认识论转向"以来的西方哲学将重心转移到人对物质的"认识"问题上,从而突显出"意识"的重要性,构筑了一种可以称之为心灵、意识或思想本体论,这种本体论视

---

① Graham Harman, *Heidegger Explained:From Phenomenon to Thing*, Carus Publishing Company, 2007, p.131.

② 张法:《西方哲学中 thing (事物)概念:起源,内蕴,演变》,《社会科学战线》2013 年第 3 期。

野下的诗学,无论其形态如何复杂,但皆属于认识论诗学。20世纪以来的
"语言论转向"又进一步将重心转向"语言",以语言为其世界的参照系,突
显了语言的重要性,从而构筑了一种语言本体论,语言学成为其世界观的
参照系;20世纪中末期以来,出现了一种可以称之为"物性论转向"的运
动,哲学研究将重心转向包含了人与物在其中的"物性"之上,物性论(人—
物合一体或人机合一体)成为人们的世界观参照系。其对应关系图景大致
如下:

本体论形态	诗学范式类型	世界观参照	诗学研究重心
实体本体论	实体论诗学	机械论	质料/形式问题
意识本体论	认识论诗学	有机论	感性/理性问题
语言本体论	语言论诗学	语言论	文本间性问题
物性本体论	物性论诗学	物性论	事物间性问题

　　实体本体论强调"物"作为实体的本体论地位,因此,不可谓不重视
"物",但问题恰恰出在其背后的"物"观念:它将物视为"相对分离"的物质
单元,[①] 机械地解释实体物的本体论地位,不仅突出了物质/精神的二元对
立,也突显出物与人之间的二元对立;与之相应的诗学研究的重心则主要落
在了研究对象的质料与形式的关系问题上。这种实体本体论的"物"观念,
虽然突出了物的基础地位,但对"物与物"之间的连通性(connectivity)重
视不够。随之而起的"认识论转向"及相应的意识(心灵)本体论,对于心灵、
意识、精神等都做了深入系统的研究,但只是线性翻转了物的实体本体论观
念,仍然承续了精神/物质、人/物二元对立的对象化思维模式,对"人—物"

---

① 像卢克莱修《物性论》那样强调"原子论"的物质观念,是实体本体论的古典形态之一。自
　　然科学领域的"物性表"模式则是实体本体论的当代形态。在中世纪晚期和文艺复兴运
　　动早期,古罗马哲学家卢克莱修的哲学长诗《物性论》(De Natura Rerum)于1473年整理
　　出版,这是现存唯一系统阐述古希腊罗马的原子唯物论的著作,全书依据德谟克利特开创
　　的原子唯物论,以大量事例阐明了伊壁鸠鲁的学说,批判了灵魂不死和灵魂轮回说及神创
　　论,将朴素唯物主义的观点贯彻于自然、社会和思维领域,在与唯心主义学说的斗争中丰
　　富了唯物主义。应该说,这部西方早期著作所倡导的"原子论"的物观念,直接开启的是
　　西方近现代以来自然科学的"物性表"(Properties of Materials)思维方式,这种看待物的方
　　式,是将一物与他物区分隔离,使其变成"可测量的",进而将其品性或属性加以量化表示
　　和量表化显示。这种方式事实上与《物性论》的方式是一脉相承的,从某种意义上说,这
　　也是近现代自然科学的基本思维方式。我们看到,以这种方式来研究物,不仅不重视物与
　　物之间的联系性,而且特别强调了物的可隔离出来的"本质"。

之间的连通性重视不够；20 世纪以来的语言论转向及其相应的语言本体论，对人类语言做了深入系统的研究，但对"言与物"之间的连通性重视不足。从总体上说，如上三种本体论，尽管其间存在着重大的区别，但是，它们都局限于其特定视角，突出了物的特定维度，但大都对作为对象的"物"做"区分—隔离"式研究，从而忽视了物性在连通性上的丰富多样性，"物"的连通性只是被限定在某些特定方面，物性问题依然以这样那样的形式被遮蔽着。

如上三种本体论形态与相应的诗学范式，都程度不等地对"物"进行"区分—隔离式"研究，试图对物做对象化、实体化和对立式的把握，因而，从总体上说，三者本质上都是"实体论"的思维方式。而"物性本体论"则强调，物是"存在者/存在""在场/不在场""已成/将成""虚/实""隐/秀"连通浑成的统一体，是"天地神人时"聚集游戏的整一圆环。在一般意义上，唯物主义世界观也强调世界是物质的，物质是运动的，运动是有规律的，规律是可以把握的。在某些重要方面，物性论与一般唯物主义世界观之间有一定相通之处，但后者大多坚持了主体/客体、物质/精神、存在/意识之间的二元对立，重视"存在者""在场"和"已成"等"实体"维度而轻视物的非实体方面，这种实体化和对象化的思维方式，也是物性本体论所要着力克服的问题。

第二节　物性连通与事物间性

本体论意义上的"物性"（thingness）概念与一般所谓的"物"或"对象"最重要的区别，就在于物性观念在本体意义上将人亦包含在其中，它是在场与不在场、虚与实的统一；同时，它强调了物与物（包括人）之间普遍的、无可回避的连通性（connectivity）。王阳明在《大学问》中曾说："盖身、心、意、知、物者，是其工夫所用之条理，虽亦各有其所，而其实只是一物。格、致、诚、正、修等，是其条理所用之工夫，虽亦皆有其名，而其实只是一事。"[1] 这里强调的"连通性"，强调人与物、物与物、事与物、身与心之间普遍的关联性。

自然科学的研究，也在不断地凸显物与物之间的这种连通性。"自 20 世纪 70 年代起，物理学家一系列精确的实验正在不断地消除疑虑……即使相隔整个宇宙，两个已经纠缠的粒子可以立刻互动。""互相分离的粒子可以被完全'纠缠'，其结果是，无论两个粒子之间的距离是多少，测量一个粒子几

---

[1]　《王阳明全集》（下），卷二十六，上海：上海古籍出版社 1992 年版，第 971 页。

乎同时会影响到另一个。"①进而，如果从物性角度来审视"人"，那么，人与其他物之间也不可避免地相互"纠缠"。

　　海德格尔对于物与物性的区分，即显示出这种诉求，他将"物性"归结为"天地神人"四元一体，即是强调"物性"所涵摄的所有要素，其间因为相互连通而成为"整一体"。海德格尔以诗化的语言这样描述："物居留于统一的四者，大地和天空、神圣者和短暂者，在它们自我统一的四元的纯然一元中。大地是建筑的承受者，养育其作物，照顾流水和岩石、植物和动物。当我们说大地，我们已经想到了另外三者，由于四者的纯然一元而伴随着它。天空是太阳的道路，是月亮的路途。繁星闪烁。四季交换。……当我们说天空，我们已经想到另外三者，由于四者的纯然一元而伴随着它。……当我们说神圣者，我们已经想到了另外三者，由于四者的纯然一元而伴随着它。……当我们说短暂者，我们已经想到了另外三者，由于四者的纯然一元而伴随着它。……大地和天空、神圣者和短暂者（它们自愿地达到一）由统一的四元的一元而从属在一起。四者的每一位都以自身的方式反射其他的现身。每一位因此以自己的方式反射自身。"②

　　同时，值得特别强调指出的是，在本体论的视阈中，"物性"的这种"连通性"，不是第二性的，而是第一性的；不是派生性的，而是基始性的；不是外在的，而是内在的；不是静态现成的，而是动态构成性的。这种"连通性"观念，在当前物质文化研究中，具有异常重要的认识论和方法论意义，它强化了物与人、物性与人性、物质与精神、肉体与意识以及物性诸方面之间的同源同构和平等的互动共生关系。这也契合于广松涉所强调的"关系主义存在论"。关于"事的世界观"，广松涉说，所谓"事"，并非指现象或事象，而是存在本身在"物象化后所现生的时空间的事情（event）"，并且，如同通过这种结构性契机的物象化"物"（广义的"物"）显现那样，关系性的事情才是基始性的存在机制。这就是一种关系主义的存在论：凡是被认定为"实体"的物，实际上

────────────

① 《凤凰网》以《荷兰科学家证实量子纠缠：物质远隔万里却相互作用》为题报道："在一个具有里程碑意义的研究中，荷兰代尔夫特理工大学的科学家报道，他们的实验据说可以证明量子力学最根本的理论之一：远隔很远距离的物体可以瞬间互相作用。""这一发现是对古典物理称为'定域性定律'（locality）的基本原则又一打击。其定律指出，一个物体只能被它周围的环境直接影响。代尔夫特大学的研究，周三在《自然》杂志上公布，进一步证实了一个爱因斯坦曾经公开拒绝的想法。他说，量子论必须承认'幽灵般的远程效应'，他也拒绝接受'宇宙可以表现得如此奇怪，如此明显地随机'这一概念。"参见凤凰网科技，2015年10月25日。

② ［德］海德格尔：《诗·语言·思》，北京：文化艺术出版社1988年版，第157—158页。

都不过是关系规定的"纽结",关系规定态恰恰是初始性的存在。① 当然,这里的"关系"并不是外在的,而是一种"内在的、本质的和构成性的"关系。②也就是说,如果从关系主义存在论角度去理解"实体",我们就将"实体"放置到一个连通性(connectivity)基始之上,在这个意义上,作为实体的"物",就有了新的含义:即物的"存在不是一种东西,而是一种事情"③。因此,广松涉强调"扬弃'物的世界图景的问题式'、向着事的世界观进发"。④

连通性不是物性的第二性的属性,而成为其第一性的本体论意义上的性质。这样的"物",与其说是孤立的"物",毋宁说是连通性的"事";与其说是完全被动的"事情",还不如说是具有自身创造性的"事件"。⑤

---

① 张一兵:《广松涉:关系存在论与事的世界观(代译序)》,[日] 广松涉:《事的世界观的前哨》,赵仲明、李斌译,南京:南京大学出版社 2003 年版,第 15 页。

② [美] 大卫·格里芬主编:《后现代精神》,王成兵译,北京:中央编译出版社 1998 年版,第 21—22 页。

③ [德] 海德格尔:《面向思的事情》,北京:商务印书馆 1996 年版,第 3—5 页。

④ [日] 广松涉:《事的世界观的前哨》,赵仲明、李斌译,南京:南京大学出版社 2003 年版,第 119 页。

⑤ 在汉语语境中,"物""事""事物""事情""事件"等术语,其间有着复杂的交织渗透关联。叶燮《原诗》把"物"分为理、事、情三个方面,把创作主体分为才、胆、识、力四个要素,主张"以在我者四,衡在物者三,合而为作者之文章"。在中国传统诗学中,"物"通常包含着物之理、物之事和物之情等多重内涵。与西方诗学的"物"相比,中国诗学更强调"物"作为事情、事件的动态过程。在汉语传统中,"物性"即指事物的本性。宋人沈括《梦溪笔谈》谈及"物性之不同",大约指物的"本性";宋代张世南《游宦纪闻》卷九云:"呜呼! 地土风气之能移物性如是耶? "亦此之谓。明代刘基《诚意伯刘文成公文集》提及"物性之苦"。清人沈复《浮生六记·闺房记乐》:"鹤善舞而不能耕,牛善耕而不能舞,物性然也。"大约都指事物作为物的"本性",但并不认为它是不可变的,而是强调它"能移"的特征。梁启超《中国学术思想变迁之大势》第三章第四节云:"惟有阴阳五行之僻论,跋扈于学界,语及物性,则缘附以为辞,怪诞支离,不可穷诘。"对于国人传统上对物性的界定不够"精确全面"的倾向有所不满,可能是受到西方文化语及物性即能精确(量化)的做法的影响。大致与梁氏同时的《澄衷蒙学堂字课图说》(初版于清光绪二十七年,即 1901 年。)全书四卷(八册),共选 3291 个汉字,插图 762 幅。第一册为凡例、类字和检字索引;第二册为卷一,所收汉字包括天文地理、自然现象、山川河岳,各国知识、地方小志等;第三、四册为卷二,"所收汉字涉及人事物性、乐器武器、花鸟鱼虫、矿物金属等";当时,这本书以石版印刷流通,随即广为仿效和普及,成为全国各小学学堂通行教材。几十年间,其扩印之多、流布之广、版本之杂,一时无二。这本书作为有史以来第一部学校编纂的语文课本,其精神传承直接影响了后来的《国民字课图说》(1915 年),还影响了同时代的《共和国教科书》(1912年)。从晚清到民国,这种隐性线索还存在着,可谓是近现代中华语文课本的典范,一路灿烂光华、自强不息。及至当代,此书却寂寂无闻。该书所讨论的"物性"总是与"人性"问题相关,它未采用量化的方式呈现其物理性质,同时,它也并不设定物性是永恒不变的。

　　"连通性"是"物性"观念的核心旨趣,这种观念已然成为当代思想的某种共识。研究者指出,关于事物的思想在本质上是传导性的,也是连通性的。"这种连通性在艺术叙述中是基础性的,物不仅参与思想活动,而且参与到知识的塑型过程,在对这一点的把握上,连通性变得举足轻重。"① 这一认识,对当前的物质文化研究尤为重要。"连通性"作为物性的基本品格,强调现实中的物尽管各有不同,但其间总是可"连通的",这种关系实质上是一种"横向超越"关系,它并不满足于"追求抽象的永恒的本质,而要求回到具体的、变动不居的现实世界。但这种哲学思潮并不是主张保留于当前在场的东西之中,它也要求超越当前,只不过它不像旧的概念哲学那样主张超越到抽象的永恒的世界之中去,而是从当前在场的东西超越到其背后的未出场的东西,这未出场的东西也和当前在场的东西一样是现实的事物,而不是什么抽象的永恒的本质或概念,所以这种超越也可以说是从在场的现实事物超越到不在场的(或者说未出场的)现实事物"②。这种在场之物与不在场之物间的连通,也与德勒兹所说的"辖域"概念比较接近。"物性"将"连接"(connection)看成是一切物的本质和基础。这一概念在德勒兹和瓜塔利的学说中具有一种存在论的意义。按照他们的观点,一切存在物都有某种内在力量。这种内在力量被称为"欲望生产"(desiring production)。这种欲望生产能够产生并扩展连接(connection),通过这种连接而形成的具有显著特征的总体就是域化(territorialization)。③ 事物并不是先有一个固定不变的"本性",其属性特征只是在"连接""连通"过程中,通过"辖域化"和"解辖域化"的往复运动而固定、改变或消除其属性及意义的。

　　在"活态文化"的思想观念中,"连通性"的智慧即是"环境型智慧"。它强调"活态文化"是一种环境知识,也正是强调其经验基础,其连续性、整体性、身心参与性和主体介入性。它不是一种静观知识,而是一种融合与互动的知识。我们的一切认知活动都必然是"具身性的",也不可避免地是"参与性"的。环境型知识高度重视知识的经验基础,特别强调文化知识的"连续性"(continuity),追求经验主体的个体性与社会性、经验与其他经验、此刻的经验与过去的经验和将来的经验之间的联系,从而使研究者在个人和社会之间移动,同时思考过去、现在和未来,并且把这些都置于广泛的社会

① Daniel Miller, ed. *Materiality*, Durham and London: Duke University Press, 2005, p.227.
② 张世英:《哲学导论》,北京:北京大学出版社 2002 年版,第 33 页。
③ Gilles Deleuze and Felix Guattar, *Anti-oedipus*, *Capitalism and Schizophrenia*, Continuum, 1984, p.242.

环境中。

当代的环境美学也提出了同样的观点,认为环境不仅仅是一个外部环境,它是我们身体的一部分;环境是一个整体,是相互联系相互依赖的人群和地区在相互交往过程中形成的共同体。同样,对环境的理解也并不遵循"加法原则"基础上的"零和游戏规则"(依据"零和游戏"的加法原则,某些人有所得,必使其他人有所失;"多"意味着"糟"①),也不仅仅是一个把不同学科知识组合成一个一般概念的过程,它需要我们认识到不同的环境科学是如何相互影响的。环境体验要求体验者全身心的,特别是身体的,参与、介入和互动。因此,环境美学是一种新型的介入美学(Aesthetics of Engagement),"它将会重建美学理论,尤其适应环境美学的发展。人们将全部融合到自然世界中去,而不像从前那样仅仅在远处静观一件美的事物或场景"②。

当前的文化研究,也强调了文化"连通"和"阐连"(articulation)的核心要旨。在文化研究中,"articulation"这个词在其双重意义上被使用:既指"表达",又指"建立临时联结"。在这个概念的两重含义中,前者使其与"话语及其规则系统"关联起来,后者又使其能与其他任何物理事实和物质实践活动"关联"起来,物理事实和物质实践又通过与话语及其规则系统的关联而获得其社会文化意义。由于"articulation"这一英文词包含"表达、阐述"和"关联、连接"两个方面的意思,台湾译者将其译为汉语中的"阐连",这一汉译也值得借鉴,"运用此一概念,霍尔首先强调,文化文本并不具有任何早就写就的本质意义,意义必须加以'阐连';换言之,意义必须被创制。在此,'阐连'指的是表达。其次,霍尔指出,意义的创制永远都发生在脉络的局限中,在此,'阐连'指的是一种连结,指出一件事情在何时何地发生,会影响其发生的方式。换言之,就像我在本书所坚持的,意义并非铭刻在文化文本中,作者的意愿或生产模式也无法确保意义的发生与内容;意义必须加以阐连;亦即,在文化消费中主动生成"③。由于不同的意义可以归结到同一个文化文本,因而意义永远都是一个斗争与协商的场域。因此从霍尔的角度来看,"文化领域的特色就在于这种斗争过程:从特定意识形态与特定利益出发,去阐连、拆解与再度阐连文化的文本"④。因此,从根本上

---

① [澳]约翰·哈特利:《文化研究简史》,季广茂译,北京:金城出版社2008年版,第4—7页。

② [美]伯林特:《环境美学》,张敏、周雨译,长沙:湖南科学技术出版社2006年版,第12页。

③ [英]约翰·史都瑞:《文化消费与日常生活》,台北:台湾巨流图书有限公司2001年版,第227页。

④ [英]约翰·史都瑞:《文化消费与日常生活》,台北:台湾巨流图书有限公司2001年版,第227—228页。

说，这一整套关系系统都具有"话语"的性质，当然这也不意味着否认话语关联对象的物理存在。比如"地震"，这是真实世界中存在的现象，但它是被说成"自然现象"还是"上帝之怒"的表达，却取决于话语领域的建构。这不是说真实世界中不存在地震，而是说地震被建构成什么，需要有一定的话语条件。①

　　文化的"阐连"实践，就在于对意义的"片面的固定"或"固定片面的意义"。霍尔发展运用这一概念来解释文化作为意识形态斗争领域的运作方式。他认为文本和实践并非被铭写了意义，意义永远是"阐连"行为的结果："意义是一种社会生产，是一种实践。世界'被'具有意味。"②那么，是什么东西使得世界拥有意义并将不同的要素联结为一个话语统一体的呢？霍尔认为，"所谓话语的'统一体'，实际上是对相异的各具特色的要素的联结，这些要素可以以不同的方式再度联结，因为它们并不具有必不可少的'属性'。起作用的'整一性'是关联起来的话语与社会力量之间的联结，运用这种力量，在特定历史条件下整一体就被联结起来，但又并不是必需要这样联结"③。看来，在霍尔那里，文化的"阐连"实践是与特定的社会历史条件相关的，但并不是由后者"决定"的。处在动态变化中的社会历史条件，是"文化"的根本基础，这是与马克思主义相通的。但是，值得注意的是，在霍尔那里，文化永远处于"流通"之中，处于无始无终的"阐连"系列之中，而这个文化的规范系统又是动态的、开放的、社会的和历史的。

　　可见，彰显物性的"连通性"是近年来相关研究中的主导倾向，甚至形成了某种潮流，无论它所侧重的 connectivity, connection, continuity, 还是 articulation。然而，其中最具有思想冲击力的，并不是作为"对象"的物与他物之间的连通性，而是"人—物"之间的连通性问题。如前文所述，人与物之间的连通性本身是"物性本体论"的题中之义，然而，落实到具体层面的时候，人们在"区分—隔离"式思维模式和认识论框架中，已然形成了一个基

---

① Ernesto Laclau and Chantal Mouffe, *Hegemony and Socialist Strategy*, 2nd ed, London: Verso, 2001, p. 108.

② Hall, Stuart, 'The rediscovery of ideology: the return of the repressed in media studies', in *Cultural Theory and Popular Culture: A Reader*, 4th edn, edited by John Storey, Harlow: Pearson Education., 2009.

③ Hall, Stuart, 'On postmodernism and articulation: an interview with Stuart Hall', in Stuart Hall: *Cultural Dialogues in Cultural Studies*, edited by David Morley and Kuan-Hsing Chen, London: Routledge, 1996.

本的定论：人不是物，人物两分；人也不是机器，"人是机器"乃妄说。①然而，尽管我们并不认同"人是机器"的极端观点，但新的科技发展和社会现实，却已经让人们不得不承认，人是"人机合一体"，人与物之间，经由"器""物"等等的要素而连通起来了。

在这一方面，也许哈拉维的观点具有重要的参照意义。她发表于1985年的《赛博格宣言》认为，我们都是嵌合体（chimeras），都是机器和有机体被理论化、被制造、被装嵌的混合体（hybrids）。简言之，我们都是"半机械人"（cyborg）。"半机械人"是科幻小说里的混合体生物，一半是人一半是机器，是"后性别"世界里的一种生物，"能够指出一条道路，使我们走出我们用以解释我们的身体和工具的二元主义迷宫"。卡勒指出："我们一旦开始质疑某个控制我们的自体及其工具的自我或者思想，开始明白那些使我们能够发挥正常功能的那些技能（那些技能既体现在我们的身体中，也体现在周围环境中我们延伸物中——从最简易的工具到最精密复杂的计算机系统中），那么，我们就能够看到，生活在这个世界上，我们是'分布式认知体系'的一部分，其中有些包含在我们的思想中，有些则包含在我们和我们的机器创造出来的奇妙的周围环境中。"②其实，这种观点，正是物性本体论的要点所在，它在观念参照方面选择的是"人—物合一体"，但这种认识参照不能简单地从现象上去把握，而应该从思维方式的高度去把握。

如果人是"嵌合体"，那么，物就包含在人自身之中，人无法将物充分对象化，因为物就是人的组成部分。因此，可以笼统地说，传统意义上的"物"观念，强调的是"物"的可区分可隔离的属性，这种"物观念"在自然科学的"物性表"中依然清晰可见（值得注意的是，在这个概念所对应的英文词中，通常是"physical"，并不是"thing"或"thingness"）。而海德格尔所讲的"物性"（thingness），并不是物作为要素或"原子"所具备的属性，而恰恰是物与他物（包括天地人神）之间的联系性。因此，"物性"观念强调的正是"物"

---

①　[法] 拉·梅特里：《人是机器》，北京：商务印书馆1959年版。作者根据大量医学、解剖学和生理学的科学材料，证明人的心灵状况决定于人的机体状况，特别着重证明思维是大脑的机能和道德源于机体的自我保存的要求。该著假定一切生物都具有所谓"运动的始基"，它是生物的运动，感觉以至思维和良知产生的根据。书中明确指出，运动的物质能够产生有生命的生物、有感觉的动物和有理性的人。公开表明唯物主义和无神论的立场，驳斥心灵为独立的精神实体的唯心主义观点，论证精神对物质的依赖关系。该著在自然观、认识论、社会历史观、无神论和伦理学等许多方面还提出一系列后来为其他法国唯物主义者进一步发展了的思想。它是18世纪法国第一部以公开的无神论形式出现的系统的机械唯物主义著作。

②　[美] 乔纳森·卡勒：《当今的文学理论》，《外国文学评论》2012年第4期。

与"物"之间的联系性,从这个特定角度,甚至可以说物性的本质正是"事物间性"(interobjectivity 或 interthingness)。

"事物间性"的观念与物性连通的思想紧密相关。这一概念较早见于拉图尔的论著,他在 1996 年曾发表了论文《论事物间性》(*On Interobjectivity*);在 2005 年出版的有关"行动者网络理论"的著作中,他视"事物间性"为一个"角色",其功能是"将地方性互动引进到基础性错位之中"(role to introduce local interactions into fundamental dislocation)。① 在汉语语境中,张法先生较早使用这一术语,视之为西方哲学中"事物"观念变化的一个重要方向。② 他认为,西方哲学中的事物观念的当代发展,不仅把时间性和关联性引入到事物理论中来,而且"从事物的实体性走向了事物间性。不妨说,事物间性是关联性的一种深入"③。这一方向从胡塞尔的现象学开始而在现象学后期(海德格尔和加达默尔等)发展丰富,同时欧陆的其他流派,如精神分析(拉康)、后结构主义(德里达)在这里以无心合道的方式出现。胡塞尔认为事物的本质是在人对其进行本质直观中呈现出来。作为个体的人和作为个体的事物在现象学的直观中怎样保证其认识的真理性呢? 胡塞尔进行了一系列的现象学还原,主体把自己的个体具体性用括号括起来,同时把对象的具体性也用括号括起来,主体回到纯粹的主体,对象回到纯粹的对象,用纯粹的主体去直观纯粹的对象,得到的当然就是本质性的东西。主体的本质是在直观对象中产生的,对象的本质是在主体的直观中产生的。这里,主体和对象的本质,都是在一种主客的互动中产生的。就主体的本质来说,每一主体只要用本质直观,都能显出对象的本质和自身的本质。事物的关联性,在胡塞尔的现象学中就突显了出来。对胡塞尔来说,更为重要的是,各个主体的本质直观结果的一致性,构成了 inter-subjectivity(主体间性)。主体间性有三点:一是显示了主体之间的共同特点,就这点而言,是名副其实的主体间性。二是事物之间的共同特点,就此点而言,更应该是事物间性(inter-things 或 inter-objectivity)。但由于主客本质的呈现,是主体之"观"产生的,可以说,事物间性来源于主体间性。因此,事物间性这一概念未曾产生,其内容是包含在主体间性里的。三是主客的本质都在主客互动中呈现。自胡塞尔以后,主体间性在这三点上都有所丰富和多方面的深入,

① Bruno Latour, *Reassembling the Social:An Introduction to Actor-Network-Theory*, Oxford University Press, 2005, p.203.
② 张法:《西方哲学中 thing(事物)概念:起源,内蕴,演变》,《社会科学战线》2013 年第 3 期。
③ 张法:《西方哲学中 thing(事物)概念:起源,内蕴,演变》,《社会科学战线》2013 年第 3 期。

从而事物间性的内容也得到相当的深入。在胡塞尔那里，主体间性是实体对实体的关系，而在海德格尔和拉康那里，主体间性成为一种虚实合一的关系。以海德格尔为例，"存在"和"此在"的关系是一种虚实关系，"存在"和"存在者"的关系也是一种虚实关系。而"存在者"也就是 Ding /Sache（事物），因此，事物间性是一种虚实关系。据此，张法认为，"西方思想在事物理论上的演进总的趋势为，事物一词，物的内涵在减轻而事的内涵在加重"①。

与此同时，我们还应该看到，尽管"事物间性"的思想与"主体间性"有密切的联系，但是，从主体间性到事物间性，这是一种思维范式上的重大转变，与之联袂而行的，是"准客体"（quasi-objects）代替现象学以来的"准主体"（quasi-subjects）而成为当代思想的重心所在。拉图尔认为："物，准客体和附件（attachments）是社会世界的真正中心，而不是代理者（agent）、人员、成员或参加者——也不是社会或它的变体。用康德的另一种表述来说，难道这不是更好的方式，以使社会学得以持久地'走在确信的科学道路上'？"②

如果沿着主体论与客体论二分对立的基本格局来看，"准客体"的概念无疑是倾向于"客体论"的，然而，拉图尔从米歇尔·塞尔那里借用的这一"准客体"的概念，其根本旨趣却是要在二者之间达到平衡。"准客体"概念一方面试图抵制主体论意义上的社会建构性，从而为客体保持一份尊严，客体并非全部是被社会所主动地塑造，它仍有自身顽固而实在的一面。同时，反过来，这顽固而绝对的自然一面又不是保持绝对的自主和独立，它们更不能完全操纵主体和社会，让主体和社会被它所牵引。社会和主体也有自己的自主性。一个准客体，这就意味着，它可以被社会所建构，但它也有主动的建构社会和主体的能力。也就是说，它在被主体建构的同时，也可以反作用于主体和社会，它有自身的能动性。正是借助于准客体这一中间概念，客体和主体相互建构，相互作用。准客体因此就处在自然和社会、主体和客体这两极之间。"较之自然的硬的部分，准客体更加社会化，更具有装配性，更加集体化，但是，它们绝非一个成熟完备社会的随意的容器。较之一个社会被（莫名其妙地）投射其上的无形屏幕而言，它们又更加实在，更加非人化，更加物质化。"③也就是说，它用实在性来抵抗社会建构性，也用社会性来抵

① 张法：《西方哲学中 thing（事物）概念：起源，内蕴，演变》，《社会科学战线》2013 年第 3 期。
② Bruno Latour, *Reassembling the Social：An Introduction to Actor-Network-Theory*, Oxford University Press, 2005, p.238.
③ Bruno Latour, *We Have Never Been Modern*, Harvard University Press, 1993, p.55.

制实在的建构性，它自身同时包括了社会性和自然性，是社会和自然、主体和客体的一个杂交物。这样，真正重要的部分就是处在社会（主体）和自然（客体）之间的地带，拉图尔将这个地带称之为"集体"，正是由它来决定主体和客体的互动和变迁。主体和客体都是围绕着这个准客体来转动——这就是拉图尔所谓的"反哥白尼式的革命"。因此，不再是用主体去解释客体，也不再是用客体去解释主体，而是用这个"中间地带"去解释两端，用这个准客体去解释客体和主体。只有准客体的实践是我们真正的关切，"自然在旋转，但它不是围绕着主体和社会而转。它围绕集体而转，人和事物则从集体中产生。主体也在旋转，但不是围绕着自然而转，它也围绕着集体而转，人和物也是从这个集体中产生的。最终，中间王国出现了。自然和社会是它的两个随从"①。

不难发现，拉图尔所论述的"准客体"概念，试图将现代社会的各种分离要素"统一在这个准客体中而发生总体性关系"。② 而从实质上说，这个"准客体"，也与摆脱了实体本体论的"物"观念的"事的世界观"之间同气相求。

诚然，在当代观念对"事物"的理解上，"物的内涵在减轻而事的内涵在加重"，像广松涉那样的思想者，几乎完全摆到了"事"的一端。他指出："物体是什么？如果要积极地对其加以规定的话，我想谁都会变得茫然无措。假定此时在脑子里浮现出牛顿所提供的暗示：①具备广延性的质量性存在；②惰性体，即在不施外力的条件下处于静止（或匀速直线运动）状态、自身不起变化的惯性体；③具备刚体的形态性不可入体，即排他性地占领一定的空间位置，这种运动是保持了内部位置的场所性移动；④被动的可动体，即虽然没有内发性的运动、变化，但是在被施加外力之后也可能做出相应的生硬运动。"他发现，"在称作'物体'时，我们问题首先以质量、广延性、非灵魂的惰性体之类的'科学性'规定来加以表述"③。鉴于这种"物体"观念的实体主义倾向已经妨碍人们深入认识"事物"的本性或"物性"，他主张在"事物"的内涵中从"物"转向"事"，提出"事的世界观"，强调以"关系的基始性"的自为化替代对象界中"实体的基始性"认知。而特别值得注意的是，在中国传统的物观念看来，"物"即包涵"理、事、情"。叶燮《原诗》把"物"

① Bruno Latour, *We Have Never Been Modern*, Harvard University Press, 1993, p.79.
② 汪民安：《物的转向》，《马克思主义与现实》2015 年第 3 期。
③ ［日］广松涉：《事的世界观的前哨》，赵仲明、李斌译，南京：南京大学出版社 2003 年版，第127—129 页。

分为理、事、情三个方面,把创作主体分为才、胆、识、力四个要素。在中国传统诗学中,"物"通常包含着物之理、物之事和物之情等多重内涵。与西方诗学的"物"相比,中国诗学更强调"物"作为事情、事件的动态过程。

"准客体"概念是"事物间性"观念的重心所在,两者的基本路数,都是"回到事物本身";而延伸到诗学领域,这不仅是对文学物质性的强调,也是对"文本主义"的局限性的克服。

回顾20世纪西方文艺理论发展史,流派众多、话语丛生、思潮迭代的局面使我们很难轻易概括出其中的脉络。如果说"人文主义"文论和"科学主义"文论这两大思潮是20世纪上半叶西方文艺理论主潮的话,那么20世纪下半叶以来的后现代主义等文论,则在"物"和"物性"(包括了作为人文主义的"人"和科学主义的"物")的基础上将这两大主潮汇融、打散,并派生出更加多元的理论话语和视角。新世纪的文论将如何发展? 走向何处? 众多的理论家早在世纪之交之时就作出了各自的展望。其中,物质文化研究作为新生的力量从20世纪80年代生发,经历了近三十年的发展演变,在众多的学科中成为不容忽视的理论增长点。然而,物质文化研究的跨学科性和"后学科性"也使得给"物质文化"这一术语下定义显得异常困难。正像伊哈布·哈桑所担忧的,如果对"后现代"一词不进行理论化,它就会迅速沦为陈词滥调;"物质文化"也同样亟待理论化。

20世纪末兴起的"回到物本身"(return to things)的思潮将理论的视野重新聚焦于物性问题上。这种"回归",说明对物的聚焦并不是一个全新的领域,而是拥有一个传统,只是在此之前总被其他的思潮遮蔽着。爱娃·多曼斯卡在《过去的物质性存在》一文中指出"回到物"的思潮以及当前的物质文化研究是对文本主义的扬弃。① 虽然多曼斯卡并没有展开分析,但她的这个论断点出了物质文化研究形成的背景。

从另一个角度看,19世纪末尼采宣布"上帝之死",既标志着神本主义的消亡,也预示着绝对主体主义和人本主义成为20世纪西方美学文艺学的新话题。20世纪中期,法国思想家福柯进一步提出"人之死"的哲学命题,这意味着人本主义因其极端的人类中心主义倾向而走到了尽头,也为重新反思传统人本主义和实体本体论的美学文艺学确立了新的基点。针对这一新情势,有研究者认为,"在美学领域尽量廓清人学的迷雾,让对象呈现它自身,对重新发现自然美就显得十分重要;承认自然作为生命存在的独立性,肯定自然美是自然本身的生命样态之美,就应成为重构人与自然新型审

---

① 　[波兰]爱娃·多曼斯卡:《过去的物质性存在》,《江海学刊》2010年第6期。

美关系的起点"。因此,应该在"自然的再发现"基础上,走向一种"物象美学"。① 尽管这种美学追求与我们在旨趣上相当接近,但"自然"这个概念仍很难将"科学主义"的研究成就及"技术之物"吸收进来,因为这些"物"似乎多是"人工制品",是"非自然的"。因此,人们就很难形成一种对于具体之物平等的同志式的态度。与此同时,清算"人本主义"的遗产,也并不是要回到"科学主义"的老路上,而是要为它与人本主义的整合会通确立一个新的基点。而建立在语言论转向基础上的"文本主义",却最终并没有为人文主义与科学主义的解域会通确立这样一个平台,所谓的"文本无物"观念(受制于语言媒介的单一形态是原因之一),最终与物性问题擦肩而过。

　　伴随着20世纪的语言论转向,文本理论兴起、发展并持续影响了将近一个世纪的文艺理论学说。19世纪浪漫主义思潮强调天才论、情感论,文学作品的成功与否取决于作者,作者的创造力、灵感在文学创作中起着决定性作用。19世纪末到20世纪初,精神分析学对"无意识"的分析一定程度上强化了文学活动中作者的权威。俄苏形式主义从文学作品本身出发,确立了文学语言的独立性。雅各布森指出文学研究的对象是"文学性",也就是文学作品区别于非文学的独特性。英美新批评派提出"文学本体论",认为文学作品是完整的、自足的客体,是文学研究的对象。新批评后期,韦勒克、沃伦的《文学理论》将文学作品研究分为"内部研究"与"外部研究",并且强调"内部研究"的中心地位。俄苏形式主义和英美新批评从作者中心转向作品中心,虽然没有形成"文本"的概念,但从理论上为作品转向文本奠定了基础。之后,结构主义开启了从作品转向文本的进程,文本理论逐渐发展成为20世纪下半叶的显学。理查德·罗蒂在一篇总结性的论文中指出:"上世纪(19世纪——笔者注),哲学家们争论的,除了理念就再没有别的东西。在我们这个世纪(20世纪——笔者注),那些写理论的人仿佛除了谈文本就再没有别的东西。这些人,我叫他们'文本主义者'。"②

　　受到索绪尔语言学的影响,结构主义将文学看作语言的结构,剔除了语言的社会、历史、文化、意识形态等相关内涵。结构主义强调语言的结构网络,与传统"作品"概念下作品表达作者的意图或者作品传达"文学性"不同,在"文本"的概念下,语言结构超越主体,不是"人说语言",而是"语言说人"。结构主义倡导的从能指与所指的二元探寻语言的深层结构很快

① 刘成纪:《物象美学:自然的再发现》,郑州:郑州大学出版社2002年版,第1—2页。
② Richard Rorty, *Nineteenth-Century Idealism and Twentieth-Century Textualism*, The Monist, 1981,64(2):155.

受到了各方指责,认为这种脱离了社会性的理论主张延续了形式主义和"新批评"的传统,将文本看作封闭的稳定的系统,必须进行批判和革新。于是,一大批后结构主义理论家从批判结构主义的"文本观"出发,建构起了"文本理论"这一"大理论"。

罗兰·巴特的重要文章《从作品到文本》标志着他的思想从结构主义过渡到后结构主义,也彻底颠覆了形式主义和新批评传统影响下的结构主义"文本观"(实际上,结构主义的"文本观"实质上仍然是一种"作品观",依旧强调语言的封闭性、稳定性和深层结构)。巴特分析了作品和文本在七个方面的区别,指出"作品"概念作为一个传统概念,到了彻底被"放弃或颠倒"的时候,[1] 它被具有不确定性、去中心化、去文学性、去作者权威的"文本"概念所代替。文本(text)一词来自拉丁文"texere",意为"编织、织物"。巴特在讲文本的复数特质时谈道:"每个文本,其自身作为与别的文本的交织物,有着交织功能,这不能混同于文本的起源:探索作品'起源'和'影响'是为了满足那种关于起源的神话。构成文本的引文无个性特征,不可还原并且是已经阅读过的:它们是不带引号的引文。"[2] 对于文本的这种交织功能,实质上就是文本间性(又译互文性)。

"文本间性"(intertextuality)的概念由朱丽娅·克里斯蒂娃最早提出,此后它进一步推动了将文本理论从文学领域扩大到文化领域的进程。文本间性的理论源头是艾略特的"非个人化"和巴赫金的对话理论,克里斯蒂娃分析并总结了巴赫金的理论:"任何文本都是被引文镶嵌所建构;任何文本都是其他文本的吸收和转换",并主张用"文本间性的概念替换主体间性"[3]。巴特将文本间性的概念进一步发挥和深化,认为所有文学都是互文的,在巴特这里文本就意味着文本间性,强调文本是开放的、生产性、互动的意指实践。

结构主义向后结构主义过渡以来,大批理论家加入了文本理论的言说当中,除论述"文本"最多的巴特和克里斯蒂娃外,德里达和福柯也尤为关键。德里达关于"文本之外空无一物"的论断[4],将文本理论推向极致。通过福柯,文本理论发展到话语的层面,突显了"向外转"的特征。对此,萨义德有颇具洞见的评述:"德里达的批评,使我们陷入了文本,而福柯却让我们

---

① [法]罗兰·巴特:《从作品到文本》,《文艺理论研究》1988 年第 5 期。

② [法]罗兰·巴特:《从作品到文本》,《文艺理论研究》1988 年第 5 期。

③ Julia Kristeva, *The Kristeva Reader*, Columbia University Press, 1986, p.37.

④ [法]雅克·德里达:《论文字学》,上海:上海译文出版社 2005 年版,第 237 页。

进入而又跳出了文本。"① 理论的无限扩展引发的将是范式危机,文本理论即是如此。

20 世纪后期文化研究的加入使得文本理论跳出了语言、文学范畴,走向更广阔的文化视域。"文化研究就是把文学分析的技巧运用到其他文化材料中才得以发展的。它把文化的典型产物作为'文本'解读,而不是仅仅把它们作为需要清点的物件。"② 于是,文本无所不在,无所不包,无远弗届,文化的各个方面、各个产品都被当作文本参与到"无限的能指游戏"中,意义在"延异"中不断生成、蔓延、消解。文本主义在打破传统的同时成为新的传统,引发了范式危机,文本主义脱离现实实在、趋于相对主义的态势遭到了许多理论家的质疑和批判。

文本主义将文化中的一切都视为文本,用文学的方式分析一切文化文本,最终都走向了符号的、语言的、话语的牢笼,而"真正"的"现实"世界则被文本隔离开来,无法进入理论关注的视野。20 世纪末,越来越多的理论家开始将"事物"作为理论探讨的对象,拒绝使用文本主义的研究方法,旨在超越文本主义将事物作为文本、符号、隐喻的做法,打破对象物形式 / 内容的二分法,倡导一种"整体"的观念,探讨物质性存在(包括人)互相之间的关系。

对"事物研究"或"物质文化研究"进行理论溯源的话,海德格尔的"物的追问"和"物性"分析是最为重要的一个源头。海德格尔认为现代科学技术的本质是"座架"(Ge-stell,或译"集置"),科技将事物作为可控制、利用、加工的"持存物"(bestand),人也成为了"持存物",表现为人力资源。科学技术带来了距离的缩短(例如各种发达的交通工具),却无法达到"切近"(Nähe)。因为这种"切近"并不是距离的接近或时间的缩短,而是时间和空间相融合、共为一体考量时才可能接近"切近"。在海德格尔看来,"切近"是难以触及也难以达到的,那么如何才能经验到"切近"的本质呢?他认为"我们就要去追踪在切近中存在的东西③。这种东西即是"物"(Ding)。而物是什么呢?从这里开始,海德格尔开启了"物性"分析。他以一把壶为例,探究壶之"物性"不在于物"是什么"而在于物的存在之"聚集"。从词源上

① [美]爱德华·萨义德:《世界·文本·批评家》,北京:生活·读书·新知三联书店 2009 年版,第 324 页。

② [美]乔纳森·卡勒:《当代学术入门:文学理论》,李平译,沈阳:辽宁教育出版社 1998 年版,第 55 页。

③ [德]马丁·海德格尔:《演讲与论文集》,孙周兴译,北京:生活·读书·新知三联书店 2005 年版,第 173 页。

分析,德语古语中正是用 thing(物)来命名"聚集"。进而他指出:"物如何成其本质呢? 物物化。物化聚集。"①"物物化"德语为:Das Ding dingt,英语为:The thing things,海德格尔这种名词动词化的用法体现出他独特的哲思。他说:"物化之际,物居留统一的四方,即大地与天空,诸神与终有一死者,让它们居留与在它们从自身而来统一的四重整体的纯一性中。"② 也就是说,天、地、人、神的聚集使物成为物,物在这四方的相互依赖、相互顺从中生成、发生。

　　对于后来从事"事物研究"的理论家们来说,海德格尔既是他们的导师,更是他们批判的对象。布鲁诺·拉图尔认为海德格尔作为一个哲学家始终无法涉及科学技术研究的对象。海德格尔分析的是"聚集"之"事物"(Ding、Thing),也就是他所说的可用的上手物(das zuhandene, a material entity ready-to-hand),而不是"客体物"(gegenstand, object),也就是在手物(das vorhandensein, a material entity present-at-hand)。海德格尔拿一把锤子举例,锤子在被使用的时候,我们对锤子本身关注最少,这时锤子就是上手物,通过与上手物的操作关系,我们与世界产生观照、通达、意义。当锤子不可用(例如毁坏)时,它就成为在手物,是被客体化、对象化的物。这种将可使用、可操作的人工物与自然客体两分的观念遭到了拉图尔的批判:"白云石也可以被描述为一种聚集;也可以被看作是四重聚合。但为什么不试图用对海德格尔的壶那样的热情、论争、复杂性描述它? 海德格尔的错误不在于把那把壶分析得太精彩,而是勾画出一个充满了冷酷偏见的并没多少合理性的二分法,客体物与事物。"③ 虽然上手物/在手物和"聚集物"分别属于海德格尔前期和后期思想,但并不能因此而使其免于批判。海德格尔的天、地、神、人汇聚的"聚集物"分析看似摆脱了康德以来的人的意识与外部存在的断裂,却依旧是在 thing/object 的二分观念下产生的。在拉图尔这样的当代跨学科者这里,哲学、文学界和现代自然科学界对待事物的方式都不可取。

　　拉图尔在考察了自然科学实验室的工作流程和研究方法后指出,自然科学界对待事物的分类、隔离法也有问题。研究人员在封闭、分类实验室里

①　[德] 马丁·海德格尔:《演讲与论文集》,孙周兴译,北京:生活·读书·新知三联书店 2005 年版,第 181 页。

②　[德] 马丁·海德格尔:《演讲与论文集》,孙周兴译,北京:生活·读书·新知三联书店 2005 年版,第 186 页。

③　Bruno Latour, *Why has Critique Run out of Stream*? *From Matter of Fact to Matter of Concern*, Critique Inquiry.2004, 30(2).234.

对物进行反复地微观操作，并记录数据，写成报告或论文，最后"一个事实就构成了"。[①]"科学活动并非针对'本质'，而是为了建构实在性而进行的一场激烈的战斗。实验室就是这场战斗的场所，总的生产力使这个建构成为可能。"[②] 20 世纪 80 年代，一批科学哲学领域的理论家都对现代科学的"客观性事实"进行了强烈批判。除了拉图尔之外，布鲁尔的"强纲领"、哈拉维的"情境化知识"都将矛头指向了基于实验室的"物化"[③] 的科学事实。他们认为科学事实不是被"发现"的，而是被建构的，强调社会因素的重要性。拉图尔指出实验室研究人员的工作和文学家写作并无不同，哈拉维也在其《灵长类视觉》一书中认为科学就是讲故事。

　　拉图尔指出，"科学事实是被建构的而不是被发现的"。这一主张实质上是对波义耳以来近现代科学的纯客观性的彻底反叛，从而解构了自然科学的"客观性"与人文科学的"虚构性"的二元对立，在此基础上拉图尔转向了事物研究。在后来的论著中，拉图尔声称自己无意做一个建构主义者，他在早期花很大的时间论述科学事实的建构性的意图是"把公众从贸然自然化的客观事实里解救出来"[④]。有别于"事实之物"(matter of fact)，拉图尔提出了"关涉之物"(matter of concern)："关涉之物指对事实之物增加整体透视的视角，就像把注意力从舞台转向剧院的整体装置。"[⑤] 也就是说关涉物是整体的、联系的、经验的，物与人，与其他物，与周围环境息息相关并互相影响，重要的不是物是什么，而是物所处的整体，物之间的关系以及物是如何发挥作用的。

　　转向事物研究是对主体 / 客体、心 / 身、语言 / 事实、人 / 非人这样的二元对立观念的反叛，试图弥合二元之间长久以来的分裂状态，拉图尔指出需要定义一种"物的议会"(the parliament of things)，这个议会不是凭空创造，而是"重新聚合被波义耳和霍布斯撕裂的两个部分的象征，一半是在科学

---

① ［法］布鲁诺·拉图尔、［英］史蒂夫·伍尔加：《实验室生活——科学事实的建构过程》，张伯霖、刁小英译，北京：东方出版社 2004 年版，第 75 页。

② ［法］布鲁诺·拉图尔、［英］史蒂夫·伍尔加：《实验室生活——科学事实的建构过程》，张伯霖、刁小英译，北京：东方出版社 2004 年版，第 238 页。

③ 这里的"物化"区别于卢卡奇"物化理论"和《庄子》中"物化"的概念，在拉图尔的著作《实验室生活》英文版中对应 reification，指基于实验室的现代科学将研究对象客体化，为了保证科学事实的客观性、真理性，排除了一切社会性因素，把研究对象仅仅当作"死的"物质质料。

④ Bruno Latour. *Why has Critique Run out of Stream？ From Matter of Fact to Matter of Concern*, Critique Inquiry.2004, 30 (2) .227.

⑤ Bruno Latour, *What Is the Style of Matters of Concern？* Assen：Van Gorcum, 2008, p.39.

与技术中被建构出来的政治,一半是在社会中被建构出来的自然"①。由此
可见,拉图尔对海德格尔的批判并不是"反海德格尔",而是"非海德格尔",
他的"事物的议会"并非海德格尔的"天地神人"的四重"物"之"聚集",而
是包括科学技术在内的所有事物的"集体"(collective)。理查德·罗蒂曾评
价指出,拉图尔是在反二元论式的哲学讨论上做的最出色的学者。拉图尔
的事物研究影响了各领域的大批研究者,他们共同推动了"事物研究"和
"物质文化研究"的思潮。

　　20世纪语言学转向中诞生的文本理论,在大半个世纪汇集了最优秀的
理论家的成果,新世纪文本理论在西方学界的衰落并不是它被遗忘或者被
抛弃,而是自身的范式危机将理论带入了僵局,正如拉图尔所说:"他们将
自己的事业仅仅限制在了话语领域。"② 后结构主义以来人文学科的研究者
不论是从文学文本还是社会生活文本出发,都试图拉近或者填补主体与客
体的裂痕,然而"文本""文本间性"这样的概念自始至终都无法真正"切近"
我们所遭遇和经验的事物以及我们自身。"理论的终结""文学死了"这样的
口号开始在学界获得更多关注,引发大量讨论。一批研究者批判文学理论
研究脱离文学作品,认为"文本的"世界不断地将"外部"的东西拉进文学
理论的范畴,忽视了文学作品的内容,因此他们强调重新关注"作品";另一
批研究者则在文本研究的道路上愈走愈远,试图不断扩充文学理论的疆域。

　　20世纪末到新世纪的理论界发生了一个重要转向即跨学科研究。这种
转向由多种因素决定:文化研究的持续发展将各学科纳入到"大文化圈"的
理论语境;后现代主义对自然科学/人文科学二分以及学科不断细分的现
代主义科学建制的批判;科学技术的飞速发展引发的一系列问题激发了传
统的人文理论界对自然科学领域更多的重视,传统的自然科学与人文科学
之间的互动已经不能满足理论更新的要求,多领域的渗透和角力成为新的
态势;跨学科(尤其是科学哲学界)理论家的长期的研究,倡导和努力。传
统的文学理论研究不论是回归"作品"的呼声还是继续文本研究的行动都
困难重重。跨学科研究为我们提供了一个充满可能性的维度。

　　在这种总体情境中,诗学研究的重心正在从"文本间性"走向"事物间
性"。纵观拉图尔的著述,他对海德格尔展开批判,认为后期海德格尔关于

①　Bruno Latour, *We Have Never Been Modern*, Cambridge, Massachusetts:Harvard University
　　Press, p.144.

②　Bruno Latour, *We Have Never Been Modern*, Cambridge, Massachusetts:Harvard University
　　Press, p.63.

"物性"的一些列讨论都是基于"thing"这个词,而忽视了"object"所指的自然科学研究的对象。在此基础上,他极力推动打通自然与人文的边界,将在人文学科领域被视为"死气沉沉"的物质客体,在自然科学领域被认为绝对客观的实验室客体即"object"提升至与海德格尔的"thing"同样的位置。拉图尔的这种说法也带来了弊端,使用"object"极容易与"subject"关联,这似乎又一次落入西方哲学认识论传统的主客体二元对立(subject/object)的泥沼,而这正是后结构主义以来无论是文本主义还是事物研究竭力批判的。或许拉图尔发现了使用"object"一词的问题,在后来的文章中,他更多使用 matter 一词,并提出了"quasi-object""matter of concern"的概念。在近年来的物质文化研究中,object 一词逐渐淡出,取而代之的是 thing、matter、material、materiality 等词。

20 世纪以来,以亨利·柏格森、威廉·詹姆斯、怀特海为代表的哲学家力图使哲学摆脱机械唯物论,从而转向有机论、整体论。然而,几乎与此同时发生的语言论转向迅速流行开来,物的符号存在(文本)与物本身的割裂。随着文本主义逐渐遭到质疑和批判,柏格森的"绵延"理论,怀特海的"事件"理论、"过程"哲学成为当代事物研究和物质文化研究的理论源泉,赋予了"事"更为丰厚的内涵。对"事"的强调进一步打破了现代科学对"物"的静态化、客体化的"操作规范"以及文本主义在语言、话语领域的"言说规则"。

"事物间性"这一概念旨在彰显事物的连通性和"准客体"属性。这里的"物"并不仅仅指实体的物,而更多强调互相关联的关系中的存在物。"事物间性"不再重视"什么是物,什么是非物",而是转向"事物何为"的问题。事物研究在怀特海那里获得了深刻启发:"在这个世界上,存在着有序和无序的成分,它们的存在意味着世间万物根本上都是相互联系的。"① "事件是通过扩延关系联系起来的事物。"② "自然的具体事实是事件,事件展示其相互关系中的某种结构和它们自己的某些特征。"③ 也就是说,怀特海认为并不存在静止的、稳定的物,只有动态的、连通性的、时间—空间扩延关系中的事物。在"事物间性"这里,"原本"的自然与文化、主体与客体、人与物、物质与精神、性与性别等二元结构开始瓦解。无论是拉图尔的"行动者

---

① 〔美〕A.N. 怀特海:《观念的冒险》,周邦宪译,北京:人民出版社 2011 年版,第 242 页。

② 〔美〕阿尔弗雷德·诺思·怀特海:《自然的概念》,张桂权译,南京:译林出版社 2011 年版,第 63 页。

③ 〔美〕阿尔弗雷德·诺思·怀特海:《自然的概念》,张桂权译,南京:译林出版社 2011 年版,第 138 页。

网络"（Actor-Network）还是麦克卢汉的信息元网络（"媒介即讯息"），哈拉维的"统治信息学"（the informatics of domination）还是唐·伊德的"物质性诠释学"（material hermeneutics）都在把"无灵物"的观念拉向"杂糅物"（hybrids）。"杂糅物"是连通性的、情境化的、对话/互生的，是边界模糊的、互相渗透的，是亲密纠缠的，意义增殖的。

走向"事物间性"并不是在寻求人与"真实"世界的"重新"联系，而是确立联系的世界（或者世界的联系性），无论理论如何定义"存在"这个概念，都不可否认存在是相互关联的。因此当前事物研究、物质文化研究、物性诗学研究"并不企图完成一部由'现成的'、'无缝的'和'凸显的'思想观念连缀而成的'观念史'，而是试图发掘由生成中的缝隙和边缘境遇构成的居间层所呈现的文化秘密①。在居间层面，我们可以看到，一个与主客二元对立的、自然科学/人文科学相区分的、人类中心主义的世界截然不同的充满可能性、不确定性的世界。

在人文学科，尤其是文学研究中，语言的优先性似乎毋庸置疑，语言论转向发展到后来成就了文本的优先性。在伯明翰学派引领的文化研究中，语言、文本的优先性被最大化。在那些语言学转向影响下的文化研究者看来，"任何具有某种符号功能的，与其他符号一起被组织进能携带和表达意义的一种系统中去的声音、词、形象或客体，都是'一种语言'"②。事物不过是被解释的意义载体，是"语言性"事物。表征、语言、意义的关系系统在文化研究中的地位似乎无法撼动，在这系统中，文化研究者熟练地操作身份、阶级、性别、族群、趣味等。然而，语言、文本的优先性和统治力引发的难题是：如果一切事物都是文本，那么事物是什么？实际上，正如朱迪斯·巴特勒所说："语言与物质性总是相互交缠、相互超越、从未完全等同，也从不完全相异。"③在事物研究和物质文化研究这里，事物不再是个次级的语言符号载体，而是其本身就是言说者。因此"语言性"事物转向了"物质性"语言。唐·伊德指出我们应该"让事物说话"（let things speak），认为"事物也具有声音，或者能够发出声音"④。为了试图回答文本主义引发的问题，我们可以

① 张进：《活态文化与物性的诗学》，北京：人民出版社2014年版，第10—11页。
② ［英］斯图亚特·霍尔编：《表征——文化表象与意指实践》，徐亮、陆兴华译，北京：商务印书馆2003年版，第19页。
③ ［美］朱迪斯·巴特勒：《身体之重——论"性别"的话语界限》，李钧鹏译，上海：上海三联书店2011年版，第52页。
④ ［美］唐·伊德：《让事物说话——后现象学与技术科学》，韩连庆译，北京：北京大学出版社2008年版，第121页。

借助 matter 一词的双关特质,即认识到"事物"及其"重要性"。"事物走向
了存在(existential),他们是'稳定'的制造者,帮助不稳定的人类在世界上
定位(orient)自己。"①

　　"事物间性"观念主要包含着如下几种倾向:批判人类中心主义,走向
后人文主义;批判建构主义、文本主义对语言与物质的割裂,走向调解的、关
联的物质性观念;转变主客二分、人物二分的观念范式,走向后人类的(杂
合体)的观念;借助整体论,考察曾经被当作一般商品、工具的物是如何与
人亲密纠缠、对话共生的,走向"与物为春"的人—物关系。在马塞尔·莫
斯的《礼物》的启发下,大批研究者参与到"物如何参与社会生活"的讨论
中来。"物"不再是人类活动的"外在之物"、功能的物或载体的物,而是参与
者、行动者和言说者。丹尼尔·米勒的《物质文化与大众消费》、阿尔君·阿
帕杜莱主编的《物的社会生活》、伊戈尔·科普托夫的文章《物的文化传记》
都是当代物质文化研究的极好范例。然而,这些学者的研究都被归入人类
学领域,这种归类也使物质文化研究处于尴尬的境地。如何在跨文化、跨学
科的背景下多维度开展物质文化研究? 在物质文化研究的浪潮中,文学理
论研究走向何处? 这样的问题已经呈现在了我们面前。如果硬要划分学科
领域的话,那么在文学理论领域,建立一种"物性诗学"或许是一条可能的
道路。

第三节　物性能动与物性思维

　　"物性本体论"内在地隐含着一种"物性"具有能动性的观念。在海德
格尔那里,是"物"的动词含义的突显,即"会聚",是 the thing things;在庄子
那里,是"物物"和物物化;在拉图尔那里,是物与物之间的"事物间性"连
通;在广松涉那里,是物作为事件与其他事件之间的"关联"。

　　具体而言,"物物化"与"人人化""人物化"和"物人化"相关联,它们
之间具有同源性和一体性,因此不能从本原上认为是人类将自身"投射"或
"强加"于物,才使物具备了物性,这样就陷入唯心主义的泥淖;也不能认为
人的意识和人类文化只是对物和物性的反映或再现,而物以及物性自身是
脱离于人的存在而存在的,这事实上传统的直观唯物主义的观念。从本原
上看,人的能动性(agency)与物的能动性相关联,如果非要说人具有能动
性,那么相应地,也就必须设定物也是充满活力的能动者(agent),只有这

---

　　① Ewa Domanska.The Return to Things [J]. Archaeologia Polona, 2006(vol.44):184.

样才能解释"物物"和"The thing things"的语法问题；物性与过程性、事件性、动态性和历史性相关联，而将量化指标加于物并以此为永恒终极的"真理"，这只是科技理性本末倒置的结果；物性与人性的全部方面相关联，与人作为物的全部躯体的存在整体相关联，而不仅仅与人的理性、认知、意图等精神层面相关联；在更为圆融的视野下，物性与天地神人所意味的全部维度共时性地关联着。因此，在任何一个时间点和空间位置上审视物性，都应该将这些维度同时纳入考量，而不应该只顾一维而不及其余。

然而，众所周知的是，传统上人们在讨论能动性（agency）时，总是将它归结为上帝、人性或主体的一种特权，而一般意义上的"物"，是不具备这种品质的。但是，在物质文化研究中，能动性却从人向物让渡，并最终使物性也具有了若干能动性，这一点已经成为物质文化研究的一个鲜明商标。甚至有研究者认为，在社会理论领域，新近发生了"能动性转向"（agentative turn），它引导为数众多的理论以一种关于物的能动性（agency of objects）的"新方式"而进行言说。① 有的则提倡一种"新唯物主义"（new materialism），倡导一种积极的、建设性的"新唯物主义本体论"，将其任务规定为"创造有关自然的新概念和新意象，以确证物的内在活力（matter's immanent vitality）"②。它强调物的弹性和生产性，留意物的自我构成和通过主体间互动得以构形的多种方式；③ 同时，当它构想出物的充满活力的能动性之时，它也以"后人文主义"立场重新定位了人与世界、人与人以及人与自身之间的关系。然而，具体的情况到底如何呢？这个问题需要做深入系统的考察分梳。

能动性的问题，似乎在一定程度上暂时绕开了"主体性"问题，但二者之间总是纠结在一起，构成一种彼此消长关系，有些学说恰恰通过对主体的"屈从性"的强调来突显物的能动性。20世纪后半叶，一些"反人文主义"思想家，如阿尔都塞、福柯等，从其特定的立场出发，强调主体性即是主体的"屈从性"（subject to）。在主体的能动性与屈从性之间，人们日益强调后者之于"自我"的不可或缺性。其实，英文词"主体"（subject）已经概括了主体性理论的关键："主体是一个角色，或者是一个能动作用、一个自由的主

---

① Christopher Tilley, Webb Keane, Susanne Küchler, Patricia Spyer and Michael Rowlands, eds, *Handbook of Material Culture*, SAGE Publications Ltd, 2006, p.74.

② Diana Coole and Samantha Frost, *New Materialisms：Ontology, Agency, and Politics*, Duke University Press, 2010, p.8.

③ Diana Coole and Samantha Frost, *New Materialisms：Ontology, Agency, and Politics*, Duke University Press, 2010, p.7.

观意志,它做事情,就像'一句话里的主语一样'。但是一个主体同时也是一个'服从体'。"①近来的理论日益强调,"要做主体就是要做各种制度的服从体"。②换言之,屈从性是主体性不可或缺的组成部分,是主体性一个重要方面。

马克思主义的学说所强调的人对于物质条件的屈从,弗洛伊德精神分析心理学所阐发的人的意识屈从于无意识领域的事实,都是对主体性之屈从方面的有力证明。然而,对人作为主体的屈从性的强调,并不能证明处在人对立面的"物"即具有"能动性"。因此,人们还需要论证"物"或"客体"是如何拥有能动性的?这种能动性又如何表现?随着当代科技的迅猛发展,人们的物观念也在不断改变,人与物之间处于不断变动的关系之中,物和人的界限变得愈加模糊,有时甚至出现了人与物无法分别的情况,比如在"赛博格"或人机合一体中。这是因为,在技术的发展过程中,一方面,物逐渐有了人的特征,例如当代生活中的汽车,汽车最开始被作为私人空间,车中的挂饰、饮料柜甚至电视的配置都是"汽车"作为家庭生活延伸的表现。但格拉维斯－布朗认为,汽车同时也是人身体的延伸,是人的"第二皮肤","在公路上,它甚至就是肉体,至少,被开车人当作第二层皮肤或第二层肉体来对待"③。同时,汽车还有象征着人的社会地位、财富、权力的符号意味,如赛车体现着青年的反叛精神等。此外,电脑和人工智能的出现使得"物"变得更加地人性化,可以定制的手机更突显了人的个性、机器和物有了和人一样的名字……随着技术的发展,物越来越接近于人。另一方面,当技术使得物或者机器越来越灵活的时候,人却变得越来越笨拙。技术发展的同时,物的便利也使得人们越来越依赖于物,离开手机时所出现的焦虑症状就体现了这一点,人依赖于种种技术,同时人也被技术产物所束缚,这样,就出现了"能动性"从人性向物性的让渡,而具体情况要复杂得多。

物质文化研究发现,在解释个体如何被其社会所形成,同时个体又如何并在多大程度上能够创造和自我决定时,物质文化的功能是基础性的。这种研究一定程度上触及了物质文化的社会方面。但是,相关问题还有更重要的方面需要得到阐述,尤其需要追问物质文化在社会权力的流

①　[美]乔纳森·卡勒:《当代学术入门:文学理论》,李平译,沈阳:辽宁教育出版社1998年版,第115页。
②　[美]乔纳森·卡勒:《当代学术入门:文学理论》,李平译,沈阳:辽宁教育出版社1998年版,第115页。
③　孟悦、罗钢主编:《物质文化读本》,北京:北京大学出版社2008年版,第19页。

通之中究竟充当着什么角色。"我们的社会学类型研究方法(sociogeneric approach)认为,物质文化并不只是人类用来施行权力的被动工具,而毋宁具有一种自身的能动性(a kind of agency of its own)。"这样,正如心灵延伸假说将物质文化方面视为认知过程的构成要素一样,"权力哲学可将物质文化方面作为权力运行中的实际能动者(actual agents)"①。这种观点在福柯的后期著作《规劝与惩罚》中并不清晰,而在拉图尔的"行动者网络理论"(actor-network theory)中则得到了清晰阐述。对物质文化功能的论述,可以推动人们理解物质能动性(material agency)如何运作,它对普通人的日常生活又有怎样的作用。

从一定意义上说,物的能动性问题应从其社会性角度去理解。物作为"社会能动者"(social agent),意指物施行其"社会能动性"(exercise social agency)②。能动者是指"能引起邻近事件发生"的人或事,任何人都被视为社会能动者,至少是潜在的社会能动者。能动性得到发挥的结果,是某些"事件"得以发生,却并不一定是能动者"意图"的具体结果。那种设定能动者发起某个行为,而这种行为又完全是能动者的自身或者能动者的"意图"所引起的,而非宇宙中的物理规律所引起的,这似乎是不可取的。事实上,能动者的信仰、意图等与他所引发的事件的实际行为之间关系的实质究竟如何的问题,一直在哲学上充满争议。毋庸置疑的是,能动者的意图有可能被"他者"改变和修正,而这个直接的"他者",首当其冲并不一定是"人类"中的"他人"(在主体间性意义上的),而可能是其他的"物"(客体间性意义上的)。"社会能动性"可以相对于"物"而得到实施;同时,"社会能动性"也可以由"物"(或者"动物")来实施,"对于经验的或理论的理性来说,社会能动性的观念因而就必须以这种十分悲观的方式构想出来。"而在如此构想之时,"物即是社会能动者"("things" as social agents)。③

如果将物设想为"社会能动者",这就要求从思维范式上作出一系列转换,即从以人为出发点和归宿的思考路径,切换到以物为出发点和归宿的思考路径。从此新范式来看,万物都有其"社会生活/生命"④,如果我们尊重万物的社会生活/生命,那么,我们同样可以书写"物的传记",就像

① Beth Preston, *A Philosophy of Material Culture:Action, Function, and Mind*, New York:Routledge, 2013, p.224.

② Alfred Gell, *Art and Agency:An Anthropological Theory*, Oxford:Clarendon Press, 1998, p.16.

③ Alfred Gell, *Art and Agency:An Anthropological Theory*, Oxford:Clarendon Press, 1998, pp.17-18.

④ Arjun Appadurai, ed. *The Social Life of Things*, Cambridge University Press, 1986, p.64.

我们曾经书写"人的传记"一样。长期以来，我们似乎倾向于认为，"传记"（biography）的"传主"必须是"人"或"主体"，但近年来世界范围内"传记研究"的复兴，其中一个显著的特征，就是"传主"从"人"转移到"物"，不仅形成了车载斗量的"物的传记"或"历史"，而且还有数量庞大的"物"的"自传"。这一系列书写方式，不是将作为"传主"的物视为静态实体，而是看成一个社会生活过程；不是将物作为人的理性展开过程中的对象或工具，而是研究"物"本身在其社会生活／生命过程中所实现的复杂功能，比如当下流行的各种"物的自传"以及"城市的自传"。①

在经济学家看来，商品只不过是商品。然而，诚如伊戈尔·科普托夫（Igor Kopytoff）在《物的文化传记：商品化作为一个过程》（The Cultural Biography of things：Commoditization as process）一文中所指出的，"从文化的视角看，商品的生产也是一个文化的和认知的过程：商品不仅须从物质上生产为物，而且也得从文化上标示为特定种类的物。在社会可用之物的总体之中，仅有某一些被认为适合于标示为商品。而且，同一个物，可能在某个时间作为商品对待，而在其他时间则不是。同时，同一件物，在同一时间，有人视之为商品，其他人则不这样看。一个物是否被视为商品，何时被视为商品，这种转换和差异揭示了一种道德经济，后者才是物品的可视性交易背后的支撑因素"②。

其实，就这一方法所展现出的认识论意义来看，无论是在讨论物的能动性或书写物的传记，其背后的观念，都不是将"物"与"人"对立起来，而是从一定意义上，将"物"和"人"都视为"物"，并从"物性本体论"的高度把握人与物之间的互动共成关系。如果将一般意义上所说的"人"和"物"都归入"物性"，那么，海德格尔所说的"The thing things"，就并不难理解。这个表述确立了"物"的"能动性"，但这个"物"从本体论上也包含了人，因而，它并不是对人的能动性的否定，而毋宁是对人的能动性和物的能动性的同时肯定。这种思维方式与将"主体"奉为至尊，将一切皆视为"我思"的延伸的"我思故我在"命题之间，存在着天壤之别，在根柢上它并未强调物对于人的凌驾态势。因此，要深刻理解"物质文化研究"的思想，就不能只从认识论的层面来切入，而应该从"物性本体"的层面切入，"'Actant'（行为者）是新近在科学技术社会学的研究方法中发展起来一个术语，它意指

---

① 这方面的材料车载斗量，在当今的文化中蔚为大观。然而，这种让城市、具体之物等的物"语"方式，深层所蕴含的，是一种叙事方式的转变，值得深入研究。

② Arjun Appadurai, ed. *The Social Life of Things*, Cambridge University Press, 1986, p.64.

包括人和非人在内的实体具有在社会上'行为'的能力。通过消除能够行为的人与被视为无生命或'外部的'对象物之间的界限,行为者这个术语企图克服任何先验的区别,即社会的、技术的和自然世界之间的先在区分,强调人与物质事物之间难解难分的连接(the inextricable links between humans and material things)"①。

说起"能动性",人们总会联想到"创造性",它好像是一个有关能动性的"拱形顶上的"(overarching)概念。研究者指出,"所有的人类行动都可以称之为'小写的创造性的'(small-c creative)——它与人们在科学发现、艺术或社会革新中获致的'大写的创造性'(big-C Creativity)是相对的。小写创造性是人类行动的必不可少的特性,因为,我们需要运用有限认知的、肉体的和物质的资源来应对动态的环境②。"行动计划理论"(planning theories of action)将创造性完全归属于拟构一个计划的心智的创造性(mental creativity)。事实上,行动在其根柢上是"即兴的",与此同时,行动将其创造性扩展到行动本身,就像能动者以一种不间断的方式对机遇和问题作出回应一样。创造性的问题在有关物质文化的功能的论争中走到了理论前台,人们对某些物质文化事项的合适功能设定,变成了我们依照社会的实践和价值使用它们的限制。然而,人们实际上能够以不遵循成规的方式运用其物质文化,比如用咖啡杯装铅笔,或用椅子当梯子。因此,物质文化的实际功能对那些既定成规的功能进行着再生产,同时也供我们进行创造性地使用。

与创造性联袂而行的,是"即兴性"的问题。即兴发挥的事例在人的行为中随处可见,在艺术活动中也屡见不鲜。鲁迅的作品中突然出现一个莫名的"古衣冠的小丈夫",作者夫子自道,这是受了一个偶发事件的影响而即兴创作的"油滑"的形象。③而福楼拜在最后将女主人公写"死",也带有中途改变原初写作意图而作出即兴处理的痕迹。当然,最典型的即兴性可能还是体现在像"歌曲写作"(songwriting)这样的"集体协作类"艺术之中,这类即兴写作当然是紧密地联系着写作活动的经验方面。事实上,"歌

---

① Ian Woodward, *Understanding Material Culture*, SAGE Publications Ltd, 2007, p.15.
② Beth Preston, *A Philosophy of Material Culture：Action, Function, and Mind*, New York：Routledge, 2013, p.8.
③ 据记载,鲁迅在创作《补天》的中途,看到报刊上有人攻击汪静之的爱情诗《蕙的风》,认为青年作家要为教化负责,不要再写那种形式的诗。鲁迅对此极为反感,于是在写《补天》一文的时候,就止不住一个"古衣冠的小丈夫",出现在女娲的两腿之间。他认为这个小丈夫是淫荡的、放纵的,但偏偏又披着君子一般的外皮,虚伪性十足。

曲写作"作为一种"协同创造"(creativity of collaborative relationship),不仅是歌曲写作过程中作为参与者的人与人之间的协作,而且是作为全体的参与者与"物"之间的协同,而后者在物质文化研究中尤其重要。新历史主义的研究证明,"体制的即兴创作设计出特定剧作家的具体即兴创作。"[1]作家以为自己是在自由创作,但他创作什么和如何创作都受意识形态国家机器的制约,尽管这种制约人们通常无法感觉得到。并且,文学艺术又通过这种即兴创作而发挥其意识形态功能,比如莎士比亚的表现手法不仅包括剧院作为一种体制于其中发挥作用的意识形态的限制,而且包括一整套已被接受的故事和文类期待,甚至危险包括莎翁自己早期的戏剧所建立的那些期待。总之,在共时性维度上,社会能量在各种文化形式之间流通,即"社会能量的文化流通",新历史主义者"强烈感兴趣于追踪在文化中广泛流通的社会能量,它在边缘与中心之间往返流通,经过被指为艺术的领域与明显对艺术冷漠或敌对的领域,从底部挤压而上并改造那些被抬高了的领域的地位,又从上面向下面开拓殖民地"[2]。由这种追踪发现,社会能量流通不是一个圆圈循环,而是"一种螺旋式增殖过程,这使社会变革成为可能"[3]。拿戏剧来说,"每部戏剧都通过其表现手段而将社会能量的负荷带上舞台,反过来,舞台又修正这种能量并将它返回给观众"[4]。文学艺术在社会能量的流通中发挥着其意识形态功能,通过影响观众(读者)而"变革"了社会。社会能量在文学文本、社会意识形态和历史现实之间穿梭交流,因而打通这三个领域的传统壁垒,使其间彼此影响相互塑造,并使文学成为影响历史塑造历史的能动力量。因此,与其说是作家在"创造",还不如说文艺作为社会能量在流通过程中进行自我创造,"社会能量"才是真正的"能动者"。

20世纪90年代以来,人们的兴趣越来越走向把握物质文化的核心属性,人们已经从对唯物主义理论观点的普遍关注,转向对物质文化在社会实践中所发挥的积极作用的集中关注。在社会战略学中,物质文化的能动性(agency)已经被作为一种激发要素调动起来了。对物质性更具理论整合力的关注,是以不断增强的科际整合(an increasing interdisciplinary

---

① Stephen Greenblatt, *Shakespearean Negotiations*, University of California Press, 1988, p.16.

② Gallagher, C. & Greenblatt S. *Practicing New Historicism*, The University of Chicago Press, 2000, p.13.

③ Brook Thomas, *The New Historicism and Other Old-fashioned Topics*, Princeton University Press, 1991, p.184.

④ Stephen Greenblatt, *Shakespearean Negotiations*, University of California Press, 1988, p.148.

integration）为标志的。在这种整合研究中，有的人提出"物质化"（materia-lization）观念来说明物质文化在社会战略中所发挥的积极作用以及物质文化作为一种积极的构架在体制的形成和再生产中发挥的作用。也有人强调"活态生活经验"（lived experiences）物质性，以及涉身性经验和表达的重要作用（the role of bodily experience and expression）。在这里，我们遭遇了自我通过社会认同而形成的问题，以及自我与集体认同之间的辩证关系。①

其实，20 世纪以前的思想家，尽管都以自己所处时代物质观念的最新形态作为自己思考世界的参照（马克思和其他伟大的思想家概莫能外），但是，他们都未能亲眼目睹 20 世纪以来物质世界的新发现和新发展。因此，他们的著述并没有真正触及新现实所引发的新式本体论，即事物的能动性和后人文主义等问题。② 马克思主义在 19 世纪即被称为"新唯物主义"，但它当时并未遭遇今天自命为"新唯物主义"的学说所面临的"生物伦理"和"生物政治"的问题。③

如上所述，物性的能动性问题，既可以以强调主体对于物质世界的"屈从性"的方式提出来，也可以以物向人的世界"骎骎日进"并成为人不可或缺的组成部分的方式提出来。但无论采用哪种形式，它们都对人类思维方式的转变提出了要求。这种呼之欲出的思维方式，适可命名为"物性思维"。

"物性思维"并不只是从思维对象的物质性角度而言，也不仅仅是从人的思维活动的某个要素或环节的物质性而言，而是从思维活动的所有要素环节所构成的整个系统的物质性而言的。物性思维突出了思维活动的主体和客体、语境和条件、过程和结果所构成的整个系统的物质性，以及所有这些要素环节之间关系的物质性。④ 在这种视野下，物性思维是一种"准客体"思维模式，是一种"连通性"思维模式，也是一种"客体间性"思维模式，在根本上，它是一种强调物性在认知过程中之能动性的思维方式。

从思维主体的维度看，物性思维主要强调了思维主体的"具身性"或

① Fredrik Fahlander & Terje Oestigaard, *Material Culture and Other Things：Post-disciplinary Studies in the 21st Century*, Gotarc, Series C, No 61, 2004, p.260.

② Diana Coole and Samantha Frost, *New Materialisms：Ontology, Agency, and Politics*, Duke University Press, 2010, p.7.

③ Diana Coole and Samantha Frost, *New Materialisms：Ontology, Agency, and Politics*, Duke University Press, 2010, pp.15-24.

④ 张进：《论文学物性批评关联向度》，《文艺理论研究》2015 年第 3 期。

"涉身性"(embodiment)。① 因此,特就这一维度而言,物性思维与科学研究领域内"具身认知"(embodiment cognitive) 理论的发展同气相求同声相应,这一概念在其有限的范围内(主要是基于认知主体),突出了认识主体"躯体"的物质性。

"具身性"是当代认知诗学、心理学和认知科学领域的热门话题,其基本涵义是指认知对身体的依赖性。研究者认为,"具身"的观念影响了语言的每一个部分。"具身"意指我们的所有经验、知识、信念以及渴望都参与到语言模式并且只有通过语言模式才能表达,而语言模式又来源于我们物质存在(material existence)。我们分享着物质存在中的大多数因素(需要食物、具有热调节系统、喜欢可见的光谱、生活在太阳之下的三维空间,等等),这一事实造成了不同的人类语言之间的诸多相似性。有些群体拥有其不同的生存要素,而这些不同的物质生存要素也可以说明表达习惯上的差异性。②

经典认知科学主张"非具身"(disembodiment) 认知,认为认知是一种信息的表征与加工,从本质上讲与承载它的身体和身体构造无关,身体的感觉和运动系统仅仅起到一种传入和输出作用,身体不能给认知加工带来任何本质影响,这样就确立了认识活动的身心分离原则。"具身性"观念则强调了认知对身体的依赖性,甚至可以说,认知是被身体作用于世界的活动塑造出来的,身体的特殊细节造就了认知的特殊性。在怎样理解"具身"方面,存在着不同的解释。大致看来,具身的性质和特征表现在四个方面:(1) 身体参与了认知,影响了思维、判断、态度和情绪等心智过程。(2) 我们对于客观世界的知觉依赖于身体作用于世界的活动,身体的活动影响着关于客观世界表象的形成。(3) 意义源于身体,抽象的意义有着身体感觉——运动系统的基础。(4) 身体的不同倾向于造就不同的思维和认识方式。有关具身性的研究从理论和实践两个层面对心理学产生了冲击。③ 在具身性观念视野

---

① "Embodiment"通常被汉译为"具身""涉身""寓身"或"体验"。因此,"具身认知"也译作"涉身认知""寓身认知""体验认知"等,虽然名称各有不同,但其含义都是指身体在认知加工中的核心作用。"具身认知"是第二代认知科学兴起后出现的一种认知方式。Lakoff 和 Johnson 曾把传统认知科学称为第一代认知科学,其特点是非缘身心灵的认知科学 (the cognitive science of the disembodied mind),即认知是脱离身体的;而把新的即具身心灵的认知科学称为第二代认知科学,即认知是不能脱离身体的,是具身性的(embodied)。(Lakoff G M, Johnson, *Philosophy in the Flesh：The Embodied Mind and Its Challenge to Western Thought*, Basic Books, 1999, p. 122.)

② Peter Stockwell, *Cognitive Poetics：An Introduction*, Routledge, 2002, p.5.

③ 叶浩生:《"具身"涵义的理论辨析》,《心理学报》2014 年第 7 期。

中,认知不再被视为一种抽象符号的加工和操纵,而是有机体适应环境的一种活动,作为一种活动,认知、行动、知觉是紧密的联合体。心智和身体并没有一个明确的界限,心智与身体不可分,即心智是"具身的",而具身的涵义是:第一,在问题解决过程中,身体可以以机器人学的同态计算方式完成计算工作,并非一定需要大脑来执行这一任务;第二,在问题解决过程中,身体的作用是结构化信息流,创建和诱发问题解决所需要的数据和资料;第三,身体可以利用并且与环境支持物相配合,从而扩展和放大认知的效果,如盲人的手杖扩展了盲人的认知范围,手杖、身体和认知构成了紧密的联合体。以这样一种观点看待具身,身体的作用是参与到计算过程中,信息加工依然存在,变换的只是所加工的内容:支配着认知心理学的信息加工模型需要扩展,去包括身体与环境之间的互动,而这种身体与环境的互动限制了信息加工的方式。这种具身观被称为"弱具身",因为它虽然强调了身体的作用,但是经典认知科学的计算和表征仍然保留了下来,区别只在于计算和表征的内容有了身体特色,感觉和运动系统的信息具有了表征作用,高级认知过程所加工的内容接纳了身体感觉和运动信息,身体作用得到承认,认知加工与身体确立了一种前所未有的紧密联系。

从哲学思想和理论渊源方面看,"具身认知"脱胎于海德格尔、梅洛－庞蒂等为代表的现象学。[1]20世纪80年代以来,在认知科学中"具身化"的观念已经越来越受重视。具身化、情境性和生成论的思想在认知科学中已经广泛融合,认知也被视为一个情境性过程。鉴于身体活动本身推动认知发展的生存意向性,身体在认知中被认为是处于核心地位的。其实,正是人的整体性身体结构以及由此形成的身体场、直觉场、实践场、身体的意向性、认知冲动、探索行为、身体的感知力、认知的超越功能、概念化的范畴化作用等身体要素、身体智能和身体思维,一起构成认知和才智的源泉。因此身体才是人类从事社会实践、获得知识、创造历史的根本,只有把身体放在第一位,才更有利于推动人的认知活动。客观主义认知观认为,认知过程和结果独立于进行认知活动的人的身体结构和认知发生于其中的认知情境。与之相对,具身认知则主张认知是身体—主体在实时环境中的相互作用活动。"具身认知"学说认为具身认知是从对认知科学中的认知主义和联结主义批判中发展起来的一个新的理论框架。在具身认知看来,认知主体从物理装置与生物大脑扩展为包含大脑在内的活的身体,不管是知觉还是抽象思维等认知活动,都是深深植根于身体活动之中的。这样一来,身体就变成

---

① 许先文:《具身认知:语言认知研究的跨学科取向》,《广西师范大学学报》2010年第6期。

了认知活动的主体。从哲学角度展开的思考,重视对身体在认知中具体作用机制的研究。身体参与是具身认知的核心,侧重于从"人脑—身体—环境"的交互作用来揭示身体在认知活动中的运行机制。具身认知强调身体、心智、情境在认知过程中的交互性和重要性,换言之,主张人类通过与周围环境互动来认识世界。与经典的认知科学研究框架相比,具身认知反对笛卡尔身心二元论的哲学立场,并且进一步将海德格尔与梅洛–庞蒂等代表的现象学传统的认识理论吸纳为认知活动重构的哲学资源。①

人的"具身体现"也是马克思关于人性本质和人类劳动特点等看法的关键内涵,但在晚近关于马克思的本体论评述中并没有对人的具身体现这一问题给予足够的重视。具身体现是人对自然的感性占有必不可少的条件,是人类实践的前提。身体既是自然现象,也是社会产物。在资本主义社会,人的典型特征是拥有自己的身体,却不掌握自己身体的所有权。身体感性所有权的丧失可以看作异化的一种形式——身体的异化。只有当人拥有自己的身体,并掌握身体的所有权时,人类实践和人的发展才真正具有了自觉、感性和能动的属性。②

在更为深入具体的研究中,研究者区分出了"弱具身"(weak embodiment)和"强具身"(strong embodiment)等两个不同层次的概念,以反对传统的身心可分离原则。其中,前者只是对经典认知科学的"改良",而后者则要求一种"范式的改变",因为它赋予身体在心智特征的塑造中以重要地位,认为认知和心智是身体与环境互动的产物,心智的特殊性是身体的特殊构造形成的。

我们也从范式转换的高度理解"具身性"问题。具身性的观念强调从身心合一和身体的物性角度来理解和解释认知问题的重要性,在这一点上,它与物性诗学所主张的"物性思维"相互契合。在文学活动中,主体最初的心智和认知也是基于身体和涉及身体的,心智始终是具(体)身(体)的心智,认知始终与具(体)身(体)结构和活动图式内在关联,身体本身及其活动在认知加工与解释中具有重要的地位和作用。

物性思维的认知是具身性的,物性认知是身体的认知,认知和思维方式受制于身体的物理属性,认知的种类和性质是由身体和环境的互动方式所决定的,身体的感知觉运动性与认知的形成有着直接关联。人的心智是

---

① 孟伟:《如何理解涉身认知》,《自然辩证法研究》2007 年第 12 期。

② 唐文佩、郭毅:《马克思关于人的具身体现观点述评》,《中国第五次人的发展经济学研讨会参会论文》。

大脑、环境和认知共同作用的结果，即"心智在大脑中，大脑在身体中，身体在环境中，认知与心智、大脑的中枢神经系统、身体的结构与动作、物理和文化环境共同组成了有机的整体"①。心智是具身的心智，也是嵌入环境中的心智。这种身体自身、身体的物理过程以及二者与外部环境的互动，在构成人们认知系统去认识世界的同时，也在客观上限制人的行为，直接影响认知过程。

　　一旦我们从"思维方式"方面去把握"具身认知"，那么，具身认知就是物性思维的基本构成部分，只不过，物性思维所讨论的"物"，其范围要远大于"身"，它涵摄作为主体之身的"物"，以及主体的"身外之物"，包括作为认知对象的物、作为认知过程的物以及物理环境和文化情境的"物性"。研究者指出，"具身认知"成为当下认知科学研究广泛关注的新课题，"在哲学、心理学、神经科学、机器人学、教育、认知人类学、语言学以及行为和思想的动力系统进路中，人们已经日益频繁地谈到具身化（embodiment）和情境性（situatedness）"②。因此，从其未来走向看，"具身认知"的未来可能就是"物性思维"。

　　长期以来，在诗学领域内，我们在"客观认知"与"主观认知"、科学认知与"诗性体验"之间划出界限，并以此为据来论证自然科学与人文学科、科学与诗学各自的合法性。在解释学传统中，理论家在"说明"（相当于科学认知）与"解释"（相当于意义阐释）、经验与"体验"之间之间划分出了界限，并将之视为自然科学与人文学科之间不可逾越的樊篱。③ 但是，到了今天，以自然科学面目出现的认知科学，却在其发展的新阶段将"体验认知"变成了自己的主导范式。

　　这种情形既是自然科学、社会科学与人文学科化域会通的结果，同时，它也宣告长期以来我们用以区分—隔离学科性质的整个话语系统的"失效"。因此，物性诗学以其开放态势吸纳自然科学领域的话语，也是新世纪理论话语融合互动、重新配置的时代要求。

　　物性思维，落实到具体的诗学问题层面时，在"作家"这一文学要素上

---

①　范琪、叶浩生：《具身认知与具身隐喻——认知的具身转向及隐喻认知功能探析》，《西北师大学报》2014 年第 3 期。

②　Clark A. *An Embodied Cognitive Science*, [J]. Trends in Cognitive Sciences, 1999（3）.

③　在当代汉语语境中，"体验论美学"通过与"认识论美学"相区分而论证自身的合法性，而它所强调的诸多理念，在今天几乎全被"具身认知"理论据为己有。这种情形，一方面可以视为体验论观念的跨学科殖民化，是一种"胜利"；另一方面也可以视为体验论作为一套支撑美学独特性的话语体系的"失效"，是一种"失败"。

表现得尤为集中。在物性诗学的视野中，作家依然是文学活动中的"能动者"，但并不是凌驾于"物"或"对象"之上的能动者，作家与作家所面对的"物"同为"能动者"。在这个意义上，作家的主体性事实上主要是指他的"屈从性"，他是事物之间的"连通者"，是作为"集体"的"准客体"。

从历史上说，有关创造性与原创性，研究者指出："我们依然关注艺术家与艺术品、制作者与产品之间的关系。将艺术家当作灵感启示下的传达渠道的另一做法，就是将他们视为新的对象或观察方式的原创者。在思考艺术的过程中，创造性（creativity）与原创性（originality）是常见的理念。我们需要提醒自己注意的是，创造性与原创性也是美学理论的组成部分。艺术制作者并非总是关切制作某种具有创造性或原创性的作品，也不总是认为自己富有创造性。早先的摹仿论，强调艺术品与其理想模式之关系的重要性，认为模式是原作，艺术品是摹本。艺术家的任务，就是尽量接近原作，尽量不要画蛇添足。如果创造性地发挥某种作用的话，那不是艺术家的任务，而是诸神或祖先的任务了。只有在艺术家开始强调自己是作品的组成部分时，创造性与原创性才是美学上具有意义的。"① 就是说，只有当作家强调自己是作品之"物"的一部分并与其他的物处于一种"事物间性"关联时，"创造性和原创性才是美学上具有意义的"。"创造性"与"原创性"是一组具有历史性内涵的理论话语，并不是每个时代的文学理论和理论家都以相同的方式强调作家的"创造性"和"原创性"。

但从另一个角度看，历史上把作品视为一种"创造"的观念似乎不绝如缕，从古希腊时期柏拉图的"神灵附体说"到19世纪浪漫主义运动时期的"天才论"，从笛卡尔的"我思故我在"到康德的"人是目的"，等等，无论理论家们的观点如何不同，侧重点有何差异，但在视艺术创作为作者的主体性创造这一点上，他们的观点是基本一致的。"创造论"建立在人的个体性、主体性的基础上，与灵感、天才、自由自在、文学自律等观念有着内在的逻辑关联。创造论者认为文学创作是一种独特的精神现象，是文学天才在灵感与激情支配下的"戛戛独造"（真无一语拾人牙慧者）。由于人们无法为这种精神活动给出其他更好的解释，就用"创造"来解释，"创造"也因之泛化为对文学活动的一般解释了。

其实，在有关能动者（agent）的问题上，一直存在着争论。行动能力即意味着个人性和独特性吗？它可以适用于那些相对一般的物类吗？物的能

---

① [美]达布尼·汤森德：《美学导论》，王柯平等译，北京：高等教育出版社2005年版，第95页。

动性可否就像结构主义和后结构主义所主张的那样被消除和去中心化？或者能动性观念自身即包含着一种怪异的、改变世界的力量？"这类问题需要结合民族志，将物作为世界中的能动者（agent）来研究。"①

---

① Beth Preston, *A Philosophy of Material Culture*:*Action*, *Function*, *and Mind*, New York: Routledge, 2013, p.74.

第二章 物性诗学观念方法论

"物性诗学观念方法论",重点探讨在物性本体论视野下,人们对待具体之物时的观念方法,尤其在打破物质与文化之间的界限之后,人们观念方法的新变,集中剖析"物质作为文化""文化作为物质""物品作为礼物",以及"文本作为物质事件"等一系列观念方法的认识论和方法论特征。其中,"物质作为文化"与"文化作为物质"的观念双向互进,共同彰显物质的文化属性和文化的物质性内涵,以及物质与文化之间人为界限的虚假性。"物品作为礼物"的观念,旨在与"物品作为商品"的观念拉开距离,抑制后者将物品单维度化和数量化(通过社会必要劳动时间而对其价值进行计量)的倾向,重新开放物品的丰富维度和多种可能性。"文本作为物质事件"的观念,重在克服意识/存在、精神/物质、文本/事件等一系列二项对立,在这种二项对立中,人们强调的是作品文本表现人的意识和精神的抽象价值,却忽视了亦作为物质事件而存在的实际价值,而事实上,文本作为物质事件不仅是"反映"历史背景的"前景",它本身即是历史的组成部分。

物性诗学在其领域和内容上,不仅涉及物性问题的原则和准则,而且涉及物质性与文学性相互交叉、彼此生产、双向构成的广阔领域。在这个领域中,人们有关物质的观念和有关文学的观念在双向同时地发生着变化,与之相应,人们对待物和文的方法也在发生着范式转换。综合起来看,这种变化主要在如下三个方面:一是物质作为文化;二是物品若礼物;三是文化(文本)作为事件。下面分述之。

第一节 物质作为文化

"物质作为文化"与"文化作为物质"是一个一币两面、一语两边的命题,其核心要旨在于克服"物质"与"文化"之间的二元对立。"物质"与"文化"属于一对天敌。在西方历史上,通过"自然/文化""物质/词语""存在/意识""客体/主体""身体/心灵""感性/理性""物性/人性""物/人"等一系列"二项对立",来寻求认识和解释世界的基本途径,成为西方哲学的传统。而且,随着西方近代以来主体性哲学的一统天下,这些二项对立中的后一项,文化、词语、意识、主体、心灵、理性等要素,总是高于、优先于或凌驾于前一项之上，从而在二项对立的基础上，进一步形成了一种根深蒂固的等级制。这种二项对立及其等级制，即是"物质文化"（material culture）这一新铸就的术语所要反驳和修正的观念，而且，由于这一术语力图校正近代以来将"文化作为人性之表征"的思想偏颇，它更加强调"物质性"（materiality）在理解和解释世界时的基础地位。事实上，寻求物性与人性之间新的平衡，建构"与物为春"的人—物关系新图景，才应该是这一新术语对生态文明建设的承诺。

"物质文化"包含着一系列基本的设定，其核心是"物质若文化"（material as culture），而"物质若文化"与"文化若物质"（culture as material）形成了相互定义、彼此构建的意义关联。可以说，正是其间的关联意义，才集中地体现了这个命题的新意所在。我们不妨从日常生活中的"物"说起。

我们在生活中每时每刻都与物相遇，我们的一切活动，都必然经由物的中介才能实现。物充当着人们日常生活的组成部分，日复一日，平淡无奇。而且，即便那些最为稀松平常的普通之物，也能够成为人的最深沉隐晦的焦虑和愿望的象征。人们总是想当然地以为寻常之物小不足称，无足轻重。人们倾向于认为，是自己在控制和支配着这些物，为着自己的目的而选择并使用着物。从某种意义上说，这种设定完全正确，无可挑剔。然而，当今的物质文化研究却向人们宣示：物以某种重要的方式驾驭着人（in important ways objects have a type of power over us）。这当然并不意味着物通过消费主义欲望或技术统治而误导人、利用人、控制人或使人失望，而毋宁是，人们需要物来理解和展演人的自我，进而在范围更为广大的文化领域"航行"。这要求我们必须检视当前那些将物质作为文化来研究的物质文化领域的研究成果。①

伊恩·伍德沃认为，物乃与人相遇、供人使用，且与人相互作用的物质的东西（material thing）。物即是日常所说的物质文化。"物质文化"这个术语强调，环境之中那些明显无生命之物，为了实现其社会功能，调节社会关系，给人的行为赋予象征意义，它们是如何对人起作用以及如何承受人加于其上的作用的。②"物质文化研究的首要主张是：物能够代表人来表示某些东西的意思（signify things）——或建立社会意义——或者做'社会工作'，尽管这种文化传播能力不应被自动地予以假定。"③ 物（object）可以意指亚

---

① Ian Woodward, *Understanding Material Culture*, SAGE Publications Ltd, 2007, p.vi.

② Ian Woodward, *Understanding Material Culture*, SAGE Publications Ltd, 2007, p.3.

③ Ian Woodward, *Understanding Material Culture*, SAGE Publications Ltd, 2007, p.4.

文化的密切关系,职业,以及对休闲活动的参与,甚或社会地位。而且,物可以被归入并代表更广阔的社会话语,这些话语能够整合进那些广泛遵循的规范和久被珍视的价值。物也可以负载个人的和情感的意义,可以促进人际互动,可以帮助人们的行为。物也可以帮助人们形成或取消人际的或团体的领队,调节自我认同的形成,整合或区分社会团体、阶层或部落。

在这种意义上,物可以作为社会的分界线(markers of social),也可以作为身份的标志(markers of identity),还可以成为文化和政治权力的场所(objects as sites of cultural and political power)。因此,物质文化研究的首要关切是"人与物之间的相互关系"①,物质文化研究尤其关注人们将物用于什么,而物又为人做了什么。而且,物质文化研究领域的学者,试图分析这些关系如何成为重要的途径,通过这些途径,文化以及作为文化基础的意义是如何被传输、接受和生产的。

随着科技的迅猛发展,"物"的观念也在不断地改变,人与物处于不断变动的关系之中,物和人的界限变得愈加模糊,甚至出现了人物不分的情况。一方面,在技术的发展过程中,"物"逐渐有了"人"的特征。例如当代生活中的汽车,汽车最开始被作为私人空间,车中的挂饰、饮料柜甚至电视的配置都是汽车作为家庭生活延伸的表现。但格拉维斯-布朗认为,汽车同时也是人身体的延伸,是人的"第二皮肤","在公路上,它甚至就是肉体,至少,被开车人当做第二层皮肤或第二层肉体来对待"②。同时,汽车还有象征着人的社会地位、财富、权力的符号意义,如赛车体现着青年的反叛精神等。此外,电脑和人工智能的出现使得"物"变得更加地人性化,可以定制的手机更突显了人的个性,机器和物有了和人一样的名字,等等,随着技术的发展,物越来越接近于人。另一方面,当技术使得物或者机器越来越灵活的时候,人却变得越来越笨拙。技术发展的同时,物的便利也使得人们越来越依赖于物,离开手机时所出现的焦虑症状就体现了这一点,人在依赖于种种技术的同时,也被技术物所束缚。

尽管说,这种思路将人—物关系设定为物质文化研究主要关注内容,但它侧重的依然是"物质若文化"的维度;而另一个维度,即"文化若物质"则未能得到强调。事实上,今天的物质文化研究观念,乃是"物质若文化"与"文化若物质"两个方面的研究相向而行的结果。分而言之,前者突出了物质的文化内涵,后者则彰显了文化的物质向度;合而论之,则是物质的文

---

① Ian Woodward, *Understanding Material Culture*, SAGE Publications Ltd, 2007, p.14.
② 孟悦、罗钢主编:《物质文化读本》,北京:北京大学出版社 2008 年版,第 19 页。

化性与文化的物质性之间的互动互补和相辅相成。

相对而言,要理解"物质若文化"并不是一桩十分困难的事情,更困难的问题在于理解"文化若物质"的命题。我们知道,特就探讨文化的物质性特征来说,在唯物主义传统中,这并不是一项新课题。不过,在唯物主义传统中,"文化"概念总是与"意识形态"概念纠缠在一起。因此,要阐明文化的物质性,就必须同时说明意识形态的物质性。

"意识形态"在马克思主义中是一个重要概念,但其含义却并不清楚。威廉斯发现,意识形态这个概念在马克思、恩格斯那里是介乎两种意思之间的:一是"一种某个阶级所特有的信仰体系";二是"一种可能与真实的或科学的知识相矛盾的虚幻的信仰体系,即伪思想或伪意识"[1]。"某个阶级"是否包括无产阶级呢?"社会主义意识形态"(列宁语)是否也具有"伪意识"性质呢? 马克思主义者在这个问题上存在着激烈争论。

阿尔都塞的意识形态理论并不是要对某种特定的意识形态究竟是"幻象"还是"现实"作出裁断。他认为,研究意识形态就是要研究某些"意识形态国家机器"的物质性实践,以及主体通过哪些程序被构筑在意识形态之中。他发现,人生活在世界上并认识这个世界,这并不是一种主观与客观的"封闭性双向关系",人在认识过程中随时都受到现存的各种思想体制的制约。人的主体是一个受到各种限制的、早已由一系列对世界的表述系统所决定了的"屈从体"(subject 既是"主体"又是"屈从体")。主体觉得自己在直接把握现实,但这是想象的结果,"意识形态是个人同他的存在的现实环境的想象性关系的表述"[2]。意识形态表述的"不是现存的生产关系(以及从生产关系衍生出来的其他关系),而首先是个人与生产关系(以及从中衍生出的关系)之间的(想象性)关系"[3]。意识形态有一个物质性存在,它通常存在于国家机器及国家机器的实践之中。只有通过意识形态并在意识形态之中才有实践,只有通过主体并为了主体才有意识形态。阿尔都塞的意识形态理论,强调了意识形态的普遍性、物质性、实践性、想象性和主体相关性。

阿尔都塞认为,必须从再生产的观点出发来透视国家和意识形态问题。为此,他提出了"压制性国家机器"(RSA)和"意识形态国家机器"(ISA)两个概念。他认为,前者通过警察和军队,使用暴力或用武力威胁来维持统

① Raymond Williams, *Marxism and Literature*, Oxford:Oxford University Press, 1977, p.55.

② Louis Althusser, *Lenin and Philosophy and Other Essays*, London:Monthly Review Press, 1971, p.152.

③ Kiernan Ryan, ed. *New Historicism and Cultural Materialism:a Reader*, London:Arnold, 1996, p.18.

治秩序;而后者则主要依靠意识形态发挥作用。ISA 主要包括宗教的(不同的教会系统)、教育的(公立和私立'学校'的各种系统)、政治的(包括不同党派的政治制度)、工会的、交往的(新闻出版、电台电视等)、文化的(文学艺术和体育运动等)意识形态国家机器。① 社会的行为和观念,是通过意识形态国家机器而决定的。对于无产阶级来说,根本不存在什么自由意志或自由选择。所有的个体都是"主体",而其"主体性"是通过意识形态国家机器建构起来的,意识形态国家机器通过意识形态的"询唤"(interpellation)而将个人"生产"为主体。不存在人文主义者的主体,主体都是被意识形态压抑和利用的。就文学而言,文本是或隐或显地通过同情的方式向读者讲话,而读者也便因此而受到"询唤",屈从于意识形态国家机器。

阿尔都塞认为,马克思主义的历史观是"多元决定的",既不是黑格尔式的一元决定论,也不是多元论(因为经济具有归根结底的决定作用)。② 这样,意识形态就成为一种结构性决定因素,其重要性得到了突显。与之相应,对作品的意识形态内容的阅读就应是"症候阅读",在文本的意味深长的"沉默"中,在它的空隙和省略中,最能清楚地看到意识形态的存在。批评家应该使那些"沉默"的部分说话,并获得关于意识形态的知识,从文本中的矛盾、省略、裂隙和不充分中读出其意识形态局限来。

阿尔都塞的如上思想,使他获得了两个重要的批评策略:首先,这种意识形态定义赋予意识形态一个积极角色(而不仅仅是反映或表现),它自身在生产方式中是一种结构性决定因素;其次,与意识形态的积极角色相应,主体被看成是政治和意识形态的效果。其理论对文学批评的影响,主要在于它改变了人们有关主体性及主体身体的观念。文学形式作为意识形态,生产出那些它试图表述的个人。文本本身是积极的、生产性的力量和事件,而非对先已存在的语境的"表现"或"反映"。因此,将文本联系于其语境的问题,就让位于将文本视为已然处于被建构起来的社会整体之中的问题。这种将主体视为意识形态产物的观念,也排除了传统批评,特别是从作者意图、经历、欲望和情感等主体因素来寻求对文学意义的解释的观念,因为这些观念全都指向意识形态结构。比如,小说并不表述那些随着现代性和资本主义而"新生的"个人主体,而毋宁是,小说作为一种意识形态"生产""询

---

① 俞金吾、陈学明:《国外马克思主义哲学流派》,上海:复旦大学出版社 1990 年版,第492 页。

② 李青宜:《阿尔都塞与"结构主义马克思主义"》,沈阳:辽宁人民出版社 1986 年版,第208 页。

唤"和"反映"它的"个人"。主体不是别的（如自由人文主义的超历史主体），而是一种话语建构；主体的身体不是别的，而是话语建构的场所。这些观念对新历史主义产生了重大影响，伽勒赫指出，新历史主义的批评"一直是要追溯现代主体性在人们试图获得稳定主体的必要失败过程中经历的创造"，而其批评"深入到社会改造的最深层、最少被质问怀疑、同时又是最难接近的领域：即关于我们自身作为性别主体的改造"①。

　　研究者指出，当代批评家从阿尔都塞的理论中可以各取所需，但他们都能从如下观念中获益，即"意识形态生产是一种现存社会体制中的物质性实践，因为它使得教育成为一个破坏生产进程的理想舞台"②。阿尔都塞等人的结构主义马克思主义观点，经由福柯的改造而对当代批评发生了重要影响。研究者指出，"与马克思主义的观点明显不同，福柯的兴趣不在于表达最核心和制度化的权力形式，诸如国家机构或阶级关系；相反，他关心考察不平等和压迫的权力关系是如何被制造出来的以及通过表面上人道和自由的社会实践，这些权力关系是如何以更奥妙和弥散的方式被维持的"③。马克思主义者都持有鲜明的政治及意识形态立场，并能对资本主义社会进行意识形态批判，而新历史主义者大多没有明确的意识形态立场，也不愿将自己完全局限在马克思主义的思想框架之内，而主张一种立场的"无定性"，因而它逐渐转向了意识形态立场比较模糊的"话语分析"；同时，它并不热衷于对历史现象进行一种唯物主义式的还原，而是主要追溯人类身体和人类主体的历史形成过程。

　　我们知道，马克思主义从历史角度研究文学，不仅是一种方法，更重要的是体现了一种原则。恩格斯认为，马克思主义的理论方法，即"历史"的方法与"逻辑"的方法相一致的方法。④他所说的"历史"指的是事物发展的本质规律，而"历史原则"是指人的思维必须符合客观现实的规律，而不是机械地向历史学科借用解决问题的现成途径。马克思主义历史方法中的理论原则与具体批评方法之间既有联系，又有区别，"在马克思主义文论中，具有哲学意义的历史概念，表示的不是马克思主义文论侧重于同某个学科的联系，而是它对认识现实的方法和途径的根本要求。在文学批评中，衡量

①　中国社会科学院外国文学研究所《世界文论》编辑委员会编：《文艺学与新历史主义》，北京：社会科学文献出版社 1993 年版，第 169 页。

②　Kiernan Ryan, ed. *New Historicism and Cultural Materialism: a Reader*, London: Arnold, 1996, p.2.

③　[英] 路易丝·麦克尼：《福柯》，贾湜译，哈尔滨：黑龙江人民出版社 1999 年版，第 2—3 页。

④　《马克思恩格斯选集》第二卷，北京：人民出版社 1972 年版，第 122 页。

历史方法是否正确、是否科学的标准在于能否基于历史规律之上把握文学这个特殊对象的特殊逻辑"①。马克思主义的具体历史方法虽遭到某些当代理论(包括新历史主义)的抵制,但它们并未彻底否定马克思主义的"历史原则"。我们注意到,马克思主义强调历史方法与逻辑方法的内在统一,而新历史主义有时竟只强调历史方法而排斥逻辑方法。实际上,就像它在实践中不能完全放弃逻辑方法一样,它还是不得不采用"资本主义"这样一个历史范畴。"资本主义"本身已经是一个理论化、逻辑化了的范畴。

当然,马克思主义与当代批评之间之所以有如此深刻的关联,不仅来自当代批评对马克思主义的"改造",也来自马克思主义从其经典形态向"新马克思主义"的发展过程中所形成的一些新特点,这是一种两相凑泊的结果。新马克思主义者对"文化""历史"及"意识形态"的论述越来越灵活和宽泛,而且他们有意识地对其中可能存在的"决定论""等级制"和"单一阶级论的历史叙述"进行了剔除,这使马克思主义与当代各种理论的接触面大大拓宽了。但是,它同时也使马克思主义的"革命性"削弱了,像新历史主义这样的当代批评与这种"新"马克思主义之间有更多的相通性。林特利查指出,在新历史主义那里,"马克思这个社会变革和革命的理论家现在被放到福柯式的基础上进行重新理解并被改造成福柯的先驱,变成了犬儒主义议会的奴仆,一个重复论的理论家"②。

与马克思主义相比,新历史主义从明确的意识形态批判转向了政治立场无定性的话语分析、从物质实践领域的斗争转向了表述领域的反抗、从现实生活中的抗争转向了学术领域的颠覆,这一方面确实对传统马克思主义不够重视的某些领域进行了某种程度上的"补充"和"深化";另一方面它因对物质实践领域的某种忽视而向历史唯心主义方向摇摆。正因为如此,它在包容与颠覆的关系问题上持一种明显的悲观主义立场,这与它所受福柯思想的影响分不开。

值得强调指出的是,当阿尔都塞将法定度假、法定节日、教育设施等物质性存在看成意识形态时,当福柯将监狱和临床医学等等也都视为"话语"时,他们事实是将"意识形态"从"悬浮于上层建筑之上的更高的观念体系"与世界的物质性存在之间的界限打破了,也就将文化与物质之间的传统鸿沟填平了。此时,传统上更多地被归入意识形态的"文化"也就拥有了自身

---

① 徐贲:《走向后现代和后殖民》,北京:中国社会科学出版社 1996 年版,第 3 页。

② 林特利查:《福柯的遗产:一种新历史主义?》,张京媛主编:《新历史主义与文学批评》,北京:北京大学出版社 1993 年版,第 155 页。

的物质存在,因而也就被"物质化了"(materialized)。这种文化观念上的转变影响深远,像威廉斯等人所强调的"文化唯物主义",某种意义上正是对这种观念的引申。

这种观念与经典马克思主义的意识形态和文化观念究竟有什么区别呢?后者不是也从根本上强调世界的物质性吗?其实,这里有一个重要的区别,经典马克思主义尽管认为意识形态和文化最终都由物质性的经济基础所"决定",但并不认为"意识形态"(ideaology)和"文化"本身即是物质或物质性的,它作为"观念体系"与"物质"是有严格的区别的。作为文化之最终决定因素的物质性,与文本本身同时即是物质性,这是两个不同的命题。后者将文化本身视为物质,因此,同时注意到了文化本身的物质形式和物质内容。比如,面对一部作品文本,如果强调书中所表达的思想观念最终是由作者和作品所处的历史语境的物质性所决定的,我们就将思想观念设定为"前景",而将物质性的历史语境设定为"背景","背景"决定"前景",物质存在决定观念意识,这是马克思主义经典作家所阐释的"唯物主义美学"。我们也可以采用另外的思路,在面对一部作品文本时,尽管我们依然不否认物质性的历史语境即是一部作品文本得以诞生的基础,但我们同时也看到作品文本不只是思想观念,它同时有一个自身的物质性存在,如语言文字、装帧设计、媒介载体等,这些物质性的因素与包含于其中的思想观念同时运作,并肩生产出作品文本的意义。当我们如此对待作品文本时,我们也就将作品文本的思想观念和物质要素放在了同一个操作平台上进行阐释,这样就事实打消了物质"背景"与观念"前景"之间的界限,这适可称之为一种"美学唯物主义"(aesthetic materialism)。①

因此,在当前的物质文化研究中,"物质若文化"与"文化若物质"从不同的路径相向而行,共同彰显出物质的文化性和文化的物质性。

当人们面对一部文学作品并展卷披阅时,就已经形成了该书的印象,而且可能已经建立起了对它的基本认识。进一步阅读时,这种认识很可能受到挑战或者确证。但关键的是,人们已经运用某些文本的或非文本的(non-textual)能指建立起了这种认识。偶遇一本书,要进入先得跨过一道门槛:书的封皮、图像——铭写在文本或意象之外表或内里的一切。这些"能指"把你引向有关文类、受众、关联域和范围等方面的推断,而随着你对书的深入钻研,这些推断被改变、确证或者打消。换言之,你首先遭遇到的一

---

① Paul Gilmore, *Aesthetic Materialism*:*Electricity and American Romanticism*, Stanford University Press, 2009, p.10.

本书的"物质形式"(material form),每当你接触到一本物质的文本时,你就会读到这种物质性。这个文本有一个自身的"躯体现实"(physical reality),文本的这种躯体的、物质的属性可以与时而迁(例如,你也可能在电脑屏幕上阅读它),然而,文本的物质性总是促成文本的意义。不管我们是否意识到这类物质(matters)的存在,它们都在意义的形成过程中发挥着作用。因此,当我们要对文本及其阅读展开研究时,就必须将这些物质性方面纳入视野。①

　　我们看到,文本的这些物质性方面,不是别的"前景"或"背景",而是文学活动的"载体"或"媒介"。从这个意义上说,文本的物质"媒介即讯息",我们并不是要在它传达了什么的意义上(比如历史语境的物质性的某些信息)将其理解为"讯息",而是将这种媒介本身理解为文本全部意义的构成"讯息"。在麦克卢汉看来,所谓"媒介即讯息",只不过是说"任何媒介(即人的任何延伸)对个人和社会的任何影响,都是由于新的尺度产生的;我们的任何一种延伸(或曰任何一种新技术),都要在我们的事务中引进一种新的尺度"②。"任何媒介的内容都是另一种媒介。文字的内容是言语,正如文字是印刷的内容,印刷又是电报的内容一样。"③媒介即讯息,意味着媒介对人的组合与行动的尺度、形态发生着塑造和控制作用,这与媒介(比如飞机)具体承载什么内容"毫无关系"。④因此,尽管麦克卢汉在其著述中大量涉及了对轮子、飞机、自行车、住宅、服装等实在物的讨论,但他对这些媒介的具体的社会历史内容毫无兴趣,而只专注于其形式所引起的尺度的变化。由于专注于符号形式,因此,尽管世界存在着千姿百态的媒介,但在他的眼中,作为人的延伸的媒介只有三种类型:口头文化媒介、文字印刷文化媒介和电子文化媒介,它们共同概括了人类符号环境的所有"尺度"。因此,讨论三种媒介各自的本质特征及三者间的关系,就成为其符号环境生态学的主要内容。

　　据此,适切的研究途径就要求阐释如下方面:1)文本阅读连接着文本

---

① Graham Allen, Carrie Griffin and Mary O'Connell, *Readings on Audience and Textual Materiality*, Pickering & Chatto Publishers Ltd, 2011, p.1.
② [加]马歇尔·麦克卢汉:《理解媒介:论人的延伸》,何道宽译,北京:商务印书馆 2007 年版,第 33 页。
③ [加]马歇尔·麦克卢汉:《理解媒介:论人的延伸》,何道宽译,北京:商务印书馆 2007 年版,第 34 页。
④ [加]马歇尔·麦克卢汉:《理解媒介:论人的延伸》,何道宽译,北京:商务印书馆 2007 年版,第 77 页。

的物质形式或各种其他形式；2）一个文本及（或）其副文本（paratext）既体现也可以被解读为意识到其躯体性（physicality）意义的证据；3）文本与其躯体形式之间的关系构成了意义；4）躯体形式，或者躯体与智力的关联结合或多或少地促成了读者受众的理解和态度。① 这个基础性框架，在跨学科研究的推动下，既与社会学的物质文化概念也与当前新出现的书籍史研究结成同盟。这种研究方法，在 21 世纪的两个重要批评观念即文学的研究和社会文化及历史研究之间架起了飞桥。最重要的是，物质文化承认，通常相对的两个观念——躯体的与智力的——必须被理解为不仅相互提供信息，并且，物质维度是理解文化的基础。

在这种意义上，我们看到，强调"物质若文化"与重视"文化若物质"之间在研究侧重点上的不同，后者在一种"文本物质性"研究中与前者相区分："我们对文本物质性的关切，与物质文化研究之间存在分歧。因为，我们主张文本中语言的和智力的内容拥有一个躯体现实，后者本身促成其自身的物质性的意义；而物质文化理论家往往含蓄地承认物（object）的意义是在很大程度上其周遭变化着的世界所建构的。文本物质性并不仅仅是将想法、观念及理论与物联系起来，而是坚持智力和躯体的共生性（symbiosis），因此，没有文本的躯体方面，这个文本就无法被充分地理解；没有智性所赋予的意义，这个文本的躯体方面也就无法被理解和欣赏。在我们看来，文本的物质性的依据，是物对它所传递的意义的贡献或被归功于物的贡献的情形。我们坚持认为意义已然存在于文本的语言与文献编码的连接之中。"②

总之，在物质文化研究中，将物质作为文化来研究的路径与将文化作为物质来研究的路径之间存在着若干细微的差别，但两个向度的研究相向而行，在二者的交涉地带所形成的观念，即是"共生性"的观念：文化因素与物质性、智性因素与躯体性之间共生并生，共同完成了文本意义的生产和建构。中国道家"天地与我并生，万物与我齐一"的思想，很好地捕捉到这种文化作为物质性的思想的内核。只有通过这种"共生"观念，我们才能够"瞻言而见貌，即字而知时"，从而将文本内部物质性（语言文字）文本外部历史现实的物质性（物色之变）相贯通。因此，基于文本本身的物质性（媒介）与基于文本外部的物质性，依然是有区别的。例如，新近出版的《剑桥中国文

---

① Graham Allen, Carrie Griffin and Mary O'Connell, *Readings on Audience and Textual Materiality*, Pickering & Chatto Publishers Ltd, 2011, p.2.

② Graham Allen, Carrie Griffin and Mary O'Connell, *Readings on Audience and Textual Materiality*, Pickering & Chatto Publishers Ltd, 2011, p.3.

学史》与《哥伦比亚中国文学史》，都基于媒介本身的历史变迁而重写了中国文学史，这与中国当代基于社会历史的物质性而展开的书写活动，其间就有巨大的差别。①

同样，当代物质文化研究中的"materiality"这一术语亦具有复杂的含义。一方面，这个概念与唯物主义传统相联系，在哲学的第一个问题即存在与意识、物质与精神孰先孰后的问题上，强调世界的"物质性"及其"决定"作用，这在唯物主义传统中是不难理解的。另一方面，新近的物质文化研究则试图在这个略显笼统和机械的观念层次上更进一步，试图打破物质与精神之间的二项对立界限，并主要基于物质而阐述"物质若文化"与"文化若物质"两个命题之间的互动关联。这个意义上的"materiality"，既与传统的唯物主义不同，也与经典意义上的唯心主义相异，而毋宁是处于两个哲学流派的"交集"部分或过渡地带。这个意义上的"物性"，事实上是主客未分、心物融合、物我同一的状态，而这个状态也是先于主客、物我的二分状态的，是本原、始源和基础，是主客难辨的"生活世界"。但值得注意的，一是它坚持将人性亦放置在物性基础上来理解，甚至将人性解释为物性的一部分，在这一点上，它与唯物主义传统之间有着复杂的牵连；二是为了对抗西方近代以将人性凌驾于物性之上的等级制，它又不强调物质的"决定"作用，而是强调物性与人性二者之间的不可分割和共生共荣。这就在事实上突出了"物性"的"连通性"（connectivity）。也就是说，当它讨论"物性"问题时，人性的问题总是"在场的"，在关联—结合的意义上，它们是"一体的"。

这样，当下物质文化研究中所讨论的"materiality"，也就并不是物"独立于人"的属性或本性，而毋宁是物与人的"连通性"。在这个意义上，它所研究的"materiality"就与海德格尔所讲的"thingness"有异曲同工之妙，也就与中国传统上所讲的"物性"有更多的交集，而与"物性表"所指的物"独立于人"的纯物理属性（或数量或参数）则相去甚远。

然而，鉴于"materiality"一词在唯物主义传统中存在着二项对立（物质与精神）的对象化思维模式的残留，而且或多或少地表现出"机械决定论"（物质存在决定精神意识）的倾向，这些含义纠结在一起，容易引人误解，也未能突显出当代物质文化研究和物性思想的特殊品质，我们主要采用"thingness"及其所对应的汉语概念"物性"，以之概括当代物质文化研究的新观念和新贡献。尽管如此，如果就其强调物和物性的基础性作用并

---

① ［美］W.伊维德：《关于中国文学史中物质性的思考》，丁涵译，《上海师范大学学报》2014年第4期。

与“唯心主义”相颉颃的意义上说，“materiality”与“thingness”之间，交叉部分大于相异部分。丹尼尔·米勒（Daniel Miller）主编了一本名为《物质性》（*Materiality*）的著作，在该书的“导论”部分，他试图为“物质性”下定义：“本导论将从两种对物质性进行理论化的尝试入手：一是那种将物视为‘人工制品’（artifacts）的粗浅理论；二是那种宣称完全超越主与客二元论的理论。”然而，当要言说“物质性”这个术语时，人们就遭遇了这个术语含义的复数性和复杂性，这个术语拒绝通过“主体的暴政”（tyranny of the subject）而将物质性解释为“人（类）的具体化”，不将主体或社会视为特权前提。正因为这样，我们就需要“承认人性的定义通常几乎成了处理物质性问题的立场的同义词”。米勒指出：“我们可以驳倒那种将任何东西都称为非物质的可能性。我们可以拒绝唯物主义将物质性仅仅约简为物的数量的粗暴做法。但我们不能否认，这种对于物质性的俚俗用法是普通常见的。”也就是说，尽管俚俗的和唯物主义传统对于物质性的解释，有些方面与当代物质文化研究所理解的物质性不尽吻合，但前者作为一种世所公认的解释，也还无法彻底绕开。正因为这样，他并不忽略这种俚俗用法，他着手调查有关“物质的”这一术语的最显眼也最日常的理论，即“人工制品”的理论。但是，当继续前行，思考物质性所包含的转瞬即逝的、想象的、生物学的和理论的广阔含义时，这个定义很快便宣告失败，所有含义都无法被简单的人工制品定义包容进来。所以，此处要介绍的第二种物质性理论，将是最包罗万象的，并且将物质文化置于文化的概念化的更大领域。①

第二节　物品作为礼物

当我们在使用“物性”这一术语时，必须考虑“物质文化”这个术语，后者通常与“things”“objects”“artefacts”“goods”“commodities”和新近出现的“actants”等术语连袂而行。这些术语（最后一个除外），在多数场合是可以互换使用的。然而，它们之间却有意义上的细微差别，这些差别有助于区分它们被使用的语境。我们可以从最具总括性的术语开始，走向最具体的术语：“‘things’（物）具有一个有形的和真实的物质存在，但它暗示某种无生气和不活泼的品质，需要行动者通过想象活动或身体活动带给它生命。‘objects’（对象物）是物质文化的分离的零件，是触觉或视觉可感知的对象。‘artefacts’（人工制品）是人类活动的物理产品或遗迹，就像‘objects’一样，

---

① Daniel Miller, ed. *Materiality*, Durham and London: Duke University Press, 2005, pp.1-5.

它们因其物质性或具体性而具有重要性,并成为回顾性解释和分类排序的主题。'artefacts'总体上被视为文化或社会活动的某些优先方面的象征。'goods'(物品)是在具体市场关系下,典型地被假定为是在资本主义市场关系下,被生产的对象;它们在交换体系中被分配了价值。'commodity'(商品)术语是关于'物品'概念的专业表述。与之相似,商品是可用于交换的东西。'对象物'出入于商品化的领域,因而一个此时是商品的对象物在彼时可能并不依然是商品,这是因为它被合并进了个人、家庭和文化的私人的或仪式的世界。'Actant'(行为者)是新近在科学技术社会学的研究方法中发展起来的一个术语,它意指包括人和非人在内的实体具有在社会上'行为'的能力。通过消除能够行为的人与被视为无生命或'外部的'对象物之间的界限,行为者这个术语企图克服任何先验的区别,即社会的、技术的和自然世界之间的先在区分,强调人与物质事物之间难解难分的连接(the inextricable links between humans and material things)。"①

但是,无论如何,thing 是"最具概括性"的一个术语,其"不活泼"的特性,只是长期以来人们的设定,在海德格尔那里,它并非如此。因此,它才是最能概括我们所要表达的"物性"思想的合适选项。

一、理性主义视阈：物即对象 / 客体

西方近代哲学思维方式的基本特点,是从主 / 客、心 / 物、灵 / 肉、无 / 有等二元分立出发,并运用理性来构建形而上学的体系。② 在苏格拉底、柏拉图以前,早期的自然哲学关于人与世界、自然的关系的学说,主要是"天人合一"式,即人与自然不分,当时的"物活论"就是最明显的表现。但事实上,作为一种思考方式的主体主义,其萌芽在古希腊时期就已生发出来了,如普罗泰戈拉名言："人是万物的尺度,是存在的事物存在的尺度,也是不存在的事物不存在的尺度。"柏拉图就将其解释为："事物对于你就是它向你呈现的样子,对于我就是它向我呈现的样子。"③ 这是一种朴素的原初的主体主义,是"物"与"我"尚在混沌未开之时,人以自身对外物进行探问的姿态,是以"人"的视野观照"物"的世界的尝试,因而这种主体主义实际上是人类自我意识觉醒的表现。柏拉图的"理念论",主要从存在论的角度讲

① Ian Woodward, *Understanding Material Culture*, SAGE Publications Ltd, 2007, p.15.
② 刘放桐:《新编现代西方哲学》,北京:人民出版社 2000 年版,第 11 页。
③ 北京大学哲学系外国哲学史教研室:《古希腊罗马哲学》,北京:生活·读书·新知三联书店 1957 年版,第 133 页。

理念是事物的本根,属于"天人合一"的思想,但他也从认识论的角度讲理念是"知识"的目标,是"真理"而不是"意见"的对象,柏拉图实开"主客二分"思想之先河。

明确把主体与客体对立起来,以主客二分为哲学主导原则,乃是以笛卡尔为真正开创人的西方近代哲学之事。在他那里,"自我意识"第一次被明确地提出,并且成为"我"存在的依据,人的自我力量第一次得到明确无误地彰显,人的理性从神性的阴影下被释放出来,并且成为认识的逻辑起点。"我思故我在"这一命题的提出,使得整个西方哲学的基础为之一变,自此,哲学不必再从一个预设的外在实体(如神或上帝)出发,转而建基于主体的自明性之上,从此开启了主体与客体二元分立以及由主体统摄并支配客体的历史。自从"我"被宣布为主体的那一刻开始,尘世上一切有广延的东西就成为了对象。这是一个不可分割的哲学事件,人成为主体和世界成为对象是该事件同时发生的两个维度,主客二元的确立和发展是西方近代哲学的主要特征。但笛卡尔的哲学也包含有"天人合一"的思想因素,他的神就是思维与存在的统一,是世界万物之共同的本根或创造主。

黑格尔是近代哲学的"主客二分"思想之集大成者。他的"绝对精神"是主体和客体的最高统一,不仅是认识的最高目标和最终极的真理,也是世界万物之最终的本根或创造主,它是最高的客观精神,也是人类精神的最高形态,在"绝对精神"中,人与世界相通。因此可以说,黑格尔哲学既有"主客二分"式思想,也有"天人合一"式的思想,两者结合为一体。

黑格尔以后,从主要方面来说,继续沿着"主客二分"式思想前进的有费尔巴哈、马克思等哲学家,大多数西方现代哲学家则贬低乃至反对"主客二分"式。其中,海德格尔是一个划时代的人物,他把批评"主客二分"思想模式同批评自柏拉图至黑格尔的旧形而上学传统联系起来,认为这种旧形而上学的根基是"主客二分"式。在海德格尔看来,人生在世,首先是同世界万物打交道,对世界万物有所作为,而不是首先进行认识。换言之,世界万物不是首先作为外在于人的现成的东西而被人凝视、认识的,而是首先作为人与之打交道、起作用的东西而展示出来。人在认识世界万物之先,早已与世界万物融为一体,早已沉浸在他所活动的世界万物之中,依寓于世界之中,繁忙于世界之中——这样的"在之中",乃是人的特殊结构或本质特征。[①] 如果说古希腊早期自然哲学的"天人合一"式是"天人合一"的原始形态,那么,海德格尔的哲学则可使说是经过了"主客二分"和包摄了"主

----

① 张世英:《"天人合一"与"主客二分"》,《哲学研究》1991 年第 1 期。

客二分"的一种更高级的"天人合一"。从古希腊早期自然哲学的"天人合一"思想，经过长期的"主客二分"思想发展过程，到以海德格尔为主要代表的现代哲学的"天人合一"思想，正好走了一个否定之否定的路程，这也可以说是整个西方哲学史的主线之一。

在考察主客关系的历史演化之后，我们具体来探讨主客二分的内涵特征。就概念来说，主客二分，是指主体和客体的二分。认识主客二分首先要知道什么是主体，什么是客体。一般来说，"主体是指具有思维能力、从事社会实践和认识活动的人；客体是指实践和认识所指向的对象，既可以指人，也可以指物"①。"主客二分是指把世界万物看成是与人处于彼此外在关系之中，并且以我为主体，以他人他物为客体，主体凭着认识事物的客体的本质、规律性以政府客体，使客体为我所用，从而达到主体与客体的统一。"②因此，可以很明显地看出，在这种主客体关系中，主体与客体的地位是不平等的，而主体是对客体的统摄和再造。③

应该说，主客二分的思维模式不是从人类社会产生以来就有的。从旧石器时代到新石器时代末，人类逐步走出自然界，并同动物逐步分离。那时，人与自然还没有明显的界限，主体和客体并未分化，客体是主体，主体也是客体。人类的幼年时期与一个人的孩童时期一样，都把世界看作是人自身。远古流传下来的神话正是他们的典型杰作，如中国蛇身人首的女娲、埃及金字塔的狮身人面像等，真实地记载了人与自然的合一，说明了原始人还没有真正的人的意识，还没有人的自觉。动物图腾的广泛存在，也说明原始人结成的社会群落，通常把自己看成是某一动物的后裔，是龙或凤的同类，唯独还没有人自己，但这种主客未分的合一，是原始的，是未开化的。但若仅停留在这种原始的未分状态，也就不可能有真正的人类文明的发展。正是在这个意义上，人的独立化、主体与客体的分化，并不全像海德格尔所说的那样，是人类文明的不祥之兆，而首先是有伟大的历史功绩的。可以说，人从自然走出，人把自己与禽兽分开，正是人类文明的真正开端。

从远古到古代，从原始群落到奴隶社会、封建社会，从人兽同体到人的独立，从主客浑然到主客二分，是人类文明创造和发展的关键一步。这种主客二分有四大特点：第一，意识主体和客体有明确的区分，客体就是客

---

① 《马克思主义基本原理概论》(修订版)，北京：高等教育出版社2008年版，第56页。

② 张世英：《哲学导论》(修订版)，北京：北京大学出版社2011年版，第3页。

③ 郑伟：《"主客二元对立"背后的理性建构及其克服》，《重庆社会科学》2008年第10期。

体,主体就是主体,自然就是自然,人就是人,甚至人已经开始羞于与禽兽同类,"禽兽不如"这句话逐渐成为人类最大的耻辱。第二,这种主客二分并未走到对立,而是相互依存、相生相克,相互融合、和谐统一的。第三,这种统一以客体为基础,客体存在是绝对的,主体依附于客体,主体未能得到充分的独立的发展。第四,人从自然中走出,为了要生存和发展,需要面对这个从中走出的陌生、惊奇、神秘、可怕的自然界,因而,世界是什么的问题便成为古代哲学思考的首要问题,认识论哲学也便成为古代哲学的一大特征。

正如张世英先生指出的:"人们总爱把哲学问题归结为世界万物的本质是什么和人是否能够以及如何认识世界万物的本质等问题。按照这种思路,人和世界之间的关系就只是一种主客二分式的关系:任何世界万物是两个相互对立、彼此外在的实体,人是主体,世界万物是客体,人通过认识(这里指广义的认识,其中包括实践——通常理解为人从世界万物之外进入和深入到世界万物之中,对外物加以改造的活动)以解决世界万物的本质究竟是什么的问题。"以至于"这种关系形态统治了几千年的西方哲学,以致恩格斯把全部哲学的基本问题总结概括为'思维对存在的关系问题'"。①同时他也指出,今天的中国需要走"后主客关系的天人合一"道路,即"经过了'主体—客体'式的洗礼,包含'主体—客体'在内而又超越(亦即通常所说的'扬弃')了'主体—客体'式的天人合一,我们把这高一级的天人合一称之为后主客关系的天人合一"②。

接下来需要探讨一下主客二分与二元对立的关系。一直以来,关于主客二分与二元对立的关系在各种研究论述中都语焉不详,一般皆将主客二分作为二元对立的一种具体形态来加以认识,这种说法乍听似得理,深思则不然。正如学者周来祥指出的,"主客二分并非二元对立,辩证思维也并不是主客二元对立的思维模式。……一分为二是二元对立的基础,但还不就是二元对立。承认矛盾的二元对立,也不等于主客二元对立的思维模式。只有仅承认矛盾对立性,而否定矛盾统一性;只承认'一分为二',而否定'合二为一'的,才是科学意义的主客二元对立的思维模式"③。

19世纪达尔文的进化论对二元对立思维起了推波助澜的作用。虽然它

---

①　张世英:《"天人合一"与"主客二分"的结合——论精神发展的阶段》,《学术月刊》1993年第4期。

②　张世英:《哲学导论》(修订版),北京:北京大学出版社2011年版,第12页。

③　周来祥:《哲学、美学中主客二元对立与辩证思维》,《学术月刊》2005年第8期。

冲破了神学对人们思想的禁锢,但它所标举的"弱肉强食""适者生存"的原理过分地强调了自然界中物种对立和冲突的一面,尤其是当它演化成达尔文主义之后,危害就更为明显。20世纪一些生物学家批判了达尔文的观点,指出万物互相依存才是生物界的基本途径,即使是天敌也统一在生物圈循环中,一荣俱荣,一损俱损。

与此同时,各种具体的科学以"科学"的名义开始了积极的祛魅之旅。从某种意义上讲,近代自然科学可以说是从伽利略开始、到牛顿完成的。牛顿的万有引力定律成为近代自然科学的统一的基础,因此常用牛顿力学或经典力学作为近代自然科学的代表。近代自然科学的特点是机械唯物论范式,这种范式把世界看成是物质的,每一种物质都有一种属于自己的特殊的规律,这些规律都是可以认识的。人类认识物质的方法是分析的方法,即任何一个复杂的、大的物体都可以分解成简单的、小的物体。认识了简单的、小的物体的运动规律,再将这些规律综合起来,就可以解释复杂的、大的物体的运动。这样就得出了近代自然科学的两条基本的原理,或称为思想方法:第一个是"决定论",即任何事物肯定有一个确定的答案,如果你还没有得到,你只要再继续寻找;第二个是"还原论",即大的事物可以分解为小的事物,并可以用小的事物来说明大的事物。很显然,这种范式是与近代理性主义的分析方式是一致的,都强调事物的可计算性和形式化的特点,只不过自然科学的形式化方式是以规律形式来体现的。换句话说,自然科学的方法与理性主义的方法具有同构性,即都具有物化思维的形式性和可计算性的特点。因此,经典力学运作的结果是"为人们揭露了一个僵死的、被动的自然,其行为就像是一个自动机,一旦给它编好程序,它就按照程序中描述的规则不停地运行下去。在这种意义上,与自然的对话把人从自然界中孤立出来,而不是使人和自然更加密切"[1]。经典力学给人类所描绘的是"一个失去了人性的世界"[2],正是因此致命弱点,"科学像是文化体内的癌瘤,它的增值还威胁着要破坏整个文化的生命","它不仅威胁人的物质存在,而且更狡猾地,它还威胁着要破坏最深地扎根于我们文化生活中的传统和经验"[3]。这些根深蒂固的观念与传统在20世纪后半段却受到了巨大的挑

---

[1]　[比]普里戈津、[法]斯唐热:《从混沌到有序》,曾庆宏等译,上海:上海译文出版社1987年版,第38页。

[2]　[比]普里戈津、[法]斯唐热:《从混沌到有序》,曾庆宏等译,上海:上海译文出版社1987年版,第64页。

[3]　[比]普里戈津、[法]斯唐热:《从混沌到有序》,曾庆宏等译,上海:上海译文出版社1987年版,第65页。

战①,科学给我们提供了一个真实的宇宙,但却是一个枯燥乏味的、我们感情上难以接受的宇宙。正如英国诗人托马斯·坎贝尔所言:"当科学把魔法的面纱从造物的脸上揭去,原本是多么可爱的幻想,现在却受缚于冷漠的物质定律。"② 随着现代主义、结构主义、解构主义、后现代主义的崛起,人们开始质疑"科学"思维模式存在的必要性以及何去何从的问题。

二元对立思维以及辩证的两极矛盾观,表明上看貌似辩证、一分为二、对立统一,其实质是将原本充满线性与非线性、确定性与随机性、偶然性与必然性、简单性与复杂性的混沌世界进行拆零式分解,将复杂的世界分解为动与静、快与慢、虚与实、阳与阴、高与低、大与小、多与少、生与死等种种对立的简单两极,然后加以"非此即彼、非彼即此"的一元化处理,结果是一切非线性、不确定、随机的、偶尔的因素全部略去不计。因此,"20世纪西方哲学的现代性标志之一,是不断寻求对传统形而上学二元对立思维方式的超越"③。

二、马克思主义视阈:物即商品

与商品相比,物的基本特征在于它所具有的某种不可交换性。因为进行交换的商品,必须全部抽象为一种价值,而物则存在着某些不能被抽象的方面,这些方面往往与特定的历史或者人相关联,它们使得物本身具有了某种附加的意义。而这些附加的意义又是无法被量化的,因为其中存在着无法被抽象、从而无法估价的意义元素。而消费社会的基本矛盾,则正是在将物的这些无法估价的元素变成了可估价元素的过程中形成的,并通过对物的使用展现出来,因此物就成为了对消费社会进行批判的逻辑起点。从这一意义来说,从物的不可估价元素向可估价元素的转变过程,也就是批判的逻辑起点由商品转向物的过程。

在当今西方社会中,商品生产的意义是逐渐与商品消费完全捆绑在一起的。而在很长的一段时间内,作为我们自身社会的产品,商品被留给了经

---

① 如人文主义开始崛起,力图与科学主义抗衡。人文主义企图用"质的和感知的世界,我们在里面生活着、爱着和死的世界,代之以另一个量的世界,具体化了的几何世界"。(参见[比]普里戈津、[法]斯唐热:《从混沌到有序》,曾庆宏等译,上海:上海译文出版社1987年版,第71页。)

② [美]M.H.艾布拉姆斯:《镜与灯》,郦稚牛等译,北京:北京大学出版社1989年版,第502页。

③ 朱立元:《超越二元对立的思维模式——关于新世纪文艺学、美学研究突破之途的思考》,《文艺理论研究》2002年第2期。

济学家，他们很自然地仅在（假想的）可交换的表面价值上占有它们。这自然是在商品的社会价值被阐明不久之前的情况，其中以马克思的著作作为其相当重要的开端。不过，如今符号学家们向我们重新引介了被大大忽视的商品化物品的符号价值，并展示了这些价值如何具有根本性。其中，从物到商品的演变是很重要的一环。正如罗斯·兰迪指出的，一个物品并不像毛毛虫变蝴蝶那样转变为一个商品，它经历这种转变是因为有人把它置于重要关系之中，这种关系即市场交易。商品是马克思主义的核心概念之一。在资本主义的经济体系中，商品是一个神秘化了的物质，是市场价值所神秘化的劳动力的剥削本身，消费者容易沉溺于商品带来的梦一般的愉悦、享乐与便利之中。在这个意义上商品又是资本主义物质文化的梦想逻辑和享乐逻辑的体现。直到今天，对于消费与商品的研究仍是物质文化研究的重要范畴。

在经典马克思主义中，价值理论是商品概念的核心，商品是资本积累、循环和再生产的必要环节。使用价值和剩余价值经过商品体现出来，而使用价值也成了衡量商品的重要因素。商品不是一般的物，它是价值的物质体现。20世纪上半叶，法兰克福学派的理论家们致力于分析商品文化的本质，并力图打破商品拜物教的梦魇，原因在于20世纪上半叶飞速发展的机器技术，导致大批量生产的文化工业的出现，以及政治领域的集权主义秩序化。物质文化成为当代人类危机最早的表现领域之一，受到当下文化批评尤其是法兰克福学派的不断诘责。

法兰克福学派技术理性批判理论的形成有着深刻的文化和理论背景。从理论渊源上讲，法兰克福学派的技术理性批判理论在继承了马克思的异化理论的本质精神的基础上，以卢卡奇的物化理论为中介，实现了其在批判主体上的转换。从这一发展脉络中，我们可以看到从物到商品的转变。

青年马克思主要关注人的本质活动——劳动的异化以及这种异化所带来的非人化的后果，他在《1844年经济学哲学手稿》中将异化劳动的理论做了系统的阐述。马克思指出，造成市民社会自我分裂和异化的根源在于人的本质活动的异化，他从四个基本方面揭示了劳动异化的规定性：首先，异化劳动的最直接的表现就是处处可见的劳动产品的异化现象，劳动者生产的产品和财富越多，他就越贫穷，并且他的劳动产品反过来成为统治他的力量；其次，造成劳动产品异化的根源在于劳动活动本身的异化，即劳动从人的自由自觉和创造性的活动蜕变为外在的、强制性的、自我折磨和自我牺牲的谋生活动；再次，由于人的类本质是自由自觉的对象化劳动，因此，劳动活动的异化也就是人的本质的异化；最后，上述三重异化的直接后果，便是造成人与人之间的异化，即人与人的冲突及背离。此外，马克思还指出，劳动产品的异化属于"物的异化",它只是异化的外在表现形式,而劳动活动本身的异化和人的本质的异化属于人的"自我异化",它是异化的深层规定性和实质。

"物役性"概念是马克思历史辩证法中最核心的概念。同"似自然性"概念相比,"物役性"概念更好地展现了马克思对资本主义社会的科学批判理论的"主体向度",也就是马克思历史唯物主义的"主体向度"。"物役性"现象是指社会历史过程中,"人自己的创造物反过来对人类主体的驱使和奴役的现象"①,用马克思自己的话说,即"工人在他的产品中的外化,不仅意味着他的劳动成为对象,成为外部的存在,而且意味着他的劳动作为一种与他相异的东西不依赖于他而在他之外存在,并成为同他对立的独立力量……工人生产得越多,他能够消费的越少;他创造价值越多,他自己越没用价值、越低贱;工人的产品越完美,工人自己越畸形"②。因此他认为,要变革不合理的世界,实现人的解放,最根本的问题不仅仅在于改变财产的占有方式,而在于从根本上扬弃劳动活动的异化本性,恢复人的本质活动的自由自觉和创造性。

如果说在早期资本主义时代,异化还只是停留在劳动异化层面,体现在工人不能自由支配自己的劳动,从而使劳动还原为非人的生命活动,体现在工人因基本的物质生活条件的匮乏从而遭受到的肉体、精神以及心理上的折磨上,那么当代资本主义的异化,则更多地表现为商品拜物教对精神生活的全面侵蚀,正如卢卡奇所说:"商品冠词变为一种'幽灵般的对象'的物"并"在人的整个意识上留下它的印记:他的特征和能力不再同人的有机统一相联系,而是表现为人的'占有'和'出卖'的一些'物'"③,进而,"人们相互关系的任何形式,人使他的肉体和心灵的特征发挥作用的能力,越来越屈从于这种物化形式"④。按照卢卡奇的判断,"在资本主义发展过程中,物化结构越来越深入地、注定地、决定性地浸入人的意识里",并使整个世界"彻底资本主义化"⑤。物化,这一为马克思的异化理论所揭示的、为卢卡奇

---

① 张一兵:《马克思历史辩证法的主体向度》,南京:南京大学出版社 2002 年版,第 207 页。
② 《马克思恩格斯选集》第 1 卷,北京:人民出版社 1995 年版,第 41—42 页。
③ [匈]卢卡奇:《历史与阶级意识——关于马克思主义辩证法的研究》,杜章智、任立、燕宏远译,北京:商务印书馆 1996 年版,第 164 页。
④ [匈]卢卡奇:《历史与阶级意识——关于马克思主义辩证法的研究》,杜章智、任立、燕宏远译,北京:商务印书馆 1996 年版,第 156 页。
⑤ [匈]卢卡奇:《历史与阶级意识——关于马克思主义辩证法的研究》,杜章智、任立、燕宏远译,北京:商务印书馆 1996 年版,第 155 页。

所特别阐发的观念,也引起了存在主义、法兰克福学派即其他以西当代思想家高度重视的问题,已累积成现时代精神生活的总体问题。

卢卡奇的物化观包含两层含义:其一,物化指商品生产中人与人的关系表现为物与物的关系,即所谓"人的一切关系的物化",卢卡奇指出:"人自己的活动,人自己的劳动,作为某种客观的东西,某种不依赖于人的东西,同人相对立……它的规律虽然逐渐被人们所认识,但是即使在这种情况下还是作为无法制服的、由自身发生作用的力量同人们相对立。因此,虽然个人能为自己的利益而利用对这种规律的认识,但他也不能通过自己的活动改变现实过程本身……人的活动同人本身相对立地被客体化,变成一种商品,这种商品服从社会的自然规律的异于人的客观性,它正如变为商品的任何消费品一样,必然不依赖于人而进行的自己的运动。"[①] 其二,人通过劳动所创造的物反过来控制着人,"人自身的活动,他自己的劳动变成了客观的、不以自己的意志转移的某种东西"[②]。

在此基础上,法兰克福学派提出了技术理性批判理论,被认为是20世纪文化批评理论的典型范例。霍克海默、阿多诺、马尔库塞等法兰克福学派思想家在马克思《1844年经济学哲学手稿》一发布便发现了其中包含的深刻文化批评精神,并由此发现了卢卡奇物化理论之深刻,发现了此二者对于研究20世纪人类文化困境的极端重要性。法兰克福学派思想家将马克思异化理论的文化批判精神同卢卡奇物化理论的批判主题结合起来,形成了以发达工业社会为背景的独特的文化批判理论。

技术理性批判思潮的兴起同西方文化精神在19世纪和20世纪所经历的危机直接相关。技术力量的文化信念使人们相信,人可以凭借理性把握的手段,或技术征服的办法来无限地控制自然,并且人对自然的理性把握和技术征服的结果必然是人的自由和主体性的增长,借此人可以实现自我的最终解放和完善完满。然而,进入20世纪,高速发展的现代科学技术为人的生活提供了前所未有的物质财富和高质量的物质生活条件,但却并没有像人们所期待的那样,同时带来人的全面自由和人的解放。相反,人却受制于自己的造物、陷于深刻的异化之中,技术理性主义文化信念开始产生危机。韦伯对工具理性的批判、胡塞尔对欧洲科学危机的分析和对实证主义

---

① [匈]卢卡奇:《历史与阶级意识——关于马克思主义辩证法的研究》,杜章智、任立、燕宏远译,北京:商务印书馆1996年版,第250页。

② [匈]卢卡奇:《历史与阶级意识——关于马克思主义辩证法的研究》,杜章智、任立、燕宏远译,北京:商务印书馆1996年版,第250页。

的批判、西美尔对现代技术世界的物化和异化的批判等,都是这一思潮的重要表现。在这样的背景下,法兰克福学派开始重新审视科学技术和技术理性的信念,作为一种"新马克思主义",更为深刻与全面地批判了技术理性。其中,霍克海默和阿多诺"启蒙辩证法"、马尔库塞"单向度的人"、哈贝马斯"作为意识形态的科学与技术"等理论最具代表性,在世界范围内产生了重要影响。

三、后现代文化视阈: 物即符号

在结构主义思潮中,列维·斯特劳斯的物的系列研究,与索绪尔结构主义语言学极其相似。在列维·斯特劳斯的论述中,物像语言一样,没有一个单纯存在的单位,而是两两相依的二项对立,物是以结构符号的形式存在的,并没有本质的意义。结构主义语言学的影响一路下来,到了法国符号学家巴尔特可以说已经走到了终结。但当巴尔特走出了结构主义的藩篱时,他仍然强调当代物质世界的非实在性或"神话性"。《神话学》一书所写的完全是物质的对象,而且物质不是作为对象,而是一种象征,并不是一个被看的客体,而且本身也是一种回看主体的视线。作为符号和神话的物,就这样成为主体和客体的一道中介,成了文化。

物质本身在从巴尔特到波德里亚的思想脉络中,都具有某种符号性乃至语言特点,物的符号性在波德里亚的论著中得到了充分的呈现。"符号价值"是波德里亚在马克思的商品"使用价值"和"交换价值"的基础上提出来的概念,指的是商品和语言符号一样,本身不具备意义,其意义产生在与其他符号之间的差异之中,不同的商品背后体现的是文化差异和社会等级结构,因此人们对商品的消费其实是对商品所代表的社会等级差异的消费。

波德里亚终其一生对物都保持着极大的兴趣和热情,致力于对物的关注、分析和高蹈,并由此生发出一种极端反主体主义的立场,而这也成为了他整个学术生涯的基本线索。在被他称为"真实的沙漠"的现代性里,在物的丰盛与泛滥中,主体何以可能? 正是在这里,他触及了现代性的核心问题。

有必要澄清的是,波德里亚所主张的乃是"物"而非"客体",因为在波德里亚看来,客体仍然是与主体成对出现的概念,是以主体的存在为前提的;反之,物却能独立于主体,与主体分庭抗礼,甚至于向主体发难,展开所谓的"物的反攻"。换言之,波德里亚所强调的乃是让物以物的方式存在,而不再是作为主体的对象物和对应物。以"物"的独立存在来消解主客体关系的设置,是波德里亚以"物"的概念取代"客体"概念的动因。在波德里亚这里,物经历了一个由作为体系的物到作为命运的"大写的物"的历程,并最终得以逃离主体的宰制,成为凌驾于主体之上的存在,这时再用客体来称呼它,显然就已经不合适了。

波德里亚《物体系》一书着力阐述的是"物品如何有意义?"这一问题。该书除了导言和结论之外,分为四个部分:功能性系统或客观论述;非功能性系统或主观性论述;后设和功能性失调体系:新奇的小发明和机器人;物品及消费社会——意识形态体系。从该书的结构看,前三个部分都是围绕着"功能性"体系而展开,而只有最后一个部分才涉及了物品和消费体系,然而恰恰是最后这一部分才是全书的最重要部分,是波德里亚谈物体系的真正目的。从该书的布局结构可以看出,它通过对"物"的功能、非功能和功能的失调的论述,其目的是为了导出"物"向消费社会中的符号的转变。

需要强调的是,首先,波德里亚的"物"(object)或"物品"的概念,主要指的是与商品有关的在日常生活中被大众所消费的东西,也就是日常生活消费之物,是在人们的日常生活中和人经常打交道、和人发生日常生活关系的物品。波德里亚所谓的"物",不涉及自然科学意义上的物,也即按照自然科学特别是生物学进行分类的物,但却是包含了高科技成分或元素的技术之物。事实上我们众多的日常生活之物,大多是从科技之物的普及化而来的。谈论物,必然离不开高技术,离不开物品与技术的关联。可以说,技术视野下的物,构成了波德里亚《物体系》研究的核心。总的来说,波德里亚所谓的"物"是一个十分宽泛的概念,大致包括物品、媒介、符码、信息、文化制品等与人类生活有着千丝万缕关系的对象,同时又是区别于一般之物的,具有独特意义,或独特文化特质的物,也即差异之物或符号之物。

波德里亚选择了"物"作为他研究和解读主体的领域,他甚至自行创制了一套物的话语,用以剖析西方现代社会当中物的逻辑。这一套话语当中有"超真实""拟真""拟象""透明""内爆""诱惑""命定策略""物的淫荡""恶的原则"以及"大灾变"等概念,它们或是由波德里亚原创,或是从别处借鉴而来并赋予了新的意蕴。但总的来说,波德里亚"物的哲学"的基底乃是一种强烈的悲观主义,恰是由于他洞察到西方现代文明深处难以摆脱的困境,人深陷于现代资本主义社会,无论是从政治、经济还是从文化的维度都无从逃离现代性的天罗地网。出于此种悲观和悲悯,波德里亚毅然走向主体主义哲学的对立面,认为从笛卡尔、康德到胡塞尔等主体主义哲学家导致了主体的傲慢、狭隘以及偏执,反而提供了一个拨乱反正的契机,于是他公然要求人放弃作为主体的傲慢,向物学习,遵循物的轨迹,认为在这种命定策略当中潜伏着对现代性唯一而终极的还击之道,亦即是对人唯一而终极的拯救。

　　在波德里亚看来,主体主义有三点根本性的缺陷:首先,在这种语境下,主体很难继续保持对外部事物足够的敬畏。以"我思"为支点的主体主义,自诞生伊始便面临着某种不可避免的困境,即唯我论和人类中心主义。哲学片面执着于人的理性力量、人的需求和人的目的,而世界的其他部分存在的意义不过是用以确认主体。人与自然直接最原初的关系被割裂乃至消失,就像从来没有存在过一样——就像是"人"生而为"主体",生而拥有统摄他者与宰制自然界的绝对权威。表面上,人以主体的身份有效地征服并驯化了作为客体的外部世界,令自然资源和自然力量成为我们谦卑的臣仆,即时提供人类生存发展所需要的一切;而事实上,自然的抽象力量却早已潜伏到每一处机械结构当中,默默积蓄着某种带着恶意的客观性,伺机反扑。

　　其次,主体很难继续保持其自身的"自在"与"自由"。在主体主义严格的灵肉二分中,灵魂理所当然地统摄肉体,人以对待外物的方式对待其自身。主体主义以严格的"我思"剔除掉人性当中的非理性、肉身性、有限性和世俗性,人失去了"人"的身份,只能以先验主体的形式存在,这个主体或许拥有一个永恒而无限的先验世界,但却丧失了他与经验世界共生共在的那种自在与自由。正如波德里亚刻薄的描写:"他不喜欢自己的鼻子,他就去整形外科做了修复。他不喜欢自己的心灵,他就去进行精神分析治疗"①,而"所有基因和医学的操作都在试图揭示人体的奥秘,其结果却使人们对自己的身体漠不关心"②。人曾在大地上诗意地栖居与漫游,以尚未被分裂为肉身与心灵的整个自我与世界万物发生感应,共生共在,灵性十足。但是,在成为主体之后,这种自由烟消云散了。人被固定下来,徒具大地的征服者和拥有者的身份,却从本质上成为了时空的囚徒。

　　再次,主体很难继续保持对差异性的包容。主体过度依赖于对普遍性的追求,因而对差异性的拒斥也就随之而来。当哲学家们在超越性的层面上追求真理和确定性的时候,差异就成为了一种耻辱。于是,差异不再像在前现代时期一样被平静地看待,被宽容地接受,却成为了一种罪恶和威胁。

　　总之,在波德里亚看来,人一旦进入"我思",他作为自在存在者的身份也就随之消失无踪,在他的主观性的照拂之下,一切存在者都成为了客体、成为了对象,甚至包括他自己。于是,人抛弃了过去与世界万物更为深厚广

①　Jean Baudrillard, *Cool Memories:1980—1985*, London & New York:VERSO, 1990, pp.201-271.

②　Jean Baudrillard, *Cool Memories Ⅱ:1987—1990*, Durham:Duke University Press 1996, pp.5-7.

阔的关系,代之以主客体关系,认识世界成为了在世的首要模式。但这一切在海德格尔看来无疑是此在的沉沦,而主客体的关系则是"一个不祥的哲学前提"。主体成了人专用的称呼,并且对存在者的表象以及对真理的奠基都以这个作为主体的人为立足点,而"一切非人的存在者都成为对这个主体而言的客体。从此,Subiectum 不再被视为表示动物、植物和岩石的名称和概念了"①。对于主体来说,无论是与外界、与自身还是与他者的关系都不再是田园牧歌式的了,过去那种镇定、澄明和健康的状态一去不返,主体主义的困难业已开始。

因而,一种彻底的翻转是必要的——对于想要摆脱主体主义困境的哲学家来说,与其把目光聚焦于"人",不如转而专注于"物"。波德里亚在他"最怪诞,同时也最具野心最富原创性的"②《命定策略》一书当中,他公然宣称"物"的时代的到来,并借用水晶复仇的寓言来隐喻在高科技社会中,客体业已取代主体的地位并主宰主体的状况,而在物的时代,那种试图改造和控制世界的主体策略已经行不通了。波德里亚发现了客体的复仇和被掏空的主体性,借以颠覆近代哲学以人为中心的主客体关系,"存在于世界中的人类主体已经被客体所替代"③。在"物的迷狂"的时代,客体膨胀弥漫、无远弗届,而主体日益萎靡、懵然不觉。波德里亚抛出这一启示录般的末日图景,无非是想要描述物的迷狂开始之后,在拟象的丛林里,在真实的沙漠中,主体何以安身立命的茫然、焦虑和恐惧。同时,在他那里,物的迷狂并不仅仅是终结,相反,更是一个新纪元开启的标志:如果有朝一日"物"摆脱了其客体地位,那么与之相应的,人也就从"主体"的身份中解放出来,重新得回其作为"存在"的乐趣。

我们的时代,倘若真如波德里亚所描述的,现实的荒漠中只有"物"在孤独地起舞,那么,作为主体的人何以可能? 作为存在的人何以可能? 在主体主义被彻底粉碎之后,人能否在别的基底之上获得重生? 正如奥特加·加塞特所期许的那样:"假如这个作为现代性根基的主体性观念应该予以取代的话;假如有一种更深刻更确实的观念会使它成为无效的话,那么这将意味着一种新的气候、一个新的时代的开始。"④

---

① [德] 海德格尔:《尼采》(下),孙周兴译,北京:商务印书馆 2002 年版,第 801 页。

② Steven Best & Douglas Kellner, *Postmodern Theory:Critical Interrogations*, Houndmills, Macmillan Education Ltd, 1991, pp.132-171.

③ Richard Lane, *Jean Baudrillard*, London & New York:Routledge, 2000, p.35.

④ [美] 弗莱德·R. 多迈尔:《主体性的黄昏》,万俊人译,上海:上海人民出版社 1992 年版,第 1 页。

四、物性诗学视阈：物品作为礼物

或许大家都有过这样的感受，面对一件物品（commondity），当我们将其视为普通物品或单纯商品的时候，我们的关注重心就会摆向它的"交换价值"和"价格"，而且随之即涌现出一系列数据，我们会按照这些数据对其重要性作出判断和评估。但我们对它的质料、形式、载体、式样、包装等等物质性要素，几乎不会去留意，它们似乎都是"不在场的"（absent）。然而，我们收到一件"礼物"（gift；present）时，我们往往会对其形式、载体、式样、包装、寓意、形象、铭写等方面倍加重视，英文词似乎非常准确地抓住了其特征，即所有这一切与交换价值和价格似乎关系不大的物质性因素，仿佛都是同时"在场的"（present）。进而言之，当我们面对一部物质性文学文本的时候，我们又如何看待其物质性呢？是以对待普通商品的态度，还是以对待特殊"礼物"的态度？前者是将对象的某些方面排除（使其处于 absent 状态）、隔离、简化、还原、抽象、数量化，最后约简出一组数据，对其解神秘化（demystiorize），将其祛魅（disenchantment），而后者则企图将对象的所有方面和连通性（connectivity）呈现出来而使其全部"在场"（present），它通过结合、关联、连通、肉身化、具体化、多样化等一系列手段，让其"赋魅"和"返魅"（enchantment；reenchantment），从而使其全面涌现出来而成为一个"全在"（all-present），进而对对象的任何一个细节也不放过，事无巨细地玩味和沉浸到对象之中。

欧·亨利的著名小说《麦祺的礼物》，我们应该如何看待那件礼物呢？有趣的是，作品最后显示，两件礼物都丧失了其"实用性"，因此，在有用性的意义上，两件礼物已经失去了存在的依据；然而，它们却最终作为人间最有情义的礼物而长久地存留于人们的心灵世界。这个效果也只有人们以礼物的态度来审视时，才是可能发生的。

或许，我们可以从"礼物／商品"（gifts/commondities）的二项对立说起。"礼物"是用来赠与和互换的物，而商品则是用来售卖和讨价还价的。[①] 后者在马克思有关商品的研究中得到揭示。而"礼物"一词首先是一个人类学或社会学术语，源于 20 世纪西方的"礼物研究"领域，尤其是在"法国社会学之父"莫斯《礼物》一书中得到奠基和集大成，之后向哲学领域渗透和蔓延，经过列维－斯特劳斯、巴塔耶、海德格尔、列维纳斯、德里达、马利翁的

---

① Christopher Tilley, Webb Keane, Susanne Küchler, Patricia Spyer and Michael Rowlands, eds, *Handbook of Material Culture*, SAGE Publications Ltd, 2006, p.327.

批判、争论与推动,逐渐成为人文科学领域的关键词,成为一种迥异于西方科学立场和商品经济的考察"物"的富有魅力的新维度。礼物社会、礼物经济、礼物赠予、礼物现象,"礼物"已经超越了物质性(material)的维度,"在礼物的交换、赠予、奉献、保存、传承中,存在着一种礼物赠予和回馈的道德义务,那正是天地神人、物我群己、身心情理的一体的体现"①。

莫斯在其研究原始社会礼物交换的著作《礼物》中,强化商品和交换领域的活动如何能够通过让我们建立人和事的关系类型而在伦理方面举足轻重。莫斯感到疑惑的是,当我们理解交换礼物并不会增加参与礼物交换者的绝对财富时,礼物的目的是什么?利用世界范围的民族志研究的成果,莫斯宣称,礼物据信是自愿的、自发的、无个人利益的,但事实上却是强制性的、有计划的,也是有个人利益计较的(obligatory, planned and self-interested)。那种声称礼物是慷慨赠与、不计个人得失的观点,事实上是一种社会欺骗形式。例如,在萨摩亚文化中,接受一件礼物是某种个人荣誉,会给接受者带来威望或声誉,反过来也会给接受者带来"礼尚往来"的绝对义务。礼物因而并不是惰性的(inert),而是有生气且人格化的(alive and personified),能够获致一种对赠与者和接受者的魔幻的、精神的保留。因此,接受一件礼物紧密联系着接受一个人的存在的一部分:"与人以物,也即是将自己本身的一部分交给别人",礼物因之而带有:1)一种偿还的义务;2)一种赠与的义务;3)一种接受的义务。

莫斯将他对礼物交换的分析扩展到其他文化之中,指出即使在明显由契约和工具理性主导社会经济日常工作的西方文化中,经济活动作为公民中间的持久而广阔的社会契约,也包含着不止一种交换系统。这时,经济活动就具有礼仪性,因而贸易和财富增长就与生活标准、社会团结和社会安定的提高联系在一起。交换形式不能被简化为经济行为,"我们很幸运,一切并没有倒向买卖关系。物有其情感性的和物质性的价值;在某些情况下,其价值甚至完全是情感性的。我们的道德不只是商业性的"②。

在波德里亚看来,物的功能还不止于物体本性的展示,而是一种社会关系的编码,在物体的功能身上,折射的是社会文化的意义结构。他分析家具的摆置,认为物和家具的功能首先不在于其客观的功用性,而在于它的象征意义,即这种摆置体现的是人与人之间的关系,具有道德取向。而随着个

---

① 张旭:《礼物》,北京:北京大学出版社 2013 年版,第 11—12 页。

② Beth Preston, *A Philosophy of Material Culture: Action, Function, and Mind*, New York: Routledge, 2013, p.5.

人与社会和家庭关系的转变,家具作为物被从象征意义和道德情感中解放出来,变成功能性的存在。物的结构、物与物之间的关联、物与人之间的亲近关系,被功能性所割裂,"我们不再赋予物品'灵魂',物品也不再给您象征性的临在感;关系成为客观的性质,它只是排列布置和游戏的关系。它的价值也不再属于本能或心理层面,它只是策略层面的价值"①。在基于功能性的摆设中,物的诗性消解了,物从临在感的相互回应转变为功能上的相互通达,转变为一种功能的整体协调性。

　　海德格尔在《物》一文中提到,现代技术媒介不断地消除时空距离,但是仍然带不来"切近"(Nahe),对于在"切近"中存在的东西,即"物"(Ding;thing),我们往往从纯粹表象的对象性,将之视为自立的对象,这样无法通达物之"物性",物性往往对科学的探究掩盖自身。物之本质即其物性,在于一种"倾注"之"馈赠",物是一种"馈赠"聚集的"赠品",物作为"赠品",聚集着"倾注"的"馈赠",物的这种"聚集",就是"thing"的本质,物的本质即物之物性作为一种"聚集"(Ge-;versammeln),是天地人神的四重整体的逗留:"在倾注之赠品中,同时逗留着大地与天空、诸神与终有一死者。这四方是共属一体的,本就是统一的,它们先于一切在场者而出现,已经被卷入一个唯一的四重整体中(Geviert)了。"②而关于"切近",海德格尔则是从由"物化"而"近化"的角度来论述:"物物化(Das Ding dingt)。物化聚集(Das Dingen versammelt)。居有四重整体之际,物化聚集四重整体入于一个当下栖留的东西,即入于此一物彼一物。"③而"物化之际,物居留大地和天空,诸神和终有一死者;居留之际,物使它们在远中的四方相互趋近,这一带近即近化(das Nahren)。近化乃切近的本质。切近近化远(Nahe Nahert das Ferne),并且是作为远来近化。切近保持远,保持远之际,切近在其近化中成其本质。"④总之,"切近在作为物之物化的近化中运作","切近"并非物理距离上的时空相近,而是将远的东西"亲近化",虽然仍保持着时空距离上的远。

　　礼物作为一种赠品,即是这样一种意义上的聚集、切近之物。在物走向功能化的时代,海德格尔关于物的诗意描绘,无疑具有一种浪漫怀旧的色彩,但是这种浪漫与怀旧正是一种反抗的姿态。文学之为物,保存在书籍中。

---

① 转引自仰海峰《走向后马克思:从生产之镜到符号之镜》,北京:中央编译出版社 2004 年版,第 84 页。
② 孙周兴选编:《海德格尔选集》(下),上海:上海三联书店 1996 年版,第 1173 页。
③ 孙周兴选编:《海德格尔选集》(下),上海:上海三联书店 1996 年版,第 1174 页。
④ 孙周兴选编:《海德格尔选集》(下),上海:上海三联书店 1996 年版,第 1178 页。

文学书籍之为物,在书籍这一媒介对文学的持存中,在人对作品的创作与阅读中,一本书已经成为一个礼物,一个他人所赠予的礼物,一个超越了物质层面而又内蕴物质因素的精神关联体。

一本书在静静召唤着阅读,在召唤着人。一本书将属于大地的物料的质感、世界的意义,人的历史和某些神性、永恒的东西显露出来。人不再是电子的对象,也不是赛博空间的子民,一本书也不同于一张单调的桌子,或者一部华丽的电影。书籍组成一片森林,阅读者则是"护林人","在树林中丈量木材并且看起来就像其祖辈那样以同样步态行走在相同的林中路上的护林人"①,书籍贮藏文学,而人则在照料、守护它们。而阅读的过程,就是一个聆听的过程:"随之而来的是墙的消失、物对精神的吸收,以及物所显示的奇特的可渗透性。……就在此时,在眼前这本打开的书之外,我看见有大量的词语、形象、观念出来,我的思想将它们抓住。我意识到我抓在手里的不再是一个简单的物了,甚至不是一个单纯地活着的人,而是一个有理智有意识的人;他人的意识……他人的意识对我是开放的……甚至使我(这真是闻所未闻的特权)能够想它之所想,感它之所感。"② 面对一本书,人面对的不是喧嚣、炫目的感官促逼,不是讯息的全方位包围,而是一种倾听的开始,倾听一种来自其他时空的声音,这些声音能够让你产生呼应或共鸣,进而是对话,而这样的倾听与对话,又神奇地聚集在手中的这本可以一手把我的小册子身上。一本书所召唤而亲近的东西,一本书所给予的倾听与对话,似乎都在一本书所建立的纸中城邦里逗留。拥有一本书也如同拥有一片麦田,阅读既可以是劳作,也可以是守望,也可以在其中穿行,栖居、逗留。

第三节　文化作为事件

当我们今天沉思"文本"时,这个 20 世纪诗学的关键概念已然承载着太多的理论负荷。

首先,在历史实证主义方法中,作品文本的历史性虽被认为是必不可少的条件,但研究者的历史性却要求完全沉没在其"客观性"之中,这样的研究方法将文学作品视为"历史文献"③,这是我们不能认同的。其次,虽已

---

① 孙周兴选编:《海德格尔选集》(下),上海:上海三联书店 1996 年版,第 936 页。

② [比] 乔治·布莱:《批评意识》,郭宏安译,桂林:广西师范大学出版社 2002 年版,第 237—239 页。

③ [荷] 佛克马、[荷] 易布思:《二十世纪文学理论》,林书武等译,北京:生活·读书·新知三联书店 1988 年版,第 153 页。

失势但仍盘根错节的"新批评",把文本主要看作自足的"单个作品",视为与作者意图、读者反应和社会环境无涉的、孤立自持的纯粹形式和"超历史的纪念碑",这在我们看来是一种偏狭的形式主义文本理论,应该予以扬弃。再次,结构主义符号学将文本主要理解为"作品序列"的深层"结构",视为能指与所指的完整统一,但忽略了其中的个性、差异性、非中心性以及社会历史具体性,这也是需要加以批判的。复次,阐释学和接受反应理论将文本主要理解为"召唤结构",它虽具有基于个体自我阐释的非确定性和开放性,但与具体历史如政治、权力和文化仍旧几无关联,这也是我们难以苟同的。最后,后结构主义者如德里达和巴尔特等人,把文本视为能指碎片或能指游戏,认定"文本之外别无一物",这固然可以纠正结构主义僵化机械的整体观和中心观,却仍以拒绝任何确定意义或历史内容为代价。

在上述所有有关文本的理论学说中,最成问题的,仍然是文本与历史、文本性与历史性的关系问题,"新批评"、结构主义和德里达的后结构主义都是明确排斥作品的"历史性"的。然而,理论主张本身的效应经常与主张者的意图不完全一致。我们发现,尽管"新批评"、结构主义和后结构主义的文本理论断然排拒历史,但这些理论也都或大或小地开放着一个朝向历史的窗口,因此历史的幽灵总是挥之不去。"新批评"认为文学作品可以将一个日益意识形态化的世界中的教条信念暂时悬搁不问,但作品似乎仍以某种方式谈论它之外的现实;而且,"新批评"培育了一种操作性极强的作品细读的形式批评方法,一旦将它们用于"文化文本"批评,并非是一无用处的。结构主义在推开历史和所指物之时,也"使人们重新感到他们赖以生活的符号的'非自然性',从而使人们彻底意识到符号的历史可变性。这样结构主义也许可以加入它在开始时所抛弃的历史"[1]。而且,作品非透明性和建构性的观念一旦用于文本,则文本自身就成了某种不可抹杀的能动存在,这也会成为新的文本观念的组成部分。尽管从结构主义向后结构主义的转变同样是在形式主义内部进行的,但这也是如巴尔特所说的,部分地是从"作品"(works)转到"文本"(text),从视小说和诗歌为具有确定意义的封闭实体,转向视它们为一个永远不能被最终固定到单一的中心、本质或意义上去的无限的能指游戏。文本不同于作品结构,"与其说文本是一个结构,不如说它是一个开放的'结构'过程,而进行这种结构工作的正是批

---

① [英]伊格尔顿:《二十世纪西方文学理论》,伍晓明译,西安:陕西师范大学出版社 1987 年版,第 155 页。

评"①。在这里,文本理论给批评留下了空间。进而言之,在后结构主义那里,
那个动态的文本无远弗届、无所不包、无时不在,它走出象牙之塔而"占领"
了历史,并按照自己的形象改写了历史,它把一切都看成不确定的"文本"。
后结构主义在"文本主义"立场上将文本与历史统统纳入"文本"之中了,应
该说,这既是一种"占领",同时也是文本向历史的开放和历史向文本的渗透。

　　格林布拉特指出,20世纪80年代以来,文学研究实践的"地图绘制"
聚焦于对其对象的重新构想,"曾经被设想为'作品'(work)的东西现在在
大多数文学研究中被解释为'文本'(text),批评焦点从所指对象的形式转
向了意义形成的过程,这给其他许多广为接受的解释成规带来了问题"②。
其中主要的可能是"写作场景"本身,文学理论惯常以为个体文学作者是在
与历史和社会隔离的境地,辛勤创作具有个人艺术真实性的作品,但现在,
这种场景被反复描述为一种解释学"虚构",即这是一种批评建构,部分地
用来使某种阅读现代作品的方式合法化而使其他方式不合法。这也使其他
许多解释假设成了问题,这些假设是:艺术作品可以从其他文本中孤立出
来;阅读、解释和批评是被动的、次等的活动;适应文学研究的分析模式不能
用于解释非文学的文化形式;文本与语境之间的区分可以始终保持以便保
护"文学"理解的完整性。

　　因此,我们认为,尽管后结构主义仍然是脱离历史的形式主义方法,但
其文本非确定性和开放性观念,却也使根深蒂固的形式主义文本大厦的地
基开始松动,从而为引入一种历史视界打开了豁口。而一旦将历史视界输
入,就有可能既走出旧历史主义的困境,又冲破传统形式主义的语言牢笼。
我们只须在前者"文外无物"的文本观念基础上设想出一个"文本之外",输
入一种历史视界,就能将后结构主义的思想成果吸收进来。文学批评家的
任务不是消除文学的文本性,而是"从文本性去重新看待一切社会现象,以
便认识它们的无确切性、因其与意识形态的联系而必然具有的武断性,以及
对各种文化影响渗透的吸纳性"③。如果我们无法"消除"文本性,那么,还能
如何寻找文本性与历史性之间的制衡呢? 如果说文本主义将"历史"整个
地纳入文本,那么新的历史主义就可以将"文本"整个地纳入历史。换言之,
我们可以将"文本"视为"事件",将文本事件视为历史本身而不仅仅是历史

　　① [英]伊格尔顿:《二十世纪西方文学理论》,伍晓明译,西安:陕西师范大学出版社1987年
　　　　版,第153页。

　　② Greenblatt, S. and Gunn, G.(eds), *Redrawing the Boundaries*, New York:The Modern
　　　　Language Association of American, 1992, p.3.

　　③ 徐贲:《新历史主义批评和文艺复兴研究文学研究》,《文艺研究》1993年第3期。

的"反映"。

　　伊格尔顿指出："总体说来,有可能区分出两种不同的看待文学作品的方式:视作品为实体(object)和视作品为事件(event)。前者的典型个案就是美国新批评,对它来说,文学文本是一个有待切割的符号封闭系统。这是一个大型建筑物或建筑结构,配备有不同的平面和亚系统,被假定作为一个共时整体存在于读者心智之中,而不是具有自身进化历史的戏剧或符号行为。"① 从伊格尔顿对"事件"一词的解释和使用看,"事件"多与他所使用的"行为"(act)、"策略"(strategy)、"表演"(performance)同义,强调的是其动态开放性。他说:"就像身体一样,文学作品悬挂于事实与行为、结构与实践、物质与语义之间。如果说身体并不那么等同于处于世界之中的实体,即世界得以组织起来的一个点,那么,文学作品的情形也是一样。身体与文本都是自我决定的,这并不是说它们存在于虚空。相反,这种自我决定活动与它们对其环境的行动方式是无法分开的。"② 因此,"事件"并不是一个可以脱离其语境而独立存在的实体,它是一个与语境相互构成的过程性存在。

　　"Event"相当于海德格尔哲学中的"Ereignis",表示"缘构发生",是一种居有且揭蔽的发生。③ 在海德格尔那里,真理、艺术作品都可以成为一个事件,按照伽达默尔的解释,海德格尔认为"艺术作品的存在不在于去成为一次体验,而在于通过自己特有的'此在'使自己成为一个事件,一次冲撞,即一次根本改变习以为常和平淡麻木的冲撞"。因此,作品"不仅仅是某一真理的敞明,它本身也就是一个事件"④。这样,event(事件)就是发生之中、时间之中的 fact(事实),或者说是 fact 的动词形态。从视艺术作品为 fact 走向视艺术作品为 event,也就将作品放置在时间和发生之中。⑤ 事物研究在怀特海那里获得了深刻启发:"在这个世界上,存在着有序和无序的成分,它们的存在意味着世间万物根本上都是相互联系的。"⑥ "事件是通过扩延关系联系起来的事物。"⑦ "自然的具体事实是事件,事件展示其相互关系

---

① Terry Eagleton, *The Event of Literature*, Yale University Press, 2012, pp.188-189.

② Terry Eagleton, *The Event of Literature*, Yale University Press, 2012, p.209.

③ [美] 约翰逊:《海德格尔》,张祥龙译,北京:中华书局 2002 年版,第 89 页。

④ [德] 伽达默尔:《美的现实性——作为游戏、象征、节日的艺术》,张志扬译,北京:生活·读书·新知三联书店 1991 年版,第 107 页。

⑤ 叶秀山:《美的哲学》,北京:东方出版社 1997 年版,第 145 页。

⑥ [美] A.N. 怀特海:《观念的冒险》,周邦宪译,北京:人民出版社 2011 年版,第 242 页。

⑦ [美] 阿尔弗雷德·诺思·怀特海:《自然的概念》,张桂权译,南京:译林出版社 2011 年版,第 63 页。

中的某种结构和它们自己的某些特征。"① 也就是说,怀特海认为并不存在静止的、稳定的物,只有动态的、连通性的、时间—空间扩延关系中的事物。这样一种"事件"观念被引申到各种知识领域,利科尔将其引入话语领域,认为"话语是作为事件而被给予的:当某人说话时某事发生了"。"事件"意味着,话语是一种说话的事件,它是瞬时和当下发生的。② 福柯将事件观念运用在"知识"上,认为"知识不是由某个普遍性的法则和价值标准所构成,而只是具有逆转偶然性的'事件'"③。看待一个事件不是凭它的内在意义和重要性,而是凭外在于它的、它与各种社会性制约力量的关系。事件的意义不是永恒的,它随时有可能遭到偶然性的逆转。新历史主义认为文学文本是一个事件,"小说是一种话语事件。它不反映历史;它就是历史"④。承认文本作为一个事件,被认为是近年来文艺理论批评的重要成就,文本作为事件的观念让人们意识到文本的暂时的具体性,必须承认文本是历史变迁过程的组成部分,它本身可以构成历史变化。"事件"的意义不是通过自身而获得的,而是要通过与其他事件的联系而显示出来。

　　"事件"是变化之中的"事实"(fact),也就是说,将文本视为"事件",就是确认了文本的动态性和过程性。如果不仅将文本描写的对象看成一个"事件"(event),而且将文本铭写过程本身看成物质性的"事件",那么,文本铭写活动就得到了"事件化"(eventualization)。

　　"事件"不是静态和被动存在的,而是具有"创造性"。格里芬指出,一个事件的创造性有两个方面:"一方面,是事件从原有的前提中创造了自身。这个自我创造的侧面又有两个环节。第一个环节是,事件要接受、吸收来自过去的影响,并重建过去。这是事件的物理极。事件创造的第二个环节是它对可能性的回应。事件因而是从潜在性和现实性中创造了自身的。事件的这一侧面可称之为心理极,因为它是对理想性的回应,而不是对物理性的回应。由于这是对理想的可能性的回应,因而事件完全不是由它的过去决定的,虽说过去是其重要的条件。"事件的创造性的"另一方面,是它对未来的创造性的影响。一旦事件完成了它的自我创造行为,它对后继事件施加影响的历程就开始了。正如它把先前的事件作为自己的养料一样,现

①　[美]阿尔弗雷德·诺思·怀特海:《自然的概念》,张桂权译,南京:译林出版社 2011 年版,第 138 页。

②　[法]利科尔:《解释学与人文科学》,陶远华、袁耀东等译,石家庄:河北人民出版社 1987 年版,第 135 页。

③　徐贲:《走向后现代与后殖民》,北京:中国社会科学出版社 1996 年版,第 155 页。

④　Claire Colebrook, *New Literary Histories*, Manchester University Oress, 1997, p.38.

在它自己成了后继事件的养料"①。"事件"总有其具体的时空方位,并向各个施加和接受影响。这样,事件就像一种行为,对于文学来说,事件就是言语行为,这种行为不仅将文学作品创造为一个事件,它还可以"施为"并对后继的事件产生影响。

这样,它就将文本本身看成了一种社会历史"事件"。而文本作为事件,不是历史进程的被动反映,而成为一种塑造历史的能动力量,这样一来,文本也就打破了文学前景与历史背景之间的传统界限,而且从内涵上来说,它不仅包括文字的"小文本",也包括社会历史的"大文本",它在本质上是一种实践活动。

卡勒认为:"在电子文本中,通过各种算法或者程序创造出无数的组合可能性,词语和意象或许会真的不断发生转换。对于伟大的文本,我们习惯于这样说,文本里总是藏有惊奇,以使读者总能够在其中找到新东西。电子文本可以使这一情形现实化(亦或许是使其琐碎化)。更为重要的是,它们可能会导致这样一种趋势:将文学作品重新想象为某种可以演奏的器具或者是可以玩的游戏。如果作为这种发展的一个结果,文学最终被认为更像是一个事件而非一个固定的文本;文本成了一个与读者或者观众之间展开的独特的互动的具体实例,那么,这或许就需要有一种评价的美学去探讨各种相互作用的程序或系统的潜在价值了。这样,表演研究或许就要在文学研究中具有某种新的重要性,因为它不再只是将文本当作是需要阐释的符号,而是更将其看作是各种表演,这些表演的可能性条件和成功的条件可以被明晰地阐发出来。那么,在电子时代里,对事件和评价的更加关注将会导致文学美学的转变吗?"②

关于"事的世界观",广松涉说,所谓"事",并非指现象或事象,而是存在本身在"物象化后所现生的时空间的事情(event)",并且,如同通过这种结构性契机的物象化"物"(广义的"物")显现那样,关系性的事情才是基始性的存在机制。这就是一种关系主义的存在论:凡是被认定为"实体"的物,实际上都不过是关系规定的"纽结",关系规定态恰恰是初始性的存在。③

20世纪以前的各种文学理论,除了认为文本具有稳定性之外,还认为它具有某种"自然性"和"透明性"。因此广义的现实主义倾向于认为,文本

---

① [美]大卫·格里芬:《后现代宗教》,孙慕天译,北京:中国城市出版社2003年版,第66—67页。

② [美]乔纳森·卡勒:《当今的文学理论》,《外国文学评论》2012年第4期。

③ 张一兵:《广松涉:关系存在论与事的世界观(代译序)》,[日]广松涉:《事的世界观的前哨》,赵仲明、李斌译,南京:南京大学出版社2003年版,第15页。

是由某种自然的普通语言织成的，它能把现实"原封不动地"交给我们；而广义的浪漫主义则认为，文本把现实扭曲成主观形式，按照上帝自己所了解的样子表现给我们。它们都把文本看作"开向事物或心灵的一扇透明窗户。它本身完全是中性的，没有任何色彩"①。但是，结构主义和后结构主义终止了这种天真的幻觉。结构主义认为，文本在"再现"和"表达"时，也以姿态表明它自己的物质存在。语言符号自身的能产性表明，甚至是文本"构造"了外在现实；而在后结构主义看来，文本完全"笼罩"了现实，人们被文本笼罩起来而与现实无法直接关涉。这两种理论已经将文本上升为一种具有建构性和能动性的、结构语言学意义上的"事件"，可以与现实分庭抗礼。但是，文本却以某种特殊的方式与历史文化本身相互隔绝。然而，正是在此基础上的"历史转向"和"文化转向"，使文本成为一种历史文化"事件"。

与"事件"一样，文本也以一种"振摆"的方式而存在。在这一过程中，一般文本会变成传统意义上的文学文本，并在文学文本与非文学文本之间不断地穿梭摆动。"振摆"就是"审美与真实之间的功能性区别的确立与取消同时发生"②，"振摆"是一种双向的运动，用来描述诸如官方文件、私人信件、报章剪辑之类的材料如何由一种话语领域转移到另一种话语领域而成为审美财产。审美性的文学文本只是社会能量流通中的一个环节，其他含有社会能量的非文学文本的存在是文学性文本存在的前提。因此，可以说文学文本绝不是静止的和孤立自存的，而总是在审美文化与社会政治文化之间"摆动"，在它摆向审美文化变成文学文本的过程中，不但文学活动诸要素如作家、读者和批评家都参与进来，而且整个社会机制和实践也都参与进来。因此，"振摆"就是文学文本作为事件的存在方式。

一、文化文本作为话语行为事件

尽管说 20 世纪以来"文学作品"观念的演变历程，就是将"作家"从其视野中逐步清除出去的历史，然而"作品"却总是与其"作者"之间有着挥之不去的联系。作品的话语，总是与这种话语行为的实施者之间有牵连，这种牵连，并不一定是"记述性"（constative）意义上的，更是"施为性"（performative）意义上的。文学作品／文本是作家"做事"的基本媒介，从事话语行为也是作家存在的基本方式。

① [英] 伊格尔顿：《二十世纪西方文学理论》，伍晓明译，西安：陕西师范大学出版社 1987 年版，第 149 页。

② 张京媛主编：《新历史主义与文学批评》，北京：北京大学出版社 1993 年版，第 9 页。

文本作为事件的观念是植根于"话语"观念的,话语观念就已经将文学文本与更为广阔的实践领域联系起来了。研究者指出:"小说是一种话语事件。它不反映历史;它就是历史。小说是新型关系的集积。"① 从某种意义上说,文本是"话语"的集积。利科尔认为:"话语是作为一个事件而被给予的:当某人说话时某事发生了。作为事件的话语概念,在我们考虑从语言或符号的语言学向话语或信息的语言学的过渡是具有本质性意义的。"② "事件"意味着,话语是一种说话的事件,它是瞬时和当下发生的,而语言学的体系却在时间之外。说话的事件包括说话人、听话人、指称物和语境,它是瞬时的交换现象,是建立一种能开始、继续和打断的对话。因此,作为事件的文本总是历史的、具体的和与历史文化语境相关的。

福柯首先将文本放在话语活动中去考察,这引起了文本观念从"语言"(language,包括结构主义的"语言"和"言语"两方面)向"话语"(discourse)的转移,从视语言为没有主体的符号链,转向视它为包含说写者(潜在地包含听者和读者)的个人话语③,变成了与历史语境相关联的具体文本。当然,在这种"话语转向"过程中,巴赫金基于话语的对话性、多声部性、多语杂语性和历史具体性而对"客观主义"语言学的批判④,也融进了福柯的话语理论。这样,作为话语活动的文本与具体的社会历史关联起来了。福柯的话语理论实际上"就是话语实践理论。它集中体现了福柯的知识观(即真理观)和历史观。'实践'一义本来就已经包含在'话语'这一术语之中。'话语'指的就是'实践的语言'。……话语有其自身的作用规则,有其自身的形式,这些都不是语言规则和形式所能代替的。话语是一种更加广泛的意义上的语言使用。话语分析既不受一般语言学因素(词义和语法),也不受语言基本单位(如句子、命题或言语行为)的限制,话语分析同社会生活的诸方面有着密切的关系:政治、经济、文化、社会制度(医疗、教育、司法等等)"⑤。话语即包含着实践,因此,在福柯那里,实践既是知识的对象,又是知识的形式。这样,福柯就将德里达等人的无远弗届的普遍文本与无处不在的权力

① Claire colebrook, *New Literary Histories*, Manchester University Press, 1997, p.38.
② [法]利科尔:《解释学与人文科学》,陶远华、袁耀东等译,石家庄:河北人民出版社1987年版,第135页。
③ [英]伊格尔顿:《二十世纪西方文学理论》,伍晓明译,西安:陕西师范大学出版社1987年版,第126页。
④ [俄]巴赫金:《马克思主义语言哲学的道路》,载张杰编选:《巴赫金集》,上海:上海远东出版社1998年版,第192—208页。
⑤ 徐贲:《走向后现代与后殖民》,北京:中国社会科学出版社1996年版,第154页。

关系结合在作为话语的文本的历史具体性之中。

作品/文本是具有历史含量的"话语事件"(discursive event)，文本作为话语事件总是权力运行的场所，是历史现实与意识形态的发生交汇的"作用力场"，是"不同意见和兴趣的交锋场所"，是"传统和反传统势力发生碰撞的地方"，是历史现实得以现形的所在。^① 它是负载着种种矛盾和价值的历史性存在。

"话语实践"和"话语事件"即是对作家话语行为及其施为效果的概括，也是对读者话语行为及施为效果的概括。尽管福柯并不强调作为主体的作家在话语实践中作用，但"话语""实践"和"事件"等概念都同时包含着说话的主体和实践的主体。只是，"话语事件"并不是在话语行为者"说"了什么的意义上来确定主体的价值，而从话语"做"了什么的意义来确定话语行为主体的价值。事实上，"文学作品的写作和出版本身构成了一种社会或文化斗争。《失乐园》不仅(部分地)是弥尔顿的时代的产品或是'关于'这种斗争的：它的写作和出版本身就是这些斗争的方面"^②。而这些话语行为事件的主体，包括作者和读者，则通过此类话语事件而参与到这些斗争之中。作为事件的文本打破了文学前景与历史背景之间的传统界限，以及作家与他所写作的成品之间的隔离。

二、文化文本作为历史现实事件

如果说，20 世纪之前的包括社会历史批评和作家心理批评等在内的各种具有历史主义倾向的作品观念，都将"历史"设计成文本的意义源头，因而具有历史决定论倾向；那么，20 世纪以来的诸形式主义流派，包括俄苏形式主义、英美"新批评"、结构主义和后结构主义等，则最终将文本设计为历史的依据，因而陷入了"文本主义"的泥淖。"事件论"的作品文本观念，则试图对两种倾向进行会通和融合，它不再在文本与历史之间设立等级秩序(如背景和前景等)，而是将文本和历史放在事件的话语平台上等量齐观。进而言之，事件论的观念，也不再在文学学科和历史学科之间设立等级秩序(如历史真实与文学虚构等)，而是在文化的话语平台上，寻求它们之间的平等的互文关联。

---

① Louis Montrose, "The Poetics and Politics of Culture", H. Veeser ed. *The New Historicism*, Routledge, 1989, p.16.

② Jeremy Hawthorn, *Cunning Passages : New Historicism, Cultural Materialism and Maxism in the Contemporary Literary Debate*, Arnold, 1996, p.56.

　　关于作品文本问题,20世纪中叶以前的理论有一个大致趋同的看法:文本是对符号设计的固定安排,它某种程度上独立于时间和空间;文本被认为是那些在时间空间上与文本生产者相分离的人能够接近的。[①] 长期以来,人们对这样的文本概念深信不疑。但是,接受反应理论和后结构主义的理论洞见,使文本在时间空间上的相对独立性变成一桩成问题的事情。我们知道,文本一旦形成,它就与日常谈话的语境分离了,这样文本就面临着被无限阅读的可能性,因此文本"构成了一种新的间距",间距"对于作为书写的文本的现象具有建设性"[②],间距的不可抹杀性使人们再也无法回到文本创造者的思想、文本的原初指称和语境。当代理论克服间距的努力,使文本从两方面丧失了独立性而走向开放的"文本间性",这就是接受反应理论和后结构主义理论。[③] 在接受反应理论看来,由于带有不同"期待视野"的读者源源不断的阅读活动,文本在不断的"语境化"过程中发生着变化,因此几乎不存在那种"符号设计的固定安排"(即使伊瑟尔的大体稳定的"召唤结构",也会在阅读活动中发生变易),这样,接受反应理论就至少部分地取消了单个作品的独立意义。而在后结构主义看来,由于文本可以独自衍生和开拓自己的语境,因此,单个文本总是处在"解语境化"的过程中,它既没有什么"固定安排",也不是人们能够"接近"的,并不是文本独立于时间和空间,而毋宁是文本"占领"了时间和空间。如上两种理论在文本非确定性和开放性问题上殊途同归,得出了同样的结论:文本是一个动态存在,文本从未彻底独立于时间和空间。

　　后结构主义认为,文本不是一个固定结构,而是一个结构过程。值得注意的是,后结构主义的这种文本网络主要是一个无远弗界的共时结构过程,它既不是历时性的,也不是"历史性的"。因此从某种意义上说,这个文本网络主要是一个平面化的网络,它参照共时语言学模式,主要在文本层面(不管关涉多少文本)展开,未能突破文本的牢笼而指向文本之外的历史现实。对这种文本间的"秘响旁通",叶维廉先生有通俗的解释:"打开一本书,接触一篇文,其他书的另一些篇章,古代的、近代的、甚至异国的、都同时打开,同时呈现在脑海里,在那里颤然欲语。"[④] 值得强调的是,这种文本间的穿行

①　Jeremy Hawthorn, *Cunning Passages:New Historicism, Cultural Materialism and Maxism in the Contemporary Literary Debate*, Arnold, 1996, p.11.

②　[法]利科尔:《解释学与人文科学》,陶远华、袁耀东等译,石家庄:河北人民出版社1987年版,143页。

③　John Frow, *Marxism and Literary History*, Basil Blackwell Ltd, 1986, pp.125-127.

④　叶维廉:《中国诗学》,北京:生活·读书·新知三联书店1992年版,第65页。

回响,应该从方法论的高度进行理解。

后结构主义的文本观念首先意味着一种方法论,即对特定文本的解释必须要把它放到同其他文本甚至非文学文本的关联域之中,这就是所谓的"文化诗学"方法论,它对"文本与文本之间的轴线进行了调整,以一种整个文化系统的共时性的文本取代了原先自足独立的文学史的那种历时性的文本"①。另外,后结构主义所强调的文本的无边界性(无经典与非经典、高雅与通俗、异史与正史的界限)、深层跨学科性(文本可超越学科界限和专业限制而并置关联)以及文本的动态开放性等等,都包含着新的批评方法的胚芽,推动着批评方法的某种转变。比如,在最根本的文史关系上,"从将历史事实简单地运用于文学文本的方法论转变为,对话语参与建构和持存权力结构的诸层面进行错综复杂的理解"②。它打破了文学与历史之间的简单区分,而在它们之间开辟出一种复杂的对话关联。

由于文本的"无边界性"和"非等级制",所以法律、医学和刑事档案、逸闻逸事、旅行记录、民族志和人类学叙述以及文学文本都可以用来构筑文学的历史语境。伽勒赫认为,新历史主义"多数信奉者和反对派都会同意一点,即它遗留下一种批评方法:把文学文本与非文学文本都当成是历史话语的构成成分,而历史话语既处于文本之中又外在于文本;另外,它的实践者们在追寻文本、话语、权力和主体性形成过程中的关系时,他们一般并不确定因果关系的僵硬等级制"③。格林布拉特也认为,艺术文本与非艺术文本之间并无因果等级关系,艺术文本的表述虽然有很大的力量,但其它非艺术文本也具有"差堪与之媲美的力量"。文学文本与非文学文本之间交响共振:正因为文之间没有等级制,所以批评家可以在各种文本中选取批评素材;而任何文本都与其他文本处于互文性关联网络之中,因而其间不可避免地存在着"共鸣"。总之,后结构主义的文本网络思想认定所有文本间都存在着互文性,因此,历史文本也是这样一种文化文本间性存在(各种历史力量之间并非单向的、决定论的因果关系,而是互文性的多重关联)。历史非借助这种文本网络而不能接近,而人们所能接近的"历史"又必然表现为这种文本网络。

后结构主义的文本网络从总体上看是二维平面化的,"事件论"则力

---

① 转引自盛宁:《人文困惑与反思》,北京:生活·读书·新知三联书店1997年版,第156页。

② John Brannigan, *New Historicism and Cultural Materialism*, Macmillan Press Ltd, 1998, p.81.

③ [美]伽勒赫:《马克思主义与新历史主义》,载中国社会科学院外国文学研究所《世界文论》编辑委员会编:《文艺学和新历史主义》,北京:社会科学文献出版社1993年版,第162页。

图在文本网络与历史现实之间画上连线,使其变成三维立体的网状结构,其基本方法就是将文本理解为一种有历史含量的"话语事件"(discursive event)。批评家指出:"我们可以归功于历史转向的最重要的成就,也许就是,它承认文本是一个事件。对新历史主义者及其他批评家来说,文学文本占据特定的历史文化场所,在这些场所中并通过这些场景,各种历史力量相互碰撞,政治和意识形态的矛盾表演出来(play out)。文本作为事件的观念让人们承认文本的暂时的具体性,承认处于特定历史情境的特定话语实践中的文本的确定的和临时的功能。它也承认文本是历史变迁过程的一部分,而且的确可以构成历史变化。这使批评家从将文本仅仅作为历史趋势的反映或拒绝的研究方法中转移出来,而引导他们探索蒙特洛斯所说的'文本的历史性和历史的文本性'。"① 在文学与历史的关系上,文本既是社会政治形成的产品,也是其功能性构成部分,文本作为事件,不是历史进程的被动反映,而是塑造历史的能动力量。

这种观点也是福柯等人所强调的。福柯认为,"知识不是由某个学科的普遍性的法则、价值标准所构成,而只是具有逆转偶然性的'事件'"②。他主要关心的问题,也不是事件的内在规律,而是使得某种知识形式作为事件成为可能的社会因素和力量是什么。这样,就将对事件的关注引向对事件得以发生的历史条件的考察。作为"事件"的文本,是将文字的"小文本"和社会历史的"大文本"都包括在内的,它在本质上是一种实践活动。就拿戏剧来说,作为事件的戏剧不仅指由文字所固定下来的戏剧脚本,而且指其演出和观看活动的整个过程及这个过程所牵涉到的社会规约和各种政治经济机制的运转。

文本作为事件的观念既区别于后结构主义的"文本主义",也区别于传统历史批评的"旧"历史主义,前者将文本看成脱离历史文化的语言编织,而后者将文本看成社会历史的镜像和文献记录。而"事件"则既是与历史交织的文本,也是塑造历史的能动力量。

三、文化文本作为社会能量事件

"社会能量"(social energy)是一个有关社会文化的能量叙事概念。格林布拉特正式提出并论证了这一概念,使之成为描述文学艺术生产、流通和

---

① John Brannigan, *New Historicism and Cultural Materialism*, Macmillan Press Ltd, 1998, p.203.

② 徐贲:《走向后现代与后殖民》,北京:中国社会科学出版社 1996 年版,第 155 页。

消费过程的重要理论范畴,并认为它是一切历史变迁和文化发展的推动力量。文学作品/文本既是社会能量流通的场所,也是社会能量流通的一个个具体的事件。

据考证,理论家为了解释莎士比亚剧作如何获得"引人注目的力量"(compelling force)问题,从希腊修辞学传统中汲取了 energia 一词来描述语言的"搅动心智情感的力量",它是英语中 energy 一词的本源。格林布拉特强调指出,从词源上说,这一术语的重点不在物理学意义上而在修辞学意义上,因此其意义是社会的和历史的。那么,social energy 又如何界定呢?格氏认为:"这个术语包含可测量的东西,但无法提供一个便捷可靠的公式来离析出单一固定的量化指标。人们只能从社会能量的效果中间接地识别出它:它出现在词语的、听觉的和视觉的特定踪迹之力量中,能够产生、塑造和组织集体的身心经验。"① 因此,它与快乐和趣味的可重复的形式相联系,与引起忧虑、痛苦、恐惧、心跳、怜悯、欢笑、紧张、慰藉和惊叹的力量相关联。具体说,社会能量是"权力、超凡魅力、性的激动、集体梦想、惊叹、欲望、忧虑、宗教敬畏、自由流动的强烈体验"②。社会能量是一些分散在踪迹之中的流动的情感能量或力量碎片,它与雷蒙·威廉斯的"情感结构"所指的内容极为相似,"情感结构可被界定为溶解状态的社会经验,有别于其它的社会语义的构成物,后者已经过沉淀,具有更明显更直接的可利用性"③。这些社会经验具有零散、粗厉和原生的性质。格林布拉特指出:"借助并通过舞台而流通的社会能量并非是单一连贯的整体系统,而是局部的、零碎的和冲突的。各种要素交叠、分离和重组,相互对立。特定的社会实践被舞台放大,另外的则被缩小、提升和疏散。"④ 要理解文艺作品的力量,就要找到其根源,即作为"此时此地的、独特的、活生生的、积极的和个人的"情感结构的社会能量。这种能量才是基础性的,它生产出产生它的那个社会。这说明,文艺与社会之间相互塑造,不是某种先在的、可定义的社会生活产生了相应的文艺,也不是一种单一的集权化的"权力"(power)、"世界图景"或"意识形态"决定了文艺,而是文艺中的社会能量也参与到社会生活自身的定义过程之中。社会能量就像集体梦想那样,既是社会生产出的东西,也是生产集体经验的东西,它帮助生产出那个产生社会能量的社会。用"社会能量"来解释

① Stephen Greenblatt, *Shakespearean Negotiations*, University of California Press, 1988, p.6.

② Stephen Greenblatt, *Shakespearean Negotiations*, University of California Press, 1988, p.19.

③ Raymond Williams, *Marxism and Literature*, Oxford University Press, 1977, pp.133-134.

④ Stephen Greenblatt, *Shakespearean Negotiations*, University of California Press, 1988, p.19.

福柯的"权力","使权力不再是一个中心化的范畴,而是由流通中的社会能量构成的众多片断"①。

在其审美样式中,社会能量必须具备最小限度的可预见性(即足以使简单的重复性成为可能)和一个最小限度的范围或射程(即足以超出单个创作者或消费者而臻达特定公众)。有时候,这种可预见性和范围会大得多,使得大量的社会阶层不同、信仰观念歧异的人群欢笑悲泣,体验忧喜交加的混合情感。社会能量的审美形式通常具有最小限度的适应性,足以使这些形式历经社会环境和文化价值的变迁而留存下来,而那些日常的话语则因之而湮没无闻。大多数集体表达从其初始环境到新的时空位置的旅行过程中会遭到废弃,而经过艺术作品编码的社会能量则会持续数百年地制造生活的幻想。这说明,文艺审美中的社会能量得到了扩充和形式化,可以为不同的主体所重复和利用;也获得了增殖和强化,可以冲破个体的控制而达到更大的社会群体;更赋有某种在不同时空背景上发挥影响的能力,可以在时间和空间中"旅行"。

戏剧集中体现了社会能量及其流通过程。"每一部戏剧,通过各自的手段,将社会能量的负荷带上舞台;舞台修正这些能量,又将其返回给观众。"② 借助并通过舞台,特定的社会实践被舞台放大,另外的则被缩小、提升和疏散。尽管社会能量的流通是受限制的,但它却不是封闭的。戏剧表述可以产生差异,"它构成一个螺旋形而不是一个圆圈"③,这种对差异的生产使社会变革成为可能。在戏剧表述中,社会实践被转化、再造,然后使其作为社会策略的审美向度,重新流通到非戏剧世界,这种连续的流通中包含着变形和重塑,社会实践和戏剧表述在交叉关联中持续改变。各种戏剧标示出不同的流通领域和不同类型的商讨:"历史剧通过颠覆超凡魅力而获得戏剧性的超凡魅力;喜剧通过上演男女易装造成的冲突而获得性的兴奋;悲剧通过疏离宗教礼仪而获得宗教权力;罗曼司通过体验危险的多样性而获得有益的焦虑。"④ 但是,其中任何一种都可以穷尽商讨的多样性,因为各种文类自身及其中的社会能量可以出现在其他文类中。戏剧由多种多样的交换组成,交换又在时间过程中增殖;作品通过交易而在新的情境获得新的力

① Brook Thomas, *The New historicism And Other Old-fashioned Topics*, Princeton University Press, 1991, p.180.

② Stephen Greenblatt, *Shakespearean Negotiations*, University of California Press, 1988, p.14.

③ Brook Thomas, *The New historicism And Other Old-fashioned Topics*, Princeton University Press, 1991, p.184.

④ Stephen Greenblatt, *Shakespearean Negotiations*, University of California Press, 1988, p.20.

量,这些新的交易又将附加的社会能量加于作品最初获得社会能量的交易中。因此,作品会在其历史流传中不断增殖。

社会能量的流通具有共时的和历时的两个向度。在共时性向度上,社会能量冲破各种文化实践之间的界限,在不同的文化类型和文化实践中产生"共鸣"①;在历时性向度上,文艺审美将特定时代的社会能量带入另一时代,使其在新历史中得到增殖并发挥作用。比如,莎士比亚戏剧中的社会能量,既可在莎翁同时代的其他文化实践中得到共鸣,也可以在当代人的生活中引起共鸣。当代人在自身之内体验到这种能量,但其当前存在却依赖于将其导向莎翁所处时代的历史的交易活动的无规律的链条。新历史主义就是试图描述那些使艺术作品获得强大的能量的商讨交换过程。具体来说,就是"追问集体的信仰和经验如何形成、如何从一种媒介转向另一媒介、如何凝聚于易处理的审美形式、如何供人消费。我们可以考察作为艺术形式的文化实践与其他相邻表达形式之间的界限是如何标示的。我们试图确定这些特别标示出来的区域是如何被赋予权力,使其提供愉悦或激发兴趣或产生忧虑的"②。这种研究路径,也就是同时追求"横向超越"和"纵向超越"③。当然,格林布拉特似乎更重视"横向超越",因此,他所身体力行的"文化诗学",主要是"研究不同文化实践的集体制作,追问这些文化实践之间的关系"④。

总之,社会能量是流动的、零散的、原生的情感和体验,它在文艺审美与社会生活间流通中增殖强化,赋予文艺作品以引人注目的力量,推动社会的变革和发展。而作品/文本正是一种社会能量流通事件,它不"反映"历史,它本身就是历史,是塑造历史的力量。

① Jurgen Pieters (ed.), *Critical Self-fashioning:Stephen Greenblatt and the New Historicism*, Frankfurt am Main, 1999, p.178.

② Stephen Greenblatt, *Shakespearean Negotiations*, University of California Press, 1988, p.5.

③ 张世英:《哲学导论》,北京:北京大学出版社 2002 年版,第 26—29 页。

④ Stephen Greenblatt, *Shakespearean Negotiations*, University of California Press, 1988, p.5.

第三章　物性诗学内涵维度论

　　"物性诗学内涵维度论",聚焦于诗学研究传统的和常规的内容即文学活动本身,探讨物性诗学的基本内涵,即从以人为出发点的文学研究转向以物为立足点的文学研究;以及缘之而表现出的研究方法从思想观念研究转向质料媒介研究、研究对象从静态作品研究转向施为事件研究、研究重点从"文本间性"转向"事物间性"的学理进程;系统剖析不同批评传统从不同维度聚焦文学物性问题而彰显的文学物性的四个关联维度:即文学语言和能指符号的物性、文学体制和社会条件的物性、文学感知主体和身体的物性、文学表征对象和内容的物性;在此基础上,深入探讨如上维度之间的策应互动和物性关联。众所周知,尽管我们从分析的意义上指出了如上诸多维度各自的物性,但问题的关键,显然并不在于对文学活动在某个维度上的物性的认定和强调,而在于诸物性维度之间的物性关联。当前,哲学认识论领域的"具身认知"理论方法和全媒体时代的媒介理论,一定程度上将如上诸多维度在物质性基础上关联——结合起来了,这为物性诗学对文学活动物性维度及其间会通关联的阐发提出理论参照,其中所包含的理论洞见也逐步渗透到文学研究领域。

　　就文艺审美活动来说,说起它的物质性(materiality),人们通常首先忽略或误解的是文艺审美活动的"对象"的物质性。巫鸿在《重屏:中国画的媒材与再现》一书中提出关于如何界定传统中国绘画的问题。他分析道,当前学术界要么是对风格或图像作"内部"分析,要么是对社会、政治与宗教语境作"外部"研究,这两种方式都将一幅画简化为图画"再现",其结果是图画"再现"活动成为学术著作所反复讨论的唯一对象,"这里,画的物质形式,无论是一幅配以边框的画心、一块灰墙壁或一幅卷轴,还是一套册页、一把扇子或一面屏风,都被遗漏掉了,其结果是所有与绘画的物质性相关联的概念和实践也都被忽略了"[①]。因此,他在该书中进行另外一种重视"媒材"之物质性的研究方法,"即不仅把一幅画看作画出来的图像,而且将其视为图像的载体。正是这两个方面的融合和张力,才使得一件人工制品成为了一幅'画'。这种研究方法自然打破了图像、实物和原境之间的界限,为历史

[①]　[美] 巫鸿:《重屏:中国画的媒材与再现》,上海:上海人民出版社2009年版,第1页。

研究提供了一个新的基础"①。诚如该书封面的介绍文字所说,"画家挥洒翰墨,手卷随手慢慢展开;雅集的士人聚在园林,正赏玩着竹杖挑起的一幅立轴;帝王在画屏前驻足,随后在屏背题诗一首。对于理解中国绘画来说,这些具体的绘画形式与特定的观赏场合显然十分重要。然而在大多数对这一艺术传统的介绍中,这一切还是被忽视了。一幅中国画往往只剩下画心的图像,绘画的物质性消失了,绘画与社会生活、文化习俗的紧密联系因而也变得隐晦不明"。因此,作者"尝试将中国绘画既视为物质产品也看作图画再现,正是这两方面的交互合作与相互制约使得一幅画生意盎然。这种新的研究方式打破了图像、实物和原境之间的界限,把美术史与物质文化研究联系起来"②。基于这样的思路,巫鸿以中国画中屡屡出现的"物"——屏风为例分析道:"屏风可以是一件实物,一种艺术媒材,一个绘画母题,也可以是三者兼而有之。巫鸿对此进行了详尽的综合分析。通过多样的角色,屏风不仅给予中国画家无穷的契机来重新创造他们的艺术,同时也使本书作者处理宽广的主题,包括肖像与图画叙事、词语与图像、感知与想象、山水画、性别、窥视欲、伪装、元绘画以及政治修辞等。"③

长期以来,在面对文艺对象时,理论批评总是在"外部研究"与"内部研究""前景分析"与"背景分析"之间争论不休。但在这种论辩过程中,却恰恰失落了文艺活动的"载体",因而陷入"载体之罔"④。而令人惊异的是,这些载体方面,却遭到了内部研究和外部研究、前景分析和背景分析两种研究方式的同时拒绝,其后果是造成了文学研究与文学版本目录学之间的分裂。其实,所谓文艺研究的"外部"和"外部",只是一种人为的设定和硬性切割。按照韦勒克的区分,其实更应理解为"外向研究"和"内向研究",这两种取向之间有一片交涉区域和边缘地带,这恰恰就是今天物质文化研究聚焦会合的区域,可以泛称为文学的"载体"领域,这也是很难划分为"内部"或"外部"的领域,"划界"只是特定文学观念之下的权宜之计。⑤

从"认知诗学"的角度看,"背景"与"前景"之间的区分是武断的。在认知语言学中,图像与背景的观念是一个强有力的基础性观点,它已经发展为一种详细的语法分析框架,且在全部话语领域中都是一个通常的抽象观点。不过,这个意象既可被视为白色背景上的一个黑色花瓶,也可以看成黑

① [美]巫鸿:《重屏:中国画的媒材与再现》,上海:上海人民出版社2009年版,第1页。
② [美]巫鸿:《重屏:中国画的媒材与再现》,上海:上海人民出版社2009年版,封底。
③ [美]巫鸿:《重屏:中国画的媒材与再现》,上海:上海人民出版社2009年版,封底。
④ 张进:《活态文化及其对文艺学的挑战》,《探索与争鸣》2008年第9期。
⑤ 张进:《批评工程论——新历史主义的当代意义》,《文艺理论研究》2005年第4期。

色背景上的相互对视的两张人脸侧面：

　　你可以通过将你的知觉从一个观点调换到另一个观点,从而翻转你看到的图像,并以另外一部分作为背景,但是,你却"很难不将一部分视为轮廓而将另外的视为背景"①。尽管如此,我们究竟应该将哪部分视为"背景"哪部分视为"前景",却并没有充足的理由。更准确地说,如果我们盯着它长时间看,我们就会在"前景"和"背景"之间跳跃,而无论是基于任何一个方面,都不能穷尽其所有意义。所以,明智的观点,即是将这两种视角都包容进来,进而基于整体的载体,阐发其全部意义。在有关文学作品的内部与外部、前景与背景之间的区分,与此无异。其实,无论是外部还是内部,都属于这个整体的"载体",都是由这个载体的"物质性"所决定的。

　　伊维德认为,近年诞生的两部重要的英语中国文学史之不同结构,让人们有理由重新思索中国文学史的分期问题。② 大量中国文学史遵循基于朝代的分期模式,而他认为,"对文学生产和消费均产生影响的文学系统中的最根本性变迁,并非缘于政权更迭,而是因为技术变革;例如纸的发明,印刷术的传播,近现代印刷技术的引进,以及当代的数字化革命"③。可以看出,文学变迁的"载体",正处于人们通常所说的"外部"与"内部"之间,是一种关联着人的观念意识的物质性存在。

　　希利斯·米勒指出,"文学作品的物质性是一个重要的问题,新电脑'媒体'使文学完全不同于与其旧的存在形式。'媒体'在此必须既是一种新的物质基础,又是一种奇怪的、精神的、媒介性的、遥感的通讯传播手段。某

---

① Peter Stockwell, *Cognitive Poetics：An Introduction*, Routledge, 2002, p.14.

② [美]孙康宜、[美]宇文所安主编:《剑桥中国文学史》,刘倩等译,北京:生活·读书·新知三联书店 2013 年版。[美]梅维恒:《哥伦比亚中国文学史》,马小悟、张治、刘文楠译,北京:新星出版社 2013 年版。

③ [美]伊维德:《关于中国文学史中物质性的思考》,丁涵译,《上海师范大学学报》2014 年第 4 期。

种东西通过媒体向我'说话'。"① 这个"媒体"的物性,一定程度上对文学的意义表达提供了支撑,也作出了限制。但这个"媒体",却并不是传统意义上的"物",而是包含了人的创造性在内的、与其物质相关联的"物性"。

就文学艺术来说,当然首先是它的语言、文字、文本、书写、声音、版本、装帧、设计,等等,这是一般人们所说的"能指"(signifiers)的物质性。应该说,如果说看到了这些物质性方面,就已经是一种"视角转换"或"范式转换",因为长期以来,人们尽管在文艺审美研究中难免会遇到这些要素,但它们长期以来并未成为文学研究的常规内容。文学研究通常关注的是作为文艺审美活动对象"作品"所包含的思想、意图、主题、观念等更为"精神性"的方面。尽管说,我们拥有像"版本目录学研究"(textual bibliography)这样的传统学问,相对于有关文艺作品中的思想观念研究,无疑是更重视那些与思想观念似乎背道而驰的物质性方面。然而,遗憾的是,人们通常认为,研究作品中的思想观念的学问属于"文学研究",是"文学学",而研究作品文本的物质性方面的学问,则属于"文献研究",是"文献学"。"文献学"由于过分重视从物质性方面审视作品文本,缺乏对作品文本思想观念的研究,因而丧失了其作为文学研究分支的资格。这当然是非常有趣的,但却毫无疑问是当前世界范围内的学术事实。不过,这只是近代以来的事实。且不说在中国传统上,"文学"始终没有与其他学科如历史、哲学等分离开来,而且,文学研究也未与文献研究分离开来。即便是在西方,文学研究与文献研究区分开来,也只是近现代特别是 18 世纪以来的事。② 在文学研究的内容与范围上,人为地将口头文学排除出去,进而认为"广义的"文学观念即是"认为凡是印刷品都可称为文学"③。当然,在中国,直到近代,从文献角度解释文学者比比皆是。近人章炳麟认为:"文学者,以有文字著于竹帛,故谓之文;论其法式,谓之文学。"④ 当然,今天的细心读者很快就可以发现,即便是这

---

① [美] J. 希利斯·米勒著,丁夏林编译:《文学在当下的"物质性"和重要性》,《国外文学》2013 年第 2 期。

② Literature 一词,在英文词典中,有"文献"和"文学"的双重含义,而且,前者是更早更具有始源性的含义。18 世纪以来,受浪漫主义文艺思潮的影响,西方人逐步将情感性的、想象性的、审美性的文献从一般文献中区分出来,视之为今天人们熟悉的"文学"。由于今天的人们事实上都是浪漫主义的后人,所以今天的人们自然而然地将 Literature 理解为情感性、想象性和审美性的"文学",进而认为"文学研究"应该首先将作品文本中的这些因素揭示出来。

③ [美] 韦勒克、[美] 沃伦:《文学理论》,刘象愚等译,南京:江苏教育出版社 2005 年版,第 11 页。

④ 章炳麟:《国故论衡·文学总略》,上海:上海古籍出版社 2003 年版,第 49 页。

个将"文学"等同于"文献"的"广义的"文学观念,也还是直接将口头文学彻底地清除出文学领域了。有的著述虽能意识到"口头语言行为"的存在,但紧接着就引用了章炳麟和韦勒克的相关论述加以证明,从而将"广义文学"又缩小为"研究内容是印刷和手抄的材料"①。有的著作意识到"有些边缘性文学形态则可能难以做出十分清晰和令人满意的划分"②。但并不确认"边缘性形态"的合法性。与之相应的是对文学创作阶段和文学类型进行硬性切分,③ 而包括口头文学在内的活态文学根本就无法适应这样的切分。而事实上,未包含"口头文学"的文学观念无论如何也不能称为"广义的"。

事实上,"版本目录学考察一个文本从手稿到成书的演化过程,从而探寻种种事实证据,了解作者创作意图、审核形式、创作与合作中的修订等问题。从 20 世纪 80 年代出现的这种考索程序一般被称作'发生学研究'(genetic criticism)"。它"一方面受新历史主义或文化唯物主义以及解构论的影响,可它另一方面也颇像从文本档案馆中钩稽那些潜藏的无可辩驳的事实的研究"④。顺着这样的研究路径,处于"媒介间性"(intermediality)时代的人,很容易看出这种版本目录学的局限——它似乎并未意识到,还有一类口头表演活动和声像文献并未清晰地进入这个版本目录学的视野。不过,这个路径本身也许是值得赞许的,因为,它让文学研究向"物质性"开放了。

如果说"文学学"关注的作品文本的"意思"(meaning)和"观念","文献学"则关注的是作品文本物性和物质性;前者重在作品文本之所"说"(saying),后者则关注作品文本之所"做"(doing)。而在文艺审美活动中,意义和物质性并肩运作,比如在诗歌中,"诗歌的物质躯体通过其内部运作向其外在的世界开放。所有的语言都是这样,但它在诗歌中更为明显。诗歌语言的文本编织越是细密,它就越能成为一个拥有自身权利的物,也就越能指向自身之外。可是说人类躯体与之相似,其物质存在只是其与世界的关系,即是说,躯体更根本的是作为实践的形式而存在的"⑤。同时,文学作品文本所"记述的"(constative)事情与它所"施为的"(performative)事情,也是在并肩工作,文献学有可能在捕捉后者的物质性方面有其传统上的优势。

因此,在有关文学作品文本的物质性问题上,我们至少应该将"版本目

---

① 童庆炳主编:《文学理论教程》(修订版),北京:高等教育出版社 1998 年版,第 49 页。
② 王一川:《文学理论》,成都:四川人民出版社 2003 年版,第 26 页。
③ 以群主编:《文学的基本原理》,上海:上海文艺出版社 1983 年版,第 164—166 页。
④ [英]拉曼·塞尔登、彼得·威德森、彼得·布鲁克:《当代文学理论导读》,刘象愚译,北京:北京大学出版社 2006 年版,第 332 页。
⑤ Terry Eagleton, *The Event of Literature*, Yale University Press, 2012, p.205.

录学"（文献学）的观念方法吸纳进来，并且，在当代全媒体语境下，将文献学研究的"物质性"方面更进一步开放（openness）。即是说，作品文本应该向全媒介文献开放。

　　进而言之，"能指"的物质性，不管是作为语言文本还是版本设计的物质性，总是与能够感知这种物质性的主体，与感知主体身体的物质性不可分割。这就牵引出了文艺审美活动中另一个重要的物质性维度，而这个维度同时也就带出了一系列新的问题，比如，主体的观念（idea）、意识（consciousness）、心灵（mind）、意图（intention）等精神性方面与主体的躯体、各种感官等物质性方面的关系问题，以及各种具有物质属性的感官之间的比率（ratio）问题和通感（synaesthetics）问题。在前一个问题上，西方传统的诗学理论强调观念、意识和心灵等精神性因素的能动性（agency），强化人的精神性方面高于身体和感官等物质性因素的"等级制"。而物性诗学则将其关注重心向物质性方面转移，认识科学（cognitive science）的新近研究和发展，也否认人的"意图"可以操控整个事件之"工程"（project）的观念，认为人的意图会随时进行"即兴表演"（improvisation），就像菜谱与烹饪技术，好生活的技艺是一个"即兴的工程"，其中有着大量不言而行的内容。① 厨师可能有着按菜谱做烹饪的"意图"，但在每一次具体的烹饪过程中，他会根据更大文化语境中的实践逻辑而修正和改变菜谱，从而使菜谱的结构仅仅成为一种"被结构的结构化结构"（structured structuring structure）。② 这样，新的问题就接连涌现出来：身体和感官是否至少也像意识和心灵那样拥有其"能动性"呢？触觉和内脏感官在审美活动中是否也具有与视觉听觉一样的重要性呢？

　　当然，要回答这个问题，人们就不得不转向主体和文本所得以形成的社会历史语境，从而牵引出起限制作用的社会历史语境的物质性，这当然是不难理解的。不过，研究者是将这个语境笼统地称之为"意识形态"（ideaology）呢，还是将其视为历史的具体物质所构成的物质性环境？这里依然存在着不同的文艺审美观念和方法之争。在这个问题上，阿尔都塞将意识形态看成是"物质实践"，这是值得重视的。文化唯物主义侧重于从物质方面理解文化，其中也包含着诸多启示。社会历史语境中特定的物，不仅

① Christopher Tilley, Webb Keane, Susanne Küchler, Patricia Spyer and Michael Rowlands, eds, *Handbook of Material Culture*, SAGE Publications Ltd, 2006, p.146.

② Christopher Tilley, Webb Keane, Susanne Küchler, Patricia Spyer and Michael Rowlands, eds, *Handbook of Material Culture*, SAGE Publications Ltd, 2006, p.146.

是文艺创造时的触媒和模版,它甚至还可能是文艺思想和观念的模版。比如说,电力(electricity)不仅是美国超验主义诗歌写作时通常描写和咏叹的对象,充当了其诗歌创作的模版,同时,电力也是超验主义文学理论的触媒和观念模版。"电"作为新物质的某种貌似"超验"的特征,正是美国超验主义浪漫主义理论批评阐发文学本质功能时的物质性依据。①

但不管物作为哪一种触媒和模版,文艺审美活动的语境的物质性都会必然地投射到、进入到作品文本的表征系统,因为人们必然会对社会历史中的各种具体的物作出"因应",而反映在文艺作品中的物,构成了文艺活动的"物境"之一,它们会作为文艺作品文本表征对象的物质性方面存在于文本表征之中。这就又牵引出文艺审美活动的表征对象的物质性。作为文艺活动表征对象的物十分丰富,"咏物诗"所表征的物,只是其中一个极小的分支。从文艺创作的角度看,这仅仅是"欲为山水诗则张泉石云峰之境,极丽绝秀者,神之于心,处身于境,视境于心,莹然掌中,然后用思,了然境象,故得形似。"②是艺术家追求形似的手法。然而,如果仅仅在这个修辞层面上理解被表征的"物",显然是将其"矮化"了,就将其降格为艺术表情达意的"手段"和"附庸"了,是仅仅从主体意图的角度将被表征的物看成了修辞技巧。

值得强调的是,如果我们将人(作家)的"情"或"意"设定为表征系统的终极参照系,那么,在表征系统中的"物"就是无足轻重的,它们顶多就是作家表情达意的修辞手段,与生活世界中的"物"似乎并没有多大关联。但这种对于修辞的理解很显然是片面的,主要问题有二。

一是直接将"意之所随"之"物"放逐了,也就与"物性"或"物之妙"擦肩而过。《庄子·秋水》云:"夫精粗者,期于有形者也;无形者,数之所不能分也;不可围者,数之所不能穷也。可以言论者,物之粗也;可以意致者,物之精也;言之所不能论,意之所不能致者,不期精粗也焉。"③庄子迂回地暗示出一个隐秘层面,并给出了一个否定性的命名为"不期精粗"。庄子创造性地析离出"物"之三层:可以言论(即被言论所聚焦)的"物之粗",可以意致(即被思想所聚焦)的"物之精",不可言论意致(即被言论和思想所遮蔽的边缘境域)的"不期精粗"。"言意之辩"只涉及物之粗和物之精的层

①　Paul Gilmore, *Aesthetic Materialism:Electricity and American Romanticism*, Stanford University Press, 2009, p.5.

②　中国社会科学院文学研究所文艺理论研究室:《中国历代诗话选》(一),长沙:岳麓书社1968年版,第79—156页。

③　郭庆藩撰:庄子集释(第三册),北京:中华书局1961年版,第572页。

面,并未涉及庄子至为关切的第三层面,而这个层面正是轮扁的斫轮表演 (performativity)所蕴含的层面,"不可意致"却又是"意之所随",是"意"的 终极价值参照系,是一个移动的视域和地平线。换言之,这正是处在主体生 命生活活动隐秘之处的"物",是其"活态"实践和环境体验。它处于行为的 流动性之中,是一种境遇,一种潜意识,一种身体性在场的体察心会。尽管 庄子十分珍视这种活态体验,但他也意识到正面界定之难,故而采用迂回 的方式,指出其非言非意、非粗非精的否定性品格。后世的"言意之辩"论 者片面解释了"不期精粗"的深刻思想,放逐了"非言非意""不期精粗""意 之所随"的那个根本空间,导致了"言""意"与活态智慧之间的断裂。当 然,在诗学领域,陆机《文赋》却开放着这个通道:"每自属文,尤见其情,恒 患意不称物,文不逮意。盖非知之难,能之难也。"① 他所"恒患"者,不仅在 "文不逮意",更在于"意不称物";"能之难"首先在于"意不称物",即难在 无法捕获那精微的"意之所随"和"不期精粗",这也正是庄子的根本忧患 所在。

二是这种将情意设定为意义源头的做法,用诸中国古代文学的研究, 就必然将其解释为"抒情传统"。研究者指出,"抒情传统"作为中国文学 一个很重要的的向度,甚至往往被学界理解为唯一的向度,在一些人的进 一步解释之下,"这种角度下的'感物'说与其所形塑的'抒情传统',是一 个'主观的表达情感的方式',物与我之间有明显的主从关系,'物'是为了 '情'而存在,并且是在情志的聚焦范围下被选择、被呈现"②。这里涉及人 (情)与物之间的根本关系,而事实上"抒情传统"的理解向度"其实还没 有仔细对待'物',还没有正视在经验或知识领域中已被熟知、认可的'物 类'或'物体系',与'抒情'之间会形成怎样的交互影响,换言之,眼前我 们仍然缺乏由'物'的角度,而不只是'情'的先决优位,去重新讨论与诠 释'抒情传统'"③。囿于这种传统的视野,我们很难弄明白这样的一些重要 问题:"传统知识领域内的物与物之间具有什么样的关系模式,以致我们 能够一眼就看出这些闪耀意义线索的标示物? 这些诗中所选择的'物', 若不是完全源出诗人情志或想像,如何能形成情、物之间的一致性? 这些 物,出现在诗中与不在诗中,会有什么异同? 诗中的物,与经验中的物或知

---

① 陆机著,张少康集释:《文赋集释》,北京:人民文学出版社 2002 年版,第 1 页。
② 郑毓瑜:《类与物——古典诗文的"物"背景》,《清华学报》(物质文化研究专号)2011 年第 1 期。
③ 郑毓瑜:《类与物——古典诗文的"物"背景》,《清华学报》(物质文化研究专号)2011 年第 1 期。

识记忆中的物,一样可闻见、可触摸,而得以形成同情共感吗? 如何谈论或诠释诗中的物,因此也可以反过来问,经验、记忆或知识中的系列物是如何能流露出诗情的呢? 更根本的问题当然是,这些形成关连性的物,是如何被叙写出来,亦即我们如何保证这些字词的确可以有效拉引出物与物的关连性?"①

当然,特就被表征于文学作品中的"物"来说,这种"物"的外在形式的确是"语词"或"修辞"。但对于"语词"或"修辞",我们如果仅仅从文本的"内部"(inside)去解释,那是远远不够的,在大多数情况下,甚至是不得要领的。比如说,假如我们对"幽州台"作为一个"物"任何知识,也就是说,我们对它作为一个物的物性一点都不了解的话,那么,我们就根本无法理解和解释陈子昂的《登幽州台歌》,无法理解主人公为何"怆然泣下";假如我们对从"晴川历历"到"烟波江上"的物象在时间和空间中的变化没有任何知识的话,我们就根本无法理解《登黄鹤楼》的抒情主人公的"愁"是如何在时间流动和空间转换中得以表达的;进而言之,如果我们送别时的依依不舍之情的物质性层面没有任何生活情感体验的话,我们当然也就无法理解"孤帆远远影碧空尽,唯见长江天际流"的深刻蕴味,因为,这里十分隐蔽地书写了一个送别场景,当客人远走之后,还久久不愿离去的抒情主人公的形象。诗歌中的语词或修辞,如果要透彻地理解和解释,当然需要对语词所表征的物的物性有透彻的了解和体悟。因此,苏轼谈诗,十分重视"求物之妙",他在《答谢民师书》一文感喟:"求物之妙,如系风捕影,能使是物了然于心者盖千万人不一遇也。而况能使了然于口与手者乎?"②他同样以否定的方式暗示,"不期精粗"的"物之妙",尽管难以求得,但仍然是诗歌活动的终极价值依据。

这里涉及两个重要问题:一是文学作品的"内部"与"外部"之间的关系问题;二是文学作品中的修辞首先重视的"词"与"词"的关系,还是必须以"物"与"物"的关系为依托。

有关物的"内部"与"外部"之间的关系问题,不消说,这是英美"新批评"以来文学理论批评中聚讼纷纭的重要诗学问题。我们不妨将作品文本比作人的身体来说明这个问题。首先,人的身体本身是一个容器,有其皮肤和外表,敞开并连接着它的内部和外部。其次,通过在物质世界的行为,人

---

① 郑毓瑜:《类与物——古典诗文的"物"背景》,《清华学报》(物质文化研究专号)2011 年第 1 期。

② 苏轼:《苏轼全集》,上海:上海古籍出版社 2000 年版,第 1692 页。

的身体以无数外表和容器补充（替补）自身，借此，人的身体延伸到其肉体局限之外。① 一件文艺作品又何尝不是这样呢？从某种意义上，它正是作为特殊的行为者，在自己的"社会生活"过程之中，不断地超越着"内部"与"外部"之间的界限，就像一张地毯初始时期是作为家庭的豪华装饰而出现的，这时，其"内部"的花纹、织艺、色彩等等，都受到了认真的检视和欣赏；但它可能最终是作为狗窝里供其取暖的物件出现的，在此时，它"外部"的功能得到了运用和发掘。新批评式的"内部研究"，可能会遗落地毯在豪华装饰阶段之后的"社会生活"。

有关一个物在现实层面的实际意义与它在语词层面的比喻（隐喻）意义之间的联系与区别，也许是人们重视或忽视表征物的物质性的关键点。在"物—意—言"所构成的序列之中，今天的人们，似乎已经完全习惯了仅仅在"意—言"的关系网络中讨论比喻或隐喻问题，人们似乎已经完全忘却了朱熹的定义，即比乃是"以彼物比此物"。也就是说，尽管表征在文学作品文本中的"物"是以"能指"的外在形式出现的，但它的根源却在于"物体系"。就拿美国超验主义诗歌来说，"有关电力的效果和情感的隐喻不仅仅是隐喻。电力扮演的角色不只是用来变幻出审美经验与电力现象之间的某些类似性。而毋宁是，审美经验本身通常被想象为事实上的电力本身，作为神经脉冲的产物被看成电力的或经由电力技术传导的语词或思想的结果，或者是通过被想象为电子的精神媒介本身而传导的语词或思想的结果。同样重要的是，电力在 18 世纪充当商品贸易之流的类似物，因而将资本主义世界的出现自然化了"②。因此，在作品文本中得以表征的"电力"，不只是一种"隐喻"，也不只是作者"意图"或"情志"的表现，而更重要的是，它通常是现实生活中作为物的电力本身的体现，是"物性的体现"，而不仅仅是"人性的表征"。或者至少可以说，"物性的体现"正是"人性的表征"的深层基础。

同时，我们应该留意，作为喻说方式的隐喻、转喻、提喻和讽喻，在历史上首先并不是只在讨论"言意"关系，而更多地是讨论"物"与"物"之间的关系。四重式喻说理论的开先河者维柯，他讨论就主要是"物"之间的关系，在他那里，隐喻是物与物之间的相似性，转喻是以物之部分代替物之另一部

---

① Christopher Tilley, Webb Keane, Susanne Küchler, Patricia Spyer and Michael Rowlands, eds, *Handbook of Material Culture*, SAGE Publications Ltd, 2006, p.146.

② Paul Gilmore, *Aesthetic Materialism: Electricity and American Romanticism*, Stanford University Press, 2009, p.8.

分,提喻是以某个物来代替事物的总体,讽喻则是物与物之间的无规律性。至于中国古代,"赋体物而浏亮""赋敷陈其事而直言之""比者,以彼物比此物""兴,先言他物以引起所咏之词",无论是哪一种解释,都异常重视"物"或"事"或"事物"在喻说过程中的作用。因此,文学作品文本不可能不表征物,"言之有物"并不是一个比喻意义上的说辞,而是设定,言说必然地会关涉到"物",而有无"物",就成为文学言说好坏的判准之一。

　　总之,在文艺审美活动中,物质性从诸多向度和层面上表现出来,进一步的问题是:这些向度的物质性之间是一种什么关系? 我们看到,在今天的物质文化研究中,大多数研究都仅仅抓住其中一个维度的物质性而不及其余,这造成了这种新兴的研究方式的偏至偏废。我们必须在此基础上更进一步,寻求这些物质性维度之间的物质性关联。因此,我们并不认为一种形式的物质性即是"最终的决定力量",我们强调各种形式的物质性之间相互关联(interrelationship),其间的反馈圆环,以及其间的分歧和缺口。① 这样,尽管个体的身体是审美经验的场所,但是,那种经验是由某些对象物(object)或对象物的表征引发的,而后者的历史又常常植根于更为宽广的社会历史情境。这个社会历史情境同样地构造了欣赏对象物的感官,与此同时,对象物的表征自身又只有通过媒介自身才能臻达,对于文学研究来说,其媒介即是语言,而语言媒介在很大程度上又是历史情境的产物。将如上各种物质性加以彻底历史化的过程,也就是对各种各样的物质性的相对自主性的承认。"由于物质性观念对美学的挑战,即便这种观念本身也是在物质性中被构成的,我将自己的研究方案称为'审美唯物主义',而非'唯物主义美学'"②,后者将决定性的能动作用归于物质现实,甚至在物质现实迫使我们重新构想特定的物质性的时候。应该建构一种唯物主义,它可以同时检视基于各种不同的力量,以及物质性感官深层的对象物。我们可以断定,任何对美学的记述都需要既处理审美经验的更为广阔的社会历史基础,同时又要处理显现于个体身体上的更为具体的物质事件(material events),也就是说,我们必须重视在创造和培育审美经验的过程中永不停息的动作着的更大的社会历史力量,同时也不忽视审美经验的明白无误的肉体本质。

---

① Paul Gilmore, *Aesthetic Materialism:Electricity and American Romanticism*, Stanford University Press, 2009, p.10.

② Paul Gilmore, *Aesthetic Materialism:Electricity and American Romanticism*, Stanford University Press, 2009, p.10.

20 世纪末以来,世界范围内的文学理论批评不约而同地转向文学的"物质性"问题,形成了一个物质性批评的趋势和潮流,朱利安·沃尔弗雷斯在《21 世纪批评述介》中甚至暗示,"物质性批评"是 21 世纪可能大有作为的理论批评趋势之一。借鉴"物的返魅"时代的到来及 20 世纪以来文艺文化及各个领域的"物质性转向"的讨论,建构一种新的文学批评样态必要且迫切。

不同理论谱系的研究者从不同角度和侧面转向文学的物质性,开掘出文学物质性批评的若干向度,并因之而产生了对各种物质向度之间关系问题的重新考量。本章的重点在于析离出物质对于文艺理论批评的启示层面,借此讨论文学的物性批评之四个具体维度:首先,文本、语言、想象的物质性,从文字及语词入手突显文学文本本身的物质性及语言的物质性。其次,社会事实及文化、事件的物质性,强调文学与起限制作用的政治学和经济学意义上的社会生活、客观世界的物质事实和物质条件之间的关联。再次,感知主体与身体的物质性,强调文本意义得以生成及审美经验得以发生的主客体身体的物质性。最后,表征对象和客体世界的物质性,强调经验的对象及经验于其中发生的客体世界的物质性,以及物质客体对于主体思维的塑形及掌控作用。这四个维度的讨论既没有偏离文学"四要素",又兼顾到了文学内部与外部批评,可以说是在传统文论研究的基础上进行了理论的反思与深化。各维度之间彼此呼应,共同阐发了文学与物质之间的"亲密纠缠"和人与物之间"与物为春"的物性关系。

第一节　文学语言和能指符号的物性

长期以来,词与物一直被视为"致命的天敌",但 20 世纪以来的各种新式文学理论越来越倾向于认为,词与物"能够融合","每个人"都"能够读懂物"。① "物"不是由于被话语反映而让人读懂,而是因为物已经自行安置在人类的精神之中,成为一种"物话语",这种话语本身具有物质性。这事实上开启了从物质性维度解释和理解语言能指的一种全新路径。

能指和语言本身的"物质性"观念,在索绪尔语言学、俄苏形式主义和英美"新批评"的理论与批评实践中都得到了持续的强调,从而开拓出了研究能指和语言本身的物质性的重要批评维度。索绪尔把语言仅仅具有描述性(语言仅仅是事物的名称)的思想,提升到另一个层面,认为"语言是

---

① 孟悦、罗钢主编:《物质文化读本》,北京:北京大学出版社 2008 年版,第 83 页。

事物的一个组成部分。在这里,作为一个符号系统,语言可以被理解为能够产生那些一度被认为仅仅能够理解的事物"①。俄苏形式主义将注意力转向文学作品自身的"物质现实"(the material reality),像检查机器一样检视文学文本的运作和功能。②"新批评"将诗歌转变为物恋的对象而再度物质化(rematerialized),把人物、进程和体制转化为"物"而加以对待,调查作品的"张力""悖论"和"肌质"(texture),展示它们如何由作品的固定结构决定和激发③,强调作品在物质性方面的自足性和作品自身的物质真实性。这种将"词"作为"物"来对待的批评路径,在后结构主义以来的文学研究中体现为具有物质性和实践性品格的"话语"(discourse)概念逐步取代"语言""言语"和"能指"等术语而成为文学研究的聚焦点;体现为文学理论批评从语言的"所说"(constative)研究转向话语的"所做"(performative)研究。在一般文化研究中则体现为:受索绪尔语言学、俄苏形式主义和"新批评"沾溉的文化研究分支,将文化的形式作为内容来把握,将文化"媒介"作为"讯息"本身来探讨,将文化机制作为"事件"来考察。

索绪尔语言学有关语言"反映"现实与"打造"现实的悖论,皮尔士古典符号学有关"记号"与"模拟"之间的张力,成为生发新文学观念的策源地。皮尔士认为,"借由'记号'(semiosis)而进行的指涉反映事物,而借由'模拟'(mimesis)来进行的指涉则促发冲动"④。正是语言"打造""促动"现实的功能,推动20世纪的文学研究在物质性批评方面的进一步发展。奥斯丁"述行语言"的"施事功能"则与之呼应,将语言"打造"现实的能力推向极致。承认这种观念,就不仅承认了文学语言文本以及相关的书写行为的"物质性",而且承认了语言书写的物质性行为具有介入和打造语言文本之外物质现实的潜能,具有参与并抵抗历史的潜能。本雅明所主张的"唯物主义历史书写",就像一种具有重写历史潜力的"述行性"阅读或铭写,抗衡着储存并使更旧的系统程序合法化的档案机构。"这种书写是实质性的历史干预手段,对抗着历史决定论的符咒,批判地、述行地反作用于档案机器上,从而产生另一套可能的未来,这样的实践有时被称作寓言、电影或翻译,即唯

① [英]凯特·麦高恩:《批评与文化理论中的关键问题》,赵秀福译,北京:北京大学出版社2012年版,第17页。

② Terry Eagleton, *Literary Theory: An Introduction*, University of Minnesota Press, 2008, pp.2-3.

③ Terry Eagleton, *Literary Theory: An Introduction*, University of Minnesota Press, 2008, p.43.

④ [英]斯各特·拉什:《信息批判》,杨德睿译,北京:北京大学出版社2009年版,第291—292页。

物主义历史书写的具体形式。"① 从其实质性地干预和重塑过去与未来的述行效果上说，这种历史书写行为不仅自身具有物质性，而且具有对其他历史物质产生"施事效果"的述行潜能。唯物主义历史书写者通过"爆破"连续统一的历史过程而介入历史，"把握的是他自己的时代和一个明确的、早先的时代所形成的结合体"②。历史书写使用"述行言语"而"实施它所指的行为"，"改变我们的认识，使我们看到语言在多大程度上可以完成行为，而不仅仅是报道那些行为"③。它不仅在"报道"历史事件的意义上具有物质性，其述行行为本身构成一种物质性的历史"事件"。

德·曼"铭写的物质性"观念发挥扩充了本雅明的物质性思想，全面释放了历史书写的"述行功能"。对他来说，述行行为可以意指实际的历史事件（这是不可逆转的），也可以意指述行行为。"进行'物质性'阅读，意味着使阅读涉及并抵抗铭写及铭写模式，寻找这种模式开始进入另一参考、中介、理解、即时性等体系的踪迹。"④ 在他看来，任何一个被铭写的文本都不仅是对历史的"反映"或"表达"，文本本身即是一种物质性"事件"，是塑造历史的能动力量，也是历史过程的重要组成部分。

由此可见，能指的物质性，一方面，可以指向朴素的物质网络，如所谓的"物质"能指即字母、声音、文字记载等，它们维持着语言记忆和程序感受（或阐释）；另一方面，这个物质能指自身又引发和产生各种物质性的指涉、价值或相关体系。两个方面的研究会通于"文本的物质性"（Textual Materiality），考察文本的"语言意义"与"物质意义"之间的"互动关联"⑤，从而开拓出了一个多学科综合治理的学术领域，其工作假设和解读方法可以概括如下：文本的意义解读紧密关联着文本的物质形式（physical forms）；文本及其潜文本（paratexts）体现着文本的物质性（physicality）意义；文本与其物质形式之间的关系对意义具有构成作用；文本表述的物质形式影响阅读接受和理解态度。这些基本设定，试图在文学文本自身的物质性和文

---

① Tom Cohen et al., *Material Events：Paul De Man and the Afterlife of Theory*, University of Minnesota Press, 2001, p.ix.

② [德] 瓦尔特·本雅明著，陈永国、马海良编：《本雅明文选》，北京：中国社会科学出版社1999年版，第415页。

③ [美] 乔纳森·卡勒：《当代学术入门：文学理论》，李平译，沈阳：辽宁教育出版社1998年版，第100页。

④ Tom Cohen et al., *Material Events：Paul De Man and the Afterlife of Theory*, University of Minnesota Press, 2001, p. viii.

⑤ Graham Allen, Carrie Griffin and Mary O'Connell, *Readings on Audience and Textual Materiality*, Pickering & Chatto Publishers Ltd, 2011, p.2.

本的社会历史物质性之间、在文学的"记述"物质性与"述行"物质性之间架起飞桥。

在具体文学批评实践中，被塞尔登视为"后理论"之重要表征的"版本目录学研究"（textual bibliography），即是文学物质性批评的重要分支。版本目录学乃是一种"发生学研究"（genetic criticism），它考察一个文本从手稿到成书的具体演化过程，"从而探寻种种事实证据，了解作者创作意图、审核形式、创作与合作中的修订等问题"，而其渊源，"一方面受新历史主义或文化唯物主义以及解构论的影响，可它另一方面也颇像从文本档案馆中钩稽那些潜藏的无可辩驳的事实的研究"①。因此，在一定意义上可以说，"'后理论'其实意味着回归对文学文本形式主义或传统的读解，或者回归到那些实质上对理论厌烦或淡漠的文学研究中去"②。这里的"形式主义"，正是20世纪以来强调语言文本之物质性的俄苏形式主义和英美新批评等的文学研究传统。

"文本物质性"观念扩展到艺术领域，引发了艺术家和艺术批评家对物质材料之价值的重新评估，使"美学体系重新重视物质"并从新方向探索可能的形式，物质不再仅是作品的"载体"，也是作品的"目的"："有时候，艺术家听任材料自由发展，听任泼上画布的颜色、粗麻布或金属自由发挥，直接由一个随机或出乎意料的裂口代言。艺术品每每仿佛不求任何形式，让画布或雕塑几乎成为自然物体，是机缘巧成之作，如海水之画沙，雨滴之铃泥。"③探索艺术的材料，发现它们内里隐藏的美，当代艺术家从"抽象形式"走向了对"物质的深度"的探测，不只是在恋物拜物，正如艾科所指出的："今天，精密的电子技术使我们在物质深处发现出乎意料的形式层面，一如我们从前一度在显微镜下赞赏雪花结晶之美。"④

可见，语言能指物质性的观念逐渐向文学形式、文本、媒介、素材和语境等要素蔓延伸展，在当前理论批评中形成了一个从物质性维度解释文学的新路径。

在中外文学理论批评史上，物质性自古以来就是文学的外在参照系和

---

① [英]拉曼·塞尔登、彼得·威德森、彼得·布鲁克：《当代文学理论导读》，刘象愚译，北京：北京大学出版社 2006 年版，第 332 页。

② Raman Selden, Peter Widdowson, Peter Brooker, *A Reader's Guide to Contemporary Literary Theory*, Pearson Education Limited, 2005, p.272.

③ [意]翁贝托·艾柯编著：《美的历史》，北京：中央编译出版社 2007 年版，第 402—405 页。

④ Umberto Eco, ed. *On Beauty: A History of Western Idea*, London: Secker & Warburg, 2004, p.409.

价值依据。20 世纪以来,理论批评从文学文本自身出发系统阐释了文本的物质性,渐次突显出一个可称之为物质性诗学的当代诗学空间,其中融会了文学理论探索的一系列新成果,被认为代表着新世纪文学理论的发展趋势之一。在此,分别从文学文本的符号物质性、社会物质性和历史物质性方面,在史论结合的层面上梳理分析了文学的物质性,旨在对物质性批评的脉络做出理论说明。

"物质",哲学上指独立存在于人的意识之外的客观实在,运动是其根本属性,客观实在性是其唯一特征。因此,传统上的"物质性"让人联想到具体的、实在的"事物",以及真实的历史进程,也通常设定这个术语在语言学的范围内先于喻说体系,"物"在"词"先。在柏拉图式的二元对立中,"物质性"自身和各种其他的词形成了对立,如精神 / 物质、思想 / 身体、意识 / 存在等等。它预示着一种非人的、即超语言学的、或带有后来马克思主义辩证法特征的"沉默事实",人们往往在这种二项对立中赋予物质性某种真实性的义涵。① 但是,在全球化的当代,通讯科技的"总机"将确定的历史事件和物质事实的概念进行了分散拆解和路径变更,并且改变了记忆、"人""事件"以及表征的定义。新的空间纷至沓来:录音电话、电视录像、放像机、个人电脑、电子邮箱、因特网、宽带网络、虚拟现实、基因工程、微型技术、多维空间,等等,包括文学理论在内的当代思想已经无可挽回地与技术及电子通讯的进步联系在一起。文学的问题与日益流行、无所不在的技术幽灵难分难解地纠缠在一起,"如何描写、吸收或思考文化中日益增长的幽灵性质,当代文学面临诸多新的挑战"②。从理论批评角度看,这些挑战首先聚焦于文学中的"物质性"问题,"物质性"概念似乎已经丧失了其作为客观实在和沉默事实的根本属性特征,而变成了本质上与意识、精神、观念和形式干扰纠缠的新空间。

各派理论批评争相命名这个新空间:或谓之"文化唯物主义",或谓之"后物质主义",或谓之"(超)物质性",或谓之"铭写的物质性",或谓之"幽灵物质性",或谓之"非物质性",等等。例如,其中所谓的"非物质",似乎是一个坚持传统物质性观念的命名,尽管主张者对其有不同理解,但基本观点趋于一致:非物质社会就是人们常说的数字化社会、信息社会或服务型社

---

① [英]雷蒙·威廉斯:《关键词:文化与社会的词汇》,北京:生活·读书·新知三联书店 2005 年版,第 290 页。

② [英]安德鲁·本尼特、尼古拉·罗伊尔:《关键词:文学、批评与理论导论》,汪正龙、李永新译,桂林:广西师范大学出版社 2007 年版,第 133 页。

会。在这个社会中,经济价值和社会价值主要以先进知识在消费产品和新型服务体系中体现的比例衡量,标志着这个社会已经从一种"硬件形式"转变为一种"软件形式"。但这一命名"出于一种误解,最近的一些阐释者不是去赞美一个'非物质的世界',而是去赞美'虚幻形象'与机械(或'形式'与'物质支持物')的对立"①。这种误解产生于一种"技术自恋"情结。事实上,任何非物质文明都将会严重地物质化,因为它的非物质产品必须与生产、稳固和支配它们的下部机械结构联结在一起。每一种影像或符号背后,都隐藏着其物质和机械的支持物。

看来,当代批评不仅没有摒弃"物质性"概念,而且还将大量使用从而其推向理论前台,同时这个概念也在此过程中获得了更加复杂多变的含义。文化唯物主义的"物质性"概念吸收了传统上不属于"物质"的文化内容;"非物质"社会中的物质性,是与传统物质性内涵较接近但又与"物质"相对立的概念;最富新意的是"(超)物质"概念中的"物质性",它使传统的物质性概念发生了明显的"位移",实质性地命名了这个新的空间。"物质(性)"概念的内涵和边界变得模糊不清、捉摸不定,但这并不意味着这一术语在人类当代生活中失去了解释潜力,恰恰相反,"物质性"术语在各种解释活动中的使用频率有增无减,而这个概念内涵的含混性、复杂性和悖论性,也正是当代文化和文艺理论批评相应特征的反映和写照,召唤文学研究对其进行梳理和分析。

综观 20 世纪以来文艺文化领域不同于传统物质观念的物质性批评,可以看出三种不同的物质性观念:物理物质性、文化物质性和历史物质性。下文拟对这三种物质性观念在文学理论批评领域的体现,尤其是在文本问题上的体现作一简要的梳理分析。②

一、文学文本的物理物性

文本是文学系统中的核心要素,文本观念是不同文学理论学说的试金石。20 世纪以前的文学理论,认为文学文本要么是外在物质现实的反映再现,要么是作家心灵或宇宙精神体现表达,无论喻之以"镜"还是以"灯",都是就其比喻意义而言的,文本自身并不具备相对独立的"物质性"以及与联袂而行的物质价值。

---

① [法]马克·第亚尼:《非物质社会——后工业世界的设计、文化与技术》,滕守尧译,成都:四川人民出版社 1998 年版,第 45 页。

② 张进:《论物质性诗学》,《文艺理论研究》2013 年第 4 期。

文学文本自身的物质性是经过漫长的理论探索过程才确认下来的。在此过程中,索绪尔的语言学、俄苏形式主义、英美"新批评"等都发挥了重要的作用。但这些理论学说所确定的文本的物质性,主要是文本的自然物质性或物理物质性。换言之,这些理论将文本置于朴素物质观念之下,以传统上对待自然物理物质的方式解释文本,从而使文本具备了传统上文本所反映或表达的物质对象一样的实在性。

索绪尔语言学为文学理论批评提供了若干重要观念,"语言是一个符号系统"即是其一。这个听起来不过如此的论点有着深远的影响,它把语言仅仅具有描述性(语言仅仅是事物的名称)的思想,提升到另一个层面,并进而认为"语言是事物的一个组成部分。在这里,作为一个符号系统,语言可以被理解为能够产生那些一度被认为仅仅能够理解的事物"①。如果说语言不可避免地要与事物相关联,那么它在这样做时必然会"打造"(constitute)事物,从而使语言自身实质性地成为特殊的事物,因而也具备了物质性。

传统的文学批评将文学作品缩减为外部世界或作家心理的一扇窗户,这样一来,文本自身的"物质性"以及文本的具体语言程序就处于被抛弃的危险之中。如果作品是其隐在深度的顺从的反映或表达,那么作品的所有外在特征就因而可以被缩减为一个内在的"本质"。但是,俄苏形式主义批评改变了这一传统,形式主义批评家旗帜鲜明地拒绝此前曾经影响着文学批评的神秘的象征主义理论原则,而以实践的、科学的精神,将注意力转向文学作品自身的"物质现实"(the material reality),关注文学文本的实际运作,认为文学不是准宗教学、或心理学或社会学,而是语言的特定组织,有其自身具体的法则、结构和技法,这些东西本身需要研究,而不能将其缩减为别的什么东西。文学作品既不是观念的传声筒,也不是社会现实的反映或某个超验真理的体现——它是一种物质事实,其功能可以分析,就像人们检查一部机器一样;它由词语而不是由对象或情感构成,将它看成作家心灵的表现或外部世界的再现都是一种错误。②一句话,作品以及其中包含的语言、文字、技法和组织法则,就是作品的物质实在性,就是使文学成为文学的"文学性"的基础,应该作为拥有自身价值的东西得到持续的突显、关注和

---

① [英]凯特·麦高恩:《批评与文化理论中的关键问题》,赵秀福译,北京:北京大学出版社2012年版,第17页。

② Terry Eagleton, *Literary Theory:An Introduction*, University of Minnesota Press, 2008, pp.2-3.

研究。

　　"新批评"所做的，就是将诗歌转变为"物恋"的对象。瑞恰兹将文本"去物质化"（dematerialized），把它缩减为诗人心理的透明的窗户；而美国"新批评"复仇式地将诗歌再度物质化（rematerialized），即将人物、进程和体制再度转化为"物"而加以对待，它坚持作品的"客观"身份，提倡对它的"客观"分析。典型的"新批评"严格地调查作品的"张力""悖论"和"暧昧"，展示它们如何由作品的固定结构决定和激发①，将传统上视为外在现实的反映或内在心灵的表现的"张力""悖论"和"暧昧"，看成是作品自身物质性结构的体现，是富有物质性的"肌质"（texture），而非别的什么；作品在物质性方面是自足的，其自身便具有真实性。

　　在新批评的理论体系中，"结构—肌质"论是非常独特的一个提法。在新批评家看来，任何一部文学作品，都不可或缺地存在"结构"和"肌质"，二者彼此依存、紧密联系。拿一首诗来说，结构是指其中的逻辑线索和脉络，通过它，感性的描绘、情感的抒发得以保持一种合理的秩序，而诗歌当中所书写的具体的事物、所描绘的具体形象，便是诗歌之"肌质"，它的存在保证了诗歌意义的有效理解和情感的有效传达。"肌质"包括很多内容，比如事物的细节、诗歌的韵律、文章的色彩等②，正是这些使得这一术语具有了传统文论批评所欠缺的物质性维度。兰色姆认为，"肌质"与对世界的真实强度和偶然性的感知有着特殊的联系。正是由于"肌质"本身所强调的感官的丰富性、细节的完整性等特点，在一定程度上纠正了文学批评过于夸大的精神性和逻辑性。

　　无独有偶，中国清代翁方纲创"肌理"说，与新批评"肌质"有相通之处。翁氏说："格调、神韵皆无可着手也。予故不得不近而指之曰'肌理'。少陵曰：'肌理细腻骨肉匀'，此盖系于骨与肉之间，而审乎人与天之合。未乎艰哉，智勇具无所施，则惟玩味古人之为要矣。"换句话说，格调、神韵这类精神性的描述某些时候太过于玄虚，"肌理"一词相比之下反而更容易体味。对此，钱钟书先生称赞其乃"精思卓识"③，并进一步指出，认为"肌理"与西方文论之"肌质"类似，都强调了触觉感官在理解中的重要性。这不得不使人联想到具有相同词根的 texture 与 textile（编织物）二者的关

---

① Terry Eagleton, *Literary Theory：An Introduction*, University of Minnesota Press, 2008, p.43.

② 参见林骧华主编：《西方文学批评术语词典》，上海：上海社会科学院出版社 1989 年版，第156 页。

③ 朱光潜编：《文学杂志》第 1 卷第 4 期，商务印书馆 1937 年版。

联。可以说,"肌质"所具备的触觉感正是来源于编织物在触觉感官上的独特性。在钱钟书看来,肌理是在皮肤之上的文章,皮肤在语词链上一般与光滑、细腻、亮白等词相联,其中身体感官的介入之意味显而易见。如果说皮肤之说不光涉及触觉还包括视觉因素在其中的话,那肌理则明显依赖于触觉作为感觉触发器官。此外,邵洵美也谈到了"肌理"的身体介入性或曰物质性。他认为,真正高明的诗人能够超越字词的一般含义,上升到对文字的发音、色泽、嗅味、轻重、温度等物质性、生理性条件的体味和把握之上。①总结来说,texture 与"肌理"说的意义,都在于打破世界的均质化与感知的钝化,强调语言的物质性,倡导用人的敏感的感知机制去感受、去描述世界的鲜活与多彩。只有这样,诗歌才能真正向读者敞开一个多姿多彩的鲜活世界。

如上理论在与传统对抗时主要强调了物理物质性,并赋予这种物理物质性某种真实性身份。不过,如果以这种观点看待文本的物质性,恰恰是将"文本"的物质性仅仅理解成了"作品"(而"文本"则包含着更大的空间、更广的时间和更复杂的抗拒性)的物质性,后者是某种自足的、固定的、坚实的东西,同时也是某种封闭的东西,只能在作品被认定建立的术语内加以理解,一旦达到作品的终点,这种物质性也就随之完成和终止。这种文本的物理物质性观点以某种方式投射到当代"媒介研究"领域,即偏向于"媒介决定论"。麦克卢汉"媒介即讯息"的断言,与索绪尔"语言是事物的组成部分"、俄苏形式主义和英美"新批评"的"形式即内容""语言即物质"的观念遵循着同样的逻辑。沿着这一路径,传统上视为"非物质性"的文学作品、作品的话语或文本的组织等,统统被看成物质或物质性的。这种特殊的物质就像传统上所说的物质一样,它们并不是作为其他物质或精神的传输手段而存在的,而是作为目的存在的,具有其独立的物质性和真实性价值。这种理论观点一直回响在其后有关文学物质性问题的思想之中,成为进一步考察文学物质性的条件和起点。

然而,在此基础上,人们如何进一步思考文本的物质性呢? 一种可选择的方式即是:在承认语言、作品、媒介的物质性的前提下,将此前排除出去的社会性存在再次吸纳进来。比如,人们通过收音机倾听文学作品时,在通过意识到的听觉进程而突显出物理物质性时,人们注意到了由技术支持、激活并模糊化的社会物质性,包括主体与客体、宣示者与聆听者、程序生产者与接受者之间的关系,如何参与的问题,潜在的社会影响,公众话语的规约,

---

① 邵洵美:《谈肌理》,《中美日报》1939 年 1 月 20 日、1 月 27 日、2 月 4 日连载。

等等。① 总之，文本的物质性必须向社会性开放，才能使其自身具有合理性。威瑟教授在概括新历史主义的理论特点时指出：“每一个陈述行为都植根于物质实践的网络；我们揭露、批判和树立对立面时所采用的方法往往都是采用对方的手段，因此有可能沦陷为自己所揭露的实践的牺牲品……恰当描述资本主义文化的批评方法和语言都参与到它们所描述的经济之中。”② 我们看到，只强调语言文本的物理物质性，事实上是将以前传统唯物主义的物质观挪到后者视为“非物质”的语言文本上，这不仅是不全面的，而且有可能“沦陷为自己所揭露的实践的牺牲品”③，成为机械唯物主义的倒影。

二、文学文本的社会物性

　　文本中包含社会性内容，文本的物理物质性与其社会物质性难解难分。但是在承认文本的物理物质性前提下思考其社会物质性，却并不意味着要回归传统的唯物主义和决定论，而是将社会物质性吸收到物理物质性之内。

　　在这方面，巴赫金融合形式主义和马克思主义的观念方法即是一个范例。巴赫金从索绪尔的语言学和俄苏形式主义的文本物质性观念出发，进而认为，一切符号都是物质的——正如躯体或汽车一样，也因为没有它们就不会有人类意识。巴赫金的语言理论为意识自身确立了一个唯物主义的基础：人类意识是主体与其他人主动的、物质的和符号的交流，而不是与这些交流隔离的内在的封闭王国；意识就像语言，是同时既内在又外在于主体自身的；语言不能被看成“反映”或“表现”或抽象系统，而毋宁是一种物质生产手段，借助这些手段，符号的物质躯体通过社会矛盾和对话的进程而转化为意义。④ 在巴赫金看来，符号必然地要通过话语运作而发挥作用，而话语又必然是社会矛盾和斗争的焦点；实际存在的语言必然是对话的，而对话不仅包含了说话者，也潜在地包含着听话者，因此无可避免地将主体的社会物质性带入了语言符号。但是，这些社会物质性因素的存在，并不是否定或决定语言符号的物理物质性，而毋宁是，符号的社会物质性存在于符号的物理物质性之上，或包含于符号的物理物质性之内。文本因此而保存了社会物质性，同时又摆脱了“被决定”的命运。

① Adalaide Morris and Thomas Swiss, eds., *New Media Poetics: Contexts, Technotexts, and Theories*, The MIT Press, 2006, pp.115-116.

② Aram Veeser, ed. *The New Historicism*, Routledge, 1989, pp.9-10.

③ Aram Veeser, ed. *The New Historicism*, Routledge, 1989, p.10.

④ Terry Eagleton, *Literary Theory: An Introduction*, University of Minnesota Press, 2008, p.102.

在马克思主义传统中,文学被归入"意识形态"领域。那么"意识形态"是否具有物质性呢？在阿尔都塞看来,意识形态有一个物质性存在,它通常存在于国家机器及国家机器的实践之中;意识形态不仅仅是一个观念或表征机理的事情,而是一个物质实践问题,它以装置或体制的形式存在着,如学校、教堂等。文学不只是一个文本,而是法律、教育和文化体制的生产。[①]因此,研究意识形态就是要研究"意识形态国家机器"的物质性实践,以及主体通过哪些程序被构筑在意识形态之中。只有通过意识形态并在意识形态之中才有实践;只有通过主体并为了主体才有意识形态。阿尔都塞强调了意识形态的物质性和实践性,认为意识形态就成为一种结构性决定因素。与之相应,对作品的意识形态内容的阅读就应是"症候阅读",在文本的意味深长的"沉默"中,在它的空隙和省略中,最能清楚地看到意识形态的存在;批评家应该使那些"沉默"的部分说话,并获得关于意识形态的知识,要从文本中的矛盾、省略、裂隙和不充分中读出其意识形态局限来。这样,文本在物质性方面的特征,如沉默、缺省和裂隙,恰恰就成为意识形态的表征,成为与社会物质性内涵遥相呼应的语言符号躯体。

与巴赫金相比,"文化唯物主义"主要是在马克思主义路径上肯定文本的物质性,它承认经济基础对上层建筑的"决定"作用,但它强调经济基础"决定"上层建设的"盖然性"。在文化唯物主义看来,"客位行为的生产方式和再生产方式,盖然地决定客位行为的家庭经济和政治经济,客位行为的家庭经济和政治经济又盖然地决定行为和思想的主位上层建筑"。因此,一切社会文化分析的起点"只不过是一种处于客位时间和空间之中的客位人类群体的存在"[②]。由于这种"决定性"作用,处于主位的文化文本,承载着巨大的社会物质性负荷;又由于这种"盖然性",文本中的物质性能量具有相对的独立性。

因此,文化唯物主义不是将文化视为孤立的艺术丰碑,而是视为"物质形式"(material formation),包括其自身的生产方式、权力效应、社会关系、可确认的受众、历史条件下的思想形式。面对正统批评视为"物质"之对立面的"文化",文化唯物主义旨在将文化作为总是在根柢上已然是社会的和物质的东西来考察,而不是仅仅将文化与社会联系起来。它可以视为既是经典马克思主义的强化,又是对它的淡化:"强化",是因为它勇敢地将唯物主

---

①   Julian Wolfreys, Ruth Robbins and Kenneth Womack, *Key Concepts in Literary Theory*, Second Edition, Edinburgh University Press Ltd, 2006, p.53.

②   [美] 马文·哈里斯:《文化唯物主义》,北京:华夏出版社 1988 年版,第 56 页。

义注入"精神"本身(这事实上承继了"语言论转身"的新传统);"淡化",是因为它模糊了在传统马克思主义那里是至关重要的经济与文化之间的界限。在此意义上,可以说"文化唯物主义在马克思主义与后现代主义之间架起了桥梁"①。这事实上是对马克思"物质生活的生产方式制约着整个社会生活、政治生活和精神生活的过程"的论断的引申发挥和改写重塑,是在唯物主义的大致传统中对其进行命名并加以研究。

与此同气相求的"文化研究"强调,文化的表述和意义具有某种物质性,它们植根于声音、铭写、客体、意象、书本、杂志和电视节目,并且是在具体的社会和物质语境中被生产、制定、使用和理解。因此,文化研究的主要是研究处于生产、流通和接的社会物质语境中的表述的指意实践活动②,主张作为表述的文化和话语总是与物质性无法分离。

总之,这些理论批评都大致通过将结构主义物理文本观与马克思主义社会文本观的路径交汇与发挥阐释,强调在共时性维度上,文本的物理物质性与社会物质性同气相求、彼此构成,共同突显了文本的物质性。

三、文学文本的历史物性

物理物质性与社会物质性在文本中的结合,使文本的物质性包含了更大的空间、更广的时间,也更具有抗拒性。文本作为一个方法论的场域,其空间不再属于其自身,确切地说,视其在特定时间内所处的关系网络,文本的空间具有了开放性、多样性和变换性。而文本的意义、阅读文本时产生的理解,不完全受文本自身的物质性即书页上印刷的词汇的束缚,即文本最终是未完成的,它向时间性敞开了大门。由于文本本身的未完成性和不完整性,它就开辟了另外一种空间:即抗拒性的空间。要想阅读它,就必须把那些与之相吻合和相牴牾的因素都考虑在内。③ 这就使文本成为一个不协调的空间,它自相矛盾、不可化约,与例证、引文、回响和文化语言复杂地交织在一起,汇集成一个巨大的立体声音,在文本的空间里"秘响旁通"(叶维廉)。这种意义上的文本,并不是要否定自身的物质性,因为文本自身作为文本话语的物质性,以及包含其中的其他文本话语及其话语"踪迹"都具有基础的物质性地位;而是在坚持自身基本的物质性基础之上开放自身的物

---

①　Terry Eagleton, *Literary Theory:An Introduction*, University of Minnesota Press, 2008, p.199.

②　Chris Barker, *The SAGE Dictionary of Cultural Studies*, SAGE Publications Ltd, 2004, p.45.

③　[英]凯特·麦高恩:《批评与文化理论中的关键问题》,赵秀福译,北京:北京大学出版社2012年版,第14页。

质性,尤其是向时间性和历史性开放,并将这种物质性推向"述行性"的广阔领域。正如卡勒指出的,"理论家们长期以来一直主张我们必须像注意文学语言说什么一样去注意它做什么,而述行语的概念恰好为这一思想提供了语言学和哲学的论证:的确有一类言语首先是要做什么。文学言语像述行语一样并不指先前事态,也不存在真伪。从几个不同方面来说,文学语言也是创造它所指的事态的"①。文学语言述行行为的物质性也"创造"了它所指事态的物质性。

这一物质性概念,或可命名为"(超)物质性",即"幽灵物质性":"这样的(超)物质性并不将具有参考价值的真实或经济的过程设为本体论的证明前提,而是将自身置于语言行为与历史事件、前在程序与记忆投射、书写与'体验'的中间环节。"② 说其是物质性的,是因为它坚持了文本的自然物质性和社会物质性的基本观念;说其是"超"物质性的,是因为这种物质性并不是处于物质性文本之内,而是作为话语"踪迹"穿行回响于各种文本之间,以"间性"的方式出没于各种物质性文本。就像"幽灵物质性"这个悖论性的术语所暗示的,这个维度的物质性,是一种中介性环节和居间性的"述行"功能。

尽管这种(超)物质性在共时维度上在社会物质性领域同样显现出来,但最能体现其特征的无疑是历时维度上的历史物质性领域——"历史"通常被认为属于"过去",是今天的人们无法直接接近的领域,除非借助文本或将其"再文本化";当"过去"萦绕在今天的文本或文本之间的时候,就具有"(超)物质性"或幽灵性质,成为所谓的"历史幽灵"。

历史物质性的基本理论来自本雅明。他认为,唯物主义历史书写是这样一门科学,其结构不是建筑在匀质的、空洞的时间之上,而是建筑在充满着"当下"的时间之上。当下的时间"倒着跃向过去","现在"意味着时间的停顿和静止,而不是某种过渡,"现在"包含着整个人类的历史,是整个人类历史的一个巨大的缩略物。在本雅明看来,唯物主义历史书写承担爆破连续统一的历史过程的任务:

> 历史唯物主义者只有在一个历史问题以单子的形式出现的时候

---

① [美]乔纳森·卡勒:《当代学术入门:文学理论》,李平译,沈阳:辽宁教育出版社1998年版,第101页。

② [英]朱利安·沃尔弗雷斯编著:《21世纪批评述介》,张冲、张琼译,南京:南京大学出版社2009年版,第381页。

才去研究它。他……把一个特定的时代从连续统一的历史过程中爆破出来，把一个特定的人的生平事迹从一个时代中爆破出来，把一件特定的事情从他的整个生平事迹中爆破出来。这一方法的结构是，这一特定的事情同时既保存又删除去这个整个的生平事迹；这个人的生平事迹同时既保存又删削去这一特定的时代；这一时代同时既保存着又删削去整个历史过程。站在历史的高度去理解的东西是富有营养的果实，时间则是包藏在果实中的宝贵但淡然无味的种子。①

与之相区别的一般历史则没有理论武器，其方法只是添加剂，它收集一堆资料，填注到匀质的、空洞的时间中。在本雅明这里，匀质空洞的时间观、连续统一的历史观、因果关系的线性系列、堆集资料的历史主义方法，都一并被质疑和摈弃：

> 历史主义满足于在历史上不同的时刻之间建立因果联系，但任何事实都并不仅仅因为构成原因就具有了历史意义。可以这样说，这一事实是在事后，跨越可能与它相距千百年的诸多事件之后才具有了历史意义的。一个以此作为出发点的历史学家便不再把一系列的事件当作成串的念珠去讲述。相反，他把握的是他自己的时代和一个明确的、早先的时代所形成的结合体。②

研究者指出，本雅明"似乎预示着要回归这样一种观念，即物质事件受控于书写记录、记忆、暂时性及政治干预。……（这些因素）改变了被认为已然设定的铭写场所"③。他不仅将关于哲学概念的思考和关于语言行为（或文学）的思考相切合，而且认为在这个重要环节中，以记忆程序的形式所接受的"历史"会在表述行为下经受争辩、干涉、并遭到随意重塑。同样地，人们所要求的"物质性"会显得仿佛不处于世界的客体之中，而处于记忆群和再现体系中，在本雅明看来，它们编程了感觉（或感觉中枢），也可以说是编程了阅读、归档、参考法规的模式。如果历史不是一串被编成神话和

---

① [德]瓦尔特·本雅明著，陈永国、马海良编：《本雅明文选》，北京：中国社会科学出版社1999年版，第413—414页。
② [德]瓦尔特·本雅明著，陈永国、马海良编：《本雅明文选》，北京：中国社会科学出版社1999年版，第414—415页。
③ [英]朱利安·沃尔弗雷斯编著：《21世纪批评述介》，张冲、张琼译，南京：南京大学出版社2009年版，第384页。

记录下来的事件,而是一种(在某种档案中)被制造出来的效果,那么要采取什么样的策略,才能在某些似乎是记忆体系所处或被安置的前初始场中实施干涉,并使之相互断开呢?

"唯物主义历史书写",就像一种具有重写历史的潜力的"述行性"阅读或重新铭写,抗衡着储存并使更旧的系统程序合法化的档案机构。本雅明将记忆关系结构和对网状系统的体验与干涉结合在一起,在这些网状系统中,应该存在着他者的格局、诠释、暂时性等,因此"(超)物质性可被认为处在一种预示性铭写场或非场"①。"唯物主义历史书写"显然是实质性的历史干预手段,这些手段不仅要对抗历史决定论的符咒,反对被众人接受的线性时间为空洞连续体的观点,而且坚持通过一种特定的休止效果或"停顿"来改变先在(死者),在这种休止中,过去和将来显得具有实质性。在本雅明的其他部分论述中,这种干涉实践批判地、述行地反作用于档案机器上,从而产生另一套可能的未来,这样的实践有时或许被称作寓言、甚至电影或翻译,即唯物主义历史书写的具体形式。②

从其可以实质性地干预、介入或重塑过去和未来的述行效果的意义上说,这种历史书写行为本身就是物质性的。但它又绝不仅是物理学意义上"记述"(constative)其他物质之物质性的物质,而是在时间意义上对其他历史物质存在进行"施事"行为(performative)的物质性:一方面,语言是描述性的,表示某事与某事有关;另一方面,语言是述行的,不仅表示某种意义,同时还要实施或执行这一意义。后者是指"一种使用述行语言的陈述不仅要描述一个动作,而且还要执行这个动作"③。本雅明的唯物主义历史书写,属于"述行言语",它不是描述而是实施它所指的行为。卡勒指出:"述行和述愿的区别抓住了不同类型言语之间的重要区别,并且改变了我们的认识,使我们看到语言在多大程度上可以完成行为,而不仅仅是报道那些行为。"④唯物主义历史书写并不是在"报道"历史事件的意义上具有物质性,其述行行为本身构成一种历史"事件"。这种或可称为"(超)物质性"述行

---

① [英]朱利安·沃尔弗雷斯编著:《21世纪批评述介》,张冲、张琼译,南京:南京大学出版社2009年版,第385页。

② Tom Cohen et al., *Material Events:Paul De Man and the Afterlife of Theory*, University of Minnesota Press, 2001, p.ix.

③ [英]安德鲁·本尼特、尼古拉·罗伊尔:《关键词:文学、批评与理论导论》,汪正龙、李永新译,桂林:广西师范大学出版社2007年版,第227页。

④ [美]乔纳森·卡勒:《当代学术入门:文学理论》,李平译,沈阳:辽宁教育出版社1998年版,第100页。

书写,是一种铭写的"物质性",语言和记忆的物质性并不命名无言的事实,也不确保能不受限制地接近它,而是将它看成一种(超)物质。一方面,我们可以指向粗野的物质网络,例如所谓的"物质"能指:字母、声音、文字记载等,它们维持着语言记忆和程序感受(或阐释);另一方面,这个反身性回转似乎是先行的,其自身又产生各种指涉、价值或相关的体系。"物质性"仿佛是一个正在起效的效果,它发生在表征的网络之中,而且是由网络造成的,而这个网络中早以充满了记忆性指令、解释性分配和转喻。

德·曼主要以"铭写的物质性"概念发挥扩充了本雅明的历史物质性思想,对于此,我们又必须再次回到索绪尔有关语言"反映"现实与"打造"现实的悖论上来理解它。一定程度上看,正是语言"打造"现实的这一功能,成了20世纪有关文学物质性思想的基础;奥斯丁有关"记述语言"与"述行语言"之间的区别与索绪尔语言学遥遥呼应,也将语言"打造"现实的功能以"述行性"概念推向极致。然而,两种功能之间的悖论并未得到彻底解决。从语言的记述功能看,所谓"铭写的物质性",是一种"没有物质的物质性",因为在历史书写过程中历史的物质性事实只是一段不可复活的"踪迹",显出物质实在性的只是(超)物质性的声音、字母、书写、媒介网络,这其实只是"作为符号的物质性"。从语言的述行功能看,这种一定程度上缺乏物质性的符号的物质性,却使历史传统变成事件和体验的其他模式。在这个意义上,与实证主义的历史遗梦相反,过去的历史"只有借助文本形式——不是事实,而是文献、档案、言论、手稿——才能为我们所了解",这些文本与今时今日的文本密不可分,"历史是建构,是叙事,这叙事既展现了现在又展现了过去。历史文本是文学的组成部分。历史的客观性或超验性不过是镜花水月罢了,因为史学家必须进入话语,用话语来建构历史对象"①。

德·曼无疑看出了语言的述行功能与记述功能之间的脱节,以及二者之间的无法并存的事实:"任何言语行为都产生过度认知,但它永不可能知道自己产生的过程(这是唯一值得知道之物)……施行的修辞与认知的修辞(比喻的修辞),无法吻合。"② 从述行角度看,文学作品"打开了一个超现实",但是人们在阅读文学作品时,"所进入的虚拟现实是预先存在的,是作

① [法]安托万·孔帕尼翁:《理论的幽灵——文学与常识》,吴泓缈、汪捷宇译,南京:南京大学出版社2011年版,第210页。

② [美]希利斯·米勒:《文学死了吗?》,秦立彦译,桂林:广西师范大学出版社2007年版,第162页。

者在响应它时将其揭示出来的,还是由作者选择并碰巧写下的词语创造出来的——这还不能确定。没有证据来明确裁判这两种可能性"①。文学理论批评也处在类似的悖论中:"我们可以把文学作品理解成为具有某种属性或者某种特点的语言。我们也可以把文学看作程式的创造,或者某种关注的结果。哪一种视角也无法成功地把另外一种全部包含进去。所以你必须在二者之间不断地变换自己的位置。"②但德·曼并未在二者之间变换自己的位置,而是以"铭写的物质性"观念全面释放了"述行功能"。

对德·曼来说,述行行为可以大量增加,它可以意指实际的历史事件(这是不可逆转的),也可以意指处于突变正面和"话语行为"表现的方位感的述行行为,对(超)物质性的追溯导向不稳定的场所,因为它并没有向我们展现有关前提,而是企图展现档案自行管理和产生的途径,因此:

> 带着这样的问题去进行"物质性"阅读,意味着使阅读涉及并抵抗铭写及铭写模式,寻找这种模式开始进入另一参考、中介、理解、即时性等体系的踪迹。它探究在塑造全球记忆的书本传统中总是存在的区域,并意识到,所有这些都发生在一种朝着远程—技术档案发展的变形中,这种远程—技术档案就是一种在文化档案中广泛的(超)物质记忆的重印。③

如果不仅将历史铭写的对象看成一个"事件"(event),而且将铭写本身看成物质性的"事件",那么铭写活动就得到了"事件化"(eventualization)。"铭写的物质性",在历史书写领域内,即是铭写作为"物质事件"的物质性和历史性,它包括三层含义:一是指一切铭写活动都具有社会历史性,是特定的历史、文化、社会、政治、体制、阶级立场的产物(但不一定是在"反映论"或"决定论"的意义上)。二是指任何一种对作为铭写成果的文本的解读活动,都不是纯客观的,而不可避免地带有其社会历史性,都不仅在物质性的历史中发生,而且只有通过历史的物质性才能发生;文本像其他事件一样拥有时间意义和时间内容,它随时间推移而变化,从而使自身成为一个

---

① [美] 希利斯·米勒:《文学死了吗?》,秦立彦译,桂林:广西师范大学出版社 2007 年版,第 165 页。

② [美] 乔纳森·卡勒:《当代学术入门:文学理论》,李平译,沈阳:辽宁教育出版社 1998 年版,第 29 页。

③ Tom Cohen et al., *Material Events*: *Paul De Man and the Afterlife of Theory*, University of Minnesota Press, 2001, p. viii.

动态开放的、未完成的存在。暂时性（temporality）是文本的内在属性。① 三是指任何一个被铭写的文本都不仅仅是一种对历史的"反映"或"表达"，文本本身即是一种历史文化"事件"，它是塑造历史的能动力量，也是历史的一个重要组成部分。铭写的物质性，首先意味着与"自明性"（理所当然、无可置疑）的决裂。"事件化"的铭写之物质性，也意味着把普遍"理论"和"真理"还原为一个个特殊的"事件"，看成特定批评者在特定时期、出于特定需要和目的而从事的一个"事件"，从而对批评理论自身的进行"反思"，达到一种对批评活动的自我分析和对"科学之所以可能的社会历史条件的反思"②。

沿着对机械唯物主义的物质性观念的反拨这一基本路径，20世纪以来各种新式文学理论都试图从物质性角度重新阐释文学活动，至今已形成了一种可称之为物质性诗学的松散的理论学说，涉及了包括物理物质性、社会物质性、历史物质性、述行物质性、事件物质性等在内的物质性的全部方位和层面，其中也包含了语言学、哲学和史学发展的深刻洞见。

本节通过对这一批评理论谱系的梳理分析发现，"物质性"这一概念在其发展过程中不仅越来越丰富化和理论化，而且越来越"神秘化"和"问题化"，主要原因是这个概念越来越多地包含了传统上认为"非物质"的大量内容。现代科技的发展、人们生活领域的日益扩大、新的文艺文化样式的纷至沓来，使传统上归于"非物质"甚至"不存在"的大量内容切实地进入了人们的物质精神生活空间，召唤人们从理论上加以命名和研究。尽管已经出现了不少命名和称谓，但人们不放弃甚至偏爱"物质性"概念这一现象说明，这一术语仍具有巨大的解释潜力，而且由于它与历史传统和社会文化的缠绕共鸣而具有不可低估的时空整合性。不过，对于这个带有后现代神秘主义的幽灵般出没的"物质性"，正视和警惕是研究者必须同时具备的态度。"语言符号被组合成诸如'可直接感知的客观实在'和'与上帝的直接相遇'这样的混合体，这不可能不自相矛盾。"③ "物质性"正如这里的"上帝"，具有铭写活动的客观实在性，并不能成为与那个随时逃脱书写的"物质性"相遇的保障，但后现代神秘主义的种种书写却将二者视为同一回事。"祭如

① Brook Thomas, *The New Historicism and Other Old-fashioned Topics*, Princeton University Press, 1991, p.32.
② [法]布尔迪厄、[美]华康德：《实践与反思——反思社会学引论》，李猛译，北京：中央编译出版社1998年版，第44页。
③ [英]唐·库比特：《后现代神秘主义》，王志成、郑斌译，北京：中国人民大学出版社2005年版，第55页。

在,祭神如神在。"(《论语·八佾》)"祭"的物质性和虔诚性,真的能在述行的意义上使"神"在物质意义上如约而至吗? 反过来看,"神"的物质性缺失必然会使"祭"丧失了全部物质性意义了吗? 这个悖论中可能包含着物质性诗学解释当代文艺的辩证法胚芽。

学者巴什拉注意到了想象的物质性,提出"物质想象论",对语言的物质性进行了进一步的确认。"物质想象力"是巴什拉在《洛特雷阿蒙的世界》和《火的精神分析》中常常犹豫不决地预示着的、并在《水的幻想》序论中首次得到明确定型化的理论。在语言学研究的影响下,通常认为想象是依靠语词进行的,而巴什拉认为物质培育并规定着想象,想象只是在物质先在的、基础性的实质、规则、框架之内才得以生长发芽。换句话说,文学作品对对某一物质的文学形象的呈现,首先取决于该物质的自然特性,如在火的象征下幻想到的灵魂与在水的象征下、空气的象征下、大地的象征下幻想到的灵魂,它们各自以完全不同的姿态展现出来。因此,在巴什拉看来,想象力中包含着一种"物质性航程",人在进行想象的时候必然遵循着物质性的框架,一种幻想为了达到有意义地、保持必备的一贯性地被写在作品中,就必须找到适合自己的物质;而某种物质元素必须为想象提供其本身包含固有规则的特殊诗学。物质与想象始终处于不断地互相深入、渗透与积累、变形之中①。

文学随着时代的更替内部会发生变化,如文学的书写内容与审美取向、文学的存在样态与传播媒介,但文学的基本组成单位是文字,或者可以说是语言,这是永远不会变的。文学有自己独有的语言文字,这是其他审美文化所不具备的。文学的独特审美场域突出表现在语言艺术的内视性特点上,即不论作家还是读者,在面对同样的语词的时候,其内心视象是不同的,也就是我们通常所说的"一千个读者有一千个哈姆雷特"。然而,文本语言的这种美学属性虽然因人而异,但其内在的物质性却是相同的。语词本身的物质性决定了我们理解的框架与导向,也是我们理解之所以可能的原因。

综上,语词及想象的物质性在方法论上主要有两个层面的内容,首先,能指的物质性即指语言、文字、声音等具有物质性,这种物质性承载着基本的理解框架与思维模型,建构着文本的基本意义阐释与语言记忆的网络。其次,这种语言的物质性能指在其发生作用的过程中自身,又在指涉与引发另外的物质性网络,如历史事件、价值体系或其他形式。二者统一指向的是文本的物质性,从物理物质性、社会物质性、历史物质性等三个方面来加以

---

① Bachelard Gaston, *On Poetic Imagination and Reverie*, Trans. & Ed. Colette Gaudin. Indianapolis:Bobbs-Merrill, 1971, p.16.

表征。语词的物质性观念逐渐从文学形式、文本、媒介、素材和语境等要素蔓延伸展,在当前理论批评中形成了一个从物质性维度解释文学的新路径。

第二节　文学体制和社会条件的物性

新马克思主义所阐发的唯物主义物质性,强调了文学与起限制作用的政治学和经济学意义上的社会世界的事实和条件之间的物质关联。特里·伊格尔顿运用这一唯物主义立场阐发了文学的物质"事件"属性。在他看来,"诗歌语言愈是密集编织,它就愈能成为拥有自身特权之物,也就愈能指向自身之外"① 因此,从"语言运作"来考察"物质经验"的来龙去脉,是理解文学物质性的基本途径。这一理论将唯物主义注入"精神"本身(这事实上承继了"语言论转向"的新传统),模糊了在传统马克思主义那里至关重要的经济与文化之间的界限,"在马克思主义与后现代主义之间架起桥梁"② 。因此,伊格尔顿等人尽管承认文学语言的物质性,但不否认"文学之外"的物质性事件和条件,不否认文学的内部历史与外部历史之间的血肉关联。③

这一认识回响着辩证唯物主义和历史唯物主义的声音,它重视艺术作品无可逃避的物质性。但是,像威廉斯和伊格尔顿这样的批评家,并不强调艺术作品作为意识形态与物质社会之间的"决定"与"被决定"关系,而是认为:文化就是植根于社会的物,文化本身是一套物质实践。④ 威廉斯并不认为文化具有独立于物质世界的自足身份,而是承认文化本身的物质性,承认文化秩序生产的物质特性。威廉斯推动了艺术和文化的"再物质化"进程,主张"艺术作品无法逃避的物质性即是各种经验的不可替代的物质化"⑤ 。在受阿尔都塞意识形态理论影响的更为激进的文化理论中,唯物主义者通常断言:不仅物质对于观念具有优先性(primacy),而且所有的一切都是物质的。他们断言语言、表征、身体、文学和文化文本本身的物质性,不管是躯体生产的历史工艺品,还是现代主义和后现代主义文本突显其自身物质身份的方式,都是物质性的。尽管这种"泛唯物主义"依然是唯物主义立场的产物,但它带出了一个逻辑上的难题:如果世间没有事物是"非物质

① Terry Eagleton, *The Event of Literature*, Yale University Press, 2012, p.205.

② Terry Eagleton, *Literary Theory:An Introduction*, University of Minnesota Press, 2008, p.199.

③ Tony Bennett, *Outside literature*, Routledge, 1990, p.3.

④ Peter Brooker, *A Glossary of Cultural Theory*, 2nd edition, Arnold, 2003, p.57.

⑤ Raymond Williams, *Marxism and Literature*, Oxford University Press, 1977, p.162.

的",那么"物质的"这个形容词就丧失了所有的描述力量。当然,在阿尔都塞看来,意识形态的物质存在与铺路石的物质存在并不一样,后者完全根植于它的"自然实体"(physical matter)。相反的情况表明,在后结构主义和后现代主义看来,当今媒介社会被分离的和自由流通的影像信息之流主宰着,人们的身体是移动的能指,人们的性别身份是延展性的,而非实体物质的①,因此"物质性"并不等同于"物质实体"。

沿着这一路径,文学和文化被解读为"物质实践","意识形态"不只作为"观念体系"而且作为"物质装置"而发挥作用。因此,文学和文化研究就不仅要考察文学和文化的"文本",同时还要研究考察文学和文化文本的"实践";不仅要研究文学和文化的精神内涵,还要将其作为"特定的生活方式"来研究,考察海滨度假、法定节日和宗教庆典中的意识形态,要从监狱、疯人院和临床医学等物质实践的形式中逆向考察其中所蕴含的意识形态和权力关系。

不过,一般的唯物主义尽管十分重视物质的重要性,但总是倾向于设定:主体创造了历史,主体把世界变成了整体;而客体则是"羞耻的,龌龊的,被动的",客体只是作为"主体异化的、被诅咒的部分"才是可以理解的。但是,与新马克思主义同气相求的"新唯物主义"(new materialism),则把客体作为当然的东西来接受,"赋予它们以潜在性——表明它们是如何组织我们的私下和公开情感的"。新唯物主义认为,物的世界向人类推进,与人形成了"亲密的纠缠",人与物之间构成一种"平等的,同志式的"关系。②这种新唯物主义使人与物各归其所,它强调物的弹性和生产性,留意物的自我构成和通过主体间互动得以构形的多种方式,③同时,当它构想出物的充满活力的能动性之时,它也以"后人文主义"立场重新定位了人与世界、人与人以及人与自身之间的关系。

这种新唯物主义,既是当代自然科学和物质领域巨大变迁的反映,也是对新物质新技术大量涌现所导致的伦理问题的回应,同时也是对漠视物质性而走向强弩之末的"文化转向"的反拨。这一新学术思潮是对物质性的重新理解和阐发,它强调物质化是一个复杂的、复数的和相对开放的过程,坚持认为包括理论家在内的人类,深陷在物质性生产的偶然性之中。

---

① Peter Brooker, *A Glossary of Cultural Theory*, 2nd edition, Arnold, 2003, p.158.

② 孟悦、罗钢主编:《物质文化读本》,北京:北京大学出版社 2008 年版,第 82 页。

③ Diana Coole and Samantha Frost, New Materialisms:Ontology, Agency, and Politics, p.7. Duke University Press, 2010.

　　需要强调指出的是，20世纪自然科学领域的巨大发展是这些新物质观念得以出现的物质基础。19世纪伟大的唯物主义哲学，包括马克思、尼采和弗洛伊德的哲学思想本身，都受到当时自然科学发展的巨大影响；然而，当代新物理学和新生物学使得经典科学所激发的理解方式不再能够解读物质的本质。对于各种旧唯物主义来说，尽管牛顿的机械论异常重要，但是在后经典物理学看来，物质变得更加复杂和难以捉摸，这意味着人们必须"刷新"理解自然以及我们与自然互动的方式。① 今天，我们已经离开机械论的宇宙模型，"进入了以量子论为基础的范式"，在这种范式看来，"辩证过程的结果并不能先期确定：系统可能崩坍，但它也许能自我再生，在过程中自我组构，从而具备更高水平的行动成熟度"②。

　　因此，尽管新马克思主义的物质性批评强调文学与起限制作用的政治学和经济学意义上的社会世界的事实和条件之间的物质关联，但它并不在线性因果论的维度上理解二者间的关系，而毋宁是在非线性的维度上，开掘文学的社会物质性，并将文学的语言物质性与社会物质性联结起来。其典型的表现形式即是伊格尔顿的"文学事件观"。他认为，在诗歌之中，意义与物质性并肩工作，"诗歌的物质躯体通过其内部运作向其外在的世界开放。所有的语言都是这样，但它在诗歌中更为明显。诗歌语言的文本编织越是细密，它就越能成为一个拥有自身权力的物，也就越能指向自身之外。可以说人类躯体与之类似，其物质存在只是其与世界的关系，即是说，躯体更根本的是作为实践的形式而存在的"③。在他看来，"文学事件"使能指的物质性与能指得以产生的社会经济基础和条件之间形成了物质性互动，从而揭示出文学中的物质性事实。

　　在伊格尔顿看来，作为"事件"的文学本身，即是人类物质性实践的组成部分，文学文本不仅在"反映"历史的意义上拥有价值，文学作为事件本身即是历史的一部分。看待一个事件不是凭其内在意义和重要性，而是凭它与各种社会性控制力量的关系：文学文本作为文化"事件"，其意义并不限于自身"之内"，同时意义也并不在该文本"背后"或作者"思想"，而在于它与其他文化文本之间的流通交换过程，"因为这个意义并不在于文本的

①　Diana Coole and Samantha Frost, New Materialisms: Ontology, Agency, and Politics, p.5. Duke University Press, 2010.

②　[英]朱利安·沃尔弗雷斯编著：《21世纪批评述介》，张冲、张琼译，南京：南京大学出版2009年版，第131页。

③　Terry Eagleton, *The Event of Literature*, New Haven and London: Yale University Press, 2012, p.205.

'外部'(结构或意识形态),而在于诸文本和诸事件的领域"①。"文学事件"以其向文学之内和文学之外双向开放的潜能,在语言文本的物质性与社会世界的物质性之间往返流通。可以说,伊格尔顿的"事件"文学观吸收了能指的物质性观念,把"事件"作为关键词加以思考研究,认为事件是构成历史的基础因素,将文学作品"事件化"。在这个意义上而言,小说不是反映历史的,它本身就是历史。

这种认识使我们联想到英国文化唯物主义研究。威廉斯认为,文化本身就是社会的基础,是一套物质实践。在威廉斯看来,马克思主义经济学理论认为经济是一种社会历史性的活动,它是"接地气"的,是与人们生活发展息息相关的,因此是一种"基础",这一基础决定了上层建筑。这就使得在整体的社会观念中,经济与物质在某种程度上可以画等号,而威廉斯的理论所要达成的目标,即是将文化实践从一种传统观念里处于"上层建筑"的位置拉下来,嵌入社会历史发展过程,这一嵌入的过程即是恢复文化生产的社会物质性的过程。② 威廉斯强调文化本身的物质性,承认文化秩序生产的物质性,因此在他的理论体系中,文化不是作为孤立的、与物质实践分离甚至截然对立的艺术形式,这就与马克思的唯物主义产生了区别。

威廉斯曾说过,"文学形式的形成是物质的建构过程,是共享的声音和言语活化的生成"③。换句话说,文学书写所运用的语词及其发音是一种历史性、物质性的客观存在,作家只是将这些客观物质性存在拿来进行一种组织、排列和使用,于是其产物即文学作品也必然无法摆脱物质性。不仅如此,作家以客观存在的语词进行记录,所描述所呈现出来的也是一种物质性的社会生产方式,用霍尔的话来说,"文化已经不再是附着在生产和事物这个坚硬世界上面的装饰品,也不再是物质世界上面的点缀品。如今文化同世界一样完全都是物质的"④。

威廉斯主张的文化唯物主义在指证文化的物质实践形态的同时,也就意味着它排斥将文化视为经济实践活动的附属品的观念,也拒斥那种将文化作为纯精神领域活动的观念,文化是作为一种与经济平行的社会形态共同构成社会生活的。在这个意义上,文化唯物主义一方面可以说颠覆了经典马克思主义,拆除了马克思主义坚固的经济基础/上层建筑框架,模糊了

---

① Claire Colebrook, *New Literary Histories*, Manchester University Press, 1997, p.74.

② Raymond Williams, *Marxism and Literature*, Oxford:Oxford university Press, 1977, p.138.

③ Raymond Williams, *Marxism and Literature*, Oxford:Oxford university Press, 1977, p.191.

④ Francis Mulhern, *Culture/Metaculture*, Routledge, 2000, p.128.

物质和精神的界限;另一方面又发展了马克思主义,填补了马克思主义在文化与社会方面的理论空白,以一种后现代的思维模式,来沟通现代和后现代。

唯物主义发展经过阿尔都塞意识形态理论的洗礼与影响下,变得更加激进,他们强调物质对于观念的优先性,强调所有的一切都是物质的,强调语言、表征、身体、文学和文化文本本身都具有物质性。这种激进唯物主义引发另一个问题,即物质与物质性的讨论。阿尔都塞认为,意识形态的物质存在与铺路石的物质存在并不一样,二者之间的差异便是物质性与"自然实体"的差异。发展到后结构主义和后现代主义,这种区别更加明显,社会生活在进一步媒介化的同时,人的身份、性别、认同甚至身体都成为一种移动的能指,成为一种延展性的存在,抛却了传统观念中的实体物质性内涵。在这种情境之下,物质性与物质实体的区分不仅必要,而且必须。

阿尔都塞认为,经典马克思唯物主义在运用到历史研究中时被掺杂进了唯心主义的成分,所谓的"历史唯物主义"在很多如历史规律论、历史目的论等问题的讨论中仍然不自觉地陷入了一种唯心主义。他所要完成的便是在历史研究中建构一种彻底的、真正的唯物主义。为此,阿尔都塞提出"偶然相遇的唯物主义"的概念。"偶然"即是一种对必然的拒斥,"相遇"即是对独断的反对。阿尔都塞认为所有历史事件的发生都具有偶然性,是独一无二、不可重复的一次性事件,任何类似于"历史是有规律""历史具有惊人的相似性"等等的论断只不过是人们站在一堆历史事件之外发出的主观臆断与演绎。"偶然相遇的唯物主义"即表明,真正的唯物主义一定是由无数的偶然性堆积而成的,而一切必然的、目的论的观点都是唯心主义的。不论是 18 世纪的机械唯物论,还是马克思主义的"辩证唯物论",都是伪唯物论、假唯物论,是唯心主义按其思维模式构筑出来的东西,处处显露着唯心论的影子。① 偶然性正是世界成立的可能性的条件,当这种可能性的条件在意识形态上被消去的时候,就诞生了具有起源和目的的世界及其解释(必然性的世界)。

在这个概念中还需要强调的一个语词是"相遇"。关于"偶然相遇的唯物主义"中的"相遇",阿尔都塞指出,没有相遇就没有存在,也就没有世界及历史,相遇是世界万物存在的根本原因。"相遇"一词本身便意味着至少有两个存在相互作用,而偶然性是相遇的内在本质,也即是说,相遇纯粹是偶然性的,在起源、过程、结果等环节之中没有任何目的论的先行设定。不

① ［日］今村仁司:《阿尔都塞:认识论的断裂》,石家庄:河北教育出版社 2001 年版,第 264 页。

仅如此,正是"相遇",使阿尔都塞的历史观与后现代文化研究有了相通之处,在二者之间架起了桥梁,"相遇"即是一种去单一主体的的思维方式,这正是后现代所强调的主体间性论的精髓所在。

可以说,新马克思主义唯物主义的出现并不是偶然的突破,而是社会科学、自然科学发展到一定程度的必然产物。不论是伊格尔顿对于"事件"之物质性的阐释,还是威廉斯对文化唯物主义的强调,甚至包括阿尔都塞对历史唯物主义的批评与修正,都给文学研究带来了启发。文学作为一种文化艺术形式,它描述和传达的也是历史事件、文化观念,这就使得文学不可避免地与物质基础密切关联。也许我们甚至可以在新唯物主义的理论基础上去生发一种文学唯物主义,强调文学的物质性及研究的复杂化、多向度性与开放性,力求在一个非线性的维度上,将文学的语言物质性与社会物质性联结起来,从而在语言文本的物质性与社会世界的物质性之间往返流通。

长期以来,诗学在"背景"与"前景""内部"与"外部"、内容与形式徘徊不定,人们很难找到一个概念来克服这种二元对立和非此即彼的选择。"媒介"概念则横跨于文学的"内部"与"外部"之间,较好地实现了二者之间的融合。"媒介"是一个与主体和客体鼎足而三的人类活动维度,同时也是内在于主体与客体的构成性要素,三者之间具有"构成性关联"(constitutive relationship)[①]。媒介构成主体和客体活动的环境方面,同时又通过其物性在主体和客体之间往返穿梭。

基于印刷文本文学的文艺学并不重视文学媒介的研究。尽管亚里士多德从"媒介、对象、方式"方面区分史诗与悲剧和喜剧的理论人所共知[②],"语言论转向"以来对语言载体的强调有目共睹,但国内新世纪以前出版的文艺学著述几乎未曾涉及文学媒介。新世纪初年,米勒从文学媒介转型论述"文学消亡"问题的文章在国内发表[③],才引起国内学人对"文学媒介"的重视。此后出版的文论教材,多能涉及文学媒介问题。[④] 但其"文学媒介"主要在狭义的范围上论述,未能从观念上将媒介作为与主体和客体同等重要的要素来对待。因此,当前文艺学仍旧存在着对文学载体缺乏深入反思的

---

① [美] 大卫·格里芬主编:《后现代精神》,王成兵译,北京:中央编译出版社1998年版,第21—22页。

② [古希腊] 亚里士多德:《诗学》,罗念生译,北京:人民文学出版社1962年版,第3页。

③ [美] 希利斯·米勒:《全球化时代文学研究还会继续存在吗?》,《文学评论》2001年第1期。

④ 王一川:《文学理论·第三章:文学媒介》,成都:四川人民出版社2003年版。南帆主编:《文学理论(新读本)》(第九章:传播媒介),杭州:浙江文艺出版社2002年版。

"媒介之阱"。

文学"媒介"的范围十分广阔。例如，文学活动所使用的媒材、作为文学活动基础的文学社团、文学教育体制、文学思潮风气和文学生产与消费社会历史环境等，皆可归入"媒介"范围。从这个意义上说，文学的媒介其实就包含了文学的整体"环境"。因此，应像麦罗维茨那样拓展"媒介"的概念范围：不要把媒介的作用仅仅理解为技术本身的决定作用，而应理解为由媒介所造成的信息情境的作用——即"新媒介，新情境"和"新情境，新行为"，即是说，媒介总会关涉到情境，情境总会关乎行为，行为总会与行为的主体与客体相关，主体和客体总是处于具体的载体环境之中。载体环境不仅涉及人的"远感受器"，更包括"近感受器"，近感官器官是人类感觉中枢的一部分，在环境体验中扮演着重要角色。① 载体意识破除了远感觉与近感觉、身与心、内在自我与外部世界、静观与行动等对立概念，强调了环境的直接性、当下性和在场性。

当今社会，不仅媒介完全渗透于人类生活的方方面面和人类自身的神经末梢，而且，媒介自身也发生了巨大的变迁。媒介不只是作为符号象征体系被人们感知，而是直接作为"物"存在于人与任何对象之间，实实在在地中介和调解着人与对象的关系，甚至重新打造着人自身和对象本身。社会学家斯科特·拉什深刻指出："在全球文化工业兴起的时代，一度作为表征的文化开始统治经济和日常生活，文化被'物化'（thingified）。在经典文化工业中，媒介化（mediation）主要发生在表征的层面，而在全球文化工业中（就反抗与统治而言）则是通过'物的媒介化'实现的。""媒介变为物"。②

事实上，从某种意义上说，媒介理论在其关键的代表麦克卢汉那里，最重的发展就是突出了媒介的"物质性"。"媒介即讯息"的观点，是对俄苏形式主义和英美"新批评"的"形式即内容"观念的进一步拓展，其意义突出表现在两个方面：一是将传统上仅仅视为讯息之形式容器的媒介，提升到物质内容的高度来对待，从而彰显出媒介自身的"物质性"，从物质性层面重新审视媒介，这是新的媒介理论的重大贡献；二是将媒介的范围拓展到远远大于"语言"的边界之外，使其变成一个可以将文学文化的内容与形式、内部与外部、主体与客体同时涵摄其中的概念，这就将物性的观点自然地渗透到了文学的文本、情境和环境之中，为理解文学的物性提出了一个综合性的

---

① ［美］伯林特：《环境美学》，张敏、周雨译，长沙：湖南科学技术出版社2006年版，第16页。
② ［英］斯科特·拉什、西莉亚·卢瑞：《全球文化工业：物的媒介化》，要新乐译，北京：社会科学文献出版社2010年版，第11页。

基础概念。

"媒介调解"(Mediatization)的观念视角使我们站在了感性与物性之间、并通过"关系物质性"来审视当下媒介文化研究的各种问题,从而超越媒介(物质性)决定论的机械唯物主义和主体(感性)决定论的客观唯心主义。有学者指出,媒介、传播和文化都可称之为"媒介调解文化"(Culture of Mediatization),"媒介文化即是那些其主要资源为传播技术手段调解了的文化,这一调解过程以各种方式'被发酵',这些方式必须得到详细说明。这是我为何称它们为'调解文化'之原因"①。"媒介调解文化"的视野,将感性、物质性、媒介、文化、传播等都纳入其中,它们调解人与人、人与物、人与自身、人与社会之间的关系,是一种居间性、中介性的关系结构。"调解"突然成为一个关键概念,用来讨论媒介在文化和社会中的作用和影响等基础性的老问题,调解理论尤其在分析媒介如何扩散、交织并影响其他社会机制和文化现象方面硕果累累。事实上,"调解"也是一种具有复义性和混杂性的文化"元过程"(metaprocess),人们试图运用这一术语来讨论那些建立在持久而广阔基础上的文化变迁,处理那些对人性的社会文化发展产生长期影响的"诸多过程的过程",这一特定的"观念建构"可以帮助人们理解生活和世界。②

因此,"调解"也是一种居间性思维的方法论。"媒介理论"突显了媒介的"物性",对于主体"感性"的"单向道"宰制的反拨与调解。

源于其"心/物"对立关系模式,西方哲学传统中"媒介"一开始就被放置在与主体对立相视的"物"的平台上,进而一步步将"物"要素化、原子化为"技术"和"工具",这种"下倾"的路子,最终导致方法论上的"单向道"决定论。与之不同的中国传统思想,尤其是道家思想,在处理感性和物质性等问题时,总是首先强调居间性环节。庄子的"与物为春"思想即是一个典范。《庄子·德充符》云:"与人为善,与物为春。"这里包含着三元辩证法的胚芽。"与人为善"的思想在仁学研究中被充分提示出来,这里存而不论;"与物为春"的思想分明涉及了人和物,同时涉及了人与物之间的关系性,而且,在讨论人与物的问题时,"关系性"被特别地加以强调。尽管人们对这个表述的理解并不一致,但这里有两点是异常突出的——"与物为春"主要包含了两个规定性:一是"万物与我为一",即"万物"与"我"统一于那个一元化的"居间环节"元过程,在这个元过程之中,主体与他物之间、他物与

①　Andreas Hepp, *Culture of Mediatization*, Polity Press, 2013, p.5.

②　Andreas Hepp, *Culture of Mediatization*, Polity Press, 2013, p.47.

他物之间的人为界限的被消解了;二是"与物化而不以心稽",即主体与他物的自然而全方位全部感性系统的顺任互化,而不只局限于某一哪怕是最重要的感官(心)。

将两个方面统一起来看,"与物为春"即是人与物之间的互化和共成关系,人的理想状态成为物的自然状态,二者之间构成一种春意盎然、生机勃勃的生态和谐关系。"与物化"不是指人化为物或物化为人,而是指"自然人化"与"人的自然化"之间的和谐友好关系,这个"关系的物质性"才是庄子最为关切的。因此,在总体方面,庄子的"物化"状态,是人的审美体验状态,不仅没有当今语境中"物化"术语所具有的否定性含义,并且相反,它是人的理想状态与物的自然状态相统一。但是,在今天的语境中,我们通过翻译西方思想传统中的"物化"术语而将"物化"的含义固定在了庄子思想的对立面。

麦克卢汉所未能触及的"第三层面",正是庄子所追求的"听之以气"层面。《庄子·人间世》云:"一若志,无听之以耳,而听之以心;无听之以心,而听之以气。耳止于听,心止于符。气也者,虚而待物者也。唯道集虚,虚也者心斋也。"[1]在中国传统文化中,"听"有三个层面的感官:(一)"耳"是具体感官即第一层面,受制于特定感官的局限性。(二)"心"是统觉感官即第二层面,受制于感官聚合体的有限性。(三)"气"则是主体的感性与对象的"物性"之间的居间调解,它汇聚了主体的全部感觉能力,又不局限于其中任何一个(包括"心觉");与此同时,"气"也关联着客体的,汇聚了客体的全部物质性,但又排除其实体性。因此,"气"是一个感性与物性之间的居间调解,是一种超越了感性和理性界限的直觉悟性,进入这个环节也就进入了"与物为春"的自由物我关系状态,进入了"神与物游"的主体自由状态,这才是真正的生态关系状态。

在诗学领域内,第二代现代派诗歌代表人物祖科夫斯基的诗学观点具有独特之处,他意识到了诗歌语言的物质性,认为语言是一种与人体密切相连的生理性物质,并与人体相互作用。他通过开发语言作用于人体感官的可能性,试图使诗歌成为与人体感官交互融合后的产物。这样的诗歌语言观也有其深刻的社会意义:他将语言分为固态、液态和气态三种,分别体现了各自出现时人类社会的特征。按照祖科夫斯基的诗歌理论,固态语言生成诗中的意象,所依托的是视觉、触觉、味觉、嗅觉;液态语言生成诗中的声音,所依托的是听觉;那么气态语言就生成诗中概念的交汇,所依托的是人

---

① 郭庆藩撰:《庄子集释》(第一册),北京:中华书局 1961 年版,第 147 页。

的头脑或智性。与固态和液态语言相比,气态语言的物质特性更加隐秘,它表示诗人对抽象与具象的看法。气态仍然是物质的一种状态,只是在外力的作用下分子间的距离拉大,在性状上发生了一定的改变。如果气态是固态和液态受外力作用变成的一种物质状态,智性也应该与意象和声音保持着本质上的关联。①

　　面对 20 世纪中期以来文学与科学两个领域的迅猛发展,美国后现代文学批评家、文化评论家、国际著名"后人类"理论家凯瑟琳·海尔斯(N.Katherine Hayles)对科学和文学的关系进行了深入而独特的研究。为了强调物质性(materiality)在文本意义生产过程中的重要作用,海尔斯提出"媒体特质分析"的阅读方法——即一种"关注使文学作品成为物理艺术品之物质装备(material apparatus)的批评方法"②,倡导一种"媒介间性"研究来强调媒介的物质形式是如何影响、改变、构成文学文学形式的。海尔斯关注媒体特质批评,专注于文学作品的媒介的物质性,将突出与"物质性"的交互作用的作品称为"技术文本",这种文本突显一种观点,即"文学艺术品的物理形式总是影响词语和其他的符号成分的含义"③。海尔斯认为,"文学批评太长时间以来往往把文学作品看作是非物质的词语建构……印刷对我们来说已经司空见惯,因为它无处不在,成了我们遨游其中的海洋……既然电子文本性正在跃然出现,好像我们有了一个重要的机会去重新思考印刷和电子媒介二者的具体性,它们通过对照而使彼此更为清楚。"④

　　伊维德认为,近年诞生的两部重要的英语中国文学史之不同结构,让人们有理由重新思索中国文学史的分期问题。大量中国文学史遵循基于朝代的分期模式,而他认为,"对文学生产和消费均产生影响的文学系统中的最根本性变迁,并非缘于政权更迭,而是因为技术变革:例如纸的发明,印刷术的传播,近现代印刷技术的引进,以及当代的数字化革命"⑤。可以看出,这个"载体",正处于人们通常所说的"外部"与"内部"之间,是一种关联着人的观念意识的物质性存在。

　　希利斯·米勒指出:"文学作品的物质性是一个重要的问题,新电脑'媒体'使文学完全不同于与其旧的存在形式。'媒体'在此必须既是一种新的物质基础,又是一种奇怪的、精神的、媒介性的、遥感的通讯传播手段。某

---

① 桑翠林:《祖科夫斯基:"气态"时代诗歌语言的物质性》,《外国文学》2011 年第 1 期。

② N.Katherine Hayles. *Writing Machines*. Cambridge:MIT Press,2002,p29.

③ N.Katherine Hayles. *Writing Machines*. Cambridge:MIT Press,2002,p32.

④ N.Katherine Hayles. *Writing Machines*. Cambridge:MIT Press,2002,p32.

⑤ [美] 伊维德:《关于中国文学史中物质性的思考》,《上海师范大学学报》2014 年第 4 期。

种东西通过媒体向我'说话'。"① 这个"媒体"的物性,一定程度上对文学的意义表达提供了支撑,也作出了限制。但这个"媒体",却并不是传统意义上的"物",而是包含了人的创造性在内的、与其物质相关联的"物性"。

第三节 文学感知主体和身体的物性

考察感知主体的物质性,即审美经验借以发生的主体身体的物质性,其主要倾向在当前的身体美学和文化研究的"身体转向"中得到了集中呈现。任何审美活动,都不仅需要通过精神性的意识而发生,而且必须通过物质性的身体而发生,身体是审美经验得以发生的物质基础。当然,美学文艺学对身体的研究古已有之,但长期以来人们对身体在审美活动中的基础性作用重视不足,研究不够。近年来,文艺审美领域所发生的"身体转向"是对这一偏颇的有力纠正。

但是,当前"身体转向"的根本意义,并不在于依然像以往的研究那样从精神的、隐喻的和符号的方面研究身体,而在于从考古学、社会学和物质性的方面研究身体,将身体不仅作为"隐喻",而且作为"生理现实"来研究。② 在一些具体而微的研究中,人们甚至可以考察审美活动与主体身体的"内脏器官"之间的物质性关联。③ 因此,当前"身体转向"的根本意义在于它最终汇入了文学物质性批评的洪流,成为文学物质性批评转向的组成部分。

"身体"已然成为近来文化理论强烈关注的课题。其原因是多方面的,并且主要视其在文化研究议程中的地位而变化,诸如女性身体与消费主义和身体保健之间的关系、普通大众对于健康(fitness)问题的关注、学术界内外对于性属问题的广泛兴趣、围绕同性恋和艾滋病的争论、后殖民理论对种族身体的概念化而产生的后果,以及当前人们对于生物技术和基因工程发展的关切,等等。在所有这些理论批评活动中,人们对身体物质性方面的重视不断加强。人的身体正逐渐被人们当作有差异的、需要特殊对待的实体(entity),而不是一个统一的整体。消费文化通过节食、化妆品、锻炼、维生素把人的身体分解为一系列身体部件。从身体保健的目的来看,人不是带病的躯体,而是需要按照 X 光、血压与血液检测、扫描检查、体内检测技术提

---

① [美] J. 希利斯·米勒:《文学在当下的"物质性"和重要性》,《国外文学》2013 年第 2 期。

② Fredrik Fahlander & Terje Oestigaard (eds.), *The Materiality of Death*: *Bodies*, *Burials*, *Beliefs*, British Archaeological Reports, 2008, p.19.

③ Josephine Machon, (*Syn*) *aesthetics*: *Redefining Visceral Performance*, Palgrave Macmillan, 2009, p.14.

供的证据进行评估的一系列"症状"。把人的身体分解为身体部件的组合，这是后现代理论特别关注的、当代世界大范围"碎片化"过程的一部分，它对"人类到哪里结束、机器从哪里开始提出了疑问，并有助于我们将关于人类身份的身体基础的传统理解相对化"①。

后现代物质"入侵"身体，使这个"恐怖的身体"不再是原来意义上"自然的"身体，而拥有了非自然物质的"物质性"，并与意识形态之间展开了新的共谋互构关联。文学批评不仅需要正视身体的物质性，更应该正视身体之中"非自然"物质的物质性。"赛博格"（cyborg）形象的大量涌现，使我们一些轻松的、把身体和自然密切联结的概念发生了彻底动摇。

但是，这一切并未将身体从既成的文化话语中驱除出去，而是使身体成为当代思想的聚焦点，使身体与人的身份认同问题紧密关联起来。哲学家费恩指出："人生的旅程之中我们每个人实际上都动了好几次手术——幼年时期发育形成的神经组织，年老后它又开始衰竭、萎缩。"② 人的身体一生中所经历的变化正像那艘"忒修斯"之船。据古希腊神话记载，大英雄忒修斯杀死克里特岛的米诺陶之后，他的战船每年都要开往提洛岛做一次致意之旅。随着时间的流逝，船桁纷纷腐坏溃烂，于是渐次被换成新板，到最后原先的木板都已不复存在。看起来此船仍是忒修斯拥有的那一条，但我们也许会感到疑惑：现在它还是"同一"条船吗？在当代新技术和生物工程的推动下，人的身体不仅被非自然的物质一次性地、部分地"入侵"，而且有可能像"忒修斯之船"那样被彻底"置换"，我们身体和身份的同一性正在经受前所未有的挑战，我们必须学会与这些非自然物质的物质性"亲密纠缠"。当前，"赛博格"形象充斥各种文艺形式之中，反映出人们对于身体中的非自然物质入侵的极大恐惧和困惑。文学理论批评也迅速介入，开启了一个新的物质性空间，理论批评的新话语和新范式正在这个新物质空间中滋生成长。

人类物质生产的实践不仅改变着人的精神世界，而且改变着人们感知并承载精神世界的躯体，躯体作为人的精神的"直接现实"，在"外在"的物质世界与"内在"的精神世界之间充当着中介桥梁。人类在物质实践领域取得的巨大成就，往往是通过直接改变人类的躯体而间接地改造人的精神

① ［英］阿雷恩·鲍尔德温等：《文化研究导论》（修订版），陶东风等译，北京：高等教育出版社 2004 年版，第 318 页。

② ［英］尼古拉斯·费恩：《哲学：对古老问题的最新解答》，许世鹏译，北京：新星出版社 2007 年版，第 17 页。

世界的。文学研究应该能够通过研究身体的物质性,从而深化对文学问题的理解阐释。

在文学"四要素"中,作者和读者作为其中的两个关键要素,一直在文学的发展过程中扮演了非常重要的角色。二者作为文学书写和感知的主体,在身体研究日益深入的当下,其自身的物质性及对文学活动的影响,越来越受到重视。

在柏拉图以来的哲学传统中,物质与精神、主体与客体等二元对立论始终以一种幽灵的样态存在;逻各斯和理性主义的高涨,则将身体作为一种肉体的、纯生理的、丑陋的阻碍物而加以贬低和排斥。在这种思想背景下,身体及其所具有的意义被认为除了妨碍真理显现之外别无其他,导致的结果便是身体及其物质性被等同于低等的、需要挣脱的束缚物,从而被剥夺了话语权,仿佛只有通过不断地破除身体对真理的遮蔽,所获得的知识与见识才是正确的。这种精神与身体的截然分离与等级制,一方面说明身体在起初就没有被予以正视,但一方面也从侧面反映出身体本身的某些特性——这种对身体的排斥换个角度来看,也表明人们至少认识到了身体对真理的"遮蔽",一直努力去"蔽"而不得的过程,也显示出身体与思想的某些固有关联。于是,在人们认识到精神与身体的分离只不过是理性主义的一种臆断之后,身体及其物质性的重要性便迅速生长起来。

身心二元论一直持续至 19 世纪,直到尼采以一种身体代言人的身份横空出世,才彻底扭断了身心二元对立的哲学叙事线索。"我完完全全是身体,此外无有,灵魂不过是身体上的某物的称呼"①,在尼采的思想中,身体被认为是积极的、主动的、蕴含着无数可能和生产力的力量,身体才是人成为人的根本,而理性、意识、思想都不过是身体之上的附着物。在这里,长久以来的身心二元的叙事传统被打破,身体开始成为哲学讨论的关键范畴。

在当代文化研究中,"身体"成为关注的重心。正如伊格尔顿指出:"从巴赫金到妓院,从利奥塔到紧身衣,身体变成了后现代思想关注最多的事物之一"②,身体的物质化或非自然化是引发瞩目的原因之一。总的来看,当前的身体研究主要聚集在消费文化研究、女性主义和后殖民主义文化研究以及身体审美研究等关键领域。这些理论的共同点在于,身体不再被视为一个等待大脑(或精神)发号施令的"客体",而是一个主动的、具有建构性力量的"主体",在人感知和认识世界过程中作为最基本、也是最根本的出发

---

① [德]尼采:《查拉图斯特拉如是说》,北京:九州出版社 2007 年版,第 23 页。

② [英]伊格尔顿:《后现代主义的幻象》,华明译,北京:商务印书馆 2000 年版,第 81 页。

点而存在。从这个意义上说,当前的身体研究并不是以往"人的研究"的重复和简单延续,它更多地关注到了身体的物质性对于意识、精神等的生产作用及影响。

在后现代消费社会,人的身体正逐渐被当作有差异的、需要特殊对待的实体(entity),而不再是一个天然的、自我生长与消亡的客体,"作为一种始终局部性的现象,身体完全符合后现代对大叙事的怀疑,以及实用主义对具体事物的爱恋"①。在消费文化、视觉理论以及信息技术的帮助下,我们正在进入一种新的范式——物质已经被去物质化了,身体被去身体化了,技术变得可疑,身体变得可以被"制作"。当生命可以被技术改变甚至孕育,那么主体主义所标榜的人的独特性、优越性就必然会受到挑战。除此之外,物质不仅是身份认同的重要指标,还是美的衡量标准。这些新的实践和思维方式挑战了原有的范畴,也颠覆了传统的界限:自然/文化、客体/主体、物质世界/非物质世界等。

这种"身体转向"的根本意义,并不在于依然像以往那样从精神的、隐喻的和符号的取向方面研究身体,而在于从考古学、社会学和物质性的方面研究身体,将身体不仅作为"隐喻"而且作为"生理现实"来研究。新锐的理论家号召人们要更加充分地认识"身体作为物质的和生理的现象"(the body as a material and physical phenomenon),充分认识身体作为"物质事件"在话语和意识形态领域所起的作用。这种唯物主义身体观既与巴赫金的狂欢化理论相关,也与近来新生物技术的发展息息相关。哈拉维对于"赛博格"形象的研究,代表着身体物质性研究的这一方向,"赛博格"即是对"后人类"(posthuman)身份的技术和伦理的一种反映。

在哈拉维的理论体系中,"赛博格"大体上指代一种机器和生物的杂合体。②赛博格的形象以往常常出现在当代科幻小说里,说它是动物但它又具备机器的特点,说它是机器但又有生命体征,在小说中以一种虚幻的想象物存在。而现如今,科技的发展及现代医学进步,将各种物体移植到人体之中,以之维持人的生命、拓展人的能力,使得想象中的"赛博格"形象开始越来越普遍低出现在现实世界。人开始"赛博格化"(cyborgisation)。"赛博格"不再仅仅作为科幻小说中的主人公而存在,神话变成了现实。这种趋势使得自然、机器和人的传统关系发生了巨大的变化,它模糊和搅浑了技术史中

①　[英]伊格尔顿:《后现代主义的幻象》,华明译,北京:商务印书馆2000年版,第82页。

②　Donna Haraway. *Simians*,*Cyborgs*,*and Women*:*The Reinvention Nature*,Routledge,1991,p.149.

习以为常的边界观念。

如哈拉维所表明的,我们如今生活的时代是一个神话的时代,生活在其中的所有人都是怪物,无论从理论还是现实层面来说,我们都是机器与器官的杂交。简言之,我们就是"赛博格"。"赛博格"是我们的本体,为我们制定时代的政治。"赛博格"是浓缩了想象与物质实际的一个形象,"赛博格"与想象及物质的两个交合中心建构着历史变更的所有可能性。

"赛博格"的提出之所以引发反响和讨论,根源便在于其对于边界的模糊性。首先,就人与动物的边界而言,"赛博格"的出现使得人与动物的界限变得模棱两可。这一点其实可以理解,因为在很多学科领域,人与动物的界限本来就十分含混:现代医学经常在动物如小白鼠身上进行药物实验,甚至某些时候移植动物器官替代人体器官机能;社会学、教育学等科学也经常通过观察动物行为来解释人类现象;等等。其次,就有机体与机器的界限而言,"赛博格"对其进行了彻底的颠覆。在传统的观念中,机器是人发挥主观能动性制造出来、替代人进行某些工作的产物,人与机器界限分明。但如今现代科学的发展,催生了物体向有机体的转移,简单的如人借助眼镜恢复视力、借助助听器延伸听力,复杂的如人体芯片移植、心脏搭桥起搏等等,将原本纯然的有机体变成"杂合体"。再次,就自然与非自然的界限而言,"赛博格"的出现使得人们开始对一些物质的分类举棋不定。微电子装置、电视手机信号、无线网络等看不见摸不着的物质的出现,使得自然与非自然的边界日益模糊。正是基于此,哈拉维断言,不存在纯粹的自然,也不存在纯粹的非自然,二者之间的边界已经被消解了。

物质对人的入侵与改变使得人与物的界限模糊不清的同时,身体的物质性或者说身体的非自然性越来越成为一个既定的事实。"赛博格"对一切既定的边界进行了彻底颠覆,也迫使人们不得不重新审视传统的二元论。众所周知,二元论的特征就是彼此对立、界限分明,二元中的一元居于主体地位,将异己的他者作为另一元,划出一条无法逾越的深渊,如身/心、主/客、男/女等。德里达认为,这些根深蒂固的二元论是逻各斯中心主义的产物,这种思维模式深深地植根于我们的思想和文化中,潜移默化地作用于我们的观念和行为,将二元中前者对后者的压迫与宰制合理化。而哈拉维提供给我们的是一个二元论崩塌的"赛博格"世界,在这里,一切的彼此、你我都消失得无影无踪,所有的异质、复杂、差异都被包容和理解;这里没有中心,有的只是生机勃勃、杂然混交的个体。

在作者和读者都面临"赛博格化"的今天,文学批评必然需要正视身体的物质性,更要关注身体中被"入侵"的"非自然"物质的物质性。文艺理论批评需要关注并且研究身体的物质性与非自然性,认识其对于人的身体和身份的同一性的挑战,进而深化对文学相关问题的理解与阐释。

　　长期以来,文学理论在理性与感性、精神与肉身之间取舍不定,这是二元对立的思维模式在面对文学感知主体时的困境的体现。"具身体现"(embodiment)的观念,旨在消除这种二元对立。新时期以来的中国文论与曾在"经验"与"体验"之间争论不已,主流的观点认为体验是具身性的,而经验则不是。具身认知理论打破了理论界在这个问题上的二项对立。

第四节　文学表征对象和经验客体的物质性

　　表征对象的物质性,即经验的对象以及经验于其中发生的对象世界的物质性。这个意义上的"物"无所不在,文学理论批评研究它们,就是研究表征对象的"物性"。在中西方文学理论批评中,无论是"物恋""物化""物联"还是"物感""物色""物役""物象""物语""物哀",不管是"与物为春""神与物游""以物观物"还是"物的秩序""物的体系",这些问题的研究都触及"物性"问题。从一定意义上说,任何一个被文艺文化所表征的对象,都有其物质性的层面,文学理论批评不仅应该考察"物"在表征系统中的精神含义,更应该考察它在物质世界的"物质性"。由于近代以来缘于西方"物化"概念所包含的否定性和贬义内涵,文学理论批评对于"物性"的兴趣减弱了,因此我们处身于物的包围之中,却对物的"物性"漠然处之。

　　"物质性"领域的变迁刷新着人们的日常生活和时空观念,新物质或新事物的出现,其特殊的"物性"在文艺作品中得到了多样化的表征。弗吉尼亚·伍尔夫的《达洛卫夫人》艺术地呈现了作为新事物的"汽车"对人们造成的"震惊":"汽车虽已离去,但它仍留下一丝余波,回荡在邦德街两侧的手套、帽子和成人店里。半分钟之内,每个人的脸都转向同一个方向——窗户……要是这种事情单独出现,那真是微不足道,即使最精密的数学仪器也无能为力,尽管它们能记录来自中国的地震,却无法测定这类事情的震动。……那辆汽车经过时引起的表面上的激动逐渐冲淡了,骨子里却触动了某种极为深沉的情感。"①重量、速度、震动、声音等,都是汽车之"物性"的

———————
① [英]弗吉尼亚·伍尔夫:《弗吉尼亚·伍尔夫文集》,曹元勇译,上海:上海译文出版社1997年版,第18页。

重要方面,这一新事物以其物质性特征的集中呈现,改变了人们的情感方式和时空观念。汽车的意义在于它重组了公民社会,导致了西方在"汽车时空"社会中居住方式、旅游方式和社交方式等的重构。"汽车"是一个典型的"物","它的轨迹与对象的批量生产的发展联系在一起,但是到 20 世纪中叶,它在现代晚期的消费、生活风格和社会组织模式的发展中变得意义重大。汽车作为一个客体塑造了大部分社会生活,这一点只有到了 21 世纪初才得到承认"①。

　　文学理论批评可以考察那些得到表征的具体的物,如"电灯"和"电话"在中国近代以来进入人们的生活的过程,以及这种新型的物在各类文学作品中的"表征"情况,考察这种实实在在的物质存在与人们的日常生活和艺术活动之间的多样化关联。② 不仅如此,新事物的物质性特征通常也是文学理论批评构建自身的话语体系的基本触媒。研究发现,西欧浪漫主义时代自然科学所发现的"化石",作为一种"有生命的物",成为浪漫主义诗歌创作和批评的灵感源泉。而在美国超验主义诗学理论中,"电"充当了一种"工具",多数作家借之运用科学的、社会政治的和精神的术语,来想象审美经验。"电"作为新物质的某种貌似"超验"的特征,正是美国超验主义浪漫主义理论批评阐发文学本质功能时的物质性依据。③ 而当前,"生物学又一次站在了科学的前沿,新的非人类的生命形式举目皆是,一部新的物质客体的历史似乎在孕育。克隆羊、自动繁殖的机器人,以及西伯利亚猛犸冷冻的 DNA,都成为头条新闻,从死者身上复苏的绝种怪物的形象占据了电影的影像世界"④。我们只有在与物的亲密纠缠中,才能把握文学作品的真实内涵。

　　这里存在一个异常复杂的、相互表征的关系网络。比如"电视"作为"物",既可以成为表征文学作品、播放文学作品的媒介,也可以成为文学描写和反映的对象。我们惯常是在电视所反映的内容和对象的意义上,来研究电视对人类活动的影响,却每每忽视电视作为一种物质性存在的"物"本身,也在改变人们的生活方式(不管电视节目表达了什么内容),比如在不同的历史阶段,电视屏幕的大小、薄厚、轻重、色泽以及在家庭空间中的摆放

①　Tim Dant, *Materiality and Society*, Open University Press,2005,p.9.

②　Frank Dikotter, *Things modern:Material Culture and Everyday Life in China*, Hurst and Company,2007,p.148.

③　Paul Gilmore, *Aesthetic Materialism:Electricity and American Romanticism*, Stanford University Press,2009,p.5.

④　孟悦、罗钢主编:《物质文化读本》,北京:北京大学出版社 2008 年版,第 535 页。

位置,都在改变着人们的日常生活。

　　不同时代的思想者用那个时代新出现的"物"来进行理论联想,试图运用最新的技术模型去理解人的心智活动。美国哲学家塞尔写道:"在我的童年时期,人类总自信满满地断言大脑就是一部电话交换机……伟大的英国脑神经生理学家谢灵顿认为大脑的活动方式类似于一个电报系统。弗洛伊德多次将大脑与水力系统和电磁系统相提并论。莱布尼茨则把它比作是一碾磨,还有人告诉我不少古希腊人认为大脑运转起来跟石弩没什么两样。而现在,很明显,人们将它比喻成了数字计算机。"① 这些物不仅是哲学思想的运思模型,而且是文学理论批评解剖文学活动的参照模板。这些物必然进入文艺作品,成为其表征对象,也成为文艺的鲜活生动的"物境"。不过,长期以来,文学理论批评对这类物的研究尚且不足。

　　事实上,人们不仅在文学的表征对象领域借助器物进行言说,在文学批评领域里也一样。研究发现,在中国文学批评史上有以器物及其制作经验来喻文的现象,这种现象基于器物制作与文章写作之间在营构和巧饰上的相通之处,乃是礼乐文明的产物,"器物之喻演变为一种文学批评范式,体现了艺术创作对法度的追求和对典范的认可。由器物制作经验建立的术语逐渐固化在语言之中,生成了中国文学批评的一些基本概念和范畴。器物之喻打通了文学与雕塑、音乐、建筑和铸造等之间的界限,使得它们的经验可以相互借鉴和延伸。因而,器物制作超越了手艺层面的意义,具有强大的言说能力。器物之喻是一种普遍性的文学经验,为中西诗学提供了可供沟通的话语,对于反思当前文学文艺所存在的问题依然具有借鉴意义"②。

　　文学理论批评需要在"与物为春"的新型"人—物"关系系统中重新思考那些在文艺中得到表征的"物",深入研究其"物性"特征,以及这些物性方面与文学理论批评之间的关系。"物的世界除了对人性和人类生活形成外在压迫之外,还以空前亲密的方式深入人的内在空间。物不仅对人形成压迫,还与人形成亲密的纠缠。"③ 以往的文学理论批评,包括经典马克思主义和波德里亚在内的西方现当代文论,对物与人之间的对立有很多论述,但对物与人的亲密纠缠很少论及。这些被长期赋予贬义的"物质性",正是未来

---

①　[英]尼古拉斯·费恩:《哲学:对古老问题的最新解答》,许世鹏译,北京:新星出版社 2007 年版,第 41 页。

②　闫月珍:《器物之喻与中国文学批评——以〈文心雕龙〉为中心》,载戚良德主编:《中国文论》(第一辑),上海:上海古籍出版社 2014 年版,第 38 页。

③　孟悦、罗钢主编:《物质文化读本·前言》,北京:北京大学出版社 2008 年版,第 2 页。

的文学理论批评大显身手的新空间。

　　表征对象的物质性，即经验的对象以及经验于其中发生的对象世界的物质性。可以说，任何一个被文艺所表征的对象，都必然有其物质性的层面。文学创作实践与文艺理论批评不仅应该考察"物"在表征系统中的精神含义，更应该考察它在物质世界的"物质性"。在西方文学史上，自然主义与法国新小说的创作实践可以说在一定程度上触摸到了这一关键点。

　　自然主义的文学书写以追求科学意义上的精确性与绝对真实作为自己的价值目标。法国文艺理论家泰纳在1856年给自然主义下了如此的定义："奉自然科学家的趣味为师傅，以自然科学家的才能为仆役，以自然科学家的身份描拟着现实。"[1] 从中可以看到，新时代的艺术家已经放弃了为浪漫化的真实辩护的企图，而是全面屈服于自然科学的真实原则。到了19世纪60年代，自然主义的代表人物左拉则进一步从当时的生物学、遗传学、医学、生理学中得到启发，试图用自然科学的理论成果全面解释文学艺术现象，并以科学意义上的绝对真实规范自己的审美创造。自然主义者在审美关照中对观察和分析的迷恋，对想象的拒斥，也意味着他们更关注个别的事物和事物的细部组成，更重视对事物的亲耳所闻、亲眼所见的重要性，而放弃从个别推导一般、从杂多提炼统一的努力。这也是自然主义同常规的现实主义的一个重要区别，它要求人以不动情的态度去面对自然和生活中的事件，将材料的真实性看得高于一切。这样，所谓的审美创造也就成了对各种材料的整理和编订过程，艺术展示的力量也就是这些材料所透射出的震撼力。在这里，一切萦绕在审美物象周围的浪漫的迷雾和意义的粘连，都在真实的绝对性面前被祛除，物象就是物象，材料就是材料，它不可能是其他什么东西。资料式的详尽、摄影式的准确与真切是自然主义共同的美学追求，在这里，物开始成为其自身。

　　自然主义将审美创造等同于科学实验，这也就意味着它不可能用体验或主观心灵的再造面对外部世界，也不可能靠抽象的思辨来求取事物背后所存在的深层本质，而是注意事物现实存在的真实性。关于这种认识方法的独特性，左拉指出："实验科学不必为探索事物的'所以然'而绞尽脑汁，它需要解释的是'怎么样'，仅此而已。"[2] 左拉还谈到，自然主义面对审美物象必须具有一种中立性的态度，这种态度既区别于哲学思辨又同浪漫的想象迥异，正如自然主义者宣称的那样："写历史，如果连那个时代的一件袍

----

[1]　柳鸣九主编：《自然主义》，北京：中国社会科学出版社1988年版，第41页。

[2]　柳鸣九主编：《自然主义》，北京：中国社会科学出版社1988年版，第46页。

子,一张菜单都没看到,就写不生动。"① 事实也是如此,当一位艺术家勇敢地将前辈执着的扑朔迷离的审美幻象,突然下降为一堆坚硬的材料时,这种材料的坚固性往往使它传达出比激情的驰骋更撼人心魄的力量。让事实说话,比貌似真实的浪漫的谎言更能说服人;让艺术借助科学的方式自我表达,它也必然具有比传统艺术更震撼人心的强力——这就像街头轧路机的轰鸣比诗人在书斋里的呻吟更有力量一样。

法国"新小说"作为盛行于 20 世纪 50 年代的文学流派,以形式实验而著称。之所以称之为"新",是因为新小说派作家在写作中不再将思想情感的传递作为归宿,而是立足于他们对现实世界及其物体的重新认识和理解。正如代表作家格里耶所说的,传统小说把种种"文学的外围心理学、伦理学、形而上学等等,自行强加于物体,掩饰着它们真正的陌生性质"②。在这种写作模式的主导下,事物皆被人为地、任意地裹上一层感情的面纱,显现出一种虚假的面貌;而"新小说"是在写作中追求物与物性的典型代表,对于新小说派作家来说,"世界既不是有意义的,也不是荒诞的。它存在着,仅此而已"。③ 因此在新小说作家的创作实验中,任何主观的情感投射都是不合理的,必须果断坚决地站在所描写事物之外,让物就是物,而不是人的感情的对应物。

自然主义和法国新小说对于小说审美价值追求的共通点在于,二者皆将物放置于物应该在的地方,让物成为物,在写作过程中保护物之物性,剔除人对物的掌控与想象。而在存在主义那里,正如加缪指出的,人和世界的关系是荒诞的,荒诞既不在于人,也不在于世界,而在于人和世界的对立关系,即人有一种把世界人性化的企图,但是世界却是无理性的沉默,这与自然主义及新小说的观点是相似的。无论是自然主义的"科学"写作,还是新小说对"真实"的张扬,都是文学实践对于发掘表征对象及客体世界物质性的努力与尝试。

在理论批评的建构中,我们还要反观物对于思考本身的作用,需要注意到物及其物性对于主体经验与思维模式的巨大影响,以此为切入点发掘物对于文学意义生产及文艺理论批评的作用。文学理论批评话语必须考察物质进入人类生活的过程及其带给人的思想观念的变革,切实关注到这种

---

① 柳鸣九主编:《自然主义》,北京:中国社会科学出版社 1988 年版,第 12 页。
② [法] 罗伯特 – 格里耶:《未来小说的道路》,《现代西方文论选》,上海:上海译文出版社 1983 年版,第 312 页。
③ [法] 罗伯特 – 格里耶:《自然·人道主义·悲剧》,《现代西方文论选》,上海:上海译文出版社 1983 年版,第 335 页。

不断变化的物及其在文学与艺术作品中的具体的表征样态,进而探究不断变化的物质存在与人们日常生活及艺术活动之间的多样化的关联,以此来作为新时期理论话语建构的根基。

　　文学批评的物质性转向就其根源来讲,无疑源自现代人由于精神生活的物化而加剧的个体化困境。物性之"魅"的视角对于文学批评的启发有很多层面,如前文所述,文本、语词、想象的物质性,是从文学书写过程入手去反思物质在语言中的深层嵌套与潜移默化;社会事实与文化事件的物质性,是从文学的社会、政治、文化等外部大环境、从新马克思主义历史唯物主义的视角去审视文化本身的物质性;感知主体与身体的物质性是从人本身入手,考虑作者与读者在后物质主义时代彼此身体的物质化对于文学写作及欣赏的影响;表征对象与客体世界的物质性从文学书写对象出发,讨论作品描绘中的物之物性对于文本意义的建构之作用,反思物在文学描绘中其物质因素在文本中的作用。这四个方面其实还只是启发的一部分,虽然在此过程中兼顾了文学的外部批评与内部批评,考虑了作者、读者、作品、世界四要素,但文学与物质的关系则远不止如此,尤其是现代科技的发展使得文学在生产、流通、欣赏等各个环节都发生了巨大的变革,物质更是深刻地嵌入了这一过程的各个环节。我们还可以讨论印刷、字体、装帧的生产阶段物质性,可以讨论媒介、传播、载体等流通阶段的物质性,以及电子阅读界面、明暗、字体等欣赏阶段的物质性,这一问题的复杂度是远远超过预期的。但无论如何,我们还是进行了这样的尝试,本着一种理论建构的严谨态度与思考。然而,始于此却不止于此。

　　文学研究在如上诸方面的物质性转向构成了文学物质性批评转向的基本内容,这些方面的物质性转向相互联系、彼此互动,共同构成一个相互关联的系统网络。① 文学理论批评必须认识到,它所讨论的,不仅是单一向度和要素意义上的物质性,而是综合向度和系统意义上的物质性,这是一种"关系的物质性"或"物质性的关系"(material relations),而非机械论意义上的物质性。"物质性关系"是一种"活态的实践性关系"。研究者指出,"消费研究一直强调事物之社会身份的'意思'或意义,但忽视了与事物的活态的(lived)和实践的关系。"② 人与周遭物之间的"物质关系",使得情绪和感情

① 　Paul Gilmore, *Aesthetic Materialism:Electricity and American Romanticism*, Stanford University Press, 2009, pp.9-10.

② 　Tim Dant, *Materiality and Society*, Open University Press, 2005, p.10.

得以通过物而由内到外展开，从心理到身体，进而超越到身体之外。"物质文明"（material civilization）就是由人与物之间相互作用而形成的，这是一种物质性的互动关联（material interaction）。汽车的意义在于它重组了公民社会，导致了西方在"汽车时空"社会中居住、旅游和社交等方式的显著变化。我们只有从物质性关系的维度，才能够认清"汽车"作为一种物的"物质性"和"社会性"。①

更为重要的是，文学物质性批评讨论的关键与根本目的在于重新规划"人—物"关系，在于从积极的意义上重绘人与物之间亲密纠缠的蓝图。当前物质文化发展的繁荣景观、人与物的新型关系已经使得文学生产方式与表征内容具有了绝然不同于传统的特征，只有直面物质文化及其生产方式的挑战，才能穿越物质体系所构成的思维屏障，深入文学的内部本体，进而对其做出有效的分析。在急剧变迁的现代社会里，物质一直是社会整合与文化权利展开斗争的对象、场所与背景。文学物性批评的意义乃最终在于对后现代人与物关系的矫枉过正。

文学物性批评所揭示和倡导的是对于"人类—存在"关系的重新思考与认识，进而力图在超越现代思维方式的基础上衍生出一种新的后现代思维方式，使人们认识到理应对传统的人与物、思维与存在等观念进行一种批判性的反思。这是一种思维方式的变革，但正如大卫·伯姆所说的，思维方式的变革"对于我们的意识以及我们的整个存在将是一个至关重要的因素"。这在庄子的"与物为春"的"物化"思想中得到了集中表达，它大异于近代西方思想中的物化观念。② 在广松涉那里，"物化"概念被规定为以物与物的关系乃至物的实体与事物的属性来表象人与物的关系。"对于一定的社会存在，物化（一定社会分工中地位和职位的固定化）并不是所谓人的本真存在的异化，而首先是一种具有深刻必然性的普遍有效的事态。"③ 物象化式的错认本身与人的生存方式相关联，它并不简单地就是"谬误"，它本身也是历史的。文学的物质性批评，就是要在人与物的亲密纠缠中，在"与物为春"的"人—物"关系中，在"物—物"关系的历史具体性中，对自身做出新的定向。

文学研究的物质性批评转向促生了一个新的跨学科、跨媒介和跨文

---

① 张进：《论文学物性批评的关联向度》，《文艺理论研究》2015 年第 3 期。
② 《庄子·德充符》提倡"与人为善，与物为春"，前者在仁学传统中被充分揭示出来，这里存而不论。其"与物为春"的思想涉及人与物之间亲密相处的物质性关系。
③ [日] 广松涉：《物象化论的构图》，彭曦、庄倩译，南京：南京大学出版社 2001 年版，第 12 页。

化研究的新空间,在这里,人—物之间"与物为春"的关联得到强调,"物质"与"非物质"之间的界限得到重划;单一学科视野之外的"物"的多样维度得到阐发;人类学、考古学、社会学、传播学、符号学和生物学研究的一系列新成果在这里会通融合,共同勾画着新世纪文学批评的新景观和新蓝图。

第四章 物性诗学话语谱系论

"物性诗学话语谱系论",旨在对世界范围内有关物性问题的理论批评话语及其谱系的进行分类梳理,择其大端,展开深度阐发。本章主要讨论代表西方现代有关物的观念方法脉络的"物化—异化话语谱系",体现中国传统文学物性批评核心内涵的"物物—物与话语谱系",以及表现日本物质文化精神的"物哀—物语话语谱系"。本章强调指出,"物化—异化"话语重在强调人性与物性的二元对立,以及前者对后者操纵和控制,在其发展中突出了"物化"对人类生活的"否定性价值"和"负效应";"物哀—物语"话语则重在强调物对人的情感的触发和表达作用,突出人与物之间的情感交流对人类生活的"肯定性价值"和"正效应";"物物—物与"话语(包括物感、物应、物象、物境、听之以气、神与物游、求物之妙、以物观物等一系列诗学话语)重在强调物性与人性的的平等相待和共生共荣,彰显了物性对人性的存在论价值和综合效应。此外,社会文化语境的不同和中外文翻译转换等复杂过程的影响,导致的物性批评话语在汉语语境中内涵的损益、变异和换位情形,从而使相关的理论问题更为复杂。但值得重视的是,当前,物性诗学的诸多话语谱系之间出现了化域会通和融合再生的趋势。

第一节 物化—异化话语谱系

"物化"这一术语无论是在中国还是在西方语境中都有着深刻复杂的理论内涵。在汉语语境中,"物化"一词最早出现在《庄子》中,其核心含义体现为"与物为春",反映了"人—物"互化为一的亲密关系;其后,"物化"作为审美方式与中国传统中"以物观物""以我观物"以及"意境"理论紧密联系,体现了人与物之间的亲密和谐。在西方语境中,"物化"概念在黑格尔理论中已有所体现,马克思对黑格尔"客观化"概念进行了转化并提出了"商品拜物教"理论;其后,韦伯、卢卡奇、阿多诺等学者相继关注到了"物化"问题并从不同层面上作出了阐释和引申,这些学者大多都是以马克思的理论为基础,立足于"物化"的贬义内涵以及人与物的对立关系进行阐发。因而,西方语境下的"物化"话语在其发展过程中,其内涵不断远离最初的积极性含义而转变为对"物"与"理性"的批判和否定。

导致中西方"物化"话语分途发展的根源在于中西方宇宙观念上的差异。中国将世界本原理解为"气",强调"有无相生"与整体性,而西方则将世界本原理解为实体,强调实体与虚空的区别,对世界本原的不同理解导致中西方在哲学和美学等诸领域体现出了巨大差异。在世界文化密切交流的今天,中西方迥异的"物化"概念也在发生着交流和碰撞,西方传统中长期承载着贬义内涵的"物化"概念进入了中国语境,遮蔽了中国传统中的"物化"观念,致使歧义丛生,喧议竞起。而在技术迅猛发展的今天,技术介入并深刻改变了人与物之间的关系,在这个过程中,"物化"概念得到了重新突显并面临着新的契机。我们通过对"物化"在中西方语境中的发展流变过程进行梳理,勾勒"物化"话语的谱系,并在"物质文化"视域下,考察技术的介入对"人—物"关系带来的深刻改变,正视"物化"概念在今天面临的新的挑战和发展。

在中国语境中,对"物化"的研究多围绕《庄子》一书而展开,学者们侧重于从"道""虚静""坐忘"等概念入手进行研究,并将"物化"理解为"物我合一"。近些年来,关于《庄子》中"物化"思想的研究逐渐深入,并有不少学者关注到了《文心雕龙》和《文赋》等著作,并尝试将其与西方语境中的"物化"理论、"移情说""距离说"等联系起来比较研究。陆晓光详细分析了《文心雕龙》中"物"字的种种含义,并与卢卡奇的"物化"理论联系起来,认为《文心雕龙》中的"物"涉及了社会事物,反映了"重人轻物的人文传统"[①]。近些年来,对中国传统文论中的"物化"进行研究的范围呈现不断拓宽的趋势,但对"物化"的发展流变进行总体梳理和深入研究的寥寥无几,仍有许多可以挖掘的空间。

国内对西方语境中"物化"的研究多集中于马克思、卢卡奇和法兰克福学派,尤其是卢卡奇在《历史与阶级意识》一书中提出的"物化"理论,引起了学界的广泛关注。相较于国外的研究,国内对卢卡奇"物化"理论的研究起步较晚,早期(20世纪30、40年代)主要集中于对卢卡奇的文学和美学著述的译介。卢卡奇的《历史与阶级意识》的中译本直到1980年代后期才出版,在这一阶段国内对卢卡奇的关注和研究主要集中于对马克思和卢卡奇"物化"理论的比较,研究的范围较为狭窄。但近几年来,国内对"物化"的研究不断深入,张一兵、罗纲、韩立新、刘森林等人注重对"物化"概念的辨析,周立斌对卢卡奇"物化"理论的发展演变过程进行了梳理,台湾学者

---

① 陆晓光:《〈文心雕龙〉"物"字章句与马克思主义美学反"物化"思想》,《文艺理论研究》2005年第6期。

谢胜义提出的"三化论",等等,① 研究的范围从卢卡奇扩宽到了韦伯、法兰克福学派等。学者们对"物化"的阐述表明了"物化"术语在今天不仅没有从学者的视野中淡出,反而因其在当下的重要意义而愈加受到关注。

纵观国内对"物化"的研究可以发现,研究者往往单方面立足于西方或中国语境下,侧重于对单个人或单个文本的分析;或基于中西方整体视域,对"物化"的发生发展过程进行梳理。因此,我们以"物化"术语作为立足点,分别对西方马克思主义理论和中国传统文论中"物化"的发生发展状况进行梳理,勾勒出"物化"在中西方语境下的发展脉络,建立起"物化"在中西方的话语谱系。同时,关注中西方"物化"话语差异的根源,以及西方"物化"思想对中国"物化"思想的遮蔽。最后,联系"物质文化"观念,阐述技术的介入对"人—物"关系带来的深刻变化以及中西方"物化"在今天面临的挑战和机遇。

一、西方"物化"话语的萌芽

研究发现,"物化概念并不仅仅存在于马克思及其后来的追随者。事实上,它是德国传统遗留给现代社会思想的最重要的遗产之一"②。在对西方语境下的"物化"进行梳理前,首先需要明确"物化"概念的内涵及边界。黑格尔、马克思、韦伯以及卢卡奇等人的著作中都涉及了"物化",但在不同著作中的不同语境中,"物化"概念的含义也不尽相同。马克思在著作中区分了"物化"与"异化",而在卢卡奇的著作中,"物化"则等同于"异化"。由于诸多学者对"物化"概念的理解不同,在使用过程中"物化"常常与其他几个相近的概念混同使用。因此,在阐述西方"物化"话语之前,首先需要对"物化"概念进行辨析。

(一)"物化"话语辨析

西方语境中的"物化"在英语中对应着"reification",根据《文化研究关键词》一书的解释,"reification"的词根来自于拉丁文"res",指客体意义上

---

① 参见张一兵:《市场交换中的关系物化与工具理性的伪物性化——评青年卢卡奇〈历史与阶级意识〉》,《哲学研究》2000 年第 8 期;罗纲:《社会关系的无意识与不作为——卢卡奇对 Verdinglichung 与 Versachlichung 的区分》,《哲学动态》2012 年第 10 期;刘森林:《重思"物化"——从"Verdinglichung"和"Versachlichung"的区分入手》,《哲学动态》2012 年第 10 期;韩立新:《异化、物象化、拜物教和物化》,《马克思主义与现实》2014 年第 2 期;周立斌:《卢卡奇的"物化"理论及其演变》,北京:中国社会科学出版社 2012 年版;谢胜义:《卢卡奇》,台湾东大图书股份有限公司 2000 年版。

② 汪民安主编:《文化研究关键词》,南京:江苏人民出版社 2007 年版,第 372 页。

的物。在德语中"物化"对应着"Verdinglichung"和"Versachlichung"两个词。德文的"Verdinglichung"和"Versachlichung"含义并不一致,但中国学界在早期的翻译中将其一并译为"物化",使得"物化"概念的边界模糊。此外,卢卡奇在《历史与阶级意识》中对"物化"("Verdinglichung")、"异化"("Entfremdung")、"对象化"("Vergegenstaendlichung")等概念不加区别地使用,也使得"物化"概念愈加含混复杂。对"物化"及其他几个相近概念的辨析,能够帮助我们更好地把握西方语境中的"物化"概念。

1. "Vergegenstaendlichung",英文常译作"objectification",中文往往翻译为"对象化"或"客观化"。"对象化"的内涵与"异化"相近,在黑格尔的著作中,"异化"与"对象化"和"外化"的含义相同,都指人扬弃自身,返回自我并超越自我的过程,黑格尔赋予"自我异化"和"对象化"以积极性的内涵。马克思在《1844年经济学哲学手稿》中则将"异化"视为消极的,并对"异化"与"对象化"作出区分:"劳动所生产的对象,即劳动的产品,作为一种异己的存在物,作为不依赖于生产者的力量,同劳动相对立。劳动的产品就是固定在某个对象中的、物化的劳动,这就是劳动的对象化。劳动的实现化就是劳动的对象化。"① 在具体的生产劳动过程中,人们通过劳动实现自我创造,在这个层面上马克思谈到的"对象化"是褒义的。但同时,马克思也谈到了"在被国民经济学作为前提的那种状态下,劳动的这种实现表现为工人的失去现实性,对象化表现为对象的丧失和被对象奴役,占有表现为异化、外化。"② 在这个语境中,"对象化"与"异化"的含义相近,都表示劳动产品与劳动者相对立并反过来束缚和奴役劳动者,"物化"被赋予了贬义的内涵。

2. "Entfremdung",英文译为"alienation",中文译为"异化"。"Entfremdung是一个名词,中译'异化'或'疏离';日译为'疏外'。这些字的字义是与自己'eigen'相反,有'他人的,非自己的,生疏的'。在中、日文而言都表示'疏远'之意义。"③黑格尔和费尔巴哈都曾使用过"Entfremdung":在黑格尔的著作中,"异化"与"外化"和"对象化"的含义相同,都表示主体积极发展和超越自我的过程;费尔巴哈则提出了"宗教是人的本质的异化"的观点,认为上帝是人本质的"异化","异化"使人无法返还到自身,因此对"异化"持批判态度。马克思在《1844年经济学哲学手稿》中将"异化"与"外化"

---

① 《马克思恩格斯选集》第1卷,北京:人民出版社2012年版,第51页。

② 《马克思恩格斯全集》第42卷,北京:人民出版社1979年版,第91页。

③ 谢胜义:《卢卡奇》,台北:台湾东大图书股份有限公司2000年版,第91页。

等同使用,从劳动产品与人的异己关系、劳动过程中的"异化"以及人本质的"异化"三个方面论述了"异化劳动"。从这三个层面上,马克思清晰地阐述了"异化劳动"对人带来的消极影响,并对其持坚定的批判和否定态度,"异化"概念逐渐丧失其在黑格尔理论中的积极性内涵而转为对物与人之间异己关系的批判。

3. "Entäueßrung"常被译为"外化",也曾和"Entfremdung"一起被译为"异化"。黑格尔和谢林使用"Entäueßrung"时,主要将其视为主体用以完善自我的中介。如果要对"异化"与"外化"进行详细区分的话,"Entäueßrung"与"Entfremdung"稍加不同的是"Entäueßrung"也用于"表示交换活动、从一种状态向令一种状态转化、获得……表示那些并不意味着敌对性和异己性的关系的经济和社会现象"①。

4. "Verdinglichung"和"Versachlichung"

中文的"物化"一词常常对应着德文的"Verdinglichung"和"Versachlichung"两个词,这两个词在马克思、卢卡奇、哈贝马斯等学者的著作中都曾出现,其含义并不相同,而中译本往往对其不加区分的都译为"物化"。②然而,自广松涉在《物象化论的构图》中将"Versachlichung"("物象化")与"Verdinglichung"("物化")进行区分,并将从"异化"到"物象化"视为早期马克思到后期马克思世界观飞跃的象征后③,越来越多学者关注到了在翻译中被忽视的"Verdinglichung"和"Versachlichung"之间的差别,并提出应该对"Verdinglichung"和"Versachlichung"进行区分。有学者将"Verdinglichung"和"Versachlichung"的区分整理成三种观点:第一种观点将"Verdinglichung"和"Versachlichung"区分为商品化和制度化;第二种观点将"Versachlichung"翻译为"物象化",并认为"Versachlichung"是"Verdinglichung"("物化")的加剧;第三种观点将"Verdinglichung"("物化")等同于"Entfremdung"("异化"),与"Versachlichung"("物象化")作出区分。④除了以上几种观点,还有学者提出

---

① 汪民安主编:《文化研究关键词》,南京:江苏人民出版社 2007 年版,第 491 页。
② 1938年郭大力和王亚南翻译的《资本论》中用"物化"或"实物化"来翻译"Verdinglichung"和"Versachlichung"。《马克思恩格斯全集》的第 1 版、第 2 版,以及《马克思恩格斯文集》等都将"Verdinglichung"和"Versachlichung"等同翻译为"物化"。在卢卡奇的《历史与阶级意识》中出现较多的是"Verdinglichung",王伟光和张峰将其译为"物性化",而杜志章等人则译为"物化"。
③ [日]广松涉:《唯物史观的原像》,邓习议译,南京:南京大学出版社 2009 年版,第 35 页。
④ 参见刘森林:《重思"物化"——从"Verdinglichung"和"Versachlichung"的区分入手》,《哲学动态》2012 年第 10 期。

"Verdinglichung"（"物化"）是"Versachlichung"（"物象化"）的加剧的观点。①
尽管对于"Verdinglichung"和"Versachlichung"的翻译和界定在学界仍有
很大争议，但是学者们普遍认为对"Verdinglichung"和"Versachlichung"的
区分是十分必要的。然而，由于本文旨在梳理"物化"概念的发展流变过程，
如果只从"Verdinglichung"或"Versachlichung"入手，将会失去对其整体性
的把握，因而对"Verdinglichung"和"Versachlichung"的区分在此作暂时
搁置。

　　根据上述辨析我们可以发现，"对象化""异化"和"外化"等词的含义
非常接近，常常被等同起来使用，但是进行辨析后还是能够区分出这几个词
之间的差别。"异化"一般有与主体相疏远的涵义，常常指与主体相对立并
反过来奴役主体；"对象化"指主体在改造他者的过程中实现自己，常常作
为褒义或中性的词使用，如人对自然界的改造等；"外化"则侧重于借助中
介的手段来实现自身；"物化"则主要指人与人之间的关系表现为物与物之
间的关系，物与物之间所形成的关系并不为人的意志所改变，这是一种人与
物主客体关系颠倒、人被物所奴役的现象。在西方理论中，黑格尔、费尔巴
哈以及席美尔等人都曾经论述过相近的概念，但是考虑到对马克思和西方
马克思主义理论的影响，在这里主要对黑格尔理论中"客观化"的概念进行
论述。

　　（二）"客观化"概念

　　黑格尔的著作中虽未直接出现过"物化"一词，但是在《精神现象学》
一书中谈到了"客观化"概念，并为马克思所吸收转化。"客观化"是黑格尔
"正—反—合"或"肯定—否定—否定之否定"的辩证法中的一环，被赋予了
积极的发展含义。黑格尔的辩证法可以简单理解为主体创造性地从自身中
外化出客体，并通过对客体或者说他者的认识而有了"自我意识"，当主体
逐渐认识到客体实则也是"我"的一部分、通过将客体重新纳入自身从而达
到对自我的超越，也即"自我异化"。在这个过程中，主体看似回到了原点，
实则是超越了自己，因而，"自我异化"也可以理解为是一种螺旋式的上升
过程。其中，"客观化"是主体将自己外化出去的重要环节，也是主体实现
自我超越的必要前提，没有"客观化"，主体也就不可能实现对自我的超越，

---

①　日本学者平子友长就持这种观点。他主要是根据黑格尔对 sach 和 ding 的区分而对
　　"Verdinglichung"和"Versachlichung"进行区分。他认为"物化"是"物象化"的加剧，"物
　　象化"指人与人之间的社会关系变为物与物之间的关系，人与物的主客体关系发生颠倒。
　　主体经历了两次颠倒，即首先颠倒为"物象"而后又再次颠倒为纯粹的"物"。参见平子友
　　长：《"物象化"与"物化"同黑格尔辩证法的联系》，《马克思主义与现实》2012 年第 4 期。

"客观化是主体发展的根本本质,没有它,就没有发展……在客观化的过程内,外部化和分离的举动也被理解为一个完全积极的时刻,因为没有它就没有否定的时刻"①。在黑格尔辩证法的体系中,"客观化"在"自我异化"的过程中被赋予了积极的发展含义,然而,如果将"客观化"从"自我异化"这个积极的发展过程中分离出来,"客观化"的贬义内涵将会重新突显,"如果客观化被截断,以至于我们的外部化行为没有后来的否定,那么外部化行为就只能被视为是否定的、破裂的形势,对主体而言代表了损失而非获得"②。通过马克思对黑格尔"客观化"以及"自我异化"概念的转化就能清晰看到这点。

马克思的思想受黑格尔的影响颇深,包括"物化"在内的许多概念都转化自黑格尔。在《1844年经济学哲学手稿》中,马克思通过劳动产品与人的异己关系、劳动过程中的"异化"以及人的类本质的"异化"三个方面对"异化劳动"进行了批判③,将黑格尔积极的"自我异化"概念转化为消极的"异化劳动"。而后,马克思认为积极的发展必须要从否定的条件中分离出来,因而他将"客观化"从"自我异化"的过程中分离出来,但这种分离却使黑格尔赋予"客观化"的积极含义发生了断裂,"当生产开始代表外化的过程,术语客观化似乎就失去了它体现这一过程的意义,它的意义也由于当时特定条件下普遍的分离感而被掩盖……在这些条件下,所有异化和客观化的否定含义又彻底地回来了……"④马克思将黑格尔积极的"自我异化"转变为消极的劳动产品与人的异己关系,并将"客观化"概念从"自我异化"的过程中分离出来,在这个过程中,马克思虽未忽视黑格尔著作中"客观化"的积极含义⑤,但是将"客观化"从"异化"中分离出来使得其消极含义重新

---

① [英]丹尼尔·米勒:《物质文化与大众消费》,费文明、朱晓宁译,南京:江苏美术出版社2012年版,第26页。

② [英]丹尼尔·米勒:《物质文化与大众消费》,费文明、朱晓宁译,南京:江苏美术出版社2012年版,第28页。

③ 首先,在工人与劳动产品的异己关系中,马克思阐述了工人在劳动的过程中对劳动产品投入得越多,他自身就越加的贫乏和虚弱;其次,在生产过程中,劳动对工人来说是外在的而非本质的,因而工人在劳动过程中感到的是不幸和折磨,工人与劳动处于异己的关系;最后,在前两点的基础上,劳动使得人同自己的本质"异化",并最终使得人与人之间的关系发生"异化"。

④ [英]丹尼尔·米勒:《物质文化与大众消费》,费文明、朱晓宁译,南京:江苏美术出版社2012年版,第39页。

⑤ 马克思在《1844年经济学哲学手稿》中出现过将生产作为"客观化"的过程,即表示人在生产中对自然界进行改造并从中实现自我创造的过程,在这个语境中,"客观化"的含义是积极的而且是最接近黑格尔理论中的"客观化"概念。

突显了。

　　"物化"一词在黑格尔的著作中虽然没有直接出现,但是在其著作中出现了"异化"和"客观化"的概念。马克思对"异化"和"客观化"概念作出了区分和转化,这种区分和转化使得黑格尔赋予"客观化"的积极含义断裂,而否定的含义重新出现。马克思的"物化"概念包括了"客观化"或"对象化"的含义,如在《资本论》第一卷第一章中出现的"可见,使用价值或财务具有价值,只是因为有抽象人类劳动体现或物化在里面","……物化在商品价值中的劳动,不仅消极地表现为被抽去了实在劳动的一切具体形态和有用属性的劳动……"① 在这些语境中,"物化"在含义上与"对象化"比较接近。

　　(三)"商品拜物教"理论

　　马克思在《资本论》中论述了商品拜物、货币拜物和资本拜物,以从表层到深层的结构逐渐揭示了拜物教的本质以及社会关系的颠倒。其中,"商品拜物教"理论直接启发了卢卡奇的"物化"理论,② 卢卡奇的著作中也多是从商品结构的角度出发对"物化"进行论述,因而这里主要侧重对马克思的"商品拜物教"理论进行论述。

　　"'商品拜物'原指原始部落对山川树石有灵的崇拜投射,后又指女巫所赐的护身符。它指的是宗教给物赋予超自然的力量,也指之后人们对物的崇拜。"③ 在《资本论》中,马克思对"商品拜物教"的根源及表现作了清晰的论述,揭开了商品神秘的面纱。

　　在《资本论》中,马克思认为商品看似简单普通、但却充满了"形而上学的微妙和神学的怪诞",商品的这种神秘性质并非是来源于商品本身,而是由商品的形式所决定,"商品形式在人们面前把人们本身劳动的社会性质反映成劳动产品本身的物的性质,反映成这些物的天然的社会属性,从而把生产者同总劳动的社会关系反映成存在于生产者之外的物与物之间的社会关系"④。通过马克思的阐述可以看出,商品的神秘性质其实不过是人与人之间的社会关系被误认为是物与物之间的社会关系——劳动产品本来是作为人的劳动对象出现,但是在作为商品生产和交换的过程中,劳动产品披上了一层神秘的面纱。而产生这种现象的原因在于,一方面,劳动产品在作

---

①　马克思:《资本论》(节选本),北京:中共中央党校出版社 1983 年版,第 6 页,第 24 页。

②　卢卡奇在写作《历史与阶级意识》(1922—1923 年)时并没有看过马克思的《1844 年经济学哲学手稿》(1932 年发表),其"物化"理论直接受到《资本论》"商品拜物教"的启发。

③　汪民安主编:《文化研究关键词》,南京:江苏人民出版社 2007 年版,第 275 页。

④　《马克思恩格斯全集》第 23 卷,北京:人民出版社 1979 年版,第 89 页。

为商品的生产及交换的过程中有了和商品一样可以衡量的价值,凝聚在商品中无差别的劳动及其体现出的劳动价值被作为商品进行交换,因而人与商品被等同起来,人在商品面前失去了主体地位并被自己创造出来的物所奴役,人和商品之间的主客体关系发生颠倒;另一方面,由于在商品交换的过程即"W-G-W"的过程,在从"W"到"G"这个"惊险的一环"中常常被"摔坏"的商品所有者意识到,商品是否能够成功出售并不取决于劳动者本身,而是受到社会必要劳动时间的影响,如果劳动者在产品中投入的劳动时间超过社会必要劳动时间,那么劳动者就无法完成"W-G"这一环,因而商品所有者认为并不是自己控制着商品,而是自己被商品所控制。基于以上两个方面,在商品交换过程中形成了人与物主客体关系的颠倒,人与人之间的关系被误认为是物与物之间的关系,因而商品被蒙上了神秘的面纱。

　　总的来说,马克思的"物化"理论包含两个层面:一是"对象化"的含义,指主体通过具体劳动改造自然世界并在这个过程中实现自我创造,在这个层面上"物化"的含义是积极的;二是指"商品拜物教"中体现出的人与人之间的社会关系被误认为物与物之间的关系,人和物的关系发生颠倒,物束缚着人,在这个层面上马克思对"物化"进行了批判和否定。

　　马克思的"商品拜物教"理论使得学者们开始关注到了"物化",而卢卡奇的"物化"理论则引起了学界对"物化"的普遍关注和研究。

二、西方"物化"话语的流通

　　卢卡奇的"物化"理论除了受到马克思的启发之外,还受到黑格尔、席美尔和韦伯等人的影响。卢卡奇曾经说过:"当时,吸引我的是作为'社会学家'的马克思,我是通过席美尔和M.韦伯的有色眼镜来看他的。"[①]其中,韦伯的"合理化"理论贯穿于卢卡奇的"物化"理论,并对西方马克主义产生了深刻影响,哈贝马斯在《交往行为理论》中谈到,在卢卡奇和霍克海默那里,资本主义的"合理性"被解释为"物化"。因此,在这里首先对韦伯的"合理化"理论进行论述。

　　(一)韦伯"合理化"中的"物化"

　　根据学者的整理,韦伯的"合理化"根据其在使用过程中的不同作用可以分为四个类型,即"实践理性""理论理性""价值理性"和"形式理性"。其中,"形式理性"就是依据可计算性原则,注重以最有效的手段或工具达到最终目的。而"价值理性"则与"形式理性"相反,并不注重行为的后果而

---

① [匈] 卢卡奇:《历史与阶级意识》,王伟光、张峰译,北京:华夏出版社1989年版,第1页。

在乎行为是否符合"宗教上、政治上的义务责任，服从道德良心的召唤"①。韦伯认为，资本主义发展的过程就是"形式理性"逐渐取代"实质理性"的过程。

根据哈贝马斯的总结，韦伯的"合理化"理论主要涉及"宗教合理化"与"社会合理化"两个方面。在"宗教合理化"方面，韦伯在《新教伦理与资本主义精神》中通过对加尔文教、路德教、清教等的探讨来论述资本主义精神与宗教伦理之间的关系。在"社会合理化"方面，韦伯主要涉及资本主义经济和现代国家两个方面，现代国家的组织核心是合理的国家机关，其特征主要有集中而稳固的税收系统、统一指挥的军事力量、立法和正当使用暴力的垄断化、以专业官僚统治为核心的管理组织四个方面。其中，在"社会合理化"方面尤其是在"官僚制"中，"物化"得到了集中的体现。

韦伯在《支配社会学》中提出了三种支配"正当性"的根本原则，即合理规则的制度、人的权威和对"卡理斯玛"的信仰，这三种支配"正当性"的原则又分别对应着三种支配结构，即"官僚制""家父长制"和"卡理斯玛"。根据韦伯的描述，"官僚制"以"即事化"为准则，具有明确、快速、精准等特点，能够最大限度地减少人员之间的摩擦，比起"家父长制"和"卡理斯玛"型更为优越。愈是发展完美的"官僚制"，越是根据"即事化"的原则摒弃一切非理性因素。

通过韦伯的描述我们可以看到，"官僚制"就是"形式理性"的制度化，相比起"家父长制"和"卡理斯玛"型，"官僚制"具有的优越性在于其以"即事化"或"切事化"的原则为目的。"'即事化'指的就是根据可以计算的规则，'不问对象是谁'地来处理事务。"② 这不仅体现在官僚接受职务时要受到专业的培训，以"职务忠诚义务"而非契约下的交换关系作为任职目的；同时，也体现在官僚处理政务的过程中体现出的公平、精准，摒弃了情感等非理性的因素，官僚以高度的程序化和标准化尽心地完成上层所分配的任务并因此感到自豪。从这两方面可以清楚地看出，官僚不论是在行为或是思想上都完全受"即事性"的控制，为"即事性"的目的所服务。"官僚制"就是"物化"在社会政治方面的集中体现，"官僚制"的运转由上级首脑所决定，官僚只不过是制度运行中的一个齿轮，无法改变制度，并且由于思想上被"物化"，官僚不仅无法意识到自己被制度所统治和奴役，反而将自己的荣誉、价值和官僚机器联系在一起，以尽心尽力地完成上级的任务而感到

---

①　周立斌：《卢卡奇的物化理论及其演变》，北京：中国社会科学出版社 2012 年版，第 16 页。

②　周立斌：《卢卡奇的物化理论及其演变》，北京：中国社会科学出版社 2012 年版，第 46 页。

自豪。

韦伯认为,资本主义发展过程的实质就是"合理性"在社会各个方面的渗透和侵入,而为了解决其中的问题,韦伯所开出的"药方"是采用"卡理斯玛"结构与官僚结构相结合,即"领袖加机器"的组织模式:"在经济领域,意味着权威经济领袖的功利主义,在政治领域,则意味着一种经过公民投票而确定的领袖民主制,而综合这两个领域,则意味着一种选择领袖的最佳机制。"① 但究竟这种结合是否能起到作用,韦伯本人也并不确定。

总的来说,韦伯认为"官僚制"是社会现代化发展的必然结果,这种完全摒弃个人非理性因素,高效、准确、公平地处理事务的组织形式,使其具有其他支配结构无法比拟的优越性。虽然随着"合理性"的渗透和扩张,人的自由被压抑,社会成了"铁笼",但是对生产力的发展和社会的现代化进程来说,"合理性"的原则所带来的公正和高效率无疑是积极的。因此,韦伯对于"合理性"持肯定的态度,尽管是悲观主义的。

(二)卢卡奇"物化"理论

卢卡奇在批判地继承和吸收了马克思、黑格尔、席美尔、韦伯等人的思想后,将"物化"发展成了一种普遍性理论。在《历史与阶级意识》中,卢卡奇阐述的"物化"已经渗透到了社会制度、文化以及人的意识等层面,这对法兰克福学派产生了巨大影响并使得学界广泛关注到"物化"问题。因此,在这里主要就卢卡奇《历史与阶级意识》中"物化"理论的来源、内涵及其对"物化"理论的发展三个方面进行论述。

首先,卢卡奇的"物化"理论受黑格尔、马克思和韦伯等人的影响匪浅,尤其是韦伯的"合理性"理论贯穿于卢卡奇的"物化"思想,卢卡奇试图将韦伯的"形式合理化"用于对社会各个方面"物化"现象的解释。除了韦伯的影响,卢卡奇直接受马克思"商品拜物教"的启发,在《物性化和无产阶级意识》这一章的开始,卢卡奇就阐明了他的论述是从马克思的商品拜物教出发的,马克思对卢卡奇的重要影响不言而喻。此外,卢卡奇也继承和发展了黑格尔的思想,如在关于"生成"概念的论述中就体现了黑格尔辩证法的思想,卢卡奇本人也说过:"第一次世界大战期间,我重新研究了马克思。不过。我这次研究是出于我的一般哲学兴趣和黑格尔的影响,而不是别的当代思想家的影响。"②

---

① [德]尤尔根·哈贝马斯:《交往行为理论》第一卷,曹卫东译,上海:上海人民出版社2004年版,第334页。

② [匈]卢卡奇:《历史与阶级意识》,王伟光、张峰译,北京:华夏出版社1989年版,第1页。

卢卡奇提出的"物化"理论在批判地继承了诸多思想家的理论的基础上，又有所发展。马克思主要是从生产劳动过程及经济层面对"物化"进行阐述，而卢卡奇则认为"物化"同样渗入到了政治领域以及人的意识之中，这个过程首先从经济生产领域开始，而后渗透到了上层建筑，即官僚制和法律体系，最后渗入到人的心灵之中。

1. 在经济生产领域，卢卡奇借用了韦伯的"合理性"理论，尤其是关于量化和可计算的原则，并以此为基础阐述了从手工业到机器生产过程中，"合理性"如何一步步消除人们之间的差别，将人们"物化"成为一个个孤立的原子。

根据韦伯的"合理性"理论，只有将复合体精确地切割成组成部分并对各个部分进行精确的研究，才能够达到最大程度的合理化。在生产领域中，这种分割是无法避免的，生产过程中劳动产品被分割成各个部分，整体不再是有机联系的而是成为了各个部分的客观组合。同时，生产主体与其产品之间的关系也被割裂了，主体失去了与劳动产品整体性之间的关联，并相应地引起了生产主体的分割。对生产主体来说，随着机器大生产的发展和分工的不断精细化，工人被固定在流水生产线中的某一环节，重复而机械地进行同一项工作，随着"合理化"程度的不断加深，工人变得更加被动甚至丧失了自我意志。在此过程中，工人还发现，机器的运行系统并不以工人的意志为改变，不论工人的意愿如何，都要服从于机器，成为整个机器系统中的一个零件，从而导致了个人的原子化。

2. 在政治领域，按照卢卡奇的观点，"资本主义生产的如果完全自我实现的前提条件要是得到满足的话，那么（资本主义的）转化过程必然包括社会生活的每一个表现形式"[①]。因此，资本主义创造了与生产经济领域相适应的上层建筑，即官僚制度和法律制度。卢卡奇认为，现代官僚制度是与资本主义经济发展相适应的制度，是对于人的生活方式、劳动方式和意识形式的调整。官僚制结构中的下层工作人员与操作机器的工人十分相似，他们的工作过程都是完全机械化、程序化和标准化的，官僚制中的底层人员类似于工人，也成为了官僚机器中的一个零件。但官僚与工人最大的不同是，工人在操纵机器过程中感到了自己自由和意志的丧失，而官僚则出于"荣誉感"和"责任感"在"物化"的过程中感到了自我实现和满足，因而官僚不可能认识到"物化"的消极影响，更不可能站出来反对资本主义的"物化"现象。在法律方面，资本主义社会的合理化发展必然要求有法律系统作为支

---

① [匈]卢卡奇：《历史与阶级意识》，王伟光、张峰译，北京：华夏出版社1989年版，第95页。

撑和保证。这种法律系统以计算为基础,与韦伯所论述的官僚制度十分相似,这种法律系统也要求法官完全摒弃个人主观的情感和非理性因素,而像机器一样运行和计算,"……因为在那里,法官类似于一台自动的执法机器,你把申请单塞入这架机器,并且一同塞入必要的费用和应付的款额,你就会从那里得到具有或多或少无法反驳的理由的判决:那就是说,在这样的国家里,法官的行为基本上可以事先预料到"①。

3. 经济生产领域的原子化和政治领域的官僚制等,都体现出商品形式的渗透而带来的种种"物化"现象,随着这种渗透的不断深入,人的心灵也被"物化"了。在卢卡奇看来,无产阶级和资产阶级都受到了"物化"的影响,但是资产阶级在这种过程中感受到的是满足,所以他们并没有超越"物化"的意识;而无产阶级在"物化"中则感到痛苦和毁灭,这使得无产阶级有了超越和反抗的契机。同时,无产阶级在生产的过程中其劳动力被作为商品出售,在这个过程中,人格与劳动力的分离使得"物化"形式达到了顶点。但同时工人也认识到了自己是商品,有了商品的"自我意识",这种认识使得无产阶级能够看透资本主义"物化"的根源。因而,卢卡奇将破除"物化"的希望寄托于无产阶级身上,认为无产阶级以其整体性的观念和历史辩证法的思想,通过实践能够真正地克服"物化"。

总的来说,卢卡奇使用"物化"概念所阐述的是,在商品形式渗透到社会的各个方面后,"社会关系和社会事件与万物,即我们所能感受和控制的客体之间的一种真正的同化"②。这与马克思"物化"理论中谈到的物与人之间主客体关系的颠倒、人被物所奴役的含义,是相一致的。但卢卡奇在《历史与阶级意识》中对"物化"下的定义是"人自己的活动,自己的劳动成为某种客观的、独立于人的东西,成为凭借着某种与人相异化的自发活动而支配人的东西"③。其含义更接近于马克思在《1844年经济学哲学手稿》中的"异化"概念。因而,有许多学者认为卢卡奇将"物化"与"异化"和"对象化"混为一谈,并且在后两者的含义上使用"物化",卢卡奇本人也承认过在《历史与阶级意识》中并未对"物化"与"对象化"作出区分。事实上,卢卡奇的"物化"理论是在韦伯"合理性"理论视域下对马克思"物化"理论的发展,是将马克思与韦伯的理论进行结合的尝试。在马克思的"物化"概念中仍

---

① 转引自[匈]卢卡奇:《历史与阶级意识》,王伟光、张峰译,北京:华夏出版社1989年版,第96—97页。

② [匈]卢卡奇:《历史与阶级意识》,王伟光、张峰译,北京:华夏出版社1989年版,第338页。

③ [匈]卢卡奇:《历史与阶级意识》,王伟光、张峰译,北京:华夏出版社1989年版,第86页。

然包含着"对象化"的积极含义,而韦伯对"合理性"理论也持某种程度的肯定态度。相较于前二者,卢卡奇对"物化"则持激烈的批判和否定态度,"物化"概念发展至卢卡奇,其褒义内涵已经断裂,"物"被置于人的对立面而大加鞭挞。在卢卡奇之后,法兰克福学派对"物化"作了进一步的发展。

三、法兰克福学派对"物化"内涵的拓展

卢卡奇"物化"理论的系统阐述,使得"物化"概念在西方理论中流行起来并引起了广泛关注。其中,法兰克福学派继承了马克思、卢卡奇和韦伯等人的思想,对"物化"进行了深入的阐述,在今天仍有不可忽视的影响。霍克海默和阿多诺将卢卡奇的"物化"引申为"工具理性批判",马尔库塞则创造性地将"物化"发展为"单向度的人"和"单向度的社会"。最后,哈贝马斯在对韦伯、卢卡奇、阿多诺、霍克海默等人的"物化"理论作出总结和批判后,从"交往行为理论"的角度对"物化"作出了新的发展。在这里,首先对霍克海默和阿多诺的"工具理性批判"进行论述。

(一)工具理性的"物化"

霍克海默和阿多诺作为法兰克福学派第一代学者,其理论探索不仅奠定了法兰克福学派的思想轨迹,而且对解构主义、后现代主义也产生了重大影响。霍克海默和阿多诺吸收了韦伯等人的思想,将"物化"连接于"工具理性批判"话语。

霍克海默和阿多诺的理论受其所处的时代背景影响颇深,在经历了德国法西斯上台,目睹了德国无产阶级的失败和群众对纳粹的支持,以及苏联方面斯大林的暴政、苏联对法西斯的妥协之后,霍克海默和阿多诺又见证了美国资本主义的发展及其惊人的整合力量。目睹了这一切之后,霍克海默和阿多诺不再如卢卡奇那样寄希望于无产阶级,而是对"物化"持悲观的态度,并试图在美学中寻求克服"物化"的方法。

在《启蒙辩证法》中,霍克海默和阿多诺认为,启蒙所带来的并非是预想中的光明,而恰恰相反,启蒙退化成了神话,而神话则成了启蒙,"被彻底启蒙的世界笼罩在一片因胜利而招致的灾难之中"①。导致这种现象的原因在于,人类的启蒙本义是要根除泛灵论和神话,以理性唤醒世界,但神话中蕴含着的合理因素以及人们逐渐战胜自然走向逻辑的过程,都被启蒙一并抛弃和忽视了;同时,抽象和数学等作为启蒙的工具利用知识对自然祛魅,

---

① [德] 马克思·霍克海默、西奥多·阿道尔诺:《启蒙辩证法》,渠敬东、曹卫东译,上海:上海人民出版社2006年版,第1页。

把一切不可度量之物都摒除在外，使得现实中的一切都被等同了起来，人和物在这个过程中被量化，人和人之间、物和物之间只存在着细微的量的差别而没有质的区别，因而霍克海默和阿多诺提出了"同一性"的概念。

根据哈贝马斯的总结，马克思论证的"物化"是由商品形式的渗透和商品交换原则产生，而阿多诺则将"物化"推进为"同一性"原则："交换原则是把人类劳动还原成为社会平均劳动时间的抽象的一般概念，因而从根本上类似于同一化原则。"① 也就是说，"同一性"要立足于交换价值关系之中才具有普遍的意义。接着，霍克海默又将"物化"概念重新放到了意识形态哲学中，从主客体的关系方面阐述了"工具理性"，认为"工具理性"是主体为了自我捍卫，在征服外在自然的过程中，由外在自然客观反映在工具行为的活动范围内而形成，主体在控制自然的过程中实则也控制了内在自然和人。

两人在《启蒙辩证法》中对"工具理性"在当代的两个显著表现进行了阐述，即"文化工业"和"犹太主义"。"文化工业"指的是在资本主义经济发展过程中，文化成了商业化和工业化的产物；"文化工业"下的艺术成为了消费品，艺术原则不再是"无目的的目的性"，而是"目的的无目的性"。娱乐成为了劳动的延伸，人们在劳动之余进行的娱乐也只是为了更好地投入到劳动之中，娱乐并没有带来真正的快乐而是欺骗了大众。电影、广播和电视作为现代媒介加速了"文化工业"的进程，人们被迫聆听着相同的广播频道，接受着法西斯主义在广播中的呐喊，并在第二天就异口同声地呐喊起来。生产厂家们通过媒介向人们灌输虚假的欲望，控制着人们的思想，将人们的反应提前计算在内，不给人们留下思考和反抗的空间，即便出现了微弱的反抗声音也处于控制之中。"文化工业"不断地向人们许下承诺，欺骗大众，在电影、广播等媒介的推动下，所有人都成了同样的、可以互相替代的人，人的思考能力在不断地被剥夺和扼杀，人的个性被祛除，物之间的差别也不过是为了竞争而产生的假象。在语言层面，这种"工具理性"体现为由于特定的指涉，语言变成了冰冷的"商标"，被不断僵化，最终变成了一种极权话语，人们越是与话语建立稳固的联系，就越难以掌握其语义。

"犹太主义"是"工具理性"的另一体现，犹太主义作为对"同一性"的反抗而注定要受到社会的排挤和压制。霍克海默和阿多诺认为，犹太人之所以成为十恶不赦的对象是由其压迫者所赋予的。在经济上，犹太人作为商人被资本家推出成为工业经济的代表，游走在为了进步必须付出代价的

---

① ［德］阿多尔诺：《否定的辩证法》，重庆：重庆出版社1993年版，第143页。

贫苦大众之中,成了经济上掩人耳目、营私舞弊的手段,被统治者用来掩盖其统治的罪行而成为了社会不公的替罪羊。此外,犹太主义提倡的理性和摈除偶像崇拜受到了基督徒的敌对,基督教徒认为通过理性化的真理并不能得到救赎,反而成为了他们的绊脚石。霍克海默和阿多诺提出,"反犹主义"只是建立在虚假的投射之上,人们把熟悉的事物变为陌生,而陌生的事物则成了熟悉,混淆了内在世界和外在世界,体现出了人们丧失了反思客体和自我反思的能力。

总而言之,"文化工业"受到商业化和极权主义的影响,正在加速着社会的"同一性"的过程。"文化工业"和"反犹主义"都是"工具理性"的体现。为了克服"工具理性",阿多诺提倡人与自然和谐相处,回到美和艺术之中,在美学中寻求"物化"的突围之路。

(二) 单向度的人的"物化"

马尔库塞在阿多诺和霍克海默的基础上,进一步将"物化"诠释为"单向度的社会"与"单向度的人"。马尔库塞在1930年加入了法兰克福研究所,1934年流亡到美国后进入美国哥伦比亚大学法兰克福社会研究所工作,其代表作《单向度的人》写于1964年。在此书中,马尔库塞阐述了当代社会已发展为极权社会,并认为技术成为了社会控制和社会团结最为有效的工具。因而,马尔库塞主要从"技术合理性"的方面进行阐发,认为政治、文化等诸领域都受到了极权主义的控制。比起卢卡奇在《历史与阶级意识》一书中的论述,马尔库塞所描述的"物化"更加深入和全面,在《单向度的人》中,马尔库塞清晰地论述了整个社会和人都失去了超越和否定的向度,无产阶级也不例外。在这种极权社会中,只存在肯定性的单一向度,对立和矛盾只存在于表面,"物化"现象无处不在。

在政治领域中,党派之间的对立只是表面现象,从政策的制定到相关的话语无不体现出党派之间差别的缩小。根据马克思的理论,无产阶级将推翻资产阶级并取代其地位,而现实却是随着技术的发展,作为革命主力军的工人阶级与社会现实的矛盾和对立正在消解,机器自动化的普遍使得劳动者在表面上摆脱了机器的奴役而与机器一起"摇摆",同时,职场层次的同一化、劳动性质的改变以及生产工具的变化等都使工人的意识发生改变,阶级利益的冲突不再尖锐,资本主义制度和社会主义制度也成了相互依赖的关系。

在文化领域,高层文化与社会现实之间的裂缝在"技术合理性"的渗透下逐渐弥合,高层文化否定和超越的向度在逐渐丧失,同时,艺术在被商业化的过程也不断俗化,失去了批判和否定的声音。艺术原来作为高层享受的特权,远离了被社会俗化的危险,而当文化的平等被推行时,技术的发展和大规模的复制破坏了艺术的异化形式,艺术在大众文化中丧失了其超越的否定的和批判的声音。如果说艺术仍然在发出否定的声音,那么这种否定的声音也是在极权主义的控制和允许下出现的。艺术异化成为了一种功能,艺术的否定性屈从于"技术合理性"的进程,"文化中心变成了商业中心、市政中心或政府中心的配件……现在差不多人人都可以随时获得优雅的艺术享受,只要扭动收音机的旋钮或者步入他所熟悉的杂货铺就能实现这一点。但在这种传播过程中,人们却成了改造他们内容的文化机器的零件"①。

"技术合理性"同样也渗入到了话语领域,词和概念成为固定一致的"老生常谈",功能性的语言以及分析判断都使得事物真正的意义被封闭,"分析判断就是这样一种压抑型的结构……它把意义牢牢地嵌入听众的头脑之中。听众没有想到对名词进行根本不同的(而且可能是真实的)解释"②。通过对听众反复的同义的灌输,使得听众将名词与固定的方式联系起来,省略语也被认为抹杀了词本身超越性的含义。在话语领域中,概念被封闭,真正的意义被阻断,被既定秩序所承认的话语将自己封闭起来,阻断了其他话语并在自己的领域中同化异己。同时,哲学上的实证主义和语言哲学将哲学语言拉低到了"物化"的日常语言的领域。

在生活方面,马尔库塞创造性地提出了"真实需要"和"虚假需要"③的概念。"虚假需要"受到外界的支配,在外界的控制下,人们将这种虚假的、关涉社会利益的需要误认为自己的需要,从而,自由的需要就被社会所窒息了。人们在"虚假需要"的支配下,受到虚假需求的影响而满足于一种舒服平稳的不自由,丧失了对现存制度的否定性超越的向度。

从上述可以看出,政治、生活、语言、哲学等诸多领域都在"技术合理性"的侵入下丧失了对立矛盾的一面,超越和异己被抹杀,社会成为了"单向度的社会"。在这个过程中,人们的自由和自主也成为了一种不可能,自

---

① [美]赫伯特·马尔库塞:《单向度的人》,上海:上海译文出版社2014年版,第57页。

② [美]赫伯特·马尔库塞:《单向度的人》,上海:上海译文出版社2014年版,第78页。

③ "真实需要"指人们"无条件地要求满足的需要才是生命攸关的需要",而"为了特定的社会利益而从外部强加在个人身上的那些需要,使艰辛、侵略、痛苦和非正永恒化的需要,是'虚假需要'。满足这种需要或许会是个人感到十分高兴,但如果这样的幸福会妨碍(他自己和旁人)认识整个社会的病态并把握医治弊病的世纪这一能力的发展,它就不是必须维护和保障的"。(参见[美]赫伯特·马尔库塞:《单向度的人》,上海:上海译文出版社2014年版,第6页。)

由、语言成为了极权统治的工具,人们逐渐失去了否定和超越的向度而只剩下了肯定性的思维。技术成为"物化"最重要的工具,因此马尔库塞对之持批判和悲观的态度。

与阿多诺等人相似,马尔库塞也转向了美学的领域,并尝试从中寻求出破除"物化"的方法,"审美的向度还依然保留着一种表达自由,这种自由使作家和艺术家能够叫出人和物的名称——能够命名其他情况下不能命名的东西"①。此外,马尔库塞提出,随着技术的进步,人们的物质需要得到了满足,不再因为生产资料的匮乏而处于生存斗争之中,能够将更多的时间和精力投入到其他领域中,因而技术的进步除了使生存斗争的模式永恒化,更应该成为人们自由和解放的工具,但技术的这种解放和自由的性质必须要和艺术结合起来。马尔库塞虽然认识到了工人阶级不再是社会革命的中坚力量,在丧失了否定和超越的向度之后,工人阶级已成为了肯定向度的人,不再与社会现实相冲突,但在底层的被剥削者和被迫害者身上依然存在着反对性和革命性,"机会却在于,这一时期中历史的两个极端再次相遇:人类最先进的意识和它的最深受剥削的力量……它不作许诺,不指示成功,它仍然是否定的。它要仍然忠诚与那些不抱希望却已经并正在献身于'大拒绝'的人们"②。

(三) 交往行为的"物化"

哈贝马斯是后期法兰克福学派的代表人物,他总结了前人对"物化"的阐述,并认为他们没能很好地解决"物化"的原因,在于他们往往只立足于"系统"或"生活世界"单方面地进行阐述。因此,他提出了"交往行为理论",构建了"系统"和"生活世界"的双重概念,并认为"交往行为理论"是"物化"的突围之道。

哈贝哈斯认为,后资本主义时期的种种痼疾,是由于"目的合理性"的膨胀、"交往合理性"的萎缩以及"目的合理性"对"交往合理性"的入侵,哈贝马斯提出了"系统"与"生活世界"的概念,并将"物化"发展阐述为"生活世界的殖民化"。与阿多诺、霍克海默和马尔库塞等人不同,哈贝马斯对于"物化"的解决持乐观的态度,他认为通过"交往行为理论","交往合理性"与"目的合理性"能够重新达到平衡。

在论述"生活世界的殖民化"前,需要明确"生活世界"和"系统"的含义。"生活世界"是哈贝马斯在吸收了胡塞尔、舒茨等人的思想后提出的,

①　[美] 赫伯特·马尔库塞:《单向度的人》,上海:上海译文出版社2014年版,第207页。

②　[美] 赫伯特·马尔库塞:《单向度的人》,上海:上海译文出版社2014年版,第215页。

"生活世界"在哈贝马斯的理论中可以被理解为"视域"(horizon)或借助文化传递和语言组织起来的储蓄库,是人们进行交往的背景,"生活世界,作为交往行动者'一直已经'在其中运动的视野,通过社会的结构变化整个地受到约束和变化","生活世界表现为自我理解力或不可动摇的信念的储蓄库,交往的参与者为了合作的解释过程可以利用这些自我理解力和坚定的信念"①。从"生活世界"出发,人们对客观世界、主观世界和社会世界进行理解。"生活世界"的构成因素包括文化、社会和个人,与这三个因素相对应的文化再生产、社会一体化和个性的同一化。"生活世界"体现出的是"交往合理性",注重交往的过程而非结果。"系统"则是与"生活世界"相对的领域,主要包括政治和经济亚系统,体现为"目的合理性",与"生活世界"相反,"系统"注重行为的目的而非行为的过程与价值。关于"系统"与"生活世界"以及"目的合理性"与"交往合理性"之间的关系可以借助张博树在《现代性与制度现代化》一书中整理的表格清晰看出②:

系统与生活世界的区别表

区别项 社会 研究测度	方法论 前提	考察 侧重点	发展 指向	进步标尺	合理性 类别	社会功 能表征	解释 范围
系统	外在的 观察者	行为结果	复杂性 的增长	系统分化和"操 舵能力"的增长	目的 合理性	物质 再生产	发展 动力学
生活世界	内在的 参与者	行为取向	理性化 的提高	文化、社会和个 性的分化程度	交往 合理性	交往 再生产	发展 逻辑

哈贝马斯认为,以往的学者往往只单方面地关注到"生活世界"或"系统",如阿多诺和霍克海默对"工具理性"的批判就是从"系统"的角度出发而忽视了"交往行为"和"生活世界",这使得他们陷入了一种悲观主义和"无家可归"的状态。因此,哈贝马斯建构起了"生活世界—系统"的双重概念,将社会的发展过程阐述为"系统"与"生活世界"的分离过程。"物化"就是以技术的发展为前提,"系统"的分化能力不断提高并逐渐独立出来,最后与"生活世界"彻底分化,同时"生活世界"自身的能力不断下降,萎缩成了亚系统。因而,系统能够轻易地渗入生活世界并导致了"生活世界的殖民

---

① [德]尤尔根·哈贝马斯:《交往行动理论》第二卷,重庆:重庆出版社1994年版,第165页,171页。
② 参见张博树:《现代性与制度现代化》,上海:上海人民出版社2009年版,第74页。

化"即"物化"。哈贝马斯指出："不是媒体控制的下属体系,以及它们的组织形式,与生活世界的脱节,导致交往日常实践的片面合理化或物化,而只是经济的和行政管理的合理性的形式,渗入转变为货币和权力媒体的行动领域,才导致交往日常实践的片面合理化或物化,因为它们专门化为文化传统,社会统一和教育。并且仍然表现为作为行动协调的机制的理解。"① "物化"或者说是"生活世界的殖民化"可以从文化、社会一体化和人的个性三个方面进行具体论述。

首先,在文化方面,哈贝马斯区分了"公共领域"和"私人领域"。"公共领域"主要包括文化共同体、出版机关和大众媒体等,与文化再生产过程相关。"私人领域"主要指狭义上的市民社会,包括商品交换、生产劳动领域,以家庭为核心。在哈贝马斯看来,现代化的发展过程是国家和社会不断分离的过程,或者说是货币和权力使得作为下属系统的经济和政治发生分离、并引起公共领域和私人领域分离的过程。

哈贝马斯分析指出,从19世纪中叶开始,随着国家干预社会的趋势不断增强,国家社会化和社会国家化的出现使得公共领域和私人领域之间的界线不断模糊,其带来的结果是批判性的文学公共领域逐渐瓦解,消费文化的伪公众领域和伪私人领域的出现,取代了文化公众领域。早期随处可见的咖啡馆、沙龙、读书会以及频繁刊印的各种杂志使得人们能够自由地谈论文化、艺术或批判政治,而自19世纪中叶以来,画报取代了家庭杂志,作为消费层的家庭不再信任文字,文化消费侵入并占据了主导地位,沙龙和读书会不再时兴。大众讨论和批判的声音并未消失,但其性质却发生改变,带有商品的形式和消费的特征。除此之外,文化商品也受到消费主义的影响,过去市场的功能仅局限于分配文化商品,而现在,"市场规律已深入作品之中,成为创作的内在法则。在消费的广阔领域,不再是作品的传播和选择,作品的装潢和设计,甚至还包括作品的生产都依据销售策略进行"②。

从哈贝马斯以上的分析可以看出,现代化社会中消费主义大行其道,货币和权力使得经济和政治进一步分离并深入到了文化公共领域,批判的文化公共领域为大众文化的消费领域所取代,文化世界陷入荒芜和枯萎之中。

---

① [德] 尤尔根·哈贝马斯:《交往行动理论》(第二卷),重庆:重庆出版社1994年版,第427页。

② [德] 尤尔根·哈贝马斯:《公共领域的结构转型》,曹卫东译,上海:学林出版社1999年版,第191页。

　　在社会一体化方面，"当代资本主义是通过社会劳动领域内的媾和(pacification)和政治决策参与领域中的'无效化'(中立化)两种方式实现系统对生活世界的征服"①。在社会劳动领域内，使用价值受到市场和消费主义的影响不得不转化为消费的需求偏好，市民的私人自由也受到了消费主义的影响而逐渐丧失。在政治领域内，在大众民主的框架下，公众对政治的普遍参与使得公民角色扩展，而这从另一方面来说也意味着公民角色变得无效或中立，丧失了其批判性。同时，国家对大众媒介的掌控以及私人集团对大众媒介的影响使得公共媒体不再反映公众的意见，公民的政治自由成为一种虚假存在。由于公共媒体的影响，公众意见转化为对公众领导的盲从，丧失了政治上的自主性。此外，福利国家通过改善工作环境、提高工作报酬并设立一系列保障机制使得劳动者的生活水平不断提高，因此，生产资料分配的问题不再引起爆发性的破坏，而是形成了一种阶级妥协。

　　而在个性方面，哈贝马斯的分析与马尔库塞对"单向度的人"的分析十分相似，都体现在"目的合理性"对"交往合理性"的侵蚀后，主体间的交往受消费主义的影响和渗入，个人的理性批判能力丧失，人与人之间的关系被扭曲，人成为了工业文明的奴隶。

　　总的来说，"生活世界的殖民化"主要体现为经济和政治亚系统对"生活世界"的侵入和渗透。哈贝马斯虽然看到了"生活世界"被侵入和扭曲，但却没有像阿多诺和霍克海默那样走向悲观，而是持乐观态度，他认为"生活世界"的理性潜能仍然存在，"生活世界的殖民化"可以通过生活世界合理性潜能的扩张，即通过"生活世界"和"系统"的平衡来解决。因而，哈贝马斯提出对"生活世界进行复兴"的唯一方法就是"交往行为合理化"。

　　在《交往行为理论》第一卷中，哈贝马斯区分了四种行为，即"目的行为""规范调节行为""戏剧行为"和"交往行为"②。"交往行为"的目的是使交往的主体之间达成共识和理解，属于奥斯丁(J.I.Austin)所划分的"以言行

---

①　张博树：《现代性与制度现代化》，上海：学林出版社1998年版，第87页。

②　"目的行为"指通过有效的手段来实现一定的目的，注重行为目的的实现。"规范调节行为"指社会群体的成员，其行为具有共同的价值取向。每个群体中都有一定的规范，群体中的成员可以相互期待是否服从规范，履行各自的行为并满足期待。"戏剧行为"指将自己的主体性遮蔽起来，在他人面前表演自己，控制公众进入个人的观念的行为。"交往行为"则"涉及的是至少两个以上具有言语和行为能力的主体之间的互动，这些主体使用(口头或口头之外的)手段，建立起一种人际关系。行为者通过行为语境寻求沟通，以便在相互谅解的基础上把他们的行为计划和行为协调起来"。(参见[德]尤尔根·哈贝马斯：《交往行为理论》第二卷，曹卫东译，上海：上海人民出版社2004年版，第83—84页。)

事"的范围。共识和理解要在语言的媒介下进行,因此,哈贝马斯认为交往行为是一种语言行为。"交往行为合理性"首先从语言的角度来看,要符合四种有效性要求,即可理解性、真实性、真诚性和正确性,其中又以真实性、真诚性和正确性最为重要,这三种有效性在不同的语境下并非具有同等的重要性,但是在交往行为中总是被一起提出。除了满足语言上的有效性要求之外,同时还应该遵循一定的规范,这些规范是达到理解的前提,此外,哈贝马斯认为还应该通过民主制度的建立来保障"民主话语",通过公共领域和大众媒介,公众的意见得以表达并形成公共舆论,以此达到对政治的督促并实现"民主话语"。

　　总的来说,哈贝马斯从"目的合理性"对"交往合理性"的入侵来阐述,将"物化"发展为"生活世界的殖民化",并尝试通过"交往行为"实践来恢复二者之间的平衡。

　　通过上述的梳理,可以对西方"物化"的发展演变过程有清晰的认识。在西方语境中,"物化"从黑格尔的"客观化"到马克思的"对象化"与"商品拜物教",再到卢卡奇的"物化"理论以及法兰克福学派对"物化"的发展,其褒义内涵逐渐断裂而转变为彻底的贬义,在这个过程中,"物"始终被置于人的对立面,体现出人与物关系的二元对立。而与西方截然相反的是,在《庄子》以及中国古代的哲学和美学中,物和人之间的关系体现为互化合一,表现出"人—物"之间的亲密和谐。

第二节　物物—物与话语谱系

　　在文学活动中,人们围绕"物"而形成的话语以及由这些话语所构成的谱系,深受人们的宇宙观念和哲学思想的影响。其中,"物物""物与"和"以物观物"这一组话语丛,与中国传统的宇宙观念和哲学思想分不开,也与受到东方道家思想启发和影响的海德格尔关于"物性"(thingness;thinghood)的思想有紧密的联系。本节通过中国传统有关"物"的思想(特别是庄子)与海德格尔思想的比较分析来阐述这组话语的丰富内涵。

一、"物物"与"The thing things"

"物物"一词,语出《庄子·外篇·山木第二十》:

　　　　庄子行于山中,见大木,枝叶盛茂。伐木者止其旁而不取也。问其故,曰:"无所可用。"庄子曰:"此木以不材得终其天年。"夫子出于山,舍于故人之家。故人喜，命竖子杀雁而烹之。竖子请曰："其一能鸣，其一不能鸣，请奚杀？"主人曰："杀不能鸣者。"明日，弟子问于庄子曰："昨日山中之木，以不材得终其天年；今主人之雁，以不材死。先生将何处？"庄子笑曰："周将处乎材与不材之间。材与不材之间，似之而非也，故未免乎累。若夫乘道德而浮游则不然，无誉无訾，一龙一蛇，与时俱化，而无肯专为。一上一下，以和为量，浮游乎万物之祖。物物而不物于物，则胡可得而累邪！此神农、黄帝之法则也。若夫万物之情，人伦之传则不然：合则离，成则毁，廉则挫，尊则议，有为则亏，贤则谋，不肖则欺。胡可得而必乎哉！悲夫，弟子志之，其唯道德之乡乎！"①

其中的"物物而不物于物"，是理解问题的关键。长期以来，人们习惯于将"物物"与"物于物"逻辑地对立起来，并通过后者推导出前者的含义。如果"物于物"是"为物所役"即"物役"的意思，那么，"物物"则是"控制、掌握和操纵"物，即"役物"的意思。这样，整句的含义就被解释为"控制'物'而不被'物'所控制"，"物物"与"物于物"就被解释成逻辑上的对立关系。这种解释多见于目前对于庄子这句名言的一般理解之中，它基于"人"与"物"之间的等级制而强调人的"主体性"和"能动性"，强调人对于物的控制和支配。这是近代以来的人文主义思想的集中体现，但这种理解和解释放在庄子这段话的上下之中却并不"自洽"。

《庄子》一书里出现"物物"的地方，除《山木》的"物物而不物于物"外，典型的还有名篇《知北游》中的"物物者与物无际，而物有际者，所谓物际者也"，"物物者非物，物出不得先物也，犹其有物也"等②。陈鼓应对"物物者与物无际"的注解是"支配物的和物没有界际"，并接着注出林希逸的注解"物物者，道也。与物无际，通生万物之谓也。"③陈对"物物者非物"的注解是："化生万物的'道'不是物象"。④可见，陈鼓应也是认同"物物者，道也"的说法的。那么支配物、主宰物又作何理解？即便是将"物物"理解为"支配物"，那它的主语也应该是道，而不是人，可是在《山木》中明显讲的是人（神农、黄帝）"主宰"物，因此将"物物"理解为"主宰物"是有问题的。陈鼓应的《庄子今注今译》出版于1983年，是当代国内较为权威的庄子译注本，

---

①　郭庆藩撰：《庄子集释》（第三册），北京：中华书局1961年版，第667—668页。

②　郭庆藩撰：《庄子集释》（第三册），北京：中华书局1961年版，第752、763页。

③　陈鼓应：《庄子今注今译》，北京：中华书局1983年版，第576页。

④　陈鼓应：《庄子今注今译》，北京：中华书局1983年版，第586页。

之后的大多数研究者都采取他的译法，将"物物"解释为"支配物、主宰物"。

张耿光在1991年出的《庄子全译》中将"物物而不物于物"的物物也解释为"役使万物"，却又在《知北游》中将"物物者"解释为"使其成为物的，前一'物'字用如动词，并带有致使性含意"①。这种矛盾性的解释也出现在孟庆祥等人的《庄子译注》（黑龙江人民出版社2003年版）、孙通海译注的《庄子》（中华书局2007年版）中。

在《庄子》今译中，杨柳桥的版本对"物物"概念的解释较为统一，"物物而不物于物"的释语是："把万物作为万物，而不被万物将自己作为万物。"②《庄子译诂》中《知北游》的"物物者与物无际"的注解中，援引了宣颖和许慎："宣颖：物物者，主宰乎物者，指道也。物之所在，即道之所在，俱无边际。按：许慎《淮南子》注：'物物者，造万物者也。'"③可见，古之学者对于"物物"的解释非常清楚。下面再看几个古、近代学者的解释。郭象《庄子注》："明物物者，无物而物自物耳。"④（郭庆藩《庄子集释》也取郭象的注解⑤）王先谦《庄子集解》解释"物物而不物于物"："视外物为世之一物，而我不为外物之所物。"⑥

古、近之学者对于"物物"的阐释大致可分为两个脉络：大多数人皆认为"物物者，道也"，"物物"就是使物成为物，主张物的自为、自化，所谓物之所在，道之所；以成玄英、宣颖为代表的另一种解释则突出了"物物"即主宰物，但认为主宰物的是道。那么，当代研究者将"物物而不物于物"理解为人应该主宰物而不被物所役使，就完全背离了庄子之意。庄子哲学中，人与物始终都不应是对立关系、主客体的关系，人之精神和物之实质二者任何一方都没有被突显，反而是混杂的互相转化的关系。当代对"物物而不物于物"的解读是当代意识对庄子的误读，这种误读的背后似乎与另一个"物化"概念有着千丝万缕的联系。

结合中国古代汉语的通常用法，"物物而不物于物"中第一个"物"为名词的意动用法，意为"以……为物"。第二个"物"为名词，即为通常的"物"的意思。"物物"的意思就是以物为物，这就是说物就是物，没有人为的东西施加于其上，物就是纯然本然的"物"。第三个"物"是动词，意为"物役"。

---

①　张耿光译注：《庄子全译》，贵阳：贵州人民出版社1992年版，第392页。

②　杨柳桥：《庄子译诂》，上海：上海古籍出版社1991年版，第380页。

③　杨柳桥：《庄子译诂》，上海：上海古籍出版社1991年版，第440页。

④　《文渊阁四库全书》（第1056册），台北：台湾商务印书馆，第110页。

⑤　郭庆藩：《庄子集释》，北京：中华书局1961年版，第753页。

⑥　王先谦：《庄子集解》，西安：三秦出版社2005年版，第266页。

第四个"物"为名词,同第二个"物",也是普通的"物"的意思。"物于物"的意思就是被物所物役,这就是说人被物所奴役,成了物的奴隶。对物的追求便会导致被物所役使。

这里涉及一个问题,按照西方文化的"other/or"(非此即彼)逻辑,"物物"和"物于物"在同一句话中如此前后对举,其间应该构成一种"对立"关系。也就是说,"物物"的含义就应该正是"物于物"的反面,因此是"役物"的意思,即使役、掌握、控制物的意思。但依据上下文来看,庄子显然不是在这个意义上使用"物物"一词的,因而并未将"物物"与"物于物"对立起来而使用。这里涉及东西方传统思维方式方面的巨大差异。实际上,中国传统哲学中"气分阴阳,相异相通;阴中有阳,阳中有阴"的观念,虽有阴阳二分,但这是"气"整体中的二分,是整体与部分、内与外、本与末、上与下、先与后、深与浅的关系,其间冲突互动、动态依存。因此,它是变"非此即彼"(either/or)的线性简单思维为"亦此亦彼"(both/and)复杂网络思维。杜维明先生指出:"我觉得人类思维方式的转变,一是从静态的几何思考转向动态的发展的思考,任何东西都在动,不仅人,草木瓦石都是动的,都是各种不同的动力(energy)造成的;二是从'非此即彼'、决然二分的思考转变为'亦此亦彼'、相互依存的思考。"①"亦此亦彼"也是考虑问题时将具体的多样性包括在内,而不是把具体的多样性按照简单的模式割裂开来的思维方式。

在人与物的关系上,现代性话语将"物"视为人的能动性和征服欲的"反证",将之看成是与人相对立的、外在于人的"他者",放逐在人类生活的边缘地带;同时将"物"的"能量"叙述成"无限的",为人类无节制的攫取寻找口实。这种观念给人类带来了前所未有的灾难,导致人与自然关系上的普遍异化,造成"自然能量"与"社会能量"之间的失衡。今天,理论家从能量尤其是"社会能量"角度重新审视人与自然之间的关系,确立了"自然能量"与"社会能量"之间均衡依存的新型关系:自然能量并不是无限的,有限的自然能量正是社会能量的基础,后者并不能独立于前者,合二为一,即是"万事万物发展和存在的动力与形式"②。人类唯有掌握它和运用它,才能得到延续和发展;人类对自然能量,不应是一味收集、汇聚和利用,而是守护!

其实,当代西方学术在人文反思过程中,也在寻求这样一种"both/and"的思考方式。在《小说与重复》中,米勒讨论了小说中存在的重复现象,认为对于小说的阅读,要通过识别其中的重复并理解其意义而实现。米勒提

---

① 杜维明:《对话与创新》,桂林:广西师范大学出版社 2005 年版,第 37 页。
② 陈霖生编著:《道德经的实用价值·封底介绍》,香港:香港宏大印刷设计公司 1993 年版。

出了两种重复类型：一种是柏拉图式的重复，它植根于语言的记述功能，假设文学是对某个原型的重复，强调文学与历史之间的模仿、再现关系；第二种类型的重复是"尼采式的重复"，它以差异为根基，"使我们得以理解文学戏剧化表演、丰富多彩、开拓创新（文学如何创造历史）等既错综复杂而又疑团丛生的情形"①。米勒认为，这两种重复又是纠结交叉的关系，"重复的每种形式常使人身不由己地联想到另一种形式，第二种形式并不是第一种形式的否定或对立面，而是它的对应物。它们处于一种奇特的关系之中，第二种形式成了第一种形式颠覆性的幽灵，总是早已潜藏在它的内部，随时可能挖空它的存在"②。米勒从言语行为理论所包含的记述与施为两个维度，发现了文学所具有的"既不／也不"与"既／又"共在的非逻辑关系，打开了认识文学问题的崭新视野。

在"物于物"之外，存在着一个"非—物于物"的"悖论性"区域，这个区域是"物于物"的"对应物"而非"对立面"。这里正是一个意味纷呈的"背离的诗学"的广阔领域，它并不是"物于物"的线性对立面(poetics of the divergence opposed to the rectilinear logic and to the conformist anticipation)。③

显然，西方当代学术所寻求的"既不／也不"与"既／又"共在的非逻辑关系，是在首先承认"彼"与"此"、心与物的界分的基础上，寻求二者之间关系的复杂性。而中国传统首先考虑的是"天人"关系，而不是"心物"关系，在"天人合一"的视野下，"物"与"人"并不是对立的，而是相互成就的。按照徐复观的解释，"人的理想状态也就是天（物）的本然状态"，人与物之间"和而不同"，不尽同而可相通，这是一种"横向超越"。理论总是承诺其"超越价值"，西方正统的超越方式却是一种"纵向超越"："从柏拉图的理式到笛卡儿的我思，超越意味着存在一个王国或实体，它在某物之外或超出某物。这个'之外'被构想为静止的、抽象的和绝对的。"而另一种超越"仅仅是某事之发生"，是某物超出自身而又依然处于世界之中，它避开了永恒者与超越之间的区别界限(eludes the distinction between immanence and transcendence)。④前一种超越指"西方传统的概念哲学所采用的由感性中

①　[美] 希利斯·米勒：《小说与重复》，天津：天津人民出版社 2008 年版，第 3 页。

②　[美] 希利斯·米勒：《小说与重复》，天津：天津人民出版社 2008 年版，第 11 页。

③　Titu Popescu, *The Aesthetics of Paradoxism*（2nd edition），American Research Press, 2002, p.43.

④　Eske Møllgaard, *An Introduction to Daoist Thought Action, language, and ethics in Zhuangzi*, Routledge Taylor & Francis Group, 2007, p.25.

的东西到理解中的东西的追问",这是理论的"本质主义"追问方式,最终导致从表面的直接的感性存在超越到非时间性的永恒普遍概念中去。而"横向超越"是强调任何当前在场的东西都是同其背后未出场的天地万物融合为一、息息相通的,从前者超越到后者不是超越到抽象的概念王国,而是超越到同样现实的事物中去。① 这样的理论超越是"无底的",这样的理论超越也使理论与文学最终共处于同一个空间,人们投向理论的眼光与投向文学的眼光在这个空间里交汇并相互生成。

在这种"横向超越"的哲学视野下,人对"物"的超越并不意味着摆脱"物",而是更加深入地卷入与"物"的交往互动关系之中,这就是庄子所讲的"物化",是更加和谐地与物相处,即一种"与物为春"的状况。

因此,"物物"就是物达到其本然状态,而这一状态也就人的理想状态。在"物物"这一用语之中,并没有太多的人为性在里面,所以,即使将其按照意动语译为"以物为物",或按照使动语将其译为"使物成为物",都已然渗入了一些人为因素。

有意思的是,"物"(thing)成为后期海德格尔关注的中心,他在讨论物性问题的论著中,多处使用"The thing things"这一表述,约略可以看到庄子"物物"一语的影子。"二战"之后,海德格尔的思想发生了重大转变,从"现象学"阶段转向"物性论"阶段。他在战后"复出"的不来梅讲座(1949 年)中,开始了对于"物"的追问和反思,提出了著名的天地神人"四方游戏"的学说(the fourfold)海德格尔说道:"物是一个事件,聚集着天地神人四方,其中的每一方都映照着其他三方。物是四方的统一体,这个统一体又可以被称为'世界'。'世界世界着'……共属于一个围拢的圆环,或一场舞会。"② 其中"The thing things"是一个新颖的用语,在《诗·语言·思》讨论"物"的过程中,海德格尔三次使用"The thing things",十多次使用"The thinging of the things",其中的"things"和"thinging",都是将"物"(thing)用作动词。

按照海德格尔的考证,"thing"在古德语中意思的"聚集"③,因此,作为动词的"thing"更接近于一般意义上的聚集、聚合、聚会。海德格尔以陶壶这一 thing 来进行具体地分析:"在物一词来自传统语用中的一意义因素,即'聚集',同我们早先思考的相应,说出了陶壶的本性。……由物的物化

---

① 张世英:《哲学导论》,北京:北京大学出版社 2002 年版,第 26—29 页。

② Graham Harman, *Heidegger Explained:From Phenomenon to Thing*, Carus Publishing Company, 2007, p.131.

③ Martin Heidegger:translated and introduction by Albert Hofstadter, *Poetry*, *language*, *thought*, Harper Collins Publishers, 2001, p.172.

中,陶壶这种现身者的现身才能转化自身并也规定自身。"① "为发现亲近的本性,我们来思考近处的壶。我们来寻找亲近的本性和陶壶作为一物的本性。但是,在这种发现中,我们也看到了亲近的本性。物物化,在物化中,它居留大地和天空,神圣者和短暂者。居留,物带来了四者在它们的遥远之中的相互亲近。这种带来的亲近便是亲近化。亲近化便是亲近的现身。亲近带来亲近(相互亲近)遥远,并且作为遥远。亲近保持遥远。保持遥远,亲近现身于接近遥远的亲近中。此种方式带来的亲近,亲近遮蔽了自身,而且以自己的方式保持了最大的亲近。"②

　　有趣的是,据考证,"物"在汉语中本义为"杂色牛",引申名"万有不齐之庶物",王国维《释物》认为:"古者谓杂帛为物,盖因物本杂色牛之名,后推之以为杂帛。诗小雅曰三十杂物,尔牲则异。传云异毛色者,三十也,实则三十杂物,与三百杂群、九十其犉,句法正同,谓杂色牛三十也,由杂色牛之名,因之以名杂帛,更以名万有不齐之庶物,斯文字引申之通例矣。"③ 从动态的意义上理解,"物"在汉语中也有"多种色彩聚集一起"的意思。

　　正是在这个意义上,"物"就绝不是孤立自存的,而是将各种因素聚集的过程和结果,"物物"就是"物以类聚"之意;而"the thing things"就是物聚合天地神人的属性,即是"物性"的运动样态。海德格尔在《诗·语言·思》中,围绕对于"壶"的物性问题的讨论,指出了物的整体性"居留":"物居留于统一的四者,大地和天空、神圣者和短暂者,在它们自我统一的四元的纯然一元中。大地是建筑的承受者,养育其作物,照顾流水和岩石、植物和动物。当我们说大地,我们已经想到了另外三者,由于四者的纯然一元而伴随着它。天空是太阳的道路,是月亮的路途。繁星闪烁,四季交换。……当我们说天空,我们已经想到另外三者,由于四者的纯然一元而伴随着它。……当我们说神圣者,我们已经想到了另外三者,由于四者的纯然一元而伴随着它。……当我们说短暂者,我们已经想到了另外三者,由于四者的纯然一元而伴随着它。……大地和天空、神圣者和短暂者(它们自愿地达到一)由统一的四元的一元而从属在一起。四者的每一位都以自身的方式反射其他的现身。每一位因此以自己的方式反射自身。"④

---

① [德]海德格尔:《诗·语言·思》,彭富春译,北京:文化艺术出版社1988年版,第156页。
② [德]海德格尔:《诗·语言·思》,彭富春译,北京:文化艺术出版社1988年版,第156—157页。
③ 王国维:《观堂集林》(卷6),台北:台北艺文印书馆1956年版,第75页。
④ [德]海德格尔:《诗·语言·思》,彭富春译,北京:文化艺术出版社1988年版,第157—158页。

　　由于物性就是基于聚合的整一性,因此,物不仅聚合着天地神人,而且聚合着四方之间的关系。在这个意义上,天地神人都是物,都具有物性。"人物"不是人"物于物"的结果,而恰恰是人的理想状态与物的本然状态的聚集。"物"并不是人的"对象",而是内在于人之中,人与物具有同源性,"物物"也就是人成为"人物"的过程。

　　"物物",在其一般的表现形式上即是"物化",物化是回归人与物的原初同源状态。在文艺中,尽管"以物观物"与"以我观物"之间在着差异,但二者都属于"物物"的范畴,而并不是属于"物于物"。其间的差别,只是"以物观物"侧重于客观方面,而"以我观物"侧重于主观方面。

　　"以物观物"和"以我观物"也不能直接地等同于西方的"现实主义"(再现)和"浪漫主义"(表现),因为这两簇话语在具体写作手法上看似相似,但两簇话语深层的"物"观念和宇宙观念迥然不同:"表现论"背后的"创造性"设定,认为艺术家是"从无到有的创造者",恰似上帝从无到有创造世界一样;而"以我观物"只是"物感"的形式表现之一,诗人并不是"从无到有"地创造出新的"物",而是"感物而动""应物斯感""吟咏性情"。

　　而关于"以物观物",直接提出这一命题的是宋朝理学家邵雍,他说:"夫鉴之所以能为明者,谓其不隐万物之形也。虽然,鉴之能不隐万物之形,未若水之能一万物之形也。虽然,水之能一万物之形,又未若圣人能一万物之情也。圣人之所以能一万物之情者,谓其圣人之能反观也。所以谓之反观者,不以我观物也。不以我观物者,以物观物之谓也。既能以物观物,又安有我于其间哉?"[1] 因此"以物观物,性也;以我观物,情也。性公而明,情偏而暗"[2]。邵雍是宋朝著名理学家,他关于物我关系的论述,体现了抑情扬性的理学思路,认为"情"偏狭晦暗,不能公正地观物;而性公正明鉴,能体物之道。如果能以物观物,抛弃一切影响观物的情感因素,站在物的角度观物,则能与物冥合无垠,闲适淡泊,悠然自得。

　　直接用"以物观物"来描述艺术问题的是王国维,他在《人间词话》中说:"有有我之境,有无我之境界。有我之境,以我观物,故物皆著我之色彩。无我之境,以物观物,故不知何者为我,何者为物。"并举例:"泪眼问花花不语,乱红飞过秋千去""可堪孤馆闭春寒,杜鹃声里斜阳暮"为有我之境;而

---

① 北京大学哲学系美学教研室编:《中国美学史资料选编》(下),北京:中华书局1981年版,第18页。

② 北京大学哲学系美学教研室编:《中国美学史资料选编》(下),北京:中华书局1981年版,第18页。

"采菊东篱下,悠然见南山""寒波澹澹起,白鸟悠悠下"为无我之境。王国维把前者称为"壮美",后者称为"优美",前者于动中得之,后者于静中得之。两种境界的最大区别在于,"以我观物"的"物"常常是作者抒写情感的工具,是"以奴仆命风月",有"轻视外物之意",本质上是一种寄托比兴方式;而"以物观物"是"以自然之眼观物",无论是观的方式还是观的目的,"物"都被提到第一位,有"重视外物之意",不是以我去改变"物",而是让我去冥合"物",确保"物"呈现自然的本性。

　　在中国传统哲学中,物我同源一体,然而人们在现实的生活实践中,毕竟每天都与不同的物相遇,而且,这些物似乎是与人对立相视的。那么,如何才能回归这种同源一体性呢? 庄子所构想的"物化"和"与物为春",正是基于这种同源性的基础上。正因为物与我是同源的,我与物在世间也是平等的,所以,我化为蝶或蝶化为我,这种人生状态是可以泰然任之而不必产生焦虑的,"与人为善,与物为春",就是归本返道的基本方式。值得强调的是,张载的"民胞物与"说,事实上正是庄子这一观点的引申,"民我所同胞","物我所与也","民""物"与"我"之间,是平等相待的。"民胞"即是与人为善,像对待同胞一样对待他人;"物与"就是"与物为春",对待"物要像春天般的温暖"。

二、庄子"物"之三层与海德格尔"物"的三种含义

　　庄子默会到了人类生活体验中那些不可"言论"和"意致"的活态内核,认为它无法被"书""语""意"一网打尽。《庄子·天道》云:"世之所贵者书也,书不过语,语有贵也。语之所贵者意也,意有所随。意之所随者,不可以言传也,而世因贵言传书。世虽贵之,我犹不足贵也。……桓公读书于堂上,轮扁斫轮于堂下,释锥凿而上,问桓公曰:'敢问,公之所读者何言邪?'公曰:'圣人之言也。'曰:'圣人在乎?'公曰:'已死矣。'曰:'君之所读者,古人之糟魄已矣!'……'臣以臣之事观之。斫轮,徐则甘而不固,疾则苦而不入。不徐不疾,得之于手而应于心,口不能言,有数存焉于其间。臣不能以喻臣之子,臣之子亦不能受之于臣,是以行年七十而老斫轮。古之人与其不可传也死矣,然则君之所读者,古人之糟魄已矣!'"[①] 这个轮扁议书的寓言故事暗示:人类生活实践领域存在一个活态层面,即"意之所随"的层面,它难以言表,更无法固化在文字书本之中。"语""言""意"等媒介手段尽管有层次高下之别,但顶多是"随"物宛转,而无法臻致"物"本身。而作为"语"

---

① 郭庆藩撰:《庄子集释》(第二册),北京:中华书局1961年版,第667—668页。

之记录的"书",也就只能是最高智慧的二度背离,斥之为"糟粕"亦不为过。其实,庄子所要追问的,正是这个始源性的底基即"意之所随",它在意之"外",可"随"而又难以"捕获"。《庄子·秋水》云:"夫精粗者,期于有形者也;无形者,数之所不能分也;不可围者,数之所不能穷也。可以言论者,物之粗也;可以意致者,物之精也;言之所不能论,意之所不能致者,不期精粗也焉。"庄子迂回地暗示出一个隐秘层面,并给出了一个否定性的命名:"不期精粗"。

庄子创造性地析离出"物"之三层:可以言论的"物之粗";可以意致的"物之精";不可言论意致的"不期精粗"。而"不期精粗"即轮扁寓言所指的"意之所随"。如果将这两段文字所表达的思想化约为"言意之辩",我们就恰恰错失了庄子至为关切的第三层面,而这个层面正是轮扁的斫轮表演(performativity)所蕴含的层面,"不可意致"却又是"意之所随",是"意"的终极价值参照系,是一个移动的视域和地平线。换言之,这正是处在主体生命生活活动隐秘之处的"物",是其"活态"实践和环境体验,它处于行为的流动性之中,是一种境遇,一种潜意识,一种身体性在场的体察心会。尽管庄子十分珍视这种活态体验,但他也意识到正面界定之难,故主要以迂回的方式,指出其非言非意、非粗非精的否定性品格。后世的"言意之辩"论者片面解释了"不期精粗"的深刻思想,放逐了"非言非意""不期精粗""意之所随"的那个根本空间,导致了"言""意"与活态智慧之间的断裂。

不过,在诗学领域,陆机《文赋》却开放着这个通道:"每自属文,尤见其情,恒患意不称物,文不逮意。盖非知之难,能之难也。"① 他所"恒患"者,不仅在"文不逮意",更在于"意不称物";"能之难"首先在于"意不称物",难在无法捕获那微精的"意之所随"和"不期精粗",这也正是庄子的根本忧患所在。钟嵘对"赋比兴"别具一格的阐述,使陆机的"恒患"更具诗学的积极意义。《诗品序》云:"文已尽而意有余,兴也;因物喻志,比也;直书其事,寓言写物,赋也。"② "意有余",不仅指未能在"文"中充分表达的作者之"意",也指作者未能意致的意"外"之"意",那个隐秘的"意之所随",那个由"余兴"和"衍兴"交融而成的"余衍层"。③ 在钟嵘那里只得到间接定义的"兴",迂回地暗示出特定诗歌语言化腐朽为神奇的效果,使"言不尽意"论者对

---

① 陆机著,张少康集释:《文赋集释》,北京:人民文学出版社 2002 年版,第 1 页。

② 钟嵘著,曹旭集注:《诗品集注》,上海:上海古籍出版社 1994 年版,第 39 页。

③ 王一川:《理解文学文本层面及其余衍层》,《文艺理论研究》2011 年第 1 期。

"言"之局限性的批评,转而成为诗的高妙之处。这种"余意"或"意余",即是刘勰《文心雕龙·隐秀》所说的"文外之重旨"。在唐宋以来的诗文评中,"意之所随"通常以"外"这个特殊的术语暗示出来,所谓"境生于象外""象外之象""景外之景""韵外之致""味在咸酸之外",等等。苏轼《答谢民师书》一文感喟:"求物之妙,如系风捕影,能使是物了然于心者盖千万人不一遇也。而况能使了然于口与手者乎?"①他同样以否定的方式暗示,"不期精粗"的"物之妙",尽管难以求得,但仍然是诗歌活动的终极价值依据。

在中国传统诗学思想中,"余意""余味""无穷意";"文外""象外""咸酸外",等等,都不同程度地指向庄子"不期精粗"和"意之所随"之处。这种诗学牵挂着庄子所开拓的活态空间,在"有无""虚实""内外"的辩证关系中,总是通过"无""虚"和"外"来暗示艺术活动向活态空间的开放性。近代以来,受西学影响的梁启超以"活态"术语来指涉那个"意之所随"的空间,其"新史学"以"存真史、现活态、为人生"为目标,追求"以史为人类活态之再现,而非其僵迹之展览"②。他主张历史研究应"将僵迹变为活化"③。这个"活态"思想也是贯穿梁氏"三界革命"的思想红线。④

庄子所开拓的"意之所随"和"不期精粗"空间,是一个"言""意"之外的空间,从一定意义上说,这个空间正是辨别"言意"和"精粗"的前提基础。不可言论、不可意致的"意之所随",尽管"不期精粗"、无形无穷,却是"物之妙""意之余",更是一种特殊的智慧,这是一种区别于理念知识的"实践性智慧"、不同于静观知识的"环境性智慧"和有别于概念知识的"地方性智慧"。⑤庄子牵挂的,恐怕就是这种平凡的智慧,就像烹饪智慧一样,"太羹"之味无法量化为火候和剂量,也无法普遍化为一般知识,更无法文字化为菜谱;后人对照菜谱,但难以如法炮制出那道美味,更无法体会烹饪大师原初操作实践中那独特的身体环境体验。这种特殊智慧只能通过身教实践而薪火相传,哲学家于连说:"智慧留下的足迹已经变得模糊不清了。……哲学所无法把握的究竟是什么呢?是那些普普通通的、人们非常熟悉的事物——总而言之,那些事物离我们太近,我们在建立理论时无法与之保持必

①　苏轼:《苏轼全集》,上海:上海古籍出版社2000年版,第1692页。

②　梁启超:《中国历史研究法·自序》,上海:上海古籍出版社1998年版,第1页。

③　梁启超:《中国历史研究法》,上海:上海古籍出版社1998年版,第1页。

④　张进:《梁启超的"活态"史学与"三界革命"》,金雅主编:《中国现代美学与文论的发动》,天津:天津人民出版社2009年版,第234页。

⑤　张进:《活态文化观念及其对文艺学的挑战》,《探索与争鸣》2008年第9期。

要的距离。"① 而这些智慧,正是当代文化理论所聚焦的"活态文化"。

　　而巧合的是,海德格尔在追问物的定义时,也分出物的三个层次,并对三个层次之间的关系做了说明。在《对物的追问》中,海德格尔将"物"(thing)分成三个层次:"较狭义的"(narrower)、"较广义的"(wider) 和"最广义的"(widest)。② 他区分出物的三种含义:(1)现成的东西意义上的物:石头、一块木头、火钳、钟表、一个苹果、一块面包;无生命的和有生命的物:玫瑰花、灌木丛、书、圣诞树、壁虎、马蜂……(2)前面提到的那种意义上的物,而这里是指计划、决定、思考、观念、事业、历史的东西……(3)所有这些或其他随便什么东西,而只要不是虚无的东西。

　　我们把"物"这个词的含义固定在哪种范围内,这始终是任意的,随着我们追问的范围和方向会相应地发生改变。

　　我们今天的语言习惯,趋近于在第一种(比较狭窄的) 含义上来理解"物"这个词,于是虽说这样的物(石头、表、苹果、玫瑰花) 也还是某种东西,但不是某种东西(数字5、幸福、勇敢)都是一种物。因此,我们在"物是什么"这个问题上坚持第一种含义,而且不仅仅是为了接近语言习惯,而是因为关于物的问题,那种在比较宽泛和最宽泛意义上的理解,也指向这种较狭窄的含义并首先从这种含义出发。③

　　自然科学似乎回答了"物是什么"的问题,但它依然不知道"物之所是",即"物性"(thingness)。海德格尔认为:"这种使物成为物的物性,本身不再可能是一个物,即不再是一个有条件的东西,物性必然是某种非一有条件的东西。借助'物是什么'我们追问无条件的东西。我们追问环绕在我们周围的明确的东西,而同时也使自己远离最切近的诸物……到达不再是物的东西那里,它形成某种根据或基础。"④ 这有似庄子的"无待"状态的物,"浮游乎万物之祖,物物而不物于物。"如果"万物之祖"依然是某种特殊的"物",那么,它就是"不期精粗"的物,正是这个不期精粗的物(性),使物成为物。

　　然而,这个"不期精粗"之物,却是科学方法所无法说明的。以此为据,

---

① [法]弗朗索瓦·于连:《圣人无意——或哲学的他者》,北京:商务印书馆2004年版,第1页。

② Martin Heidergger, *What is a thing*? Gateway Editions Ltd, 1967, pp.6-7.

③ [德]海德格尔:《物的追问:康德关于先验原理的学说》,赵卫国译,上海:上海译文出版社2010年版,第6页。

④ [德]海德格尔:《物的追问:康德关于先验原理的学说》,赵卫国译,上海:上海译文出版社2010年版,第8页。

庄子揭示了言、意的局限性，其中，"意"尽管是"言"的依据，但它并不是终极的根据，它是"有待的""有条件的"，是"意有所随"。海德格尔则揭示了科学在研究物方面的局限性。海德格尔说："我们想要知道的就是这些，这或许是矿物学家、植物学家、动物学家或制刀匠们根本不想知道的东西，对此，他们只是认为他们本想知道这些，而其实他们想要知道的是一些其他事情：推动科学的进步、满足探索的兴趣、发现物的技术上的可利用性质或是维持他们的生计。我们想要知道的那些东西，不仅是那些人不想知道的，而且或许是纵然一切科学或手工的技巧都根本无法知道的，这听起来有点狂妄，其实不仅听起来这样，它本身就是这样。"①

从"意之所随"到"活态文化""活态空间"和"第三空间"，古今中外的思想学说高度关注人类生活中的"活态"质素，由于它和"人类口头与非物质文化遗产"概念之间的复杂关联，"活态"观念成为当前社会中的一个能见度很高的文化术语。"活态"不仅成为一个认识论问题，也是一个价值论问题，同时还是一个方法论问题。

从认识论层面看，尽管人们采用了一系列不尽相同的术语来趋近"活态"领域，"活态文化""活态经验""活态空间""第三空间""第三时间""活态历史"，②等等，但这些术语之间具有广泛的通约性，它们共同聚焦于人类日常生活的实践性、身体性和环境性的隐秘智慧。如何从理论上认识和定位这些智慧，关乎人类非物质文化的研究和保护问题。从价值论层面看，古今中外的研究者都策略性地赋予"活态"以最高的文化价值，这种价值取向深远地影响着当代文化研究的基本趋势。从方法论层面看，"活态"观念重视"第三化"的始源性地位，强调"三元辩证法"，对抗着二元对立的思维方式。这种三元辩证法以不同的话语得到表达，在中国古代是"言""意"与"意之所随"（言意之外）、是"物之粗""物之精"与"不期精粗"之间的三元辩证；在威廉斯是"时代文化""选择性传统文化"与"活态文化"之间的三元辩证；在列斐伏尔是"感知的空间""构想的空间"与"活态的空间"之间的三元辩证；在爱德华·索亚和霍米·巴巴则是"第一空间""第二空间"与"第三空间"之间的三元辩证。这一系列"三元辩证法"既指出了三元之间的平等互渗，又强调了"第三元"的核心价值，是对二元辩证法的解构和重构，同时，也是基于"三元"而展开的"关于文化的文化"，具有"元文化"（metaculture）

① ［德］海德格尔：《物的追问：康德关于先验原理的学说》，赵卫国译，上海：上海译文出版社2010年版，第9页。

② Michel de Certeau, *The Practice of Everyday Life*, University of California Press, 1984, p.96.

的反思性特点。① 这些洞见在当前生态建设、文化转型和学科会通中具有重要的理论和实践意义。

三、物的"类应"与物的"四方游戏"

在中国古代,尤其是道家传统中,一切皆可归为"物",连"恍惚窈冥"的"道",也可以首先归结为"物"。在老子的经典表述里,"道之为物,惟恍惟惚。恍兮惚兮,其中有象;恍兮惚兮,其中有物。窈兮冥兮,其中有精,其精甚真,其中有信"②。可见,"道"这个东西,没有清楚的固定实体,但"道之为物"而"其中有物",属于物的范畴。在另一处表述里,"道"也被界定为"物","有物混成,先天地生。寂兮寥兮,独立而不改,周行而不殆,可以为天地母。吾不知其名,强字之曰:道,强为之名曰:大。大曰逝,逝曰远,远曰反。故道大,天大,地大,人亦大。域中有四大,而人居其一焉。人法地,地法天,天法道,道法自然"③。由此可见,"道"属于"物",是"混成"之物。

任继愈认为:"道不是来自天上,恰恰是来自人间,来自人们日常生活所接触到的道路。比起希腊古代唯物论者所讲的'无限'来,似乎更实际些,一点也不虚玄,可能人们受后来的神秘化了的'道'的观念的影响,才认为它是无形态的物体,包括有和无两种性质,由极微小的粒子在寥廓的虚空中运动所组成。它是独立存在的,也不依靠外力推动。宗教迷信的说法,认为上帝是世界的主帝者,但老子说的'道'在上帝之前已经出现;传统观念认为世界的主宰者是'天',老子把天还原为天空,而道是先天地而生的。道产生万物,是天地之根,万物之母,宇宙的起源。"汤一介则认为,老子所谓先于天地存在的"道","只是说在时间上先于天地存在,而不是在逻辑上先于天地存在。老子讲的道虽是无形无象,但不是超空间的,而是没有固定的具体的形象,这样的道才可以变化成为有固定具体形象的天地万物"④。这种观点是很中肯的。

如果将"道"也归入"物",那么,人世间和宇宙中的一切(包括人在内)就都可视为"物"。"域中"之物又如何分类呢? 从其大端来说,老子将其分为四大类:即"道大,天大,地大,人亦大"。而各种类型的物之间又是关联的、相通的,即"人法地,地法天,天法道,道法自然"。人取法地,地取法

① Greg Urban, *Metaculture:How Culture Moves through the World*, University of Minnesota Press,2001,p.3.
② 楼宇烈校释:《老子道德经注校释》,北京:中华书局 2008 年版,第 52 页。
③ 楼宇烈校释:《老子道德经注校释》,北京:中华书局 2008 年版,第 62 页。
④ 哲学研究编辑部编:《老子哲学讨论集》,北京:中华书局 1959 年版,第 149 页。

天,天取法"道",而道则纯任自然。因此,在"道天地人"的"物体系"里,各个要素之间都具有"自然地"相类和相应的关系,具有相互感应的"共感"(synaeshtetic)关系。值得强调的是,这些物类之间的关联,不是逻辑关联,而是"自然"关联,此刘勰《文心雕龙》所谓"人禀七情,应物斯感,感物吟志,莫非自然"。"自然"关联涵摄着"逻辑关联"和"非逻辑(诗性)关联",如果说"逻辑关联"可以凭借人的理性来认识和把握,具有人类学的共性特征,那么,"非逻辑关联"(诗性关联)就需要通过人的想象和情感、需要"共感"(synaeshtetic)来体验,具有个体的、历史的具体性。

在中国文化传统中,万物一体而同源,物类感应,相互转化,关联生成,所谓"连类引譬"。① 那么,既然万物之间会聚关联,那么万物可否分类(clasification)呢? 其分类的"认识型"又有什么特殊之处呢? 福柯在《词与物》的"前言"中,开宗明义地以博尔赫斯作品关于"中国某部百科全书"中的动物分类为例,说:"在这个令人惊奇的分类中,我们突然间理解的东西,通过寓言向我们表明为另一种思想具有的异乎寻常魅力的东西,就是我们自己的思想的限度,即我们完全不可能那样思考。"② 是的,这个分类可能不仅让作为西方人的福柯"惊奇",也让用西方生物学武装头脑的中国人震惊,因为,其中没有任何"种属纲目科"等等层次,也没有"哺乳类"或"鸟类"之间的"科学"划分。福柯在"笑声"和"惊奇"之余,试图对中国式百科全书分类依据作出冷静的分析,"那么,不可能思考的东西是什么呢? 我们在这里涉及到的是哪种不可能性呢? ……讽刺诗和寓言又回到了它们的圣地"③。福柯试图将这十四种动物理性地、逻辑地"分离开来",却发现中国式分类逻辑恰恰在于西方理性逻辑之外的"讽刺诗"和"寓言"。

说到底,这是一个超越于西方式"理性逻辑"和"认识型"的一种分类方式。唯一可以发现的"同"是十四种东西同属于"动"物,同属于相互关联的"物"。这个分类依据不是"理性的",而更是"诗性的"。④ "诗性逻辑"往

① 语出《列女传·辩通传题序》:"惟若辩通,文辞可从,连类引譬,以投祸凶。"相关研究专著参见郑毓瑜:《引譬连类:文学研究的关键词》,台北:台湾联经出版事业股份有限公司,2012年版。
② [法]米歇尔·福柯:《词与物:人文科学考古学》,莫伟民译,上海:上海三联书店2002年版,第1—2页。见本书"绪论"开篇处。
③ [法]米歇尔·福柯:《词与物:人文科学考古学》,莫伟民译,上海:上海三联书店2002年版,第2页。
④ 杨子怡:《引譬连类与诗性思维——从先秦用诗看中国文化诗性特征之形成》,《首都师范大学学报》2006年第2期。

往处在"理性逻辑"之外,是悖论式、反讽式和寓言式的。这种大异于西方的"类物"与"类应"态度,反映在天人之际的任何物的分类上面。正因此,"西方天文学的传入,才会引起中国士人仿如'天崩地裂'一般的巨大冲击"①。

如果说福柯所谓的"中国某部百科全书"背后仍然有一种"认识型"的话,那它就是完全"异"于西方分类学的一种认识型。这对于福柯这样的西方人来说是"怪异的",因为他们不可能作出"那样的"思考。所以,福柯认真思考这种"不可能性"的原因:我们为什么不能那样思考呢?我们思考的方式、内容和界限是如何形成的呢?

在福柯看来,思想包括两端:一端是文化的基本代码,比如语言、价值、实践、知觉框架等等,从一开始就已经为每个人确定了他的经验秩序;而另一端则是对这些秩序之所以存在的阐释。但是在这两端的中间地带,是沉默着的存在,而这些沉默之处,却也有其自身的秩序。这一地带就是"认识型":"在任何特定的文化和任何特定的时候,总是存在着一种对所有知识的可能性条件加以限定的认识型。这种知识或者体现在一个理论中,或者被默默地投入一个实践中。"② 正是"认识型"决定了我们思考的限度和可能性,决定我们去思考什么和不思考什么,只有在它的基础上,知识和理论才会成为可能,所谓的知识其实就是在它的基础上建立起来的。同时,它并不等同于意识形态、观念这类东西,所谓"观念史""科学史",这些都是学科分类的产物,它们把学科知识看作是一个逐渐走向真理的过程。而如果从"认识型"的角度来看,就不存在什么绝对的真理,只不过是不同的认识型发生了转换而已。简单地说,这种"认识型"类似于一种话语实践,它涉及到的是话语建构的规则。在福柯看来,近代以来的思想都是人类学中心主义这种"认识型"的结果,都陷入了人类学中心主义的沉睡之中,需要把它们唤醒。

中国传统上对于物的分类的认识型,在各种类书的编写中表现得异常突出。类书编纂本就求其全备,"正因为这样的汇聚,让排列出来的事物仿佛都具有了理所当然的关联性,或者说是彼此之间有了相似性,而任一事物也就都无法独立成就各自的存在意义。"我们需要"更进一步注意到的是,埋藏在表面间架之后,那促动不同类别之间得以跨越与联系的一种观看态

---

① 郑毓瑜:《类与物——古典诗文的"物"背景》,《清华学报》(物质文化研究专号)2011年第1期。

② [法]米歇尔·福柯:《词与物:人文科学考古学》,莫伟民译,上海:上海三联书店 2002 年版,第 222 页。

度或者说是连结模式。"① 缘此出发，我们就会发现，这些载录中充满了超越时间阶段的深远的记忆，最明显的是神话传说的不断复制与传播。而正是这种深远的时间记忆，使得罗列并置的事物，有了交接的介面，曾经出现的一切都相互亲近，并且也向外无所不包地衍伸，而《艺文类聚》兼有"事"与"文"，居前之"类事"，竟仿如其后之"列文"，在无形中铺设了一层记忆中介，而附着其后的诗文竟也在无形中拓展了这个记忆资料库。② 研究者指出："这种超越时、空的连结模式，很显然传达了一种观看的态度：不问'物是什么'，而是问'物如何在'；重点不只是聚集了多少'物'，而在于是否串通了'类'的展示。而其实，中国'物'字的意义发展脉络中，有一个面向就与'物'义密切相关。'物'字原本可能是'杂色牛'之名，后来引申为杂帛，乃至于天下纷纭万物。……'物'既然结合了分辨与类别的意思，与'物'字连结成词的如'方物'、'名物'，也明显具有动词与名词的双重功能，由指称不同区域或土质所生产的'物'，进而有辨明整理或物理的意思。"③ 在此基础上的"格物"，就有招致物的到来并加以区辨的意思。

在中国古代，人以群分，物以类聚（即类物）；"类固相召，气同则合"（即类应）。研究者指出，这样一种以"类应"为最终目的的"类物"模式，"它的作用明显在于会聚而不是排除，在于联系而不是分立，因此对于一'物'的认知，都不可能是单独抽离出来，反而必须是在一个门类或体系的作用中才能清楚'看见'这个'物'的存在"④。正是这些无所不包的关系会聚，让排列成一串的这些事物都形成了连通性或相似性，不断地激发人的想象和联想。如果我们进而将字词也视为某种特殊的"物"，那么，它们之间也会产生同气相求、同声相和、同类相应的"类应"效果，研究发现，《尔雅》名义解释中，并不只是'名（名词）——实（物）'之间一对一的关系，字词本身可以越过义界而自发地连续引生，仿佛字词也直接具有'物'的类推应感的能动性。换言之，必须是原生于一套'类应'或是相似模式，才能生成这样的语言描述模式；我们在这套模式中让'物'能够自己'说（写）'出来，字词自行

① 郑毓瑜：《类与物——古典诗文的"物"背景》，《清华学报》（物质文化研究专号）2011 年第 1 期。
② 郑毓瑜：《类与物——古典诗文的"物"背景》，《清华学报》（物质文化研究专号）2011 年第 1 期。
③ 郑毓瑜：《类与物——古典诗文的"物"背景》，《清华学报》（物质文化研究专号）2011 年第 1 期。
④ 郑毓瑜：《类与物——古典诗文的"物"背景》，《清华学报》（物质文化研究专号）2011 年第 1 期。

接合、类推，同时也召唤或重新安放不断添加的记忆。如此说来，传统中国对于天地万物的论述，不必然是为了印证个别'物'的真相，而是为了开展更多论述'物'的可能性，让'物'在四通八达的关系网中合宜的置位"①。从"类物"与"类应"的角度看来，"世界的组成并非以'物'或标志'物'的'字（词）'为先，而是有一个根本的关联性或相似性平台（或体系），让人们早就'预（先认）知'了'物'（'字'）的存在。当然，这个具体关联性或相似性的体系，不只是'物'的处身之所，同时也是让'物'可以展示或阐明自己的发动者，也就是在彼此映发的关系网络中，'物'才能获得定名与意义"②。这也许可以由'引譬联类'的说法得到进一步阐发。因为，如果不通过引譬联类的阐发，对于任何阐述对象，都无法说出精微之处。③

福柯所征引的博尔赫斯的"中国某部百科全书"究竟指哪一部，我们目前尚无法查实，不过，可以肯定的是，那部百科全书对动物的分类列举方式，验诸中国古代的各种"类书"，却并不见得有什么特殊之处。就拿《艺文类聚》而言，葛兆光先生认为是一种关于知识、思想与信仰的结构体。④ 该书先是在"类事"记录中，出现一个牵动星宿、风、露、蝉、雁、菊、蟋蟀等气象与动植物的景况以及与秋相应的方位（西方）、肃杀的气氛，加上推衍至于国政民生、相关礼仪的说解，"其间有关乎风土、物候以及政治秩序、人情动荡，同时可以出乎月令知识、历史传说、礼仪规范或抒情叙写，尤其'类事'之后的'列文'，将两晋南北朝的诗、赋作品胪列在后，如同将后世文人在'类事'基础上的反复征引、拟设与编写，也一并归入这个'类物'体系之中⑤。事实上，《艺文类聚》也显示出，中国传统的知识思想乃至于情感信仰几乎是一个不断进行会聚的资料库，我们"很难单单由各种'学（说）'（如天文、动植物或文学）去分析，而不得不承认这是无所不包的博物记忆，所有曾经在'秋'上头出现的符号（口说或书写）如此拥护地、迫不及待地排列在这里，充满着味觉（鲈鱼鲙）、听觉（蝉鸣、趣织鸣）、视觉（秋则衣白、秋月）与触觉（白露、凉风）的波动，甚至是辗转难眠的时空感知，或者某些像是'雀入大

---

① 郑毓瑜：《类与物——古典诗文的"物"背景》，《清华学报》（物质文化研究专号）2011 年第 1 期。

② 郑毓瑜：《类与物——古典诗文的"物"背景》，《清华学报》（物质文化研究专号）2011 年第 1 期。

③ 刘安：《淮南子·要略》云："言天地四时而不引譬援类，则不知精微。"

④ 葛兆光：《七世纪前中国的知识、思想与信仰世界》，复旦大学出版社 1998 年版。

⑤ 郑毓瑜：《类与物——古典诗文的"物"背景》，《清华学报》（物质文化研究专号）2011 年第 1 期。

水为蛤'这类莫名所以的说法,而形成这个'秋'的类物"①。

　　研究者指出,当抒情具有传统所说的"物"性或"类物"性时,"必须放在整个气类感应或说'类物之感'的体系下,才能获得最完整的解释;我们无法只是从诗人因为一己境遇而有的悲哀去解释作品中出现的景物,因为景物不只是为了托寄诗人的主观感受,任何景物都因为整体存在背景才有意义,也因此,诗人的感受不可能全然主观,而必须是被一套早有共识的相似性或关联性所召唤,或者是透过这套相似性来重新阐释或增生连结。更进一步,我们甚至也很难单独看待一篇作品,而必须是在形同排列组合的关系中,才能为这个作品寻找出适当的定位"②。

　　如果我们单单从"文(本)"的层面看,这就是文本与文本之间"秘响旁通"的"互文性",就像后结构主义的"互文性"强调任何一个文本都是其他文本的镶嵌、组合和回响一样。叶维廉对此有通俗的解释:"打开一本书,接触一篇文,其他书的另一些篇章,古代的、近代的、甚至异国的、都同时打开,同时呈现在脑海里,在那里颤然欲语。"③不过,我们要强调,任何一个文化文本都是与其他文化文本相互交涉的,即文化互文性。值得注意的是,不同类型的话语在一种物质性的"协商和交换"中获得其意义,文本在流通中会与文本之外的社会历史相互交换,而并不像后结构主义的"文外无物"观念。

　　如果说我们将"物"也包含在视野之内(或者将包括文本在内的一切都视为物),那么,这种"镶嵌、组合和回响"就不只是"互文性",而是"事物间性"。或许我们可以创造一个新词,即 intermateriality 或 interthingness。一个物中回响着另外的物,其间相生相克、相感相应、相需为用。"物联"这一新近出现在汉语中的技术词汇,一定意义上体现了"事物间性"的含义。④ 然

① 郑毓瑜:《类与物——古典诗文的"物"背景》,《清华学报》(物质文化研究专号)2011年第1期。

② 郑毓瑜:《类与物——古典诗文的"物"背景》,《清华学报》(物质文化研究专号)2011年第1期。

③ 叶维廉:《中国诗学》,北京:生活·读书·新知三联书店1992年版,第65页。

④ 物联网是新一代信息技术的重要组成部分,也是"信息化"时代的重要发展阶段。其英文名称是:"Internet of things(IoT)"。顾名思义,物联网就是物物相连的互联网。这有两层意思:其一,物联网的核心和基础仍然是互联网,是在互联网基础上的延伸和扩展的网络;其二,其用户端延伸和扩展到了任何物品与物品之间,进行信息交换和通信,也就是物物相息。物联网通过智能感知、识别技术与普适计算等通信感知技术,广泛应用于网络的融合中,也因此被称为继计算机、互联网之后世界信息产业发展的第三次浪潮。物联网是互联网的应用拓展,与其说物联网是网络,不如说物联网是业务和应用。因此,应用创新是

而，如果从人文学的角度看，它还不够通脱，并未穷尽"事物间性"全部的深邃内涵。

首先，"事物间性"将"连接"（connection）看成是一切物的本质和基础。这一概念在德勒兹和瓜塔利的学说中具有一种存在论的意义。按照他们的观点，一切存在物都有某种内在力量，这种内在力量被称为"欲望生产"（desiring production），这种欲望生产能够产生并扩展连接（connection），通过这种连接而形成的具有显著特征的总体就是域化（territorialization）。① 比如，人的嘴巴可以吃饭，于是，人的嘴巴就把饭和人的有机体联系起来；同样，人的嘴巴也可以喝奶，于是嘴巴就和母亲的乳房联系起来。人通过吃饭、喝奶形成了人的有机体，这就是作为有机体的人的"域化"；同时，这种连接也可能拆解这个具有显著特征的总体。比如，人吃饭太多可能会造成消化不良，甚至人的死亡，因此这种连接就导致了人的有机体的"解域"。德勒兹研究专家科尔布鲁克（Claire Colebrook）引申阐释了这一概念，她指出，正是这种连接力量使任何形式的生命获得其存在形式（域化）；同样，也是这种连接使它失去了其存在的形式（解域）。任何一种存在形式中都有辖域化和解辖域化的力量存在着，比如，植物吸收阳光从而保持自身的存在，但是阳光也可能导致它的死亡，或使之转变成为另一种存在物。同样，许多人的机体集合起来从而形成一个部落或者集体（域化），但是，这种集合起来形成集体的权力也可能导致集体权力的丧失，比如这个集体被某个部落首领或者暴君所控制（解域）。这个集体当然也可能进行"再域化"，比如，他们可以推翻统治者，把领导权重新交给集体中的每个人。当代社会中的个人主义，这就是"再域化"。"域化"可以发生在生命的所有层面，比如，基因可以连接起来（域化）而形成一个物种，但是这些同样的连接也可能会造成基因突变（解域）。人也可以找到基因突变的原因，并通过基因技术来阻止这种基因突变，或者利用这种基因突变来使之产生人类所期待的新的种（再域化）。② 从一般意义上说，"域化"就是要控制欲望生产之流，"解域"就是要

物联网发展的核心，以用户体验为核心的创新 2.0 是物联网发展的灵魂。"活点定义"：利用局部网络或互联网等通信技术把传感器、控制器、机器、人员和物等通过新的方式联在一起，形成人与物、物与物相联，实现信息化、远程管理控制和智能化的网络。物联网是互联网的延伸，它包括互联网及互联网上所有的资源，兼容互联网所有的应用，但物联网中所有的元素（所有的设备、资源及通信等）都是个性化和私有化。

① Gilles Deleuze and Felix Guattar, *Anti-oedipus*, *Capitalism and Schizophrenia*, Continuum, 1984, p. 242.

② Claire Colebrook, *Understanding Deleuze*, Allen & Unwin, 2002, p.xxiii.

释放欲望生产之流,在这其中进行着着事物之间的连接活动。

其次,我们强调的物与物之间的"交互",具有交相生产和生成构成其两端之物的意义,因此,这种交互关系首先被理解为"构成性的"。后现代主义理论家格里芬认为,依据现代观点,人与他人、人与他物的关系是外在的、偶然的、派生的;与此相反,后现代主义者则把这些关系描述为内在的、本质的和构成性的(constitutive)。"个体与其躯体的关系、他与较广阔的自然环境的关系、与其家庭的关系、与文化的关系等等,都是个人身份的构成性的东西"①,我们必须从这种"构成性"角度理解人与文化之间的"内在关系"。

根据研究,在中国古代,对于一篇作品而言,"某一个典故、成词或者是摹状连绵词的出现,都不是为了识别单一事物,反而是为了全盘托出,是为了更接近与回归这个包容了一切明确与不明确的类物环境,是为了复活那些彷如风化的史料,是为了持续这些记忆里的故事,更重要的,是为了透过这些可见的种种符号,去不断揭露让事物存在的意义得以被认识、感知的那个隐伏的类应模式。所以,我们可以说在中国古典诗文传统中,如何将事物放进类物(类应)关系网中,比抽离出来更重要,当然也就更不可能将'物'视作客观在外的'对象',或自然科学上的'物质',去作为思考、行动或描述的目标。这样的感知或书写背景,让不同时代的作者彷如都处在同一个记忆库当中,作者的任务是在各种词语记号中往来拉引,在新旧语调间织镂出连接的线索与意义"②。这样的观念让习惯于以自然科学的逻辑理性来审视的西方学者"惊奇",引发"笑声",感到在自己的知识限度之外,动摇其关于同与异的上千年的观念。不过,在惊奇之余,福柯转向了对西方文化近两百年知识型的研究,而海德格尔则走向了对知识型的新构设。

我们沿着海德格尔有关"物"的论述思路去寻绎。海德格尔分析道:"科学描述了真实之物。由此,它被客观地把握了。但是——这是真正的陶壶吗?不。科学描述的只是那些科学描述的种类事先准许的、成为科学的可能对象的东西。"对此,海德格尔以"壶"为例:"人们说,科学认识是强制性的。但是其强迫性何在呢?根据我们的实例,它存在于放弃注满酒的陶壶,而代之以空穴。在空穴之中,液体蔓延。科学由于不允许那作为规范性现实

---

① [美] 大卫·格里芬主编:《后现代精神》,王成兵译,北京:中央编译出版社1998年版,第21—22页。

② 郑毓瑜:《类与物——古典诗文的"物"背景》,《清华学报》(物质文化研究专号)2011年第1期。

的事物,而使陶壶之物成为微不足道的东西。"其结果是,"物的物性仍然是遮蔽的、遗忘的。物的本性没有达到光照,即它从来没有获得倾听"①。

如果我们放弃注满酒的陶壶,那么,陶壶之内就是一个"空穴"。在自然科学的视野中,正是这"空穴"(在这个意义上,陶壶的"外部"也是"空的"),使陶壶作为物与其他的物"隔离"而成为一个独立的"实物",而它最终只是一堆与其他物"相分离"的"质料"(material)。科学将陶壶的在场作为一个固定的实物来研究,既未意识到陶壶的非在场方面(如可能会注满壶的酒或水),也未重视其动态的过程性。因此,科学对陶壶的揭示,只是指出了它的质料的特征,这种知识并不能促进物的亲近性。与之相反的是,海德格尔将"空穴"看成某种积极的"容纳",而这种容纳及其所容纳之物,使陶壶与范围广大的其他物"连接"(connection)起来,正是这种"连接",成为陶壶的陶壶性的构成性部分。

我们来看看海德格尔如何论说。"陶壶的虚空怎样容纳? 它靠注入其中的东西来包容。它由保持和居留它所接受的东西来包容。虚空的容纳有二重方式:接受和保持。'容纳'一词因此是多义的。毫无疑问,注入东西的接受和注入东西的保持属于一起。但其统一决定于陶壶作为陶壶的倾泻。虚空的两重包容在于其倾泻。……器皿的包容发生于倾泻的给予……给予,在给予中陶壶是陶壶。在二重包容中聚集——在倾泻中聚集。我们称二重包容的聚集进入外泻。聚集作为地一起,首先完成了给予的全面现身:倾泻的赠礼。陶壶的陶壶特性,存在并活动于流注的赠礼中。甚至一空无的陶壶,凭借这种赠礼而保持其本性,尽管空无的陶壶不允许外泻。"②

在这里,"赠礼"(gift) 这个词,成为理解问题的关键,这个词让我们联想到莫斯对于"礼物"的经典分析。"礼物"作为不同于一般物的物,其意义和价值并不在于其"实物"或"质料"方面,就像中国古人所云:"千里送鹅毛,礼轻情义重。""礼物"的"礼物性",并不在于其实体本身,而在于它与其他物(情、义等) 之间"不可分割"的连通性。而要理解礼物的礼物性,就必须使"礼物"向天地神人开放关联,而不是将之隔离出来。与一般的物不同,礼物是"亲近"的,即便它可能来自千里之外,如海德格尔所言:"物并非'在'亲近'之中','在',仿佛亲近作为一种容器。亲近在带来亲近中活动,作为物的物化。物化,物居留于统一的四者,大地和天空、神圣者和短暂者,

---

① [德]海德格尔:《诗·语言·思》,彭富春译,北京:文化艺术出版社 1988 年版,第 150 页。

② [德]海德格尔:《诗·语言·思》,彭富春译,北京:文化艺术出版社 1988 年版,第 151—152 页。

在它们自我统一的四元的纯然一元中。"①

因此,所谓"The thing things",就是"物成为物",就是"物的物化"。而所谓"的物物化",就是"世界的世界化",就是物与世界(域中)"四大"(天大、地大、道大、人大,在海德格尔这里改写成了"天地神人")的"连接"(connection),以及这种连接的自由衍生和四元"聚集"。

围绕陶壶的陶壶性问题,海德格尔说:"倾泻的给予是一种饮用。倾泻给予了水,给予了饮用的酒。"赠礼之水来自于"井泉","在井泉之中,石头居留,而在石头之中,居留着黑暗沉睡的泥土,它接受天空的雨露。在井泉之水中,居留着天空和大地的依赖,它立于葡萄果实所酿造的美酒,在这种果实中,大地的抚养和天空的太阳相互依赖,在水的赠礼中,在酒的赠礼中,天空和大地居住着。正是倾泻的赠礼使陶壶为陶壶。在陶壶的陶壶性中,天空和大地居留着"②。他论述道:"倾泻的赠礼是为短暂者的举杯。它解除了他们的饥渴,它恢复了他们的闲暇。它活跃了他们的欢乐。但陶壶的赠礼时也给予了奉献,那么,它不仅平息饥渴,而且是满足了盛大的节日的庆祝。倾泻的赠礼现在既非是在酒店的给予,也非是为了短暂者举杯。倾泻是为了永恒的诸神倾注的奠酒。倾注的赠礼作为奠酒是本真的赠礼。"③

海德格尔虽多次提及"天地神人",但对这四元的具体内涵从未作过清晰的界定。在真正把握陶壶的陶壶性时,必须将其与它的倾泻(功能)连接起来和倾泻之物(水和酒)连接起来,而水和酒又必须与"天地神人"连接起来。因此,"天地神人"具体内涵是什么并不重要,重要的是,这个四元一体的"物体系",是我们把握任何物的物性时必须开放的"连接"维度。特就人理解这些维度时的基本态度而言,必须既要看到所有的物之间的"连接",而且只有在正视这种无处不在、无远弗届、无所不包的"物联"关系的前提下,才能真正把握物的物性。

综上所述,我们发现,中国传统的"物物""物化""与物为春""物与""以物观物"话语谱系,和海德格尔的"the thing things"、"thingness"、"fourfold"话语谱系,在本质上具有广阔的通约性。它们看起来是在讨论"物",但事实上是在讨论"物性";它们往往集中讨论某一具体物的"物性",但其阐发的最终结果却是"事物间性"。由此可得,物的本质必须通过"物性"研究而获得,认识"物性"的前提是认识其"事物间性"。

①　[德] 海德格尔:《诗·语言·思》,彭富春译,北京:文化艺术出版社 1988 年版,第 157 页。

②　[德] 海德格尔:《诗·语言·思》,彭富春译,北京:文化艺术出版社 1988 年版,第 152 页。

③　[德] 海德格尔:《诗·语言·思》,彭富春译,北京:文化艺术出版社 1988 年版,第 152 页。

　　从文本到文本性，从文本性到文本间性，德里达宣布了"文本之外一无所有"的断言。但这一线索所阐发出的文本的开放性、衍生性和连通性，也为人们理解"物性"的开放性和连通性提供了参照背景。如果我们不要将文本视为与物无涉的"文"，而是将它视为一种特殊的"物"，那么，结构主义和后结构主义理论研究也就揭示了文本作为物的特性，为人们理解物、物性和事物间性提供了参照。

　　而海德格尔所强调的"物性"，其实正是"事物间性"（即事物之间的普遍"连通性"以及这种连通的"构成性"）。同时，还应该指出的是，在这三个方向之外，尚有第四个方向，即是将研究焦点从事物之"所说"转向事物之"所做"，这是从奥斯汀的"言语行为理论"衍生出来的。

　　有研究者指出，西方美学形成学科与包括中国在内的非西方没有形成学科，其间最大差异就是"西方美学是由区分和划界原则而建立起来的，中国（以及各非西方）美学是由（不同于区分原则的）交汇原则和（不同于划界原则的）关联原则建立起来的"①。在美学领域，"区分原则"与"关联原则"之间长期相持不下，甚至延伸到了新世纪。但研究者概括指出，从美学的整体新趋势来看，"新近登台的推知美学与新世纪初业已成势的生态型—生活型—身体美学，虽然后者关注现实中的自然、社会、身体，前者追求现象后面的本体性的实在，但两股潮流不但形成了新型的互补性，而且还有新潮的共同点：第一，都采取了反人类中心主义立场，而从宇宙整体和万物平等的观点来思考问题；第二，拒绝主客二分的认识方式，而从交互主体和交互客体的角度思考宇宙、人生、自然、社会、新媒体中的美学问题；第三，都否定西方近代以来实验室型的划界思维，让包括人在内的万物处在一个鲜活生动的相互的多重的绞缠的关联之中；第四，鲜活生动的世界是时空一体的，特别是由引入时间而由变化动静生灭而来的不可用死的概念把握的动态之流；第五，对以上四个特征都从自身的角度运用一套新的语汇，从而呈现了新的美学景观。"②

　　怀特海说，近代思想把"静止的时空和物理的形式秩序的必然性作心照不宣的假定"③。为了打破这一思想方式，怀特海将思维的中心从物理性和元素论转到有机性和整体论，而有机论和整体论则强调时间和过程。怀

①　张法：《新世纪西方美学新潮对西方美学冲击和对中国美学的影响》，《文艺争鸣》2013年第3期。
②　张法：《新世纪西方美学新潮对西方美学冲击和对中国美学的影响》，《文艺争鸣》2013年第3期。
③　[美]怀特海：《思想与方式》，北京：华夏出版社1999年版，第80页。

特海将之引入对事物的思考中,他说:"过程对于实存是基本的……个体单元就必须被描述为过程。"① 在怀特海看来,每一种实际存在物本身只能被描述为一种过程,"它在微观世界中重复着宏观世界中的宇宙。它是从一种状态到另一种状态的过程,每一种状态都是其后继者向有关事物的完成继续前进的实在基础。每一实际存在物在其构成中都承载着其条件为何是这种条件的'根据'。这些'根据'是为它而客观化的其他存在物。"② 正是在过程中,实在物与其他存在物形成了一种互动关联。正是这样的观念,怀特海被视为把西方的实体性思维转变为连通性思维方向上的一个关节点。

行动者网络理论(Actor-Network Theory)是 20 世纪 80 年代中期,由法国社会学家卡龙(Michel Callon)和拉图尔(Bruno Latour)为代表的科学知识社会学家("巴黎学派")提出的理论。1986 年,卡龙在"行动者网络的社会学,电动车案例"一文中首先提出这个新概念的。文中,卡龙描述了法国电器公司(EDF)在 1973 年提出开发新型的电动车计划(VEL),这个计划需要 CGE 公司来开发电池发动机和第二代蓄电池,还要求雷诺公司负责装配底盘、制造车身。另外,还包括要考虑消费者、政府部门、铅蓄电池等等社会甚至是非社会因素。这些因素都是"行动者",彼此共同构成了相互依存的网络世界。这里的"行动者"可以指人,也可以指非人的存在和力量。

拉图尔直言,使用"actor"或"agent"并不对他们可能是谁和他们有什么特征做任何假定,他们可以是任何东西——可以是个体的或者民众的、拟人的或者非拟人的。"行动者网络"中的"行动者"之间关系是不确定的,每一个行动者就是一个结点(knot 或 node),结点之间经通路链接,共同编织成一个无缝之网。在该网络中,没有所谓的中心,也没有主—客体的对立,每个结点都是一个主体,一个可以行动的行动者,彼此处于一种平权的地位。主体间是一种相互认同、相互承认、相互依存又相互影响的主体间性的相与关系。非人的行动者通过有资格的"代言人"(agent)来获得主体的地位、资格和权利,以至可以共同营造一个相互协调的行动之网。这种观念,正是一种社会历史实践层面的"事物间性"观念。

第三节　物哀—物语话语谱系

"物哀"和"物语"是日本文学文化中两个重要的"物性话语",其中的

---

① ［美］怀特海:《思想与方式》,北京:华夏出版社 1999 年版,第 80 页。

② ［美］怀特海:《过程与实在》,杨富斌译,北京:中国城市出版社 2003 年版,第 392 页。

"物语"更侧重于文体层面,而"物哀"则更重在审美形态和风格层面。"物哀"和"物语"两相结合,共同构成了独特的话语谱系并彰显出其总体特色。从根源上说,这两个术语的基本思想都来自中国传统文化,与中国传统的"物物"和"物与"话语谱系密不可分。"物哀—物语"观念,就其与中国传统物话语的差异性来说,它首先从中国传统话语中剔除或弱化了"儒家文化"中的伦理道德维度,"是企图颠覆中国文论对日本文论影响的文论"①,从这个角度看,它似乎是稍稍偏向于中国道家物观念的文论;其次它又从老庄的物性思想中弱化甚至剔除本体论的维度,"以分解性、私己性和务实性出色"②,但缺乏一种本体论的承诺。两个方面的差异,前者使其末流"侫声色纵情欲",后者则导致其仅在实在的人—物关系维度上运作,局限于认识论的牢笼里打转。

一、物哀话语——"心有所动,便知物哀"

"物哀"是贯穿在日本传统文化和审美意识中的一个重要的观念,有学者认为"物哀"是理解日本文学与文化的一把钥匙。③"物哀"产生在平安时代的贵族文化圈,又和当时日本社会的整个文化氛围紧密相连,其最早的用例,④见于纪贯之的《士佐日记》,他写道:"船夫却不懂得这物哀之情,自己猛劲喝干酒,执意快开船。"此后,在众多的物语、随笔、和歌中都有用例,其中以《源氏物语》用的最多,计有 17 例。⑤

"物哀"是一种直接的、不加束缚的、偏于感性化的情感,类似于林妹妹之多愁善感的状态。同时,"物哀"是一种通过外物触发的感动,有着触物动情、感物兴叹的瞬时性特点。外物引发人的内心感动,产生一种优美、深沉、哀愁的情感体验,这就是"物哀"。由此我们可以看出,"物哀"论比较注意"物"的第一性的作用。另外,学界对其感情色调的看法也大体一致,普遍认可"物哀"表达忧伤、哀愁之情,是一种油然而生的感动和同情之说。

"物哀"除了作为悲哀、悲伤、悲惨的解释外,还包括哀怜、同情、感动、壮美的意思。"物哀"所含有的悲哀感情,绝不是对外界的自然压抑毫无抵

---

① 雷晓敏:《齐物与物哀:中日物性思维比较研究》,《人文杂志》2015 年第 4 期。

② 栾栋:《中日哀感文学之启示》,《外国文学研究》2015 年第 2 期。

③ [日]本居宣长著,王向远译:《日本物哀》"代译序",长春:吉林出版集团有限责任公司 2010 年版,第 3 页。

④ "最早的用例"说,见《不列颠国际大百科事典》日本、TBS、不列颠出版公司 1975 年版,"物哀"条。

⑤ 见《不列颠国际大百科事典》日本、TBS、不列颠出版公司 1975 年版,"物哀"条。

抗力所表现出来的哀感,它是一种同情理解之上的细致入微的体验,经过艺术锤炼,升华为一种独特的美感。因而"物哀"便成为一种纯粹的美意识,一种规定日本艺术的主体性和自律性的美形态,这就是通常称作悲剧的美形态,"物哀"的感情也就是悲剧的感情。对"物哀美"的总体特征加以分析,可以归纳为以下几点:

(1)"物哀"是客观的对象(物)与主观感情(哀)一致而产生的一种美的情趣,是对客体抱有一种朴素而深厚感情的态度作为基础的。

(2)在这个基础上主体所表露出来的内在心绪是非常静寂的,同时也是低沉向下的一种情感,它交杂着哀伤、怜悯、同情、共鸣、爱怜等种种感动的成分。

(3)"物哀"之中感动或反应所面对的对象,不限于自然物,更主要的是人,就算是自然物,也是与人有密切关系的自然物、具有生命意义的自然物。

(4)从对自然物、对人的爱恋的感动到对人生世相的反应,是从更高层次体味事物之"哀"的情趣,并用感情去把握现实的本质和趋势。也就是说,面对现实的发展趋势值得悲伤的就悲伤,值得哀怜的就哀怜,值得高兴的就高兴,值得眷恋的就眷恋。总之,就是动之以情,面对不同的现实,以不同的形式使心灵感动。

(5)这种感动或反应是以咏叹的形式表现出来的。

《源氏物语》集中表现并让读者感知了"物哀",而对于什么是"知物哀",本居宣长认为,"世上万事万物,形形色色,不论是目之所及,亦或耳之所闻,亦或身之所触,都收纳于心,加以体味,加以理解,这就是知物哀"[1]。紫文要领也认为,"每当有所见所闻,心即有所动。看到、听到那些稀罕的事物、奇怪的事物、有趣的事物、可怕的事物、悲痛的事物、可哀的事物,不只是心有所动,还想与别人交流与共享。或者说出来,或者写出来,都是同样的道理。对所见所闻,感慨之,悲叹之,就是心有所动。而心有所动,就是知物哀"[2],此外别无他意。读者除了"知物哀"之外,也没有其他意义,而"知物哀"也是歌道的本意,"知物哀"之外,没有物语,也没有歌道。对日本文艺中的"物哀美",不能简单地理解为"悲哀美",悲哀只是"物哀"中的一种情绪,而这种情绪所包含的同情,意味着对他人悲哀的共鸣,乃至对世相悲哀的共鸣,这是一种同情的美。

"物哀"之"哀",根据日本文献记载,从语源学的角度来考察,"哀"本

---

① [日]本居宣长:《日本物哀》,长春:吉林出版集团有限责任公司2010年版,第7页。

② [日]本居宣长:《日本物哀》,长春:吉林出版集团有限责任公司2010年版,第31页。

来是感叹词,由"啊"和"哟"这两个感叹词组合而成,这种感叹,最初是通过对人和自然、其后发展到对人生世相即对现实的"接触—认识—感动"过程而产生的。从《古事记》《日本书纪》到《万叶集》可见"哀"的美形态的发展轨迹,从单纯的"哀"发展到以"哀"来表现悲哀与同情混成的感动情绪,使悲哀与同情相通,将"哀"推向一种爱怜感伤的状态。这里的"哀"是以对可怜的对象的爱情作为基调的,其感动的感情就更为复杂和多样化,这种"哀"的美形态便是"物哀"美理念的萌芽。"哀"的实现是以对于对象物怀有朴素而深厚的爱情作为基础的,其特征是,这种爱情的感动所表露出来的种种感情因素,是用咏叹方式来表达的,同时始终是在表现对象。对象多是人,即使是物,譬如一棵松、木刀等也是与人密切相关的物,是拟人化的物。这是"哀"的感动表现的最初阶段,也是"哀"的美结构的雏形。此后,经过10世纪初问世的物语文学《伊势物语》至11世纪初诞生《源氏物语》,便逐渐形成完整的"物哀"这一美学的基本理念。①

　　"哀"发展到《源氏物语》,经历了从简单到复杂的过程,其内容和含义就更为丰富和充实,它同时包含赞赏、亲爱、共鸣、同情、可怜、悲伤等等,其感动的对象不仅是人、自然物,而且是整个社会世相。《源氏物语》以"哀"作为基调,但自始至终贯穿了比前代文学作品所表现的"哀"更广泛、更复杂的种种感动,而且这种感动是在心灵上因懂得其哀怜对象的不可避免的命运而产生的。据日本学者统计,《源氏物语》一书出现的"哀"字多达1044个,其半数乃至近三分之二是与"同情"相通的。可以说,作者所写的"哀",要表达的完全是一种对人生世相的哀愁和对女性的同情哀感,其中恋爱尤其是不伦之恋更深刻地表现这种感情。

　　在本居宣长看来,日本文学中的"物哀"是对万事万物的一种敏锐的包容、体察、体会、感觉、感动与感受,这是一种美的情绪、感觉、感动与感受,这一点与中国文学中的理性文化、理智文化、说教色彩、伪饰倾向都迥然不同。本居宣长的"物哀论"表明,在美的形态上"哀"已经不是悲哀的同义语,因而他将这种"哀"的感动称作"物哀",进而认为《源氏物语》这部文学作品的本质和意图,就是表现"物哀",书中的喜怒哀乐种种感动的体验,都可以看作是"物哀"的表现。按照本居宣长的解释,"物哀"的感情是一种超越理性的纯粹精神性的美的感情,"物哀美"是一种感觉式的美,它不是凭理智、理性来判断,而是靠直觉、靠心来感受,即只有用心才能感受到的美。

---

① 叶渭渠、唐月梅著:《物哀与幽玄——日本人的美意识》,桂林:广西师范大学出版社2002年版,第77页。

总的来看,"物哀"作为贯穿于日本文学以及日本文化中的重要理论及审美观念,它从日本平安时期生发到江户时期定型,这一过程的发展与演变都逐渐渐入到日本民族的心理结构之中,使得"物哀"在日本文艺创作中充当着重要角色。"物哀"一词具有贵族气质,它生发于日本平安时期的宫廷文化,而后又被当作判断个人修养与情商的标准,再经本居宣长结合《源氏物语》的深入解析,将其擢升到理论层面之后,它作为日本文学以及文化中的审美意识和审美观念在整个日常生活审美化与审美日常生活化的相互作用中渗透于大和民族的深层心理结构。这种王朝文学的理念可以被视为日本文学独特性的公认标识,它在日本美学理论中所代表的是日本文学的主情主义与唯美主义,而这种唯美主义却带有"哀"的色彩,充分体现着日本人的精神自觉。

本节将通过梳理、考证、解析"物哀"一词的概念、翻译、美学意义以及"物哀"与中国文化中的"物感"之类比、与"风骨"之对比,来深入阐释"物哀"的意义,进而尝试分析"物哀"之"物"的内蕴。

(一)"物哀"之定义

词典对于某一事物概念的界定,采用的方式不外乎"非此即彼""或此或彼""非此非彼"等几种方式,而概念的内涵与外延在词典中都是最为直接也最具概括性的。

对于"物哀"这一词语的解释也可在词典中找到概括性的释义。翻阅《日本古典文学大辞典》,"物哀"这一词条的解释如下:"第一种含义,指日本始自平安贵族的生活情趣,是一种[もの](物)与[あはれ](感情)相一致而产生的和谐的情趣以及优美、细腻、沉静的审美观。第二种含义,是指进入近世后由国学家本居宣长提出的以《源氏物语》为代表的王朝文学的理念,与[もののあはれ]的用例之间并没有必然的联系。"[①]在《日本国语大辞典》中,对"物哀"的解释为:"1.事物引发的内心感动,大多与"雅美""有趣"等理性化的,有华采的情趣不同,是一种低沉悲愁的情感、情绪。这包括:A.对他人的内心情感抱有同情和充分的理解,能体会人情的细微之处。B.事物触发起沉思、回顾、感慨。C.由事物、季节所引发的情感,应时令而生之兴致。D.多情善感之心。解风雅,有情趣,极富情感修养。E.让人感到悲哀和同情的可怜相。(令人产生同情与悲哀的境况)2.本居宣长提倡和阐发的平安时代文艺的美的理念。即把外在的"物"与感情之本的"哀"相契

---

① 北京日本学研究中心文学研究室编:《日本古典文学大辞典》,北京:人民文学出版社 2005 年版,第943页。

合而生成的谐调的情趣世界理念化。由自然、人生百态触发、引生的关于优美、纤细、哀愁的理念。本居宣长认为"物哀"的最高成就为《源氏物语》。"①词条是词典这一大语境下的分子,每一个词条的存在都必须以词典为最终旨归,所以在词典中对"物哀"这一词语的解释既囊括了绝大部分学术研究与著作对于该词内涵的深刻解读,也包含了"物哀"这一词语的官方性话语表述。那么,我们就对"物哀"这一概念有了宏观上的整体把握。

"物哀"一词在日语中假名的对应写法为"もののあはれ"。其中,"物"字对应的是"もの";接下来的一个"の"是表示限定意义的助词,相当于汉语的"之,的"等意,所以翻译为"物哀"或"物之哀"本质意义上没有太大分别;最后的"あはれ"在汉语输入法对应之下,便是"哀"字。但是,在"物哀"这一范畴之下所表达的情感并不仅仅是悲哀之意,它还可以表示:感动、兴奋、爱怜、雅美、凄凉、寂寞、孤独、思恋、回味、忧愁、抑郁、悲哀等种种情感体验。本居宣长为此作出了特殊的订正:"后世若'あわれ'仅以"哀"字表示,仅理解为悲哀之意。但'あわれ'不仅只限于悲哀,喜悦、有趣、偷快、滑稽,均可思之为'あわれ'。但滑稽与喜悦多与哀伤相对而言,因为在各种各样的人情之中,喜悦与滑稽之事感受不深,只是悲伤忧郁之事、恋爱之事,所有这些心愿无法满足的方面,感受最为深刻,所以可称为'あわれ'。俗世仅称之为悲哀,就根源于这样的心理。"(あされればわ後世れには「哀」の字には、悲しみと理解することができるとしている。れていたが、「あわれ」に限ってのことだけではなく、悲しくて、喜び、面白かった、盗んだりして早く、可笑しく、思考に之を「あわれ」だ。コメディーと喜びが相対的に多く、哀楽なければならないが、様々な人情の寒さの中で、喜びとコメディーの事がありません。ただ、悲しみに感じる憂鬱の事に、恋愛のことでは、これらのすべての願いに満足できないという点を感じない"だったので、「あわれ」だ。だけでは、俗世と呼ぶ悲哀を根源はこうした心理的だった。)② 这么说来,作为叹词的"あはれ"与"哀"字产生关联,也许是同当时日本社会环境的影响有关,二者在发音上的相同也恰正了当时人们对社会不满而造成了"物哀"式的悲天悯人的情怀。

据多方资料搜集、考证可知,"物哀"一词最早出现在由平安朝和歌诗人纪贯之(868—946)于承平五年(935年)创作的日记性文学作品《土佐日记》中。"(承平四年12月27日)那船家,竟然不懂得物哀,独自一

---

① [日]小学館国語辞典编集部:《日本国語大辞典》(第19卷),小学館1993年版。
② [日]本居宣长:《近世文学論集·源氏物語玉小栉》,岩波書店1966年版,第106—107页。

人饮起酒来……"("楫取り、もののあわれも知らで、おのれ酒お蔵ひれ
ば……")① 在这里，"物哀"一词所表达的竟成为了"李白乘舟、汪伦送别"
的依依惜别之情，而后又成为判断一个人的知识修养与生活情趣的一种
标准。

　　中世时代(镰仓室町时代)日本和歌论盛行，"物哀"这一词语逐渐被
概念化，"例如歌人和歌理论家藤原定家(1162—1241)在《每月抄》中说：
'要知道和歌是日本独特的东西，在先哲的许多著作中都提到和歌应该吟
咏得优美而物哀(物あはれ)。'在中世歌论书《愚秘抄》中，最早把'物哀'
作为和歌之一'体'，在和歌的各种歌体中独具一格，室町时代的歌人正彻
(1381—1459)在《正彻物语》第82则中说：'物哀体式歌人们所喜欢的歌
体。'"②

　　在日本著名随笔《徒然草》中，作者吉田兼好(1283—1350)也提到了
"物哀"，他指出："正因季节移变，世事才多情动人。'物之情趣，秋为上'(も
ののあはれは秋こそまされ)。(第十九段)。"③吉田兼好所说的"物之情趣"，
在日语中的对应假名就是"物哀"的假名写法，这里译者将"物哀"翻译成
"情趣"，是欲意接续后文作者对春天饱含希望的抒情赞美的一种积极情感
的表达。此处"物哀"同季节联系起来，这种描写在日本文学中屡见不鲜。
日本属于温带海洋性气候，四季变化丰富，再加上大和民族深层细腻的心理
结构，对于事物的感知极尽微妙，所以作家的作品创作无不受到周围环境
的影响，描写季节变化的文章也就不在少数了。在"自古悲寂寥"的秋日，
世人都认为"物哀"之情感最盛，秋景之下，对事物生发的哀欢更为纤细，而
吉田兼好却要将这种纤细推之到鸟鸣啁啾、树木青葱的春日，也别具一般
滋味。

　　到江户时代，日本国学大师本居宣长(1720—1801)为了阐释《源氏物
语》，使用了"物哀"或"(感)知物哀"的词语，这成为"物哀"文学或作为文
学理论的"物哀"观之滥觞。这也是"物哀"作为一个完整的概念首次得到
阐释，此后它位于日本文学中"幽玄""风雅"等重要理论之列。在经过一系
列对于《源氏物语》中所提到的"哀"与"物哀"的分析说明后，本居宣长总
结出"世上万事万物，形形色色，不论是目之所及，抑或是耳之所闻，抑或身

----

① ［日］市古贞次等监修：《日本古典文学辞典(简约版)》，岩波書店1986年版，第1823页。
② 王向远：《日本的"哀·物哀·知物哀"——审美概念的形成流变及语义分析》，《江淮论
　　坛》2012年第5期。
③ ［日］鸭长明、吉田兼好：《方丈记　徒然草》，北京：法律出版社2011年版，第67页。

之所触,都收纳于心,加以体味,加以理解,这就是感知'事之心'、感知'物之心',也就是'知物哀'。如果再进一步加以细分,所要感知的有'物之心'和'事之心'。对于不同类型的'物'与'事'的感知,就是'物哀'"①。

在《源氏物语玉石小栉》中本居宣长还指出:"知物哀,即凡以谓之'あはれ'者,盖就所见所闻所触之物事感于心发于口之呼叹声也。今之俗语所云'ああ'或'はれ',即为此意。例如观花月而有感:'ああ'(啊)! 多美的花呀!'はれ'(哦哦)! 月亮如此皎洁! 等等。所谓'あはれ',即'ああ'与'はれ'拼合而成也。汉文有'呜呼'等词,读为'ああ',亦即此意。"② 本居宣长对于"物哀"的最初认识是极为质朴的,仅仅是情感释放的一种方式,"观古歌、物语,爱花赏月之心深笃,且触景生情,知物伤怀,与今日有天壤之别。今人虽观花识趣,见月伤情,然再无那般刻骨铭心,销魂惊魂。此可谓古今相异软? ……盖夫此物语,汇集触物感怀,除令读之者触物感怀外当无别义,此歌道之本意也"③。本居宣长对于古歌、物语以及观花赏月都作出了最原始的归纳,将其置放到歌道本身的意义上来,触物感怀也是自然天性的一部分。

作为日本国学家的本居宣长,他努力将"物哀"作为日本文学区别于中国文学的关键之所在,其关于"物哀"的所有评论核心,都是为了证实《源氏物语》并非是对好色的劝诫,他认为"教诫之论是理解《源氏物语》的魔障"④,而"阅读物语,还是应以'感知物哀'为第一要义"⑤。许多评论家都认为,本居宣长将"物哀"这一概念提升到日本文学的审美层面,将其视为理解日本文学深刻意义旨归的一把钥匙。本居宣长所主张的"知物哀",就是要将世间万物,无论美丑、善恶,也不论是来源于自身的所闻、所见、所想的诸多事物,更不论人的喜怒哀乐、悲欢离合,都要将之付诸笔端,让人们深深地理解,以通达人情至深至真之处。

在后世的日本学者中,对"物哀"概念以及意义的研究也不在少数。

---

① 王向远译:《日本古典文论选译·古代卷》(下),北京:中央编译出版社 2012 年版,第712 页。

② [日] 大野晋·大久保正编集校訂:《本居宣長全集》(第 6 卷),築摩書房 1969 年版,第67 页。

③ 曹顺庆主编:《东方文论选》,成都:四川人民出版社 1996 年版,第 784 页。

④ 王向远译:《日本古典文论选译·古代卷》(下),北京:中央编译出版社 2012 年版,第757 页。

⑤ 王向远译:《日本古典文论选译·古代卷》(下),北京:中央编译出版社 2012 年版,第677 页。

　　日本学者久松潜一的《日本文学评论史》就对"物哀"这一概念作出了思考:"关于'物之哀',……即是在'物'之中发现'哀',是接触事象而引起的感动。如贯之于古今序中所言'将心中所思之事附于所见之物所闻之物,而能够表达出来'一样,乃是接触事象而引起的感动。"(発表された「物の哀」……「物」の中に「哀」としたのは,接触事象による感動を与えた。如貫之于古今キム グィオンでの言葉のように,「あなたの胸には、口の事はものがかぐの物を表現できるように」は何と言っても接触事象による感動を与えた。)① 久松潜一在这里强调的是接触的事象给人带来的感动情绪,这种情绪需要心中有所想,才能见物有所感。

　　而佐伯梅友博士则认为:"作为贯穿平安时代的文学理念的'物之哀',实际上是当时的下层贵族的遭遇景况不佳及其一直动荡不安的贵族生活的一种反映,且是以一种诗化的表达方式所表现出来的东西。所谓'物之哀',是对'物',也就是对人生的深深的感动。"(平安時代の文学を貫く理念の「物の哀」とし、事実上、当時の下層貴族の経験を景况悪化が振るわないとずっと政情不安の貴族の生活の一種の反映であり、は一種の夜の海を表現で表現したものだ。いわゆる「物の哀」は、「物」、つまり人生への深い感動を与えている。)② 佐伯梅友是将"物哀"概念成形时期的社会现实同文学概念的生发联系起来,深入分析其理念背后的时代背景。

　　日本文化同中国文化可谓一脉相承,中国学者对"物哀"的研究与阐发也形成了一定的规模和态势。

　　叶渭渠先生在1997年出版的《日本文学思潮史》中对"物哀"进行深入的阐发,认为"物哀"是"将现实中最受感动的、最让人动心的东西(物)记录下来,……写触'物'的感动之心、感动之情,写感情世界。而且其感动的形态,有悲哀的、感伤的、可怜的,也有怜悯的、同情的、壮美的"③。也就是说,是对"物"引起感动而产生的喜怒哀乐诸相。也可以说,"物"是客观的存在,"哀"是主观的感情,两者调和为一,达到物心合一,哀就得到进一步升华,从而进入更高的阶段。④ 叶渭渠对于"物哀"一词的定义,从"心"到"情"再到"世界",涉及情感诸相,又将"物"与"哀"进行了主客观意义上的分析。

①　[日]久松潜一:《日本文学評論史》,至文堂1968年版,第209页。
②　[日]佐伯梅友博士:《古典文》,学习研究社1968年版,第54页。
③　叶渭渠:《日本文学思潮史》,北京:经济日报出版社1997年版,第136页。
④　叶渭渠:《日本文学思潮史》,北京:经济日报出版社1997年版,第136页。

　　王向远则认为,"'物哀'这个词很难译成汉文,其含义大致是人由外在环境触发而产生的一种凄楚、悲愁、低沉、伤感、缠绵徘恻的感情,有'多愁善感'和'感物兴叹'的意思"①。随后,在另一篇文章中,王向远对"物哀"作了更加深入的分析,"'物哀'与'知物哀'就是感物而哀,就是从自然的人性与人情出发、不受伦理道德观念束缚、对万事万物的包容、理解、同情与共鸣,尤其是对思恋、哀怨、寂寞、忧愁、悲伤等使人挥之不去、刻骨铭心的心理情绪有充分的共感力。'物哀'与'知物哀'就是既要保持自然的人性,又要有良好的情感教养,要有贵族般的超然与优雅,女性般的柔软、柔弱、细腻之心,要知人性、重人情、可人心、解人意、富有风流雅趣。用现代术语来说,就是要有很高的'情商'。这既是一种文学审美论,也是一种人生修养论。"王向远将"知物哀"看作是对人身修养的肯定,是将日本审美意识同中国现代话语"情商高"一词联系起来,既生动形象,又使人们摆脱了"物哀"带给人们的字面迷雾之感。②

　　(二)"物哀"之"物"

　　在对"物哀"的概念定义及内涵特征作了分析之后,我们来重点关注一下"物哀"之"物"。毫无疑问,如果脱离了"物","哀"的载体便不复存在。上文在总结"物哀"之特征时指出,"物哀"所面对的对象,不限于自然物,更主要的是人,就算是自然物,也是与人有密切关系的自然物、具有生命意义的自然物。这个特点的得出主要依据《源氏物语》中的相关描写,作品中展现"物哀"之对象主要是人,尤其是女性,另外还有植物,多为偏柔弱的、荣衰繁盛明显的花草类植物。学者叶渭渠认为,紫式部在《源氏物语》中,从三个方面全面阐述了"物哀":第一是人生之哀,尤其是以男女恋情最为突出;第二是世态之哀,贯穿在对人情世态变化无常的感慨、包括"天下大事"的咏叹上;第三是自然景物的变幻,尤其是季节时令变化带来的无常感,即对自然美的动心。③ 因此,统称之为"物哀"并非仅仅是指人面对"物"所产生的那种纤细婉转的悲伤之情,这里的"物"包括人在内,包括"事"在内,包括自然物在内,因此是一种笼统的概念。窃以为,这种统称其实并非疏忽或无奈之举,它其实是一种刻意、一种必然,就历史背景来讲,平安时代佛教观念对社会意识全面渗透,而佛教讲求众生平等,人与大自然之物并无

---

①　王向远:《"物哀"与〈源氏物语〉的审美理想》,《日语学习与研究》1990 年第 3 期。

②　王向远:《感物而哀——从比较诗学的视角看本居宣长的"物哀"论》,《文化与诗学》2011第期。

③　叶渭渠:《日本古代思想史》,北京:中国社会科学出版社 1996 年版。

高下贵贱之别,因此在"物哀"的产生过程中,将人与物统称为"物"则实属必然。同时,"物之心"的空幻和宿命的内涵,也与佛教的无常观和因果报应论相关。

对于"物哀"论中的"物",本居宣长认为,"物"就是"泛指事物而言",未直接作深论。但联系他所说的"物语"能写出世间的各种"情态、事件"的话,可以体会出他所说的"泛指事物"是包罗自然和人世万象的宽泛概念。他认为"哀"本指"见闻感触于心而发出的叹息之声,是'啊''哎'二音合而为'哀'。"物哀就是因物动情,为物所感的意思,他说:"辞书中有'感即动也'的说法。感即心动。逢吉遇凶,心有所感而叹。'感'字才是表记'哀'的最合适的字。"对于日本"物哀"与中国"物感"之间的差异,本居宣长在《日本物哀》一书中指出,"物哀"中的"物"与"事",指的完全是与个人情感有关的事物;而中国的"感物"之"物"(或"事"),更多侧重社会政治与伦理教化的内容。中国的"感物"论强调感物而生的"情",这种"情"是基于社会理性化的"志"基础上的"情",与社会化、伦理化的情志、情理合一;但日本的"物哀论"中的"情"及"人情"则主要是指人与理性、道德观念相对立的自然感情即私情。中国"感物"的情感表现是"发乎情,止乎礼","乐而不淫,哀而不伤";而日本的"物哀"的情感表现则是发乎情、止乎情,乐而淫、哀而伤。①

学者渡部正一考察了《源氏物语》中"物"的意思,认为可分为五个类型:a. 指一般的物;b. 指特定的事物;c. 指不确定的某事物;d. 是一个修饰动作的副词;e. 无意义的接头词。和辻哲郎则认为,"物"不管是物象,还是一种内心感受,都是"某物"。美的事物必然要受到美的限定,这样"物"就是含有的意义和物本身的、普遍而不受限制的"物",它既是不受限定的,又是被限定了的物的全部。"物哀"中的"物"虽是宽泛的、随机的,但是这"物"的内里必然有着它成为"物哀"感对象的哲理根源。所有的"物哀"中的"物"都有这个根源,渡部正一指出:"这样一个根源,在各个物种动荡着,引导各个物指向这个根源。我们不知道这个根源和这个根源引导我们,则完全是两回事。"②

在纷乱复杂的日本平安时代后期,贵族阶层的愁苦和无奈化作了难以言表的"物哀"之情,一语叹词的宣泄,字面意义上虽显朴素,但其中所蕴含的情趣与哀愁是机缘巧合之下对"物"的深意捉摸。

---

① [日]本居宣长:《日本物哀》,长春:吉林出版集团有限责任公司2010年版,第19页。
② [日]渡部正一:《日本古代中世的思想和文化》,大明堂1980年版。

日语中的"物"(もの)在某种程度上近似于英语中的"some"一词,往往是对于抽象事物或是难以确定把握的事物的一种概括性说法。而日语中的"物"又被暧昧的日本语言赋予了诸多主观色彩,成为人们对自己主观感受或是主观情愫抒发的起接续作用的词语。所以,"物哀"之"物"便是这种带有主观色彩的存在,它是那些能够引起人们"哀"的事物。这样一来,"物哀"之"物"的范围被缩小了,它不是所有客观事物的总和,它仅仅是能够引发人们"高情商"的事物的代名词。它不是客观实在与主观意识的二元对立之前者,它是人们对事物感受的情感精神,是本居宣长所说的"物之心","物哀"之"物"是同人类一样有"心"的,是需要人们对其进行细致入微的体察与感受,这些"物"能够通达人性,能够将"人情"发挥得淋漓尽致,是一种具有审美价值的"物"。

种种"物哀"的表述中,由于"物"将其限制在一定的范围之内,所要表达的情感也就相应地被限制了,这种限制表现为不能够随心所欲地去感受自然万物带给人的直接感受,而是需要将这种直接感受作为一种客观实在,这种实在的存在需要用"物哀"来表达。"物哀"之"物"与"物哀"之"哀"便是客观与主观相结合共同作用于"物哀"这一整体概念之上的,二者并不能够截然分开,如若将"物"与"哀"分开视之,则"物"将不可避免地归为客观存在,而"哀"也将脱离"物哀"的语境而倒退回"物哀"之前身"哀"的审美意识当中,这样"物哀"便失去了本身审美意识独特性存在的意义。

王向远先生在自己的研究过程当中,对"物哀"之"物"进行了过滤和提炼,并结合《源氏物语》的描写表现,将那些不能引发"物哀"之"哀"感的事物排除在外。他认为有大体三个方面:"首先,'政治'作为一种事物,不属于'物哀'的'物'。第二,'物哀'之'物'也不能直接就是世俗伦理道德的内容。第三,与上述相关,在本居宣长的'物哀'中,理性化、理论化、学理化、抽象性的劝诫、教训的内容也不能成为'物哀'的'物'。……总之,表现在《源氏物语》为代表的平安时代文学作品中'物哀'中的'物',主要指能够引发'哀'感的审美性的事物,在描写的题材内容上,表现出了强烈的审美选择和唯美诉求。在将社会政治、伦理道德、抽象哲理排除之后,剩下的就是较为单纯的人性、人情的世界以及风花雪月、鸟木虫鱼等大自然。而且,即便对这一领域的事物,也仍然有着更进一步的审美过滤的,凡不能引发'哀'感即美感的东西,都不尽力回避。"①

---

① 王向远:《日本的"哀·物哀·知物哀"——审美概念的形成流变及语义分析》,《江淮论坛》2012年第5期。

　　《源氏物语》描写的背景是声色犬马的宫廷生活,在当时封建时期的日本,宫廷就是政治利益的集中之地,而作者紫式部身为一名女子,她"不敢侈谈天下大事",有意回避政治生活的描写,这也许同当时的妇女的社会地位紧密相关。通常来说,女性的纤柔与其母性的特质也不需要通过浓重的政治题材去表现的。另一方面,上文在论述"风骨与物哀"的问题之时,我们提到日本文学的独特性,它作为完全独立于政治之外的文学是令许多国家的读者难以置信的。所以,《源氏物语》作为分析"物哀"审美论的源头,它所包含的"物哀"之"物"是绝不可能沾染任何政治色彩的。因此,"物哀"作为纯然的个性情感判断是不需要政治的价值判断来横亘其中的,柔性的"物哀"也并不需要刚性的政治去多加妄言。

　　道德价值的规约必然会使人们放弃自我意识的表达与追求,也要求人们在社会的固定框架之下,去向群体靠拢,抹灭个性而追求共性的结果必然会造成人们心中的逆反情绪,这就违背了日本文学上所讲的"人情"法则,也必然会丧失自然天性对美的渴求。《源氏物语》中的源氏是作为正面人物始终贯穿小说始终的,他的诸多行为是违背道德的,肉体欲望的无尽延伸必然会触犯道德的底线,但是这却被本居宣长演化为"知物哀"的表现。源氏的"好色"①在他看来是一种审美体现。所以,道德伦理管辖下的事物也不能被归为"物哀"之"物"。

　　本居宣长的"物哀"论,可谓是浪漫主义色彩极为浓厚,他摒弃能够教育人们的学理性事物,去主动追求能够打动人心之"物",他也多次宣称《源氏物语》的写作本意不在劝诫,这本著作并不是惩恶扬善之书。所以,将一切表现高谈阔论、冠冕堂皇、宗教哲理的"物"都排除在"物哀"之"物"的范围之外,不去理会教科书式的训导,只专注于内心的微妙感受。

　　人的理想状态就是物的本然状态。在中国社会的语境中,当人的成就变大时,他就能够成为"人物",这就将人被赋予了我国古典哲学当中所讲的"物性"。"物性"是对人性本质的深刻理解,成就某一种"物"也就成就了某一种"人",从而使其成为"人物"。在西方叙事学理论研究方面,"人物"又作为一种叙事因素而存在,"典型环境中的典型人物"是理论研究经久不衰的话题。这两种"人物"的存在方式都是基于客观存在为基础的,不以人的意志为转移,所以,现实主义之风在中西方的文学领域之中都占有重要

———————————

①　"好色"是日本文学中的一个审美概念,与汉语"好色"一词在道德判断上的贬义颇有不同,在本居宣长的"物哀"论中,"好色"也是"知物哀"的表现。(王向远译:《日本古典文论选译·古代卷》(下),中央编译出版社,第717页。)

地位。相较而言,日本的"物哀"之"物"则是相对纯然与单一之"物",它所成就的"人"并不包含任何功利色彩,只是将小巧别致的落樱残月与非花非物的清淡寡欲囊括到自己的精神世界之中,过滤掉所有不该成为"物哀"之"物",将"物"与"心"作为一种共承,去进行审美的确证。

我们不止一次提到日本语言极尽暧昧之特点,它要求人们对任何事物都持有一种"始终处于微微变换之状态"的态度,这就造成了对"悬念"的追疑,相聚时担心离散的不期而至,极乐之时掩饰不住对哀怨的失望,这一刻的欢愉也许便是下一时的哀怨,而"物哀"始终在日本文艺界如青藤一般坚挺地缠绕在每一个日本作家的心中,人们在文学以及语言的影响之下也逐渐将"物哀"之"哀"内化于心理感受的直接出发点。所以,我们接触到的日本各类文艺作品都能够感受到它简白却忧伤的叙述,这也许便是日本社会对"物哀"的诠释。

日本国人也始终处于一种"德之两难"①(dilemma of virtue)的境地。当二战结束,日本作为战败国接受了战胜国的制裁,随之而来的便是对外来观念与规则的接受。日本人陷入了一种沼泽般的困境,越是挣扎越是深陷,他们想要拒绝外国人的自由观念,坚守着自己对规则的崇尚,但是这两者似乎总是在天平之上相互倾斜,并没有得到应有的平衡。他们心绪上的晃动感、罪恶感、被动感、稍纵即逝之感以及来自周遭世界的不确定之感都始终使其处于一种负面情绪当中。"物哀"论的发生与发展将日本人的这种羁绊般的细碎情感囊括其中,使得日本人的危机意识在"物哀"的感召之下进行着绵长的叙事,后随着日常生活审美化的加入,这种"物哀"之情也渐渐得到调和,但民族心性的根基是无论如何也不能够动摇的,它需要日本人将"物哀"之"物"化于内心之情,将自我贯彻的态度贯穿一生的始末,从而去理解天涯孤客般的宁静致远。

二、"物语"话语——"唯以情动人"

讨论物语,首先需要问:"物语"是什么? 概括来说,物语文学是日本最早的散文文学,同时也是一种日本古典文学体裁,诞生于平安时代。物语这一文学模式脱胎于古代神话故事和历史传说,在日本本国民间评说的基础上形成,并向独立的故事发展。

"物语"一词,要从"语"这个词说起,它是将发生的事向人细说的意思,

---

① [美]鲁思·本尼迪克特:《菊花与刀——日本文化的诸模式》,北京:九州出版社 2010 年版,第 95 页。

由此"物语"一词便成了故事、传说、传奇之类的代名词。叶渭渠在《源氏物语》译本序中认为,"日本物语一词,意思就是故事或杂谈"。① 并且他指出,在《源氏物语》之前,物语文学分为两个流派:一为创作物语(如《竹取物语》等),纯属虚构,具有传奇色彩;一为歌物语(如《伊势物语》《大和物语》等),以和歌为主,大多属客观叙事或历史记述。这些物语,脱胎于神话故事和民间传说,是向独立故事过渡的一种文学形式,它的缺点就是缺乏内在的统一性和艺术的完美性。而紫式部第一次把创作物语和歌物语结合起来,并在物语创作方法上继承了物语的写实传统,摒弃物语只重史实、缺少心理描写的缺陷,主张物语不同于历史只记述表面的粗糙的事实,其真实价值和任务在于描写人物的内心世界,因而对物语的创作进行了探索和创新。

本居宣长在《紫文要领——〈源氏物语〉概论》中说道:"要问'物语'这种文学样式写什么? 怎样阅读? 窃以为,物语就是将世上的好事、坏事、稀奇的事、有趣的事、可笑的事、可感动的事,用无拘无束的假名文字写下来,并且配上插图,使人阅读时排遣无聊与寂寞,或者寻求开心,或者抚慰忧伤。"② 同时,"它将世间发生的各种各样的事情都写下来,使读者产生上述的种种感觉,将从前的事与眼前的事相对照,在从前的事情中感知'物哀',又在自己与物语中人物故事的比照中,感知当下的'物哀',从而慰藉心灵,排遣忧郁"③。本居宣长的论述中涉及了两个重要的问题:其一是物语文学所描写的内容,即"世上的好事、坏事、稀奇的事、有趣的事、可笑的事、可感动的事"等世间发生的各种各样的事情。其二是物语文学所欲达到的目的,这种目的包括两方面:首先是作者,作者需要对世上万物抱有一种同情之理解,对有趣、可笑、可怕、稀奇、可憎、可爱、伤感等一切心理活动都可以细腻地体验并书写出来,可以对人之情感、世态之变迁、物之荣衰等等作具体细微的描写,真实地表现出人性以及人的内心世界。这其中最常见的即男女恋情的书写,"无论是在哪部物语中,都多写男女恋情,无论在哪部和歌集中,恋歌都是最多的。没有比男女恋情更关涉人情的幽微之处了"④。作者书写物语要表现种种"物哀",并且要使读者由此而"知物哀",进而使读者派遣寂寥,宽释其忧郁愁思,令之通晓世态人情。其次是读者,读者在阅读物语时,须以"感知物哀"为第一要义。感知物哀,首先要懂得"物之心",而懂

① 　[日] 紫式部:《源氏物语》,丰子恺译,北京:人民文学出版社,分上、中、下三本分别于 1980 年、1982 年、1983 年出版。引文见译本序,第 7 页。

② 　[日] 本居宣长:《日本物哀》,长春:吉林出版集团有限责任公司 2010 年版,第 19 页。

③ 　[日] 本居宣长:《日本物哀》,长春:吉林出版集团有限责任公司 2010 年版,第 22 页。

④ 　[日] 本居宣长:《日本物哀》,长春:吉林出版集团有限责任公司 2010 年版,第 19 页。

得"物之心"就要懂世态、通人情。

　　接下来的一个问题是,物语为什么要以表现"物哀"为主旨? 这就涉及了物语文学的审美价值取向问题。"物哀论"颠覆了日本文学批评史上长期流行的、建立在中国儒家道德学说基础上的"劝善惩恶"论。本居宣长强调,《源氏物语》乃至日本传统文学的创作宗旨、目的就是"物哀",即把作者的感受与感动如实表现出来与读者分享,以寻求他人的共感,并由此实现审美意义上的心理与情感的满足,此外没有教诲、教训读者等任何功用或实利的目的。读者的审美宗旨就是"知物哀",只为消愁解闷、寻求慰藉而已,此外也没有任何其他功用的或实利的目的。在《石上私淑言》一书中,本居宣长认为,中国之"诗"在《诗经》时代尚有淳朴之风,多有感物兴叹之篇,但中国人天生喜欢"自命圣贤",加之儒教经学在中国无孔不入,区区小事也要谈善论恶,辨别是非。后世此种风气愈演愈烈,诗也堕入生硬说教之中,虽有风雅,但常常装腔作势,虽有感物兴叹之趣,但往往可以而为,看似堂而皇之,却不能表现真情实感。对感觉主义至上的强调,正是物语写作的审美价值取向。

　　既然物语文学以书写物哀为导向,那么,物语书写如何可以使人感知"物哀"? 换句话说,即读者之"感知物哀"何以可能? 物语之书写内容与书写方式等特点自不必再赘言,必是读者"感知物哀"之最重要条件。另外一点需要指出的是物语文学写作产生作用的先天性心理条件,即如本居宣长在《日本物哀》中指出的,"人心这种东西,实则是本色天然、幽微难言的,忽视这些特性,所看到的的只能是贤愚是非。而真正探索人的内心世界,其实任何人都像是一个无助的孩子"①。也即是说,物语作家及文论家普遍认可的一点是,人的内心本质就像小女孩那样幼稚、愚懦和无助,坚强而自信不是人情的本质,常常是表明上有意假装出来的。如果深入其内心世界,就会发现无论怎样的强人,内心深处都与小女孩无异,对此不可引以为耻,加以隐瞒。如《源氏物语》中"好色"之情的频繁描写也正是基于此,因为"最能体现人情的,莫过于'好色'。因而'好色'者最感人心,也最知'物哀'。值是之故,从神代直到如今,和歌中恋歌最多,是因恋歌最能表现'物哀'。物语要表现种种'物哀',并且要使读者由此而知'物哀',不写'好色'则不能深入人情深微之处,也不能很好地表现出'物哀'之情如何难以抑制,如何主宰人心"②。因此,日本物语文学中的"物哀"实际就是一种弱女子般的感

---

①　[日]本居宣长:《日本物哀》,长春:吉林出版集团有限责任公司2010年版,第35页。

②　[日]本居宣长:《日本物哀》,长春:吉林出版集团有限责任公司2010年版,第73页。

情表现,《源氏物语》正是在这一点上对人性作了真实深刻的描写,作者只是书写描绘人物脆弱无助的内心世界,让读者感知"物哀"。在《石上私淑言》一书中,本居宣长指出,日本的和歌物语等"只是'物哀'之物,不论好事坏事,都将内心所想和盘托出,至于这是坏事、那是坏事之类,都不会事先加以选择判断……和歌与这种道德训诫毫无关系,它只以'物哀'为宗旨,而与道德无关,所以和歌对道德上的善恶不加甄别,也不作任何判断。当然这也并不是视恶为善、颠倒是非,而只是以吟咏出'物哀'之歌为至善"。本居宣长认为这一点迥异于中国诗歌。在他看来,中国人写的书仿佛是照着镜子涂脂抹粉、刻意打扮,看上去冠冕堂皇、慷慨激昂,一味表现其如何为君效命、为国捐躯的英雄壮举,但实际上是装腔作势、有所掩饰,无法表现人情的真实。

另外一个重要的问题在于,物语表现"物哀"的方式是怎样的? 换句话说,即在物语文学中,"物哀"是如何具体表现出来的? 这个问题因为涉及物语作品的行文方式、特点及风格等等,回答起来比较复杂,此处我们以《源氏物语》作为分析文本来简要讨论一下。

毫无疑问,如果脱离了"物","哀"的载体便不复存在。想要更好地理解物语小说(如《源氏物语》)"物哀"的内涵,不可忽略的便是对于"物"的理解。通过对其情景描写手法(即对"物"的表现方式)进行考察,可以进一步加深对这部作品的"物哀"理念的理解。

《源氏物语》中"物"的具体内容有以下几种:女性人物,人情世态,四季百态。正是有了对于这些内容的着力描写,才使"物"的存在感更加鲜明,"哀"也就随之自然产生,从而加深了"哀"感给人的深刻印象。《源氏物语》中"物"的描写方法主要有以下几种:

其一,窥见的手法。即所谓"第二眼",借书中人物窥视将所见情状呈现在读者面前。窥见的描写手法给"物"笼罩上了一层神秘色彩。如《新菜》篇:"柏木看见帷屏旁边稍进深的地方,站着一个贵妇人打扮的女子。这地方是台阶西面第二间屋子的东隅,所以从柏木所在之处望去,毫无阻隔,可以看得清清楚楚。但见她穿的大约是红面紫里的层层重叠的衣服,有浓有淡,好像用彩色纸订成的册子的横断面。外面披的是白面红里的常礼服。头发光艳可鉴,冉冉下垂,直达衣裾,好像一缕青丝。末端修剪得非常美观,比身子长约七八寸。她的身材十分纤小,衣裾挂的很长。这垂发的侧面姿态,美丽不可言喻。只是日色已暮,室中幽暗,不曾看得分明,颇有未能餍足之憾。"①

---

① 　[日]紫式部:《源氏物语》,丰子恺译,北京:人民文学出版社,分上中下三本分别于1980年、1982年、1983年出版。引文见第701页。

　　其二,平面描写手法。在这里,"物"和人处在同一平面内,"物"的样子真实生动地反映在人的视线中,令人身临其境。如《夕颜》篇:"此时暮色沉沉,夜天澄碧。阶前秋草,焜黄欲萎、四壁虫声,哀音似诉。满庭红叶,幽艳如锦。此景真堪入画。右近环顾四周,觉得自身忽然处此境中,甚是意外。回想夕颜五条的陋屋,不免羞耻。竹林中有几只鸽子,鸣声粗鲁刺耳。源氏公子听了,回想起那天和夕颜在某院泊宿时,夕颜听到这种鸟声非常恐怖的样子,觉得很可怜。"①

　　其三,音声描写手法。比如用窃听来间接塑造人物形象,如《帚木》篇:"源氏公子走近去,想窥看室内,但纸隔扇都无缝隙,他只得耸耳倾听。但听见她们都已集中在靠近这边的正屋里,窃窃私语。仔细一听,正是在谈论他。有一人说:'真是一位尊严的公子啊。早就娶定了一位不称心的夫人,也真可惜。但是听说他有心爱的情人,常常偷偷地往来。'"②

　　其四,嗅觉描写手法。如《新菜续》篇:"他身穿一件色彩鲜艳的常礼服,内外衣裳都熏了浓烈的衣香,衣袖更加香得利害。来到三公主正殿前时,天色已黑。黄昏清幽可爱。梅花洁白无瑕,仿佛正在恋慕去年的残雪,疏影横斜,纷纷乱开。微风拂拂,把梅花之香和帘内飘来的美妙不可言喻的衣香吹成一气,竟可'诱导黄莺早日来'。宫殿四周充满了氤氲佳气。"③

　　其五,远近描写手法。一段描写里既有对远景的刻画,又有对近景的表现,类似拍摄景物时焦距的不断变化,镜头在远和近之间来回调节形成对比,呈现出一个立体的富于变化的栩栩如生的场景。这在《源氏物语》中很常见,在此就不举例了。

　　通过这样具体的描写手法的运用,《源氏物语》将"物哀"之情表现得恰到好处,其中那些悲伤、质朴、灵动、纤细、哀怨、欢喜、忧愁、怜悯等等的情绪,都使人与"物"产生共感,有身临其境之感。尤其需要强调的是,《源氏物语》中独具特色的是,其中许多人物的命名都有着耐人寻味的寓意,这也更使得文章在表现"物哀"方面风格更为独特。"空蝉"原指传说中中原地方的一种远看形似倒置的扫帚、走近去却看不见的树木(帚木),源氏追求空蝉却屡遭拒绝,便吟道:"谁知帚木迷人状,空为园原失路人",只能远观而不可近玩

---

① 〔日〕紫式部:《源氏物语》,丰子恺译,北京:人民文学出版社,分上中下三本分别于1980年、1982年、1983年出版。引文见第88页。

② 〔日〕紫式部:《源氏物语》,丰子恺译,北京:人民文学出版社,分上中下三本分别于1980年、1982年、1983年出版。引文见第42页。

③ 〔日〕紫式部:《源氏物语》,丰子恺译,北京:人民文学出版社,分上中下三本分别于1980年、1982年、1983年出版。引文见第724页。

的帚木喻指空蝉的独立人格与高洁品性。而"浮舟"的名字更会令人想起宇治川上漂泊不定的渔船。母亲始乱终弃的命运使浮舟的身世际遇如不系之舟,飘零之萍,紫式部在此借物喻人,使读者由感知"物"的特征而理解人物的性格、身世,进而对人物坎坷悲凄的人生际遇产生深深的怜悯之情。

另外,《源氏物语》中还有很多和歌,如"不知帚木奇离相,空作园原失路人""寄身伏屋荒原上,虚幻原同帚木形"等,这样的渲染与感慨对于表现"物哀"也起到了非常明显的效果。在本居宣长看来,"物语中有许多和歌,是因为吟咏和歌是我国的风习,可以怡情悦性。有了和歌,可以使描写的事物更加情趣盎然,更加感人至深"①。

第四节　话语旅行与谱系会通

20世纪80年代到如今的这几十年,文化研究基于"消费社会"(波德里亚语)的背景,将着眼点聚焦在"物"上,形成了物质文化研究的新领域。这引发了一个疑问,当我们谈"物"的时候,我们谈论的是什么? 事实上,我们关于物的观念探索与话语实践,其中的多维度内涵、多层面演绎、多向度发挥大致不离以上这三个话语谱系。因此,当前对"物"的研究,除了需要综合性的视域,更需要对不同的话语内涵和话语实践进行比较会通。

一、"物化"话语的语际旅行与话语会通

在当前的学术研究中,物化、物象化、物体系、拜物教、异化等等,这些与之相关的词汇和概念被频繁地使用,然而,这些概念本身的意义范畴和围绕这些概念引发的问题却被有意无意地忽视了。尤其在汉语语境中,这些概念存在混淆、误用的情况,因此,从谱系学的角度搞清楚这些概念显得尤为必要。

(一) 汉语语境中的"物化"话语

"物化"是当代文化批评中常用的概念,主要的理论来源是以卢卡奇、法兰克福学派为代表的西方马克思主义理论。然而,汉语语境里"物化"一词并不源自马克思或者卢卡奇,而是《庄子》。②

① ［日］本居宣长:《日本物哀》,长春:吉林出版集团有限责任公司2010年版,第19页。
② 这里区分庄子其人与《庄子》一书。对于《庄子》一书是否皆为庄子所作,学界尚有较大争议。当下普遍将《庄子》中内篇归为庄子所作,而外篇、杂篇归为庄子与学生合著或为后人托名所作。然而,对于《庄子》作者归属的问题尚未有定论。本文将庄子与《庄子》一书区分开,保留学术争论的空间。

　　"物化"一词最早见于《庄子·齐物论》篇末,庄子用来阐释物化的例子就是著名的"庄周梦蝶":"昔者庄周梦为蝴蝶,栩栩然蝴蝶也。自喻适志与！不知周也。俄然觉,则蘧蘧然周也。不知周之梦为蝴蝶与？蝴蝶之梦为周与？周与蝴蝶,则必有分矣。此之谓物化。"郭象《庄子注》中讲:"愚者窃窃然自以为知生之可乐,死之可苦,未闻物化之谓也。"[1]林希逸《庄子口义》中解释:"此之谓物化者,言此谓万物变化之理也。"[2]由此看出,郭象认为,庄周梦蝶和生死之变一样,都是物化之例;生与死、庄周与蝴蝶,愚者才去区分彼此,而圣人则看到的是二者之间互相变化的动态关系。这正如林希逸所言,物化为万物变化之理。陈鼓应的《庄子今注今译》是国内学术界比较认可的《庄子》当代译注本,其中对于物化的注释为:"意指物我界限消解,万物融化为一。"[3]大体看来,目前学界对《庄子》的物化概念的阐释都归于物我合一、天人合一、主客体统一。

　　《庄子》中的物化概念的出处,除《齐物论》外还有:"知天乐者,其生也天行,其死也物化"(《天道》);"圣人之生也天行,其死也物化"(《刻意》);"工倕旋而盖规矩,指与物化而不以心稽,故其灵台一而不桎"(《达生》);"方且本身而异形,方且尊知而火驰,方且为绪使,方且为物绞,方且四顾而物应,方且应众宜,方且与物化而未始有恒"(《天地》);"古之人外化而内不化,今之人内化而外不化。与物化者,一不化者也"(《知北游》);等等。

　　《天道》和《刻意》中的物化有关生死。从字面上看物化似乎直指死亡,如果这样理解,那么就看似与《齐物论》中的物化大异其趣。《庄子》中对生与死的讨论很多,其中《知北游》一篇中最为典型,例如:"生也死之徒,死也生之始,孰知其纪！人之生,气之聚也。聚则为生,散则为死。若死生为徒,吾又何患！故万物一也。"这里体现的正是物物转化之理,"生是死的连续,死是生的开始"[4],生死互化,融合为一。因此,《天道》和《刻意》中物化的概念就好理解了,实际上与《齐物论》中的物化从根本上讲并无大的不同。

　　《达生》中的"指与物化",林希逸的解释是:"指与物化,犹山谷论书法曰:'手不知笔,笔不知手'是也。手与物两忘而略不留心,即所谓官知止、神欲行也。"[5]工倕达到了物我两忘的化境,得以画出比圆规画出的还好的圆。"与物化"即是人与物化为一的化境,《知北游》中,"与物化者,一不化者也"

　　① 《文渊阁四库全书》(第1056册),台北:台湾商务印书馆,第19页。
　　② 《文渊阁四库全书》(第1056册),台北:台湾商务印书馆,第386页。
　　③ 陈鼓应:《庄子今注今译》,北京:中华书局1983年版,第92页。
　　④ 陈鼓应:《庄子今注今译》,北京:中华书局1983年版,第562页。
　　⑤ 《文渊阁四库全书》(第1056册),台北:台湾商务印书馆,第534页。

也是这个意思,也就是说人与物消除了对立关系,顺应道的规律,融合为一。值得注意的是,《天地》中出现的"方且与物化而未始有恒"中的"与物化"则与上面提到的有所不同,刘鸿典的《庄子约解》中解释得较为清楚:"我未忘物也,与物化,则逐物而迁。"①这里的"与物化"显然是庄子认为不应该的状态,人被物所影响,追随物、受制于物而迷失了本性,陈鼓应对此句的解释是"受万物影响而未尝有定则"②。

从《庄子》整体的语境看,人—物、道归于一个系统当中,物化的实质是物与物、人与人、人与物的相互转化,这种相互转化遵循在道的规律中。所谓物我合一、天人合一、主客体统一,这里的一并不指两者合为一个(不是数量上的一),而是指物与物、人与人、人与物互相虽有分别,但可以互相转化,达到互化、相忘的境界,融合在道中。"周与蝴蝶,则必有分矣",也就是说,人与物是有分别的,但这种分别仅仅是类的区分,而非此与彼的区分。陈鼓应的"物我界限消解"的解释也可以看出此意,物我首先是有界限的,有界限才会消解,界限消解谓之物化。因此,物化是一个动态的过程(或者状态),这一过程始终遵从和顺应"道"。对庄子中"物化"的这种解释似乎已经达成共识,然而《天地》中"与物化而未始有恒"却始终作为一个无法忽视的异声存在。联系《天地》中"与物化而未始有恒"的上下文,大概讲的是:尧问许由,啮缺是否可以做天子。许由说,危险,恐怕要危及天下。于是许由论述了啮缺不可以做天子的缘由,以啮缺的为人,他做天子的话,将借助人为而抛弃自然,以自身为中心而改变他物的形迹,被细小的琐事所奴役,被外物所拘束,对外物应接不暇、处处迎合,受万物影响而迷失本性。"与物化"的"与"在这里做介词,有跟随、从属之意,"与物化"指人跟随了物的变化。庄子意在强调物我合一的重要性,反对人操控物或人被物所役。庄子继承的是老子的"道生万物"的理念,认为万物皆生于道并归于道,圣人、贤人的境界是物我两忘,无彼我之分,无物无己,顺其自然,万物互相交融,归于一,正所谓"天地与我并生,而万物与我为一"(《齐物论》)。由《天地》可见物化一词的复杂性,需要联系语境判断其内涵,并不能以我们熟知的《齐物论》中的物化的含义一以贯之。以上可以看出,虽然物化一词含义复杂,但《庄子》对于人与物关系的阐述很明确,即人不宜主宰物,也不应被物役使。

诚然,《庄子》中对物的态度、对物化的态度并不十分统一,这也可能与

①　刘鸿典:《庄子约解》(卷之二),玉成堂,第43页。
②　陈鼓应:《庄子今注今译》,北京:中华书局1983年版,第305页。

《庄子》作者所属的问题有关。但整体地看,不能否认《庄子》中人与物并非主客体对立关系,而主张人、物平等的观念。

此后,物化概念在汉语语境中逐渐发展成为一个审美范畴。物化不是实体的转化,而是人与物和谐关系状态,心物交感、寄情于景、情景交融、物我两忘、无我之境、以物观物等审美概念的使用,都与中国语境中的物化观有重要的联系。中国美学中对人与物和谐相处的美感是极为强调的,我们对陶渊明诗歌的推崇、对山水画作的欣赏、对物的审美意象的挖掘等等,都体现出中国古代审美语境里对人与物平等、和谐关系的追求。也就是说,从《庄子》的物化到审美物化可以看出中国语境中物化体现的是理想化的物我转化、物我合一,物化的过程包涵着丰富而深刻的民族文化心理和审美观念。

(二)"物化"话语的语际旅行与观念重构

西方理论语境中的"物化"有一个较为清晰的演化过程,首先是马克思的异化劳动,接着是卢卡奇《历史与阶级意识》中的物化理论,之后是法兰克福学派的文化批判理论。事实上,西方语境中物化(Verdinglichung)概念并不单一、固定,与之相关的概念还有异化(Entfremdung)、物象化(Versachlichung)、拜物教(Fetischismus)等等。在我国学术界,这些概念尚未有明确区分,亦存在混用的现象,这也是近年来学界开始关注的问题。

20世纪80年代中后期,中外思想文化交流逐渐增多,"现代性"的概念开始在中国学界持续发酵。与此同时,杰姆逊于1985年在北京大学做了短期讲学,讲稿被整理成书,即《后现代主义与文化理论》。一时间,中国思想文化界既讨论着现代性,又以极快的速度接受了后现代理论。尤其在90年代中国开始实行市场经济,国内学界很快发现一些西方理论似乎对于当代的中国文化状况有契合,于是某些理论就经过"旅行"在中国语境中传播开来。"理论旅行"的概念来自赛义德:"相似的人和批评流派、观念和理论从这个人到那个人、从一个情境向另一情境、从此时向彼时旅行。……应该进一步具体说明那些可能发生的运动类别,以便弄清一个观念或一种理论从此时此地向彼时彼地的运动是加强了还是削弱了自身的力量,一定历史时期和民族文化的理论放在另一时期或环境里,是否会变得面目全非。"① 不论是《庄子》的"物化"还是西方的"物化"及其相关理论,在中国当代文化语境里都经过了理论旅行,因此使用"物化"这个概念时,理清这个概念的话语谱系并考察其在当下理论语境中的情境显得尤为重要。

---

① [美]赛义德:《赛义德自选集》,北京:中国社会科学出版社1999年版,第138页。

考察中国翻译文论史可以发现,以卢卡奇为代表的西方物化理论在进入中国时并未确定使用"物化"一词,而是经历了一定程度的话语争夺。在德文版中"物化"对应的是"verdinglichung"(英文版中对应"reification")。这个词在重庆出版社 1989 年版的《历史和阶级意识》(张西平译)中译为"物化",在华夏出版社 1989 年版的《历史和阶级意识》(王伟光、张峰译)中,翻译为"物性化",到了商务印书馆 1992 年 10 月版的《历史与阶级意识》(杜章智等译)中,又翻译为"物化"。由于马克思著作的翻译中对"verdinglichung"有较为固定的"物化"一词对应,所以对卢卡奇著作中该词的翻译也随之确立为"物化","物性化"的译法被淘汰。"verdinglichung"与"物化"的对应关系固定下来之后,中文语境中源自《庄子》的"物化"以及相关的观念话语在文艺理论批评中被一定程度地弱化。

在近三十年的"现代性"大讨论以及最近的文化研究中,物化批判作为有力的理论工具被国内学人广泛使用。尤其是在文学理论、文化理论话语中,提到"物化",我们往往只想带有贬义的物化事实和内涵。杨国荣在其 2006 年出版的《庄子的思想世界》一书中探讨庄子思想中物与人的关系时用"物物而不物于物"的例子来指出《庄子》中的"物化"观"强调的便是人主导物而非为物所支配。……人、物之辨在区分人与物的同时,又明确地拒斥了人的物化,它的内在意蕴在于肯定人自身的存在价值"[1]。在《物与人》一节的篇末,杨国荣分析了文明发展中的人化和非人化,并且指出文明的衍化过程中面临"如何扬弃人的非人化或如何避免人的物化?"[2] 显然,杨国荣这里将《庄子》"物化"和物化理论的"物化"合为一词理解,将物化理解为贬义的人的非人化,并从中生发出庄子的社会批判和文明批判之意。卢卡奇以及法兰克福学派对"物化"的否定性、贬义性阐释逐渐占据理论话语的中心地位,中国语境中的"物化"概念似乎面临了被挤压和渗透的命运。

如前文分析的那样,物化理论在西方语境中似乎经历了黑格尔—费尔巴哈—马克思—韦伯—卢卡奇—法兰克福学派的一条"主线"。实际上在这个以主—客体为基准点的"主线"以外,还有马克思的物象化、现象学的主体间性、海德格尔的物的追问、拉康的主体与他者的关系、波德里亚对物体系的分析等等弥散开来的相关理论。

西方物化理论在 20 世纪 80 年代前后集中"输入"中国以后,"情境"问题是研究中不得不面对的问题。以启蒙运动和工业革命为奠基石的现代

---

① 杨国荣:《庄子的思想世界》,上海:华东师范大学出版社 2009 年版,第 22 页。

② 杨国荣:《庄子的思想世界》,上海:华东师范大学出版社 2009 年版,第 25 页。

资本主义工业化社会既是西方物化理论批判的对象,也是它所处的情境。而物化理论"旅行"到中国当代便处于一种异质的情境,因此理论必定会产生赛义德所说的被"改造"的命运。类似某理论的"当代意义""当代启示"这样的研究范式似乎成为一种普遍范式。而这种范式所引发的问题很可能比它要解决的问题更需要得到关注。对西方理论的长期接受使我们似乎对"相似性"极为敏感。我们善于寻找中西文化状况的"相似性",急于从西方输入"有用"的理论资源,而忽视了"理论旅行"过程中的种种复杂性和差异性,缺乏对"异质性"的情境、语境以及理论本身的反思。世界范围内的理论多元共生,无论是《庄子》中的"物化",还是海德格尔"物物化"的物性分析,都为研究者创造和提供了广阔的理论话语空间。因此,当研究者用马克思、卢卡奇以来的"物化"分析或批判当下中国社会、文化现象(或文本)的时候,应该警惕将这种概念或理论"逻各斯化"。《庄子》中的"物化"呈现出的与西方马克思主义理论体系中的"物化"截然不同的对待物的态度、对物性的阐释、对人与物关系的探讨为当下物质文化研究提供了丰富的理论资源。重新挖掘《庄子》的物化观是对当下对"物化"概念普遍的贬义性阐释的反思并试图重构人与物的关系。

今天的全球化世界的"这种文化复杂性也要求我们重新思考那些我们用以表述今天的文化和个人经验的多元性、异质性、不连续性、流动性和构不成对立的相悖性的范式和理论"[1]。盖文·巴特的《批评的悖论》一文里指出,提及"理论"的时候,"我们通常会援引如今在西方人文学科中已经占统治地位的大杂烩式的各种理论范式和观点:符号学、解构主义、精神分析和后结构主义。但是当这些阐释性的工具被赋予它自身某种权威的时候,问题就出现了,因为它们原本是用于批判文化和艺术文本内部各种不同形式的权力和权威"。某一理论"既作为当代批评方法的权威性元话语而运作,同时又限制着批评中新的概念和方法的产生"[2]。理论的这种"制度化"现状迫使我们不得不警惕被某一文本或某一理论裹挟而去的危险。

二、"物物"与"物化"的跨语际交汇与谱系沟通

在西方法兰克福学派展开"文化工业"批判的同时,大批的学者开始转向在各自领域内重新探讨"物性"以及人与物的关系。其中海德格尔对物

---

① [英]加布理尔·施瓦布:《理论的旅行和全球化的力量》,《文学评论》2000年第2期。

② [英]盖文·巴特:《批评之后:对艺术和表演的新回应》,李龙、周冰心译,南京:江苏美术
    出版社2009年版,第4页。

的追问以及对"物性"分析尤为值得重视。

海德格尔认为,现代科学技术带来了距离的缩短,却无法达到"切近"(Nähe)。"切近""以万物如何在场的方式自行显示并且自行遮蔽。"①在海德格尔看来,距离缩短不意味着"切近",且"切近"是难以触及的,那么如何才能经验到"切近"的本质呢? 他认为"我们就要去追踪在切近中存在的东西"②。这种东西即是"物"(Ding)。而物是什么呢? 从这里开始,海德格尔开启了"物性"分析。他以一把壶为例,探究壶之"物性"不在于物"是什么"而在于物的存在之"聚集"。从词源上分析,德语古语中正是用 thing(物)来命名"聚集"。进而他指出"物如何成其本质呢? 物物化。物化聚集③。"物物化"德语为:Das Ding dingt,英语为:The thing things,海德格尔这种名词动词化的用法体现出他独特的哲思。他说:"物化之际,物居留统一的四方,即大地与天空,诸神与终有一死者,让它们居留与在它们从自身而来统一的四重整体的纯一性中。"④也就是说,天地人神的聚集使物成为物,物在这四方的相互依赖、相互顺从中生成、发生。在《物》的结尾,海德格尔这样写道:"惟有作为终有一死者的人,才在栖居之际通达作为世界的世界。惟从世界中结合自身这者,终成一物。"⑤可见,《庄子》的物化观与海德格尔的"物性"分析可谓是"东鸣西应"。从《庄子》中的人物虽然有分,但化而合一的"物化"观到海德格尔的天、地、人、神四方聚而终成一物的"物性"分析,揭示了不同于马克思、卢卡奇、法兰克福学派物化批判的观念,即既不推崇"役物",也不恐惧"物于物",而是寻求人与物既有分别又亲密纠缠的和谐"存在着"的关系。

"物"(thing)成为后期海德格尔关注的中心,他在讨论物性问题的论著中,多处使用"The thing things"这一表述,约略可以看到庄子"物物"一语的影子。参照《庄子》一书中"物物"一语,"The thing things"其间具有发人深思的关联。且不说海德格尔在采用这一表述时是否真的受到了庄子的启

① [德] 马丁·海德格尔:《演讲与论文集》,孙周兴译,北京:生活·读书·新知三联书店2005 年版,第 173 页。
② [德] 马丁·海德格尔:《演讲与论文集》,孙周兴译,北京:生活·读书·新知三联书店2005 年版,第 173 页。
③ [德] 马丁·海德格尔:《演讲与论文集》,孙周兴译,北京:生活·读书·新知三联书店2005 年版,第 181 页。
④ [德] 马丁·海德格尔:《演讲与论文集》,孙周兴译,北京:生活·读书·新知三联书店2005 年版,第 186 页。
⑤ [德] 马丁·海德格尔:《演讲与论文集》,孙周兴译,北京:生活·读书·新知三联书店2005 年版,第 192 页。

发,反过来看,海德格尔的这一表述却对我们理解和解释"物物"提供了若干启发。汉译者将这一表述译为"物化",又明确地将"The thing things"联系于庄子的"物化"说。① 因此,在庄子与海德格尔思想的"语际实践"和会通过程中,通过翻译的居间作用,两种思想可以相互映照和对勘发明。

　　海德格尔和庄子之间构成了对话,二人的对话之所以可能,是因为他们为同一话题所吸引,从不同的时间和不同的空间走到一起。他们谈着同一话题,说着同一个事情:即物的意义。但什么是物的意义?"庄子和海德格尔的回答是:物的意义就是其无用性,而且人无需对无用性担忧。这样一种物的意义的揭示的语言表达式是否定性的,它指明无论是从物的方面还是从人的方面都需要'无'。否定就是去蔽,去蔽就是揭示。但思想要否定什么? 那要否定的是物的有用性以及人们对于无用性的担忧。正是这种现象遮蔽了物自身的意义。因此对于无用性的发现以及对于无用性的泰然任之基于思想对于遮蔽的否定。这规定了庄子和海德格尔从事物的分析时的思想道路。"②

　　以法兰克福为代表的"物化"理论对文化工业的批判,其中有着对现代科技理性的批判,这也与海德格尔关于科学技术的批判有着共鸣的地方。科学技术是在对现存之物做"区分—隔离"的基础上而展开的研究,这种方法在自己的一定范围内有其突出的功效。但如果人文学科也仿照这种"区分—隔离"原则,就有问题了。既然自然科学总是以现成的、在场的"物"为其对象,那么,它就的确错失了海德格尔所强调的"物性",因为,物性并不是在场的。但是,这并不意味着自然科学一无是处,它通过自身的研究,为人类驾驭物、控制物和利用物提供了非常了不起的便利;它甚至为人类"压缩"了时间,使物的一切便利都似乎汇集在了人的面前,与人"拉近"了距离。但是,在海德格尔看来,这种"接近"其实并未导致人与物之间的"亲近性"(nearness),物的意义并不会因为科学技术为人类提供了便捷的工具,而与人更加"亲近";相反,人在科学技术的教唆下,距离物的"物性"越来越远。但是,这并不是要否定科学技术存在的合法性,而是要为科学技术划定疆界,要将科学技术"相对化",从而让人们意识到,在科学技术的研究方式之外,还有其他研究物的方式,正是后者的存在,使科学技术的方式变得相对化。

---

① [德]海德格尔:《诗·语言·思》,北京:文化艺术出版社1988年版,第157—158页。

② 彭富春:《什么是物的意义?——庄子、海德格尔与我们的对话》,《哲学研究》2002年第3期。

有学者指出,"西方形成学科的美学与东方(以及各非西方)没有形成学科的美学之间的最大差异就是:西方美学是由区分和划界原则而建立起来的,中国(以及各非西方美学)是由(不同于区分原则的)交汇原则和(不同于划界原则的)关联原则建立起来的。① 我们也不难想象,当海德格尔在战后思想转变到"物"的研究上,在西方哲学语境中突然提出天地神人"四方游戏"的概念后,可能引起的西方同行的"惊奇"与"笑声"。因为,在西方的哲学知识型演变史上,几乎从未出现过这种"分类"方式。按照西方理性的逻辑,这四元之间缺乏必要的清晰边界和相互区分的内涵——这其中或隐或显,都回想着东方关于"物"的分类与关联的智慧。

三、"物哀"汉译及其与中国文学文化

上文中我们提到,"哀"作为日语中的一个感叹词,其日语假名写作"あはれ",日语罗马字母写作"aware",相当于汉语中的"啊""呜呼哀哉"等感叹词。"哀"(aware)字的发音"阿波礼"② 来自日本古典神话。据平安时代的学者斋藤广成《古语拾遗》记载,当众神看到天下摆脱了黑暗,迎来一片光明,高兴地相互呼喊"阿波礼"。在日语语言中,将人类出生发出的第一声叹词同"哀"字做同音处理,可见日本民族内心深处对于"哀"的重视。研究者指出:"在日本最初的原始歌谣和随后的《万叶集》时期,'哀''あはれ'(aware)出现在表达爱怜和同情的语境下,奠定了它感伤的审美基调。日本文学自最古的历史文学著作《古事记》起,也带上了悲哀的情调。"③

日本中日古典文学研究家铃木修次认为"物哀"一词在汉语中无法找到相应的词汇来进行汉日对照互译,但中国学者还是在进行着不断地努力,尝试用恰当的汉语来准确、通达地翻译"物哀"一词。王晓平将"ものの哀れ"译为"触物感怀",这种译法体现出很强的中国古典文论意味。而李芒将"物哀"一词对应到中国古典文论《文心雕龙》中"感物兴叹"这一概念,在解释其翻译依据之时,引用了周振甫在解释《文心雕龙·物色第四十六》中的一段话:"物色是讲情景的关系,提出'情以物迁,辞以情发'。外界景物影响人的感情,由感情发为文辞,说明外界景物对于创作的关系。情和景既是密切结合着,所以要'既随物以婉转','亦与心而徘徊'。一方面要贴切地

---

① 张法:《新世纪西方美学新潮对西方美学冲击和对中国美学的影响》,《文艺争鸣》2013年第3期。
② "阿波礼"是根据汉语音译直译而来的。
③ 叶莅:《以悲为美:论日本文学中的物哀》,《世界文学评论》2012年第1期。

描绘景物的形状,一方面也要表达出作者对景物的感情,是情境交融。用这段话来对'ものの哀れ'的基本精神作一个中国式的更为完整的解释,应该是很合适的。于是,我涌起将'ものの哀れ'译为'感物兴叹'的设想。"① 自1985年该文章发表以来,就引发了中国日本文学文论研究界对"物哀"一词的翻译论争。李树果回应,应将"ものの哀れ"一词译为"感物"或"物感",这是在李芒译法的基础上缩减字数来进行翻译的,这一译法更为精炼,字数的缩减也更能够为人们所熟记。但是,李树果还指出,在具体翻译日本文学作品之时,可以根据具体语境和行文将"感物"或"物感"所要表达的具体意思作进一步注释解释,这在无形之中增加了翻译的繁琐程度,也易使"ものの哀れ"一词陷入无边界定义的泥淖。

后来,许多学者则主张将"ものの哀れ"一词,提炼日语中的汉字写法,直接将其译为"物哀",这样一来,该词的含义虽在表面上被缩减了,但是却能够令人们读之产生最直接的感受,进而细读之下便能理解其中的意思,直译之法往往更能够为人们所接受。与此同时,有更为细心的研究者很好地解决了直译与误解之间的关系。罗明辉指出:"在大多数情况下,特别是在文学作品里,需根据具体语境,找一个恰当的译法去表达。而当它作为一个固定的文学概念出现时,则可以考虑照搬原词直译的办法。"② 至此,"ものの哀れ"在汉语语境中以"物哀"两字的面孔出现在丰富多彩的日本文学、文论的译作中。

日本语言是一种音拍语,长音促音相糅,使人读之节奏感十分强烈。有学者将"哀れ"在读音上作了区分,从而表达不同的含义。首先,最常见的读作"aware",写作"あはれ"或"あわれ",第一种写法中间的假名"は"字,本应读作"ha",但在非首字母的词组中便可以读作"wa"音,这就同假名"わ"字读音相同,这种情况的"物哀"则是表达较为负面的情绪,如悲伤或是对弱者表示同情之意。然后,另一种读音可读作促音形式"appare",促音在发音规律上是一种即兴腹腔收缩而产生的音法,感情表达则偏于积极意义,"物哀"的促音读法就是向美好的事物发出感叹,感情基调相对高扬。

读音上的区分只是"物哀"意义表达的一个侧面,而"物哀"之"哀"字的情感体验表达之丰富,也是令人惊叹的,它展现的是一个意义增加的过程,在这个过程当中,其积极意义与消极意义也并不是此消彼长的,而是相互作用,共同使"物哀"一词深入到日本文学的各个意义层面表达。"哀"字

---

① 李芒:《"ものの哀れ"汉译初探》,《日本学习与研究》1985年第12期。

② 罗明辉:《关于"ものの哀れ"的汉译问题》,《日语学习与研究》2000年第1期。

最初的意义表达同字面意思相去甚远,它有"爱慕""怜惜""令人同情"之意(《竹取物语》),而后又增加"宠爱""赞叹""欣赏"等较为积极的意思(《伊势物语》),"令人怀念"之意也是推陈出新的说法(《大和物语》《落洼物语》);到后来,《源氏物语》这部将"物哀"论集大成的著作将其演化为"空寂""苍白无力""哀伤"等消极意义以及"富有情趣""深情""感动"等积极意义。王向远所译的《日本古典文论选译》,将本居宣长对于"物哀"的探讨置于"物语论"的篇章范畴之中,由此可以看出"物哀"与"物语"二者并非能够截然分开的,"物语"是"物哀"意义表达的最有效手段。所以,对"物哀"具体意义的阐发也应回归到"物语"文本当中去进行分析。

上述诸多"物哀"的具体释义也并没有穷尽"物哀美"的深广内涵,叶渭渠在其著作《物哀与幽玄》中将"物哀美"的特征归为以下几点:"第一,'物哀'是客观的对象(物)与主观感情(哀)一致而产生的一种美的情趣,是以对客体抱有一种朴素而深厚感情的态度作为基础的。第二,在此基础上主体所表露出来的内在心绪是非常静寂的,它交杂着哀伤、怜悯、同情、共鸣、爱怜等种种感动的成分。第三,'物哀'这种感动或反应所面对的对象,不限于自然物,更主要的是人,就算是自然物,也是与人有密切关系的自然物,具有生命意义的自然物。第四,从对自然物、对人的爱怜的感动到对人生世相的反应,是从更高层次体味事物的'哀'的情趣,并用感情去把握现实的本质和趋势。第五,这种感动或反应是以咏叹的形式表达出来。"① 一方面,"物哀"之美,不仅仅是人的主观情感作用于"物"之上,而是"物"本身具有了生命,体现本质之哀。这种"哀"思是需要反复玩味的,有"只可意会不可言传"之微妙情感渗入其中,人们在这当中的经验与体会是想挣脱而不能的,是看到希望而又被无望所碾压的一种感受。虽然压抑是"哀"之情思所赋予人们不可回避的笼罩,但其作为一种灵魂之上的超脱,是具有"出淤泥而不染"的高洁之感的,它可以将一切杂念排除而只追求心灵的纯净。但是,另一方面,"物"本身不是恒定不变的,它始终处于一种变化之中,人们在"物"带来的无常感之间徘徊,其偶然性与局限性是可想而知的,所以对于精神层面的意义来说,它只能够有停留到心灵净化的层面而不能达到更高的深层意义。

有人将"物哀"归为一种"仇怨美学",这与"物"本身所容纳的无法预料性与带给人的失落感是紧密相连的,在众多日本文学作品当中,"物哀"

----

① 叶渭渠、唐月梅:《物哀与幽玄——日本人的美意识》,桂林:广西师范大学出版社2002年版,第85—86页。

作为一种类似叙事母题的文化表征,它非关伦理道德,又将日本传统的"人情"概念作为出发点,并从"物"中得到情趣与情调而将其视为一种人生感悟去体验悲与美的情怀,"情"抒发至细微之处而又触碰日本审美极致的范畴,将物与心相结合,从精神内核出发,去寻找真诚的感动。对此,我们可以进一步从比较的角度考察"物哀"中国传统文学文化的内涵关联。

(一) 物哀与物感

"物感"说最初源于春秋时期《礼记·乐记》:"凡音之起,由人心生也。人心之动,物使之然也。感于物而动,故形于声。"① 从最一开始,"物感"说就与音乐紧密相连,而音乐在古代属于文艺创作的范畴,那么创作便从重物的"物感"开始。随后,战国末期《吕氏春秋》卷六《音初》也讲到音乐创作同"物感"间的关联:"凡音者,产乎人心者也。感于心则荡乎音,音成于外而化乎内,是故闻其声而知其风,察其风而知其志,观其志而知其德。"② 西汉时期,淮南王刘安在《淮南子》中写道:"人生而静,天之性也。感而后动,性之害也,物至而神应,知之动也……"③ 他的意思是说,外物触动心灵才能够使人心之所感。而我们熟知这个时期董仲舒提出的"天人感应论",也可以归为"物感"说的范畴,"人生有喜怒哀乐之答,春秋冬夏之类也。喜,春之答也;怒,秋之答也;乐,夏之答也;哀,冬之答也。天之副在乎人。人之情性有由天者矣"④。这是将春夏秋冬四季同人的喜怒哀乐相联系起来了。魏晋南北朝时期,中国文学已经渐入自觉,"物感"说也日趋成熟。西晋陆机在其《文赋》中开篇讲道:"伫中区以玄览,颐情志于典坟。遵四时以叹逝,瞻万物而思纷;悲落叶于劲秋,喜柔条于芳春。心懔懔以怀霜,志眇眇而临云。"⑤ 陆机的创举在于将"物感"应用到文学理论之上去探讨文学创作的起源,使其在文艺创作之中的作用进一步增强。至刘勰的《文心雕龙·明诗第六》中则讲道:"人禀七情,应物斯感,感物吟志,莫非自然。"⑥ 钟嵘的《诗品》,其序言首句即言:"气之动物,物之感人,故摇荡性情,形诸舞咏。"⑦ 刘勰和钟嵘二者对"物感"说的体察进一步深刻化,"物感"已经不仅仅满足于文艺创作,而是贯穿于整个过程的。同时期,梁武帝萧衍在其《净业赋》云:

---

① 崔高维校点:《礼记》,沈阳:辽宁教育出版社 1997 年版,第 109 页。

② 张少康、卢永璘编选:《先秦两汉文论选》,北京:人民文学出版社 1996 年版,第 227 页。

③ 何宁:《淮南子集释》(上),北京:中华书局 1998 年版,第 24 页。

④ 董仲舒著,凌曙注:《春秋繁露义证·为人者天》,北京:中华书局 1991 年版,第 175 页。

⑤ 周伟民、萧华荣:《〈文赋〉〈诗品〉注释》,中州古籍出版社 1985 年版,第 27 页。

⑥ 刘勰著,戚良德校注:《文心雕龙校注通译》,上海:上海古籍出版社 2008 年版,第 55 页。

⑦ 钟嵘著,曹旭笺注:《诗品笺注》,北京:人民文学出版社 2009 年版,第 1 页。

"观人生之天性,抱妙气而清净。感外物以动欲,心攀缘而成眚。"① 他强调创作过程中,作家的情感依赖于外物的刺激。在《孝思赋序》又云:"想缘情生,情缘想起,物类相感,故其然也。"② 同样也强调了情感与物相关连的重要程度。由此可见,到齐梁时期,"物感"说渐接成熟,以至完备,在这过程之中,文学创作的"自我"发现,使其地位迅速上升,它成为了六朝时期乃至整个中国古代的重要文论之一,可以说魏晋南北朝时期,对于"物感"说的发展是一个十分重要的转折点,后期至唐、明、清几代学者都以"感于物"或"感于事"来作诗、论诗。

由上述对"物感"说的发展过程的分析来看,我们可知,这一六朝时期后确定下来的文艺观念或是文艺理论,是对文学起源以及规律的学理性思考。那么,相对于"物哀"来说,它的世界观包含的范围要更为深广。一方面,"物哀"中的"哀"虽不能完全归为"悲哀或哀愁",但是日本文化中的这一审美范畴总是偏于"哀"的情感表达,悲哀感的灌输自始至终没有偏离日本文化的轨道,如影随形、沁人心脾的哀感如烦丝般缠绕在日本人的心中。而"物哀"情感表述的方式多为纤细、凄婉、细腻之感,而情感表述的内容多是以恋情为主要对象,延展出女性特有的纤柔与敏感的行文特征。这是日本平安时期,贵族文化圈不可回避的人生感悟与情趣生发。而"物感"表达的感情则相对丰富,它所包含的"怨情"并没有如"物哀"般愁结难解,心物相融之后也能"神与物游",它要求情感的抒发需要喜怒哀乐达到均衡的状态。其情感表述的内容,不光涉及个人情思的抒发,也包括对国家社会以及个人情况的情感宣泄,这种"哀而不伤"的儒家美学范畴要求中国古代文人做到克制谨严,不能够将愁闷之情一泻千里。另一方面,将"物哀"与"物感"做内外之分,则"物哀"属于内面型表达,"物感"属于外向型表达。柄谷行人在《日本现代文学的起源》中提道:"先有事物,而后观察之'写生'之,为了使这种看似不证自明的事情成为可能,首先必须发现'事物'。但是,为此我们必须把先于事物而存在的'概念'或者形象化语言(汉字)消解掉,语言不得不以所谓透明的东西而存在。而'内面'作为'内面'成为一种存在,正是在这个时刻。"③ "物哀"作为"内面'哀'"成为一种存在,在发现事物之前将这种物的概念消解掉,将自身的直观感受放置到物本身,是一种建立在

---

① 严可均辑,冯瑞生审定:《全梁文》,北京:商务印书馆1999年版,第6页。

② 严可均辑,冯瑞生审定:《全梁文》,北京:商务印书馆1999年版,第1页。

③ [日]柄谷行人,赵京华译:《日本现代文学的起源》,北京:中央编译出版社2013年版,第39—40页。

直观感受上"言情"的审美理论。与此同时,"物感"表现出的即是外向型的审美理想,它将天地万物同人自身相统一,做到观照外物的基础上进行意象活动,而不仅仅是对事物的直观视觉与感受的结合反映,它更是"言志"的一种体现。

"物哀"与"物感"二者之间也是相互融通的,邱紫华在《东方美学史》中指出:"'物感说'对日本的'物哀'思潮有着直接的影响,其内在的联系也是不可否定的。"① 二者都将"物"作为抒情或创作的第一层面,都认同外物触动心灵而呈现出不同的情思。六朝时期"缘情而绮靡"的作文之风对日本"主情"的文学创作必定产生了深远的影响。而后唐代白居易《长恨歌》的创作对日本的《源氏物语》产生的影响是中日学术界有目共睹的事实。但是"橘生淮南则为橘,生于淮北则为枳",两者"同归——殊途"的审美理念势必会在各自国家的成长土壤之中盛开出不一样的花朵。

(二) 物哀与风骨

"铃木修次教授在比较中日的文学传统时曾以'风骨'和'物哀'来概括两国文学本质和文学观念的差异。"② "风骨"是中国文学中以遒劲、雄浑为美的文学风格,它是《诗经》中所谓"上以风化下,下以风刺上"之主张,而"物哀"则是以纤弱、淡雅为美的文学风格,讲究情感世界的自律表达。

刘勰的《文心雕龙·风骨第二十八》则是探寻"风骨"词源的第一手素材,评价也最为精道:"《诗》总六义,风冠其首,斯乃感化之本源,志气之符契也。是以招怅述情,必始乎风;沉吟铺辞,莫先于骨。故辞之待骨,如体之树骸;情之含风,犹形之包气。结言端直,则文骨成焉;意气骏爽,则文风清焉。"③ 刘勰所表达之意,则是将"风骨"视为评定文学作品优劣的标准,端直的结言,骏爽的意气则是"风神"与"骨髓"俱佳的好作品。

庄子《逍遥游》中的磅礴气度则是表现"风骨"的绝佳范本:"北冥有鱼,其名为鲲。鲲之大,不知其几千里也;化而为鸟,其名为鹏。鹏之背,不知其几千里也;怒而飞,其翼若垂天之云……鹏之徙于南冥也,水击三千里,传扶摇而上者九万里。"④ 这种非凡的气势用极尽夸张的手法书写,可见中国文人对"风骨"的重视。李白也在《梦游天姥吟留别》中运用瑰丽的想象将文人风骨之气势表达清晰:"天姥连天向天横,势拔五岳掩赤城。天台

① 邱紫华:《东方美学史》(下卷),北京:商务印书馆2003年版,第1140页。
② 林祁:《风骨与物哀》,西安:陕西人民教育出版社2002年版,第11页。
③ 戚良德:《文心雕龙校注通译》,上海:上海古籍出版社2008年版,第338页。
④ 《庄子》,南京:凤凰出版社2010年版,第1页。

一万八千丈,对此欲倒东南倾。我欲因之梦吴越,一夜飞度镜湖月。"① 国家繁盛的唐朝,"风骨"也始终是文人墨客所遵循的行文风格。可见,风骨集聚了创作者丰沛的生命力,所做之作都真力弥满,志气郁勃。

"风骨"在中国文学史上并不是一枝独秀的主流代表,但是它却可以成为中国文学在创作过程中的一大特写,文章风格要求大气而不扭捏、雄浑而不纤弱、恣意淋漓而不拖泥带水、"力拔山河"而不"情愁凄切";文章语言要求辞藻的修饰与音韵的和谐,遣词造句、明快概括无不都是优秀文章所必须要求之处。而日本文学讲究一切由"情"出发,它要表达的是内心深处的细微之感,在"物哀"的审美意识影响之下,日本文学的婉转哀怨、内敛抑制都是不容忽视的,这从日本语言的"暧昧"这一大特点便可见一斑。日本人在与他人交流的过程当中,其含蓄的话语方式往往令别国人感到如鲠在喉,块垒难消。日本人在行文过程当中也并不讲究新奇与张扬的文风,而一贯以白描手法表达内心的细腻情感。这两种文学风格的鲜明对比使得各自所体现出的民族性则表现为阳性的男性世界与阴性的女性世界之对比。

中国文学是一种士大夫文学,讲究经世致用,"学而优则仕"是世世代代中国人未曾改变的内心之蓝图。"文以载道"的中国文学一直同政治紧密相连。因而,"风骨"见长的中国文学则大都体现作家的理想抱负与建功立业,而日本文学则是明显脱离政治而存在的。日本作家始终浸润着"物哀"的传统,他们缺乏政治理想,将自己裹挟到内封的小世界当中,其心思阅历以及社会经历都不足以令其在政治层面上直抒胸臆。他们排斥外界因素对于自身创作的压力,讲求的是将文学作为独立的客体而使之存在。"先天下之忧而忧,后天下之乐而乐"的"风骨"与"幽玄莫测"的"物哀"二者之间的差异是两国文学创作不可回避的基准。

① 《李白集》,太原:三晋出版社2008年版,第90页。

第五章　物性诗学人文取向论

"物性诗学人文取向论",重点探讨诸人文主义话语的"物"观念矩阵、人—物关系以及"后人文"与中国传统物观念之间的会通问题。"人—物"关系在人文主义传统中是一个重要问题,新人文主义、反人文主义和超人文主义,无不通过"人—物"关系的杠杆,在人与物之间抑扬褒贬,因此并未解决人性与物性之间的平衡问题。后人文主义对"人—物"同源同构性和平等平衡问题的新探索,构成了物性诗学的重要内容,也适应了人类新的物质生存现实:由于生物工程、互联网和数字通讯技术的迅猛发展,物(尤其是人造物)与人之间的亲密纠缠已经不止外部关联,物无孔不入地深入到人的身体本身,使每个人都在一定意义上变成了"赛博格"和"忒修斯之船"。建构"人—物"关系新图景不仅直接变成了人的身份认同问题,而且成为物性批评的时代课题。

第一节　诸人文主义的物观念矩阵

在人文主义的形成、发展和流变过程中,为了应对社会历史的巨大变迁所引发的新问题,人文学者不断从内部对其进行反思批判和会通适变,衍生出"新人文主义""反人文主义""超人文主义"和"后人文主义"等新概念和新论说,彰显出人文主义观念革新和范式演替的脉络,其间或对立、或蕴含、或矛盾,共同构成人文主义的语义矩阵,展现了人文主义题中之义的丰富性和复杂性。

人文主义(humanism)是一个宽泛的伦理哲学范畴,它肯定所有人的尊严和价值,认为人通过诉诸普遍人性尤其是理性,有能力判定对与错。人文主义倾向于采用符合人类利益的手段来探求真理和道德准则,人文主义者坚持基于人类状况的普遍道德行为,认为解决人类社会和文化问题的方式是人类自我决定的,而不是由某种外在的狭隘的事物决定的。

西方人文主义自其作为一种时代思潮出现以来,就在"人类"与"物类"(包括动物、植物、自然和整个社会历史)之间对立相视的等级结构中解说人的意识性、自主性、能动性和自由意志,以及人类相对于物类的优越性。因此,二元对立的观念和等级制的方法,是人文主义在处理"人—物"关系问题时的主要观念方法。英国学者 F.C.S. 席勒认为，传统人文主义"在'事物'这方面显得没有对我们的认识作用起反应"。也就是说，在传统人文主义那里，人性是独立于物性并超越于物性之上的。席勒质疑道："可是这种没反应是绝对真实的吗？无疑地，一块石头并不理会我们是精神存在物，向它布道会和向聋子布道一样没有结果（虽然没有那样危险）。但是这能等于说它一点也不理会我们，根本没注意我们的存在吗？绝非如此；它是在它自己的存在所经历的水平上觉察到我们并为我们所影响的，它很能够有效地在我们和它的交往中使我们觉察到它的存在。我们和石块共有的'共同的世界'也许不是处于终极实在的水平上。这个世界只是一个'物体'的物理世界，这个世界里的'觉察'看来只能以坚硬、沉重、有色和占据空间等状态来表明。这块石头就是这些东西，它在别的'物体'上看出的也是这些。它忠实地行使这些物理功能并以这样做来影响我们。它受重力作用，抵抗压力并且阻碍以太波等，它使自己作为这样一个物体而受到尊重。"① 而传统的人文主义学说将"物性"视为"人性"的投射，并在这些投射物中间建立了等级制，忽视了物对于人的"反应"和"影响"。

阿伦·布洛克强调："不把人文主义当作一种思想流派或者哲学学说，而是当作一种宽泛的倾向，一个思想和信仰的维度，一场持续不断的辩论。在这种场辩论中，任何时候都会有非常不同的、有时是互相对立的观点出现，它们不是由一个统一的结构维系在一起的，而是由某些共同的假设和对于某些具有代表性的，因时而异的问题的共同关心所维系在一起的。我能够找到的最贴切的名词是人文主义传统。"② 在这个宽泛的传统和倾向里，人文主义者有一个基本的信念：每个人自己身上都是有价值的，其他一切价值的根源都是对此的尊重，这一尊重的基础就是人的潜在能力，而且只有人才有这种潜力："创造和交往的能力（语言、艺术、科学、制度），观察自己，进行推测、想象和辩理的能力。而这些能力一旦释放出来，就能有一定程度的选择和意志自由，可以改变方向，进行创新，从而可以打开改善自己和人类命运的可能性。"③ "只有人类才有的这种潜力"，这是将"人类"与"物类"设置在一个二元对立结构中来确立"人类"对于"物类"的优越性。因此，从特定的角度看，在人文主义传统中，如何设定、认识和阐释这种优越性，就是

① ［英］F.C.S. 席勒：《人本主义研究》，上海：上海人民出版社 2010 年版，第 128—129 页。
② ［英］阿伦·布洛克：《西方人文主义传统》，北京：生活·读书·新知三联书店 1998 年版，第 7 页。
③ ［英］阿伦·布洛克：《西方人文主义传统》，北京：生活·读书·新知三联书店 1998 年版，第 234 页。

宽泛意义上的人文主义者共同关注的具有代表性的,但同时也因时而异的问题。

围绕这一根本问题,除了像实证主义、科学主义等流派从"外部"对人文主义展开的批判之外,人文主义也从其内部不断进行自我反思、自我批判和自我革新,并缘之而衍生出了新人文主义(neohumanism, new humanism)、反人文主义(antihumanism)、超人文主义(transhumanism)和后人文主义(posthumanism)等。这些内涵不一、形式多样的学说共同构成了人文主义的"树形"和"根茎",有的重在完善和剪裁人文主义地上部分的"树状",如新人文主义和超人文主义;有的旨在开掘和彰显人文主义地下部分的"块茎",如反人文主义和后人文主义。然而,应该说,它们在精神气质上依然以"人"为出发点和根本目的,以人类与物类之间的关系为主要思考对象,以人体现了人文主义的基本倾向。因而它们都是人文主义话语的组成部分,共同开发了人文主义的多种面向和多重内涵,呈现出了人文主义题中之义的丰富性和延展性。

在有关"人—物"关系这一人文主义的基本问题上,诸流派之间的差异主要体现在:一种将"人—物"关系设计成"外在的",将人与物都预设为"既成的"存在(being),然后再寻求这种关系的协调和平衡,如新人文主义试图通过进一步提升人的地位而达到"人的法则"对于"物的法则"的统驭,而超人文主义则试图通过进一步提升物的地位(agency of things)来实现物与人的齐头并进。另一种是将"人—物"关系设计成"内在的",将人和物都预设为"将成的"存在(becoming),认为正是人与物之间的"构成性"(constitutive)关系,[①] 在持续地生成着人与物,如反人文主义认为人成为主体(subject)的过程并不是人"高出于物"的线性进程,而毋宁是人不断"屈从于"(subject to)物类即社会历史的过程;而后人文主义则首先让人纤尊降贵为与物处于同一个平等空间中的元身体(metabody),[②] 设定人类与物类的同源性和平等性,并缘此而阐发人类与物类之间"与物为春"的新图景,寻求成就人类与成就物类之间的平衡。

特就有关"人—物"关系问题的思考路径来说,新人文主义和超人文主义采用的是"上溯法",通过提升人或物的地位来寻求人—物之间的制衡;

---

① [美]大卫·格里芬主编:《后现代精神》,王成兵译,北京:中央编译出版社1998年版,第21—22页。

② Francesca Ferrando, *Posthumanism, Transhumanism, Antihumanism, Metahumanism, and New Materialisms:Differences and Relations*, Journal of Existenz, Volume8, No2, Fall(2013).

反人文主义和后人文主义运用的是"下倾法",通过降解附着在人类身上的优越性和超历史内容来寻求人—物之间新平衡。"上溯"看到的是人文主义地上部分的"树形","下倾"而描摹的人文主义的"根茎";前者是"机敏型的"(canny),后者则是"盲乱型的"(uncanny)。前者善于在纷繁芜杂的对象面前迅速提取出"逻辑线索"和"理性秩序",从而建构起理论的整体;后者则通常在使理论整体坍塌解体和理性秩序陷入荒诞境地的过程中,展示自己机敏过人的真知酌见。① 下文拟以"人—物"关系为主轴,考察诸流派之间的复杂关联。

新人文主义、反人文主义、超人文主义和后人文主义等种种学说,它们都试图对"人—物"等级制作出这样那样的设定、阐述和调整,以应对人文主义在社会历史变迁问题时的种种难题。它们所提倡的人文演说,表面上看其间差异很大,但它们与人文主义的传统观念之间形成或反义、或矛盾、或蕴含的关系,共同彰显了人文主义的题中之义。我们改造运用格雷马斯的符号矩阵图式对人文主义诸学说之间的意义关联图示如下:

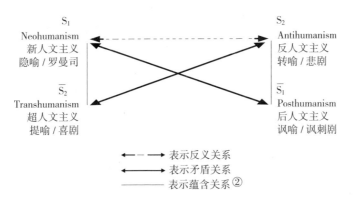

按照格雷马斯的观点,析取分为两类:反义析取(由虚线表示)和矛盾析取(由实线表示):"如果说演绎推理最终会与归纳描写汇合,那是因为意义的基本结构已经从整体上把各个语义域组织成系统。因此,由这一基本结构所定义的每一项内容便通过语义轴暗含了其他各项,而其他各项则在这个结构体的下一层组建起一个具有同构性质的结构体。"③ 在符号矩中,

① [美]乔纳森·卡勒:《论解构》,北京:中国社会科学出版社1998年版,第13页。
② [法]格雷马斯:《论意义——符号学论文集》(上册),吴泓缈、冯学俊译,天津:百花文艺出版社2005年版,第141页。
③ [法]格雷马斯:《论意义——符号学论文集》(上册),吴泓缈、冯学俊译,天津:百花文艺出版社2005年版,第143页。

四项的任意一项"我们都可以通过取其反义和取其矛盾项而获得其他三项。它们的定义是纯形式的,先于意义的,即尚未承载任何实际的内容"。反义关系和矛盾关系"应该被看作是一个关联体,相关联的两项互为前提"①。反义性(contrarity)、矛盾性(contradiction)和蕴涵性(complementarity)的各个维度所构成的符号矩阵,具有普遍性,几乎可以穷尽无论是单个的还是集体的符号的基本维度,也是分析语义世界的出发点。②

　　在这个图式中,新人文主义是对传统人文主义的强化,它与反人主义是"反义关系",与超人文主义是蕴含关系,与后人文主义是矛盾关系;与此同时,反人文主义与超人文主义之间是矛盾关系,与后人文主义之间是蕴含关系。

　　"新人文主义"(以白璧德为代表)试图通过将"更高意志"注入"人的法则"而达到"人的法则"对于"物的法则"的驾驭,通过提升"人类"的地位而达到"人类"对于"物类"的居高临下的统摄和控制。这是人文主义的罗曼司,遵循着崇高叙事的"如愿以偿"法则。

　　"反人文主义"(以福柯为代表)则反之,试图通过揭示人类主体(subject)对于"物类"(语言、符号结构、意识形态、权力关系、社会历史)的屈从(subject to)而彰显人类受制于"物类"的基本事实,否定长期以来人文主义传统所张扬的"大写人"观念,甚至强调在物类的压抑和包容之下"人的消失"。反人文主义通过将人文主义的"大写人"置于社会历史的权力关系之中而将其"小写化",认为成为"主体"主要并不是个体凌驾于社会历史之上的过程,而是不断"屈从于"社会历史并最终变成真实的历史社会的人的过程。这种学说强调人的意志、理性、主体性和创造性都是历史性的,都深陷在权力关系的网络之中。这是在某种意义上是将人类降到低于物类的地位,是对人类的悲剧叙事,遵循着转喻的基本"法则启示"原则。

　　"超人文主义"试图通过将物类提升到与人类同等的高度,来重新审视新的生物科技和数字技术所造就的新的物质现实,强调物类的能动性、生产性和延展性——这事实上正是经典人文主义赋予人类的独有属性。但在此过程中,它并不主张人类纡尊降贵地去适应物类,人类并不因此而面临悲剧性的命运。它事实上是对人类命运的喜剧叙事,强调物类地位的上升与人

----

① [法] 格雷马斯:《论意义——符号学论文集》(上册),吴泓缈、冯学俊译,天津:天津:百花文艺出版社 2005 年版,第 143 页。

② Michael Ryan(General Editor), *The Encyclopedia of Literary and Cultural Theory*, Blackwell Publishing Ltd, 2011, p.229.

类地位的提高之间的矛盾最终可以"调和化解",因而是一种乐观的、通过阐发物类的能动性而使"人—物关系"达到平等的叙事模式。

"后人文主义"(以伍尔夫为代表)则试图通过消解和祛除人文主义传统中不断附加在人类身上的、高于物、凌驾于物之上的一切品质,消解人类中心主义,使人类纡尊降贵地回归到与物类平等的、同志式的、不可分割的统一体之中,设定人类与物类的同源性、平等性和相互连通性,进而重新定位和擘划人类与物类之间的生态友好型关系。它事实上是对人文主义的反讽叙事——一方面,它进一步深化着人文主义以来人对人类自身命运的思考,是"追随"人文主义的;另一方面,它又从源头上否定了人文主义以来所设定的"人类"与"物类"之间的等级制,强调对人文主义思考方式的改弦易辙,因而是对人文主义观念的解构。它遵循的是"反复无常"的叙事原则,它是以拆解人文主义理论积木的方式来表达自己的人文灼见。

总之,新人文主义、反人文主义、超人文主义和后人文主义,它们既是人文主义为了适应社会历史变迁而衍生出的变体,又是对人文主义的反思、批判和调整。特从"人—物"关系变化的角度看,各种花样翻新的人文主义形态,都提出了自己的范式,为人类的持续发展进行着富有新意的探索。

第二节　人文主义的人—物关系

一、新人文主义：扬人以驭物

新人文主义(new humanism 或 neohumanism)开始适用于文学批评的理论,渐次演扩为一种文化政治思想。美国学者白璧德在《文学与美国大学》(1908 年)中发展了这一思想论说体系,并首次使之定型,旨在弥合文科大学与综合大学教育之间的观念鸿沟。白璧德本人并不认为"新"这个定语适合于自己的人文主义学说,但"新人文主义"这个术语作为保守思想的一个分支却不迳而走,其影响从 20 世纪初一直持续到 30 年代。

白璧德通过对他所认为的"人道主义"(humanitarianism)的"物的法则"的批判来阐述自己的"人文主义"的"人的法则"。他在对以人道主义为代表的近代文明的批判中,区分"物的法则"与"人的法则",强调两种法则并不是程度上的区分,而是性质的不同。近代以来,"物的法则"凌驾于"人的法则"之上,导致了物质主义的泛滥,这种以"物的法则"为特征的自然主义终会将西方文明引入死胡同。而"人之法则"之所以不同,主要体现了白璧德的二元人性思想,即一种"更高自我"对"较低自我"的内在克制。也就是说,人道主义与人文主义最主要的区别在于人道主义缺乏约束和规训,即缺乏人文约束的拱心石——"更高意志"(higher will)。人文主义并不是自然主义者"物的法则"的"扩张",而是"人的法则"所蕴含的克制力量。在某种程度上,白璧德试图使"更高意志"从神学事实中脱离(disengage)出来,成为人的内在心理体验的事实,他相信"今天的人们若不能像过去那样给自己套上确定的信仰或纪律之轭,也至少必须从内心服从于比'普通自我'更高的东西,不管他称这东西叫上帝,或者像远东地区的人那样,称之为'更高自我',或者干脆就叫法"①。

白璧德的新人文主义首先假定"人之法则"与"物之法则"之间的质的区别和基本界限,进而通过设定一个高于"普通自我"的、属于"更高自我"的"更高意志",来对"人的法则"进行制导、调解和克制,最终必然走向"人的法则"对"物的法则"的驾驭。这种逻辑与早期人文主义通过设定人作为"宇宙之精华,万物之灵长"地位并将人类凌驾于物类之上的路径是完全一致的。而且,这种新人文主义更是在人的自由意志之上,设想出一个"更高意志",通过对人自主性、能动性和主体性的进一步提升来论证自己的人文主义理论主张。这种新人文主义,是对人文主义基本观念的强化,它是人文主义"罗曼司",在对人类的叙事中,遵循着"如愿以偿"的叙述原则,其最终的结果是将"人类"崇高化,是对人类的崇高叙事。它所采用的基本叙述话语是隐喻式的,认定人类的意识、意志、主体性、能动性和创造性等等,就是人的本质的说明,甚至直接就是人的本质。

白璧德看到了"人类"与"物类"之间关系的失衡,看到了"物的法则"凌驾于"人的法则"之上而导致的种种社会问题和教育问题。然而,从方法论的角度看,他解决这一问题的根本方案并不是直接落在"人—物"关系系统本身,而是落在"人"这个在他看来无比重要的"要素"之上,试图通过设想出一个高于"普通自我"的"更高自我"或"更高意志",来提升和完善"人的法则",从而实现对已然失衡的"人—物"关系结构的"线性"翻转,达到"人的法则"对"物的法则"的自上而下的驾驭。这种思想方式与西方近代以来的传统人文主义是一脉相承的。

二、反人文主义:抑人而扬物

反人文主义(Antihumanism)是在社会理论和哲学中批判传统人文主

---

① I. Babbitt, *Literature and the American College: Essays in Defense of the Humanities*, Boston and New York: Houghton Mifflin Company, 1908, p.60.

义以及传统上有关人性和人类处境的观念的理论,其中心思想,是认为"人本质"(human nature)、"人"或"人性"是一种先验的、形而上学的设定,应该加以拒绝。[①] 从18世纪末叶到19世纪,人文主义哲学是启蒙运动的基石,从相信人性的普遍道德内核演绎出所有的人都是先天自由和平等的,对于像康德这样的自由人文主义者来说,普遍的理性法则是引导人们走向整体解放的向导。

对于这种过分理想化的观念,尼采就曾展开尖锐的批判,认为人文主义不过是由言词造就的空皮囊而已 (an empty figure of speech),是神学的俗世版本。也就是说,人文主义将神学赋予万能上帝的品格直接说成是人的品格。青年马克思或被认为是人文主义者,但到了晚年,马克思坚定地相信,所谓人的权利,正是人权论的主张者所反对的非人化(dehumanisation)的产物。进入20世纪,弗洛伊德的学说向人类理性自主的观念发起严峻挑战,他相信人类主要是在非理性欲望的驱使下活动的。

相当多的学者认为,在文学理论批评领域,20世纪的大部时间是人文(本)主义与包括实证主义(positivism)在内的科学主义(scientism)相互对抗和不断走向亲和的时代。[②] 但这样就有可能低估一般意义上的"反人文主义"与科学主义的"反"人文主义之间的差别,尽管从特定层面上说,科学主义的确也可以归入"反人文主义",但它却未必基于人—物关系本身来考察人的问题,而是将主要将"物"与人隔离开来,集中研究"物"。可以说,科学主义是在人文主义传统的"外部"而展开的"反"人文主义运动。

从20世纪中叶开始,结构主义回应了哲学学说中的自由主体与人类科学中被决定的主体(determined subject)之间的矛盾问题,借助索绪尔的系统语言学,将语言和文化视为先于个人主体而存在的约定俗成的系统。列维 – 斯特劳斯在其人类学中将对文化的结构分析方法系统化,在其中,个性主体降解为指意实践的规约;巴特的符号学分析工作反对对于作者的崇拜,提出了"作者之死";拉康的结构主义心理学自然而然地导向自主个体观念的弱化。结构主义马克思主义理论家阿尔都塞创制了"antihumanism"这一术语,攻击那些马克思主义人文主义者,认为他们是修正主义者。阿尔都塞认为,相对于个体意识,"结构"和"社会关系"是第一位的,社会通过其意识形态按照自己的意象塑造了个体。对他来说,人类个体的信仰、欲望、倾

---

① J. Childers, G. Hentzi eds., *The Columbia Dictionary of Modern Literary and Cultural Criticism*, 1995, p.100.

② 朱立元主编:《当代西方文艺理论》,上海:华东师范大学出版社1997年版,绪论。

向和判断,统统是社会实践的产物,缘此而反对主体性哲学。

后结构主义和解构主义是反人文主义的重要分支。作为后结构主义者的福柯和德里达拒绝结构主义所坚持的固定意义,及其在元语言观点上的优先性;但是继续更加使人类主体问题化,而赞成"去中心的主体"术语,这一术语意味着人的能动性的缺省。德里达主张,语言在根柢上的暧昧本性使得意图不可知,他攻击启蒙运动的至善论,谴责存在主义对确实性的追问,认为这些在无所不包的符号之网面前毫无用处。德里达反复强调,主体并非某种元语言的本质或身份,并不是自我在场的纯粹的"我思",主体总是被铭写在语言之中。福柯挑战启蒙运动人文主义的基本方面及其策略性含义,认为这些基本方面要么直接产生了反解放的(counter-emancipatory)后果,要么将不断增强的"自由"等同于不断强化的规训规范(normatization)。他的反人文主义怀疑论进一步扩展,试图将人类情感和人类理性的理论都视为历史的偶然的建构,而非人文主义所坚持的一般普遍性。

事实上,主体和自我的问题十分复杂。理论家卡勒指出,关于这个题目的现代思考有两个基本问题:"首先,这个自我是先天给定的还是后天所造? 第二,应该从个人的还是社会的角度去理解自我?"① 这两个问题又引出了现代思想的四种选择:第一种选择先天给定和个人角度,把自我、"我"作为内在的、与众不同的事物对待,认为它先于它所从事的行为,一切都是对它的表达;第二种把先天给定与社会角度结合起来,强调自我是由出身和社会因素共同决定的,主体或自我的性别、种族和国别等都是被赋予的基本事实;第三种把个人和后天所造结合起来,强调自我的不断变化的本性,它通过独特的行为而成为自己;第四种是社会和后天所造的结合,强调自我通过所占据的各种主体地位而成为"我"。反人文主义最靠近第四种选择。

在文学研究中占主导地位的现代传统,一直把个人的个性看作先天给定的东西,看成一个由文字和行为表述的内核,因此可以用来解释行为。这就确认了主体的先在性。与之相应,近代以来的主流观点多从个人角度去理解自我,认为资本主义的个人的出现引起了资本主义制度的发生。换言之,近代传统的理论总是一定意义上属于前三种,不同程度地强调了"先天"与"个人"。自 20 世纪 60 年代以来,理论批评越来越多地倾向于第四种,认为自我是社会与后天所造的结合,强调占据"主体位置"对自我形成

---

① [美]乔纳森·卡勒:《当代学术入门:文学理论》,李平译,沈阳:辽宁教育出版社 1998 年版,第 113 页。

的重要性。在主体的能动性与屈从性之间，人们日益强调后者之于"自我"的不可或缺性。其实，英文词"主体"(subject)已经概括了主体性理论的关键："主体是一个角色，或者是一个能动作用、一个自由的主观意志，它做事情，就像'一句话里的主语一样'。但是一个主体同时也是一个'服从体'。"近来的理论日益强调，"要做主体就是要做各种制度的服从体"。① 换言之，屈从性是主体性不可或缺的组成部分。这样就突出了主体性的"历史性"。

福柯是近来的这种总体趋势的代表。他认为，思维和行动的可能性是主体不能控制、甚至不能理解的一系列机制所决定的，主体因无法成为发生学意义上的可靠源头而丧失了作为起源性的资格，主体消解在欲望、语言、行为规则和话语运用之中。文学总是关乎话语的，文学理论对主体问题的研究，自然就演化为对话语在自我形成中作用的讨论。话语是再现了先在的个人属性还是创造了属性呢？这个问题一直是当代理论的中心议题。福柯显然是将主体的属性作为一种被制造的、被生成的结果而重新构想的，他排斥那种将自我作为基础的和固定不变的属性的假设。

福柯的《词与物：人文科学考古学》是集中体现其反人文主义观念的著作，其"主旨之一就是批判福柯所深恶痛绝的两百多年的近现代西方哲学的主要形态——即人类学主体主义。福柯始终怀疑和敌视那个至高无上的、起构造和奠基作用的、无所不在的主体"②。

康德在寻求建立知识的可能性的时候，将基础建立在人类学之上。康德说过："在这种世界公民的意义上，哲学领域提出了下列问题：1.我能知道什么？ 2.我应当做什么？ 3.我能够期待什么？ 4.人是什么？ 形而上学回答第一个问题，伦理学回答第二个问题，宗教回答第三个问题，人类学回答第四个问题。但是从根本上来说，可以把这一切都归结为人类学，因为前三个问题都与最后一个问题有关。"③ 而福柯已经说了，在18世纪末之前，"人"并不存在。为什么会这样呢？ 如前所述，在古典时代的认识型中，知识只是为了获得表象的秩序，创立明晰的体系和百科全书，虽然它涉及了人的各个方面，但对"人"的认识却并不存在。而当康德开始对表象的界限、起源等进行质疑，以一种批判的精神来反思的时候，表象变成知识的对象的时候，它既需要认识主体，也需要认识客体，因此，"人"出现了。所以，福柯认

---

① [美] 乔纳森·卡勒：《当代学术入门：文学理论》，李平译，沈阳：辽宁教育出版社1998年版，第115页。

② [法] 米歇尔·福柯：《词与物：人文科学考古学·译者引语》，莫伟民译，上海：上海三联书店2002年版，第7页。

③ [德] 康德：《逻辑学讲义》，许景行译，北京：商务印书馆1991年版，第15页。

为,"人"出现在话语的空白之处,因为此时的话语已经失去了古典时代那种组织秩序的作用。这是一种先验主体思想,一直到现象学都还占据着思想的主流,这种思想把"人"建构为知识对象。但实际上,人受制于劳动、生命和语言,人是一个有限的存在,有限性才是人具有的一切;而意识哲学偏偏遮蔽了人的这种有限性,反而夸大了人的无限性,"人"其实是一个被界定了的存在,是一种话语实践建构的产物。而在这一时代,"一切存在物(诚如被表象的)与词(具有其表象价值)之间的关系维度中起作用的东西,已被置于语言内部并负责确保语言的内在合法性"①。人的存在与话语的存在是永恒的矛盾。所以,先验的主体——"人"并不存在,人文主义不过是一个虚妄的话语生成物而已。因此,福柯宣告了自康德以来支配着西方文化的人类学中心主义的终结:"对所有那些还想谈论人及其统治或自由的人们,对所有那些还在设问何谓人的本质的人们,对所有那些想从人出发来获得真理的人们……我们只能付诸哲学的一笑——这就是说,在某种程度上,付诸默默地一笑。"②在《词与物》的结尾,福柯断言:"人将被抹去,如同大海边沙地上的一张脸。"③

福柯的系谱学显示,权力并不是一个否定性字眼,权力不只压制、包容和禁限,它同时也是肯定性的和生产性的。因此,权力的第一个显著特点是压制性与生产性的统一。福柯的一系列著作深入考察了话语权力的"控制、选择和组织"过程。根据徐贲的研究,福柯把这些过程分成三种情况:外在控制过程(指社会性的禁止和排斥,包括直接言论控制、区别与歧视、真理意志对谬误的排斥)、内在控制过程(指权力话语对自身的限制和规定,包括评论原则、作者原则和学科原则)和应用控制过程(指应用话语的决定条件对话语主体的控制,包括言语程式、话语社团、思想原则和社会性占有过程)。这的确是一个严密的控制网络,但换个角度看,如果主体并不是"既定的"事实,那么,它就也是这种控制过程的产物,个人、话语、体制和事件是权力网络的结果,也是以权力网络为条件的。权力的压制性与生产性内在统一,控制与利用互为表里,颠覆与包容相需为用。权力事实上是我们自己的压抑、约束和禁闭的代名词,它就是我们自己的自我造型力和自我监督

---

① [法]米歇尔·福柯:《词与物:人文科学考古学》,莫伟民译,上海:上海三联书店 2002 年版,第 440 页。

② [法]米歇尔·福柯:《词与物:人文科学考古学》,莫伟民译,上海:上海三联书店 2002 年版,第 446—447 页。

③ [法]米歇尔·福柯:《词与物:人文科学考古学》,莫伟民译,上海:上海三联书店 2002 年版,第 506 页。

力,它在生产我们自己的过程中产生了我们的忠诚、驯服、遵从和无意识的颠覆。权力作为一种力量,其生产性和进步性与其压制性和惩罚性同时并存。从这个意义上说,权力知识为控制者和被控制者所共有,思想被控制者事实上参与了对他自己的控制。权力为了更有效地包容和控制颠覆,往往会生产出对它的颠覆。这里能够见出福柯的洞察力,但也显示出他的某种悲观色彩,这也体现了在新历史主义之中。受福柯影响的新历史主义批评也"涉及权力的诸形式"(格林布拉特语),在对"颠覆"与"包容"关系的处理上,他们多倾向于福柯而认为颠覆最终会被权力所"包容"。当然,新历史主义中也有人并非如此悲观,其中蒙特洛斯等人就认为颠覆的可能性还是存在的。

　　福柯认为,权力存在于控制和抵抗的各个层面,它既控制又生产出主体、关系以及体制和事件。但权力并不在某个个人或集团的控制之中,而是一种只有在特定事件和行动力中可以见出的普遍力量。因此,他认为权力具有匿名性(anonymity)和弥散性(diffusity),"权力无所不在,不是因为它包围着一切事物,而是因为它在所有的地方出现"①。他称之为权力的力量,产生监禁、压制、包容和对边缘者的排斥,但它并不是我们必须反抗或推翻的"外在于"我们的东西。在福柯那里,权力无法被"外在化"或"对象化";权力并不是某种实体,或某个先在基础,它只是福柯的一种"方法论策略",一个用来避免将文本、行为或实践指向某个领域(意向、意识形态、利益)的一种"阅读方式"和"解释手段"。在这一点上,他既异于尼采,又不同于新历史主义者。

　　首先,作为物类的文本性的突显。当福柯在考古学中将其描述对象和形式都确定为"话语"时,他"扩展了"话语的意义而使其可能涵盖从一般文本到社会体制和各种建筑的广泛领域。这样,话语就将我们日常所说的"历史"也包含其中了。尽管作为实践和事件的话语既不同于结构主义的"静态语言系统",也不同于德里达"文外无物"的观念,但其话语分析还是主要在话语的"语言陈述"层面展开的。话语所涵摄的一切只有在"话语层面"才成为他的描述对象。其考古学描述在拒绝分析话语的"内部"含义时,也从未走出话语"之外",他是在话语的本身探寻它的形成的规律。事实上,在排除了"深度解释"(客观指称和主体意图)之后,话语形成分析只能在"话语平面"上进行。这样,他实际上张扬了一种文本性和文本间性,以话语现象涵盖了从哲学、文学、史学、伦理学、人类学到意识形态、国家机器等上

---

① 　[法]米歇尔·福柯:《性经验史》,佘碧平译,上海:上海人民出版社2002年版,第123页。

层建筑的一切领域。以此去处理文本、历史及其间关系问题时，就不免要走向对历史的"文本性"的强调，导致所谓的"文本主义"(textualism)，结果将自己封闭在"文本的牢笼"之中。尽管考古学始终追问"使某种话语成为可能的条件是什么"，但他的回答既不指向历史发展的逻辑或起源，也不指向主体意图，而始终指向使得某些陈述被允许或被排除的"话语形成"。因此，福柯事实上将话语本身看成了一个循环的封闭圆圈，而强调了一种文本与另一种文本之间的"内循环"。

这样，文本的历史具体性就只能通过将某个文本与其他文本并置起来的方式显示出来。受其影响的新历史主义批评，一般也是将文学经典与那些明显处于"边缘"的作品(地理、游记以及新闻报导等)并置起来，以呈现话语形成的异质性的。他们也将关注焦点从文本的起源(文本作者或文本在自足的文学史中的位置)移开，而转向作为话语事件的文本在"文本网络"中形成的过程以及文本在历史中所扮演的角色，其文本就突破了"线性的"和"历时性"文学史意义上的文本，而与范围更为广大的共时性文化文本关联起来了。因此，新历史主义对"文化文本间性"的强调，与福柯学说有莫大关系。总之，福柯使文本性概念覆盖了经济、社会、意识形态、道德、制度等社会生活的全部领域，这个大一统的文化话语决定了每个新文本的产生。这种认为每个文本皆源出于、贯穿于并归结于一个大文化网络的思想，显然具有一定的历史意识而与结构主义相区分，同时它也对后起的新历史主义思潮有直接的启示。

福柯指出，任何历史表述所呈现出的某种统一性和连续性，都已经是具有约束性的话语规则选择和排斥以后的产物，应将之悬置起来以描述各种作为话语的事件的非连续性和差异性以及话语之间的相互作用。这是值得重视的，但福柯的事件也只是话语文本中的事件。我们可以批评新历史主义陷入同样的"文本主义"谬误，但二者之间也还存在着差别，尽管二者都强调了作为事件和实践的话语文本在历史形成过程中的能产性，但福柯的话语几乎完全排斥了其指称性和作者意图，而新历史主义则并不一概否定这些；福柯的话语坚决反对"表述"概念，而新历史主义却强调这一概念，认为"表述"与指称物和作者意图之间保持着某种"间接的"关联。

其次，作为人类的主体性的消失。与整个结构主义和后结构主义思潮相互策应，福柯著作尖锐抨击"人"的主体性，张扬一种"主体的取消"。《知识考古学》将近代史学的诸多"偏失"(连续性、整一性、发展进步论、目的论等)尽皆视为与主体性相关的问题从而对主体性加以排斥，否认人作为"意义"之源的地位。在《词与物》一书中，福柯自始至终强调了"人的消失"的命题。在"前言"部分，他宣称："想到人只是一个近来的发明，一个尚未具有 200 年的人物，一个人类知识中的简单褶痕，想到一旦人类知识发现一种新的形式，人就会消失，这是令人鼓舞的并且深切安慰的。"①在该书的结尾，他又重申："人是近期的发明。并且正接近其终点……人们能恰当地打赌：人将被抹去，如同大海边沙地上的一张脸。"②那么，福柯是否真的就抛开了主体性问题呢？显然不能这样理解。福柯在《知识考古学》的结尾部分强调，"如果说我曾把说话的主体的参照束之高阁的话，这并不是为了发现由所有的话语主体以同一种方式使用的构成规律或者形式，不是为了使所有的人所共有的普遍的大话语讲话。"③他声明："我不想排斥主体的问题，我想界定主体在话语多样性中所占据的位置和功能。"④可见，福柯并未排斥主体。

　　福柯批判的主要是西方文化中以"人"为中心的"人文主义"。他的批判不是从存在不存在"普遍人性"这个形而上学命题出发，而是将"人"及"人文主义"作为一种"西方"文化的历史现象进行批判。在西方，从人文主义中萌生并在浪漫主义中强化的"人"观念，把文本的"作者"和"大写的人"视为最根本的动因和意义之源，把人的自我摆在了超验的、不受质询的、先于历史的位置上。这种主体事实上是各种理性主体观念，这些理性主体观念支配了自启蒙运动以来的西方思想。福柯试图打破思想深处这种自我反思的、统一的和理性的主体的统治，以便为思想和存在的其他激进方式扫清道路。福柯认为，人把人看成是占据着思想中心地位的意义之源，这本身就是一种意识形态的结果。主体根本就不是意义之源，主体事实上只是话语构成的次级后果或副产品。按照福柯的观点，"不存在任何能被确定为意义起源的前话语的（prediscursive）主体，相反，统一主体的观念只是一个产生于控制话语形成的结构规则的幻想"⑤。没有某种抽象的、普遍的"人"的知识，而只有具体的、特殊的实践；实践作为知识并非由个人意愿或"外在"社

①　[法]米歇尔·福柯：《词与物：人文科学考古学》，莫伟民译，上海：上海三联书店 2002 年版，第 13 页。

②　[法]米歇尔·福柯：《词与物：人文科学考古学》，莫伟民译，上海：上海三联书店 2002 年版，第 506 页。

③　[法]米歇尔·福柯：《知识考古学》，谢强、马月译，北京：生活·读书·新知三联书店 2003 年版，第 222 页。

④　[法]米歇尔·福柯：《知识考古学》，谢强、马月译，北京：生活·读书·新知三联书店 2003 年版，第 222 页。

⑤　[美]路易斯·麦克尼：《福柯》，贾湜译，哈尔滨：黑龙江人民出版社 1999 年版，第 13 页。

会结构所决定,而是知识"内部"控制的产物。

福柯的观念方法显示出,现代主体是话语实践创造出来的,即使像欲望和身体等最具物质性的现象,也植根于历史具体的话语实践之中,甚至是特定的文本及体制程序的产物。"作者"也处身于话语形成中并被权力的网络包围和渗透,作者及其意图、想象力等并不是文本意义的创造者,文本及文本所带出的事件并不能从作者的"影响"中得到解释。福柯认为,作者不是一般的专有名称,而是话语的一种功能,"在我们的文里,作者的名字是一个可变物,它只是伴随某些文本以排除其他文本……作者的作用是表示一个社会中某些话语的存在、传播和运作的特征。"① 作者的功能是法律和惯例体系的产物,它在整个话语中并不具有静止的、普遍的和永恒的意义,它本身是一种复杂的运动,因而无法成为意义之源。福柯对话语形成进行"纯粹描述"的目的,并不是想完全抛弃创作主体,而是力图避免将话语的意义局限于作者,从而对话语的意义与主体的形成过程(他的功能、他对话语的介入以及他的从属系统)一并进行考察。这种方法开辟了思考主体、身体及作家的另一条途径。

尽管福柯有取消主体性的危险,但他并不是要将主体问题"抹杀"。他表示自己是"重新考察主体的特权","主体不应该被完全放弃"②。他在宣布"人的消失"后,很快就从试图摆脱人转为对"自我的关怀"。沃特斯指出:"后结构主义解构自我的努力其实只是一枚硬币的一面,另一面所显示的却是探求主体性的本质的强烈愿望。主体理论构成现代思想领域里最基本的东西。"③ 从这个意义上说,福柯及大部分后现代理论家是"反主体的主体论者"。当然,问题的关键不在于福柯依然是个主体论者,而在于福柯改变了人们思考主体的方式。在福柯看来,尽管主体是由话语所造就的,但这并不是在两个相互分离的领域中一个对于另一个的"决定",而是主体始终处于话语之中。话语理论的方法论意义就在于:主体不能在话语之外思想和行动。处在话语之中的主体,并不是一个稳定的、同质的静态存在,而始终处于建构和解构的动态过程中。这样,福柯一定程度上超越了主客分离二元对立的思维方式。这对当代主体理论中产生了有力影响。

同时,这种主体观念还进一步引起了理论研究对"身体"的关注。伊

---

① [法] 米歇尔·福柯:《作者是什么》,《后现代主义的突破——外国后现代主义理论》,兰州:敦煌文艺出版社 1996 年版,第 279 页。

② 王逢振等编:《最新西方文论选》,桂林:漓江出版社 1991 年版,第 458 页。

③ [美] 林赛·沃特斯:《美学权威主义批判》,昂智慧译,北京:北京大学出版社 2000 年版,第 15 页。

格尔顿指出："在后现代主义时期，人们对主体的思考已经让位于对身体的关注。身体既是一种激进政治学说必不可少的深化，又是一种对它们的大规模替代。"① 当然，后现代意义的身体并非人本主义意义的身体，它从作为"主体"的身体转向了作为"客体"的身体。因此，似乎可以说，在主体性问题上，当代理论强调了"主体的消失"和"身体的凸显"。

三、超人文主义：扬物以扬人

"超人文主义"（Transhumanism）② 是一种世界范围内的文化和知识运动，其最终目标，是通过发展并广泛运用技术来提高人类智力的、身体的和心理的能力，从根本上改变人类状况。超人文主义思想家研究那些可能从根本上克服人类有限性的新兴技术的潜在益处和威胁，以及发展和运用这类技术的伦理学。超人文主义者所提出的最具共性的观点是，人类最终能将自己转变成具有巨大扩张能力的、配得上"后人类"（posthuman）标签的人。

朱利安·赫胥黎于 1927 年在《没有启示录的宗教》（*Religion without revelation*, 1927）一书中首次提出了 transhumanism 这一概念，用以定义一种人对自身的超越，人仍然是人，但是具备了新的能力，不断向未来进化："人种应该可以如其所愿地超越自身，不仅是零星地、各行其道地作为个体超越，而是作为整体的人性的超越。我们需要一个名称来命名这种信念，可能'超人文主义'合适。"③ 时至当下，超人文主义已经成为"一个国际化的文化和智力运动"，根据维基百科"Transhumanism"条目的解释，Transhumanism "主张通过技术的发展和广泛运用来极大地增强人的智能、身体和心理能力，最终从根本上改善人类的处境"④。超人文主义思想的代表人物，英国学者 Nick Bostrom 将超人文主义解释为："它坚信当下人类的本质是可以通过科学实践和其他理性方法的运用而得到改进的，增强人类健康程度、拓展我们的智力和身体机能是可能的，（科学和理性的运用）能让我们更好地控制我们自己的精神状况和情绪。"⑤

一些未来学家的研究预示了超人文主义术语的诞生，英国哲学家 Max

①　[英] 伊格尔顿：《后现代主义的幻象》，华明译，北京：商务印书馆 2000 年版，第 82 页。
②　在汉语语境中国，transhumanism 又被翻译成"超人类主义""超人主义""过渡人文主义"，其中的"trans"有"超越""转移""让渡"等含义。
③　Huxley, J., *Religion without revelation*, London：E. Benn, 1927.
④　http://en.wikipedia.org/wiki/Transhumanism.
⑤　Pramodk.Nayar, *Posthumanism*, Cambridge：Polity Press, 2014, pp.16-17.

Moreto 在 20 世纪 90 年代开始将超人文主义原则与未来主义哲学"阐连"(articulating) 起来。携科幻小说作品影响之威势,超人文主义者的未来人性改观景象吸引了公众眼球,褒贬不一。批评家福山认为超人文主义是世界上最危险的观念之一,也有人反对这一看法,认为它毋宁是一种概括了人性的最大胆、最勇敢、最具想象力和最具理想主义的愿望。

"Transhumanism"中的"trans",使用者原初比较强调其"transitional"(即"过渡")的含义。超人文主义者视人的现存形式为到达人的高级形式之前的中间阶段和过渡阶段,而在高级阶段,人的身体和智力可能被提升到更大的效用和目的。在这里,"提升"最近被定义成为修正人的特性、增加其质量或能力而进行的"干预"。超人文主义依赖于人的理性,视之为人格和个体身份的关键标记,而将身体看成是对心智的限制。

显然,超人文主义继续信奉人类/动物二分的启蒙运动观念。它视人为一个与其他物相分离物种,独立自主,自给自足。这样,动物生命就被从人类之中分割出去,而在植物、动物和人类生命之间确立了等级制。在超人文主义那里,尤其是在作为其流行形式的科幻小说(sci-fi)之中,有一个首要的强调重点:即人的老谋深算(机器化)和机器的人化(the machination of humans and the humanization of machines)。在对威胁淹没人类的超智能计算机和通俗文化中那些重新打乱安排人类的机器人移植的近乎沉迷式的探讨之中,"后人类"被作为高级人类,作为人机聚集物来对待。对于这种人机接口,典范的定义为"后人类不仅意味着人与智能机器相连接,而且意味着这种连接是如此的强烈和全方位,以致人们不再有可能区分生物有机体与有机体陷入其中的信息流"①。

不难看出,这种超人文主义是技术决定论和技术乌托邦,因为它相信技术有能力确保某种形式的未来;它也相信人性未来有一个终极目的(telos),几乎无一例外地可以通过技术来实现。这种有关人类未来的观点,并非全然不合理,但是批评者认为它是另一种"白色神话",因为它恢复了白种男人技术优越性和进步性的神话。② 在某些版本的超人文主义中,论者强调了物,尤其的技术视野中的物的"能动性"和"活力",表现出人与物结合的某种乌托邦。但如果仍然坚持人与物之间本源上的分离,那它依然没有达到批判的后人文主义的理论高度。超人文主义作为通俗流行版的后人文主义,并不将人类视为另一个建构。它坚持保留人类的关键属性——

---

① Pramod K. Nayar, *Posthumanism*, Polity Press, 2014, p.18.

② Pramod K. Nayar, *Posthumanism*, Polity Press, 2014, p.18.

感觉、情感和理性——但是相信所有这些特性都是可以通过技术干预而增强。这种流行后人文主义暗含着传统上有关人的观点的偏执,它只寻求对人类的改善提高。

超人文主义思想的出发点是人突破自身的可能性。人总是努力想拥有新的能力和品质,总是试图突破、拓展当前的存在形态和界限。永葆青春和长生不老不仅在神话传说中演绎,更被人类所笃信而探索实践着,这在西方炼金术炮制包治百病的万灵药和中国道教对长生不老的追求中共鸣,神话与科学、魔幻和技术之间的界限往往显得模糊。人类的这种欲望是与生俱来的,虽然历史以来有关来世的信仰很普遍,但是这并不排斥突破、拓展今生的努力,而现代以来科学技术的迅猛发展和惊人突破更促进了这种欲望的爆发,也为人的这种努力提供了更大的可能。

超人文主义思考的中心就是科学技术。超人文主义者认为通过技术,一方面可以将人自身的能力和品质得到提升,乃至获得新的能力;另一方面则可以克服、消解人类的缺陷和不足,如残疾、疾病、痛苦、老化乃至死亡。超人文主义的现实基础在于当代与人的意识和身体有关的科学技术的迅猛发展:基因工程、纳米技术乃至再生医药、生命延展、意识上传、人体冷冻等种种可能性,都是"人类增强"(human enhancement)即"一种被意想不到的能够帮助人类改进特性、增强品质、提升能力的塑造人的介入活动"的途径。

这种认为通过科学技术手段提升、突破人自身和改善人类处境的观念可以往上追溯到启蒙运动时期,培根在《新工具》一书中即提倡一种基于经验观察而非先验推理的科学方法,提倡运用科学来达到掌控自然并改善人类处境的目的。法国哲学家孔多塞在18世纪就思考通过医药科学来延展人类生命跨度的可能,认为人无法不朽,但是生命跨度的延长是可能的。拉美特里在《人是机器》里提出"人仅仅是动物,或一束相互作用的弹簧",认为如果人是由物质构成的,并且遵循外在于我们而运作的物理法则,那么,原则上我们可以依照我们操纵外在客体的方式来操纵人自身。到了19世纪,达尔文《物种起源》则让人类意识到,人类的当前形态不是进化的终点,而只是一个早期阶段;科学物理主义的出现奠定了技术可以用来改进人体组织的基础。孔德则将科学实证阶段视为高于神学阶段和形而上学阶段的人类发展的新阶段。到了20世纪,英国生物化学家J. B. S. Haldane在1923年发表了名为《代达罗斯:科学与未来》的论文,探讨科学技术研究如何影响社会和改善人们的生活,认为遗传学可以用来使人变得更高、更健康、更聪明,在未来社会体外生殖即在人造子宫中孕育胎儿将会变得普遍。J. D.

Bernal 在 1929 年出版了名为《世界、众生和恶魔》(*The World*, *the Flesh and the Devil*, 1929) 的书,推测未来先进社会通过科学和心理学,可以进行太空殖民、仿生移植和精神改良。

　　而作为以人为出发点和归宿的思想运动,超人文主义与人文主义密切相关。博思特鲁姆认为,文艺复兴人文主义与牛顿、霍布斯、洛克、康德、孔多塞等人的思想结合,形成了理性人文主义的基础,理性人文主义反对神启和宗教权威,强调以经验科学和批判理性来作为我们认识世界和自身的方式,并以之为道德的基础。康德在 1784 年的《什么是启蒙》里说道:"启蒙运动就是人类脱离自己所加之于自己的不成熟状态,不成熟状态就是不经别人的引导,就对运用自己的理智无能为力。当其原因不在于缺乏理智,而在于不经别人的引导就缺乏勇气与决心去加以运用时,那么这种不成熟状态就是自己所加之于自己的了。Sapere aude! 要有勇气运用你自己的理性! 这就是启蒙运动的口号。"这是对理性人文主义的概括论述,"超人文主义的根基即在于理性人文主义"①。

　　美国学者嘉里·沃尔夫(Cary Wolfe) 将超人文主义界定为一种"对人文主义的强化"②,美国学者 Francesca Ferrando 则视超人文主义为"过激的人文主义"③。与人文主义一样,超人文主义设定了人具有超越性,但是不止于人文主义强调的人对外在的超越,超人文主义认为人能够超越自身的界限和形式,达到一种更高的层次。超人文主义的目的始终是人,超人文主义者相信人类的完满性,但是不同于传统人文主义,这种完满性指向未来,认为现有的人类形式只是到达人类先进形式之前的中间阶段,还未达到身体和智力的增强、具备更大的功用和效果。但超人文主义并不将人类视为另外的构成,它仍然坚持人类的关键属性:感觉、情感和理性,但是认为这些特征可以通过技术介入得到增强,人类身体的局限可以通过技术得到超越。超人文主义以技术的作用取代了传统观人文主义中教育和自我修养的地位,即通过技术可以达到完满的人性,技术能够塑造理想的人,这是一种技术决定论和技术乌托邦。

　　更进一步来看,超人文主义相信人有能力创造出有效地改进和提升自

---

① 　Nick Bostrom, "A History of Transhumanist Thought", *Journal of Evolution and Technology*, no.1 (2005): 2.

② 　Cary Wolfe, *What is Posthumanism*, Minneapolis: University of Minnesota Press, 2010, p.xv.

③ 　Francesca Ferrando, *Posthumanism*, *Transhumanism*, *Antihumanism*, *Metahumanism*, *and New Materialisms*: *Differences and Relations*, Journal of Existenz, Volume8, No2, Fall(2013): 27.

身品质的科学技术,也有能力控制和把握这些创造物,并最终以人为目的;而技术则被视为基于人类理性的也是进步的。这种人与科学技术之间的简单、美好、乌托邦式的关系,事实上不仅仅是一种"技术决定论"或"技术乌托邦",在更深的层次,超人文主义是一种新的"神学",人能够根据自己的意愿和想象改进、创造自身,也能创造并且掌握其创造物,人成为新的上帝。神学模式、科学模式和人文主义模式,三种模式已经包含在超人文主义的乌托邦建构之中。作为超人文主义一支的"外熵主义"(Extropianism,"超越主义"),追求一种在人文主义基本原则如理性、进步基础上的人的无限进化,更是如此。

　　然而,人对超越自身界限的探索往往存在着矛盾,一方面这种探索充满魅力、让人迷恋,另一方面却往往是一种过度自信,这种探索往往会适得其反。在古希腊神话中这种矛盾已经被深刻地展示。普罗米修斯盗火一方面永久地改变了人类的处境,但另一方面无法摆脱被宙斯出发的命运。在代达罗斯神话中,代达罗斯技艺高超,能够用非魔法的技艺来拓展人的能力,但是最后他的儿子忘了父亲的忠告,借助发亲发明的足以乱真翅膀起飞,终因太靠近太阳而被融化,溺亡大海。阿道斯·赫胥黎在《美丽新世界》中描绘了一个因生物控制技术而从根本上改变人类生活形态的社会,人由试管统一孵化,一种"有鸦片之益而无鸦片之害"的药品"索麻"成为人幸福的保证,而作为异类的"野人"、作为具备人性的人最后只能在孤独、绝望中死亡。当代科学技术发展所伴随产生的恶果,包括对人本身的危害,触目惊心,在这部反乌托邦小说中展现得淋漓尽致。

　　因此,超人文主义需要解决的问题很多。如何面对技术发展带来的危害? 如何保证技术不作恶? 如何保证在增强过程中人各方面的能力(尤其道德水平和智力水平)之间的协调而不失衡? 罗素在1924年名为《伊卡洛斯:科学的未来》一文中所表达的悲观论调:如果没有更多的仁善(kindliness),技术在增强人类能力的同时也会带来伤害。

　　如何避免因人类发展阶段和层次的划分而造成新的种族、性别、身份歧视? 如沃尔夫认为,超人文主义与社会达尔文主义有相通的地方:在将所谓的"人性"从"动物性"中剥离出来之后,又在人类内部划分等级,倡导一种适者生存的动物性的竞争。[1] 而Francesca Ferrando则认为,鉴于当前全世界仍有大量人口在生存线上挣扎,如果将人类美好未来的思考降低为一种对人和技术关系的过高估计,那么超人文主义将会演变成阶级歧视和

---

① Cary Wolfe, *What is Posthumanism*, Minneapolis:University of Minnesota Press, 2010, p.xiv.

"技术中心运动"(techno-centric movement)。

针对可能出现的问题,超人文主义中存在着一些不同的立场,如"自由超人文主义"和"民主超人文主义",前者认为自由市场是分享人类增强权利的最佳保证,而后者则呼吁人类技术增强的平等共享,因为它与经济力量息息相关,可能会被特定的社会政治阶级所限制,最终演化为一种种族和性别政治。超人文主义在其开始阶段很少关注道德问题,最近才开始强调,增强了的人具有更大的同情能力,更加无私,更具有伦理责任心。有关对人的校正会增强还是减弱人性的问题一直争论不休,纵然生命伦理学家并不认可医疗增强(增势)手段。[①]

总之,超人文主义并未改变传统人文主义的基本设定:人与物在本源上的分离和对立,人性本身的自足性和完整性,人对物的驾驭的必然性和乐观前景。在这里,超人文主义提高甚至"拔高"了技术视野中的物类,试图使之与人类相互平视。但是,由于它并没有从根本上反思和质疑传统人文主义的基本设定,使这种"拔高"也顶多表现为传统"科学主义"某种变体。尽管在此之前,兰德曼的"哲学人类学"(20世纪50年代)和后结构主义也都主张将人和人性本身理解为"开放的"或"可塑的",但超人文主义并未吸纳这些观点。

四、后人文主义:抑人以应物

从其术语构成看,Posthumanism(或 post-humanism)的意思是"后于人文主义"(after humanism)或"超越人文主义"(beyond humanism)。前者意味着广义的后人文主义,意味着时间上后于人文主义而考察人的问题的学说都属于"后人文主义"。尽管"after"既表示时间上的"结束"(after humanism 一定程度上意味着传统人文主义的"终结"),又表示"追随"或"紧随"(after humanism 一定程度上也意味着对传统人文主义的"紧随")。在这种双重的意义上,after humanism 就可以将"新人文主义""超人文主义""反人文主义"和"后人文主义"一网打尽。"超越人文主义"(beyond humanism)则是一种狭义的后人文主义,它强调超越到传统人文主义"之外"来进行思考。那么,怎样才算是传统人文主义之外呢?从时间上说,传统人文主义"之前"和"之后"都属于"之外";从空间上说,不能包括在传统人文主义的基本假设之内的观念范式和思维方式,都属于"之外"。特就"人类/物类"二元论和等级制是传统人文主义的基本设定,如果首先接受这种

---

① Pramod K. Nayar, *Posthumanism*, Polity Press, 2014, p.17.

"二元论",并在此基础上试图对人类与物类的等级关系作出"调整"(或提升人强化对物的驾驭,提升物而追求物与人之间的新制衡关系,或反过来强调人对物的屈从),那么,它就尚未"超越"传统的人文主义。如果首先并不承认"人类/物类"二分法的合法性,强调二者在源头上是统一的,人也属于物,物我一体,物我平等,物类与人类之间的等级制是某种历史文化的建构而并非自然的和必然的,那么,这种后人文主义就属于对传统人文主义的"超越"。

这里出现了概念之间的某些纠结,应该加以澄清。"后人类"(posthuman)在流行文化中的观念并不等同于"后人文主义",而是更接近"超人文主义"。后人文主义中的强调批判性的一支,最能代表其观念方法的新颖之处。因此,为了与其中的超人文主义相区别,有的批判性后人文主义理论家,如纳亚尔(Pramod K. Nayar)将后人文主义区分为"无批判的人文"和"批判的人文主义"(critical posthumanism)。前者相当于超人文主义,后者则拒绝"人类例外论"(人是特殊动物的观念)和"人类工具论"(人有权支配自然世界的观念)。与无批判的人文主义不同,这个分支对传统人文主义采取更加"批判的"立场,它有两个基本设定:一是人类与动物和其他生命形式共同进化,共同分享生态系统、生命过程和基因物质;二是技术不只是人类的假肢而是其整体的必不可少的构成部分。[1]

有的理论家,如伍尔夫,也明确地将自己所主张的后人文主义与超人文主义区分开来,将后人文主义区分为"坏的"和"好的",前者即指超人文主义。[2] 她在列举分析了其他种种与后人文主义相关的观点后指出:"与这种背景相对,就我对后人文主义的理解,我强调两个关键点。第一个关键点是与人文主义相关联的基础人类学教义,这是由巴里巴尔(Balibar)提出的,乞灵于人类性/动物性的二元对立结构,即'人'实现其人性,不仅是通过逃离或压抑其在本质上的动物起源,以及那些生物性的和进化性的东西,而且更为普遍的是通过全面超越人与物质性和具体性之间的连接(bonds)。在此方面,我所理解的后人文主义与超人文主义恰好相反。在这种视野下审视,超人文主义应该被看成是人文主义的强化。"[3] 超人文主义大多乐观地强调"后人类"(posthuman)与动物性和物质性的"成功分离"(triumphant disembodiment),伍尔夫坚持认为,自己的后人文主义与"后人

---

① Pramod K. Nayar, *Posthumanism*, Polity Press, 2014, p.19.

② Cary Wolfe, *What Is Posthumanism*？ University of Minnesota Press, 2010, p. xvii.

③ Cary Wolfe, *What Is Posthumanism*？ University of Minnesota Press, 2010, p.xv.

类"的观念截然不同,因为后人文主义反对那种从人文主义本身继承下来的分离性和自主性的幻觉。

伍尔夫强调的第二个关键点是,她所理解的后人文主义是利奥塔对后现代主义的悖论式运用(paradoxical rendering of the postmodern),它同时即在人文主义之前和之后:"之前"是由于它意味着,人性具体存在并植根于(the embodiment and embeddedness of the human being)生物的和技术的世界,人类作为动物的义肢与工具的技术性,与外部的记录机能(如语言和文化)共同进化,而所有这一切,都是先于被称为"人"的历史具体的动物而存在的;"之后"是因为后人文主义命名了一个历史时刻,在这个时刻,人被包裹在技术、医疗、信息和经济的网络鳞甲之中,对这种人的去中心(decentering)已经不可能被漠视,而是成为一种历史的发展,人们需要一种新的理论范式和一种新的思维方式。这种思想紧随着对人文主义作为一个历史的具体的现象的文化压抑(压抑动物性)和幻觉(自主性幻觉)、哲学的规划和规避"之后"而来。①

沃尔夫着重指出,这就意味着,当我们讨论后人文主义时,我们不只是讨论人类在与进化的、生态的或技术的相配之物相关联的"去中心"(decentering)主题,而是我们也在讨论我们的思考如何面对这个主题,思想在面对这些挑战时将会变成什么样子。②

看得出来,后人文主义是一个内涵比较混杂的术语,广义的后人文主义不仅将超人文主义也囊括在内,而且将"反人文主义"涵摄其中。但由于从精神气质上后人文主义与反人文主义属于"蕴含关系",所以,反人文主义的观点和重要理论家如福柯等,通常是后人文主义理论家正面引述的对象。而超人文主义,则通常是"批判的"和"好的"后人文主义所排斥的观点。而"批判的"和"好的"后人文主义,正是狭义的后人文主义,这个分支中包含了后人文主义中最有思想创造力的部分。

当然,后人文主义之中,有的侧重于文化分析,被称为文化后人文主义(cultural posthumanism),它作为一种文化方向,努力超越古老的人性观念,试图发展出一种不断适应当代科学技术知识的观念;有的侧重在哲学方面,被称为哲学后人文主义(philosophical posthumanism),它是一种哲学方向,批判文艺复兴人文主义的基本假设和历史遗产;有的则侧重在"后人类状况"(posthuman condition)的分析,这是指批判理论家对人类状况的解构。

① Cary Wolfe, *What Is Posthumanism*? University of Minnesota Press, 2010, pp.xv-xvi.
② Cary Wolfe, *What Is Posthumanism*? University of Minnesota Press, 2010, p.xvi.

种种说法,不一而足。但它们却有共同点,即是对人性、文艺复兴人文主义的基本假设和人类状况的批判性分析和解构重组。

"好的"或"批判的"后人文主义的突出特点有二:一是它的悖论性(paradoxical)。"悖论"这个术语并不意味着它"不好"或"含混",而是指它具有反讽论证的特点。首先,它激烈反对笛卡尔式的"我思",但它在自己的批评运作中却十分倚重"思想的力量",强调"理论范式"和"思维方式"转换的极端重要性。其次,它自我标举为一种"后"人文主义,但却明确主张对于人文主义要"思其前"并"想其后",它希望既从源头上也在现实语境中解决问题。二是它的反思批判性。它不会不加反思地运用任何已成定论的观点,因此对任何观点都会加以反省质疑;同时,它对自己的观点也会加以反思和批判,诘问自己的观念方法在当今的批评语境中发挥着什么作用。事实上,连自己怀疑也一并怀疑的怀疑论肯定是有些悖论性的,就像对自己的批判也加以批判的批判理论,必然具有某些反讽性一样。

其实,所有这些方面结合起来,集中地体现了后人文主义对"人类/物类"二分法和等级制的基本态度:既反对二分法,也反对等级制。事实上,如果说不想接受人文主义对于"人类/物类"的二分法和等级制,那么只有回到"人类"与"物类"尚未分离的原初时刻,并从这里出发来重新思考人的问题。从这个意义上说,批判的后人文主义与"元人文主义"(metahumanism)之间产生了更大的交集。

卡勒分析当前作为后人思潮重要表征的"后人类"这一观念,认为其主要功能是:"它标志着对传统的人类主体概念的超越。尽管对后人类的研究经常要借助于科幻小说、控制论和系统论来展开,但这里的论点不仅仅是说计算机和其他机器改变了这个世界,创造出了一个这样的情形:我们成为自己无法控制的复杂系统或者电路的一部分。其最根本性的观点是:我们一直以来就是后人类的,一直以来就不是人道主义(humanism)所包含或者暗示的那种人类形象。计算机和其他机器只不过是让一直都存在的情形更加显而易见了而已,比如说精神(psyche)及其驱动力从来就不是我们能够控制的东西,而我们的身体则是一种极为精密复杂的机器,在很多方面总是无法为科学所理解。没错,我们现在越来越体验到我们是被我们的机器所控制,正如我们也同样控制着它们一样。就在我写作的时候,我的机器不断招呼我阅读各种信息,大多数是其他机器发来的各种广告或者声明。事实上,后人类的观念质疑的是控制者和受控者的结构。"①在卡勒看来,这具

---

① [美]乔纳森·卡勒:《当今的文学理论》,《外国文学评论》2012年第4期。

有重要的意义,"我们一旦开始质疑某个控制我们的身体及其工具的自我或者思想,开始明白使我们能够发挥正常功能的那些技能(那些技能既体现在我们的身体中,也体现在周围环境中我们延伸物中——从最简易的工具到最精密复杂的计算机系统中),那么,我们就能够看到,生活在这个世界上,我们是'分布式认知体系'的一部分,其中有些包含在我们的思想中,有些则包含在我们和我们的机器创造出来的奇妙的周围环境中"①。

凯瑟琳·海尔斯(Katherine Hayles)在其著作《我们是如何变成后人类的》(How We Became Posthuman, 1999)描绘了这种转变:在带有反馈回路(feedback loops)的日益复杂的体系中从自主性主体到体现节点(nodes of embodiment)的转变。我们已经成为其一部分的那些系统,现在能够驾驶飞机航行、规定股票的价格、搜寻各种信息,也能够比我们大脑自身更快捷、更高效地做很多很多其他事情。尽管我们为了很多目的还是要依赖传统的个人、自由意志和能动性(agency)等观念,它们也不过被看作是启发式的小说,我们利用这些小说去理解一个世界,在这个世界里,通过循环性运作,从任意性的背景中出现了规则性的模式。譬如说,我们所称为人类的,将会是从机器系统和程序中所选择出来的一些特征。在这里,我们发现,"人"成为了"物"(机器系统和程序)的特征的一部分。

第三节 后人文主义与中国传统物观念

从历史来看,15、16世纪,欧洲启蒙主义所提倡的人文精神或人文主义,是指对人性、人的尊严和人的价值的重视以及强调如何提高人的地位,了解人的本质,其重点是保证个人的自由发展,以与中世纪神学统治对人的压抑相抗衡。在资本主义初兴时期,人们曾经对自由贸易带来的个性解放和精神独立充满期待,以为在一定程度上脱离笨重体力劳动和贫困后,人类可以得到解放和独立的空间。与此同时发生的,是热情奔放的浪漫主义思潮的勃兴。但是,与原来的期待相反,人类却陷入了一个史无前例的贫富两极急遽分化的境况,无休止地追求发展成为存在本身的唯一意义;金钱对人性的束缚代替了早期资本主义对人性解放的许诺,过度的物化造成了人的异化,也就是对人性的窒息与泯没。

到了20世纪20年代,西方一些学者已经看到启蒙主义带来的危机。美国学者欧文·白璧德参照中国的人文精神提出:人若真正是人,便不能循

---

① [美]乔纳森·卡勒:《当今的文学理论》,《外国文学评论》2012年第4期。

着一般的"我"来自由扩张活动,而要以自律的功夫使这一般的"我"认识"轻重、本末"。他认为孔子是优于许多西方人文主义者的优秀的人文主义者,孔子提出的"克己复礼为仁""中庸""自律"等实际上已成为他所提倡的新人文主义的基本支柱。

不过,我们发现,白璧德只看到孔子的某些具体观点对于其新人文主义的启发意义,如孔子的"克己""自律"等与白璧德自己所强调的"更高意志"对于"普通自我"的欲望的"克制"作用。但白璧德并未意识到,自己所强调的"人的法则"与"物的法则"之间的二元对立,在孔子那里是不存在的。因此,二者讨论问题的前提截然不同。

中国对于"人文"的提法,最早见于《周易》:"观乎天文以察时变,观乎人文以化成天下。"(文,纹理,迹象,规律)这里的人文强调的是如何将人类社会"化育"(化解培育)为一个与天地相协调的"天下",达到这一目的的途径不是个人的自由发展,而是对人性"坏"的方面加以限制和约束。如孟子所说,"人之异于禽兽者几希",自然人性中包含着许多兽性。因此,"刚柔交错,天文也;文明以止,人文也"。人文的目的是止于其所当止,以维持社会的和谐与安宁。人文止于天文,天文与人文内在统一;天(物)的本然状态就是人的理想状态。人物"一体";人在根柢上与"禽兽"(其他动物)没有多少区别,所谓的"区别"是荀子所说的"伪"的结果。

正因为此,中国传统不仅不将物看成是与人相对的,而且将物看成是与人同源的平等的存在者,"物物""齐物""物化"和"与物为春"就是人回归本源的问题,所以,在中国传统上,这是个可以泰然任之的状态,是人纵浪大化的理想状态。人的成就不是人不断脱离物的过程,而是人不断与物为一而变成"人物"的过程。这截然不同于西方人所讲的"物化",认为人变成物,就成为了异类,就远离了人性,就是人的异化。

中国传统上将"物"视为人的"同类",人与物之间保持着平等的"伙伴"关系。宋张载《西铭》云:"民,吾同胞;物,吾与也。"(与:伙伴,同类。)世间万物都是我的同类,天下民众都是我的同胞。这种大仁至爱,正是"与人为善,与物为春"(庄子)的状态。

与之相应,中国传统艺术并不崇尚与"物"无关的所谓创造性的意识和情感,一切都是"物感"的:"随物宛转,与心徘徊","情以物迁","神与物游";"称物"是艺术的首要任务,"求物之妙"则是艺术的不懈追求,艺术的最高境界是"以物观物"。因为,人也好,物也好,它们在本源上都属于物,人也是物的伙伴和同类。

中国传统上这种一体论和非等级制的"物我"观念,在西方,只有到了批判的后人文主义那里,才庶几相互接近,才达到了互证互用的同一观念平台上。批判的后人文主义的观念范式和思维方式,在"超越"西方传统人文主义的过程中,与中国传统的"人物"观念之间出现了大面积的重叠。参照中国传统的观念,是审视西方后人文主义的一个难得的思想凭藉。

与批判的后人文主义声气相通的"元人文主义"(metahumanism),强调"身体"(body)与"现实"(reality)之间的相互渗透,强调身体即是运动着的力量关系的领域,现实即是无处不在的生成过程的体现;现实即是一个关联体的不可量化的场域,是一个元身体。①

---

① Francesca Ferrando, *Posthumanism, Transhumanism, Antihumanism, Metahumanism, and New Materialisms : Differences and Relations*, Journal of Existenz, Volume8, No2, Fall(2013).

第六章　物性诗学范式转换论

　　"物性诗学范式转换论",集中从韦伯和格里芬等的社会学理论"附魅／祛魅／返魅"入手,考察物性的附魅、祛魅和返魅在前现代、现代和后现代社会进程中所导致的诗学范式转换过程,强调指出,"附魅／祛魅／返魅"这组概念,其核心思想在于对待物性之根本特性即"事物间性"和"连通性"(connectivity)的基本观念态度问题,其中,"附魅"是对物与物(亦包括人)之间混沌未分的事物间性和连通性的未加"区分—隔离"过程;"祛魅"是对物与物之间的事物间性和连通性"区分—隔离"式处理过程;"返魅"则是以"关联—结合原则"对物与物之间的事物间性和连通性强调和追求。从更深刻的意义上说,这三种原则方法以及其间转换的运动过程,也是诗学范式的转换过程,缘之造成物性附魅的诗学、物性祛魅的诗学和物性返魅的诗学之间的范式转换过程。韦伯所说的"世界的祛魅"即是最宽泛意义上的物性祛魅,而格里芬所追求的"科学魅力的再现",则将"返魅"的社会过程"狭义化"了。事实上,即便是在"世界祛魅"的过程,"科学"对于物性的区分—隔离原则受到了推崇,科学似乎成了唯一一拥有"魅惑力"的"例外"。因此,在今天来说,物性返魅的诗学,并不是以现代科学为蓝本而再造自身,而要将区分—隔离的方法包容在物性诗学的"关联—结合"原则之内,重建一个物性附魅的世界。

　　纵观中西文化史,"物"乃当之无愧的关键中介,社会各阶层因"物"的流动而产生了大量的交往、对话乃至争执。对于当下而言,"物"提供了一个窗口或视角,如果暂时搁置学科、专业的界限,以"物"为具体而微的切口,深入到社会、文化和生活肌理的内部,勾勒出"物"在日常生活、社会文化、思想艺术、文学书写等历史血脉中的流淌轨迹,那么就会发现当前物质文化研究的关注点与讨论的核心问题都奠基于历史上"物质"概念在"理论旅行"的过程中所裹挟、所不断修改的内涵。因此,本章内容的旨趣不在于颠覆或解构已有成果的权威性和合法性,而是以回身反观的姿态,回望文化思想史上物之附魅、祛魅及返魅之旅程。所谓"相马须相骨,探水须探源",本章的研究意图,就在于通过这样的反观与回望,探索这一"文化活水"的渊澜和端绪,从而为当代的生活、艺术、文化乃至思想等领域的建构与讨论输入源源不断的活力。

具体来讲,我们首先需要化宏观为微观,走出通史情结,重新回到具体、实证的专题研究,在"祛魅"与"返魅"论调喧哗交织的现代文化研究讨论中,顺着这一理路去抓取其源头"附魅",在"附—祛—返"思想背景下,以"物"作为思考的切入点,思考物在这种理论旅行中的地位与含义及其在转换中的得失与遮蔽,以便我们从一个新的、独特的视角重新看待文论史,更好地指导当代文学理论批评与审美实践。因此,本章还在于考察梳理世界范围内物观念的内涵及演变历程,集中阐发20世纪中期以来"过程论""事件论""混沌论""物质文化论"以及"行动者网络理论"等新型物质观念的崛起与文学观念从"人性之表征"向"物性之体现"转换的内在关联。

第一节 物性之魅与诗学范式

值得注意的是,西方传统哲学中的物观念,如果仅仅作纵向的历时性考察就会发现,在中世纪及其以前,人们大致并不特别强调对"物"作"区分—隔离式"研究,而只是表现出这种对待方式的某些倾向;在现代西方哲学传统中,这种研究物的方式则随着自然科学的飞速以及西方人整体思维方式向自然科学的靠拢,这种"区分—隔离式"待物方式得到了极端的强化;我们看到,20世纪以来,西方有远见卓识的哲人对这种处于垄断地位的区分—隔离方式进行反思和挑战,其中有的思想家强调从文艺复兴之前的西方哲学传统中寻找思想资源,在物观念上,无论是"过程论""事件论",还是"新唯物论""行为者—网络理论",其火力集中在对西方近现代以来的"区分—隔离式"待物方式的批判上,在这些思想家之中,有的人认为这种思维方式只是西方近代以来所走的迷途,西方古代社会并不是这样。韦伯的"赋魅"与"祛魅"理论,基本上属于此类。[①] 韦伯所说的"古代社会"万物赋魅,事实上指的是中世纪及其以前的时代。

从这个特定角度看,中国古代思想史上"人与物"关系的演变经历了物的附魅与祛魅的过程,此中伴随着的是人的祛魅与附魅。图腾的演变正体现了这种过程,图腾的发展基本上是遵循了无生物—动植物—女子—男性的发展轨迹,前两个阶段是物的附魅过程,后两个阶段则演变为人的附魅过程。物从弥漫着神秘气息的自然物,逐步拓展到人类日常生活和社会实践领域,再上升为一个哲学和思想观念的概念,我们看到的是一个人类不断介

---

① 韦伯将"祛魅"从根本上看成是对"事物间性"即一物与他物之间的联系性的祛除,这造成了"世界的祛魅",而现代性以及对现代性的不满比源于这种"世界的祛魅"。

入、认识和改造自然的过程，也是一个自然物不断进入人类生活，并且内化为人类精神生活要素的历程。

一、物的附魅①——从万物有灵、图腾崇拜谈起

在中国上古语境中，"物"常常直接用来指称神物鬼怪等孔子所谓不语之"怪力乱神"，"物"不仅仅概指自然事物，还含有一种关于神秘的、超验的自然的原始情感反映。在《山海经》中，在14处用到"物"的地方，有11处即指各种鸟兽、神鬼或人物；②《周易·系辞上》有"精气为物"的说法，物作为"精气"所在，显现的是自然的神秘意志，因而察"物变"可知鬼神；在《史记》《汉书》等文献对上古巫术习俗的记载中，神鬼精怪等也常以"物"来统称。③ 因此，清代学者孙诒让总结指出，"古书多谓鬼魅为'物'"④。钱钟书则认为，把"物"解释成"鬼神"是一种简单、笼统的说法，他对此进行了更为详细的区分解释："'物'盖指妖魅精怪，虽能通'神'，而与鬼神异类。"⑤ 进而，基于一种"天人合一"的观念，这种关于物的观念还进一步反映到现实政治制度和权力构造之中，共同构成了官方意识形态的重要组成部分，中国上古的官职设置便与此息息相关。根据《周礼》的记载，"类物"是上古神职人员的主要职责，⑥ 而《尚书·尧典》有尧封"四时之官"之说，其中所谓"类物"一职，即是辨识"物"及其所象征的鬼神的善恶。⑦

"物"字由"牛"和"勿"构成。在《说文》中，"牛""理""事"三字同在古音第一部，音韵上的紧密关联，体现的正是字义上的相互关联。段玉裁注释说：牛之事是"牛任耕"这一农耕之事，⑧ 牛中含"理"，正由农耕而生；《庄子》"庖丁解牛"讲"依其天理"，也透出了牛与天理的内在关联。"事"在上古不是一般之事，乃为重大之事，是可以写进"史"中之事，是士（文化精英）所

---

① 基于人类学相关研究的范例，此处我们将无生物与动植物皆统称为物。

② 可参见袁珂：《山海经校注》，上海：上海古籍出版社1980年版，第49、95、277、364、367页。

③ 《史记·武帝本纪》载李少君擅长"祠灶"等巫术，"能使物"，裴骃集解引如淳语云："物，鬼物也。"（《史记》卷一二，北京：中华书局1998年版，第177页。）类似的记载还见于《周礼·春官》《史记·封禅书》《汉书·郊祀志》等。

④ 孙诒让：《礼迻》卷十，雪克、陈野校点，济南：齐鲁书社1989年版，第318页。

⑤ 钱锺书认为把"物"解释成"鬼神"失之笼统，确切的说法应该如此。见《管锥编》，北京：生活·读书·新知三联书店2007年版，第471页。

⑥ 《周礼·春官·宗伯》："凡以神仕者掌三辰之法，以犹鬼、神、示之居，辨其名物。"

⑦ 徐元诰：《国语集解》，引韦昭注："类物，谓别善恶，利器用之官。"见王树民、沈长云点校，北京：中华书局2002年版，第514页。

⑧ 许慎撰、段玉裁注：《说文解字注》，上海：上海古籍出版社1981年版，第108页。

关注和从事之事(事、史、土,音同义通)。《说文》又讲,由"牛"而来的"件"就是由牛而来的事理。回到远古,牛之所以重要,在于其作为农耕文明的代表。反映在意识形态上,文献中与南北都相关的神农、与南与西都相关的炎帝、与东与南都相关的蚩尤,都以牛的形象出现;而青铜器中的牛的形象,以及牛成为饕餮形象的组成构件,都表明了牛与远古文化的根本性质相连。后来成为万物之"物"字的主要构件。颜师古对《汉书·郊祀志上》的"有物曰蛇"注曰:"物,神也。"可见,早期的"物",是包括神在内的百物,也可以说,百物皆具有"神"性,万物皆是"神物"。因此,研究者指出:"器、物、象作为中国美学范畴,起源于中国独特的礼乐文化中的从彩陶、青铜开始的器物,但同时又超越了具体的器物而具有宇宙性的普遍意义。特别是器与物都不仅是物和器的物质意义,而有宇宙万物的生成意义。是器与物都不仅是物和器的物质意义,而有宇宙万物的生成意义。"[1]

根据人类学相关研究成果可以知道,图腾产生于人们对自然的某种敬畏与想象,是人类社会早期具有普遍性的社会现象。原始部落族人认为他们中的每个部落团体、甚至每个个人,都与某种特定的生物或无生物之间存在着某种特殊的联系,并且认为自己与他们中的任何一个均维持着极为亲密的特殊的关系。[2] 对原始社会人与物关系进行研究,势必要以了解和探究上古社会文化为前提。漫长的上古社会对今人而言是神秘陌生的,然而它却是图腾和图腾祭祀产生的直接背景。故要对上古社会人与物关系进行追本溯源的探究,上古社会背景下产生的图腾崇拜、原始信仰问题是无法回避的。

成书于战国初年至西汉初年的上古时代神话故事集《山海经》中记载了大量的图腾物,[3] 从兽类到鸟类,从水生到陆生,从日月到山河,种类繁芜。

"招摇之山……有木焉,其状如榖而黑理,其华四照。其名曰迷榖,佩之不迷";"崇吾之山……有木焉,员叶而白柎,赤华而黑理,其实如枳,食之宜子孙。"(《五藏山经》)

"少成之山……有兽焉,其状如牛而赤身,人面马足……其音如婴

---

[1] 张法:《器、物、象作为中国美学范畴的起源和特点》,《甘肃社会科学》2014 年第 2 期。
[2] [奥]佛洛伊德:《图腾与禁忌》,杨庸译,北京:中国民间文艺出版社 1986 年版,第 130 页。
[3] 我们将之成为图腾物而非图腾,原因在于其与通常意义上的图腾仍具有一定的差异,如并非被人们追为自己祖先,种类繁多且缺乏文献证明其作为图腾存在过,等等,以此来区别与后文中所论述的图腾。

儿。"(《北山经》)

"陵鱼人面、兽足、鱼身,在海中。"(《海内北经》)

"自铃山至于莱山,凡十七山……其十神者,皆人面而马身,其七神皆人面而牛身。"(《西山经》)

"巴蛇食象,三岁而出其骨。"(《海内南经》)

"章尾山有神,人面蛇身而赤,其瞑乃晦,其视乃明,不食,不寝,不息,风雨是谒,是烛九阴,是曰烛龙。"(《大荒北经》)

"丹穴之山……有鸟焉,其状如鸡,五采而文,名曰凤凰,首文曰德,翼文曰义,背文曰礼,膺文曰仁,腹文曰信。是鸟也,饮食自然,自歌自舞,见则天下安宁。"(《南山经》)

我们从中可以看出,无论是木、兽、鱼、蛇、鸟还是所谓山神,其皆形态怪异,显现为杂合之体态,具有非常明显的神秘主义色彩在其中,并且其行为举动往往会对百姓日常生活产生影响,这是图腾物最基本的特点。需要注意的一点在于,这些兽、鱼、蛇、鸟之类动物形态的图腾物大多会以"人面"的特征显现。究其原因,在于由于动物与人一样具有生命性律动的姿态,是动态的,具备某种跃动性的、变化的可能性。且因它们绝大部分皆以"人面"之形态存在,五官皆同于人,又拉近了其与人的距离。在《山海经》所有的论述中,描绘图腾之物的形象都会提到的几个部位如面、手足(即四肢)、身等局部特征,此外还有如色、状等整体性的感知特点,而并没有将整个颈部以上部位作进一步如面、发、头等更细层面的区分。由此我们可以得知,所谓"人面"之语,其所描绘的部位当不仅仅是面部,应该包括整个颈部以上的部位。"人面"之重要性及独特性就在此显现:头脑乃人之核心部位,也是除去身体形态差异之外人之为人的唯一和根本依据。思维和语言拉开了人与物的界限,也是人之认识、改造世界根源力量之所在,是人进行思考、交流的基础,而此二者皆根源于头部(大脑和嘴巴)。将图腾之物与人作这样有意识的类比模仿,暗示了形貌奇异的图腾物其实与人的相似程度之深,且二者存在互相沟通、影响的可能。这些特点皆迥异于无生命植物及普通的动物,其暗含的意义便在于人与这些"物"之间存在某种相似的连通性,从而为二者之间沟通或影响奠定可能性。

这样既异于人又异于物的奇异的形貌特点,其另外一层意义,在于形成一种张力,将其拉离日常生活,拉离生活中为大众所熟知、熟见的形象,增添其陌生化效果。但这种"变异"后的形象依然是符合人们认知结构的动物形象,只是经过组合转换后使得人感觉既熟悉又陌生,这就保证了它们神秘性的力量发挥作用的可能性，也不至其因太过于奇幻甚至超出人们的认知与理解范畴而不被认可接受。

关于原始社会的图腾崇拜，《诗经》中的有相关论述并且数量种类繁多，最为大众所熟知的如"天命玄鸟，降而生商"（《商颂·玄鸟》）的记载，此乃殷商民族祖先诞生的神话，证明商族人以玄鸟为其图腾。其实鸟图腾是古代东夷族（东方集团）的最主要图腾形式，其覆盖面非常广阔，从辽东半岛到南海，中国全部海岸地区的主要图腾形式几乎都是鸟图腾。就年代来说，从帝喾到舜，从少昊、后羿、蚩尤到商契，都是以鸟为图腾的部落氏族。

《诗经》中还有很多间接对图腾的描写，典型的操作形式乃是以梦为依托：

> "大人占之：维熊维罴，男子之祥；维虺维蛇，女子之祥。"（《小雅·斯干》）
> "牧人乃梦，众维鱼矣，旐维旟矣。"（《小雅·无羊》）

梦见水中鱼多，乃是丰收有余的象征；梦见画有龟蛇和鸟类的旗子，又是人丁兴旺的先兆。这两首诗所写的梦象，都与子女生育、人丁兴旺、丰收有余相关，而熊、蛇、鱼、鸟旗，正是原始图腾在梦中的显示。

在《诗经》的比兴意象中，可以发现深藏在意象深层中的图腾崇拜原型。先民在祭祷祖先、歌唱生育繁殖等内容时，经常自觉地与自己的氏族图腾联系起来，使图腾具备某种象征意义。具有象征意义的意象一旦形成，便会被人们重复使用。需要指出的是，图腾之象征意义及神秘色彩不可能也不会脱离其物质性基础而存在或发生作用，正如前文对图腾物所作的相关分析一样，图腾（或图腾物）之神性或灵性皆源于其独特而奇异的形貌。

图腾崇拜乃自然崇拜的一种典型样态。追溯自然崇拜的语境，首先应从"万物有灵"观念入手。泰勒认为万物有灵论是"野蛮的和古代的各民族宗教中各种不同的精灵和神祇体系所产生的基础"[①]。在人与自然进行对话的语境中，拜物是必不可少的文化因子。但人类刚刚从自然界中提升出来的时候，主体意识的难以确证，往往使他们把自己视为自然的附属物。拜物作为人类的第一个情结，当它以敬畏的方式打量和揣测自然时，遂产生了想说的意念，随着这种心理机制由深层转移到表层，人对自然的解读则以话语

---

① ［英］爱德华·泰勒：《人类学——人及其文化研究》，连树声译，上海：上海文艺出版社1993年版，第344页。

的形式表现出来。因此，正因为人有了拜物的意念，神话才有了酝酿和发生的土壤。

在人与自然对话的语境中，神话（如前文中对图腾物之描绘）具有特殊意义。黑格尔在考察艺术起源时指出，艺术与宗教都起源于人类的"惊奇感"①，一方面这种"惊奇感"引导着人们确证万物有灵，另一方面则又培育着人类的宗教情感。对图腾物及各种神灵的崇拜培养着人的宗教情感和中心话语，其话语对自然的神灵化大体上有两个指向：一是创造出丰富多彩的神话语言，以神话追究自然，与自然进行着富有成效的对话；二是把人的视野和意念囿于崇拜自然之中，以神灵信仰为原点向外辐射，在阐释自然的话语中留下自然的烙印。自然崇拜昭示着人对自然以及生命的无限遐思，在万物有灵向自然崇拜过渡的叙事话语中，其叙述语言对自然崇拜的接近，一方面在以其话语的边缘接近着自然崇拜的所指和能指，另一方面它又通过神话语言把追究自然的话语蕴含在初民的价值观念中。

总之，不论是对图腾物还是真正意义上的图腾的描绘和尊崇，都产生于先民对物的不断附魅。这种附魅显而易见是人们在认识和改造世界的过程中的某种阶段性认知与行为，自然不足为奇。图腾崇拜乃人与物关系的最原初样态，马克思在《政治经济学批判》导言中指出："任何神话都是用想象和借助想象以征服自然力，支配自然力，把自然力加以形象化；因而，随着这些自然力实际上被支配，神话也就消失了。"② 恩格斯也指出："一切宗教都不过是支配者人们日常生活的外部力量在人们头脑中的幻想的反映，在这种反映中，人间的理论采取了超人间的力量的形式。在历史的初期，首先是自然力量获得了这样的反映，……但是除自然力量外，不久社会力量也起了作用，这种力量和自然力量本身一样，对人来说是异己的，最初也是不能解释的，它以同样的表明上的自然必然性支配着人。最初仅仅反映自然界的神秘力量的幻象，现在又获得了社会的属性，成为历史力量的代表者。在更进一步的发展阶段上，许多神的全部自然属性和社会属性都转移到一个万能的神身上，而这个神本身又只是抽象的人的反映。"③ 物的附魅结束之际，便是人的附魅开端之时。

---

① ［德］黑格尔：《美学》（第一卷），朱光潜译，北京：商务印书馆 1979 年版，第 22 页。

② 《马克思恩格斯选集》第 2 卷，北京：人民出版社 1995 年版，第 113 页。

③ 《马克思恩格斯选集》第 3 卷，北京：人民出版社 1995 年版，第 354—355 页。

二、人的附魅——从祖先崇拜、英雄崇拜谈起

母系氏族的初期是图腾崇拜的发生期,随着母系氏族的衰落,图腾崇拜也一步步走向衰亡。随着原始农业和动物驯养的发明,人与自然界特别是同动物的关系发生了极大的变化,原始人对图腾的崇拜也出现了一次大的飞跃:由图腾崇拜发展到祖先崇拜与英雄崇拜。

《论语》有言:"君子有三畏:畏天命,畏大人,畏圣人之言。"① 也即是说,天命崇拜、祖先崇拜、圣人崇拜乃中国传统文化中的三大崇拜。在此三大崇拜对象中,后两者为典型的英雄崇拜样态。祖先崇拜乃一种典型的人之附魅样态,所谓"畏大人"这实际上是对人的一种"神格化",这种被神化的祖先大多是部落或部落联盟先期的王。祖先神成为至高无上的神,有的充当了自然物的化身,有的作为部族国家的名号,并成了人们祭祀的首要对象。② 神话祖先,应该是确立早期王朝统治者的合法地位的最重要的力量。"文明被看作是从神灵手中接过来的东西,而不是人所创造的产物。但文化神话中的文化英雄作为人的一种力量的投射,已经不是纯粹的自然的力量,在一定程度上体现了人类自我意识、自我力量的确信。"③ 祖先崇拜的观念一直延续到国家形成后的相当长的历史时期,并日渐固化为人们长期恪守的"礼",至今还留存在百姓日常生活中。

如果说祖先崇拜还留存着原始社会神灵崇拜、图腾崇拜的影子的话,英雄崇拜则是另一类更真实的人的附魅样态。"英者,杰出精华之谓也;雄者,威武有力之谓也"。④ 美国学者戴维·利明等人在《神话学》中指出:"英雄崇拜几乎和人类文明一样悠久。甚至原始人就已经意识到,他之所以能够在异己的和经常是敌对的世界中生存下来,全靠其杰出首领的英勇和足智多谋。"⑤ 但值得注意的是,这种英雄崇拜却依旧根源于万物有灵论,英雄以其异于常人的特征被神灵化,正如弗雷泽在《金枝》中指出的:"许多国家,在各个时代,都曾存在过集祭司与帝王于一身的人物。他们具有半人半神、或半神半人的性质。"⑥ 这种看似奇怪的现象实则是由"拜物"向"拜人"

---

① 《论语·季氏》。

② 陈来:《古代思想文化的世界》,北京:生活·读书·新知三联书店 2009 年版,第 133 页。

③ 陈来:《古代思想文化的世界》,北京:生活·读书·新知三联书店 2009 年版,第 133 页。

④ 南帆:《冲突的文学》,上海:上海社会科学院出版社 1992 年版,第 98 页。

⑤ [美] 戴维·利明、[美] 埃德温·贝尔德:《神话学》,李培茱等译,上海:上海人民出版社 1990 年版,第 253 页。

⑥ [英] 詹·乔·弗雷泽:《金枝》,徐育新、汪培基、张泽石译,北京:中国民间文艺出版社 1987 年版,第 6 页。

过渡过程中不可避免的。直到进入文明时代，"巫"被"王"所取代(考古学上的龙山文化时代就是巫权向王权过渡的时代)，并降为为王权服务的神职人员，物的祛魅才真正完成，人开始取代图腾成为被崇拜的对象。

有关英雄崇拜的现象在很多先秦典籍中都有记载，这一时期其主角大多被冠以"圣人""圣王"之名：

> "夫圣王之制祀也，法施于民则祀之，以死勤事则祀之，以老定国则祀之，能御大灾则祀之，能捍大患则祀之，非是族也，不在祀典。(《国语》)

> "上古之世，人民少而禽兽众，人民不胜禽兽虫蛇，有圣人作，构木为巢以避群害，而民说之，使王天下，号曰有巢氏。民食果蓏蚌蛤，腥臊恶臭而伤害腹胃，民多疾病，有圣人作，钻燧取火，以化腥臊，而民说之，使王天下，号之曰燧人氏"。(《韩非子》)

圣人崇拜的产生则要归因于春秋战国的乱世，《子华子》言"圣王既没，天下大乱"，也就是说，自尧、舜、禹、汤、文、武等一脉相承的圣王道统出现了断裂，而后出现了春秋战国时代的诸子蜂起，百家争鸣。孔子痛心疾首春秋末年礼崩乐坏的局面，精心杜撰出一个"三代之治"的理想社会，把传说中的尧、舜、禹塑造成理想的圣人。孟子与荀子继承了孔子的思想并有所拓展升华，《孟子·离娄上》曰，"圣人，人伦之至也"[1]，指明圣人是人们所认同的理想人格。荀子认为，能将亿万人安定下来，团结一心，这就是圣人。在荀子的著作中，出现《论语》与《孟子》未曾出现"圣王"一词，于《王制》《王霸》等篇尤其多见。《庄子·天下》则将上古三代的"道术"归纳为内圣外王之道，认为"圣有所生，王有所成，皆原于一"[2]。墨子早年深受儒家影响，在墨子的著作中，"圣王"一词出现达106次之多。墨子认为，"圣王"发明舟车等器物，是为生民立法，能从根本上能治理好天下的人。在墨子看来，"圣王"一旦出现，就能完满地实现统一天下的使命。

概而观之，儒家以仁义道德而尊圣，道家以自然无为而崇圣，墨家以事功原则而希圣，法家以专制暴力而扬圣。殊途同归，儒墨道法各家，期望有一个前所未有的圣人来一统四海，以结束分裂的战争割据状态，拯救民众于水深火热之中。"圣人"也从普通的道德人，逐渐过渡到肩负历史使命的

---

① 朱熹：《四书章句集注》，北京：中华书局2008年版，第277页。
② 陈鼓应：《庄子今注今译》，北京：中华书局1983年版，第908页。

"圣王"。

　　自秦始皇一统天下,把圣人与大一统的帝王直接联系起来后,在封建专制时代,拥有至高无上权力的皇帝被臣民称为"圣人"。杜甫有诗句云:"圣人筐篚恩,实愿邦国活。"仇兆鳌注云:"唐人称天子皆曰圣人。"① 这也就是为什么与皇帝相关的事物,都要加上一个"圣"字:皇帝的命令叫圣旨,皇帝的思虑叫圣虑,皇帝的容貌叫圣容,等等。

　　《说文》云:"圣(聖),通也,从耳从声。"对此,李泽厚解释道:"所谓'从耳'即'闻天道'。而口则是发号令,所以,'圣'即是'王'。"② 此论即将圣人与圣王等价观之,认为可称"圣"之人必为"王"。李泽厚之论不无道理,从一个宽泛意义上理解"王"(并非严格意义上的国家领袖即帝王之意)当然可说"圣人"即圣王。但严格分析来说,从"圣人"到"圣王"的称谓演变,如果从形式逻辑的角度而言,二者应该是从属关系,即作为一个概念,"圣人"应该是包括"圣王"在内的,其外延较"圣王"更广泛,既可以包括得位而王的"圣人",如尧舜,也包括不得位的"圣人",如孔孟等。此后,"圣人"之称谓开始广泛流传,以至"诗圣"杜甫、"书圣"王羲之、"画圣"吴道子、"药圣"李时珍、"医圣"张仲景等,在各行业作出了杰出贡献而获得人们世代尊敬的,皆可冠之以"圣"。

　　此外,先秦典籍中另一类典型的英雄崇拜样态是尊崇君子。有研究指出,成书于殷末周初的《易经》中"君子"一词出现了二十次,与之相对的"小人"出现十次,并未出现"圣人"的字眼,但却十余次用到"帝""王""后""先王"等相当于古代世俗中君主的称谓。而到了战国时期,《易传》出现,其中"君子"一词出现了九十余次,最突出者是六十四卦的《大象传》中有五十三卦的"大象辞"用"君子以"来造句;而"圣人"一词在《易传》中出现三十七次,《系辞》最多,计二十四次。③ 不仅如此,四书五经中对于"君子"之形容与描述也数不甚数。从历史上来看,第一次大规模地使用"君子"一词并突出强调其德性的因素乃始自孔子,仅《论语》中"君子"一词就出现了八十余次,但很明显区别于圣王、圣人之拯救天下苍生之行为,君子更多显现为一种道德模范之形象,更贴近日常生活,更关注日用人伦。频繁地运用"圣人"一词表达其思想的以老子最为突出,仅《老子》"五千言"

　　①　仇兆鳌:《杜诗详注》(一册),北京:中华书局1979年版,第264页。
　　②　李泽厚:《历史本体论·乙卯五说》,北京:生活·读书·新知三联书店2003年版,第178页。
　　③　赵荣波:《〈易传〉中的君子观和圣人观》,《东岳论丛》2006年第3期。

中"圣人"一词就出现了三十余次。如此高频率地使用"君子"和"圣人"这两个概念,在春秋以前的中国哲学典籍中鲜有其例。值得注意的是,孔子开创的入学思想中最重要的概念是"仁"而不是"君子",老子开创的道家思想中最重要的概念是"道"而不是"圣人"。究其实,"君子"和"圣人"分别是孔子和老子思想展开和理论表达的一个人格载体,"君子"作为一个既现实又理想的人格,反映了孔子积极入世的人生态度;而"圣人"作为一个形而上的理想人格,反映的是老子对终极意义上人生价值的探索和反思。

汉魏之际是中国"英雄"概念真正产生和完善成熟的时期。三国时代常被誉为"英雄的时代"。有研究指出,汉魏之际,英雄取代圣贤,成为时代的核心概念。① 这一时期的英雄形象皆具备某些典型的特征,并逐渐成为中国古代勾画英雄图谱的基本样式,如智慧超群、武勇过人等,或精善其一,或二者兼备。前者如《三国演义》中的诸葛亮、徐庶、庞统、周瑜、鲁肃、司马懿,《水浒传》中的吴用、公孙胜、《说唐演义全传》中的徐茂公等;后者如《三国演义》中的关羽、张飞、赵云、马超、黄忠,《水浒传》中的一百零八将,《说唐演义全传》中的秦琼、尉迟恭、李元霸、程咬金、罗成、单雄信,以及《说岳全传》中的岳飞、牛皋、杨再兴、罗延庆、韩世忠,《杨家将演义》中的杨家父子、杨门女将们,等等。前一种代表形象即足智多谋的英雄,他们上知天文、下晓地理,精通兵法,长于谋略,善于把握战争发展的态势,往往一个妙计、一场布阵,即能使战局发生重大变化。为了强调这些智慧型英雄的作用,中国古代文学作品在塑造这些军师谋士们的形象时又常常将他们神化,呼风唤雨,撒豆成兵。② 后一种英雄都是以高超的武艺、过人的勇力征服人心。冷兵器时代的战争,攻城略地、冲锋陷阵,靠的是刀枪棍棒等长短兵器和弓箭、盾牌等,这样,个人的武艺、体魄、勇气和胆略往往成为取胜的关键因素③ 此类以武见长、以力呈勇的英雄是古代英雄崇拜的一种典型形象。

此外,中国古代战争小说中还有一类英雄形象,他们的武艺不一定高强,智慧也未必超群,但却高居以上两类英雄之上,这就是帝王或统帅型英雄。如《三国演义》中的刘备、曹操、孙权,《水浒传》中的宋江及《大明英烈传》中的朱元璋等。这些英雄是以政治权术的娴熟运用、善于笼络人心的道德力量纵横疆场争夺天下,这种英雄崇拜样态依旧根植于前文所论述过的

---

① 刘志伟:《英雄文化与魏晋文学》,兰州:兰州大学出版社2004年版。
② 如在元杂剧《博望烧屯》中,智能卓绝、忠君爱民的蜀汉丞相诸葛亮不仅仙风道骨,而且能够"识气色善变风云","画八卦安天地"。
③ 如张飞,则"瞅一瞅漫天尘土桥先断,喝一声拍案惊涛水倒流",(《单刀会》)他大喝一声,"一声有九牛之力"(《三战吕布》),完全是神化了的英雄人物。

"圣王"崇拜。

　　总的来说,正如维科在《新科学》中对英雄时代和英雄问题作了大量的分析和探讨后指出的,"英雄时代"是从"神的时代"向"人的时代"的过渡,英雄崇拜之对象依旧是异于常人的、具备非凡能力的人,也即是"神化"的人。如果我们将图腾崇拜当作完全的"神的时代"的话,那么百姓对于祖先、圣人、圣王、英雄等的崇拜则是典型的过渡形态——由"神的时代"向"人的时代"的过渡。这种过渡状态也反映出从物的附魅、祛魅到人的附魅过程,且伴随着人的附魅状态的越来越充分,物的意义与价值则逐渐地被否定。

第二节　物性附魅的诗学范式

　　"魅"作为中国古即有之的概念,可以从三个方面来考察其内涵:一、魅即魑魅。指木石之怪,即传说中的山神、石怪,如《左传》中有"投诸四裔,以观魑魅"的说法,即是指那些山林异气所生的、令人恐惧的怪异存在。二、魅为鬼怪。《荀子·解蔽》曰:"明月而宵行,俯见其影,以为伏鬼也,仰视其发,以为立魅也。"在这里魅与鬼几乎同义。三、魅为惑乱。《孔丛子·陈士义》曰:"然内怀容媚谄魅,非大丈夫之杰也。"这里的魅便带有迷惑、惑乱的意思。综合这几种意思,"魅"显然带有神秘性的内涵特征,于人而言,附魅之物往往与人存在距离并引发或产生恐惧感。从物质文化研究的视角来看,万物附魅之"魅"还不止于此,万物附魅即表示物中附着着的神秘色彩,也指自然物的神秘性、自主性以及其所具有的令人敬畏、膜拜、陶醉、着迷的样态;此外,它还强调物的这种魅惑能力所具有的人与物之间的内在连通性。

　　首先,物之"附魅"乃是上古时代人们自然观、世界观乃至哲学观的一种体现。万物有灵论或称"物活论",是上古时代一种具有普遍性、整体性特点的自然宇宙观,人们认为万物皆神奇而神秘,人居其中显得渺小而虚弱,因此对大自然中的一切充满无限的敬畏。基于这种万物附魅的自然观,万物同根同源,人与万物皆来源于同一始基,便构成了人类早期哲学的主要基色。在早期希腊哲学中,古希腊泰勒斯、阿那克西曼德、阿那克西美尼和赫拉克利特等人都将自然界中的基础物质元素,如水、气、火等,阐释为世界的本源,也是人的本源。这种世界观实际上也是一种朴素唯物论的物性观。如此一来,基于物活论的世界观和素朴的唯物论,物的神秘力量、魅力本性都超出人类掌控,也在人类之外,因此人不可能是世界的主宰者和中心,而是万物一体、天人同构,人与世界、人与物之间互相影响、彼此作用,共同构成一个和谐统一的有机整体。

英国人类学家爱德华·泰勒认为一种"万物有灵"的原始思维具有两大特点:一是认为个体有灵魂,二是承认精灵的存在。原始先民不了解生老病死的自然规律,在面对死亡和尸体时,往往感到不解和恐惧,随着认识的发展逐渐产生了这样的结论:活人与死尸之间的差异在于是否有灵魂存贮。在他们看来,人的死亡是因为饿鬼犯神灵的旨意,从而被剥夺了灵魂。灵魂被从人的身体剥夺后,便会漂浮在人们的日常生活空间中,无时无处不再,随时随地注视着人们,这就是精灵。精灵可以突破自然客观世界的时空限制,来发挥它们的力量和施加影响。人的行为若有任何不妥不不敬之处,便会引发精灵的不悦从而降临灾难。因此,原始时代的精灵,实际上带有一种自然神的色彩。

罗·马雷特是这一概念的首创者,在《前万物有灵宗教》(1899)中率先使用了"前万物有灵论"(animatism)的概念(又译为"物活论"或"泛灵论")。受泰勒学说的启发,他进一步认为在"万物有灵"信仰之前还有一个更为原始的阶段,原始人首先有这样一种朦胧的感受,觉得自然界的某些事物、某些现象中存在着一种神秘的"非个人性的权能"或"精神力"。他以柯德林顿在《美拉尼西亚人》中所叙述的"马纳"(mana)一词来代指这种想象,马纳的表现形式有三:一是死者的灵魂,二是非人的精灵,三是神鬼魂附体的活人。马雷特认为,原始时代巫术与宗教混杂难解,原始人的感受往往也是恐惧、惊异、崇拜、敬畏、迷惑甚或爱的复合结构。

詹姆斯·弗雷泽也认为,在"万物有灵"的观念之前还存在着一个更原始的阶段,但与马雷特的观点相反,弗雷泽认为其并非对对非人格神秘力量的敬畏,而是对人自身所具有的法力的信仰。弗雷泽在《金枝》中指出,上古的部落或民族的统治者,不管是巫师还是首领,都是受部落族人崇拜敬畏的半人半神。这些半人半神的巫师或首领被认为是可以呼唤神灵、控制自然,甚至可以在需要的时候呼风唤雨、增产丰收。弗雷泽分析指出,这是一种基于交感巫术的认信仰方式,即相信事物之间可以通过某种神秘的力量,跨越时空进行远距离地相互作用。弗雷泽分析了交感巫术的两种方式:"相似律"和"接触律",前者强调同因必同果,认为事物之间可以通过相似性的特点来发挥作用;后者认为曾经有过接触的两种事物,日后在不具备接触的条件下仍可以相互作用。弗雷泽指出,在人类原始时期,先民们倾向于人可以控制威胁生产生活的各种自然灾害现象,人可运用巫术的神秘力量,来改变自然现象,改善生产生活实践的条件和环境。然而,随着人们认识的不断发展,巫术的有效性便逐渐失却,人们转而崇拜超自然神秘力量的新载体——精灵、神祇等等。

"万物有灵"这种原始形态随着人类社会历史进程的不断发展,逐渐转变成一种具有宗教性质的"拜物"现象,人们将对世界万物的敬畏和恐惧,寓于某个或多种具体的事物上。"拜物"作为一种人类心理情结,是人内在心理机制的外现,其根源仍然是对神秘莫测的周遭的无力感,人无法抗衡万物的力量。拜物乃是神话和宗教的源头。缪勒分析指出,日月星辰、四季更替等复杂而伟大的、人类无法掌控的自然现象,给人们提供了关于无限者的直接感受,宗教的最初动力即源于这种最初的无限观念。同时,这种宗教感开始包含了一种对神秘力量的恐惧心理的消弭,而逐渐产生了一种情感的关怀,日月星辰或周期盈亏,或四季轮换,或昼夜更替,自然不可抗拒的恒常魅力,往往给人一种宽慰、安全、可寄托的心灵感觉。但同时,人们往往只能借助威严的事物,从而以隐喻或象征的方式来思考无限者。在这种意义上,宗教是一种"语言的疾病",思想观念需要借助语言的深层机制来得到表达,也往往因之而变形。缪勒由此发现,探究原始宗教意义的唯一办法是借助词源学研究,例如他将印欧语系中的词根当做宗教形成的历史化石来分析。

法国社会学家涂尔干从人类历史进化的基本视角,将图腾崇拜确认为最源初意义上的宗教形式。他分析澳洲土著宗教形态指出,澳洲土著成员之间共同分享着与一种事物(多是动物和植物)之间的关系,他们相信这种关系是一种非同寻常的亲属关系,这种被同一民族奉为神圣并用来命名民族集体的事物即是图腾。涂尔干还注意到,图腾物被作为神圣物崇拜的背后,是一种匿名的、非人格的力量在起作用,在这一层面上它仍带有万物有灵的色彩。因此,虽然社会生产与集体生活所带来的狂热改变了人们心理活动的条件,逐渐唤起了宗教思想,但图腾崇拜仍是基于世界万物的附魅。基于此,宗教逐步诞生于一种欢腾的社会环境,或者说诞生于这种欢腾本身,逐渐从原始形式转化为社会形式。个体在心中所激起的情感与印象,从原来的自然投射变成被设定在图腾的观念上;反过来,图腾崇拜又不断地将这种情感与印象带回人们心中,不断巩固和再生产人类的激情及其与世界之间的内在关联关系。

此外,在人与自然对话的语境中,神话对于物之"附魅"具有特殊意义。神话作为,它不仅承载和体现人们的物之"魅"的自然世界观,更是通过自身的流转与传播过程,为物的"附魅"起到了固化和加强的作用。神话传说既穿越又裹挟着历史滚滚向前,在流传与演化的过程中,承载并融汇着一代代先民对于世界的认知。

概而观之,在对"前现代"的社会文化生活景观进行描述和审视时,我们不难发现世界的神秘力量和魅惑魔力，及其作为一个笼统的、模糊的认知存在对人们的重要意义。由此可以说，前现代很大程度上构成了一个"附魅"的历史文化语境。在这个世界中，每一事物都具有神秘意义，并对人类生活的方方面面产生着不同的内在作用。因此，在万物附魅的时代，人往往都对万事万物怀有恐惧之感或是敬畏之心，人的生活生命的价值和意义也主要是寄居于世界万物之中，而非脱离世界、主宰自然、掌控万物的超越性存在。物的附魅结束之际，便是人的附魅开端之时。

第三节　物性祛魅的诗学范式

如果说"前现代"是世界与物的"附魅"，那么"现代性"的进程便是一场声势浩大的世界和物的"祛魅"之旅。"祛魅"（disenchantment）这一概念主要源于马克斯·韦伯在对现代宗教伦理的独到阐述，韦伯认为，现代以来的整个世界随着理性主义的高扬和主导而不断"祛魅"，随之而来的是宗教地位的衰退和信仰受到冲击。世俗化（secularization）的无神论观念的流行，使得虔诚的救赎和超越的理想破灭，因此而来的结果是宗教权威的日渐崩塌。世界的祛魅与社会的世俗化联袂而行，前者激烈地推动了西方社会的宗教变革，使得社会性质从宗教向世俗行进。而后，"祛魅"一词的意义开始扩大，应用范围也涉及生活的各处，成为指称社会文化转变进程大变革的一个极其恰当而深刻的概念。我们来回顾一下西方世界的"祛魅"之旅。

大致而言，西方思想史呈现出一条清晰的"人"的发现之路：德尔斐神庙即有"认识你自己"的箴言，而后从普罗泰格拉设定"人是万物的尺度"，到培根宣称"知识就是力量"，再到康德洞见"人为自然立法"，直至福柯断定"知识即权力"，一路演进。"人"的发现在文艺复兴时期为破除中世纪神学藩篱与封建蒙昧立下了汗马功劳，并逐渐形成了一种西方的人文主义传统。早期现代以来西方哲学的"认识论转向"则为这一传统构建了理性机制和主体模式，在张扬和发挥人的能动性与创造性、认识和改造自然、提高生产力水平等方面发挥了极大的作用。此后启蒙运动的高涨，则将这一传统和模式裹挟入澎湃的社会历史革新进程中，将关于人及其主体性的历史使命全面推向晚期现代。伴随着"人"的"发现"与张扬，作为被超越的世界以及作为对立一极的"物"则在西方文明史上一步一步被祛魅。

作为现代性祛魅的主要机制；理性主义因"逻各斯"崇拜而在西方思想史上逐步得到确立。古希腊早期的理性主义往往是一种较为原始素朴的状态，哲学家试图从自然中找出世界万物产生和发展的"本原"或"始基"，泰勒斯找到"水"、阿那克西曼德找到"无限"、阿那克西米尼找到"气",赫拉克利特则找到了"逻各斯"。赫拉克利特的逻各斯自身具有分寸、规律、尺度等基本内涵,在他看来,逻各斯具有统一性和普遍性,是万物共同享有、普遍尊崇的"一",逻各斯代表着普遍的尺度、规律、语法。赫拉克利特的逻各斯作为人关于宇宙的思维和宇宙本身的理想结构,它是与感性相对的,要超越感性世界来对之加以规范。

后来的哲学家逐步把逻各斯发展并确立为哲学的主轴,并将之演化为具有客观效准的精神活动,即理性主义。逻各斯一开始在毕达哥拉斯学派那里,不仅有数的比例的含义,同时也指宣布、计算、推理的意思,它代表了当时的全部知识和智慧、真理。斯多噶学派更进一步,将逻各斯从人类个体范围扩展到全体宇宙世界,宇宙理性和人的理性异质同构,具有相通的内在运作机制,同时逻各斯也是法律和道德的源泉。另外,需要指出的是,古希腊哲学中还有另外一个指涉理性的概念"奴斯"。该词最早指称心灵及其一般功能,而在前苏格拉底哲学家那里,奴斯指知识即理性。柏拉图把奴斯看作个人灵魂中理性的部分,亚里士多德把它看成区别于感性直觉的理智。斯多噶学派则把奴斯等同于逻各斯,它既是指宇宙的理性,又是人的理性部分。这样,逻各斯和奴斯两个概念的发展就逐步统一起来了,奴斯就被逻各斯所俘获,逻各斯开始奠定其统治地位,"柏拉图的理念,最终甚至连奥林匹斯山上的神灵家族都被哲学上的逻各斯所浸淫"①。

近代以来,维科开始有意识地从理性的整体上去把握这个世界,他认为"人类史同自然史的区别在于,人类史是我们自己所创造的,而自然史不是我们自己创造的"②。而由笛卡尔哲学所引发的西方哲学"认识论转向"对于理性主义机制的形成起了关键的作用。从笛卡尔开始,解决思维与存在的矛盾,实现两者的和解与统一就构成了近代哲学的一个基本课题。笛卡尔以一种主客二元的分裂方式彰显了这一主题,随后近代哲学家们往往都立足于各自相同的哲学立场,霍布斯、斯宾诺莎、莱布尼茨等都开始试图去把握并弥合思维与存在之间的分裂。理性主义成了哲学显耀的主线,而数学方法成了哲学研究的楷模。经过启蒙运动,运用理性并敢于运用理性去寻求和掌握人类主宰自然的知识,进而改造世界,便成了具有时代特征的宏大叙事。

在理性主义思维模式的推动下,科学技术获得了快速地发展,哲学意

---

① [德]霍克海默:《霍克海默文集》,曹卫东编选,上海:上海远东出版社 2004 年版,第 46 页。
② 《马克思恩格斯全集》第 44 卷,北京:人民出版社 2001 年版,第 429 页。

义上的工具理性淋漓极致地体现在近代科学技术的发展中,两者深度裹挟,将世界和物的祛魅推向了一个难以逆回的境地,启蒙也因此显露出弊端。启蒙运动不仅在于推倒中世纪宗教神学加在人身上的枷锁,它还蕴含着工具理性,鼓励人发挥自己的创造性,改造世界,追求理想的生活。启蒙运动对人主体性的高扬,对理性主义模式的尊崇,虽然推动了社会生产力的发展同,但也使得人与物、人与世界逐渐对立,世界万物成为主体征服的对象,物变成满足人需要的客体物,变成各种物质原料和生产消费要素,万物被逐渐"祛魅"。因此,霍克海默和阿多诺因此提出"启蒙的辩证法",认为启蒙不断地走向它的反面即变成神话,启蒙进程在一定程度上伴随着人类的自我毁灭过程,在这个矛盾的过程中,人与自然、人与自我、人与人关系不断产生异化,人的"物化"也不断加剧。基于此,霍克海默和阿多诺认为启蒙运动充满了诡诈,非但没有带来光明,甚至反而招致了更大的灾难。从哲学的角度看,启蒙过程是同一性思想的强化过程,即工具理性的不断强化过程,这个过程也必然是物不断被同一化、标准化、单一化的过程,是以人统物、摄物的过程,因为主体需要在与外在自然相处的过程中自我持存、自我捍卫,需要从自我出发来弥合人与世界事物的分裂。

工具理性强调效用,这是笛卡尔主体哲学不断强化和演化的必然结果,因为主体二元分立、客体成为外在对象的立场,彰显了一种人与世界万物的新的相处模式:人超越自然世界成为高高在上的主宰者,世界万物皆降阶为等待被操纵和征服的对象集合。这种模式带来了这样的世界图景:万物不再神秘,不再具有魅惑的力量,也无法逃脱人类主体的目光审视;相反,万物皆可化约、可洞穿、可计算、可掌控、可利用;世界变成透明的、无情感的、无灵性的冷冰冰的物体之集合。在工具理性的逻辑中潜藏着主体的构造机制:"自我是在同外在的自然力量的搏斗中形成的,因此自我既是有效的自我捍卫的产物,也是工具理性的发挥作用的结果;在启蒙的过程中,主体不断追求进步,它听命于自然,推动了生产力的发展,使自己周围的世界失去了神秘性;但是,主体同时又学会了自我控制,学会了压制自己的本性,促使自己内在本质客观化,从而使得自己编的越来越不透明。战胜外在自然,是以牺牲内在自然为代价的。这就是合理化的辩证法,这一点可以用工具理性的机构来加以说明,因为工具理性把自我捍卫当做最高目标。"①

紧接着,德国古典哲学进一步在更为精妙复杂和圆满周全的层面,将

---

① ［德］尤尔根·哈贝马斯:《交往行为理论》,曹卫东译,上海:上海人民出版社 2004 年版,第 363 页。

自我意识、思维和精神的主体能动性原则一步步地发挥到极致。尤其发展到黑格尔,主体意识、思维、精神被绝对化为客观存在并实体化,在他的哲学思想中,"绝对精神"通过自身的历史性矛盾运动,能够不断地消解思维与存在对立,实现了理性和现实的和解、思维与存在的统一。对于德国古典哲学来说,"自在之物"(既定的现实内容)作为"非理性"的存在,乃是一个必须克服的难题,而非应该放任的领域。为此,他们大多想方设法把既定的现实内容纳入到抽象的形式理性中,用"人"的抽象思维去把握"物"的现实内容,不能有任何遗漏。"这时,'行为'的主体就要采取一种立场,以使这些影响能为他的目标提供最佳机遇。因此,一方面清楚的是,现实越是彻底地合理化,它的每一个现象越是能更多地被织进这些规律体系和被把握,这样一种预测的可能性也就越大。"① 这种理性主义的哲学路径,就是霍克海默和阿多诺所抨击的"同一性"哲学思维方式,"同一性"的基本要求便是消除现实事物的丰富性和差异性,就是要削既定现实的"足"来适理性主义的"履"。因此,正如卢卡奇在《历史与阶级意识》中指出的,德国古典哲学的这种处理世界万物的理性主义模式,奠定了资产阶级物化认识的思想基础。

脱胎于德国古典哲学的马克思主义哲学,基于一种唯物论立场,对物质存在与主体意识的关系进行了反转。马克思主义哲学聚焦了两个基本的哲学问题:(一) 思维与存在或者意识和物质,谁是本原,谁是派生或谁是第一性,谁是第二性? (二) 意识与物质的关系是怎样的? 马克思主义关于这个问题的解答非常明确:物质乃第一性的,意识是对物质的反映,意识具有对物质的能动作用,可以帮助我们认识世界、改造世界。意识与物质之间的关系,在马克思看来乃是一个实践的关系,而非抽象的形式关系,他在《关于费尔巴哈的提纲》中明确从"实践"的角度提出,"人的本质并不是单个人所固有的抽象物。在其现实性上,它是一切社会关系的总和。"② 但是马克思的思想在后来存在被简单化的倾向,列宁则概括指出物质"是人通过感觉感知的",并且"能为人们的意识所反映"③,明确表明一切形态的物质及其特征都是可以认识的,这就很难摆脱传统的二元论和理性主义模式。

作为西方马克思主义的奠基者,卢卡奇反对这种主体 / 客体、思维 / 存

---

① [匈] 卢卡奇:《历史与阶级意识——关于马克思主义辩证法的研究》,杜章智、任立、燕宏远译,北京:商务印书馆 1996 年版,第 202 页。

② 《马克思恩格斯选集》第 1 卷,北京:人民出版社 1995 年版,第 55 页。

③ 《列宁选集》第 2 卷,北京:人民出版社 1995 年版,第 89、192 页。

在等二元关系模式,反对以恩格斯和列宁为代表的意识对存在的"反映论"。卢卡奇倡导"总体性"的思维方式,并将自然科学的方法其对立面进行批判。在卢卡奇看来,反映论即是一种典型的自然科学方法,它忽略了哲学与科学的区别,把本来属于实证科学载体的客观世界僭称为辩证法的载体,基于一种实证主义的认识论范式,它导致辩证法的机械化、实证化和公式化,使辩证法失去活力。同时,反映论作为一种主客二元分割对立的思维方式,它从思维和存在谁决定谁、谁反映谁出发,进行简单机械的运作,失却了辩证法的基础根基——辩即主体和客体的相互作用,因而是一种二元化的物化思维方式。在卢卡奇看来,反映论必然陷入主体与客体的对立僵局,无法破解。进而,卢卡奇将物化认识与近代理性主义的思维模式联系起来,认为这种物化的把握世界的方式,必不可免地会演变成了一种独断主义,因为在他看来,构造体系的基础应该先行得到批判性考察,否则体系本身的构造也将是不牢靠的,理性主义模式、二元论体系的构造者正是犯了这样的错误。

当然,理性主义的勃兴有其历史必然性和积极意义,它既是人智力水平提升、对世界的认识不断加强的必然产物,也极大地推动了人类文明发展的进程。然而,这种思维模式必然在高扬"人"的主体性同时,将"物"作为一种异己的存在而不断对象化,成为一种"人类中心主义"的思维定势,在处理人与世界关系的过程中潜移默化地发挥影响。从物的角度来说,这种带有人类中心主义色彩的思维模式,必然包含对物的误读,也遮蔽了物之物性,因为人与作为对象的物之间永远存在着距离,物乃是人的异己、外在之物,世界的就因此在万物归摄于人的过程中发生了"祛魅"。

海德格尔指出,任何想达到对物的"正确认识"的认识活动本身,都业已先入为主地引入了主客二元的认知模式,它将物置于一个对象化的语境,人与物因此只于外在的层面相遇,这将是对"物"遮蔽因而无法通达"物性"这种认识活动的的产物,是以"认识"与"价值"的二分来界定物,这样一来,或者把物视为客观的属性载体,或者把物视为诸多主观感觉的集合。不管怎样,在这里"物"不管在认识层面还是实践层面,始终都是外在于人的作用对象。这种对"物"的解释,不是把物推入理性的不可知,就是使物消解在人的感觉之中。

总之,不论是理性主义传统下的主客二分对立模式,还是马克思主义唯物论体系中思维与存在的关系,其中涉及了物的对象化;至后现代文化研究中物的符号化,都在一定程度上促进了文明的进步与知识的发展,但同时也一步步推动了物的祛魅旅程,物之神秘性与本然性也一步步地丧失,物之物性在某种程度上也逐渐被遮蔽不见了。世界原本作为一个充满神秘事物、充满魅惑力量的空间失却了,世界万物在现代以来被祛魅了。

第四节 物性返魅的诗学范式

何为"魅"?因何、为何、如何返"魅"?行文至此,经过前文有关"附魅"与"祛魅"的论述,我们在"前现代""现代"之后于"后现代"语境中来谈论"返魅"或"复魅"(reenchantment)时,需要对这些问题进行更深入地思考。就其普遍意义来说,正如"魅"一词本身具有的神秘性内涵,它首先意味着事物本身的一种"物性",它具有能动的力量,让人不自觉地要去接近它、崇拜它、敬畏它抑或喜爱它。但这其中仍然存在一条横亘在"人"与"物"之间的裂隙,"魅"作为一种迷信式的崇拜,仍然存在距离感和界限,是一种不可完全接近的、有距离性的样态,魅与无魅之间横亘着一条截然分明的界限。同时,魅在形成之初很大程度上是人类丰富想象的结果,并且以一种渐进式的约定俗成被固化。

进一步来说,"魅"体现作为一种具有历史阶段性的感知世界的现象,从现代科学论的视角来看,毋庸置疑是具有一定局限性的,这种难以避免的局限性,反而彰显的是世界万物之奥妙的无限性。在这个意义上来说,附魅的世界观、物质观根底上是表现了人与世界万物之间的一种关系性,是人遭遇万物的一种基本模式。

因此,当现代性的祛魅趋势在20世纪遍行世界时,在万物之神秘性都被消解殆尽之后,一股与祛魅反向运动的潮流,开始在人文社科领域的研究实践和思想探索中流行开来。正所谓物极必反,这是历史发展的必然趋势,矫枉过正常常也是思潮演化的历史规律。如果说现代"祛魅"是对前现代"附魅"的历史性地矫枉过正,祛除的是人对于物之"魅"及"魅"之物的盲目崇拜和人为迷信,那么,后现代的"返魅"则是对现代"祛魅"的一种历史性地矫枉过正,其所要更正的人类主体立场和科学理性模式对万物的凌驾、征服与利用。因此,"返魅"并非是要返回"附魅"的前现代阶段,而毋宁说是一种基于新语境的历史回响与时代新声的立体交奏。

如果说附魅时代"魅"之视角,展示的是人与世界万物和谐的有机整体的观;而从世界祛魅的阶段开始,展现的是这种有机整体观的逐步破裂,人因此成为"宇宙之精华,万物之灵长",进一步成为自然世界的主宰,物被贬成只是一种对象化的存在,那么,在人与世界关系渐发再变的今天,"一些因素正在聚起来,形成一种后现代的有机论,在这种有机论中,科学和世界都开始返魅"①。究竟是什么原因，导致了万物的返魅呢？

　　首先是后现代物质现实与物质概念的复杂性与混沌性。当代社会实践的新变使得原本在物质／非物质两端的事物，逐渐跨界交融，这些与人类传统认知划分相违背的"物"的出现，既挑战了传统的物质观念，也使得人们开始关注到新物质现实对于当下人们生命生存、生产生活的影响。"物质"这一概念越来越多地包含了传统上被认为是"非物质"的大量内容，这个概念不仅越来越丰富化和理论化，而且越来越"神秘化"和"问题化"，甚至悖论化。施太格缪勒在其著作中以"神秘的物质"来命名标题，在他看来，虽然唯物论作为一种普遍价值观影响深远，但实际上在具体历史现实中，人们对于什么是"物质"这样的问题，往往难以厘清。这便是唯物论本身蕴含的矛盾，他将之视为"20世纪的失误"。②

　　实际上，物质概念的内涵悖论古之已然，只不过在20世纪以来由于科技革命的深刻影响，以及社会变革的激烈动荡，情况更加复杂，也使得"物质比以前更加难以理解"③，甚至很多时候出现"在关于物质的本质的争论中有时使人感到惊恐"的情况。④ 这些状况都表明，"物质"这个看似属于科学领域的客观术语，往往已经渗透了意识形态的内涵，自然科学的认知和实践模式已经无法很好地阐释之。

　　传统关于物质的解释，多以实体性、客观性等加以描绘或限定，但在后现代文化研究视野中，这种关于物的本体论定义，已经无法再准确地产生阐释力。只有彻底地摒弃以往的物理学意义上的物质观，不再以质量、体积、坚硬度等习见的实体化"指标"来认识物质，才能够直面当代科技与文化实践等领域所提出的新挑战。这种"非实体化"的要求既发生在传统界定为"物"的客观领域，也出现在界定为"心"的主观领域，尤其在两个领域之间产生了内涵与外延上的交叉。例如，文化唯物主义的"物质性"概念中便吸收了传统上不属于"物质"的文化内容；而当前最富新意的"超物质"（amaterial）概念中的"物质性"，也使传统的物质性概念发生了明显的"移位"乃至"脱位"。这些"物质的非物质化"倾向刷新着我们关于物

---

① ［美］大卫·格里芬编：《后现代科学——科学魅力的再现》，马季方译，北京：中央编译出版社2004年版，第10页。

② ［德］施太格缪勒：《当代哲学主流》（下卷），王炳文、燕宏远、张金言译，北京：商务印书馆1992年版，第539页。

③ ［德］施太格缪勒：《当代哲学主流》（下卷），王炳文、燕宏远、张金言译，北京：商务印书馆1992年版，第539页。

④ ［苏］Ⅱ.B.阿列夫克谢耶夫：《"物质"概念》，《哲学科学》1990年第12期。

质的传统认知,"物质(性)"概念的内涵和边界变得模糊不清、捉摸不定,但因此却反而增加了这一术语在当代理论和实践中的解释潜力,其使用频率有增无减;尤其是其中蕴涵的含混性、复杂性、悖论性等内涵维度,恰恰凸显了当代文化和文艺理论批评本身的内涵与形态,成为思想理论自身的"操演"。

在后现代文化研究中,物普遍被认为是具有符号性的特点,这深受索绪尔结构语言学影响。可以说,对物之语言性、符号性的重视是结构主义思想家的共同特征。列维·斯特劳斯认为人类社会中的物是以结构符号的形式存在的,和语言一样,能指和所指两两相依的二项对立是物的普遍结构特征。罗兰·巴特更进一步分析了现代和后现代社会的物质文化现,即使在后来巴特从结构主义转向"后结构主义"的立场,但正如他在《神话学》中的分析,物质对象是作为一种符号和象征被注视的,物质世界的最大特征就是一种"非实在性"或曰"神话性"。

物的符号性在波德里亚的思想中得到了充分的呈现。波德里亚基于马克思主义商品生产与价值论,并在此基础上总结后现代"消费社会"中商品消费的特出特征,提出符号价值的概念。在波德里亚看来,消费社会中商品的使用价值已经不再像马克思在 19 世纪所论述的那样,是其自身价值的根本所在,消费社会商品的价值体现为一种符号价值而非"实在的"使用价值。不同的商品所代表的不同符号价值之间形成差异,物的意义在这种相互之间的差异中得到界定和彰显。因此,从消费观念来看,商品消费已不再是满足消费者对其使用价值的消费,人们对商品背后所蕴涵的文化内涵和等级差异更为看重,消费品作为商品物,已然是符号物。波德里亚以高度的兴趣和热情倾注于对物的关注、分析和高蹈,并由此衍申出一种极端反主体主义的立场,"物"成为反抗主体的能动存在。

有必要澄清的是,波德里亚所主张的"物"并非是传统意义上的"客体",他也明确区分了物与客体的区别。在他看来,客体是与主体成对出现并以之为前提的;反之,物却是能与主体分庭抗礼的独立存在,物甚至可以反过来向主体发难,进行所谓的"物的反攻"。换言之,波德里亚所强调的乃是发挥物的能动作用,让物以物本身的方式存在,而不再是作为依附并臣服于主体的对象物、对应物。波德里亚以"物"的概念来取代"客体"概念,其原因就在于此,"物"的独立存在是消解主客体关系设置之可能所在。更进一步来看,作为最终能够逃离主体的涵摄和宰制,并反过来凌驾于主体之上的存在,物已经远远超越了客体或物体的内涵,在波德里亚这里,物经历了一个由作为体系的物到作为命运的"大写的物"的历程。

波德里亚以非客体、符号化的"物"来进行反抗、反攻主体的领域,与此同时,他非常具有原创性地运用了一套关于物的理论话语,来对西方当代社会当中物的逻辑进行独到而深刻地批判。波德里亚创制的理论话语是由一系列极具冲击力的概念构成的,其中包括"超真实""拟真""拟象""透明""内爆""诱惑""命定策略""物的淫荡""恶的原则"以及"大灾变"等等,它们或由波德里亚率先提出,或经他之手而新意横生、新见跌出,对当前的社会文化研究产生了重要的影响。但总体看来,波德里亚"物的哲学"带有一种强烈的悲观主义色彩,乃是一种宿命感,概因其洞察到西方现代文明难以摆脱的深层困境,现代以来主体高扬世界祛魅,但实际上人又深陷于现代资本主义社会的泥淖中,始终无法逃脱政治、经济、文化等现代性维度织就的天罗地网。

在波德里亚看来,这样的境况需要主体主义哲学来责任。他认为,人一旦进入"我思",消失的不仅是他作为自在存在者的身份,同时还有各种存在的事物,因为在人主观性的照拂之下,一切存在者甚至他自身都成为了对象化的客体和客体化的对象。在这个过程中,人不可避免地抛弃了过去与世界万物深厚广阔的内在关系,这也是海德格尔意义上的"此在之沉沦",认识世界成为了人生在世的首要模式,因此主客体的关系是"一个不祥的哲学前提"。"主体"成为了人的专用称呼,并且同时成为表象存在者和奠基真理的出发点和立足点。如此一来,主体与世界的关系,世界对于主体的意义发生了根本性的改变,人与世界原本田园牧歌式的关系发生了质变,不再是过去那般的镇定、澄明和健康的状态,人与世界亲密关系结束。

因此,他毅然走向主体主义哲学的对立面,认为多亏了从笛卡尔、康德到胡塞尔等主体主义哲学家所导致的主体之傲慢、狭隘、偏执,因为物极必反的规律反而蕴涵着反攻的历史契机,需要进行一种一种彻底的翻转——专注于"物"而非聚焦于"人"才是摆脱主体主义困境的出路所在。因此,波德里亚吁求人放弃作为主体的傲慢,要向物学习并遵循物的轨迹,这乃是一种命定的策略,其中潜藏着最终唯一的还击之道,这也是宿命的拯救之道。在被视为波德里亚"最怪诞,同时也最具野心最富原创性"[1] 的《命定策略》一书中,他公然宣称"物"之时代的到来,并借用水晶复仇的寓言来隐喻在高科技社会中客体取代主体并主宰主体的状况。在这个物的时代,任何试图改造和控制世界的主体策略都已经行不通了,客体的复仇业已掏空了

---

① Steven Best & Douglas Kellner, *Postmodern Theory：Critical Interrogations*, Macmillan Education Ltd, 1991, pp.132-171.

人的主体性,近代哲学以人为中心的主客体关系已经被颠覆,"存在于世界中的人类主体已经被客体所替代"①。在如波德里亚所言之"物的迷狂"的时代,出现了一种主体主义的末日景象:客体膨胀弥漫、无远弗届,而主体日益萎靡、懵然不觉;在拟象的丛林里,在真实的沙漠中,主体茫然、焦虑和恐惧,难以安身立命。波德里亚此般描绘具有启示录的特点,但在他那里,物的迷狂并不仅仅是终结,或者说仅仅是主体的终结,但却更是一个新纪元的开启。这个新纪元将以物摆脱客体的不可阻挡的方式,反过来将人从"主体"的身份框架中解放出来,重新恢复与世界万物的内在关联。波德里亚描绘的这般境况,实际上乃是世界的重新"返魅"。

我们的时代,倘若真如波德里亚所描述的,现实的荒漠中只有"物"在孤独地起舞,那么,作为主体的人何以可能? 作为存在的人何以可能? 在主体的黄昏降临,当主体主义被彻底粉碎之后,人能否在别的基底之上获得重生? 答案不得而知。也许,正如奥特加·加塞特所期许的那样,如果主体性的观念可以被一种更深刻、更确实的观念所取代的话,"那么这将意味着一种新的气候、一个新的时代的开始"②。这个新时代就是物之返魅的时代。

物之返魅的时代是一个反思现代性的时代,建设性后现代主义便是这个时代的显声。大卫·格里芬所倡导的建设性后现代思维,即在否定现代思维方式的基础上提出了一种崭新的现代思维方式,其有机整体论对"有机""整体""内在联系"的强调,促使人们重新思考人与自然、人与世界的关系,重新思考思维与存在,物质与意识的关系。而其思维指向,则是要昭示人们:我们与世界是一个整体,人在包括自然在内的世界之中,人处于与包括他人在内的万物的内在关系之中;世界与他人乃是我们的内在构成条件。总之,人与世界、他人之间是一种内在的构成性关系,因此在建设性的后现代主义看来,"人类就其本质来说优于其他物种这一观点是毫无根据的,这不过是人类为自己谋利益的一种荒谬的偏见",因此应该"予以摒弃"③。这样,建设性的后现代主义便彻底改变了世界的形象,用 F. 费雷的话说就是,"世界的形象既不是一个有待挖掘的资源库,也不是一个避之不及的荒原,

---

① Richard Lane, *Jean Baudrillard*, London & New York:Routledge, 2000, p.35.
② [美] 弗莱德·R. 多迈尔:《主体性的黄昏》,万俊人译,上海:上海人民出版社 1992 年版,第 1 页。
③ [美] 大卫·格里芬编:《后现代科学——科学魅力的再现》,马季方译,北京:中央编译出版社 1995 年版,第 12 页。

而是一个有待照料、关心、收获和爱护的花园"①。在建设性后现代的世界景观描绘中，人与世界万物重新获得了一种内在的关联，一种曾经失却了的亲密关系，世界万物因此也获得了一种新的魅力。

通过对附魅、祛魅、返魅的文化进程的梳理和描述，我们能够明显地看到其中的差异。在这三个不同的世界里，真理或意义有着截然不同的发生机制。在附魅和返魅的世界里，真理或意义永远外在于主体，是与人有距离性的，人无法从自身获得任何意义；意义只能被发现或者传递，这种发现或传递是建立在某种虔诚的信仰之上，建立在对万物神秘性的认可之上。然而，在物之"魅"被祛除的世界里，人自身是真理与意义产生的根源，人的心灵、智慧、理性可以为人自身提供任何所需的意义，人是自己的主人。相反，事物在这里是等待人去赋予其意义的存在体，这个过程仿佛某种神性恩赐一般。从这个角度看，祛魅时代意义是内生的，即泰勒所谓的"投射主义"。而在"返魅"的世界里，意义既不是内在于人的，也不是外在于物的，意义存在于对象与行为者的交互关系之中，不独立于任何一方。意义产生于二者的相遇、交流。"关系性"是"返魅"世界的典型特征，这也就在一定程度上解构了单一的、高高在上的主体，使得意义产生机制的双方成为一种"交互主体"或无主体的存在。

从这个意义上讲，显而易见，物之"返魅"并不是回归到巫魅化的世界，也不是单纯对祛魅世界的批判。"返魅"是一种升华，将"关系性""活态性""物质性""实践性"都拢括进来，进入庄子所谓"不期精粗"之层面。将这种思维方式运用到文学批评实践中，便会产生很多启发：从文学描写对象来说，文本中的物不是意义传达的载体，它本身就是意义，物之物质性构建了和限制了我们对于文本意义结构的理解方式。正是在描述之物与人的阅读的相互作用中，意义得以产生。从文学写作的思维状况来说，一方面，作品不是作家个人天才的独创，作品的写作与时代的物质性、历史的物质性紧密关联。另一方面，作品的写作受到语言结构的制约和束缚，语言本身的物质性深刻影响着文本的意义生成。从写作者本人来说，身体不再是一个与"物"相对立的存在，后现代科技与医疗技术的发展，每个人在不同程度上都成为 cyborg（人机合一），成为天然与物质的交织的存在体，身体的物质性也是我们研究"作者"这一维度时必须要正视的现象。诸如此类的现象还有很多，物质作用于文学很多方面，这为我们建构文学的物性批评提供了

---

① ［美］大卫·格里芬编：《后现代科学——科学魅力的再现》，马季方译，北京：中央编译出版社1995年版，第12页。

新的视角与方向。

　　文学的物性批评命题的提出,将触及对文学文本及语言的物质性、文学感知主体及身体的物质性、文学描写对象及客体的物质性等问题,通过对这些问题的思考与论述,进而讨论文学的物性批评对于人与物、物与物、人与人之间关系的重新反思与界定,其最终的目的则在于汇入后现代文化之流,指导人类的生存意义与精神价值,让它们成为当代人类精神生活中的重要组成部分。

第七章　物性诗学价值效应论

"物性诗学价值效应论",重点阐发物性诗学的"元文化"价值、解域化会通价值和生态存在论价值问题。在其"元文化"价值方面,物性诗学破除文化存在／文化表述、物质／文化的二元对立模式,追求二元之间的统一性,并在这一"后设"的基础上,强调物性诗学作为"元文化"和"诗学的诗学"的反思性、建构性和阐连性。在其解域化会通价值方面,物性诗学不仅重视科际、语际和国际文化之间的跨界整合,而且强调"后学科"时代的解疆化域倾向,突出"后学科"基础上的会通为比较研究所生成的新契机。在生态存在论价值方面,物性诗学着力克服自然／文化、自然物／技术品、科学／人文二元对立的思维方式,强调从生态存在论高度,人类不仅与自然物之间而且与技术品之间建立与物为春的平等对话关系。诚然,技术领域不断出现的新产品并不总是与人构成一种和谐关系,但它却不可避免地与人形成一种内在关联,因而是人性的构成性因素。物性诗学在元文化、后学科和生态存在论意义上,不仅是对象反思,也是一种自我反思。

第一节　物性诗学的"元文化"价值

西方近现代以来的文化观念,其最大的局限性,仍然在于"物质／文化"的二分法,以及囿于"在场"之物质观而对于已然分成两橛的"文化"和"物质"的实体化倾向。其结果是人们形成了"没有余光、不知迂回"的"眼光",这其中被遗落了的,正是那些我们名之为"活态"和"物性"相交织的生活世界的境域和边缘域。没有余光,导致了"凝视"之"盲",即"盲视";不知迂回,造成了"直"之"枉",即"罔现象"。概而言之,其"罔"与"盲视"的主要表有三:一是罔顾"看本身",丧失"元视觉";二是无视"边缘域",错失"物之妙";三是忽略"缝隙处",遗落"居间层"。① 换言之,我们丧失"元文化"的视角,失去了反思性的空间。

20世纪后半叶以来,几乎所有的人文社会科学理论皆可冠之以"元"(meta-),进而生成一种新概念或相应的新理论体系,如"元哲学""元美

---

① 张进:《活态文化与物性的诗学》,北京:人民出版社2014年版,第1—17页。

学""元历史""元理论""元批评""元小说",等等,这些概念及方法已为人熟知。然而,唯有"元文化"(metaculture)这一概念却迟至这个世纪之交才在英语文献中出现,在汉语语境中至今尚不曾见。在术语上相关的仅有"本元文化"概念,但其主要内涵却是指人类最早创造的兼具物质性和精神性的"工艺美术"。① 概念本身的阙如也从特定侧面反映出人们在文化反思性研究方面的薄弱状况。

研究发现,在希腊语中,"'meta-'('元')既指'在……之外或之后'(类似于拉丁语中的'post-'),又指地点或性质的改变(与拉丁语中的'trans-'相关),即运输和(或)超越,如 metaphor 词根所见"②。列斐弗尔论述"元哲学"认为,它不是哲学的取消,"相反,它开辟了一个反思默想的领域,哲学在其中得到充分表现,其局限也暴露无遗……元哲学与哲学的主要区别在于,元哲学承认再现的世界。它对再现进行分析,把再现看作是其表现的世界的内在部分。这种分析导致了对再现的批判……哲学的巨大幻觉(来自这样一种信念,即认为它完全能够)超越再现,并接近更加具体而复杂的真理"③。按照这种理解,"元文化"与"文化"的主要区别在于,元文化承认"再现"(representations)的文化,它对文化的"再现"进行反思,把"再现"看作是其表现的世界的"内在部分",这就将文化及其主客体都推到反思批判的平台上。

在英语语境中,较早提出并阐释"元文化"术语的是英国文化研究者弗朗西斯·马尔赫恩(Francis Mulhern)教授,他于 2000 年出版的《文化/元文化》(*Culture/Metaculture*)一书,认为"元文化即是文化于其中言说自身的方式,不管这个文化是如何被界定的。更准确地说,它是一种话语,文化于其中表达其普遍性和存在条件"④。"元文化"意指一种关于文化的文化,它具有强烈的"自我反思性"(self-reflexivity)。"元文化话语"是"历史地形成的一套主题和程序,它们推动并规定生活于其中的个体的表达,规定人们在话语所限定的意义领域的立场。人们在元文化话语中观看、言说和书写的立场以及人们在实践元文化过程中使个体'变成'的主体,这些就是文化本身"⑤。在这种阿尔都塞和福科式的理论界定中,"元文化"被定义为"元文化

---

① 张道一:《从"本元文化"论看"非物质文化遗产"》,《设计艺术》2009 年第 4 期。

② [美]爱德华·索亚:《第三空间——去往洛杉矶和其他真实和想象地方的旅程》,陆扬等译,上海:上海教育出版社 2005 年版,第 41 页。

③ Edward W. Soja, *Third Space*, Oxford: Blackwell Publishers Ltd, 1996, pp.33-34.

④ Francis Mulhern, *Culture/Metaculture*, Routledge, 2000, p.xiv.

⑤ 参见张进:《元文化的观念内涵及其方法论意义》,《理论学刊》2015 年第 1 期。

话语",它是历史地形成的一套规则体系,它推动、限制和规定人们的立场和表达。不同于作为立场和表达的"文化","元文化"作为话语是"文化"基于历史条件而形成的一套内在规则系统。有批评者指出,这种突出文化政治学的元文化观念的"最大问题是文化政治学将自身想像为政治学本身"。①

美国文化学者格雷格·厄本(Greg Urban)于 2001 年出版了《元文化:文化在世界中如何运动》(*Metaculture:How Culture Moves through the World*)一书②,正如标题所示,这是一本研究文化在世界中运动流通的专著。作者认为,"元文化"即是"关于文化的文化",它将人们有关调解 / 流通、自我反思性和共同体的思想融入元文化观念之中。"元文化由人们对同一性和差异性所作的判断构成……是符号反思性的第二序列形式,以帮助人们架构第一序列的进程。"③ 在这种观念下,作者对现代性之"新异性的元文化"作了系统的研究。

詹姆斯·威尔斯(James M. Wilce)的《哭喊的羞耻:元文化、现代性和夸张的死亡哀悼》(*Crying Shame:Metaculture, Modernity, and the Exaggerated Death of Lament*)一书,为了把握那些全球流通的观念,抛弃了古老的言说文化的方式,而探寻文化(进程、观念、产品)与元文化之间的动态关系,在这里"元文化"即是那些反思并进而影响文化进程、文化产品及其流通的文化力量。④ 在这种理解基础上,作者认为,"元文化是文化——尤其是反思性文化,是关于其他文化片段的文化片段。批评、赞美、谴责和评价即是元文化的缩影。我们阅读、观看或聆听那些对诸如电影等文化对象的评论和批评,这也是元文化的例证"⑤。

综观如上有关元文化的论述,我们发现,元文化作为一种关于文化的文化,其最重要的特征就是自我反思性或自反性。"学而不思则罔,思而不学则殆",反身性的"思"是克服"罔"的途径,文化研究若缺失"反思性"这一根本维度,就会导致"文化之罔"。"元文化"作为"关于文化的文化"的根本

---

① Sabah A. Salih, *World Literature Today*, Winter, 2002:237.

② Greg Urban, *Metaculture:How Culture Moves through the World*, the Regents of the University of Minnesota, 2001, p.xi.

③ Greg Urban, *Metaculture:How Culture Moves through the World*, the Regents of the University of Minnesota, 2001, p.xi.

④ James M. Wilce, *Crying Shame:Metaculture, Modernity, and the Exaggerated Death of Lament*, Wiley-Blackwell, 2009, p.x.

⑤ James M. Wilce, *Crying Shame:Metaculture, Modernity, and the Exaggerated Death of Lament*, Wiley-Blackwell, 2009, p.13.

任务,就是对文化现象作出反思,也包括对文化研究者自身的方法作出反思。哈特利认为,"文化研究有责任反思自己的知识生产模式,也不会向文化研究的从业者宣布自己是纯洁的和透明的。它专门研究边缘和边界,既包括话语性的,也包括社会性的。此外,它还专门研究自身的知识性、学术身份、方法和著作。自我反思已经深化到了这样的地步,它永远不愿意接受任何种类的学科权威。没有任何正统学说不容置疑,文化研究不允许任何形式的标准化,包括:文化的定义;作为一个研究领域,文化的范围;适宜于完成其任务的方法;文化研究自身的历史"①。也就是说,作为文化研究的元文化,应该对文化的定义、范围、方法和历史作出批判性和反思,而不是不加批判地照单全收,"反身性的研究路径质疑研究中的理论假设与其他假设。此外,此种研究路径会在资料收集时,主动探查它的研究范畴(例如性别、阶级、族裔等范畴)"②。

从某种意义上说,自我反思性也正代表着社会科学的基本品格,正是这种"反思性",使社会科学成为布尔迪厄所说的"科学的科学"。由于社会科学并不具备自然科学那样的自足性和自治性,所以它总是向其外部的社会历史开放,并随时随地受到外在因素的影响。因此,它必须时时反思自己的对象化的研究内容,究竟在多大程度上受到研究者自身和自身之外因素的构成,这当然不是自恋式地陶醉在自己的观念方法和生活经验之中,而是连同自身和对象一同进行批判和反思。这种"将对象化的主体对象化",就是"社会科学必须将自身作为其对象",展开自我分析。③ 就文化研究而言,这种反思性的研究就深入到了元文化层面。

雅斯贝斯指出,在"轴心时代","世界上所有三个地区的人类全都开始意识到整体的存在、自身和自身的限度。人类体验到世界的恐怖和自身的软弱。他探询根本性的问题。……这一切皆由反思产生。意识再次意识到自身,思想成为它自己的对象"④。在他看来,正是这种"反思",使中国、希腊和印度的文明进入了高度发展的"轴心时代"。

总之,我们需要在广义上理解文化的反思性、自反性或反身性。"广义的自反性意味着一个理论的假定应用于理论本身,而更广义上是指专家系

---

① [澳]约翰·哈特利:《文化研究简史》,季广茂译,北京:金城出版社 2008 年版,第 13—14 页。

② [英]安·格雷:《文化研究:民族志方法与生活文化》,重庆:重庆大学出版社 2009 年版,第 28 页。

③ Pierre Bourdieu, *Science of Science and Reflexivity*, Polity Press, 2004, pp.88-95.

④ [德]卡尔·雅斯贝斯:《历史的起源与目标》,北京:华夏出版社 1989 年版,第 8—9 页。

统的自我监控,根据自己设定的假定盘问自己。不那么严格的构成主义派科学社会学家,把这个概念扩展到日益个体化的外行公众自反性地盘问科学假定与专家系统本身的增多的倾向,而不只是科学界的自反性。"① 简言之,元文化具有一个内在的反思维度和反思精神,它贯穿于文化活动的所有要素、环节和层面,是文化活动的前提和基础。"物性诗学"强调一种"元文化"视角,具体如下:

一、留意"看本身",追求"元视觉"

"看",一般是用来看对象的,这对象或是城市,或是风景,或是一本书,但却看不见"看"本身。诚如德里达所期待的:"若有了新的视觉装置的辅助,人们最终可以看见视线,不仅看见自然风景、城市、桥梁和深渊,而且可以看见看本身。"② 这的确是一个天才的想法,然而,果真有这样的"视觉装置"吗? 在科技领域里,似乎尚未出现这种视觉装置的理想模板。不过,在人文学术领域内,人们却以隐喻的方式,想像性地描绘着这种视觉装置。

引发了福柯对"凝视"与再现理论进行探讨的委拉斯开兹的绘画《宫娥》,画家本人就出现在这幅画里的一面镜子中,并且"凝视"着画外。画家借助镜子,将自己的"凝视"作为对象来打量。画家在创作时跨越了绘画本身的世界和现实世界的边界,将自己的形象留在画中,并以凝视画外的姿态与观画者进行交流。这种再现艺术造成了绘画的虚构空间向现实空间的无限延伸,消融了绘画与现实的边界。同样,在当前的一些影视作品中,导演的突然现身言说会破坏观众对虚构世界的想像和沉溺,令观众意识到故事的虚构性质,这与后现代艺术作品中消解作者权威、对作品自身进行解构的自反性和反讽意识相通。在某些"穿越"小说中,读者或小说人物跨界到另一部小说中或作家所处的语境之中,形成了文本界限的跨越。观看者突然跳出原先所占据的位置,进行"出位之思",在"转叙"的跨层跨界书写中突然用余光瞥见了自己先前的"视线"。然而,细加思忖,我们觉得,视线与余光之间仍然存在着"时差",人们或许会在这种往返映射的聚焦审视中,仍然仅仅关注着眼睛聚焦的视线而与余光擦肩而过、失之交臂!

博尔赫斯的小说《阿莱夫》就设想了一个同时可以看到所有空间的地

---

① [英] 斯科特·拉什、[英] 约翰·厄里:《符号经济与空间经济》,北京:商务印书馆 2006 年版,第 8 页。

② Jaque Derrida, "The Principle of Reason:The University in the Eyes of Its Pupils", Diacritics, 13 (1983), 19.

点"阿莱夫"。在小说中,"阿莱夫"作为一个地点,却又是一个难以用语言表述的"中心",是"同时发生的"包罗任何事物和空间的"直径为两三厘米"的小圆球。① 这似乎是博尔赫斯设想出的一个"第三空间"。"阿莱夫"作为一个空间,能够看到所有空间,因此,在这个空间,所"看"的就不仅是对象,而且还包括"看本身"。这个空间与其他理论家所设想的"活态空间"或"第三空间"十分相似,因为,它打开了"另一个世界,一个彻底开放的元空间(meta-space),一切事物都能够在这里找到,新的可能发现与政治策略层出不穷"②。它既是一个区别于其他空间(物理空间和精神空间,或者说第一空间和第二空间)的空间,又是"超越所有空间的混合物(类似于阿莱夫的第三空间)。"③ 它彻底开放,不断累积新知,而不只是一味地接受二元化的问题。不过,阿莱夫却终究只是对"新的视觉装置"的艺术想象,在那里,"视线"本身并没有成为"看"的对象。

麦克卢汉在汽车的视镜装置中找到了灵感,提出了"后视镜"(rear-view mirror)的理论,用以解释文化媒介的通变问题。他将媒介的历史分成三个历史阶段,三阶段又呈现一种螺旋式的上升:前拼音文字媒介,是听觉的、整体的、浑一的、场论的、多维的、同步的、顿悟的,是有机整体论;拼音媒介与之相反,是视觉的、切割的、分类的、几何的、三维的、线型的、理解的,是机械整体论;电子媒介则是"城市"的重新"部落化"和"市民"的再度"游牧者化"。第三个阶段是在更高的质量上向第一阶段的回归,如麦克卢汉所说,只有电子媒介是人的神经系统的"延伸",以前的一切媒介都是人的部分的延伸;而且,只有电子媒介是"即时同步"的,而前拼音文字媒介只是"同步"。历史的三阶段之间是如何更替的呢? 这涉及麦克卢汉有关媒介的"后视镜"的说法:各种媒介是根据先前技术的角度得到理解和概念化的,包括汽车和计算机在内的新媒介,问世之初均是以先前的技术如马车和打字机做比照。④ 社会和个人面临新的境遇时,他们会依附于不久之前的过去,因此我们好像通过一个后视镜来感知现在。当我们面对一个全新的情况时,我们总是反对接受新事物,而更倾向于陶醉于过去的东西,我们通过后视镜

---

① [阿根廷]博尔赫斯:《博尔赫斯小说集》,杭州:浙江文艺出版社 2007 年版,第 195 页。

② Edward W. Soja, *Thirdspace: Journeys to Los Angeles and Other Real-and-Imagined Places*, Blackwell Publishers Inc, 1996, p.34.

③ [美]爱德华·索亚:《第三空间——去往洛杉矶和其他真实和想象地方的旅程》,陆扬等译,上海:上海教育出版社 2005 年版,第 79 页。

④ [英]霍洛克斯:《麦克卢汉与虚拟实在》,刘千立译,北京:北京大学出版社 2005 年版,第 120 页。

来观察现在,退着进入未来。麦克卢汉总是试图用历史事实作为他的理论
注脚,尽管他在使用这一术语时也还带着一定批判的态度(他认为艺术和
艺术家可以不受这种后视方式的束缚而可以预见),但他自己借助前文字社
会来界定新兴电子时代的做法,似乎印证了他的后视镜理论。麦克卢汉通
过其"媒介定律"进一步完善了这一认识,他认为,媒介"杂交"(包括过去与
现在的杂交)"适用于一切人类的东西,尤其是人的创新和言语——这就产
生了哲学和人文科学的一些命题"①。"后视镜"的确为驾驶员和乘客提供了
一个观看自己处身其中的汽车的"境域"参照,但它依然并非一个能够让人
看见自己的"视线"本身的理想装置。

　　截至目前,我们仍然没有找到一个物理学意义上的视觉装置,俾使我
们看见自己的"视线",除非我们在"余光"中"打量"它,或在反身性的意
义上去"反思"它。可以说,现代以来,各个学科都在寻找这样一种视觉装
置,而人文社会科学则主要围绕"反思"问题展开探索。研究者认为:"在
一个层面上,反思性(reflexivity)可被理解为一种持续的自监控过程,包括
将自我和社会生活的知识用作它的建构要素。以这种方式,现代人可被把
握为一个'反思工程',即是说,自我反映的自我叙述的整理构成了自我认
同。……反思性牵涉到有关个人的或社会的经验的建构话语,以至于从事
反思性就是参与话语和关系的领域,同时建构出更进一步的关于他们的
话语。文化上反思性的兴起与现代性的发生相关联,鉴于源源不断涌现的
有关社会实践的信息,现代生活卷入了对社会实践的不间断的检视和改
变。"② 传统文化重视人们在规范有序而不可改变的宇宙秩序中的稳定性和
位置,因此生活中事物的秩序即是如其所是的方式,因为那就是其应该如此
的方式。在传统社会,认同主要是一个社会位置的问题;相比之下,现代主
义重视变化、生活设计和反思性,因此,对于现代性来说,认同是一个反思性
工程。反思性似乎与后现代主义有特殊的共鸣,因为它鼓励一种反讽意识,
即那种人们感觉到无法创造任何新事物,而唯有与已经存在的事物嬉戏。

　　活态文化与物性诗学,其根本旨趣即在于对"看"对象与看"视线"的
同时包容。

---

① ［加］麦克卢汉、［加］秦格龙编:《麦克卢汉精粹》,何道宽译,南京:南京大学出版社2000
　　年版,第592—593页。

② Chris Barker, *The SAGE Dictionary of Cultural Studies*, SAGE Publications Ltd, 2004,
　　pp.174-175.

二、重视"边缘域"，探求"物之妙"

没有余光的"看"，其弊端不仅在于对"视线"本身的漠视；与茫然无视"看本身"的凝视过程联袂而行的，是对于看的对象本身的片面截取和对边缘境域的忽略。从哲学角度看，"突显中心是指意识的'目光'所及之处，边缘境域则是指内在必然地与此目光和突显中心相关联的一个围绕带，比如此目光必然具有的'余光'和那余光所及的一个向四周越来越模糊地扩散开去的视野。在视知觉中，这个结构似乎最清楚地表现出来。当我们看一张纸或一棵树的时候，我们的目光所及——这张纸或这棵树的一个侧面——就是此意向行为的突显中心；而我们必然会同时通过眼睛的余光'看到'一个围绕着此中心的边缘域和其中的各色东西"[1]。"突显中心"与"边缘境域"构成一种相互依存彼此不分的"显"与"隐"的关联，这也是现代哲学所着力要揭示的部分："旧形而上学家的概念哲学要求说出事物'是什么'，与此相对的是，新的哲学方向则要求展示事物是'怎样'（'如何'）的，也就是说要显示事物是怎样从隐蔽中构成显现于当前的这个样子的。'什么'乃是把同类事物中的不同性——差异性、特殊性抽象掉而获得的一种普遍性，'怎样'则是把在场的东西和与之不同的、包括不同类的不在场的东西综合为一，它不是在在场与不在场之间找共同性。"[2]这样的过程，实际上是一个"去弊"的过程："'怎样'的观点，说明显现与隐蔽的同时发生和不可分离性。对于一件艺术品的欣赏，乃是把艺术品中显现于当场的东西放进'怎样'与之相关联的隐蔽中去，从而获得'去蔽'或'敞亮'的境界。倒过来说，'去蔽'或'敞亮'就是把隐蔽的东西带到当场或眼前。"[3]因此，同时将"突显中心"和"边缘境域"纳入视野，就是回复到人与万物一体之本然；显现与隐蔽的共时性，即是事物"怎样"从隐蔽处显示自身的结构。将这种显与隐的共时性推展到"时间意识"，即"'当前'不可能不带有一个'保持（住过去）'和'预持（向未来）'的边缘域，因为当前或现在根本就不是一个实在的点，可以让我指向它。当前从根本上就是保持和预持所构成的一种特殊的时显方式"[4]。"当前"实质上是一个"泛音式"的境域。

因此，仅仅聚焦于"突显中心"而忘却"边缘境域"，就会与我们的"生

---

① 张祥龙：《从现象学到孔夫子》，北京：商务印书馆 2001 年版，第 32 页。

② 张世英：《艺术哲学的新方向》，《文艺研究》1999 年 7 月。

③ 张世英：《哲学导论》，北京：北京大学出版社 2002 年版，第 149 页。

④ 张祥龙：《从现象学到孔夫子》，北京：商务印书馆 2001 年版，第 33 页。

活世界"失之交臂,也就与"物性"或"物之妙"擦肩而过。这个"边缘境遇"即是《庄子·秋水》中迂回地暗示的那个"不期精粗"的物之隐秘层面,也即轮扁寓言所指的"意之所随"的领域,"不可意致"却又是"意之所随",是"意"的终极价值参照系,是一个移动的视域和地平线。换言之,这正是处在主体生命和生活活动隐秘之处的"物",是其"活态"实践和环境体验。这个层面处于行为的流动性之中,是一种境遇,一种潜意识,一种身体性在场的体察心会。尽管庄子十分珍视这种活态体验,但他也意识到正面界定之难,故而采用迂回的方式,指出其非言非意、非粗非精的否定性品格。后世的"言意之辩"论者片面解释了"不期精粗"的深刻思想,放逐了"非言非意""不期精粗""意之所随"的那个根本空间,导致了"言""意"与活态智慧之间的断裂。

不过,在诗学领域,陆机《文赋》却开放着这个通道:"每自属文,尤见其情,恒患意不称物,文不逮意。盖非知之难,能之难也。"① 他所"恒患"者,不仅在"文不逮意",更在于"意不称物";"能之难"首先在于"意不称物",即难在无法捕获那精微的"意之所随"和"不期精粗",这也正是庄子的根本忧患所在。钟嵘对"赋比兴"别具一格的阐述,使陆机的"恒患"更具积极的诗学意义。《诗品序》云:"文已尽而意有余,兴也;因物喻志,比也;直书其事,寓言写物,赋也。"② "意有余",不仅指未能在"文"中充分表达的作者之"意",也指作者未能意致的意"外"之"意",那个隐秘的"意之所随",那个由"余兴"和"衍兴"交融而成的"余衍层"。③ 在钟嵘那里只得到间接定义的"兴",迂回地暗示出特定诗歌语言化腐朽为神奇的效果,使"言不尽意"论者对"言"之局限性的批评,转而成为诗歌艺术的高妙之处。这种"余意"或"意余",即是刘勰《文心雕龙·隐秀》所说的"隐",是"文外之重旨"。在唐宋以来的诗文评中,"意之所随"通常以"外"这个特殊的术语暗示出来,所谓"境生于象外""象外之象""景外之景""韵外之致""味在咸酸之外",等等。宋代苏轼《答谢民师书》一文感喟:"求物之妙,如系风捕影,能使是物了然于心者盖千万人不一遇也。而况能使了然于口与手者乎?"④ 他同样以否定的方式暗示,"不期精粗"的"物之妙",尽管难以求得,但仍然是诗歌活动的终极价值依据。

---

①　陆机著,张少康集释:《文赋集释》,北京:人民文学出版社 2002 年版,第 1 页。

②　钟嵘著,曹旭集注:《诗品集注》,上海:上海古籍出版社 1994 年版,第 39 页。

③　王一川:《理解文学文本层面及其余衍层》,《文艺理论研究》2011 年第 1 期。

④　苏轼:《苏轼全集》,上海:上海古籍出版社 2000 年版,第 1692 页。

在中国传统诗学思想中，"余意""余味""无穷意"；"文外""象外""咸酸外"，等等，都不同程度地指向庄子"不期精粗"和"意之所随"之处。这种诗学牵挂着庄子所开拓的活态空间，在"有无""虚实""内外"的辩证关系中，总是通过"无""虚"和"外"来暗示艺术活动向活态空间的开放性和延伸性。近代以来，受西学影响的梁启超以"活态"术语来指涉那个"意之所随"的空间，其"新史学"即以"存真史、现活态、为人生"为目标，追求"以史为人类活态之再现，而非其僵迹之展览"①。他主张历史研究应"将僵迹变为活化"②。这个"活态"思想也是贯穿梁氏"三界革命"的思想红线。③

"物之妙"并不在物的"显现中心"，而在于"显现中心"与"边缘境域"、物之"内"与物之"外"、人与万物一体的本然结构之中；在于"物之粗""物之精"与"不期精粗"之间的三元辩证之中。

三、注重"缝隙处"，开掘"居间层"

生活世界中那些处在突显中心的对象，通常是完整的、自足的、光滑的，人们"莫见其隙"。刘勰在论述"论说"文的高妙境界时指出，其"义贵圆通，辞忌枝碎，必使心与理合，弥缝莫见其隙……览文虽巧，而检迹知妄"④。刘勰认为，论说文若臻达至境，则"弥缝莫见其隙"；若写得不好，则看文字虽写得巧妙，考求实际就知道它讲的道理是虚妄的。但是，刘勰也隐讳地指出，再好的文，也不是天衣"无缝"的，而是"弥缝"的结果。如果读者善于"检迹"而不是被"篇中之独拔者"所蒙蔽，就总能发现文章在生成过程的"居间层"所存在的"缝隙、断裂和沉默"，就像我们在光滑的灰泥地板下面发现未被抹平的缝隙一样。这其实是任何文化文本都具有的"隐"的层面。宇文所安将这一"症状阅读"的洞见运用到"批评话语"的分析上，认为"批评话语有时表面看起来完美无缺，似乎达到了观念和文本的高度统一，但文本自身是一个修补空隙、缝合断片的过程，它不一定总是天衣无缝。如果能看到这一点，我们就看到了活的思想。目前看来，如何理解活的思想仍是一个重要课题，而'观念史'只能告诉我们古人的思想是什么"⑤。"一个作品完

---

① 梁启超：《中国历史研究法·自序》，上海：上海古籍出版社1998年版，第1页。
② 梁启超：《中国历史研究法》，上海：上海古籍出版社1998年版，第1页。
③ 张进：《梁启超的"活态"史学与"三界革命"》，见金雅主编：《中国现代美学与文论的发动》，天津：天津人民出版社2009年版，第234页。
④ 周振甫：《文心雕龙今译》，北京：中华书局1986年版，第169页。
⑤ ［美］宇文所安：《中国文论：英译与评论·中译本序》，王柏华、陶庆梅译，上海：上海社会科学院出版社2004年版，第2页。

成了,摆在我们面前,如果观察仔细,我们总可以看出其中的空隙或漏洞,空隙处漏掉了一些重要东西。"① 因此,相对于完整光滑的"既成"(become)文本,"修补空隙、缝合断片"的"将成"(becoming)过程才是"活的思想"。

正因为如此,我们今天研究"活态文化"和物性诗学,并不企图完成一部由"现成的""无缝的"和"突显的"思想观念连缀而成的"观念史",而是试图发掘由生成中的缝隙和边缘境遇构成的"居间层"所呈现的文化秘密。

文化的"居间层",相对于文化成品的"固化"状态,是"活态的",它是"篇中独拔"与"文外重旨"之间的"居间调停"。有学者指出,人只有在"中间状态"的过渡时刻的惊异中才能有诗兴,"人不仅在从无自我意识到能区分主客这一'中间状态'中能激起惊异,兴发诗兴,而且在从主客二分到超主客二分,从有知识到超越知识的时刻,同样也会兴发诗兴"②。在各种"大理论"(Theory)与小理论(theories)风行天下的今天,"中间层"的研究有其特殊的效用。电影研究专家鲍德韦尔发现,"大家都同意让五花八门的'中间层面的理论'(middle-level theories)在这个领域内竞争;去接受大理论的约束而不是对大理论的主要内容加以阐发……在它们悖离大理论而聚合在一起时,它们不可能再聚合为一种同质的理论学说"③。"中间层"具有双向沟通的作用,"这种中间层面的研究既有经验方面的重要性,又有理论方面的重要性。可以说,它与宏大理论的众多阐释者不同,既是经验主义的,同时又不排除理论性。"④

"居间层"在根本上属于"调解文化"或"媒介化的文化"(Culture of Mediatization),"媒介文化即是那些其主要资源为传播技术手段调解了的文化,这一调解过程以各种方式'被发酵',这些方式必须得到详细说明。这是我为何称它们为'调解文化'之原因。"⑤ 在当代,"调解"突然成为一个关键概念,用来讨论媒介在文化和社会中的作用和影响等基础性的老问题。调解理论尤其在分析媒介如何扩散、交织并影响其他社会机制和文化现象

① [美]宇文所安:《中国文论:英译与评论·中译本序》,王柏华、陶庆梅译,上海:上海社会科学院出版社 2004 年版,第 2 页。

② 张世英:《哲学导论》,北京:北京大学出版社 2002 年版,第 139 页。

③ [美]鲍德韦尔、[美]卡诺尔主编:《后理论:重建电影研究》,麦永雄、柏敬泽等译,北京:中国社会科学出版社 2000 年版,第 8 页。

④ [美]鲍德韦尔、[美]卡诺尔主编:《后理论:重建电影研究》,麦永雄、柏敬泽等译,北京:中国社会科学出版社,2000 年版,第 38 页。

⑤ Andreas Hepp, *Culture of Mediatization*, Polity Press, 2013, p.5.

方面硕果累累。① 关注"调解文化",即是关注包括文学文本在内的一切文化事象在"既成"之前的运作过程。在"调解文化"的视野下审视,感性、物质性、媒介、文化、传播等,都属于"调解文化",它们调解人与人、人与物、人与自身、人与社会之间的关系,是一种居间性、中介性的关系结构。

事实上,强调文化的"居间层"也就是强调文化的"过程性",因为"成为现实的就是成为一个过程。任何不是一个过程的事物都是对过程的一种抽象,而不是一种正式的现实性。"② "调解"也是一种具有复义性和混杂性的文化"元过程"(metaprocess),运用这一术语,人们试图讨论那些建立在持久而广阔基础上的文化变迁,一定程度上处理那些对人性的社会文化发展产生长期影响的"诸多过程的过程",这一特定的"观念建构"可以帮助人们理解生活和世界。③ 因此,"调解"理论也是一种居间性思维的方法论。

这一方法,从裂隙处、中间层和过程性切入,运用眼睛的余光,"迂回地"展示由活态和物性交织而成的生活世界,"我们于是在同样的术语中,在谈到诗语言时,又遇到了我们作为曲折的主要好处所认识的东西:因为曲折是被诗意地表达的,批评是'无穷尽'的。这种迂回不仅仅代表一种压制(因为人们不能直接表达),而且还使批评有价值,加强批评的效果"④。此即是"婉道无穷"。

余光所及和迂回所致,就是我们所谓的由活态和物性交织而成"生活世界",这个世界是既成的"固态"和"非物质"所得以形成(将成)的物质的、过程的、居间的和边缘的境域。相对于"既成","将成"具有始源性、基础性和根本性,这种观念对于现代以来的一系列狭隘观念都具有十分重大的校正意义,是人类走向生态文明的新契机。

第二节 物性诗学的化域会通价值

在思维模式上,"本质主义"与实体论、二分法如影随形,它们共同将现象／本质、文化／物质的两分思想固态化、普遍化,与之联袂而行的是科际、语际以及人文与科技之间界限的本质主义化。在这种视野下,似乎"物"和"物性"是自然科学的独占的研究领域,人文学科不屑于或没能力

① Stig Hjarvard, *The Mediatization of Culture and Society*.
② [美]科布、[美]格里芬:《过程神学》,曲跃厚译,北京:中央编译出版社1999年版,第2页。
③ Andreas Hepp, *Culture of Mediatization*, Polity Press, 2013, p.47.
④ [法]弗朗索瓦·于连:《迂回与进入》,杜小真译,北京:生活·读书·新知三联书店1998年版,第50—51页。

研究物;似乎西方文化是"重物质"而轻文化的,而中国文化则反之。这一整套固化和普遍化了的推论,在物性诗学的视野下是成问题的。物性诗学从"连通性"方面理解物性,因此,所谓的科际、语际界限,只是基于"连接"(connection)而形成的"辖域",各个辖域之间"不尽同而可相通"。物性诗学即是要在新的物观念基础上,达到一种化域会通。

"域化"(territorialization)、"解域"(deterritorializatation)和"再域化"(reterritorialization)是德勒兹和瓜塔利用来说明一切存在物的生存和演化过程的特定概念。这一组概念在德勒兹和瓜塔利的学说中具有一种存在论的意义,按照他们的观点,一切存在物都有某种内在力量,这种内在力量被称为"欲望生产"(desiring production)。这种欲望生产能够产生并扩展连接(connection),通过这种连接而形成的具有显著特征的总体就是域化。① 比如,人的嘴巴可以吃饭,于是,人的嘴巴就把饭和人的有机体联系起来;同样,人的嘴巴也可以喝奶,于是嘴巴就和母亲的乳房联系起来。人通过吃饭、喝奶形成了人的有机体,这就是作为有机体的人的"域化"。同时,这种连接也可能拆解这个具有显著特征的总体。比如,人吃饭太多可能会造成消化不良,甚至人的死亡,这种连接就导致了人的有机体的"解域"。德勒兹研究专家科尔布鲁克(Claire Colebrook)引申阐释了这一组概念,她指出:正是这种连接力量使任何形式的生命获得其存在形式(域化),同样,也是这种连接使它失去了其存在的形式(解域)。任何一种存在形式中都有辖域化和解辖域化的力量存在着。比如,植物吸收阳光从而保持自身的存在,但是阳光也可能导致它的死亡,或使之转变成为另一种存在物。同样,许多人的机体集合起来从而形成一个部落或者集体(域化),但是,这种集合起来形成集体的权力也可能导致集体权力的丧失,比如这个集体被某个部落首领或者暴君所控制(解域)。这个集体当然也可能进行"再域化",比如他们可以推翻统治者,把领导权重新交给集体中的每个人;另外,比如当代社会中的个人主义,这就是再域化。"域化"可以发生在生命的所有层面,比如,基因可以连接起来(域化)而形成一个物种,但是这些同样的连接也可能会造成基因突变(解辖域化)。人也可以找到基因突变的原因,并通过基因技术来阻止这种基因突变,或者利用这种基因突变来使之产生人类所期待的新的种(再域化)。② 从一般意义上说,"域化"就是要控制欲望生产之流,"解域"

① Gilles Deleuze and Felix Guattar, *Anti-oedipus*, *Capitalism and Schizophrenia*, Continuum, 1984, p. 242.

② Claire Colebrook, *Understanding Deleuze*, Allen & Unwin, 2002, p.xxiii.

就是要释放欲望生产之流。

德勒兹和瓜塔利在广阔的领域内使用"域化"和"解域"概念。那么,解域进程如何运作? 二者之间的关系又是怎样的呢? 也许,解域最好被理解为产生变化的运动,它标示着集合的创造潜力。因此,解域就是将容纳机体的固定关系开放,使机体始终暴露于新的组织活动之前。重要的是,德勒兹和瓜塔利旨在克服支撑着西方哲学的二元论框架(在/非在、原创/复制,等等)。在这方面,解域与再域化(辖域再次确立)的关系就不能从相互否定的方面解释,其间不是两极对立的。事实上,从二人描述和使用解域概念的方式看,解域作为辖域的革新性矢量存在于辖域之内,它与变化可能性结合在一起,内在于特定辖域。[1] 这一过程,就像植物吸收阳光从而保持自身的存在,但是阳光也可能导致它的死亡,或使之转变成为另一种存在物的过程一样。

德勒兹和瓜塔利也使用了"绝对解域"(absolute deterritorialisation)的概念,按照科尔布鲁克的解释,它是指"从所有的连接和组织中解放出来,这个进程与其说可以获致,毋宁说仅能意会或想像,因为任何对生命的感知,都已经是一种排序和域化;我们可以将之设想为最大程度的可能性"[2]。《德勒兹词典》的编纂者认为:"从质上说,有两种不同的解域运动:绝对的和相对的。哲学是绝对解域的例子,资本是相对解域的例子。绝对解域是一种运动方式,其本身无关乎解域运动的快与慢;这种运动是内在的、差异化的,而且在本体论上先于相对解域运动的。相对解域是朝向固定性的运动,它作为一种事实上的运动本身不是发生于分子平面而是摩尔平面(molecular but molar plane)。简言之,绝对解域是虚拟的(virtual),穿行于真实的相对解域运动中。"[3] 综合来看,"绝对解域"是一种虚拟意义上的最大可能性,事实上很难达到。在这个意义上,我们将 absolute deterritorialisation译为"化域",主要在动词的意义上强调其在观念上从所有已然存在的"辖域"解放出来的取向,尽管在事实领域内很难做到这一点,但理论可以设想出这种"最大程度的可能性"。

物性诗学研究即是这样一种带有"绝对解域"性质的"化域"研究,它对于既成定论的学科界限、文化界限、语际界限、身份界限等都形成了冲击,它融会文史哲、考古学、社会学、人类学以及自然科学相关研究知识和成果,

---

[1]　Adrian Parr, *The Deleuze Dictionary*, Edinburgh University Press, 2010, p.69.

[2]　Claire Colebrook, *Understanding Deleuze*, Allen & Unwin, 2002, p.xxiii.

[3]　Adrian Parr, *The Deleuze Dictionary*, Edinburgh University Press, 2010, pp.69-70.

因而,文学物性问题研究具有学科会通和谱系化域价值以及熔铸新知、与物为春的物性批评的生态存在论意义。当然,我们还应该分析剖判作为思潮的当前物性批评,其对思想的力量和主体的能动性重视不足、对传统的物性思想智慧强调不够、对文艺中物性与人性的平衡互动把握不准等局限性。

一、物性诗学的科际解域

研究者指出,在最近几十年,不同学科之间的相互联系性(mutual inter-relatedness)和彼此依赖的程度已大大提高。车载斗量的理论文献不再归属于某个特定学科,而成为了社会科学舞台上的许多行动者所共享的知识。这样一来,看起来似乎是某个具体社会科学内部将要发生一种范式性的转变(paradigmatic change);而事实上,这种转变几乎同时发生在所有社会科学领域。优秀的想法、研究方法和观点并不是某个特定学科所独有的,而是一种共有的知识(common knowledge),因为每个人都研究相同的论题:人类和社会。各种学科之间的相似性也不仅仅在于共同的文献总体,而在于思维方式,后者将那些研究人类理解能力的人与设法理解人类的人联合起来。

因此,当今的考古学话语正在面临一个更具挑战性的探求,不仅是在考古学作为一门学科的内部,而是在于所有的学科之中。"不会再有什么'真正的'学科,如果有的话,也会很少;学科界限越是显出任意性,就越难遵循对考古学的古老定义。"① 这种看法可能是天真的,但像考古学这样的学科,可能正在进入下一拨的重构阶段。这种转变可以以多种形式发生,也可以有多种结果,"但最有前途的,似乎将考古学视为对物质性(物质文化以及其他事物)的社会维度的研究,现在也好,过去也罢。直到最近,除了伦敦大学学院人类学系的物质文化研究之外,物质性从未被承认为一种超出简单的恋物癖、假学问和具体文化制品范围的重要的社会决定因素(important social parameters)"②。

在历史上,文化观念向来就是不同理论方法的斗争领域,这种斗争也是某个学科健康与否、是否具有活力的晴雨表。斗争中形成了一系列二项对立,比如,在关于物质文化的问题上,有唯心主义与唯物主义、标准观念

---

① Fredrik Fahlander & Terje Oestigaard, *Material Culture and Other Things：Post-disciplinary Studies in the 21st Century*, Gotarc, Series C, No 61, 2004, p.5.

② Fredrik Fahlander & Terje Oestigaard, *Material Culture and Other Things：Post-disciplinary Studies in the 21st Century*, Gotarc, Series C, No 61, 2004, p.5.

与社会功能、积极意义与消极符号、实践与表征之间的二项对立。从 20 世纪 90 年代至今，这种二项对立似乎并未改变，但各对立项的具体内涵却发生了变化。人们的兴趣越来越走向把握物质文化的核心属性，人们对唯物主义理论观点的普遍关注，已转向对物质文化在社会实践中所发挥的积极作用的集中关注。在社会战略学中，物质文化的能动性（agency）已经被作为一种激发要素调动起来了。对物性更具理论整合力的关注，是以不断增强的科际整合（an increasing interdisciplinary integration）为标志的。在这种整合研究中，有人提出"物质化"（materialization）观念来说明物质文化在社会战略中所发挥的积极作用，以及物质文化作为一种积极的构架在体制的形成和再生产中发挥的作用。也有人强调"活态生活经验"（lived experiences）物质性，以及涉身性经验和表达的重要作用（the role of bodily experience and expression）。在这里，我们遭遇了自我通过社会认同而形成的问题，以及自我与集体认同之间的辩证关系。①

毋庸置疑，尽管各具体学科在其辖域化过程都形成了各自的方法体系，但是，当今的"解域化会通"研究却并不只是从特定的其他学科中寻求资源而已，也就是说，不仅在于其"跨学科性"（interdiscipilary），而更多地在于其"后学科性"（post-discipilary）。如果说前者意味着对已成定论的学科界限的合法性的某种认可，那么，后者则是连同已有的学科界限一并质疑，而不是简单地放行。"物性"问题之所以并非仅仅是"跨学科"研究的对象，而应该是"后学科"研究的对象，其意义也正在这里。物性思维已经成为各个学科都拥有的"共识"，而并不是某个专门学科所独具的思维方式。这也正是"物性研究"解疆化域的根本价值所在。

研究者指出，"19 世纪中叶以来，西洋的'物质文化研究'（material culture studies）涉及考古学、人类学、社会学、文学、历史学等各个学门，次第发展。近几十年来，'物质文化研究'在西方，俨然成为一种席卷全球之人文社会学界的跨学科新潮流，波澜所及，几乎无远弗届。然而，在中文世界里，它还十分年轻，有待发展"②。其实，如果说一种研究在所有的学科里展开，那么，它的出现，就不仅是跨学科意义上的，而是"后学科"意义上的，因为它最终质疑甚至消除了所有的学科界限。

从文学具身认知的角度看，物性诗学也具有"后学科"的特点。具身认

---

① Fredrik Fahlander & Terje Oestigaard, *Material Culture and Other Things：Post-disciplinary Studies in the 21st Century*, Gotarc, Series C, No 61, 2004, p.260.

② 陈珏：《超越文本：物质文化研究新视野》，《清华学报》（物质文化研究专号）2011 年第 1 期。

知是第二代认知科学兴起后出现的一种认知方式。Lakoff 和 Johnson 曾把传统认知科学称为第一代认知科学,其特点是非缘身心灵的认知科学(the cognitive science of the disembodied mind),即认知是脱离身体的;而把新的即具身心灵的认知科学称为第二代认知科学,即认知是不能脱离身体的,是具身性的(embodied)。① 具身认知强调身体、心智、情境在认知过程中的交互性和重要性。换言之,人类通过与周围环境互动来认识世界。与经典的认知科学研究框架相比,具身认知反对笛卡尔身心二元论的哲学立场,并且由此将海德格尔与梅洛–庞蒂等代表的现象学传统的认识理论吸纳为认知活动重构的哲学资源。②

具身认知成为当下认知科学研究广泛关注的新课题,"在哲学、心理学、神经科学、机器人学、教育、认知人类学、语言学以及行为和思想的动力系统进路中,人们已经日益频繁地谈到具身化(embodiment)和情境性(situatedness)"③。从当前的研究视角和主要涉及的学科看,有三种主要的学科视角:一是哲学认识论视角;二是认知心理学视角;三是认知语言学视角。④ 长期以来,我们在"客观认知"与"体验认知"之间划分出了界限,并将之视为自然科学与人文学科之间不可逾越的樊篱,但是,到了今天,以自然科学面目出现的认知科学,却在其发展的新阶段将"体验认知"变成了自己的主导范式。

文学批评在语言、文本、历史等层面的物质性以及身体、对象等方面的物质性的具体研究转向,构成了文学物质性批评的基本内容,这些方面物质性转向相互联系、彼此互动,共同构成了一个相互关联的系统网络。但与此同时,文学理论批评必须认识到,它所讨论的不仅是单一向度和要素意义上的物质性,还是综合向度和实践意义上的物质性。换句话说,这是一种"关系的物质性"或"物质性的关系",而非机械论意义上的物质性。"物质性的关系"是一种"活态的"和"实践性的"关系,这一向度往往被研究者所忽视。人与周遭物之间的"物质关系"使得情绪和感情得以通过物而由内到外展开,从心理到身体,进而超越到身体之外,衍申到人类世界。

正如乔纳森·卡勒所指出的,批评理论首先是"跨学科的","是一种具

---

① Lakoff G. M., Johnson, *Philosophy in the Flesh：The Embodied Mind and Its Challenge to Western Thought*, Basic Books, 1999, p. 122.

② 孟伟:《如何理解涉身认知》,《自然辩证法研究》2007 年第 12 期。

③ Clar k A. *An Embodied Cognitive Science*, Trends in Cognitive Sciences, 1999(3) .

④ 许先文:《具身认知:语言认知研究的跨学科取向》,《广西师范大学学报》2010 年第 6 期。

有超出某一原始学科的作用的话语"①。在这个意义上,文学理论的发展应该搭建一种开放性的平台,这一平台应该是一个开放型的、拓展性的平台,并且成为人类整体知识与生命系统活动的一个有机组成部分,这是所有的文学批评都应该警醒的。文学理论不是不可怀疑的"绝对真理",也不是高深莫测的专业化知识,文学的物性批评也不例外,文学的物性批评与生态学、哲学、人类学等学科的联系重要且无法避免,正是在这样的密切关联中,批评才可以冲破自我禁闭的圈子,与人类、与世界、与生活产生关涉。

卡勒认为,"在文学和文化研究领域,我们有一门学科还是多门学科?文学研究是一门学科吗? 显然,文学研究的方法千差万别,涉及很多不同的研究项目,使用各种各样的模式。文化研究是一门学科吗? 特别是当我们需要用严谨的程序来定义学科,使用排除法来划出不同学科的内外疆界时,很难说清文化研究中包含了哪些学科。也许曾经存在学科,但是它们现在都已腐朽,以至于它们更像是一种模糊的文化口味。一个跨学科的项目,与说它是在挑战文学研究的学科性,不如说它涉及了很多不同的研究对象"②。是的,"物质文化研究"似乎只是一种"不同的研究对象",但当它以"跨学科的项目"出现时,它挑战的不仅是文学研究的学科性,而是提出了一种模糊的"文化口味"。这种口味绝不是某个单一学科之内的,而是对既成学科界限的解疆化域。

二、物性诗学的语际解域

当然,我们并不仅仅是在"后学科"的意义上讨论物性诗学的解域化会通价值,我们还在超越"语际"和"文际"界限的意义上研究其价值。研究发现,迄今为止,粗线条而论,"物质文化研究"大概可以说有三种"视野":"第一种是从 19 世纪中叶以来,'古而有之'的西洋学术界'物质文化'的'视野',论著皆为西方语文。第二种是从 20 世纪 90 年代以来,汉学界研究'物质文化'的'视野',论著亦多为西方语文。第三种是十几年以来,台湾研究'物质文化'的'视野',论著则多为中文。这三种'视野'不仅所用之书写媒介不同,其内涵'典范'(paradigm)也同中有异,异中有同,各有千秋,各擅胜场。"③ 显然,这种对物质文化研究状况的评述有失公允,作为一种"超越

---

① [美]乔纳森·卡勒:《文学理论入门》,南京:译林出版社 2008 年版,第 16 页。
② [美]乔纳森·卡勒:《再论当下理论》,载周启超主编:《外国文论与比较诗学》(第 1 辑),北京:知识产权出版社 2014 年版,第 10 页。
③ 陈珏:《超越文本:物质文化研究新视野》,《清华学报》(物质文化研究专号)2011 年第 1 期。

文本"的研究视野,"物质文化研究"的中国文化大视野,应该并不能完全由台湾当下的研究所完全"代表"。然而,物质文化研究的深层会通,包含对语际和国际文化学术界限的破除价值,这一点却也是不容怀疑的。

长期以来,我们的比较诗学和比较文化学受制于语际和国际界限,一直难以确认一个"共同的"言说领域,"物质文化"研究领域的涌现,可以说为比较诗学和比较文化学研究推出一个共有平台。这种多少带有"后学科""后现代"和"后文本"的研究倾向,是当今的中外文学文研究共同关注的课题。在这个问题上,中外思想的会通口径和对话领域都大大拓展了,从而也为比较研究提供了更具包容性的生发契机。

世界范围内的物质文化研究,不仅与"超越文本"的趋势相一致,也与中国传统的"物性"批评传统相对接。

(一)"齐物"与"物化"

中国古人以牛为大物,故"物"字从牛。庖丁解牛,乃是理解了"依乎天理,因其固然"的道理;进而推之于天地万物,无不如此由解牛(与牛齐一,乘牛之正,顺牛之理);进而齐物(与万物齐一,乘天地之正,顺物自然),旁通曲畅。一以贯之,则"齐物"绝非不切实际之空谈,当可证明得定。在这种思维模式下,人与物界限消弭,自然界不是神秘的、可怕的、异己的存在,不是人类的对立面,恰恰相反,"通天下一气尔",天地自然万物都是人类的朋友,"天地与我并生,而万物与我为一",人与万物之间天生具有亲和性而非敌对性。"齐物"与"物化"皆是出自《庄子》的两个有关"物"的概念,它们在某种程度上代表了中国古代对于人物关系的朴素认识。

《齐物论》乃《庄子》一书中的代表性篇章,"齐物"之说即出自于此。庄子看待万物的方式,可以概括为一个"齐"字。齐者,一也,等也,通也,顺也。庄子说"道通为一",道无论在任何情况下都具有基础性、整体性的作用,"物固有所然,物固有所可"(《齐物论》),"以道观之,物无贵贱"(《秋水》)。所谓大人齐物,即是齐于"物之天",即是"顺物自然"。"齐物"中的"齐"字有两层含义:其一,"以道观之",万物一齐,各自为正,无待于人;自我观之,因物附物,"顺物自然而无容私"(《应帝王》),则物我一体,所以为齐。其二,物有异性殊行,却无贵贱。因此圣人治天下,须"各适其宜",万类一体。《文子·自然》曰:"圣人之牧民也,使各便其性,安其居,处其所能,周其所适,施其所宜,如此即万物一齐,无由相过。"徐灵府注曰:"圣人牧民,使异性殊形,各适其宜,虽则万类,有若一体,不能相越,故曰一齐。"正如《淮南子·齐俗》所言:

柱不可以摘齿，筵不可以持屋，马不可以服重，牛不可以追速，铅不可以为刀，铜不可以为弩，铁不可以为舟，木不可以为釜。各用之于其所适，施之于其所宜，即万物一齐，而无由相过。夫明镜便于照形，其于以函食，不如革；牺牛粹毛，宜于庙牺，其于以致雨，不若黑蚁。由此观之，物无贵贱。因其所贵而贵之，物无不贵也；因其所贱而贱之，物无不贱也。①

庄子认为，天生此物，必有其理，只有顺其自然而用之，才能得其权、合其宜，而达至物我两畅、各得其所的一体之境，才能达于"物化"之境。齐物既是中（分）物，也是和（合）物，合中有分，分中有合，才是"齐"。就"分"来说，天地万物形态不同，功能各异；就"合"来说，万物一体，好比身体各部，形态不同，功能各异，却又合为一个整体。因此，物各有性，性各有极，圣人泰然无执，无容私，顺物自然，当其分，合其天，即万物一齐而无由相过，此《齐物论》之所为作也。

"物化"说最早也出自《庄子·齐物论》：

昔者庄周梦为胡蝶也，栩栩然胡蝶也，自喻适志与！不知周也。俄然觉，则蘧蘧然周也。不知周之梦为胡蝶与，胡蝶之梦为周与？周与胡蝶，则必有分矣。此之谓"物化"。②

对于文中的"物化"，千百年来众说纷纭。注疏中比较有代表性的观点如郭象《庄子注》解为"生死之变"，成玄英疏为"物理之变化"，陈鼓应《老庄新论》则释为"物我界限之消解，万物融化为一"③ 等。这其中以陈氏之论点为学界所普遍认同。以此种论点观之，"消解""物我界限""融化"万物为"一"就说明物、我已经有界限存在，而既要"融化"，说明万物确是或曾是不"一"的。换句话说，只有物我界限分明，才有可能通过"化"的过程，最终实现"与物同化"的目的。

"昔者庄周梦为胡蝶也"，在梦中，庄周化蝶，消融了人与物的界限，"与我俱化"，且"自喻适志与"，不因化蝶而产生陌生感、疏离感、恐惧感，反而呈现出悠然自得之样态，"不知周也"，这即是所谓"物化"。但这种物化是

① 顾迁译注：《淮南子》，北京：中华书局 2009 年版，第 177 页。
② 杨柳桥：《庄子译诂》，上海：上海古籍出版社 1991 年版，第 57 页。
③ 陈鼓应：《老庄新论》，上海：上海古籍出版社 1992 年版，第 109 页。

单向的,仅仅是庄周到蝴蝶、人到物的投入。其后,"俄然觉,则蘧蘧然周也",这是醒时的状态,周是周,蝶是蝶,二者界限分明、形态迥然,区别与差异显而易见。此时,主人公开始以一种自觉的、理性的、清醒的态度去强分物我,在物与我之间直接拉开一条鸿沟。于是就有了所谓的主客二分、物我对立。(在庄子看来,此乃天下"樊然淆乱"的原因)。而接着,"不知周之梦为蝴蝶与? 蝴蝶之梦为周与?"这种思维上的困惑与疑问正是文本之发人深省之语,且使得此时的物化具有更深层的含义,它不仅是周化为蝶,也是蝶化为周,这是一个双向互动的过程,不是以主体之姿态默认为"庄周化蝶"是人向物的"退化",也否定了此"化"是物向人的"进化"之论点("退化"与"进化"皆带有明显的进步论色彩,以及人在人与物地位上的优越论色彩)。于是,这种"物化"乃万物的同化,"物无非彼,物无非是"。进而,作者依然理性地认识到:"周与蝴蝶则必有分矣",人与物之别客观存在,这是无法否认的事实。但圣人却不会计较,反而任由是非、对立的发展,"此之谓物化"。从这个意义上来说,"齐物"乃是"物化"的前提,而"物分"则是"物化"的必要条件:一方面,就地位而言,万物本来齐一,无高等与低劣之别,于此人的"物化"才具备可能性;或者说,人可以物化并且应该物化说明人与物地位差异:物甚至比人处于更高的、更本源的地位。另一方面,在存在样态等生存论意义上而言,物我之间必然存在差异,二者具有"异性殊行",这才使得"物化"具备必要性。需要注意的是,所谓的"物化"之"化"并非一种转化、转变之意,并非带有神秘主义意蕴的羽化成仙之意,此"化"更多的是一种态度,是一种认识论意义上的同化之意。

　　庄周化蝶故事的耐人寻味之处,在于庄周"物化"为"栩栩然"的蝴蝶后的"自喻适志与"。通常类似状况下的慌乱、惊恐与不安在这里毫无踪迹,呈现在我们面前的反而是一种舒适、祥和与安然自得的景象。而场景类似但是态度决然相反的案例是卡夫卡的《变形记》中的主人公格里高尔,他某一天早晨醒来发现自己变成"巨大的甲虫"之后,惊慌而忧郁,行动不便的身体与人的意识的矛盾使其一直想要变回人类,最终的结局却是成为全家的累赘,绝望而死。这种经验性的巨大反差,让人在讶异的同时也暗示出在人与物之间做出强行区分与价值判断之行为的无意义,正如庄子所言,"其分也,成也;其成也,毁也。凡物无成与毁,复通为一"[1]。

　　需要强调的是,这里的化蝶在一些学者看来具有某种原型意象的意

---

①　郭庆藩撰:《庄子集释》(第一册),北京:中华书局1961年版,第70页。

味①,但这不是我们关注的焦点。在物性的普遍角度来看,庄周化蝶与庄周化鱼、化鸟甚至化为树木、草虫均无多大差异,重要的不是他化为了什么,而是他物化之后的态度。试想,假如庄周没有化蝶而化为了一只麋鹿,他仍旧会"自谓适志与"吗?答案是肯定的。这里的胡蝶可以被任一物所替换,庄周必不会"以物害己",不会"以物易性",不会因之而改其志。需要注意的是,这种可替代性并不说明蝴蝶不重要,万物自有其殊形异性,"顺物自然而无容私"(《应帝王》),消解一切人为附加在物之上的如道德、是非、功用等界限,使万物"复通为一",这才是庄周的用意。

庄子"物化"论中所倡导的乃是一种"指与物化而不以心稽"(《达生》)的人、物关系。"指与物化"者,"指"化,"物"亦化也,人与物进入某种"化境",其结果不仅"主体"被"忘"掉了,"客体"也被忘记了。正是基于这种认识,庄子才提出"吾丧我"的重要命题,只有这种主客俱忘、物我两忘的境界,才是理想的境界,正所谓"以天合天","与物为春"。

庄子哲学的这种体道方法,完全体现了艺术创作过程中主体审美体验的心理活动特点,因而后来被引入美学、文艺学理论领域,被广泛用来指导艺术创作,逐渐成为中国古代一种重要的审美体验方式。"物化"使主体超越自我从而实现主客一体,主体在物我不分的审美状态中,潜入对象的内部世界,从而达到对审美对象的透彻把握。如苏轼《书晁补之所藏与可画竹三首》:

> 与可画竹时,
> 见竹不见人。
> 岂独不见人,
> 嗒然遗其身。
> 其身与竹化,
> 无穷出清新。

苏轼意在表明,文与可画竹时,完全沉浸于审美对象之中,将自己的感情、精神、生命完全化入对象,竹之生命亦我之生命,我之生命亦竹之生命,艺术家在这种物我一体的沉醉痴迷状态中,游心于物,从而对竹之品格、精神有了最彻底的了解,这种人与物交相感应、彼此谐携的场景乃是创作"清新"之作品的前提条件。

---

① 潘静:《原型批评视阈中的庄子之"蝶"》,《江西社会科学》2008 年第 6 期。

此外,"物化"之说还强调艺术家在体验审美对象时,需排除各种自我意识的干扰和影响,不带任何先验观念和个人偏见,纯客观地从对象自身的角度去体验、理解和把握,这与叔本华所谓的人之审美应保持"最彻底的客观性"不谋而合。这种"纯客观"审美态度,古人又称之为"以物观物"。邵雍《皇极经世·观物外篇》云:"以物观物,性也;以我观物,情也。性公而明,情偏而暗。""以物观物"即主体排除各种是非观念、主观偏见,纯粹站在物的立场上,以物自身之观点对物展开纯客观的审美关照,如此才可观得物性本性,获得物性本真之美。

在今天看来,庄子的这种"人—物"观念蕴含高度的生态智慧。当代著名学者卡普拉曾明确指出:"在诸多伟大的传统中,道家提供了最深刻的而且最完美的生态智慧。"① 美国生态伦理学家霍尔姆斯·罗尔斯顿说道:"道教徒的方法是对自然进行最小的干涉:无为,以不为而为之,相信事物会自己照管好自己。如果人类对事物不横加干涉,那么事物就处在自发的自然系统中。"② 传统的西方文明把世界分成了主体和客体两部分,人为主体,其他为客体,主客二分并突出人的主体地位。这种二元论哲学是建立在主体与客体对立基础上的,同时也是人类中心主义的:人与自然万物始终出于敌对状态。而在庄子看来,万物在本质上是平等的、没有差别的,彼此、美丑、是非、生死等等莫不如此,"以道观之,物无贵贱"(《秋水》)。在生态系统中,没有绝对的主体,也没有绝对的客体,人只是生态系统的一个环节,并非绝对的主体,万物具有其内在价值,人与万物共同存在于这个世界。一个人只有彻底排除了内心的各种利害观念,达到了"心斋""坐忘""见独"的境界,才能达到"无己"的境界,"以物观物,故不知何者为我,何者为物"③,从而进一步实现人与自然万物融为一体的"与物为春"的生态审美境界。

(二)"物感"与"应物"

在中国古代文学理论史上,"物感"说的成形经历了一个相对漫长的时期,在诗文传统上也经历了"物—心—声"(《礼记》)④、"意—象—言"(《易

---

① [美]卡普拉:《转折点》,成都:四川科技出版社1988年版,第406页。

② [美]霍尔姆斯·罗尔斯顿:《科学伦理学与传统伦理学》,北京:中国社会科学出版社1994年版,第268—269页。

③ 彭玉平编著:《人间词话》,北京:中华书局2010年版,第5页。

④ 郑玄注,孔颖达等正义:《礼记正义》(卷三七),北京:中华书局(《十三经注疏》影印本)1980年版,第1527页。

传》）①、"志—言（辞）—文"（《左传》②、《孟子》③）到"物—意—文"（《文赋》）、
"物—情—辞"（《文心雕龙》）的结构转换。不同的诗文结构在不同的论者那
里，子项不同，说明论述的侧重点不同，所反映出的时代审美需求也不同。
然而，仔细推敲可以发现，这些诗文结构都包含了两个不同的"内—外"关
系，总结来说即是心物关系与情辞关系。相比较而言，《礼记》《易传》与《文
赋》更偏于前者，并且可以很明显地看出，陆机的诗歌观念，实际上就是《易
传》"象—文"传统与《礼记》"心—物"论的综合与提升。在此种诗文结构中，
物作为第一客体与唯一客体，物质因素在其中扮演了重要的角色，所有的
"乐""言""文"都源自于它，物在先，感在后，可大致暂名之"物感说"。而《左
传》《孟子》与《文心雕龙》则更偏于"情—辞"关系，不论是"言之无文，行而
不远"，还是"说诗者，不以文害辞，不以辞害志"，亦或"情以物兴，故义必明
雅；物以情观，故词必巧丽"，都重视"文（辞）"的恰当性。物在此作为基础
客体只是比兴之物，偏于媒介性，之后便由"情"或"文"取代之而成为第二
客体，故名之为"感物论"（这也符合刘勰《文心雕龙》中的论述）。

长久以来，"物感"与"感物"在古代文论研究中被默认为同一概念的
不同表述，一直是在模糊不清的状况下被当作同一概念混用。当然，不能否
认它们之间存在很多传承中的相似之处，但这种不加思考辨别的混用其实
遮蔽了古代文论家思考中的差异性，也丧失了文论的某些精髓。我们先从
心物关系的讨论入手来探究这个问题。

现存文字资料中最早对心物关系的论述见于《文子·道原》："人生而
静，天之性也；感物而动，性之害也；物至而应，智之动也；智与物接，而好憎
生焉；好憎成形，而智怵于外，不能反己，而天理灭矣。"④ "感物"后会"动"，

---

① 见《易传·系辞传》：子曰："书不尽言，言不尽意。"然则圣人之意，其不可见乎？子曰："圣
人立象以尽意，设卦以尽情伪，系辞焉以尽其言，变而通之以尽利，鼓之舞之以尽神。"（王
弼等注，孔颖达等正义：《周易正义》（卷七），（《十三经注疏》影印本），北京：中华书局 1980
年版，第 82 页。）另可见王弼《周易略例·明象》："夫象者，出意者也；言者，明象者也。尽
意莫若象，尽象莫若言。言生于象，故可寻言以观象；象生于意，故可寻象以观意。意以象
尽，象以言著。"（楼宇烈校释，王弼集校释，北京：中华书局 1980 年版，第 609 页。）
② 见《左传·襄公二十五年》：仲尼曰："《志》有之：'言以足志，文以足言。'不言，谁知其志？
言之无文，行而不远。"（杜预注，孔颖达等正义：《春秋左传正义》（卷三六），（《十三经注疏》
影印本），北京：中华书局 1980 年版，第 1985 页。）
③ 见《孟子·万章上》："故说诗者，不以文害辞，不以辞害志。以意逆志，是为得之。如以辞
而已矣，《云汉》之诗曰：'周余黎民，靡有孑遗。'信斯言也，是周无遗民也。"具体见赵岐
注：《孟子注疏》（卷九上），（《十三经注疏》影印本），北京：中华书局 1980 年版，第 2735 页。
④ 林大志：《梁武帝的文学思想》，《求索》2005 年第 11 期。

"物至"后会"应","智"可与物"接",这些论述都表明当时的人们就已经意识到了物对人之情的触发作用。

在此基础上,《乐记》又向前推进了一步:

> 凡音之起,由人心生也。人心之动,物使之然也。感于物而动。故形于声;声相应,故声变;变成文,谓之音;比音而乐之,及干戚羽旄,谓之乐。乐者,音之所由生也,其本在人心之感于物也。①

对此,孔颖达疏云:"人心所以动者,外物使之然也。"② 需要注意的是,这里的物是"外物",其用"外"修饰"物",有与内在之"心"相比较对应之意,这是理解"物"的一个基本出发点。并且,此"人心之动",乃"物使之"的结果,说明了物的主动地位。《乐记》虽然注意到了"物"在"乐"与"情"生发过程中的重要作用,但是在先秦两汉时期以儒学治天下的背景下,物被看做人精神腐化、情感恣肆的罪魁祸首,"夫物之感人无穷,而人之好恶无节,则是物至而人化物也。人化物也者,灭天理而穷人欲者也。于是有悖逆诈伪之心,有淫佚作乱之事"(《乐本》)。"物"对于人、文的重要意义被遮盖了。

如果说这样的论述在绝大多数人看来强调了音乐而不是文学的发生学观点的话,那么到魏晋南北朝时期,"物感"说真正进入成熟的诗学理论阶段。这一时期的文艺理论家陆机、刘勰、钟嵘对此说都有论述,使"物感"说经历了一个不断发展完善的过程。

西晋陆机《文赋》作为"中国文学理论批评史上第一篇全面探讨文学创作过程的理论专著"③ 将"物感说"真正应用到了文学理论的探索实践中:

> 伫中区以玄览,颐情志于典坟。遵四时以叹逝,瞻万物而思纷。悲落叶於劲秋,喜柔条於芳春,心懔懔以怀霜,志眇眇而临云,咏世德之骏烈,诵先人之清芬。游文章之林府,嘉丽藻之彬彬。慨投篇而援笔,聊宣之乎斯文。④

① 郑玄注、孔颖达等正义:《礼记正义》(卷三七),(《十三经注疏》影印本),北京:中华书局1980年版,第1527页。
② 郑玄注、孔颖达等正义:《礼记正义》(卷三七),(《十三经注疏》影印本),北京:中华书局1980年版,第1527页。
③ 周伟民、萧华荣:《〈文赋〉〈诗品〉注释》,郑州:中州古籍出版社1985年版,第1页。
④ 张少康:《文赋集释》,北京:人民文学出版社2002年版,第20页。

陆机明确指出，"遵四时以叹逝，瞻万物而思纷"，李善注曰："循四时而叹其逝往之事，揽视万物盛衰而思虑纷纭也。淮南子曰：'四时者，春生夏长，秋收冬藏。'"① 方廷珪注曰："叹逝，叹其迅往。"② 万物在"四时"中的生发代谢、荣枯消长乃"思虑纷纭"之本源也。"悲落叶於劲秋，喜柔条於芳春"句，李善注曰："秋暮衰落故悲，春条敷畅故喜也。"③ 方廷珪注曰："木叶落于秋，则人心凄惨。秋，有肃杀之威，故曰劲。枝叶长于春，则人心舒畅。春，有群花之发，故曰芳。"④ 春秋乃万物荣枯之疾迅之时，故悲喜易从中生发。有学者亦指出，此四句言春秋乃读书之恰当时机⑤，有牵强附会之嫌，值得商榷。唐大圆注曰："（上四句）文之思维，不独由读书而生，亦有时遵随春夏秋冬四时之迁易，而瞻观万物之变化，则思想纷纭而生。如何瞻观乎？或有时观木叶之脱落，而悲秋风之劲健，亦有时观树枝之嫩柔，而喜春光之芬芳，皆有生文思之机会者也。"这种解读是符合实际的。

需要注意的是，陆机的表述中明确指出，所"叹"所"思"的乃是"四时"之"万物"，"四时"表明有明确的时间因素蕴含在其中。时间经验的本质就在于，它是在场（可见、明）与不在场（不可见、幽）之间持续的交互作用或者说动态的同一性。天地间万物均有节律，节律是生命动态的呈现，自然四时之节律，乃人类情感世界节奏之最后依据。时间经验的持续交互作用将瞬时性的景象转换为动态的画面，这种时间背景之下的"万物"因而呈现出动态性的、随时间变化转移的过程性特点，即万物之"逝"，于此"思"（感悟）才会"纷"，这是"物感"产生的前提。这种对时间性的强调在遍照金刚《文镜秘府论》中也有体现："所说景物，必须好似四时者。春夏秋冬气色，随时生意。"⑥

另一方面，陆机在《文赋》序言中指出，"恒患意不称物，文不逮意，盖非知之难，能之难也"⑦。这里的"意""文"论依然秉承了"象""文"传统中的"尽与不尽""足与不足"中的"言"与"意"之间的紧张关系。陆机此论影响深

---

① 张少康：《文赋集释》，北京：人民文学出版社 2002 年版，第 23 页。

② 张少康：《文赋集释》，北京：人民文学出版社 2002 年版，第 23 页。

③ 张少康：《文赋集释》，北京：人民文学出版社 2002 年版，第 23 页。

④ 张少康：《文赋集释》，北京：人民文学出版社 2002 年版，第 24 页。

⑤ 张少康：《文赋集释》，北京：人民文学出版社 2002 年版，第 24 页。方廷珪注曰："岁月如流，荣枯代谢，非读书不几虚度时光乎？此乃读书缘起。""夏则苦热，冬则苦寒。故春秋为读书之时。"

⑥ 中国社会科学院文学研究所文艺理论研究室：《中国历代诗话选》（一），长沙：岳麓书社 1968 年版，第 58 页。

⑦ 张少康：《文赋集释》，北京：人民文学出版社 2002 年版，第 1 页。

远,却隐藏着一个在文论史上被忽视的问题:"意"之"称物""文"之"逮意"是否可能? 这应该是在"患"之前须加以考察认识的。"恒患意不称物,文不逮意","恒患"一词一方面暗示了一种创作的目标,即存在意称物、文逮意之境,作为文学创作的顶峰;另一方面又默认了此目标之境的可及性,即意称物、文逮意之境是具备达到的可能性的,也即是说,意称物,文逮意并非天方夜谭,否则就不用"患"。因此,接下来陆机便说"盖非知之难,能之难也",将所有的问题都归结到了个人的能力与努力之上,归结到了具体的行动之上。这种观念以先入为主的姿态遮蔽了人的思考,后世文人不假思索便向着这个方向用力奔去,费尽心血。殊不知,这种顶峰之境却是乌托邦,其存在性首先便值得质疑:"意称物""文逮意"是否可能? 这是一个具有源始性意义的问题,涉及词与物之关系、语言的界限、思维的界限等等的问题,不仅复杂且极具争议,此处暂且提出,留供思考,后文如遇到再作深入分析。需要点明的即是陆机在此处没有去思考"意称物""文逮意"是否可能的问题,而直接过渡到了其如何(怎样)可能的问题,这其中所遮蔽的维度是显而易见的。

此外,陆机在《文赋》中虽给我们呈现了心物感应的过程、途径和结果,但对于"物感"之"感"是如何发生的,其心理基础是什么,陆机是困惑的。"叹""思""悲""喜"等"情"在物感思想中到底扮演什么样的角色? 究竟是"文"产生的前提还是结果? 限于体例等各方面的原因,陆机都没有指明。

对于"物感"说的形成具有重要意义的另外一个文本则是刘勰的《文心雕龙》,本文将之称为"感物",以区别于陆机之说。刘勰在《文心雕龙·明诗》篇中说:"人禀七情,应物斯感,感物吟志,莫非自然。"这里刘勰明确告诉我们,"感"源于人的七情,即喜、怒、哀、惧、爱、恶、欲这七种情感。较之陆机的思考,刘勰之论在思维层面上明显更为深入。刘勰明确指出了"物感"乃是源于人之"七情",也就是说,"情"乃是"感"或"文"产生的前提而非结果。然而,"七者弗学而能"(《礼记·礼运》),即"七情"乃与生俱来的,是人的自然本能,也是人之所以能因"物"生"感"的自然基础。于此我们不难看出,在刘勰的"物感"说中,人的地位无疑具有优越性,人之情不仅是基础性的,而且是决定性的,缺少了人之"七情",即使面对劲秋之落叶、芳春之柔条,无"悲"无"喜",当然不会"思纷"。

明确了这一点,我们继续来看刘勰的论述:"是以诗人感物,联类不穷;流连万象之际,沉吟视听之区。写气图貌,既随物以宛转;属采附声,亦于心而徘徊。"① 对于此处的"写气图貌,既随物以宛转"之阐释,学界历来众说纷纭。诸家之释义大致分为两种:一种仅仅将其当作单纯的作家创作方法论,论述作者在描摹外物的声貌时如何遣词造句;另一种则谈到了如何处理好心与物的关系,认为唯有心物交融才能贴切形象地描绘出事物的情状。"随物宛转"典出《庄子·天下》:"椎拍輐断,与物宛转"②,意即随顺时代、与物变化而不固执之者。写气图貌、属采附声乃是互文足意的用法,即描写外物既要"随物宛转",又要"与心徘徊",一方面需用感官对外物进行不断地观察揣摩,要尊重事物内部所包含的"势",描写时宛转顺从事物内部的规定性以曲尽事物的情态;另一方面,诗人须投入自己的情感,让心灵与事物互相感应,即所谓心物交融。但需要注意的是,这里的"随物宛转"是在"写气图貌"之际,即要在创作过程中遣词造句之时要遵循物的客体性。在这里,物居于主导地位,人之为文须"随物宛转",防止创作中的主观随意性,在艺术表现中,只有充分尊重客观之物的内在之势,才能使内心与外境相适应。

刘勰认为,《楚辞》以后的汉赋作者极爱景物铺陈,这种文风丽淫而词句繁多的形式制作,缺乏真实的情感;而《诗经》作者面对自然景物的感发,能够做到随物婉转,以情驭景,所以可探得自然物的神髓。此外,刘勰在《明诗》《诠赋》等诗篇中,也从不同角度对这一问题有所涉及并且观点更为丰富。在《诠赋》篇中,刘勰说道:"愿夫登高之旨,盖睹物兴情。情以物兴,故义必明雅;物以情观,故词必巧丽"。"睹物兴情""情以物兴"说明作者的感情是因物的感触而兴起的,即是说,在观察和接触外境、万物的时候,常常会引起作者主观上的某种激动和感触,诱发作者的创作欲望。在这里,"物"是起主导作用的,情是因物而起的,作者要通过描写客观的物,来寄托自己主观的情。但是,从"物"的角度来说,它又不是仅仅为了表现自身,而是作为"情"的体现者而出现的。乍看上去,这和上文的论述有点矛盾。但其实不然,刘勰此处说"睹物兴情""情以物兴",情因物而起,然而此情非彼情,这种情感是具体的、差异的,极具主体个性色彩的,并非前文所说的具有普适性的人之"七情"。类似的还有"岁有其物,物有其容;情以物迁,辞以情发""春秋代序,阴阳惨舒,物色之动,心亦摇焉"等,这些论述都表明,"物"与"情"之间的关系原本就很复杂,将"情"划分为普遍性的与个体性的也只是一种观点,因此刘勰的论述中存在前后不一的状况也可以理解,但明确的一点在于,刘勰关于"物"与"文"关系的论述十分清晰。

---

① 刘勰著,范文澜注:《文心雕龙注》,北京:人民文学出版社 1962 年版。

② 郭庆藩:《庄子集释》,北京:中华书局 1985 年版。

在刘勰看来,诗人不仅"感物",还要"写物",这是其"感物说"理论的又一内涵。

> 诗人感物,联类不穷。流连万象之际,沉吟视听之区,既随物以宛转;属采附声,亦与心而徘徊。故灼灼壮桃花之仙,依依尽杨柳之貌,……参差沃若,两字连形;并以少总多,情貌无遗矣。[①]
>
> 自近代以来,文贵形似,窥情风景之上,钻貌草木之中。吟咏所发,志惟深远;体物为妙,工在密附。故巧言切状,如印之印泥,不加雕削,而曲笔毫芥。故能瞻颜见貌,即字而知时也。[②]
>
> 物色虽繁,而析词尚简,使味飘飘而轻举,情晔晔而更新。[③]

相比之下,刘勰不再纠结于陆机那个年代"意称物""文逮意"之追求,而明确指出为文须精雕细琢,"义"须"明雅""词"须"巧丽",注重"析词尚简""以少总多",这就使得作文成为一个更高层面上的创造过程。在刘勰感物思想的模式之中,主体的情感已具有了客体性,所以,正如宇文所安所说,"刘勰回到那个一再出现在《文心雕龙》中的自觉论:他把情感说成客体,它被操纵和被表现(作家使用情感作文犹如一个织锦工人选择彩色丝线编织图案,或者一个作曲家用音符创作音乐)"[④]。"感物"作为基础性的过程,仅仅是为作文做情感准备而已。

另外,钟嵘《诗品》也将"感物"作为诗人创作的前提。钟嵘指出诗的特性在于它的情感,而诗人的情感又缘于自然景物和生活事物的感发,并对"物"的内涵作了进一步的挖掘和拓展。他在《诗品》"总论"中说道:

> 气之动物,物之感人,故摇荡性情,形诸舞咏。[⑤]
>
> 若乃春风春鸟,秋月秋蝉,夏云暑雨,冬月祁寒,斯四候之感诸诗者也。嘉会寄诗以亲,离群托诗以怨。至于楚臣去境,汉妾辞宫,或骨横朔野,魂逐飞蓬;或负戈外戍,杀气雄边;塞客衣单,孀闺泪尽;或士有

---

① 刘勰著,范文澜注:《文心雕龙注》,北京:人民文学出版社 1962 年版,第 693 页。

② 刘勰著,范文澜注:《文心雕龙注》,北京:人民文学出版社 1962 年版。

③ 刘勰著,范文澜注:《文心雕龙注》,北京:人民文学出版社 1962 年版。

④ [美]宇文所安:《中国文论:英译与评论》,上海:上海社会科学院出版社 2004 年版,第 249 页。

⑤ 中国社会科学院文学研究所文艺理论研究室:《中国历代诗话选》(一),长沙:岳麓书社 1968 年版,第 12 页。

解佩出朝，一去忘返；女有扬蛾入宠，再盼倾国；凡斯种种，感荡心灵，非陈诗何以展其义，非长歌何以骋其情？①

可以说，钟嵘的这种见解还是本于《礼记·乐记》，但钟嵘明确指出"感物"生情的创作动因包含两方面的内容：一是自然景物可以摇荡诗人性情，形诸歌咏；二是社会现实可以感发诗人意志，见于诗篇。他不仅指出"春风春鸟，秋月秋蝉，夏云暑雨，冬月祁寒"的四季物候变化带来的物象纷呈，可以感发人们的诗兴；而且还把诗人的种种生活遭际，作为创作情感生成的客观根源"楚臣去境，汉妾辞宫，或骨横朔野，魂逐飞蓬；或负气外戍，杀气雄边；寒客衣单，孀闺泪尽；或士有解佩出朝，一去忘返，或女有扬蛾入宠，再盼倾国"等等，这些人间荣辱穷达的生活感遇，都是激发诗人诗情的重要因素。唐代诗人白居易在前人的基础上，也对"物感"之"物"界定为"事"，认为"大凡人之感于事，则必动于情，然后兴于嗟叹，发于吟咏，而形于歌诗矣"（白居易《策林》）。至此，"物感"说作为一种艺术审美发生论已完全成熟。

总的来看，（在不作硬性区分的情况下），中国的"物感"说的特质表现在以下几个方面：首先，"物感"说的哲学基础当是"天人合一"论。庄子说："天地与我并生，万物与我为一"，这种看法深刻地影响着中国的文艺观与文艺创作；创作不是出于对客观世界的"模仿"，而是从主观世界对客观世界作出"感应"而开始的。"物感"说建立在一种宇宙生成论的基础上，认为万物情态得之于"道"，文学表现是亲近于"道"。如唐代司空图《二十四诗品·形容》："风云变态，花草精神，海之波澜，山之嶙峋。俱似大道，妙趣同尘。离形得似，庶几斯人"②；再如清代王夫之所说，"情景名为二，而实不可离。神于诗者，妙合无垠；巧者则有情中景，景中情"（王夫之：《夕堂永日序论》）。其次，"心象""意象"在"物感"中占有重要地位。"物感"中的"物"，可以是"外"境——客观事物；也可以是"内"境——主观意识即想象中事物的表象。这种观念形态，从汉魏到齐梁而完备地建立起来了。如司马相如在《西京杂记》中说："赋家之心，包括宇宙，总揽人物；斯乃得之于内，不可得而传。"再如曹植《洛神赋》："于是背下高陵，足往神留，遗情想象，顾望怀愁。"陆机《文赋》："其始也，收视反听，耽思傍讯，精骛八极，心游万仞。其

① 中国社会科学院文学研究所文艺理论研究室：《中国历代诗话选》（一），长沙：岳麓书社1968年版，第13页。

② 中国社会科学院文学研究所文艺理论研究室：《中国历代诗话选》（一），长沙：岳麓书社1968年版，第98页。

致也,情瞳胧而弥鲜,物昭晰而互进。"①再次,在"物感"中"志"有重要作用。"物感"中的主体之情,不只是被外在物象激发起来的情,而往往是出于主体的道德、学问、礼义修养的意志、情志,甚至包括主体的经验,"诗者,志之所之也。在心为志,发言为诗"。由内在的意志、抱负,表现为外在的情感,其中间的环节就是受外物的感发,如唐代孔颖达《诗大序正义》中说道:"诗者,人志意之所适也。……志之所适,外物感焉。"志乃是情之根。明代李梦阳说:"遇者物也,动者情也。……故天下无不根之萌,君子无不根之情,忧乐潜之中,而后感触生于外。故遇者因乎情,诗者形乎遇。"(《梅月先生诗序》,见《空同集》卷五十)另外,"志"是不脱离一定理性结构的志向抱负,加上个人的学问修养,这样才在"遇物触景"、受到外物感发之时萌动出符合理性的诗情,从而形之于诗歌。最后,"物感"中的情感表现是多样和适度的。②

(三)"物象"与"物境"

王昌龄在古代文论史上常被视为意境理论的创始者,在其著《诗格》《诗格》中,王昌龄提出"诗有三境"说:

> 诗有三境:一曰物境,二曰情境,三曰意境。物境一:欲为山水诗则张泉石云峰之境,极丽绝秀者,神之于心,处身于境,视境于心,莹然掌中,然后用思,了然境象,故得形似。情境二:娱乐愁怨皆张于意而处于身,然后驰思,深得其情。意境三:亦张之于意而思之于心,则得其真矣。③

传统上"意境"即被解释为"情景交融",从诗画角度的讨论尤多:如叶朗《中国美学史大纲》:"意境是指自然山水之境象"④;蓝华增指出,"情与景统一,意与象统一,形成意境"⑤;赵景瑜认为意境"最简单的理解就是情景交融,形神结合"⑥;周来祥也认为"情与景、物与物、客观与主观浑然统一的

①　张少康:《文赋集释》,北京:人民文学出版社2002年版,第20页。
②　姜文清:《东方古典美:中日传统审美意识比较》,北京:中国社会科学出版社2002年版,第136,137页。
③　中国社会科学院文学研究所文艺理论研究室:《中国历代诗话选》(一),岳麓书社1968年版,第79—156页。
④　参见叶朗:《中国美学史大纲》,上海:上海人民出版社1985年。
⑤　蓝华增:《说意境》,《文艺研究》1980年第1期。
⑥　赵景瑜:《说"意境"》,《古代文学理论研究丛刊》第七辑。

意象,便是意境"①;等等。这些说法都将意境默认为物境与情境的结合,而且往往给人以一种模糊的假象,使得物境、情境、意境成为具有递进关系的三个层次。

总结来说,当前学界对于物境的具有代表性的理解,主要集中在两个方面:一是从鉴赏批评的角度对物境的界定,认为有物色之美的山水诗才可称得上好诗,但同时又皆认为物境只是较低层次的诗境;二是将物境看作是诗人创作中的一种精神状态。显而易见的是,认为物境只是客观场景的再现、是低层次的审美境界的观点,都没有认识到物境的基础性与通贯性作用。这种认识也长久地影响着一代代学人的认识与研究。但是,有几个问题似乎始终未得到明确解释,需要我们重新反思,即:"意境"与"情境"的产生是否独立于物境? 没有"物境",是否还存在"意境"之说? 如果答案是否,那么物境是以怎样的角色进入"情境"与"意境"中进而发生作用的?物境是否有自己独特的艺术内涵和审美特征?

众所周知,唐代是佛学的极盛期,文人修习佛学的风气使"境"的思想自然而然地进入到诗学理论之中,以境写诗、以境论诗使得诗境概念逐渐地发展和完善,物境也在这个过程中逐渐形成自己的内涵特征。从佛家对"境"的运用来看,这个感受性很强的范畴有三方面的特点:其一,对主观想象和意识的严重依赖性,因此具有虚幻性、模糊性的特点。佛学认为,人的感受所及者乃"色、声、香、味、触、法",这就是六境,这一点也表明了"境"之身体性。其二,注重心的体悟。《佛学大辞典》解释"境"为"心之所游履攀援者谓之境"。其三,佛家的境还具有超越时空的无限性和广阔性,无我无物,所谓"空故纳万境"。这些特点可以从《文境秘府论》的相关表述中体现出来:

> 夫置意作诗,即须凝心,目击其物,便以心击之,深穿其境。如登高山绝顶,下临万象,如在掌中。以此见象,心中了见,当此即用。如无有不似,仍以律调之,然后书之于纸,会其题目。山林、日月、风景为真,以歌咏之。犹如水中见日月,文章是景,物色是本,照之须了见其象也。②

"境"字本是一个指涉空间的名词,有疆界、边界之义,指具有一定范围

---

① 周来祥:《是古典主义,还是现实主义》,《文学评论》1980 年第 3 期。
② 中国社会科学院文学研究所文艺理论研究室:《中国历代诗话选》(一),长沙:岳麓书社 1968 年版,第 55 页。

的空间,可以视为感知主体所觉知到的场域。诗歌理论引入"境"的概念,完成了由具体的物象(意象)向整体画面含义(物境)的过渡。境具有场所的性质,物境是主体由外界物色之美所引发的一个想象空间,它不是孤立、平铺的物象,而是一个个生动、流动、远近高低层次分明的画景。

王昌龄从山水诗的创作体察中建立了诗论中最基要的物境论。物境既呼应着魏晋思想重要的自然议题,也延续着六朝感物兴情的文学课题,并且此后与晋宋画论对于艺术主体的关注接续而行。"三境"在理论意义上是平行的,但物境的场所感是最为具体的,因此在"三境"中,学人对物境的说明也是最为详细的。

物境主要讨论山水诗的创作之法,泉石云峰之境即是山水的实景,人处身于山水实景中,是全方位的空间经验。创作主体所感知到的纷纭万物,必须以身体为中介形成一个空间化的图像加以收纳,须"处身于境",而物象的呈显亦皆有一具体整全的背景,这即使境象的意义。由此,身体性乃"物境"之根本要义。

身体主体的精义,在西方现象学的理论中早已言之甚详,但中国式的身体主体的建构与西方传统模式仍然是有差异的。传统上,中国式的身体图式乃"形—气—心"模式[1],形神、身心之间皆有气贯穿其中,而气也是身体与宇宙世界共同的物质性基础。人的感知始终参照着身体的位置与活动,身体诗人面向世界的枢纽,身体的展开是一切认识、感知的基础[2]。所以诗意的展开皆须参照着一个具体存在并活动于其间的身体,此之谓身在意中、安立其身。王昌龄从身体的全幅展开来掌握感知主体与世界的互动关系,较之此前历代文论皆从情志的意识活动来把握,显然更切合人之存在的实相。

王昌龄在《诗格》中与身相互蕴涵的便是"境",所以有"处身于境,视境于心"之语。处身于境是主体的外境化,视境于心是外境的主体化。创作主体要收纳万象于纸幅之中,存在着从三度空间转换成二度空间的难题,身体在这里就充当了媒介的角色,所谓"生思""感思""取思"皆须赖于身体便是明证。身体的存在始终被一个知觉场所包孕,这与"境"之空间性、场所性乃是一致的,身体与这个知觉场也是一个相互蕴涵的整体,这个整体便是

---

① 这种身体结构模式作为中国古代身体观的共同基础,是杨儒宾先生从儒家尤其是孟子的身体观析理而出的。可参见杨儒宾:《儒家的身体观》(中央研究院中国文哲所 1996 年版,第 9—15 页)、周与沉:《身体:思想与修行——以中国经典为中心的跨文化关照》(北京:中国社会科学出版社 2005 年版,第 89—92 页)等论述。

② [法]梅洛 – 庞蒂:《知觉现象学》,姜志辉译,北京:商务印书馆 2005 年版,第 136—138 页。

诗人感知经验的全幅图像。

王昌龄在《诗格·取思》中说："搜求于象,心入于境,神会于物,因心而得。"①仔细分析这句话可知,"搜求"之主语乃人,即人须从"象"中搜求,"心入""神会"之行为主体不言自明,皆为人。"于象""于境""于物"中"搜""入""会",皆表明了物之基础性与先行性:首先,"情"以"物"达。主观的情感要凭借客观的物象表达。其次,"情"在"物"中。诗人的主观情感寄寓到客观的物象中,才可成为"意象"。"物象"在认识论层面上当可细分为三层次:客观存在之物象、心灵生发之物象、诗中绘呈之物象,在后二者中,具体的物象构成了文本意义生成空间的基本框架结构。而司空图所谓"韵外之致,味外之旨""象外之象,景外之景"②,则皆可谓之"物境",是由运用多个"物象"而产生的不确定性、含蓄性的特质使然。

在王昌龄的论述中,"物境"之目的在于"得其形似","情境"之目的在于"得其情","意境"之目的则在于"得其真",咋看上去似乎王昌龄之本意也在于推崇"意境"而贬低"物境",但即使从此三境之分层次观点来看,"物境"也是"情"与"真"生发之基础。而更重要的是,诗歌展现的是一个意象的世界,以身体作为譬喻的中心,表示意象世界形成的基础建立在环绕着身体的意义世界上,身体作为意义辐射的源头,世界的意义是与身体主体的情念特性相互渗透的。对身体性的重视与强调,这便是王昌龄"物境"观所具有的独特意义。

第三节　物性诗学的生态存在论价值

物性诗学不仅属于一般的学理探求,它还积极地探索当代人的生存境遇问题。在这一点上,它与生态存在论美学之间具有共同的旨趣。本节主要从物的"返魅"与文学的物性出发,扩充到人与世界之关系、人类文化与物质世界之关联,讨论物性批评对于生态建设的重要启发及意义,以此来表征"物性关系"的"活态"与"实践"向度,进而在积极意义上重绘人与物亲密纠缠的构图。

长期以来,尤其是西方近代以来,"物化"渐次变成了一个社会文化批

---

① 中国社会科学院文学研究所文艺理论研究室:《中国历代诗话选》(一),长沙:岳麓书社1968年版,第39页。

② 中国社会科学院文学研究所文艺理论研究室:《中国历代诗话选》(一),长沙:岳麓书社1968年版,第99页。

判的"贬义词",这个概念经由翻译而进入汉语语境之后,又完全掩盖或取代了中国古代的物性思想而一直处于社会批判的前台。在美学文艺学领域,又形成了"自然/物质"的二元对立,以及"传统之物/科技之物"的二元对立。这使美学文艺学在对待"物"的问题上染上了浪漫主义的"怀乡病",无法真正应对当代的物质生活现实。因此,就像拉图尔通过对"准客体"和"客体间性"的阐述来打破海德格尔对于"物/对象"之间的二重性一样,物性诗学破除"自然之物/科技之物"之间的二项对立,从而为美学文艺学应对当今的物质生活现实寻求理论的立足点。

对于任何一种批判理论,我们判断它是否具有价值和意义,是否具有强大的生命力,是否已终结,往往都会依据某一特定的标准。是否前瞻性地提出了人类共同面临的问题,是否及时对人类的存在与命运进行了关切与反思,这便是标准之一。以此来反观"后现代",我们不难发现,之所以后现代思想能够占领理论的高地,正是因为其所关注的问题与人类生存和命运息息相关。之所以命名为"后"现代,无疑是因为它与现代性的差异,它及时地看到了现代性的弊端和局限,并以一种责任感提出新的思想对其进行完善和超越。① 正如格里芬指出的,现代性的弊端表现在两方面:首先,理性主义传统之下的科学世界观与人类生产生活经验在很多方面产生矛盾;其次,这种价值观的后果已经在现实生活中显现出来,继续维持下去毫无裨益。② 在这个意义上,建设一种后现代的思维和行为方式就显得非常必要。也只有人们充分认识到这个问题,以一种后现代的思维来指导行动,以一种整体有机论的视角看待人和社会,一种返魅的、自由的科学才会生发成长起来。

当代生态危机的加剧使人们不得不放慢征服的脚步来重新审视自然。弗里乔夫·卡普拉((Fritjof Capra)是美籍物理学家,他为中国学界广为所知是由于1988年和1989年中译出版的《绿色政治:全球的希望》和《转折点:科学、社会、兴起中的新文化》。在前一本书中,他最早向我们介绍了20世纪后半叶开始在西方社会兴起的绿色政治,特别是欧美绿党。在后一本书中,他提出了基于对现代自然科学特别是物理学深刻理解基础上的生态世界观。这种观点的提出正是对理性主义传统下所谓科学的世界观的一种

---

① [美]大卫·格里芬编:《后现代科学——科学魅力的再现》,马季方译,北京:中央编译出版社1995年版,第2页。

② [美]大卫·格里芬编:《后现代科学——科学魅力的再现》,马季方译,北京:中央编译出版社1995年版,第4页。

超越,也是应对现代文化秩序失衡及生态环境危机的一种尝试。不仅如此,他明确提出,这种基于现代物理学的科学理性在本质上是与崇尚直觉智慧的"东方神秘主义"一致的,认为中国传统道家文化所提倡的本源的唯一性中蕴含着极其深刻的生态智慧。① 此外,许多生态主义者如佩特拉·凯利、布雷恩·托卡等,都大量谈到了古代民族和东方社会传统生存方式中的生态意识问题,他们都认为这种历史的重新学习会给我们时代的努力以有益的启示。物之"魅"正是这种生态智慧的典型体现,在当今时代,让人类思维、实践及其所关联的世界重返"魅"之境的必要性,就尤其显现了出来。

然而,我们说"返魅"作为一种思维方式的变革是可能的,之所以产生这样的论断,乃是因为"返魅"所要回返的并不是一个具体的历史时代,而仅仅是返回一种被证明是符合当前历史文化发展现状的、可以之作为参考借鉴缓解当下人文和生态危机的思维。从现代与传统的关系上看,我们要确立一种"后现代"的视角,才能真正读懂先祖们世代相传的生活之书,否则,就会只满足于古人神奇的生态智慧或者所谓妙不可言的东方传统。正如前文在论述物之"返魅"时指出的,"返魅"并不是回归、也不可能回归到巫魅化的世界,当下与过去那个时代不论人的智力、知识水平,还是社会生产力水平,都无法相提并论,复归历史必然是虚妄之语。"返魅"也不是单纯对祛魅世界的批判,它是一种升华,将"关系性""活态性""物质性""实践性""整体性"都拢括进来,进入庄子所谓"不期精粗"之层面。这种回返之"魅"最终体现的是人与世界的一种关系,"魅"之视角体现了人与世界万物有机整体、和谐一体的关系。这正是"返魅"的可能性,也是我们的期望和目的。

考究人类的生产生活过程会发现,人生在世,与自身产生交涉的事物概括而言,主要是人与物、人与世界以及人与人。假如我们将物与世界统称为"存在",那么调整人与存在、人与他人的关系便覆盖了全部的人类生活。我们在此处所说的重返"魅"之境所要作出的努力也将从此二者着手。

一、生态存在论:调整"人类—存在"关系

从一个更加宏观、更加一体化的角度看待人类文明发展的历史,可以说不管是古代的神本主义、近代的理性主义还是现代的反理性主义,始终贯穿着一条主线,这就是自诩为宇宙精华、万物灵长的人类靠自己或自己的创

---

① 　[美]弗·卡普拉:《转折点——科学·社会·兴起中的新文化》,冯禹等译,北京:中国人民大学出版社 1989 年版,第 310 页。

造物掌控世界企图的不断延展。这种现象在后现代受到了挑战,全球化时代高速发展的科技及精密仪器、仿生机器人等高精尖物质的出现,人类开始对自己的智力、能力以及价值、作用产生了质疑。这种质疑的背后是人对自身能力的不自信,是人对物的日渐强大力量的恐惧和无法掌控的担忧。

"祛魅"这一过程背后的依据是什么呢? 可以说,这种导致"世界的祛魅"之旅程开端的唯物主义自然观,其根源首先在于人对自我的定义。首先,从定义方法上看,思想家们对人自身的认识离不开自然物质世界的参照,自然物质世界的相对沉寂与作为生命存在的人的活跃在对比中各自找到了自己的特性。同时,除了人与自然界的巨大差别之外,人们也固执地相信,人和同样作为生命存在的动物也具有巨大的不同,比如人会直立行走,人会劳动,人会制造工具,人有理性,人是社会的存在,人是自由的生命,人具有伦理的品性等。正是在人与动物之间的这种进一步比较中,人为自己存在的独特性找到了确证。

其次,从对人自身的基本信念上看,西方思想家们相信,自从人作为一种生命在这个世界上存在,他就注定是被上帝特选的种类,并因此对引导世界从野蛮走向文明抱有"舍我其谁"般的使命和道德承担。正是在这个意义上,不管是出于一种强烈的自恋情结也好,还是出于一种自我确证的强烈渴望也罢,他们首先要做的就是要找到人作为一种生命存在的特异性,然后就在对自己所肩负的使命的无限神化中,毫无羞耻地将自己命名为"宇宙的精华,万物的灵长",为自己对自然世界的统治和奴役寻找理论的合法性。

于是,除了带来一种掠夺性的伦理学(这种伦理学首先表现在对"自然"的关系上,其次表现在对待他人的关系上)之外,"祛魅"的哲学产生的间接后果便是人与自然的亲切感、一体感的丧失,人与万物失去了交流对话的可能。人不再从一个整体的大背景中寻求自我存在的价值和意义,而是通过对物的占有和支配来获得替代的满足。这种思维模式就使得现代人整体呈现出一种贪得无厌的状态,仿佛生活全部的意义都在于占有,越来越多地占有。于是,物质越丰富和发达,人类越疲惫越不满足。这种趋势被伪装成一种进步论的面貌,人被困在发现物、生产物、占有物的怪圈里。这种观点如此顽固,以至它根本没有去认真反思一下,"进步"还应包括其他内容。

从西方人学发展的历史我们也可以看出,人是否能够充分地成为人,是以他远离作为对象存在的自然,以及远离人自身动物性的程度为标志的。西方哲学历来遵循的是一种上升的逻辑,不管是基督教神学所追慕的人与社会向上帝之城的垂直上升,还是辩证唯物主义所看到的人类发展的螺旋式上升,都是要将与自然分离的世界当成理想世界,将人超越自然生命之上的属性作为人真正的属性。关于这种上升的逻辑给人类带来的灾难,西方18世纪的启蒙主义曾经在对文明的反省中进行过激烈的批判,20世纪的西方马克思主义则在对理性至上的抨击中接续了这一传统。这种批判的指向是一致的,即要为人类找回一种健全的天性,为人的感性、欲望、肉体长期被歧视的命运打抱不平。

可以认为,在人与自然互动关系的历史上,不管是浪漫主义者以想象的名义对审美物象存在价值的蓄意提升,还是自然主义者以科学的名义对审美物象存在方式向材料层面的强行压缩,都表现了一种以人的标准裁剪对象世界的强权意志,对象世界被人以独断的方式进行各种强行的规定和命名。在这里,人对对象世界的强权成为真理的决定因,人类自我中心主义成为给对象世界的存在方式定性的尺度。由此可以断定,无论是浪漫派将物象的命运交给试图以情感统摄外部世界的人,还是自然主义者将人与对象世界一并交给一个冷漠的观察主体,然后任其蹂躏、任其歪曲,都预示着一种审美关系的不平等性和非公正性。于是,一种思维与理论的矫枉过正势在必行。

在这样的背景下,我们就可以理解为什么格里芬认为后现代的思想必须是"彻底的生态学的"。我们确实需要借鉴生态学的相关理论来启发当下的人文研究,文学的物性批评的最终意义也在于为人类生活、生命提供一些有益的见解。其实,早在1974年,美国学者密克尔便提出了"文学生态学"的说法。在其所著《幸存的喜剧:文学的生态学研究》一书中,密克尔明确指出文学需与生态批评关联起来,文艺批评要"真诚细致地审视和发掘文学对人类行为和自然环境的影响"[1],文学作品中对于人类和万物之间的关系需要引起批评者的注意。

长久以来,人类中心主义被作为现代社会生态危机的罪魁祸,首受到人们(尤其是人文学科的学者)严厉的苛责与非难,放弃人类中心论成为文学的生态批评最响亮的口号。但是,即使在理论深入人心的地方,人们的生活生产实践仍旧无法脱离人类中心主义的窠臼。这个问题值得我们深入反思,之所以理论到位而实践缺席的原因,也许在于出发点就存在不合理与不可能之处——任何企图以"一刀切"的方式来解决问题的方式,无异于对问题本身的取消或逃避。这在一定程度上再度要求我们进行一次思维的拨乱反正。

---

[1]　Joseph W. Meeker, *The Comedy of Survival: Studies in Literary Ecology*, New York: Charles Scribner's Sons, 1974, pp.3-4.

当代生态存在论的最终归宿即在于构建一种人类与自然万物的新型关系。就文学的物性批评来讲,它的落脚点也在于此,这在一定程度上与文学生态批评论有相通之处。就生态批评本身来说,它借鉴的乃是生态学中一些积极的观念,如整体、联系、和谐、有机、系统等,文学的生态批评就是在意识上破除文学象牙塔的封闭观念,以一种社会的、生命的视角去看到和考察文学作品。文学从其产生之初就与社会、与人类、与世界产生了密切的关联,正是这些关联使得文学的意义与价值生发出来,它不应该也不可能在一个封闭隔绝的语境中自我发展。正如前文论述过的,文学的物性批评在对人与物关系的梳理中对人类中心主义之缺陷的暴露、对万物"附魅—祛魅—返魅"过程的反思与阐述,以及对文学要素之物质性的挖掘,都要导向一种新型的事物观,以真正认识到"万物一体"说的深意,从而在思想和行为上切实体现出"有机""整体""内在联系""相互作用"的内涵,这也是建构生态存在论的最终目的。

二、后人文主义：重构"人—物"关系

伊格尔顿在《后现代主义的幻象》中指出,"人本主义者"是一个被它的几种相互冲突的意义弄得混乱不堪的术语。该词有一种伦理学的意义,意味着应该给予人类同情和尊重这样一种信仰;还有一种社会学的意义,意味着社会结构最后被视为人的作用和产物;以及历史学的意义,意指诸如启蒙运动这样一些时期,在这种时期里,"人"变成了学术关注的中心。其中的社会学和历史学的维度,往往会涉及或暗含另外一层意义:相信在人和动物之间存在着一种重大差别,以及一种虽然并非必然的推论,即前者应该统治后者。该词也可以意味着人的至高无上的权威,与神或者超自然相对立,按照这种论点,它变成无神论或者不可知论的更为实证的同义词,并且融入了一种"自然主义"世界观思想之中。对于这种启蒙运动信念来说,依赖于自己的能力而不是某种超验的力量,这属于人的尊严。反过来这又带来了"人本主义者"的更进一步的意义——对于人的自我发展或者自我完善。① 一句话,即相信人类具有区别于其他生命物种的独特价值与能力。于是,发掘与歌颂这种能力与价值便成为自启蒙运动开始的一代代人本主义学者与作家的主要任务与内容。

随着人本主义思想的传播与影响,高与低、贵与贱、主动与被动、活跃与沉寂等等的对立语词成为人与物关系的具体指代。任由这些对立的无节

---

① 　[英] 伊格尔顿:《后现代主义的幻象》,华明译,北京:商务印书馆 2000 年版,第 146 页。

制发展,人文主义便暴露出了危机。在这种背景之下,后人文主义应运而生。王宁认为,后人文主义这一概念的提出便意味着人文主义进入了黄昏和低谷,也标志着过分张扬人的主体性的时代已经不可避免地走向了终结。①

对于"后人文主义"所谓的"后",正如所有"后理论"之"后"一样,总是在某种理论基础之上产生的超越。后人文主义对人文主义的超越之一便表现在,人与万物之间的关系由传统的主客二分过渡到主体间性。主体间性概念的提出,既反映出现代西方哲学家们在意识到主体性概念中暗含的个人性、唯我性等局限并对其进行反思纠正的态度立场,也是对当代科学技术造成个体生存困境危机的理论自觉。

与传统哲学的主体性原则重人与自然的关系、重人对自然的斗争不同,西方现代人文主义思潮则转向人与人、人与万物关系的协调。然而,正如狄尔泰等人反对"主体"和"主体性"概念,其真实意图并不是否定人有主动创造性;实际上,他们是要由人对物的"主体性"转向人与人之间的"互主体性",转向人与物之间的交互主体性。

可以说,主体间性概念的提出,一定程度上纠正了西方理性主义传统下的主体性哲学具有的强烈霸权色彩,胡塞尔、哈贝马斯、海德格尔、梅洛·庞蒂等哲学家都对此问题进行过不同角度的阐释。胡塞尔正是为了克服现象学还原中所具有的唯我论窠臼,才提出"主体间性"的问题。通过这一概念,承认"他我"作为与自我并存的另一主体,胡塞尔对此进行了多方面的阐释,其所谓的"共呈""移情""配对"等概念,都是对此主体间性进行确认的证明。在此基础上,哈贝马斯进一步拓展了"主体间性"的理论内涵,他用这一概念来作为理论支撑,来阐述他的交往伦理学,并以此证明人与人相互理解、融洽相处的合理性。

除此之外,马丁·布伯对"主体间性"的拓展更值得我们关注。在布伯看来,所谓的主体间性就是一种关系,一种"我与你"的关系。在布伯的理论体系中,有两个词非常具有代表性,即"我与你"和"我与它"。这两个词语所体现出的都是一种关系,区别便在于,"我与它"的关系只是一种原始性的、经验上的利用关系,并非人与外物相处的本质关系。在这种关系模式下,"我"是世界的中心,我是感知世界和了解世界的主体,但世界却永远处于我之外,这种交往是单向的,并且是间接的。然而这种关系却是注定的、不可避免的,具有某种历史的必然性意味,因此也是可以理解的。正是这种关系的建立,代表着人的自我意识的生成,甚至在某种程度上来说,这种关

---

① 王宁:《后人文主义与文学理论的未来》,《文艺争鸣》2013 年第 9 期。

系是人生存的基础和现实。即使这样说,我们也不能忘记,还有一种"我与你"的关系模式存在,这种关系模式的建立需要人超越"我与它"的关系,时刻保持一种仁慈的、理解的、同情的心去对待周围的人与物。只有在"我与你"的关系模式下,人与他人、人与万物才不是异己的存在。布伯指出,虽然"我与你"这种关系模式对于人的生存无增益,"但只有它才可以帮助你瞥见永恒"。①

从根本上讲,由"我与它"到"我与你"关系模式的过渡,其实是人从一种纯粹靠思维的认识论层面返回到真实的生活世界的过程,是从星空返回到大地。这种关系的精髓便在于"间"——"间"意味着它天然地拒斥某一方作为主导,而是在二者之中建立一种动态的平衡。布伯接着指出,要保持这种稳定的平衡,最恰当的方式就是"言谈"。只有通过不断地"言谈",双方才能不失自我独有的特点,又不断地加强彼此的联系。而要发生"言谈",双方必须"相遇":"相遇是言谈前提,相遇不可能是我所支配的,一种真正的相遇,绝不依靠我,又不脱离我。"②通过相遇,通过交谈,"我"才可以向全世界敞开,并接受万物,遂形成无限关系世界。在布伯看来,人文精神的丧失其根源便在于将"我与它"的关系放在了首位,因而一切都成为了对象。如今要恢复人文精神,便需要将二者换个位置,首先将万物看做是与自我无异的存在体。③ 这便是布伯的后人文主义式的观点。

这种后人文主义、后人类中心主义的产生,暴露了人文主义潜藏的不合理之处。在人文主义观念体系内,所有的语词、概念如理性、智慧、创造力、能动性、自由等,都在彰显人的崇高与伟大,这些概念背后暗含的是对物的贬低。在这种价值观念的基础上,人的所有行为和认知仿佛都具备天然的合理性。格雷格·波洛克认为,"后人类"时代的降临消解了人与物的界限和对立,使得人类和其他所有的物种一样成为宇宙的一部分,解构了人自以为是的价值体系,人与一切动物、生物以及非生命物种处于彼此依赖、相互牵制的模式中。这是沃尔夫等后人文主义学者的普遍观点,也是"返魅"之时代人与物相处的理想模式。

自 20 世纪 80 年代理论自身的发展结束了其黄金年代,"理论"自此进入了低谷,伴随着理论终结说的喧嚣,我们进入了后理论时代(Post Theory Era)。"生态存在论""后人文主义"等论点的提出便是伴随"后理论"潮流的

---

① Martin Buber, *I and Thou*, English Edition by Charles Scribner's 1958, p.33.

② Martin Buber, *I and Thou*, English Edition by Charles Scribner's 1958, p.33.

③ 张世英:《哲学导论》,北京:北京大学出版社 2002 年版,第 220 页。

结果,文学的物性批评在调节人与物、人与人关系上所作出的努力,便与此密切相关。

英国历史学家阿诺德·汤因比在其《人类与大地母亲》中曾说过这样的话:"宇宙全体,还有其中的万物都有尊严性,它是这种意义上的存在。就是说,自然界的无生物和无机物也都有尊严性。大地、空气、水、岩石、泉、河流、海,这一切都有尊严性。"① 为此,他认为人类应该归依一种与东方多神教传统相一致的、基于万物有灵论的广义的宗教,以有效限制现代社会中人们的贪欲对自然造成的侵犯,并建立起对自然的内在崇敬。我们提倡以一种"返魅"的眼光和态度去看待自然、看待万物,就是在这个意义上而言的。

我们反思人与自然的关系,审视人对待万物的态度,其实从根源上讲,这还是从人的生存发展需要出发而进行努力和尝试的一种状态,不可否认其中带有的某种程度上的被动无奈。这种思考,在本质上乃是对人生存状态的回望,我们所总结和阐述的所有关于自然的观念,都是人与之发生关系的见证。这种曾经的生存经验作为一种文化的积淀深入到了我们每一个人心中,至今仍以一种文化基因的方式存在着。于是我们发现,人生活于其中的世界,绝不是某种思维主导下的抽象的、与人分离的自在之物,而是一气相通、无时无刻不在发生联系的样态。那么,以一种"返魅"的世界观作观照,以生态存在论、后人文主义做为行为的指导,以"民胞物与"的态度来对待一切,那么,我们生活于其中的世界便具有双重性,按照布伯的话说,即是"被使用的世界"(the world to be used),又是"与之相遇的世界"(the world to be met)。② 二者之间,"与之相遇"乃是根本性的关系。

文学批评应该走在时代问题的前沿,批评家应该具备一种"以天下为己任"的态度。正如鲁枢元曾经说过的,"批评不仅是大脑皮层上的智力活动,还应当是全身心的投入;批评者不仅应当持有批评的技巧,更应当具备批评的良心"③。在这样一个工业文明高度发达、生态危机日益严重、人类开始意识到现代性的局限并努力开始与自然和谐相处的时代,从文学批评的视角出发,回过头去审视文学史和批评史上物性话语的缺失,努力发现和阐释文学写作、阅读、传播以及文学本身语词、思维等各个方面的物性,以此来引导人们重新发现物之物性,并在此基础上推动一种新的思维模式和交往

---

① [英]阿诺德·汤因比:《人类与大地母亲》,伦敦 1976 年英文版,第 7 页。
② 张世英:《哲学导论》,北京:北京大学出版社 2002 年版,第 219—220 页。
③ 鲁枢元:《生态批评的知识空间》,《文艺研究》2002 年第 5 期。

模式的形成,这是批评的应有之义。

卢梭曾经说过,人与人是相通的,故人天生就有同类感,这是一种普遍的感情。正是这种同类感塑造了人的道德意识,人由爱己而拓展到爱人,人的这种源于人己一体的自然同情心,"在自然状态中代替着法律、风俗和道德"。① 当然,卢梭的思想在当下看来有很多缺点和局限性,特别是他排斥科学、文明、理性的观点显然是不切实际、不可取的,但对于人之"同类感"的观念,应当加以恢复,这一点在今天也应该可以成为建立普遍伦理学的哲学根据。张世英提出相似的观点,他认为我们应该以"万物一体"的态度去看待人与物、人与人之间的关系。② 我们以"万物一体""民胞物与"的态度对待人与物,万物便会被"唤醒而容光焕发,接近我们",③ 哲学也会充满生机和诗意。

这正是文学的物性批评所企图达到的目的与意义之所在。通过对"附魅""祛魅""返魅"历史阶段的反思与梳理,通过对文学的物性批评之维度的论述与展示,我们最终想要建立的乃是一种新型的人物关系,即一种生态存在论和后人文主义所展示的图景,以此强调在文学理论批评的实践中,时刻保持一种责任感——对作品的责任感、对人类的责任感、对世界的责任感。

有什么样的存在,就会有什么样的精神意识;有什么样的精神意识,就会有什么样的文学和艺术。文学理论与批评需要在"与物为春"的新型"人—物"关系系统中重新思考那些在文艺中得到表征的"物",深入研究其"物性"特征以及这些物性方面与文学理论批评之间的关系。"物的世界除了对人性和人类生活形成压迫之外,还以空前亲密的方式深入人的内在空间。物不仅对人形成压迫,还与人形成亲密的纠缠。"④ 这些长期赋予贬义的"物性",正是未来的文学理论批评大显身手的新空间。文学的物性批评,就是要在人与物的亲密纠缠中,在"与物为春"的"人—物"关系中,在从"独白"到"对话"的"人—人"关系中,在"万物一体"关系的历史具体中,对人自身、对文学作出新的定向。

我们强调捕捉物性之魅,重绘人—物关系蓝图,物性诗学归根到底乃

---

① 周辅成编:《西方伦理学名著选辑》(下卷),北京:商务印书馆1987年版,第114、109、113页。

② 张世英:《人类中心论与民胞物与说》,《江海学刊》2001年第4期。

③ Martin Buber, *I and Thou*, English Edition by Charles Scribner's 1958, p.126.

④ 孟悦、罗钢主编:《物质文化读本》,北京:北京大学出版社2008年版,第2页。

在于倡导一种后理论时代"返魅"观观照下的"后物质主义"。①因为"物性"是物的在场/不在场的统一体，它并不是完全基于物的"在场"的"物质主义"，但它也不是对于"物质主义"的完全扬弃。这正是从物之附魅、祛魅到返魅的理论旅行过程中的阶段性思考。这里所说的"后"物质主义，也同所有的"后"理论一般，在批判继承的基础上超越提升，它既包括从人类自身需求出发去对物的追求和索取，也包括对物质怀有敬畏、认可物性之魅的态度与立场，也包括对待自然的生态主义、对待他人的后人文主义等，因此能在价值观念和生活态度等方方面面来对现实作出指引。

在传统的观念里，我们认为物质的增加和丰富必然带来人类的幸福与自由，因此物质财产的占有被认为是人生存的追求和价值所在。但是这种认识在当下被颠覆了，人们发现物质财富的存有量和占有量与生活的快乐幸福并非正比增长。在不断的追逐与占有中，生活反而丧失了它应有的意义，麻木与虚无感开始普遍充斥弥漫心头。疲惫的人们幡然领悟，发觉一味地追求物质让我们错过了人生旅程中的太多美好，错过了鲜花的娇艳欲滴，错过了茶香的沁人心脾，错过了小鸟的欢声笑语。我们在追求着，也在丧失着，最终的结果便是成为一个"富有的穷人"。后物质主义就是基于上述认识而生发的一种新的思考方式——关于物质，问题的关键并不在于人们现在能够把一片森林的价值准确换算成多少美元的资产，而在于认识到它的存在比一个工厂带来的物质财富更加重要，这就是一种后物质主义的价值观。

任何文明史都是人与自然万物对话互动的交流史。在这个过程中，人们经历了"附魅""祛魅"与"返魅"的历史阶段，看待万物的不同方式体现出不同的认知模式和文化背景。如何从过去的历史关系中吸取教训、总结经验，是当下人们调整自我与万物关系的前提和根基。任何一种进步都不是突如其来、异想天开产生的，历史的经验和教训总是若隐若现地影响着人们的思维和行为。在对以往的生存模式进行深入反思的前提下，我们将一切学科的界限搁置，将一切批评的论争放在一边，真正以一种"现世之人"的责任感和角色意识，将目光放在人类的发展上，真正对当下的社会危机和生态危机进行反思，进而努力尝试着提出一种新的人与人、人与物的相处模式，这才是任何知识的最终归宿。

正是在这种意识的指引下，我们将视野集中于中西方的传统自然观

---

① 陈霞：《后物质主义理论及其对生态文明建设的启示——基于绿色政治理论视角》，《生态经济》2015年第4期。

上,把研究的触角深入到各自文化的源头,以一种还原重构的目标从远古
"附魅"的物质观中析离其深刻与高明之处,以之来指导我们当下的文艺和
生活实践,进而建设一种能够兼容物质性和地方意识、技术理性和人文精神
的"呵斥之所"。①

---

① 　张进、张丹旸:《物质性、地方意识与生态美学》,《平顶山学院学报》2014 年第 1 期;亦见
《新华文摘》2014 年第 10 期"论点摘编"。

结　语　物性批评：与物为春

　　"结语"部分主要探讨熔铸新知、与物为春的物性批评的未来和前景；同时分析剖判作为思潮的当前"物质文化研究"对思想的力量和主体的能动性重视不足，对传统的物性思想智慧强调不够，对文艺中物性与人性的平衡互动把握不准等局限性。

　　"与物为春"出自《庄子·德充符》。关于"与物为春"的涵义，历代注家解释不一，多由于对"春"的不同理解。有的将"春"解为"春和之气"，强调人与物之间的融洽关系，如宣颖解为"随物所在皆同游于春和之中"；有的将"春"理解为"悦"，强调人的自我感受，如林希逸的"随所寓而皆为乐也"；有的依据《说文》对"春"的解释，即"春，推也"，将"春"理解为"推移"，强调人的行为方式，如章炳麟的"与物相推移"之说。① 可以说，说，如上三说都讲得通，但每一说都仅仅涉及了"与物为春"丰富内涵的一个侧面或层面：或重人的心态之"乐"，或重氛围环境之"和"，或重物我之间的宛转俯仰（推移）。综合起来看，"与物为春"即是在人与物的和谐气氛中，以和悦之心态与物宛转推移，其意旨近似于刘勰所讲的"随物宛转"，"与心徘徊"。② 当然，在物性诗学视野中，我们更重视"与物为春"这一概念所包含的、人与万物之间春天般生机盎然的共生、共存、共荣、共享的生态关系。

　　然而，在进入正题之前，我们需要再次引述古希腊神话中的那艘"忒修斯之船"。③ 据古希腊神话记载，大英雄忒修斯杀死克里特岛的米诺陶之后，他的战船每年都要开往提洛岛做一次致意之旅。随着时间的流逝，船桁纷纷腐坏溃烂，于是渐次被换成新板，到最后原先的木板都已不复存在。因此，看起来此船仍是忒修斯先前拥有的那一条，但我们也许会感到疑惑：现在它还是"同一"条船吗？"忒修斯之船"对于今天人们的意义，即在于它不仅昭示着物的同一性问题，也彰显出"人"的身份同一性问题，在引申的意义上，

---

① 陈鼓应：《庄子今注今译》，北京：中华书局1983年版，第160页。

② 刘勰：《文心雕龙·物色》云："是以诗人感物，联类无穷。流连万象之际，沉吟视听之区；写气图貌，既随物以宛转；属采附声，亦与心而徘徊。"见范文澜：《文心雕龙注》，北京：人民文学出版社，1961年版，第693页。

③ ［英］尼古拉斯·费恩：《哲学：对古老问题的最新解答》，许世鹏译，北京：新星出版社2007年版，第17页。

它不期而然地命中了"人—机"合一体的当代人的身份同一性问题。

　　文学批评的物性转向就其深层意蕴来讲，乃是文学观念从"人性的表征"向"物性的体现"的过渡。在以"人性的表征"为文学作品之根本主题的时代，对物的书写与依赖仅仅作为个体挺立自身独立性的物质基础与必要前提而存在。换句话说，人对物的依赖与追求被默认为一种次要的、作为背景而存在的样态，对人性的书写、对精神的彰显才是作品理应追求的目标，也是文学价值的核心。然而，在这个过程中始终存在着一个被忽略的矛盾，那就是，人对物的依赖与追求乃一种始源性的、无法剥离的现象，但它导致的是人的存在逐渐以"物化"作为自己的全部追求，从而大多时候所谓的自身的内在超越性也仅仅是虚幻的臆想。在对这样的矛盾进行反思的过程中，物之物性对于人、对于生活、对于文学的意义便逐渐浮出历史地表，我们也是在这种反思的基础上，对文学与物性的关系重新进行了深入考量，这也是前文所企图展示的内容。

　　日本学者吉川幸次郎曾经说过，以物为写作中心是中国文学最显著的特点。然而，纵观我们的文学史与文学研究，我们更多地采取了非物质主义的视角与聚焦点，精神至上是大部分写作与批评不言自明的倾向。文学的物性批评作为一种转向，正是这样一种导向：人开始反思物及其文化。

　　通过对物的历史叙述话语的追溯，我们可以获得诸多洞见。文学实践中物的表述被拆分为两个纯粹的形式：一个是充满意义或主题的社会层面；另一个是贮藏着属于物理、生物和物质科学的物质成分。这样截然二分的状况使得物的本质被遮蔽。然而，人与物、主体与客体都只是一种相对性的存在（relative existence）。因此，文学语言下物的描述应恢复其多样的差异，而不是用在事实和虚构之间（fact and fiction）作出分界的方法，将物的表述区别从那些与具有内在关联的物的世界中区分出来。文学实践中物的书写差异并不是不相容的范式，它们之间之所以看上去不相容，是由于主角的两个集合中、每一个集合的系列联合和代替造成的，它们只不过开始拥有越来越少的共同因素。另一方面，文学作为一种以语言为载体的艺术形式，由于语言本身的特点，文学在其产生之初就被默认为一种精神性的存在。这就遮盖了文学本身所具有的物质性，这种物质性不仅仅是文学被最终呈现出来的物质载体的物质性，更需要引起关注的是文学语言的物质性、书写过程中思维的物质性，以及作者与读者在其中由于身体的物质性而对文学产生的影响。结合以上两方面，文学的物性批评才会真正以一种理论建构的姿态对既有的理论进行些许地推进。

　　需要指出的是，文学物性批评对于物的反思与考察，显然不是在将人与物完全剥离或割裂的意义上来凸显物的重要性;同时,它也不是号召人们去进行一种逆反的"非人性"或"反人道"的行为来弘扬物本身。事实上这种剥离和逆反也是不可能的,正如历史的发展所证明的,我们说如今趋向的"返魅"的世界观乃是祛魅之后的必然产物,任何历史阶段都有其存在的独特意义,反观物质与精神也是如此,我们思考的终究还是人之为人的问题,因此偏向任何一方都会面临乌托邦主义的风险。对于文学而言,直面物性话语的挑战,发掘被历史被时代掩埋的物性,进而构建出一种居间调停的人文与生态观念,并与真实的生活产生交涉,这比用所谓的人道主义或物本主义来进行简单互替或直线反转,更能体现出人的精神内涵。

　　如何更细致地理解人们自身所处社会时代的"文化基本性质",也可能导向如何改造现存社会结构的现实关怀,这也是文学的物性批评研究中的应有之义。马克思在分析布尔乔亚社会的商品拜物教时,早已特别留意近代资本主义社会明显表现出来的"庞大商品堆积"现象,他以此分析资本主义社会的特殊运作逻辑,认为随着产品需求的不断扩大,布尔乔亚在全球开始建立商品关系,然而"不戮力改革生产工具,也就是生产关系、总体社会关系,布尔乔亚便无立足之地"①。因而,马克思对资本主义社会的"文化基本性质"作了全面性批判:"等级、永久之物化为虚无,神圣之物遭到亵渎,人最后被迫冷眼观看自己的生活位置、观看人我之间的关系。"(《共产党宣言》)马克思在这里实际上作的是一种物质文化分析,其中他意图改变"人我之间关系"的现实关怀也呼之欲出。文学的物性批评之根本意义,即近似基于这样的物质文化分析,来展现一种新型的人物关系,在物与人的和谐对话中共生共长。

　　文学的日常生活转向,正表明了文学始终与物是紧密纠缠的。正如南帆所说,日常生活始终存在,但是文学对于日常生活持久的正面注视,则是一个意味深长的转向。"各种带有'主义'的大概念管辖不了一个人抽什么牌的香烟,大衣上的纽扣是什么颜色;越来越普及的科学知识管辖不了一个人的步态以及喜欢京剧还是昆剧;威严的法律也管辖不了一个人失恋的时候是大声哭泣还是拼命吃冰淇淋"②,生活细节靠琐碎的事物填充起来,物从来不离开满是人的社会而存在,日常生活是靠物建构起来的,因此我们可以说,文学的日常生活转向正是文学的物质转向。也许,文学的物性批评的意义也在这里体现了出来。

---

① 马克思:《资本论》第 1 卷,北京:人民出版社 1986 年版,第 47 页。
② 南帆:《当前文学创作中奇怪的逆反》,《中国社会科学报》2010 年 6 月。

　　文学的物性批评研究，正在开展一场可能的对话，深入推动文学与物质文化研究的融合。相对于传统知识门类的稳定性（或是封闭性），投入物质文化研究的学者隐然被召唤进入一场难以化约的学术迷宫，不论是否成功形塑论述，在杂沓纷陈的光影中开掘知识原矿，就是一场饶有意味的工作。

　　文学批评在语言、文本、历史等层面的物性以及身体、对象等方面的物性的具体研究转向，构成了文学物性批评的基本内容，这些方面物性转向相互联系、彼此互动，共同构成了一个相互关联的系统网络。但与此同时，文学理论与批评必须认识到，它所讨论的，仅是单一向度和要素意义上的物性，还是综合向度和系统意义上的物性。换句话说，这是一种"关系的物性"或"物性的关系"（material relations），而非机械论意义上的物质性。"物性的关系"是一种"活态的"和"实践性的"关系，这一向度往往被研究者所忽视。人与周遭物之间的"物性关系"使得情绪和感情得以通过物而由内到外展开，从心理到身体，进而超越到身体之外。

　　基于此，本部分主要从物质性与物化美学如身体美学、天气美学实践，物质性与文化认同以及物质性与身体、技术等的关联来具体阐述"物性关系"的"活态"与"实践"向度，以此来展示"物"与人的日常生活"亲密纠缠"之样态。

一、物性批评与美学转型

　　近代西方美学特别是德国美学，走的是一条自上而下研究人类审美活动的思辨之路。在康德、黑格尔那里，美学只是其哲学体系的一部分，美学思想由其哲学核心观念推导出来，并从根本上服务于其整个哲学体系。这种美学观背后是根深蒂固的理性主义思维模式，这种思维方式由于突出认识活动在人的生活整体中的优先地位，使认识活动成了整个人的生活世界的主宰，或者用哈贝马斯的话来说，导致了人的生活世界的"殖民化"①。其结果便是：一方面，认识活动给人的物质生活带来了巨大利益；另一方面，人却成了只有认识而缺乏感情、缺乏欲望的无实际生活气息的、苍白枯燥的人，认识活动于是脱离了人生的目的，人实际上脱离了活生生的生活世界。总之，从柏拉图到笛卡尔再到黑格尔的上述传统哲学，虽然经过了一个长期的不断完善的发展过程，但都逃不出主客对立统一的模式，人的实际生活却

---

① J. Habermas, *Theorie des Kommunikatiren Handeln Bd. Ⅱ* , Frankfurt am Main：Suhrkamp, Bd. Ⅱ . S.293.

被空洞化、类型化了，多姿多彩的生活内容并未被提到首位。

王一川指出，一方面，随着媒介技术、材料技术、文化产业、文化经济等的愈益发达，生活与审美文化的传统距离正在趋于消融或模糊化，就连生活本身也已被审美化了，呈现出泛审美态势。在这种情形下，原有的生活与审美文化的二分设定被突破，我们看到的是生活与审美文化的难以分离的紧密交融状况，从而说到生活就等于说生活—文化，即一种特定生活与审美文化之间相互渗透、交融而难以分离的状况。另一方面，随着金钱、财务或物在审美文化中的作用日益突出，甚至常常扮演中心角色，从而审美文化本身也被物化了。这表明，随着生活的物化，连与日常生活紧密相连的审美文化也已经和正在呈现出新的物化趋势。如果说，生活的物化意味着金钱和财务已成为日常生活过程的主宰；那么，审美文化的物化则意味着原本指向内在精神价值高空的艺术，已经转而回头指向它原来所力图超越的日常事物或实物了。① 在这种情形下，真正重要的已不再是当代美学是否应面对生活的问题，而是应如何面对何种意义上的生活的问题。因为，当代生活及审美文化（含通常说的纯艺术、实用艺术、环境美化等）本身已经和正在发生微妙而又重要的变化，导致新的物化状况出现，而这种新状况势必要求当代美学作出新的回答，包括重新回溯古典"感兴"传统。

在文艺批评实践中，审美经验对审美主体以及接受对象形成关照和统摄，具有"前理解""净化器"以及"评价标杆"的作用。物质生产规模的不断扩大、商品积累的日益迅速，极大地刺激了当下人们"现实感性"的物欲动机，充实了人与生活之间关系的物质性内涵，市场经济背景下的审美经验混含着功利性、物质性的感性经验。"日常生活"的种种具体境遇表明，消费社会背景下的审美经验体现了当代"审美化"形式的"功利性"要求，即审美活动的物欲动机和具体审美过程中的物质性。在日常生活的现实展开过程中，"审美经验"又集中体现了当代审美文化领域的物质主义、功利主义的精神特征，以"审美化"以及"经验"的方式抬高了"物性的价值"，直接肯定了审美主体在日常生活中，以及在审美实践中的物质需求。

具体而言，当下的审美经验主要表现为两种成分即"愉悦性"和"有用性"的混合。愉悦性是传统审美经验的代表性本质，有用性则是审美经验的具体呈现，有用性作为海德格尔意义上物的本质而言，也体现出审美经验的物质维度。而在当下，有用性则把人在生活中的审美快感确定为消费的现

---

① 王一川：《感兴传统面对生活—文化的物化——当代美学的一个新课题》，《文艺争鸣》2010年第7期。

实满足和审美实现。在此，我们以身体美学尤其是女性身体美学为例来说明当下大众文化审美经验的物质化趋向，其中，视觉媒体发挥了举足轻重的作用。

仔细考察之后我们可以发现，视觉媒体主要通过三种机制来确立身体美学标准：首先，身体偶像的制造。通过视觉媒介塑造的"标准的形象"被当作人们的身体偶像，为人们提供关于身体的种种"样板"，对身体的生产和传播正是依照这样的标准去复制。其次，广告、演艺节目、时尚栏目等媒介方式也在塑造着身体美学规范。大众视觉媒介的霸权地位实际上在暗中强制性地推出了关于身体的规范，形成公众认可的标准。再次，视觉媒介意识形态也在更隐蔽地建立身体标准。这三种机制的共同作用使得我们的身体越来越物质化，我们的审美与认同越来越物质化。

如前文所述，身体的介入和欲望的表达也是当今审美活动极为普遍的特征。毋庸置疑，就审美主体而言，审美经验的快感在成为精神性心理快感之前，必须首先体现为生理的快感；即要想有情意之悦，得先满足耳目之悦。审美经验首先表现为物质经验、生理经验，这是人类审美活动得以进行的先决性条件，也是与人类其他精神文化活动之重大区别。审美经验体现为精神和肉体的交织，而且，肉身化的"身体"感受在其中占了前所未有的分量。然而，身体的物质性与身份期待、想象与认同的物质性都使得大众审美经验、尤其是女性审美的物质性趋向愈加明显。这在广告文化发达的今天日益凸显出来。

女性身体美学的物质化表现在两个方面：首先突出表现在女性对自我身体之美的期待、想象及认同的物质化，其次是他人（尤其是男性）及社会对女性身体美的认同的物质化。这两方面都在广告这一消费主义热潮的典型表征模式中显露无疑。

在消费主义热潮下，广告不仅仅是作为推销商品的宣称工具而存在，更重要的是其所具有的"创造意义结构"（威廉斯语）的深层功能指向。广告的任务由其最原始的基本功能即告知某一产品的特性并为它促销，进而发展为说服，后来又成为"匿名的说服"，这时它的目标为引导性消费。正如伯曼所指出的，广告可以说是考察当代大众文化现象的最佳指标；波德里亚在其《物体系》中也认为，广告"它最能告诉我们，透过物品，我们到底消费了什么"①。广告内容符号化、朦胧化，其实质是一种"意义的转移"，目的是使消费品脱离原来单纯的使用价值而具有某种象征意义，成为代表某种文

---

① 　[法] 波德里亚：《物体系》，林志明译，上海：上海人民出版社 2001 年版，第 188 页。

化含义的象征符号,并让消费者在消费品和某种文化意义之间取得一种习惯性的联系。

波德里亚还指出,在消费社会的架构里,身份的概念作为社会存在的决定标准,越来越倾向于简化,并和"地位"的概念相会合,即"……所有的广告都明白以物品作为一种必要的标准:'人们会以……来判断您,一个优雅的女人可由……认出来'等等。无疑物品在过去一直都构成一种识别的体系。"① 物品被认为是某种身份或地位的象征,这带来的直接后果是审美经验结构的变化,广告则充当了这种变化背后的推动者。

当前,广告文化中"创造"的女性审美经验结构的突出特点,表现在以下两方面:首先,广告(包括印刷物广告及电视广告)中的女性产品(如服装、护肤品等)大都为高档消费物品,通过图像与文字的装点设计赋予产品一种高贵、典雅、浪漫的象征性符号。如某女装广告标语为"奢侈的幸福感",文字叙述有诸如"时刻焕发成熟优雅的性感魅力""处处体现经典品质与新鲜时尚的完美结合""搭配出成熟幸福的时尚酷女郎之明星般经典璀璨的高雅魅力"等等,用这些文字拼贴出一个奢侈的时尚消费欲望之谷。其次,广告中的女性形象经过了超现实的完美再现,具有了可盈利性,成为推销商品的符码。广告图像中的女性形象是根据传统的父权制性别意识形态所制作出的女性美的标准,为广大女性消费者打造了一个理想的完美的典范,一个女性神话。广告中的女模特,面容精致,身材比例完美,以被观赏的姿态在摄像机镜头前表现自己身体的任一部分,头发、嘴唇、眼睛、手、腿等,每一部分都被物化为商品,在摄像机中被变形、放大。这些形象作为象征性符号,美丽是其唯一的属性。她们的脸上没有任何皱纹、疤痕、瑕疵甚至毛孔,通过这种超现实的塑造,她们成为标本范例,她们的形象被物化为观赏的对象,成为被消费的对象。

正如杰姆逊所认为的,广告正是把那些最深层的欲望通过形象引入到消费之中去,在消费社会里,可视广告越来越具有了这样一种功能:消费者在广告中,就像在神奇的魔镜中一样,时刻能看到自己,看到自己的身体、自己的需要、自己的缺陷。各种形象通过把人性欲望和幻想结合的方式,诱惑人的身体在不知不觉中被物的体系所包围。女性时尚消费品广告通过自己的受众定位与基调,以奢华的符号营造起一种想象性的奢华、高雅的生活方式,这对于那些正在渴望这一生活方式的蓝领女性、家庭主妇及在校学生来说即产生一种幻觉:通过购买这些物品,即可把自己象征性地划入中、小资

---

① [法]波德里亚:《物体系》,林志明译,上海:上海人民出版社2001年版,第214页。

产阶级白领女性这一社会阶层中,购买成为获得身份认同的一种手段,女性
消费者通过这种途径想象性地成为所谓的白领一族。

对于所有这些广告受众来说,她们都或多或少地受到时尚杂志所表现
的消费广告及其内蕴的符号价值与生活方式的困扰、侵袭。这些广告中的
商品作为时尚与美、高贵与品质的一个巨大的隐喻,女性被局限在消费的领
域,作为一个被出卖的消费符号。由此,一方面接受经过媒介渲染而被符号
化、感性化的产品,不知不觉沦为消费的奴隶,不可避免地浪费财力与心力
过度关注自己的身体与面孔;另一方面又采取炫耀性消费策略,在"构成生
活方式的商品、服装、体验、实践、表情及身体姿态的独特聚合体中,把生活
方式变成了一种生活的谋划,变成了对自己个性的展示及对生活样式的感
知"①,从而得到群体的身份认同。

在这样一种媒体制造的欲望消费文化与商品转化为符号价值、生活方
式象征的背景下,女性在时尚性消费符号面前,成为了一个作为被消费者与
消费者的双重客体。一方面,作为被消费者,广告中的女性形象具有可盈利
性,成为商业符码,被进行了传统性别意识的再编码,以其所被包装的形象,
身体各个部位的肢解与展现、身体完美状态的呈现,而使身体成为了统一化
的美的标准。而媒介对女性外在美的强调,是男性话语下消费社会的特征,
她所呈现的形象不仅是模式化的,且已被塑造为一种外在的、虚浮化的物化
客体,在一定程度上表达了男权文化对女性美貌化与浅薄化的期待,以此
使女性成为了被消费的对象。另一方面,按照阿尔都塞的观点,所有的意识
形态召唤或质询具体的个体作为具体的主体,而我们的本质和自我不过是
拥有社会生产身份的社会存在的虚构而已,我们的意识并不是有我们自己
产生的,而是由文化赋予的。② 因此,女性作为消费者,建构她的主体的"文
化",一定程度上即是广告所宣扬的男权中心意识形态以及消费意识形态,
她被这两种优势权力结构的意识形态所"询唤",使作为"他者"(即男权规
定的女性气质与消费文化建构的消费主体)的形象置换了作为主体的自我,
内化为一种相对于主体的无意识。

作为广告消费者,女性亦自己消费着广告中的女性形象,在长期的性
别意识"询唤"作用下,她无意识地以男性的眼光去注视、品评、观赏那些女
性。杂志广告中依传统性别意识所确定的女性气质,不仅仅被女性消费者

---

① [英]费瑟斯通:《消费文化与后现代主义》,刘精明译,南京:译林出版社2000年版,第
125页。

② 罗钢、刘象愚主编:《文化研究读本》,北京:中国社会科学出版社2000年版,第12页。

所接受,而且她们还仿效这种气质再次塑造自身的形象,进而男性对女性容貌、身材、气质的期待也转化成她们自身对自己的一种期待,作为客体的"他者"对自我潜在地实施以控制,将大量精力与时间过多地耗费在对自己不完美的身体的呵护、保养与照顾上,身体异化为一个物品。就像波伏娃所说的,时髦的女性们不仅把自己投射进物质中,而且也愿意把自己当作物质与花瓶。不仅如此,在女性身体逐渐物化的同时,自我的审美标准和价值判断也开始愈加物质化,"人靠衣装,美靠亮妆"就是这种审美经验物质化的典型论调。

面对这种双重物化趋势,美学何为?正如王一川指出的:"美学被物化、出现物化美学,是不以个人意志为转移的客观进程。当往昔占主导地位的心化美学变得失位、失范、失威,而新兴的物化美学(如大量的实用美学等)崛起并逐渐取而代之,却是有其必然性,个人奈何不得。而此时出现'生活美学'及'日常生活审美化'等新的美学主张,也实属必然。可以说,物化美学是对生活与文化的物化状况的一种新的美学反响,是物化年代的美学体验与反思。"① 事实上,"心化美学"与"物化美学"的区分,有似于本书对于"人性诗学"与"物性诗学"之间的分野。

我们说,一方面,美学当然不能脱离生活特别是物质生活,而从某种意义上说,摆脱往昔精神至上梦魇的作祟而重新正当地啜饮生活及物质生活的源头活水,恰是美学题中应有之义,从而无可争议地具有历史合理性。但是,倘若我们的全部生活都单纯地守定物质并以物质欲望的满足为旨归,甚至连艺术或更广义的文化都变得以物质及物质欲望的满足为旨归,那就绝非美学之本来诉求了。而另一方面,意识到生活以及审美经验的物化而不是放任其散漫发展,意识到物质对身体正在进行的潜移默化的改变而不是无视其入侵,意识到自我审美经验的物质化趋势而不是一叶障目、固守"虚假"的精神审美轮,乃是当下物质文化批评对美学的警示与启发所在。

二、物性批评与身份认同

身份认同(Identity)是西方文化研究的一个重要概念,其基本含义是指个人与特定社会文化的认同。当前身份认同研究的主要范式有文化唯物论、新历史主义、女权主义、后殖民主义等等。大概来说,身份认同分为四类,即

① 王一川:《物化年代的兴辞美学——生活论与中国现代美学Ⅱ》,见陶东风、张未民主编:《中文文艺论文年度文摘》(2011年度),北京:社会科学文献出版社。原文载于《文艺争鸣》2011年1月号(上半月)。

个体认同、集体认同，自我认同、社会认同。个体与特定文化的认同就是个人身份认同，从文化角度讲，在个体认同过程中，文化机构的权利运作促使个体积极或消极地参与文化实践活动，以实现其身份认同。集体身份认同，是指文化主体在两个不同文化群体或亚文化群体之间进行抉择。自我身份认同强调的是自我的心理和身体体验，是启蒙哲学、现象学和存在主义哲学关注的对象。社会身份认同强调人的社会属性，是社会学、文化人类学等研究的对象。

　　"身份认同"这个今天在街头巷尾谈论得最多的话题和玩得最为平常的游戏，它引发的注目和引起的激情，都归功它所带来的或真实或虚伪的安全感。压制与抵抗、中心与边缘、主导文化与从属文化间的相互作用必然产生身份认同的嬗变，因此身份认同就是权力政治的表征与产物。拉康文化心理学认为，身份认同是自我对于男性中心文化的认同；而依照德里达的解构延异观，身份认同则是一个旧身份不断分裂、新身份不断形成的去中心过程。不难看出，身份认同与一系列理论概念相关涉，诸如主体、语言、心理、意识形态、权力、阶级等等。直至今日，当代身份认同研究领域依然存在着许多争议。从启蒙哲学、经典马克思主义到当代文化研究，身份认同理论历经 3 次大裂变，形成了 3 种不同身份认同模式：启蒙身份认同、社会身份认同，以及后现代去中心身份认同。当代文学批评中的身份认同研究并没有脱离文学批评，相反，它竭力从文化、意识形态、权力等外部视角重新阐释文学及各种相关问题。在后现代消费主义的批评视野中，我们发现，身份认同开始与财产、消费品等个人拥有或占有物越来越紧密地联系在了一起。换句话说，当下身份认同机制开始趋于物质化。

　　正如贝尔克在《财产与延伸的自我》中所说的，"不理解消费者与财产之间有什么联系，就不能指望理解消费者的行为，要了解财产意味着什么，关键是无论意识到还是未意识到、有意还是无意地，我们都要认识到我们把财产看作是自己的一部分。"[1] 图恩也说，我们脆弱的自我感觉需要支持，而这种支持是通过拥有和占有财产获得的，因为很大程度上我们就是我们所拥有的和占有的。美国剧作家亨利·米勒曾经描写道："所有的人都在汽车、房屋的消费中寻找自己的灵魂。"[2] 我们不难看出，消费社会个人的消费

---

[1]　Russell W.Belk, Possession and the Extended Self, Journal of Consumer Research, 15, September 1988, pp139-168. 译文参见孟悦、罗钢主编：《物质文化读本》，北京：北京大学出版社 2008 年版，第 112 页。

[2]　参见钟和晏：《在物质和审美之间》，《三联生活周刊》2005 年第 27 期。

行为中最基本、最有力的事实就表现在：我们成为我们所拥有的所有东西的总和。这些物品往往与人的潜在的形象、而不是真实的人之间存在着更大的联系。

　　这也正好印证了现代"自我"概念创始人詹姆士的观点，他认为，一个人的自我是他能够称作是他的所有东西的总和……如果这些东西增加、繁荣，他就有胜利的感觉；如果他们缩减、消失，他就一蹶不振——对每个东西的感觉程度不一样，但是所有这些东西感觉的方式大致是一致的。物品与自我认同的关系在其失窃时的自我感觉中得以证明。另外，物品本质上不属于任何人，但又具有属于任何人的可能性。财产是被看作自我的一部分的。换句话说，当我们拥有或被一个物品所拥有，它就成为自我的一部分。这个过程非常关键，只有在物品以某种获得方式得以变为财产后，物品才会参与到身份认同机制中来。在消费社会中，这种获得方式绝大程度上体现为商品购买逆推回去我们可以发现，商品购买行为几乎成为了我们如何看待／认同自己的决定机制。正如罗伯特－哈尔顿（Rochberg-Halton）所说："有价值的物质财产……的作用是自我的标志，这些标志本身就是自我继续完善的基本要素，这样我们就为自己创造了世界的意义，与此同时也就创造了我们自己，切切实实把自己延伸到客观环境中去了。"这就是身份认同在后现代消费社会中的物质转向。物质性财产，如衣物和车被看作是声望的一个重要来源。拥有好的房子、一部好车、一套好家具、最新电器的一个人，会得到他人的认可，认为他通过了我们社会的检验。

　　在消费社会，消费方式与消费品是身份认同的重要手段。对于个体层次的身份认同而言，消费是人格的象征，对消费品的选择行为是个人将无意识领域的主观形象投射到消费品上，个人的消费行为是其无意识人格形象的外化。另外，财产不仅被看作是自我的一部分，还被看作是自我发展的手段。奥伯特认为，赢得一个身份的过程，以及在这个过程中赢得自我尊严，从婴儿时期就开始了，这是通过持续扩展被认为是我们自己的东西而进行的延伸自我的过程。萨特认为，我们要拥有某件东西的唯一原因是扩大我们的自我感知，我们能够知道我们是谁的唯一途径就是通过观察我们所拥有的；换句话说，拥有和存在是不同的，但不可分割。乔纳森·弗里德曼（Jonathan Friedman）指出："在最一般的意义上，消费是创造认同的特定方式，一种在时空的物质重组中的实现方式。就此而言，它是自我建构的一种工具。"①

①　[美]乔纳森·弗里德曼：《文化认同与全球性过程》，郭健如译，北京：商务印书馆2003年版，第227页。

人的身份似乎是矛盾的、片面的，但又是非常重要的。虽然历尽艰辛他们才获得社会和历史规约的认可，但性别、种族和阶级并不能奠定他们对于"基本"整体的信念，人们愈加倾向于从他者、差异和特异性中建构一种后现代的自我身份。因此，物品的大部分价值并不是内在固有的，某种程度上说，它的价值直接来源于他人拥有或想要拥有这个物品。因此我们进入的是一个充满竞争的开放领域，从这个意义上说，人与物的关系绝不仅仅是双向（人—物）的，而总是三向（人—物—人）的，物品拥有权所带来的是对我的和你的东西的关切。通过在社会情景中与他人进行比较，我们希望在与他人的区别中认识自己，以确定我们属于某些共同体。

在消费文化中，物具有物质性与符号性两个维度。物的物质性维度是指物对人的现实需求的直接满足，物在此直接表现为某种功能，例如食物对于饥饿，衣服对于寒冷，因此也可以称之为功能性维度，这一层面上的需求与满足受制于特定生产力的发展水平。但物的意义性维度指向的则是一种对价值层面的追求，物在此摆脱了它直接的功能性而以符号、意义的形式表现出来，因此也可以称之为符号性维度。符号价值的产生来源于一个符号或者意义的体系，正如波德里亚在《物体系》中所指出的："就物品而言，正是拥有超越它的'功能'的可能，以迈向一个二次度功能，并且也代表有可能在一个普遍的记号体系中，成为游戏、排列组合、计算中的一个元素。"①这个"二次度功能"就是物的符号性维度。

符号价值是波德里亚在马克思的商品"使用价值"和"交换价值"的基础上提出来的概念，指的是商品和语言符号一样，本身不具备意义，其意义产生在与其他符号之间的差异之中。不同的商品背后体现的是文化差异和社会等级结构，因此人们对商品的消费其实是对商品所代表的社会等级差异的消费，消费社会人们已经不再只为使用价值而购买商品，而是为了其符号价值。当我们在消费物品的时候，我们就是在消费符号，同时在这个过程中将自己与其他类型的人相区别，从而界定我们自己。

在前现代时期，信任和安全的意识植根于亲缘关系、地方群体、宗教信仰和延续的传统之中；而如今，现代性强大的动力分割了时间和空间，解除各种机构和机制的弹性，使一些基本的信任关系形式脱离与地方背景的从属关系，地域不再是认同的明显依据，时空组合达到前所未有的紧密程度。这种现代化动力在全球化的逻辑下得到最充分的发挥，通过不断激增的信息传播流，通过人类大规模移民，逐步侵蚀了疆界和边界，并激化文化与认

---

① ［法］波德里亚：《物体系》，林志明译，上海：上海人民出版社2001年版，第72页。

同的冲突几乎到了一触即发的地步。随着文化的融汇、杂交,认同原有的确定性和基础必然不断遭到削弱,认同的连续性也被打断了,人们越来越感到需要"在表达上同往昔建立某种关系",需要附属于作为"相关性和延续性的交点、属界线分明的文化群落和社会群体"的特定领地。

因此,物质成为界定地位、身份、权力、心境和身体状况的实践性表达。在某种意义上,消费甚至不单纯是表达,作为自我识别的符号,它还是自我的社会文化认同的构成。这些物品构成了"我是什么"或"我们是什么"的某种组合符号表征。事实上,这些符号表征不仅是表达,而是对力量——身份、权力、声誉、生命力、创造力——的界定,力量的表现形式是财富、健康、优雅形体甚至白色的皮肤。可见,人的身体呈现不仅是审美的需要,它还在表达某种"社会面具"。

三、物性批评与具身反思

20世纪中后期,生物、信息、空间、材料等技术的突飞猛进为人类迎来新技术革命的曙光,尤其信息技术和生物技术,对人类产生了无法估量的深刻影响。信息技术渗透到社会的各个层面,把整个世界变成"地球村",人们的生存模式和生活方式改头换面。生物技术的日新月异,尤其是基因工程的开展,使人们渐渐发现原来稳定的范畴都已经不复存在了。然而,在震撼和惊喜之余,人们被迫开始重新思考技术的本质及技术与人的关系。

考察技术与身体在后现代社会的异变之必要性乃在于,一方面,技术思想与技术概念在很大程度上决定着生活秩序及现代生活自身的意义。现代社会往往将技术看成社会文化发展的决定性因素,按照技术导向的社会科学的看法,技术决定着生活方式和人的活动世界,在技术与文化之间的条件关系中,技术的发展是自变量,而社会文化的发展是因变量。并且,从技术的格局来看,人与社会都被"技术形态化"了。另一方面,在话语分析、交往理论以及信息技术的帮助下,我们正在进入一种新的范式——物质已经被去物质化了,身体被去身体化了。身体长期以来被看作自然的圣殿,被看作技术的对立物,即使是这样,现在它也不再能够逃脱技术和人工手段的塑造。总而言之,技术对身体的改造与异变乃是当下消费社会最醒目的表征。于是,一种对新技术、对新身体的反思与理论探索势在必行。

1. 身体的出场、身体与技术以及身体的"非自然化"

自柏拉图以来,西方身心二元论(即身体与理念、身体与灵魂、身体与精神之间)的张力,一直是西方哲学家所坚持关注的基本立场,而主体性哲学推崇理性、灵魂与精神，身体极其所表现的感性则被视为价值的对立面而备受压抑。在这个意义上，身体与物质性被等同起来，并首先在真理的方向上受到了严厉的谴责——它被认为妨碍真理和知识的出场并经常导向谬误。在某种意义上，对身体的压制，也是对身体的固定形式和意义进行反复地再生产，从而让身体醒目地出场——尽管是以一种丑陋和不洁的方式出场。

这种现象一直持续到19世纪，直到尼采扭断了身体和意识对立的哲学叙事线索，才摧毁了意识的宰制地位而将身体凸显出来。"我完完全全是身体，此外无有，灵魂不过是身体上的某物的称呼"①，在尼采对人的定义中，身体和动物性取代了形而上学中理性的位置：人首先是一个身体和动物性存在，理性只是这个身体上的附着物，一个小小"语词"。这样，身体不再是意识支配下的被动器具了，身体跳出了意识长期以来对它的压制和漠视，跳出了那个漫长的二元叙事传统，成为主动的而且是唯一的解释性力量。身体主宰着道德领域、知识领域和审美领域，身体是积极的、生产性的，具有强大的生产力，它生产了社会现实，生产了历史。

视觉文化符号传播系统也把身体纳入了消费主义的轨道，它们主宰了消费文化中人们对身体的理解，我们的技术既应用到了外部世界中，也应用到了我们肉体自身。技术与物质糅合在一起，成为了自我的一部分，成为了人的第二皮肤或外骨骼。不仅如此，可视媒介反复暗示这样一个信息：身体形象与机器交换价值是成正比的——白皙无暇的皮肤、优雅性感的身体、精致动人的脸庞，是通向幸福的钥匙，或许甚至是幸福的本质。广告通过重新评估使用价值将所谓的"漂浮的能指"效应发挥得淋漓尽致，向人们提供一种日常生活的诗学体系。正如电影《致我们终将逝去的青春》热映时流传甚广的一句话，"长得好看的人才有青春"，对于我们的身体来说，林林总总的广告赋予其的意义是：完美的身体是快乐和表现自我的载体。快乐、幸福、魅力总是与姣好的面容、性感的身材相连结；换句话说，我们的审美经验已经被诱导而变得极度物质化。

正如前文所论述过的，消费文化熏染下的审美经验愈加表现出了依赖商品（物品）作为美的衡量标准的倾向，突出表现在身体美学（即对自我身体美的感知与认可）之中。而视觉文化即是一种身体文化：它以视觉为基础，而任何一种知觉，任何一种以知觉为前提的行为，都是对身体的运用。可以说，视觉文化是身体解放时代的产物。经历了漫长的主体（意识）哲学的岁

---

① [德] 尼采：《查拉图斯特拉如是说》，孙周兴译，北京：商务印书馆1992年版，第27页。

月之后，身体一旦被合法化，其最具震撼力的便是动物性能量的释放，或曰感性能量的释放。大众视觉媒介确立的身体标准引发了人们种种身体的焦虑，人们透过媒介的眼光不断地审视自己的身体，以便使其达到或接近媒介的标准，于是，因自己的身体与完美标准的距离而产生的关于身体的焦虑，就成为一种普遍现象。这种关于身体的焦虑促使当代人施行种种"身体的技术"，以此来维护或完善自己的身体形象。

所谓身体的技术，包含三个最基本层面：一是修饰身体的技术，包含化妆技巧、形象设计等，这是最简单也最普遍的身体技术。二是塑造身体的技术，例如节食、健身，甚至使用药物与各种方法来保持外表的美丽与生命的强度。三是改变身体的技术，如整形美容手术等医学手段。这些身体的技术都促使着人们向着哈拉维所说的"赛博格"发展，并且身体的物质化直接导致了人们审美经验的物质化。电视、电影、时尚杂志等大众视觉媒介确立了一整套身体美学标准，它体现为当代强制性的身体美的视觉标准："美女"千篇一律地拥有白皙的肌肤、丰满的胸部、平坦的小腹、圆而翘的臀、修长的双腿；棱角分明、肌肉发达、体格强壮的男性身体已略微有点过时，取而代之的是拥有俊秀的脸、细长的身材、中性装扮的"花样美男"。这些标准使得人们对所谓美的身体趋之若鹜，以致我们的时代成为一个狂热迷恋上述身体之美的时代。

在这种境遇下，人的身体正逐渐被人们当作有差异的、需要特殊对待的实体（entity），而不是一个统一的整体。消费文化通过节食、化妆品、锻炼、维生素把人的身体分解为一系列身体部件的组合。这是后现代理论特别关注的、当代世界大范围"碎片化"过程的一部分，"从巴赫金到妓院，从利奥塔到紧身衣，身体变成了后现代思想关注最多的事物之一"①。并且，"作为一种始终局部性的现象，身体完全符合后现代对大叙事的怀疑，以及实用主义对具体事物的爱恋"②。它对"人类到哪里结束，机器从哪里开始提出了疑问，并有助于我们将关于人类身份的身体基础的传统理解相对化"③。后现代物质"入侵"身体，使这个"恐怖的身体"不再是原初意义上"自然"的身体，而拥有了非自然物质的"物质性"，并与意识形态之间展开了新的共谋互构关联。文学批评不仅需要正视身体的"自然的"物质性，更应该正视身

① [英]伊格尔顿：《后现代主义的幻象》，华明译，北京：商务印书馆2000年版，第81页。
② [英]伊格尔顿：《后现代主义的幻象》，华明译，北京：商务印书馆2000年版，第82页。
③ [英]阿雷恩·鲍尔德温：《文化研究导论》（修订版），陶东风等译，北京：高等教育出版社2004年版，第318页。

体之中"非自然"物质的物质性。

在消费文化、视觉理论以及信息技术的帮助下，我们正在进入一种新的范式——物质已经被去物质化了，身体被去身体化了，技术变得可疑，身体变得可以被"制作"。"生命本身成了某种技术上可制造的制作物，现代人正匆忙地向这一目标奔去，即人在技术上制造自己，如若这一点成功了那么人就把他自己炸毁了，亦即把他的作为主体性的本质炸毁了。"① 物质不仅是身份认同的重要指标，还是美的衡量标准。这些新的实践和思维方式挑战了根本的范畴，颠覆了传统的边界，例如自然和文化，客体和主体，物质世界和非物质世界，工厂和家庭之间的边界。

2."技术成为自我的一部分"——技术与身体的"混淆"

什么是"技术"？一种说法是，技术是合目的的工具；另一种说法是，技术是人的行为。诚然，谁也无法否认这种回答的正确性，但这种回答并未切入技术之本质。海德格尔指出，技术的本质不同于技术的东西，而长久以来我们就是把技术的东西当作技术之本质。技术时代使人到处看到的都是自己在技术活动中创造的东西，以为人处处碰到自己。然而，真正来说，今天的人已不能在任何地方碰到他自己，即碰到他的本质了。因为技术在助长人的主体性、使人充满自信的同时却又悄悄地抽空了人的存在。人在对外物的追逐中彻底遗忘了自身，完全迷失于器物之中，甚至被物所役，匆匆忙忙参与着、应付着对世界的征服，大规模生产统治着一切。如同舍勒所说的那样，"本应活泼泼的现代文明变成了凝滞生命活动的机械文明，在这种文明的发展过程中，物、机器变成了随心所欲操纵人的主人，'物'日益美好聪明强劲伟大，而创造物的人日益渺小、萎缩、单一、空虚"②。

讨论技术就不得不再次提到庄子。庄子所谓的"技"或者"术"和海德格尔所说的技术有相同之处，它们都是人的活动，而不是物的运动，因此它们在本性上与自然相对，技术不是自然，自然不是技术。不仅如此，技和技术都是人对于自然的克服，是人改造物的活动，人在没有物的地方制造物，在已有物的地方加工物，这使技术的根本意义表现为制造和生产。技术就是要制造一个在自然尚未存在且与自然不同的物，亦即人为之物，但这个物并不以自身物为目的，而是以人为目的。由此，技术成为了人的工具或手段，人借此来服务于自身的目的，它们都表明了人对于物的有用性的要求；而

---

① [德]海德格尔：《路标》，孙周兴译，北京：生活·读书·新知三联书店2000年版，第298页。

② 参见[德]舍勒：《舍勒选集》，刘小枫编选，上海：上海三联书店1999年版。

有用性实际上意味着物具有技术化的特性,也就是能够成为手段和工具的特性。

但庄子的"技"具有自身独特的意义,它主要是人用手直接或间接与物打交道的过程。作为手工的活动,"技"在汉语中就被理解为"手艺"或"手段"。那些掌握了某一特别手艺的手工活动者成为了匠人,手是人身体的一部分,技因此依赖于人的身体且是身体性的活动。但人的身体自身就是有机的自然,是自然的一个部分,技因此是依赖于自然性的活动,这就使技自身在人与物的关系方面都不可摆脱其天然的限度,即被自然所规定。在这种限定中,人不是作为主体,物不是作为客体,于是人与物的关系不是作为主客体的关系,而是作为主被动的关系。人在技的使用过程中,要么让自然生长,要么让自然变形,以此达到人自身的目的。尽管如此,技作为人工要合于自然,即人的活动如同自然的运动,如庄子所谓"道进乎技",这也导致由技所制作的物虽然是人工物,但也仿佛自然物,即它要看起来不是人为,而是鬼斧神工,自然天成。由此我们可以看出,庄子(甚至一般中国思想)所理解的技是被自然所规定的人的活动,但如此理解的技依然不是自然本身,不是道本身,相反它会遮蔽自然,遮蔽道,因此它会遮蔽物本身。

与庄子的技不同,海德格尔的技术指的不是手工制作,而是现代技术,即机械技术和信息技术。在手工操作到机械技术的转换中,人的身体的作用在技术里已经逐步消失了其决定性的作用。而在信息技术中,人不仅将自己的身体,而且将自己的智力转让给技术,因此现代技术远离了人的身体和人的自然,自身演化为一种独立的超自然的力量。技术虽然也作为人的一种工具,但它反过来也使人成为它的手段。这就是说,技术要"技术化",它要从人脱落而离人而去,现代技术的技术化成为了对于存在的挑战和采掘,由此成为了"设定"。人当然是设定者,他将万物变成了被设定者,同时人自身也是被设定者,而且人比其他存在者更本原地从属被设定者整体。这个整体就是现代的技术世界,世界不再是自然性的,而且自然在此世界中逐渐消失而死亡。技术世界的最后剩余物只有可被设定者,它要么是人,要么是物。作为被设定者,人和物都成为了碎片,而碎片都是同等的,因此也是可置换的。

弗里德里克·费雷指出,技术"显然远远不单纯是思想的具体化。从根本上说,技术是需要和价值的体现。通过我们制造和使用的器具,我们表达了自己的希望、恐惧、意愿、厌恶与爱好。技术一直是事实与价值、知识与目的的有效结合的关节点"。并且,"通过对技术的解析,我们会从中发现一个完整的信奉和信仰的世界"①。

这些对技术的定义从不同层面、不同侧重点将技术与身体、技术与日常生活紧密联系到了一起。

就拿汽车来说,汽车的意义在于它重组了公民社会,导致了西方在"汽车空间"的社会中思维方式、居住方式、社交方式等的显著变化:一方面,用麦克卢汉的话来说,汽车是我们自身的延展;另一方面,跟随罗兰·巴特的理论,汽车也是一个栖居地——某种移动的家庭生活。但是,悖论存在于以下事实中:这种移动的家也是身体的延伸,是衣着的形式;或者更确切地说,是第二皮肤或外骨骼。事实上,技术的使用是人类进化的一个促成因素,技术作为我们自身的延伸,成为了自我的一部分,技术和身体混淆在了一起。汽车既是自我的扩展,也是自我的束茧,作为地位的象征和表达自我的物体,肉体和技术的相混,在某种程度上是一种创造了超现实的新奇事物,确证了人类和技术难以分离的状况。我们的技术既应用到了外部世界中,也应用到了我们肉体自身,如今的现实告诉我们,是技术首先使我们成为人。

与汽车相仿,因技术的发展而进入人类生活、并深刻改变了人类精神以及日常生活面貌的物体,还有手机。手机的问世使得人与人之间的交流突破了时间和空间的限制,给人们的生活提供了极大的便利。从身体角度出发管窥冯小刚导演的电影《手机》,可以发现影片中隐含的技术对身体的控制主题。

电影片头首先提到,吕桂花想得知自己丈夫牛三斤最近是否回家的消息,要经历的曲折历程:她先要搭自行车到镇上唯一的邮局排队打电话,电话连接到牛三斤的工作单位三矿,三矿的接线员用高音大喇叭将这一消息传播给牛三斤。这样一个小小的消息所经历的复杂过程与高额成本使得消息本身变得昂贵。自行车、邮局、大喇叭这样的物质媒介在消息的获得中扮演了极其重要的角色,正是这些物质存在的相互作用使得消息的获得成为可能,这一点在以往的文学评论与研究中通常被忽视了。继而,随着手机的普遍运用,人的身体形象出现了变化。影片中严守一、武月、费墨等人都以"手机人"的面貌出现,揭示出了在以手机为媒介的网络空间中,人类的身体所面临的全面挑战。片中有这样一个镜头:严守一出门上班途中一摸裤兜发现自己忘带手机,魂不守舍,匆忙返回家中取走手机。这样的情形在当今社会已屡见不鲜。影片中解释的原因是严守一怕情人武月拨打的电话被老婆余文娟接到,而对于这一点,费墨提议事先电话通知武月不要拨打电话

---

① ［美］弗里德里克·费雷:《走向后现代的科学与技术》,载［美］大卫·格里芬编:《后现代精神》,王成兵译,北京:中央编译出版社2011年版,第193页。

就可以解决，但严守一坚持返回拿手机。这一个细节凸显了主人公对手机机器本身的依赖，手机的不在场会制造心理上的紧张感与失落感。

英国学者文森特着重考察了用户对于手机的情感附着，这种情况不仅表现为获得手机时的欣喜、使用手机时的舒畅，而且表现为丢失手机时的惊慌与焦虑。文森特认为，这种情感附着是我们对手机进行投资的结果。由于被个人化的缘故，手机保存了对于用户具有特殊意义的电话号码、照片和其他信息，成了生活记忆和社会联系的总目，充当"我，我的手机和我的身份"的图标，将人们的社会生活与情感生活具体化，而不仅仅是使之成为可能。人们现在借助手机在社会中来为自己设定一个位置，设定一个可见性的时空场所。每个人都被想象成一个手机人，一个有手机号码的人。人们要确定这个人，要找到这个人，不再是去直面他，不再是去找到他的肉身，而是要找到他的手机号码。他的号码就是他自身，肉身似乎变成了一个号码，每个人都被抽象成一个手机号。"事实上，这个新的人机结合体，一方面使得身体超越了自身的局限性，增加了能力；另一方面身体确实被手机所吞没。"①

这无疑表明，手机在扩展身体功能的时候也在异化着人类的身体。希林指出："技术态身体的观念不仅是说我们所处的基于工作的背景以及其他背景都受到技术前所未有的支配，而且意味着生产技术与知识都在向内部移动，侵入、重构并愈益支配身体的内容。"② 因此，希林指出，手机在多大程度上解放了人们，也在多大程度上抑制了人们："手机抑制了人体的某些肉体官能，它抑制了行动能力——人们尽可能减少身体活动；抑制了书写能力——人们越来越借助机器通话；抑制了记忆能力——人们越来越依赖手机储存消息。"③

《拇指文化：手机对社会的意义》一书在导言中谈道："它是一种强化个人身份感的物神化（fetishised）对象。它是一种改变我们处理事务方式的有革新能力的技术。它是一种改变我们管理时间与空间的方式的手段。它是一种发送文本—信息的工具。它是一种我们掌中的超级计算机，可以执行比阿波罗飞船更为复杂的计算任务。"④ 手机正在变得与存在相联系：用固

① 黄鸣奋：《拇指文化，手机与社会存在》，《读书》2009年4月。
② ［英］克里斯·希林：《文化、技术与社会中的身体》，李康译，北京：北京大学出版社2011年版。
③ ［英］克里斯·希林：《文化、技术与社会中的身体》，李康译，北京：北京大学出版社2011年版。
④ P.Glotz, S.Bertschi & C.Locke（eds）, *Thumb Culture：The Meaning of Mobile Phones for Society*, London, Transaction Publishers, 2005.

定电话通信,我们呼叫场所;用移动电话通信,我们呼叫人。我们日甚一日地期待人在电话线的另一端,如果呼叫无应答,我们就会觉得受挫。手机的沉默,在某种意义上,也意味着这个人可能处在一种特殊的状态。

汪民安指出:"手机是另一个说话器官,是一个针对着远距离的人而说话的器官,因为有了手机,人的语言能力增加了,人们可以将语言传送到非常遥远的地方——从理论上来说,可以传送到任何地方,也可以在任何时候传送。同样,人们的听觉也增加了,耳朵居然能神奇般地听到千里之外的声音。"他进而指出:"手机意味着人的'进化',我们不是主动地控制或者拥有这个手机,而是相反,手机开始强行闯入到你的身体中来。一个孩童,随着年龄的增长,它的身体也在逐渐膨胀,这也同时意味着一个手机会插入到他的膨胀的身体中来。这个过程如此地自然而然,以至于没有人会怀疑它的确切性,没有人对此提出异议。最终,每个人都会和这个机器以及这个机器所发出的铃声相伴终身。"[①] 而对于很多人来说,特别是儿童,手机的作用类似于弗洛伊德《超越享乐原则》(1920)中所讲述的 fort-da 游戏中的线轴,我们反复抛出、拉回线轴,借此重演"母亲""消失—回来"(非在与存在)的戏剧场景。

概而言之,人与汽车、与手机的关系也是一种哈拉维所谓之"赛博格"的非典型样态。这种"人机合一"的表征无疑使得大写的"人"的地位受到了挑战,人类进入了"后人类"(posthuman)时代。在这个时代,和人类共存共生的不仅仅是一些高级动物,以及自然界中的生物,此外还有一些科学技术发明创造出来的机械。黄鸣奋区分了"电子人"(即赛博格,cyborg)在实践中的三种状态指出:"一是观念电子人,仅仅存在于人的主观世界,代表了对于改造身体的某种构想;二是功能电子人,以在实践中依恋、依靠、依赖相关的机器(主要是电子设备)为特征,代表了对于增强身体功能的实际努力;三事植入电子人,特点是不仅在观念上认同人机共同体,而且在实践中努力将机器同化入自己的精神世界。"[②] 这三种电子人的状态几乎将大部分现代人囊括于其中。黄鸣奋分析指出,进入数码时代之后,"功能电子人"作为赛博主体性的人格化身,通过使用各种电子设备实际地而不是观念地或想象地增强自己的能力,新媒体用户尽管不一定意识到自己成为电子人的事实,但在不少场合表现出对于电子设备的依赖性,"他们不仅在办公室、

---

① 汪民安:《手机、身体与社会》,《文艺研究》2009 年第 7 期。

② 黄鸣奋:《新媒体时代电子人与赛博主体性的建构》,《郑州大学学报》(哲学社会科学版)2009 年第 1 期。

起居室为各种电子设备所包围,而且竭尽所能地将便携式电子装置佩戴在自己身上,钟爱计算机、数码相机、数码手机、数码摄像机、个人数字助理等工具,将互联网当成自己的'外脑'而不惮变成'搜索族',在连线世界中消磨越来越多的时光。"[①] 事实上,观念的、功能的及植入的电子人已经渗透在人类生活的方方面面,研究者指出:"估计 10% 的西方人口已经是技术意义上的电子人,包括那些拥有电子起搏器、电子人造器官、药物植入系统、植入角膜透镜与人造皮肤的人,而更高的比率是隐喻意义上的电子人,即那些迷恋于计算机、视频游戏、移动电话和其他将他们连接到交互回路复杂网络设备的人。"[②]

此外,媒介的家居化进程,不仅是科技产品成功进入家庭领域,改变了居住空间和"家"的感觉;更重要的是媒介技术与日常生活的结合,在效果上形成了家庭的构造形式,营造了一个新的生存环境——已经被彻底媒介化和电子化的家庭领域——在这样的家庭中,科技再也不是补充品,而是使得"家"之所以为"家"的重要组成部分。技术潜移默化,无处不在,这些前途不明的新技术是如何自然化和家居化,如何减少技术可能带来的威胁并增加它的可控性,物恋应该积极还是消极看待,技术的符号意义何在,这些问题都值得深入探讨。

长期以来,人们梦想通过技术发展来实现真正的自由。从蒸汽机时代到数字化时代,我们经历了多次"新技术革命"。而当我们今天发誓要通过新技术的运用创造一个更为美好的公民世界的时候,很多证据却表明新的技术手段非但没有解决社会与文化的鸿沟,反而以新的方式重复了过去的问题。可以说,以通信技术和生物技术为代表的高新技术正在给人类带来新的发展契机,也将产生全新的境况,人、机器和自然三者在未来世界将呈现互相制约和协调的局面,人与机器谁也不会替代谁,而是人机结合为杂合体的赛博格,人类正在进入智能化的类生物体系的生产时代。

总之,如果说批评活动必然会涉及反思性的话,那么,这种反思性就决不是批评主体将自身凌驾于物之上而做的"居高临下"的俯视和宰制活动,也不是主体将自身从对象中抽离出来并在与客体相对立相视的意义上所做的"置身事外""超然物外"的对象化审视活动;而毋宁是,批评反思必然是

---

① 黄鸣奋:《新媒体时代电子人与赛博主体性的建构》,《郑州大学学报》(哲学社会科学版)
2009 年第 1 期。

② Thor Magnusson, *Processor Art*, *Current in the Process Oriented Works of Generative and
Software Art. August*, 2002. (http://art.runme.org/1041468777-11748-0/pa_lowers.pdf)

"具身性"或"涉身性"的（embodiment）。① 这个无法脱离的"身"，不仅在身份认同的角度与"心"（精神）相缠绕，而且与处身环境的物性相纠缠。不过，必须强调指出的是，"具身认知"理论所强调的不可脱离身体而进行认知，却并不意味着将人的身体感官实体化和本质主义化，而需要从生态学的高度来把握。② "具身性"所关涉的审美和文艺活动的物性内容，向传统的"心性"美学和"人性"诗学提出了尖锐的挑战，也向以"与物为春"为基本追求的新的文艺美学发出了召唤！

---

① Lakoff G. M., Johnson, *Philosophy in the Flesh：The Embodied Mind and Its Challenge to Western Thought*, Basic Books, 1999, p.122.

② 张进：《论麦克卢汉的媒介生态学思想》，《江西社会科学》2012 年第 6 期。

参 考 文 献

1.1 主要中文文献

1. [英] 阿伦·布洛克：《西方人文主义传统》，董乐山译，北京：生活·读书·新知三联书店 1998 年版。

2. [德] 阿多诺：《美学理论》，王柯平译，成都：四川人民出版社 1998 年版。

3. [英] 阿利斯特·E. 麦格拉斯：《天堂简史：天堂概念与西方文化之探究》，高民贵、陈晓霞译，北京：北京大学出版社 2006 年版。

4. [英] 安德鲁·本尼特、[英] 尼古拉·罗伊尔：《关键词：文学、批评与理论导论》，李永新、汪正龙译，桂林：广西师范大学出版社 2007 年版。

5. [法] 安田朴：《中国文化西传欧洲史 (2 册)》，耿昇译，北京：商务印书馆 2013 年版。

6. [英] 安吉拉·默克罗比：《后现代主义与大众文化》，田晓菲译，北京：中央编译出版社 2001 年版。

7. [美] 阿尔君·阿帕杜莱：《消散的现代性：全球化的文化维度》，刘冉译，上海：上海三联书店 2012 年版。

8. [法] 阿兰·科尔班：《大地的钟声：十九世纪法国乡村的音响状况和感官文化》，王斌译，桂林：广西师范大学出版社 2003 年版。

9. 阿蒙：《时蔬小话》，北京：商务印书馆 2014 年版。

10. [波兰] 爱娃·多曼斯卡：《过去的物质性存在》，江海学刊 2010 年 6 月版。

11. [英] 埃瑞克·霍布斯鲍姆：《匪徒：秩序化生活的异类》，李立玮、谷晓静译，北京：中国友谊出版公司 2001 年版。

12. [英] 安·格雷：《文化研究：民族志方法与生活文化》，许梦云译，重庆大学出版社 2009 年版。

13. [匈牙利] 阿格妮丝·赫勒：《日常生活》，衣俊卿译，哈尔滨：黑龙江大学出版社 2010 年版。

14. [英] 爱德华·伯纳特·泰勒：《原始文化》，连树生译，上海：上海文艺出版社 1992 年版。

15. [以色列] 爱德华·萨义德：《世界·文本·批评家》，李自修译，北京：三联书店 2009 年版。

16. [美] 爱德华·W. 索杰：《第三空间：去往洛杉矶的其他真实和想象地方的旅

程》,陆扬等译,上海:上海教育出版社 2005 年版。

17. [法] 埃米尔·涂尔干:《社会分工论》,渠东译,北京:生活·读书·新知三联书店 2000 年版。

18. [法] 埃米尔·涂尔干:《宗教生活的基本形式》,渠东、汲喆译,北京:商务印书馆 2011 年版。

19. [法] 爱弥尔·涂尔干、[法] 马塞尔·莫斯:《原始分类》,汲喆译,上海:上海人民出版社 2000 年版。

20. [法] 埃米尔·迪尔凯姆:《社会学方法的规则》,胡伟译,北京:华夏出版社 1999 年版。

21. [法] 奥利维耶·阿苏利:《审美资本主义:品味的工业化》,黄琰译,上海:华东师范大学出版社 2013 年版。

22. [英] 巴里·巴恩斯:《科学知识与社会学理论》,鲁旭东译,北京:东方出版社 2001 年版。

23. [美] 保罗·福赛尔:《格调:社会等级与生活品味》,梁丽真、乐涛、石涛译,北京:世界图书出版公司 2011 年版。

24. [美] 保罗·福赛尔:《恶俗:现代文明的种种愚蠢》,何纵译,北京:世纪图书出版公司 2012 年版。

25. 包晓光:《物性之维:人文精神视阈下的中国当代文艺》,文物出版社 2012 年版。

26. [英] 本·海默尔:《日常生活与文化理论导论》,王志宏译,北京:商务印书馆 2008 年版。

27. [德] 彼得·科斯洛夫斯基:《后现代文化:技术发展的社会文化后果》,毛怡红译,北京:中央编译出版社 2011 年版。

28. [英] 彼得·弗兰科潘:《丝绸之路:一部全新的世界史》,邵旭东、孙芳译,杭州:浙江大学出版社 2016 年版。

29. [法] 布鲁诺·拉图尔:《自然的政治:如何把科学带入民主》,麦永雄译,郑州:河南大学出版社 2016 年版。

30. [法] 布鲁诺·拉图尔、[英] 史蒂夫·伍尔加:《实验室生活——科学事实的建构过程》,张伯霖、刁小英译,北京:东方出版社 2004 年版。

31. 陈超南、姚全兴:《走向新世纪的审美文化》,上海:上海社会科学院出版社 2000 年版。

32. 陈凌等:《丝绸之路与古代东西方世界的物质文化交流》,西安:三秦出版社 2015 年版。

33. 陈炎主编:《中国审美文化史(四卷本)》,济南:山东画报出版社 2000 年版。

34. 陈珏主编:《清华学报(物质文化研究专号)》,台湾"国立"清华大学出版社 2012 年版。

35.陈中正:《创客——商业革命中的创业与创新》,北京:电子工业出版社2016年版。

36.[法]茨维坦·托多罗夫:《不完美的花园:法兰西人文主义思想研究》,周莽译,北京:北京大学出版社2015年版。

37.[美]大卫·格里芬:《后现代科学——科学魅力的再现》,马季方译,北京:中央编译出版社1995年版。

38.[美]大卫·格里芬:《后现代精神》,王成兵译,北京:中央编译出版社1998年版。

39.[美]大卫·格里芬:《复魅何须超自然主义》,周邦宪译,南京:译林出版社2015年版。

40.[英]大卫·赫斯蒙德夫:《文化产业》,张菲娜译,北京:中国人民大学出版社2007年版。

41.戴吾三编著:《考工记图书》,济南:山东画报出版社2003年版。

42.[澳]戴维·思罗斯比:《经济学与文化》,王志标、张峥嵘译,中国人民大学出版社2011年版。

43.[美]黛娜·托马斯:《奢侈的!》,李孟苏、崔薇译,重庆:重庆大学出版社2011年版。

44.[英]丹尼尔·米勒:《物质文化与大众消费》,费文明、朱晓宁译,南京:江苏美术出版社2010年版。

45.[英]丹尼尔·米勒、[澳]希瑟·霍斯特:《数码人类学》,王心远译,北京:人民出版社2014年版。

46.[美]丹尼尔·麦克尼尔:《面孔》,王积超、刘珩、石毅译,北京:中国友谊出版公司2000年版。

47.[意]德拉·沃尔佩:《趣味批判》,王柯平等译,北京:光明日报出版社1990年版。

48.[荷]迪克·斯瓦伯:《我即我脑》,陈琰璟、王奕瑶、包爱民译,北京:中国人民大学出版社2011年版。

49.董学文、江溶主编:《当代世界美学艺术学辞典》,南京:江苏文艺出版社1990年版。

50.[美]迪克·赫伯迪格:《亚文化:风格的意义》,陆道夫、胡疆锋译,北京:北京大学出版社2009年版。

51.杜道明:《中国古典审美文化考论》,北京:学苑出版社2003年版。

52.[美]厄尔·迈纳:《比较诗学:文学理论的跨文化研究札记》,王宇根等译,北京:中央编译出版社1998年版。

53.方东美:《生生之德》,台北:台湾黎明文化事业公司1980年版。

54. 方东美：《科学哲学与人生》，台北：台湾黎明文化事业公司 1980 年版。

55. 方李莉：《中国陶瓷史》，济南：齐鲁书社 2013 年版。

56. 方维规主编：《思想与方法：地方性与普遍性之间的世界文学》，北京：北京大学出版社 2016 年版。

57. 冯亚琳、[德] 阿斯特莉特·埃尔主编：《文化记忆理论读本》，北京：北京大学出版社 2012 年版。

58. [美] 弗莱德·R. 多迈尔：《体性的黄昏》，万俊人译，桂林：广西师范大学出版社 2013 年版。

59. [美] 弗洛姆：《健全的社会》，孙恺详译，贵阳：贵州人民出版社 1994 年版。

60. [美] 菲利普·史密斯：《文化理论导论》，张鲲译，北京：商务印书馆 2008 年版。

61. [瑞士] 费尔迪南·德·索绪尔：《普通语言学教程》，高名凯译，北京：商务印书馆 1999 年版。

62. [法] 费尔南·布罗代尔：《文明史纲》，肖昶等译，桂林：广西师范大学出版社 2003 年版。

63. [法] 费尔南·布罗代尔：《15 至 18 世纪的物质文明、经济和资本主义（全三卷）》，顾良、施康强译，北京：生活·读书·新知三联书店 2002 年版。

64. [法] 弗朗索瓦·于连：《迂回与进入》，杜小真译，北京：生活·读书·新知三联书店 1998 年版。

65. [法] 弗雷德里克·巴比耶：《籍的历史》，刘阳译，桂林：广西师范大学出版社 2005 年版。

66. [美] 弗雷德里克·詹姆逊：《语言的牢笼　马克思主义与形式》，钱佼汝译，南昌：百花洲文艺出版社 1997 年版。

67. [美] 弗雷德里克·詹姆逊：《快感：文化与政治》，王逢振等译，北京：中国社会科学出版社 1998 年版。

68. [日] 冈仓天心：《说茶》，张唤民译，天津：百花文艺出版社 2010 年版。

69. 高春明：《中国服饰名物考》，上海：上海文化出版社 2001 年版。

70. 高岭：《商品与拜物：审美文化语境中商品拜物教批判》，北京：北京大学出版社 2010 年版。

71. [法] 盖朗：《何处解急：厕所的历史》，黄艳红译，北京：中国人民大学出版社 2015 年版。

72. [日] 光藤俊夫、[日] 中山繁信：《居所中的水与火——厨房、浴室、厕所的历史》，刘缵译，北京：清华大学出版社 2010 年版。

73. [日] 广松涉：《唯物史观的原像》，邓习议译，南京：南京大学出版社 2009 年版。

74. [日] 广松涉：《物象化论的构图》，彭曦、庄倩译，南京：南京大学出版社 2002 年版。

75. [日] 广松涉：《事的世界观的前哨》，赵仲明、李斌译，南京：南京大学出版社2003年版。

76. 郭庆藩：《庄子集释》，北京：中华书局1961年版。

77. [美] 哈里·李伯森：《礼物的回归：全球观念下的欧洲史》，赖国栋译，北京：商务印书馆2014年版。

78. [法] 亨利·柏格森：《物质与记忆》，姚晶晶译，合肥：安徽人民出版社2013年版。

79. 黄应贵主编：《物与物质文化》，台北：台湾"中研院"民族所2004年版。

80. 黄力之：《中国话语：当代审美文化史论》，北京：中央编译出版社2001年版。

81. [美] 赫伯特·马尔库塞：《单向度的人——发达工业社会意识形态研究》，刘继译，上海：上海译文出版社1989年版。

82. [美] 赫伯特·马尔库塞：《审美之维》，李小兵译，北京：生活·读书·新知三联书店1989年版。

83. [法] 加斯东·巴什拉：《火的精神分析》，杜小真、顾嘉琛译，北京：生活·读书·新知三联书店1992年版。

84. [法] 加斯东·巴什拉：《水与梦——论物质的想象》，顾嘉琛译，长沙：岳麓书社2005年版。

85. [法] 加斯东·巴什拉：《空间的诗学》，张逸婧译，上海：上海译文出版社2013年版。

86. 贾天明：《中国香学》，北京：中华书局2015年版。

87. [法] 居伊·珀蒂德芒热：《20世纪的哲学与哲学家》，刘成富译，南京：江苏教育出版社2007年版。

88. 季羡林：《文化交流的轨迹：中华蔗糖史》，北京：经济日报出版社1997年版。

89. 姬秀珠：《仪礼饮食礼器研究》，台北：里仁书局2005年版。

90. 金丹元：《"后现代语境"与影视审美文化》，上海：学林出版社2003年版。

91. 金元浦：《文化创意产业概论》，北京：高等教育出版社2010年版。

92. [美] 卡罗琳·考斯梅尔：《味觉》，吴琼、张雷译，北京：中国友谊出版公司2001年版。

93. [意] 卡普拉：《转折点：科学·社会·兴起中的新文化》，冯禹编译，成都：四川科技出版社1988年版。

94. [英] 凯瑟琳·伊格尔顿、[英] 乔纳森·威廉姆斯：《钱的历史》，徐剑译，北京：中央编译出版社2011年版。

95. [英] 柯律格：《长物：早期现代中国的物质文化与社会状况》，高昕丹、陈恒译，北京：生活·读书·新知三联书店2015年版。

96. [美] 克莱恩：《香烟：一个人类痼习的文化研究》，岳晓飞译，北京：中国社会科学出版社 1999 年版。

97. [美] 克里斯·安德森:《创客:新工业革命》,萧潇译,北京:中信出版社 2015 年版。

98. [英] 克里斯·希林:《文化、技术与社会中的身体》,北京:北京大学出版社 2011 年版。

99. [法] 克洛德·列维–斯特劳斯:《人类学演讲集》,张毅声等译,北京:中国人民大学出版社 2007 年版。

100. [法] 克洛德·列维–斯特劳斯:《神话与意义》,杨德睿译,郑州:河南大学出版社 2016 年版。

101. [德] 克劳斯·黑尔德:《世界现象学》,倪梁康等译,北京:生活·读书·新知三联书店 2003 年版。

102. [美] 克利福德·格尔兹:《文化的解释》,纳日碧力戈等译,上海:上海人民出版社 1999 年版。

103. [美] 克利福德·格尔兹:《地方性知识——阐释人类学文集》,王海龙、张家瑄译,北京:中央编译出版社 2000 年版。

104. [法] 拉波特:《屎的历史》,周莽译,北京:商务印书馆 2006 年版。

105. [英] 拉曼·塞尔登、[英] 彼得·威德森、[英] 彼得·布鲁克:《当代文学理论导读》,刘象愚译,北京:北京大学出版社 2006 年版。

106. [法] 拉·梅特里:《人是机器》,顾寿观译,北京:商务印书馆 2009 年版。

107. [英] 雷蒙德·威廉斯:《马克思主义与文学》,王尔勃、周莉译,郑州:河南大学出版社 2008 年版。

108. [英] 雷蒙德·威廉斯:《关键词:文化与社会的词汇》,刘建基译,北京:生活·读书·新知三联书店 2005 年版。

109. [美] 理查德·舒斯特曼:《生活即审美:审美经验和生活艺术》,彭锋译,北京:北京大学出版社 2007 年版。

110. [美] 利奥·P. 肯道尔:《钻石传奇——钻石的历史、神秘与主人》,罗晨姿译,北京:北京大学出版社 2006 年版。

111. 李西建:《审美文化学》,武汉:湖北人民出版社 1992 年版。

112. [法] 列维–斯特劳斯:《结构人类学 I》,张祖建译,北京:中国人民大学出版社 2006 年版。

113. [法] 列维–斯特劳斯:《野性的思维》,李幼蒸译,北京:商务印书馆 1997 年版。

114. 李青:《丝绸之路楼兰艺术研究》,乌鲁木齐:新疆人民出版社 2010 年版。

115. 李秋菊:《"中国—法国式":从洛可可艺术审美看明清瓷器文化的渗透》,华中师范大学 2012 年版。

116. 李肖冰:《中国西域民族服饰研究》,乌鲁木齐:新疆人民出版社 1995 年版。

117. 刘文锁：《骑马生活的历史图景》，北京：商务印书馆 2014 年版。

118. 林同华：《审美文化学》，北京：东方出版社 1992 年版。

119. 刘成纪：《物象美学：自然的再发现》，郑州：郑州大学出版社 2002 年版。

120. 刘明江：《它语：中国物件的精神考古》，成都：巴蜀书社 2013 年版。

121. 刘森林：《物与无：物化逻辑与虚无主义》，南京：江苏人民出版社 2013 年版。

122. 刘迎胜：《丝绸之路》，南京：江苏人民出版社 2014 年版。

123. [匈牙利] 卢卡奇：《历史与阶级意识——关于马克思主义辩证法的研究》，杜章智等译，北京：商务印书馆 1996 年版。

124. [美] 露丝·本尼迪克特：《文化模式》，王炜等译，北京：生活·读书·新知三联书店 1988 年版。

125. [法] 路易·阿尔都塞、[法] 艾蒂安·巴里巴尔：《读〈资本论〉》，李其庆、冯文光译，北京：中央编译出版社 2001 年版。

126. 栾栋：《文学通化论》，北京：商务印书馆 2017 年版。

127. [澳] 罗宾·布莱耶尔：《头发的历史》，欧阳昱译，天津：百花文艺出版社 2003 年版。

128. [法] 罗贝尔·穆尚布莱：《魔鬼的历史》，张庭芳译，桂林：广西师范大学出版社 2005 年版。

129. [法] 罗兰·巴特：《神话——大众文化诠释》，许蔷蔷、许绮玲译，上海：上海人民出版社 1999 年版。

130. [美] 罗伯特·索科拉夫斯基：《现象学导论》，高秉江、张建华译，武汉：武汉大学出版社 2009 年版。

131. [意] 罗西·布拉伊多蒂：《后人类》，宋根成译，郑州：河南大学出版社 2016 年版。

132. 罗钢、王中忱主编：《消费文化读本》，北京：中国社会科学出版社 2003 年版。

133. [罗马共和国] 卢克莱修：《物性论》，方书春译，北京：商务印书馆 1981 年版。

134. 罗筠筠：《梦幻之城——当代城市审美文化的批评性考察》，郑州：郑州大学出版社 2003 年版。

135. 陆扬、王毅：《文化研究导论》，上海：复旦大学出版社 2006 年版。

136. [英] 露丝·陶丝：《文化经济学》，周正兵译，大连：东北财经大学出版社 2016 年版。

137. [德] M. 兰德曼：《哲学人类学》，阎嘉译，贵阳：贵州人民出版社 2006 年版。

138. [法] 马塞尔·莫斯：《礼物》，汲喆译，上海：上海人民出版社 2002 年版。

139. [法] 马塞尔·莫斯：《社会学与人类学》，佘碧平译，上海：上海译文出版社 2003 年版。

140. [美] 马丁·杰：《法兰克福学派史》，单世联译，广州：广东人民出版社 1996

年版。

141. [德] 马丁·海德格尔：《林中路（修订本）》，孙周兴译，上海：上海译文出版社2008 年版。

142. [德] 马丁·海德格尔：《物的追问：康德关于先验原理的学说》，赵卫国译，上海：上海译文出版社 2010 年版。

143. [英] 玛丽·道格拉斯：《洁净与危险》，黄剑波、卢忱、柳博赟译，北京：民族出版社 2008 年版。

144. [美] 马文·哈里斯：《文化唯物主义》，张海洋、王曼萍译，北京：华夏出版社1988 年版。

145. [英] 麦高恩：《批评与文化理论中的关键问题》，赵秀福译，北京：北京大学出版社 2012 年版。

146. [美] 迈克尔·弗雷德：《艺术与物性：论文与评论集》，张晓剑、沈语冰译，南京：江苏美术出版社 2013 年版。

147. [英] 迈克·费瑟斯通：《消费文化与后现代主义》，刘精明译，南京：译林出版社2000 年版。

148. 毛民：《榴香西来——丝绸之路上的植物》，北京：人民美术出版社 2004 年版。

149. [加] 马歇尔·麦克卢汉：《理解媒介：论人的延伸》，何道宽译，北京：商务印书馆 2000 年版。

150. [美] 马歇尔·萨林斯：《文化与实践理性》，赵丙祥译，上海：上海人民出版社2002 年版。

151. 梅维恒主编：《哥伦比亚中国文学史》，马小悟、张治、刘文楠译，北京：新星出版社 2013 年版。

152. 孟悦、罗钢主编：《物质文化读本》，北京：北京大学出版社 2008 年版。

153. 孟晖：《贵妃的红汗》，南京：南京大学出版社 2011 年版。

154. 孟晖：《画堂香事》，南京：南京大学出版社 2012 年版。

155. 孟晖：《唇间的美色》，济南：山东画报出版社 2012 年版。

156. 孟晖：《金色的皮肤》，济南：山东画报出版社 2012 年版。

157. 孟晖：《想念梦幻的桂旗》，南京：南京大学出版社 2014 年版。

158. 孟晖：《花露天香》，南京：南京大学出版社 2014 年版。

159. 孟晖：《潘金莲的发型》，南京：南京大学出版社 2014 年版。

160. 孟晖：《花间十六声》，北京：生活·读书·新知三联书店 2014 年版。

161. 孟晖：《贵妃的红汗·胭脂记》，南京：南京大学出版社 2016 年版。

162. 孟晖：《香皂记与兰泽记》，南京：南京大学出版社 2016 年版。

163. [法] 米歇尔·福柯：《疯癫与文明》，刘北成、杨远婴译，北京：生活·读书·新知三联书店 2009 年版。

164. [法] 米歇尔·福柯:《古典时代疯狂史》,林志明译,北京:生活·读书·新知三联书店 2007 年版。

165. [法] 米歇尔·福柯:《临床医学的诞生》,刘北成译,南京:译林出版社 2011年版。

166. [法] 米歇尔·福柯:《规训与惩罚》,刘北成、杨远婴译,北京:生活·读书·新知三联书店 2010 年版。

167. [法] 米歇尔·福柯:《词与物——人文科学考古学》,莫伟民译,上海:上海三联书店 2012 年版。

168. [法] 米歇尔·福柯:《知识考古学》,谢强、马月译,北京:生活·读书·新知三联书店 2003 年版。

169. [法] 米歇尔·德·塞托:《日常生活实践 1. 实践的艺术》,方琳琳、黄春柳译,南京:南京大学出版社 2009 年版。

170. [法] 米歇尔·德·塞托、吕斯·贾尔、皮埃尔·梅约尔:《日常生活实践 2. 居住与烹饪》,冷碧莹译,南京:南京大学出版社 2014 年版。

171. 孟悦、罗钢主编:《物质文化读本》,北京:北京大学出版社 2008 年版。

172. [法] 莫里斯·梅洛 – 庞蒂:《知觉的首要地位及其哲学结论》,王东亮译,北京:生活·读书·新知三联书店 2002 年版。

173. [法] 莫里斯·梅洛 – 庞蒂:《行为的结构》,杨大春、张尧均译,北京:商务印书馆 2005 年版。

174. [法] 莫里斯·梅洛 – 庞蒂:《知觉现象学》,姜志辉译,北京:商务印书馆 2001年版。

175. [法] 莫里斯·梅洛 – 庞蒂:《可见的与不可见的》,罗国祥译,北京:商务印书馆 2008 年版。

176. [法] 莫罗·卡波内:《图像的肉身》,曲晓蕊译,上海:华东师范大学出版社 2016 年版。

177. [法] 莫里斯·古德利尔:《礼物之谜》,王毅译,上海:上海人民出版社 2007年版。

178. [法] 莫里斯·哈布瓦赫:《论集体记忆》,毕然、郭金华译,上海:上海人民出版社 2002 年版。

179. 聂振斌、滕守尧、章建刚:《艺术化生存——中西审美文化比较》,成都:四川人民出版社 1997 年版。

180. [英] 尼古拉斯·费恩:《哲学:对古老问题的最新解答》,许世鹏译,北京:新星出版社 2007 年版。

181. 倪梁康主编:《面对实事本身——现象学经典文选》,北京:东方出版社 2000年版。

182. [法] 皮埃尔·布尔迪厄:《区分——判断力的社会批判》,刘晖译,北京:商务印书馆 2015 年版。

183. [法] 皮埃尔·布尔迪厄:《艺术的法则:文学场的生成与结构》,刘晖译,北京:中央编译出版社 2011 年版。

184. [美] 佩卓斯基:《器具的进化》,丁佩芝译,北京:中国社会科学出版社 1999 年版。

185. [美] 乔纳森·卡勒:《当代学术入门:文学理论》,李平译,沈阳:辽宁教育出版社 1998 年版。

186. [比利时] 乔治·布莱:《批评意识》,郭宏安译,桂林:广西师范大学出版社 2002 年版。

187. [法] 乔治·维伽雷罗:《洗浴的历史》,许宁舒译,桂林:广西师范大学出版 2005 年版。

188. [德] 齐美尔:《时尚的哲学》,费勇译,北京:文化艺术出版社 2001 年版。

189. [法] 让·波德里亚:《消费社会》,刘成富、全志钢译,南京:南京大学出版社 2001 年版。

190. [法] 让·波德里亚:《符号政治经济学批判》,夏莹译,南京:南京大学出版社 2008 年版。

191. [法] 让 - 马克·阿尔贝:《权力的餐桌:从古希腊宴会到爱丽舍宫》,刘可有、刘惠杰译,北京:生活·读书·新知三联书店 2012 年版。

192. [法] 让 - 诺埃尔·罗伯特:《从罗马到中国:恺撒大帝时代的丝绸之路》,马军、宋敏生译,桂林:广西师范大学出版社 2005 年版。

193. [法] 热尔曼·巴赞:《艺术史:史前至现代》,刘明毅译,上海:上海人民美术出版社 1989 年版。

194. 荣新江:《丝绸之路与东西文化交流》,北京:北京大学出版社 2015 年版。

195. 荣新江:《中古中国与外来文明》(修订本),北京:生活·读书·新知三联书店 2014 年版。

196. [美] 芮乐伟·韩森:《丝绸之路新史》,张湛译,北京:北京联合出版公司 2015 年版。

197. [法] 若兹·库贝洛:《流浪的历史》,曹丹红译,桂林:广西师范大学出版社 2005 年版。

198. [法] 萨比娜·梅尔基奥尔 - 博奈:《镜像的历史》,周行译,桂林:广西师范大学出版社 2005 年版。

199. [日] 三上次男:《陶瓷之路——东西文明接触点的探索》,胡德芬译,天津:天津人民出版社 1983 年版。

200. [美] 桑德拉·哈丁:《科学的文化多元性:后殖民主义、女性主义和认识论》,夏侯炳、谭兆民译,南昌:江西教育出版社 2002 年版。

201. [法] 尚·布希亚:《物体系》,林志明译,上海:上海人民出版社 2001 年版。

202. 尚刚、龙博:《中国古代物质文化史》,北京:开明出版社 2014 年版。

203. 沈从文:《中国古代服饰研究》,北京:商务印书馆 2011 年版。

204. 沈继光、高萍:《物语三千:复活平民的历史》,桂林:广西师范大学出版社 2013 年版。

205. 尚永琪:《莲花上的狮子:内陆欧亚的物种、图像与传说》,北京:商务印书馆 2014 年版。

206. 石云涛:《中国陶瓷源流及域外传播》,北京:商务印书馆 2015 年版。

207. 石云涛:《文明的互动:汉唐间丝绸之路与中外交流论稿》,兰州:兰州大学出版 2014 年版。

208. [英] 斯各特·拉什:《信息批判》,杨德睿译,北京:北京大学出版社 2009 年版。

209. [英] 斯图亚特·霍尔编:《表征——文化表象与意指实践》,徐亮、陆兴华译,北京:商务印书馆 2003 年版。

210. [英] 斯蒂芬·加得纳:《人类的居所:房屋的起源和演变》,于培文译,北京:北京大学出版社 2006 年版。

211. [美] 史蒂夫·吉尔伯特编著:《文身的历史》,欧阳昱译,天津:百花文艺出版社 2006 年版。

212. [美] 斯蒂格勒:《技术与时间:爱比米修斯的过失》,裴程译,南京:译林出版社 1999 年版。

213. [英] 斯科特·拉什、西莉亚·卢瑞:《全球文化工业:物的媒介化》,要新乐译,北京:社会科学文献出版社 2010 年版。

214. [美] 斯瑞·欧文:《稻米全书》,台北:远足—木马文化 2011 年版。

215. 施旭升:《中国戏曲审美文化论》,北京:北京广播学院出版社 2002 年版。

216. 舒瑜:《微"盐"大义——云南诺邓盐业的历史人类学考察》,世界图书出版公司北京公司 2009 年版。

217. [美] 苏珊·B. 韩利:《近世日本的日常生活:暗藏的物质文化宝藏》,张键译,北京:生活·读书·新知三联书店 2010 年版。

218. 孙机:《中国古代物质文化》,北京:中华书局 2014 年版。

219. 孙机:《汉代物质文化资料图说》,上海:上海古籍出版社 2011 年版。

220. [澳] 约翰·哈特利:《文化研究简史》,季广茂译,北京:金城出版社 2008 年版。

221. [美] 约翰·霍兰:《涌现:从混沌到有序》,陈禹等译,上海:上海科学技术出版社 2006 年版。

222. [美] 唐·伊德:《让事物说话——后现象学与技术科学》,韩连庆译,北京:北京大学出版社 2008 年版。

223. [美] 唐·伊德:《技术与生活世界:从伊甸园到尘世》,韩连庆译,北京:北京大学出版社 2012 年版。

224. [英] 特里·伊格尔顿:《历史中的政治、哲学、爱欲》,马海良译,北京:中国社会科学出版社 1999 年版。

225. [英] 特里·伊格尔顿:《二十世纪西方文学理论》,伍晓明译,北京:北京大学出版社 2007 年版。

226. [英] 特里·伊格尔顿:《文化与上帝之死》,宋郑超译,郑州:河南大学出版社 2016 年版。

227. [英] 特里·伊格尔顿:《文学事件》,阴志科译,郑州:河南大学出版社 2017 年版。

228. 谭桂林:《转型期中国审美文化批判》,南京:江苏文艺出版社 2001 年版。

229. [英] 特伦斯·霍克斯:《结构主义和符号学》,瞿铁鹏译,上海:上海译文出版社 1987 年版。

230. [英] Tim Dant:《物质文化》,龚永慧译,台北:书林 2009 年版。

231. [美] 托马斯·达文波特、约翰·贝克:《注意力经济》,谢波峰、王传宏等译,北京:中信出版社 2004 年版。

232. [德] 瓦尔特·本雅明:《机械复制时代的艺术作品》,王才勇译,北京:中国城市出版社 2002 年版。

233. [德] 瓦尔特·本雅明:《本雅明文选》,北京:中国社会科学出版社 1999 年版。

234. 王德胜:《美学与文化论集》,北京:首都师范大学出版社 2012 年版。

235. 王铭铭:《心与物游》,桂林:广西师范大学出版社 2006 年版。

236. 王玉哲主编:《中国古代物质文化》,北京:高等教育出版社 1990 年版。

237. 王可平:《华夏审美文化的集结——中国的雕塑艺术》,杭州:浙江美术学院出版 1992 年版。

238. 王晓平:《中国当代审美文化概论》,天津:天津社会科学院出版社 2007 年版。

239. 王岳川、尚水编:《后现代主义文化与美学》,北京:北京大学出版社 1992 年版。

240. 汪民安主编:《生产·第一辑》,桂林:广西师范大学出版社 2004 年版。

241. 汪民安、陈永国编:《后身体:文化、权力和生命政治学》,长春:吉林人民出版社 2003 年版。

242. 汪民安:《身体、空间与后现代性》,江苏人民出版社 2007 年版。

243. 汪民安:《感官技术》,北京:北京大学出版社 2011 年版。

244. 汪民安:《论家用电器》,郑州:河南大学出版社 2015 年版。

245. [美] 韦勒克·沃伦:《文学理论》,刘象愚等译,北京:生活·读书·新知三联书 2005 年版。

246. [美] 威廉·拉什杰、库伦·默菲:《垃圾之歌:垃圾的考古研究》,周文萍、连惠幸译,北京:中国社会科学出版社 1999 年版。

247. [意] 翁贝托·艾柯编著:《美的历史》,彭淮栋译,北京:中央编译出版社 2007 年版。

248. 吴中杰主编:《中国古典审美文化论》(全三卷),上海:上海古籍出版社 2003 年版。

249. 巫仁恕:《品味奢华:晚明的消费社会与士大夫》,北京:中华书局 2008 年版。

250. 巫鸿编:《物尽其用:老百姓的当代艺术》,上海:上海人民出版社 2011 年版。

251. 巫鸿:《全球景观中的中国古代艺术》,北京:生活·读书·新知三联书店 2017 年版。

252. 巫鸿:《黄泉下的美术:宏观中国古代墓葬》,施杰译,北京:生活·读书·新知三联书店 2016 年版。

253. 巫鸿:《废墟的故事:中国美术和视觉文化中的"在场"与"缺席"》,肖铁译,上海:上海人民出版社 2012 年版。

254. 巫鸿:《中国古代艺术与建筑中的"纪念碑性"》,李清泉、郑岩译,上海:上海人民出版社 2017 年版。

255. 巫鸿:《时空中的美术:巫鸿古代美术史文编二集》,梅玫、肖铁、施杰译,北京:生活·读书·新知三联书店 2016 年版。

256. 巫鸿主编:《汉唐之间的视觉文化与物质文化》,北京:文物出版社 2003 年版。

257. 巫鸿:《重屏:中国画的媒材与再现》,上海:上海人民出版社 2010 年版。

258. [美] 孙康宜、宇文所安主编:《剑桥中国文学史》,刘倩等译,北京:生活·读书·新知三联书店 2013 年版。

259. 夏之放、李衍柱等:《当代中西审美文化研究》,济南:山东教育出版社 2005 年版。

260. 夏莹:《拜物教的幽灵:当代西方马克思主义社会批判的隐性逻辑》,南京:江苏人民出版社 2014 年版。

261. [美] 席克、沃恩:《怪诞现象学》,张志敏、武晓蓓译,北京:世界图书出版公司 2014 年版。

262. [美] 小约翰·B.科布、大卫·雷·格里芬:《过程神学》,曲跃厚译,北京:中央编译出版社 1999 年版。

263. 熊秉真编:《睹物思人》,台北:麦田出版社 2003 年版。

264. [美] 希利斯·米勒:《文学死了吗?》,秦立彦译,桂林:广西师范大学出版社 2007 年版。

265. 徐艺乙:《中国民俗文物概论:民间物质文化的研究》,上海:上海文化出版社 2010 年版。

266. 徐敏:《现代性事物》,北京:北京大学出版社 2011 年版。

267. 徐飚:《两宋物质文化引论》,南京:江苏美术出版社 2007 年版。

268. [美] 薛爱华:《撒马尔罕的金桃:唐代舶来品研究》,吴玉贵译,北京:社会科学文献出版社 2014 年版。

269. [美] 薛爱华:《朱雀:唐代的南方意象》,程章灿、叶蕾蕾译,北京:生活·读书·新知三联书店 2014 年版。

270. 杨大春:《梅洛庞蒂》,台北:生智文化事业有限公司 2003 年版。

271. 杨晶:《中华梳篦六千年》,北京:紫禁城出版社 2007 年版。

272. 扬之水、孙机、杨鸿:《燕衍之暇:中国古代家具论文》,香港:香港中文大学文物馆 2007 年版。

273. 扬之水:《终朝采蓝:古名物寻微》,北京:生活·读书·新知三联书店 2008 年版。

274. 扬之水:《奢华之色:宋元明金银器研究》(3 卷),北京:中华书局 2010 年版。

275. 扬之水:《物色:金瓶梅读“物”记》,北京:中华书局 2018 年版。

276. [法] 雅克·德里达:《论文字学》,汪堂家译,上海:上海译文出版社 2005 年版。

277. [法] 雅克·德里达:《多重立场》,佘碧平译,北京:生活·读书·新知三联书店 2004 年版。

278. [法] 雅克·德里达:《马克思的幽灵》,何一译,北京:中国人民大学出版社 1999 年版。

279. [法] 雅克·朗西埃:《文学的政治》,张新木译,南京:南京大学出版社 2014 年版。

280. 姚文放:《审美文化学导论》,北京:社会科学文献出版社 2011 年版。

281. 叶朗:《现代美学体系》,北京:北京大学出版社 1988 年版。

282. 叶舒宪编选:《结构主义神话学》,西安:陕西师范大学出版社 1988 年版。

283. 叶维廉:《中国诗学》,北京:生活·读书·新知三联书店 1992 年版。

284. 叶渭渠、唐月梅:《物哀与幽玄——日本人的美意识》,桂林:广西师范大学出版社 2002 年版。

285. [美] 约翰·奥尼尔:《身体五态:重塑关系形貌》,北京:北京大学出版社 2001 年版。

286. [英] 约翰·斯道雷:《文化理论与大众文化导论》,常江译,北京:北京大学出版社 2010 年版。

287. [美] 约翰·费斯克:《理解大众文化》,王晓珏、宋伟杰译,北京:中央编译出版社 2001 年版。

288. [美] 约翰·肯尼斯·加尔布雷恩:《丰裕社会》,赵勇译,南京:江苏人民出版社 2009 年版。

289. [荷] 约斯·德·穆尔:《赛博空间的奥德赛》,麦永雄译,桂林:广西师范大学出版社 2007 年版。

290. [美] 约瑟夫·阿伽西：《科学与文化》，邬晓燕译，北京：中国人民大学出版社 2006 年版。

291. 易存国：《中国审美文化》，上海：上海人民出版社 2001 年版。

292. [澳] 伊恩·伍德沃德：《理解物质文化》，张进、张同德译，兰州：甘肃教育出版社 2018 年版。

293. [以色列] 尤瓦尔·赫拉利：《人类简史：从动物到上帝》，林俊宏译，北京：中信出版社 2014 年版。

294. 袁进、丁云亮、王有富：《身份建构与物质生活：20 世纪 50 年代上海工人的社会文化生活》，上海：上海书店出版社 2008 年版。

295. [美] 詹姆斯·海尔布伦、[美] 查尔斯·M. 格雷：《艺术文化经济学》，詹正茂等译，北京：中国人民大学出版社 2007 年版。

296. 张光直：《美术、神话与祭祀》，郭净译，沈阳：辽宁教育出版社 2002 年版。

297. 张进：《活态文化与物性的诗学》，北京：人民出版社 2014 年版。

298. 张进：《文学理论通论》，北京：人民出版社 2014 年版。

299. 张晶主编：《论审美文化》，北京：北京广播学院出版社 2002 年版。

300. 张世英：《万有相通：哲学与人生的追寻》，北京：北京师范大学出版社 2013 年版。

301. 张世英：《哲学导论》，北京：北京大学出版社 2002 年出版。

302. 张祥龙：《朝向事情本身——现象学导论七讲》，北京：团结出版社 2003 年版。

303. 张哲俊：《杨柳的形象：物质的交流与中日古代文学》，北京：人民文学出版社 2011 年版。

304. 张景明、王雁卿：《中国饮食器具发展史》，上海：上海古籍出版社 2011 年版。

305. 张文勋主编：《民族审美文化》，昆明：云南大学出版社 1999 年版。

306. 张旭：《礼物》，北京：北京大学出版社 2013 年版。

307. 瞿明安、秦莹：《中国饮食娱乐史》，上海：上海古籍出版社 2011 年版。

308. 郑岩：《中国表情：文物所见中国古代人的风貌——中华文明之旅》，成都：四川人民出版社 2003 年版。

309. [美] 朱迪斯·巴特勒：《体之重——论"性别"的话语界限》，李钧鹏译，上海：上海三联书店 2011 年版。

310. [美] 朱迪斯·巴特勒：《消解性别》，郭劼译，上海：上海三联书店 2009 年版。

311. 赵静蓉：《文化记忆与身份认同》，北京：生活·读书·新知三联书店 2015 年版。

312. 赵强：《"物"的崛起：前现代晚期中国审美风尚的变迁》，北京：商务印书馆 2016 年版。

313. 赵一凡：《从胡塞尔到德里达——西方文论讲稿》，北京：生活·读书·新知三联书店 2007 年版。

314. 赵磊:《文化经济学的"一带一路"》,大连:大连理工大学出版社 2017 年版。

315. 子川:《斯文在兹:中国传统书房文化与器物研究》,北京:荣宝斋出版社 2012 年版。

316. 郑毓瑜:《引譬连类:文学研究的关键词》,台北:台湾联经出版事业股份有限公司 2012 年版。

317. 周宪:《中国当代审美文化研究》,北京:北京大学出版社 1997 年版。

318. 周宪:《视觉文化的转向》,北京:北京大学出版社 2008 年版。

319. 周立斌:《卢卡奇的"物化"理论及其演变》,北京:中国社会科学出版社 2012 年版。

320. 朱立元:《当代西方文艺理论》,上海:华东师范大学出版社 1997 年版。

321. [法] 朱利安:《大象无形:或论绘画之非客体》,张颖译,郑州:河南大学出版社 2017 年版。

322. [英] 朱利安·沃尔弗雷斯编著:《21 世纪批评述介》,张冲、张琼译,南京:南京大学出版社 2009 年版。

1.2　主要外文文献

1. Adalaide Morris and Thomas Swiss (eds), *New Media Poetics:Contexts, Technotexts, and Theories*, The MIT Press, 2006.

2. Adrian Parr, *The Deleuze Dictionary*, Edinburgh University Press, 2010.

3. Alistair Fowler, *Genre and the Literary Canon*, New Literary History, 1979-11(1).

4. Andreas Hepp, *Culture of Mediatization*, Polity Press, 2013.

5. Ann Gray, *Research Practice for Cultural Studies:Ethnographic Methods and Lived Cultures*, London:SAGE Publications, 2003.

6. Aram Veeser (ed.), *The New Historicism*, Routledge, 1989.

7. Arthur Asa Berger, *What Objects Mean:An Introduciton to Material Culture*, Walnut Creek:Left Coast Press, 2014.

8. Arjun Appadurai (ed.), *The social life of things:commodities in cultural perspective*, Cambridge:Cambridge University Press, 1986.

9. Austin J. L, *How to Do Things with Words*, Harvard University Press, 1962.

10. Barbara Brend, *Islamic Art*, Harvard University Press, 1992.

11. Beth Preston, *A Philosophy of Material Culture*, New York&London:Routledge, 2013.

12. Bordwell, David, and Carroll, Noel, *Post-Theory:Reconstructing Film Studies*,

The University of Wisconsin Press, 1996.

13. Bjørnar Olsen and þóra Pétursdóttir, *Ruin Memories: Materialities, Aesthetics and the Archaeology of the Recent Past*, Routledge, 2014.

14. Bruce Clarke, *Posthuman Metamorphosis: Narrative and Systems*, New York: Fordham University Press, 2008.

15. Bruno Latour, *What Is the Style of Matters of Concern?*, Assen: Van Gorcum, 2008.

16. Bruno Latour, *We Have Never Been Modern*, Cambridge, Massachusetts: Harvard University Press, 1993.

17. Bruno Latour, *The Pasteurization of France*, Cambridge: Harvard University Press, 1988.

18. Bruno Latour, *Reassembling the Social: An Introduction to Actor-Network-Theory*, New York: Oxford University Press, 2005.

19. Bruno Latour, *Why Has Critique Run out of Stream? From Matters of Fact to Matters of Concern*, Critique Inquiry, 2004 (2).

20. Bruno Latour, *On Interobjectivity*, Mind, Culture, and Activity: An International Journal, 1996 (4).

21. Cain, Tiffany C, *Returning to the Study of Things*, Expedition, 2016 (01).

22. Carolyn L. White (ed.), *The Materiality of Individuality: Archaeology Studies of Individual Lives*, Springer, 2009.

23. Cary Wolfe, *What Is Posthumanism?*, Minneapolis: University of Minnesota Press, 2010.

24. Catharine Randall, *Earthly Treasures: Material Culture and Metaphysics in the and Evangelical Narrative*, Purdue University Press, 2007.

25. Christopher Nugent, *Manifest in Words, Written on Paper: Producing and Circulating Poetry in Tang Dynasty China*, Harvard University, 2010.

26. Christopher Tilley etc. (eds), *Handbook of Material Culture*, London&Thousand Oaks&New Delhi: SAGE Publications, 2006.

27. Chris Barker, *The SAGE Dictionary of Cultural Studies*, SAGE Publications Ltd, 2004.

28. Christina Toren, *Mind, Materiality and History: Exploration in Fijian Ethnography*, Routledge, 1999.

29. Colin Davis, *After Poststructuralism: Reading, Stories and Theory*, Routledge, 2004.

30. Colin Renfrew and Chris Scarre (eds), *Cognition and Material Culture: the Archaeology of Symbolic Storage*, Cambridge: University of Cambridge, 1991.

31. Dahlia Abraham-Klein, *Silk Road Vegetarian Vegan, Vegetarian and Gluten Free Recipes for the Mindful Cook*, North Clarendon, VT: Tuttle Publishing, 2014.

32. Dan Hicks, Mary C. Beaudry (eds), *The Oxford Handbook of Material Culture Studies*, Oxford: Oxford University Press, 2010.

33. Daniel Miller (ed.), *Material Cultures: Why Some Things Matter*, London: UCL PRESS, 1998.

34. Daniel Miller (ed.), *Materiality*, Durham and London: Duke University Press, 2005.

35. Daniel Miller, *The Comfort of Things*, Cambridge: Polity Press, 2008.

36. Daniel Punday, *Toying with the Parser: Aesthetic Materiality in Electronic Writing*, The Journal of Aesthetics and Art Criticism, 2003.

37. David Bell, *An Introduction to Cyberculture*, London&New York: Routledge, 2001.

38. David Berry (ed.), *Revisiting the Frankfurt School: Essays on Culture, Media and Theory*, Farnham: ASHGATE, 2011.

39. David Oswell, *Culture and Society: An Introduction to Cultural Studies*, SAGE Publications, 2006.

40. Diana Coole, Samantha Frost, *New Materialism: Ontology, Agency and Politics*, Duke University Press, 2010.

41. Don Ihde, *Bodies in Technology*, London: University of Minnesota Press, 2002.

42. Don Ihde, *Postphenomenology: Essays in the Postmodern Context*, Evanston: Northwestern University Press, 1993.

43. Donna J. Haraway, *Simians, Cyborgs, and Women: The Reinvention of Nature*, New York: Routledge, 1991.

44. Douglas Kellner, *Herbert Marcuse and the Crisis of Marxism*, Berkeley: University of California, 1984.

45. E. E. Kuzmina, T*he Prehistory of the Silk Road* (*Encounters with Asia*), Philadephia: University of Pennsylvania Press, 2008.

46. E. Dean Kolbas, *Critical Theory and the Literary Canon*, Westview Press, 2001.

47. E. Leach and J. Leach (eds), *The Kula: new perspectives on massim exchange*, Cambridge: Cambridge University Press, 1983.

48. Edward W. Soja, *Thirdspace: Journeys to Los Angeles and Other Real-and-Imagined Places*, Blackwell Publishers Inc, 1996.

49. Elizabeth Edwards and Janice Hart (eds), *Photographs Objects Histories: On the materiality of Images*, New York: Routledge, 2004.

50. Elizabeth Hallam, Jenny Hockey, *Death, Memory and Material Culture*,

Oxford&New York：Berg，2001.

51. Elizabeth Shove，Frank Trentmann，Richard Wilk（eds），*Time*，*Consumption and Everyday Life*：*Practice*，*Materiality and Culture*，Berg Editorial Offices，2009.

52. Elizabeth Williamson，*The Materiality Religion in Early Modern English Drama*，Ashgate Publishing Limited，2009.

53. Ernan McMullin（ed.），*The Social Dimensions of Science*，Notre Dame：Notre Dame University Press，1992.

54. Erich Fromm，*To Have Or To Be*，London& New York：Continuum，2008.

55. Eske Møllgaard，*An Introduction to Daoist Thought Action*，*language*，*and ethics in Zhuangzi*，Routledge Taylor & Francis Group，2007.

56. Ewa Domanska，*The Return to Things*，*Archaeologia Polona*，2006（44）.

57. Ferrando，Francesca，*Posthumanism*，*Transhumanism*，*Antihumanism*，*Metahumanism*，*and New Materialisms*：*Differences and Relations*，Existenz，2013（2）.

58. Frank Dikotter，*Things modern*：*Material Culture and Everyday Life in China*，Hurst and Company，2007.

59. Francis Mulhern，*Culture/Metaculture*，Routledge，2000.

60. Fred R. Myers（ed.），*The Empire of Things*：*Regimes of Value and Material Culture*，School of American Research Press，2001.

61. Fredrik Fahlander & Terje Oestigaard（eds），*The Materiality of Death*：*Bodies*，*Burials*，*Beliefs*，British Archaeological Reports，2008.

62. Friedrich Kittler，*Gramophone*，*Film*，*Typewriter*，Stanford University Press，1999.

63. Friedrich Kittler，*Literature*，*Media*，*Information Systems*：*Critical Voices*，Amsterdam：OAP，1997.

64. Friedrich Kittler，*Optical Media*：*Berlin Lectures 1999*，Polity Press，2010.

65. Friedrich Kittler，*Thinking Colours and/or Machines*，Theory Culture Society，2006.

66. Fukuyama F，*Our Posthuman Future*，London：Profile，2002.

67. Graham Allen，Carrie Griffin，Mary O'Connell（eds），*Reading on Audience and Textual Materiality*，Pickering and Chatto（Publisher）Limited，2011.

68. Gallagher，C. & Greenblatt，S.，*Practicing New Historicism*，The University of Chicago Press，2000.

69. Gloria Gonick，*Early Carpets and Tapestries on the Eastern Silk Road*，Woodbridge，Suffolk，UK：ACC Art Books，Ltd，2015.

70. Graham Harman，*Heidegger Explained*：*From Phenomenon to Thing*，Open Court，2007.

71. Greg Urban, *Metaculture:How Culture Moves through the World*, University of Minnesota Press, 2001.

72. Hamedan Branch, *Communication Matters:Materialist Approaches to Media, Mobility and Networks*（*Book Reviews*）, Jounal of Communication, 2012.

73. Hayden White, *Figural Realism*, The John Hopkins University Press, 1999.

74. Henri Lefebvre, *The Production of Space*, Blackwell Publishing, 1991.

75. Henry Pratt Fairchild, *Dictionary of Sociology and Related Sciences*, Littlefield, Adams & Co., 1966.

76. Homi K. Bhabha, *The Location of Culture*, Routlegde, 2004.

77. Ian Woodward, *Understanding Material Culture*, Los Angeles & London & New Delhi &Singapore:SAGE Publications, 2007.

78. Ihab Hassan, *Prometheus as Performer:Toward a Posthumanist Culture*, The Georgia Review, 1977（04）.

79. J. A. Cuddon, *A Dictionary of Literary Terms and Literary Theory*, Wiley-Blackwell, 2013.

80. Jane F.Thrailkill, *Book Reviews:Aesthetic Materialism:Electricity and American Romanticism, Passions for Nature:Nineteenth-Century America's Aesthetics of Alienation*, American Literature, 2010.

81. James A. Aho, *The Things of the World:A Social Phenomenology*, Praeger Publisher, 1998.

82. James Deetz, *Small Things Forgotten:The Archaeology of Early American Life*, Knopf Doubleday Publishing Group, 1996.

83. Jamie S. Scott, Gareth, Griffiths（eds）, *Mixed Message:Materiality, Textuality, Mission*, Palgrave Macmillan, 2005.

84. James M.Wilce, *Crying Shame:Metaculture, Modernity, and the Exaggerated Death of Lament*, Wiley-Blackwell, 2009.

85. Jane Elliott and Derek, Attridge（eds）, *Theory After" Theory"*, Routledge, 2011.

86. Janis P. Stout（ed.）, *Willa Cather and Material Culture*, Tuscaloosa:The University of Alabama Press, 2005.

87. Jean-François Lyotard, *The Postmodern Conditon:A Report on Knowledge*, University of Minnesota Press, Minneapolis, 1984.

88. Jenny Hockey, Carol Komaromy, Kate, Woodthorpe（eds）, *The Matter of Death: Space, Place and Materiality*, Palgrave Macmillan, 2010.

89. Jeremy Hawthorn, *A Glossary of Contemporary Literary Theory*, Arnold, 2000.

90. Jeremy Packer, Stephen B. Crofts Wiley（eds）, *Communication Matters:*

Materialist Approaches to Media, *Mobility and Networks*, Routledge, London, UK, 2011.

91. J. Hillis Miller, *On Literature*, Routledge, 2002.

92. J. Hillis Miller, *Literature as Conduct: Speech Acts in Henry James*, Fordham University Press, 2005.

93. Jim McGuigan, *Cool Capitalism*, Pluto Press, 2009.

94. Jonathan Culler, *The Literary in Theory*, Stanford University Press, 2007.

95. Jonathan Culler, *Literary Theory: A Very Short Introduction*, Oxford University Press, 1997.

96. John Brannigan, *New Historicism and Cultural Materialism*, Macmillan Press Ltd, 1998.

97. John Drakakis, *Shakespeare*, *the Aesthetics of Materialism*, *and the Materialism of Aesthetics*, Shakespeare Studies, 2012.

98. John Kenneth Galbraith, *The Affluent Society*, Boston&New York: Houghton Mifflin Company, 1998.

99. John Higgins, *Raymond Williams: Literature*, *Marxism and cultural materialism*, London & New York: Routledge, 1999.

100. John Wilson, *Reviews*, Contemporary Sociology, 1989 (01).

101. John Storey, *Cultural Theory and Popular Culture: An Introduction to Cultural Ecology* (2nd Ed), AltaMira Press, 2010.

102. Jo Lee, *Book Review: Industrial Ruins: Space*, *Aesthetics and Materiality*, Scottish Geographica Journal, 2006.

103. Josephine Machon, *(Syn) aesthetics: Redefining Visceral Performance*, Palgrave Macmillan, 2009.

104. Judith A.Spector and Katherine V.Tsiopos Wills, *The Aesthetics of Materialism in Alan Ball's American Beauty*, Midwest Quarterly, 2007.

105. Judith Zeitlin, Lydia H. Liu, *Writing and materiality in China*, Harvard University, 2003.

106. Julian Wolfreys, Ruth Robbins and Kenneth Womack, *Key Concepts in Literary Theory*, Edinburgh University Press, 2006.

107. Julia Kristeva, *The Kristeva Reader*, New York: Columbia University Press, 1986.

108. Jurgen Pieters (ed.), *Critical Self-fashioning: Stephen Greenblatt and the New Historicism*, Frankfurt am Main, 1999.

109. Julian Wolfreys, *Writing London: Volume 2: materiality*, *memory*, *spectrality*, New York: palgrave macmillan, 2004.

110. Julian Wolfreys, Ruth Robbins and Kenneth Womack, *Key Concepts in Literary*

Theory, Second Edition, Edinburgh University Press Ltd, 2006.

111. Leland Ferguson (ed.), *Historical Archaeology and the Importance of Material Things*, East Lansing: Society for Historical Archaeology, 1977.

112. Louis Althusser, *Lenin and Philosophy and other Eassays*, London, 1971.

113. Lynn Meskell (ed.), *Archaeologies of Materialities*, Blackwell Pushing, 2005.

114. Mark Q. Sutton and E. N. Anderson, *Introduction to Cultural Ecology* (2nd ed.), AltaMira Press, 2010.

115. Marshall McLuhan, *The Gutenberg galaxy: the Making of typographic man*, University of Toronto Press, 1962.

116. Marshall McLuhan, *Understanding Media: The Extensions of Man*, The MIT Press, 1995.

117. Matthew Fuller, *Media Ecologies: Materialist Energies in Art and Technoculture*, The MIT Press, 2005.

118. Martin Heidegger, *Introduction to Metaphysics*, New Haven & London: Yale University Press, 2000.

119. Martin Heidegger, W.B./ Deutsch, Jr. and Vera (Translated), Eugene T. Gendlin (Analysis), *What Is A Thing?*, Gateway Editions Ltd, 1967.

120. Mary Douglas, Baron Isherwood, *The World of Goods: Towards an anthropology of consumption*, London&New York: Routledge, 1996.

121. Maurice Merleau-Ponty, *The Visible and the Invisible*, Evanston: Northwestern University Press, 1968.

122. Michael Ryan (General Editor), *The Encyclopedia of Literary and Cultural Theory*, Blackwell Publishing Ltd, 2011.

123. Michel de Certeau, *The Practice of Everyday Life*, Berkeley & Los Angeles: University of California Press, 1988.

124. Mich*è*le Mendelssohn, Henry James, *Oscar Wilde and Aesthetic Culture*, Edinburgh University Press Ltd, 2007.

125. Nancy J. Chodorow, *The Power of Feelings: Personal Meaning in Psychoanalysis, Gender, and Culture*, London: Yale University Press, 1999.

126. Neil Badmington, *Posthumanism*, New York: Routledge, 2011.

127. Neville Agnew, *Conservation of Ancient Sites on the Silk Road*, Los Angeles: Getty Publications, 1997.

128. Nick Stevenson, *Understanding Media Cultures: Social Theroy and Mass Communication*, SAGE Publications, 2002.

129. N. Katherine Hayles, *How We Became Posthuman*, Chicago&London: The

University of Chicago Press, 1999.

130. N. Katherine Hayles, *How We Became Posthuman: Virtual Bodies in Cybernetics*, *Literature and Informatics*, Chicago: The University of Chicago Press, 1999.

131. N. Katherine Hayles, *Writing Machines*, Cambridge: The MIT Press, 2002.

132. Paul Gilmore, *Aesthetic Materialism: Electricity and American Romanticism*, Stanford University Press, 2009.

133. Peter Brooker, *A Glossary of Cultural Theory*, 2nd edition, Arnold, 2003.

134. Pierre Bourdieu, *Distinction: A Social Critique of the Judgement of Taste*, London: Routledge and Kegan Paul, 1984.

135. Pierre Macherey, Geoffrey Wall (Translated), *A Theory of Literary Production*, Routledge & Kegan Paul, 1978.

136. Rachel Hurdley, *Home*, *Materiality*, *Memory and Belonging: Keeping Culture*, Basingstoke: Palgrave Macmillan, 2013.

137. Raman Selden, Peter Widdowson, Peter Brooker, *A Reader's Guide to Contemporary Literary Theory*, Pearson Education Limited, 2005.

138. Raymond Williams, *Marxism and Literature*, Oxford and New York: Oxford University press, 1977.

139. Raymond Williams, *The politics of Modernism: Against the New Conformists*, London and New York: Vesro, 1989.

140. Raymond Williams, *Culture and Society: 1780-1950*, Anchor Books Doubleday & Company Inc, 1960.

141. Raymond Williams, *Television: Technology and Cultural Form*, London Routledge, 1990.

142. Paul Gilmore, *Aesthetic Materialism: Electricity and American Romanticism*, Stanford University Press, 2009.

143. Reena Tixari, S*pace-Body-Ritual: Performativity in the City*, Lexington Books, 2010.

144. Richard Foltz, *Religon of the Silk Road: Premodern Patterns of Globalization* (2nd edition), Palgrave Macmillan, 2010.

145. Robert Pepperell, *The Posthuman Condition: Consciousness Beyond the Brain*, Bristol: Intellect Books, 2003.

146. Robert E.Fisher, *Buddhist Art and Architecture*, Thames and Hudson, 1996.

147. Rob Shields, Lefebvre, *Love and Struggle: Spatial dialectics*, Routledge, 1998.

148. Roland Barthes, *Mythologies*, New York: The Noonday Press, 1991.

149. Roland Barthes, *Image Music Text*, London: Fontana Press, 1977.

150. Rosi Braidotti, *The Posthuman*, Cambridge: Polity Press, 2013.

151. Seymour Chatman (ed.), *Literary Style：A Symposium*, New York：Oxford University Press, 1971.

152. Slavoj Zizek, *The Fright of Real Tears：Krzysztof Kieslowski between Theory and Post-Theory*, British Film Institute, 2001.

153. Simone de Beauvoir, *The Second Sex*, New York：Vintage, 1989.

154. Stacy Alaimo and Susan Hekman (eds), *Material Feminisms*, Bloomington & Indianapolis：Indiana University Press, 2008.

155. Stanley Clarke and Evan Simpson (eds), *Anti-Theory in Ethics and Moral Conservatism*, State University of New York Press, 1989.

156. Stephen Greenblatt, *Shakespearean Negotiations*, University of California Press, 1988.

157. Stephen Greenblatt, *Renaissance Self-fashioning*, The University of Chicago Press, 1980.

158. Steven Lubar and W. David Kingery (eds), *History From Things：Essays on Material Culture*, Smithsonian Institution Press, 1993.

159. Stefan Herbrechter and Ivan Callus (eds), *Cy-Borges：Memories of the Posthuman in the Work of John Luis Borges*, Lewisburg：Bucknell University Press, 2009.

160. Terry Eagleton, *The Event of Literature*, Yale University Press, 2012.

161. Terry Eagleton, *How to Read Literature*, Yale University Press, 2013.

162. Thomas Hylland Erikson, *Small Things, Large Issues：An Introduction to Social and Cultural Anthropology* (3rd Ed), Pluto Press, 2010.

163. Thomas Schlereth, *Material Culture Studies in America*, American Association for State and Local History, 1982.

164. Tim Edensor, *Industrial Ruins：Spaces, Aesthetics and Materiality*, Berg Editorial Offices, 2005.

165. Tim Dant, *Material Culture in the Social World*, Buckingham：Open University Press, 1999.

166. Tim Dant, *Materiality and Society*, Open University Press, 2005.

167. Tom Cohen et al., *Material Events：Paul De Man and the Afterlife of Theory*, University of Minnesota Press, 2001.

168. Tony Bennett, Lawrence Grossberg, Meaghan Morris (eds), *New Keywords：A Revised Vocabulary of Culture and Society*, Blackwell Publishing Ltd, 2005.

169. Tony Bennett, Lawrence Grossberg, Meaghan Morris (eds), *Outside literature*, Routledge, 1990.

170. Urgo Joseph R. and Abadie Ann J. (eds), *Faulkner and Material Culture*,

University of Mississippi, 2012.

171. Victor Buchli（ed.）, *The Material Culture Reader*, Oxford&New York: Berg, 2002.

172. Victor Buchli（ed.）, *Material Culture: Critical Concepts in the Social Science（vol 1）*, London & New York: Routledge, 2004.

173. Victor H. Mair, *The Columbia History of Chinese Literature*, New York: Columbia University Press, 2001.

174. W. David Kingery（ed.）, *Learning from Things: Method and Theory of Material Culture Studies*, Washington&London: Smithsonian Institution Press, 1996.

175. Wu Hung, *The Double Screen: Medium and Representation in Chinese Painting*, Chicago: University of Chicago Press, 1996.

176. Yugen Wang, *Ten Thousand Scrolls: Reading and Writing in the Poetics of Huang Tingjian and the Late Northern Song*, Cambridge（MA）, Harvard University Asia Center, 2011.

177. Yugen Wang, *Poetry in Print Culture: Text, Reading Strategy, and Compositional Poetics in Huang Tingjian（1045-1105）and the Late Northern Song*, Harvard University, East Asian Languages and Civilizations, 2005.

责任编辑：夏　青

图书在版编目(CIP)数据

物性诗学导论/张进 著. —北京：人民出版社，2020.12
ISBN 978－7－01－021559－4

Ⅰ.①物…　Ⅱ.①张…　Ⅲ.①诗学-研究　Ⅳ.①I052

中国版本图书馆 CIP 数据核字(2019)第 275188 号

物性诗学导论

WUXING SHIXUE DAOLUN

张　进　著

人民出版社 出版发行
(100706　北京市东城区隆福寺街 99 号)

天津文林印务有限公司印刷　新华书店经销

2020 年 12 月第 1 版　2020 年 12 月北京第 1 次印刷
开本：710 毫米×1000 毫米 1/16　印张：24.75
字数：435 千字

ISBN 978－7－01－021559－4　定价：75.00 元

邮购地址 100706　北京市东城区隆福寺街 99 号
人民东方图书销售中心　电话 (010)65250042　65289539